李新宇学术文集

伍

还原鲁迅

李新宇 —— 著

山西出版传媒集团 北岳文艺出版社
BEIYUE LITERATURE & ART PUBLISHING HOUSE
·太原·

图书在版编目(CIP)数据

李新宇学术文集 / 李新宇著. —太原：
北岳文艺出版社，2020.5
ISBN 978-7-5378-6179-3

Ⅰ. ①李… Ⅱ. ①李… Ⅲ. ①中国文学－文学研究－
文集 Ⅳ. ①I206-53

中国版本图书馆CIP数据核字(2020)第057363号

李新宇学术文集·还原鲁迅

李新宇◎著

//

项目负责人
范　戈

责任编辑
韩玉峰

封面设计
张永文

印装监制
郭　勇

出版发行：山西出版传媒集团·北岳文艺出版社
地址：山西省太原市并州南路57号
邮编：030012
电话：0351-5628696(发行部)　0351-5628688(总编室)
传真：0351-5628680
网址：http://www.bywy.com　E-mail:bywycbs@163.com
经销商：新华书店
印刷装订：山西人民印刷有限责任公司

开本：710mm ×1000mm　1/16
总字数：2688千字
总印张：159.5
版次：2020年5月第1版
印次：2020年5月山西第1次印刷
书号：ISBN 978-7-5378-6179-3
总定价：498.00元(全6卷)

1996年，在曲阜师范大学

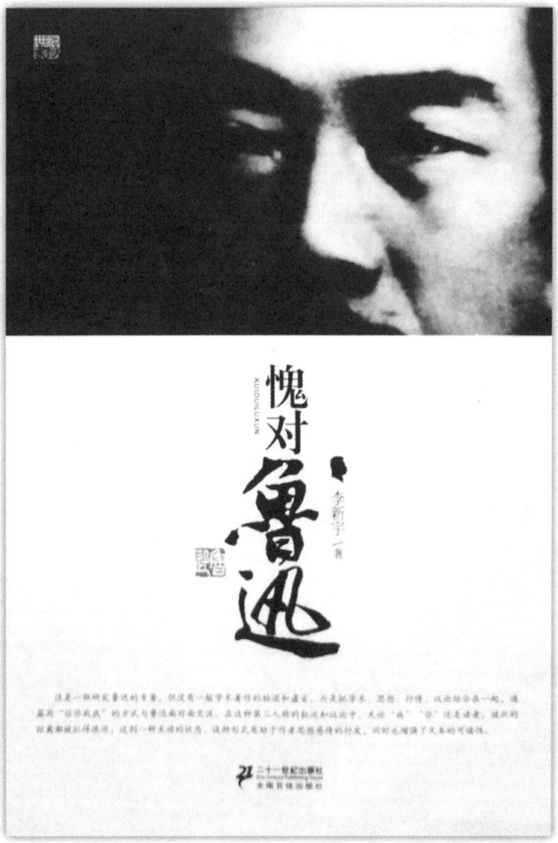

作者书影之一

目 录

第一辑

第二辑

第三辑

第四辑

第一辑

鲁迅人学思想论纲

作为中国现代启蒙主义思想家和文学家，作为中国现代知识分子话语的奠基者和现代文化的立法者，鲁迅对中国现代化历史最伟大的贡献是他的人学思想。因此，不准确地把握鲁迅的人学思想体系，就不能正确地理解鲁迅。然而，关于鲁迅的人学思想，多年来却一直缺少深入研究。在一段时间里，它甚至被作为鲁迅思想的局限而加以否定或遮蔽。在当下的中国，由于各种新潮后学的冲击，鲁迅似乎已经不合时宜，人学思想更成了一个过时的神话。可喜的是，在寂寞的边缘，却有一些学人对这一课题开始给予空前热切的关注。受师长和友人的鼓励，我试图进入这一课题，以自己的目光对其进行考察和梳理。本文仅就鲁迅人学思想的文化生成、内部结构和历史命运三个方面做简要论述。

一、鲁迅人学思想的文化生成

毫无疑问，人是鲁迅思想的核心，“立人”是鲁迅思想的逻辑起点和最终价值指向。他从1907年在《文化偏至论》中提出“立人”的命题开始，直到生命的最后一刻，几十年如一日，都为这一目标而奋斗着，其间虽然也有彷徨，但彷徨过后是更执着的坚守。他以卓越而独特的文化实践，建构了自己的人学思想体系。正是这一人学思想体系成为他卓然不群的标志，成为中国现代知识分子话语的核心和中国文化现代性的最根本特征。然而，鲁迅的人学思想有一个生成的过程。在其生成过程的不同阶段，融汇着不同的思想资源，吸纳着不同的文化因素。因此，要准确地把握鲁迅思想，就必须对这个过程进行认真的清理。这种清理不仅是为了寻找其知识谱系和思想源流，而且可以进一步认识他对各种思想资源的取舍和淘汰，从而真正确认他最后择定并持久坚守的基点和核心。

（一）日本留学时期：人学思想的初建

考察鲁迅人学思想的生成可以一直追溯到南京时期对进化论的接受，但是，鲁迅人学思想的自觉建构毫无疑问是从日本留学时期开始的。正是在那个时期，鲁迅提出了他的“立人”思想，也正是在那个时期，鲁迅开始思考中国人的国民性问题，作为一种成果标志，就是《摩罗诗力说》和《文化偏至论》等文章的发表。

考察那一时期中国思想界的状况，可以明确地看到当时思想界的热点是政治的变革，以孙中山为代表的革命党人正在积极地准备以武装斗争的方式推翻清王朝的统治，而以康有为为代表的维新派仍然梦想着走君主立宪的道路。不同的认识在进行着激烈的斗争，政治革命进入新的高潮。但是，鲁迅关心的已经不是变法维新或排满革命的问题，也不是君主立宪或民主共和的问题，而是启蒙立人。因为在鲁迅看来，欧美之强，根底在人，中国之衰，根底也在人。只要国民性不变，中国人即使身体强壮，也不过是杀头示众的材料；即使掌握了先进的武器，也只能去欺压弱小；即使进行政治革命，也不过是在同样的舞台上重复演出一场陈旧的历史剧。因此，振兴国家和民族的关键不在坚船利炮，也不在变法维新或者暴力革命，而在于启蒙“立人”。

考察鲁迅1907年前后的“立人”思想，我们很容易发现它与梁启超新民思想的内在联系。尽管鲁迅没有谈过他与梁启超在思想上的继承关系，但他的“立人”思想毫无疑问是从梁启超的新民思想发展而来的，梁氏的“新民说”是鲁迅“立人说”的起点。

在鲁迅建立自己的人学思想的20世纪初，无情的事实已经宣告了以儒家文化、专制政治和小农经济相互适应而构成的中国文明的失败。中华民族正面临着如何摆脱困境和寻找出路的问题。在鲁迅之前，严复、梁启超等人都已思考过新民的问题。严复认为强国需要标本并治，最重要的是“鼓民力、开民智、新民德”[①]。梁启超认为只有新民，才能保证政治维新的胜

① 严复：《原强》，《直报》1895年3月4—9日。

利，才有新制度和新国家。[①]而且，他们已经触及人的自由这一现代社会变迁的根本问题。严复在《辟韩》中就曾以“天赋人权”的学说张扬自由思想，鼓吹“民之自由，天之所界也[②]”。他已经看到了西方国家的富强与人的自由意志之间的联系，感觉到了自由对于历史进步的重大意义。康有为也曾经以托古改制的形式偷运过西方的自由观念，赞美“人人自立，不复待人”的独立人格。[③]在维新派思想家中，梁启超对中国文化的思考是比较全面的，也是比较深刻的。他发现中国的灾难并非因为中国人对自己本土文化的背叛，而恰恰是由于中国人对于传统权威的迷信，失掉了个人思想的自由和个性的自由发挥。因此，他承认社会进步的首要条件是人格的独立和思想的自由，承认中国数千年之腐败根源皆自奴隶性，而且知道不拔除奴隶之根性，中国就不能立于世界万国之间。这一切都与鲁迅《文化偏至论》等文章中的见解非常相似。立国先立人的思路显示了两代思想家之间的继承关系。可以说，正是在中国已经获得初步传播的西方近代人学思想为鲁迅人学思想提供了基础。而这一基础更多的不是直接来源于西方思想家，而是来源于维新派思想家这一中介。

然而，一个必须注意的问题是：在“梁启超”们那里，人的问题只是国家和民族命运问题的一个子课题，关于人的思考只是关于国家和民族问题思考的一种副产品，开出“新民”药方的目的仍然是医治国家和民族衰弱之疾。他们还没有能够获得人的价值立场，所以，他们虽然看到了破除奴隶性和个人自由对于新民的重要，却对自由抱有非常警惕的态度：“自由云，立宪云，共和云，如冬之葛，如夏之裘，美非不美，其如与我不适何！……一言以蔽之，则今日中国国民，只可以受专制，不可以享自由。”[④]梁启超由此而走向了“开明专制论”。他反对民主共和而主张君主立宪，理由并不是西方现代政治制度不好，而是它不适合中国国情。在这一点上，梁启超与他的前后反对派都是一样的国情论者。他们关于改革的思考是在认可中国既有国

① 梁启超：《新民说》，《饮冰室合集·专集之四》，中华书局1989年，第4页。

②《直报》1895年3月13—14日。

③《康有为全集》（第二集），上海古籍出版社1990年，第802页。

④《新大陆游记节录》，《饮冰室合集·专集之二十二》，第124页。

情的前提下进行的，是在承认既有基本国情的合理性和不可更改性的前提下进行的。在他看来，必须经过十年开明专制之后，才可以实行民主制度。之所以如此，是为了避免各种纷乱。“凡国必风气已开，文学已盛，民智已成，乃可设议院。今日而开议院，取乱之道也。”[①]他的“新民”即为“开民智”所用，一旦自由和人权有可能成为“取乱之道”，他就不会赞同了。在梁启超那里，新民只是手段而不是目的，目的是“国”而不是“民”，更不是单数的“人”。所以，为了国家和社会的安定，不惜牺牲人的自由权利。

在鲁迅的思想中，我们却感觉到一种明显的不同。面对当时中国的现实，他的结论是：“是故将生存两间，角逐列国是务，其首在立人，人立而后凡事举，若其道术，乃必尊个性而张精神。”[②]“人既发扬踔厉矣，则邦国亦以兴起。”考察其目的指向，虽然仍是“角逐列国是务”，是为了“邦国”之“兴起”。然而，值得注意的是他在论述中从目的“溢出”的现象：他从梁启超的思想出发，沿着为强国而寻求真理的路径走来，却常常游离本来之目的而直奔个人自由的主题。他衷情于人的自由和个性，处处为人的个性而辩护，为自由而呐喊。他抨击中国人在西方文化冲击之下出现的两种选择：一是“辁才小慧之徒，于是竞言武事……谓钩爪锯牙，为国家首事”；二是一些人“诚痛乎外侮迭来，不可终日，自既荒陋，则不得已，姑拾他人之余绪，思纠大群以抗御，而又飞扬其性，善能攘扰，见异己者兴，必借众以陵寡，托言众治，压制乃尤烈于暴君”。他充分注意到了个人自由的意义和价值，把“掊物质而张灵明，任个人而排众数”作为当务之急，努力鼓吹个人自由，张扬人格独立和个性的尊严。他赞美那个曾经宣布“我是国家的死敌”的斯蒂纳尔，对其思想津津乐道：“人必发挥自性，而脱观念世界之执持。惟此自性，即造物主。惟有此我，本属自由；既本有矣，而更外求也，是曰矛盾。自由之得以力，而力即在乎个人，亦即资财，亦即权利。故苟有外力来被，则无间出于寡人，或出于众庶，皆专制也。”“凡一个人，其思想行为，必以己为中枢，亦以己为终极：即立我性为绝对之自

---

①《古议院考》，《饮冰室合集·文集之一》，第96页。

②《文化偏至论》，《鲁迅全集》（第1卷），人民文学出版社1981年，第57页。本段以下引文皆出自此文。

由者也。”他赞美克尔凯郭尔，赞美易卜生，也都是为其对个人价值和尊严的强调。

是否尊重人的价值和个体生命的自由，这是近代以来文化思想的一个重要分水岭。一切现代思考都是以此为中心的，一切现代性努力都是以此为出发点的，否则，无论披上怎样的伪装，都无法掩盖其中世纪的本质。虽然20世纪欧洲思想也相当混乱，但是，文艺复兴运动以来形成并经过思想启蒙运动基本确立的人学传统却始终是无法摧毁的主流。借助西方的人权观念，在对中国文化深刻的生命体验和理性认识的基础上，鲁迅看到了中国人精神上缺乏个性发展、现实中缺乏个体存在的合法性，因而人的个性被伦理吞没的悲剧现实。敌视权力和束缚，反抗压迫和奴役，渴望独立和解放，早已是青年鲁迅内心深处的倾向。因此，当他面对尼采等西方的“偶像破坏者”的时候，不仅心向往之，而且找到了自己朦胧思想的语言表达，丰富和完善着自己的思想。尼采那样惊世骇俗地宣布：上帝死了，从此我们自己就是上帝。鲁迅不信上帝，但是，却能够由此意识到中国人应该从纲常名教和各种奴役关系中解放出来，使自己成为自己的主人。鲁迅对尼采的认同正是那种自己做自己的上帝而绝不做他人奴隶的个性主义。

这是1907年前后鲁迅的一种思想状况。他从国家出发，以强国的公船运载着个人自由。他从国家目的走向立人，一旦发现了个人自由之后，就立即受到了人权的强烈吸引。此时的鲁迅处于作为目的的“人”与“国”之间的矛盾中。这个矛盾证明着他一腿仍然处于梁启超的新民学说之中，而另一腿却已经跨出。他与梁启超的思想有了分歧：梁启超认为，为了国家的稳定可以不要个人的权利和自由；鲁迅认为，为了国家的富强必须首先张扬个性，给个人以自由。

为了个人的权利，鲁迅反对专制独裁，同时也反对“众治”。应该申明的是，他所反对的“众治”并不仅仅是借人民的名义而行的“众治”，而是包括在真正意义上的多数原则基础上建立起来的民主政治。因此可以说，1907年的鲁迅是一个自由主义者而不是一个民主主义者。这是一个值得重视的问题，因为这是鲁迅思想中真正的可争议之处。独裁的专制制度与民主的“众治”是对立的，所以，中国的统治者是不会乐于接受“众治”观念的。鲁迅对“众治”的批判和否定表现着许多与专制主义传统维护者相似的面貌。但需要注意的是，他们的出发点是根本不相同的。旧的统治者反对“众治”，是因为这种新的政治模式如果成为改革的目标，就会动摇他们的独裁专制；梁启超反对“众治”，是因为中国人还没有享受自由的资格，他担心议会政治会带来秩序的混乱；孙中山反对“众治”，是因为担心它会使国人进一步成为一盘散沙，难以在他的统一指挥下形成政治革命的合力……他们的出发点都是群体。鲁迅之所以反对“众治”这一现代政治模式，却是因为担心“众治”的多数原则不能保证个人自由，担心党同伐异、“以众虐独”“以众陵寡”，以“庸众”扼杀英哲和天才。他不能容忍的是群体以多数的优势对少数人权利的剥夺。站在人的价值的立场上，他反抗君主专制对个人的压迫，也反抗民众对个人的压迫。

关于鲁迅的个人主义思想，一个重要的来源是不能忽视的。鲁迅的个人主义并非完全直接来自尼采等人，而是受着章太炎思想的影响。章太炎对留日时期鲁迅的思想影响是不可低估的。正是章太炎的思想强化着鲁迅思想的个人主义，同时也给鲁迅思想带来了各种矛盾。章太炎反对资本主义文明，主张“用国粹激动种性”。这些做法的确使他在思想的很多方面远远不如维新派思想家深刻和明晰。但是，章太炎的思想是一个复杂的集合体。他张扬国粹，却坚决而激烈地反抗权威和一切束缚。他的确是一个道德主义者，强调道德的力量，却反对社会对个人的压抑，主张个性的绝对自由。他的这些思想绝不是中华之国粹，而是从西方拿来的。章太炎有很多思想近于卢梭，而且对拜伦和尼采大为推崇。因此，从某种意义上说，章太炎可以算作西方从卢梭经拜伦到尼采的浪漫主义哲学在中国的传人。在这些方面，鲁迅明显与章太炎如出一辙。从《文化偏至论》和《摩罗诗力说》等文章可以看到，他的很多观点都与章太炎的思想基本相同。

然而，章太炎对鲁迅的思想影响是复杂的，而且直接决定了他1907年前后的思想面貌。考察鲁迅当时的文章，会发现文章明显地带有浓重的国粹主义色彩。《文化偏至论》的开篇首先回顾了中国文化历史的悠久与辉煌，《破恶声论》更明显地以“昌明国粹”为宗旨。鲁迅在“五四”之后编第一本集子时弃《破恶声论》而不收，大概也与这篇“昌明国粹”的论文已经与“五四”之后鲁迅的思想相去甚远有关。

总之，在日本留学时期，鲁迅的人学思想还是不完整的，也是不成熟的。

他以“尊个性”超越了新民思想，却仍然没有与梁启超为国家富强而维新、又为维新而新民的基本思路划清界限。章太炎以个人的绝对自由与尼采一起帮助鲁迅在某种程度上超越了梁启超的新民说，却又以民族主义和国粹主义给鲁迅思想留下了各种矛盾。梁启超的思想给他留下了最终价值指向是“人”还是“国”的矛盾，章太炎的思想给他留下了复古与彻底反传统的矛盾。

（二）五四时期：思想建构的完成

经过十年多的沉默之后，鲁迅走上了中国思想文化的前沿。在新文化运动实践中，鲁迅终于走出了章氏国粹主义的阴影，走上了彻底反传统的道路；同时，也与梁启超的新民思想从根本上划清了界限，他不再以强国的意义来证明“立人”的合法性，而开始把人作为一切思考的基本出发点和最终归宿，作为评判一切的价值尺度。个人权利的合法性已经无须任何他者证明。

按照胡适等人的看法，新文化运动就是要“重新估定一切价值”[①]。那么，价值重估的尺度是什么？鲁迅以他久经思考的答案给出了最具现代性本质的回答：人。正是这一回答使他与新文化运动的领袖们不谋而合，使他与新文化运动再也无法分离。人是重新估价一切的根本价值尺度，这一价值尺度给五四新文化运动带来了特殊的光辉，使它真正成为具有现代性质的新文化运动，并且真正拉开了中国全面现代化的帷幕。

在五四新文化运动中，鲁迅主要致力于旧文明的批判，而批判旧文明的目的就是人的解放。判断旧文明优劣和决定旧文明存废的尺度只有一个：看其是否有利于人的解放，是否有利于人的生存与发展。

翻开鲁迅最早的杂文集《坟》，其中五四时期的文章首先被收入的是两个演讲：《我之节烈观》和《我们现在怎样做父亲》。用陈独秀的话说，新文化运动最重要的任务就是促使人们完成“伦理的觉悟”[②]。要实现这一觉悟，就不能不对旧道德进行彻底的批判。这是新文化运动主将们的共识，也是鲁迅当时的努力方向。《我之节烈观》从两性秩序的角度对旧道德进行了颠覆，《我们现在怎样做父亲》从长幼秩序的角度对旧道德进行了颠覆。两

---

① 胡适：《新思潮的意义》，《新青年》7卷1号。

② 陈独秀：《吾人最后之觉悟》，《新青年》1卷6号。

篇文章所论都是道德，其道德论和由此显示的伦理思想最突出的特点就是鲜明的人学立场。中国传统的伦理学说都是从群体本位出发而建立的，它致力于秩序和统治，而不考虑个体生命的价值。为了君主的权威和他们的江山社稷，为了家长和祖宗，个体生命被扭曲和扼杀被认为是天经地义的。鲁迅的伦理学说却是从个体生命出发的，是以个体生命为中心而建立的。在鲁迅那里，无论是家庭秩序还是社会秩序，都应该是建立在人的生命价值基础上的，都应该是以有利于个体生命的生存和发展为标准的。他揭示了中国女人的不幸和传统节烈观的荒谬，指出“道德这事，必须普遍，人人应做，人人能行，又于自他两利，才有存在的价值”①。由此可见此时的鲁迅已经是个体生命本位的道德论者。从个体生命本位出发，道德规范的建立应该是从人的生命和自由意志出发的，目的只能是保障人的幸福和自由权利。只有为了人更美好地生活而形成的规范才是合法的。判断道德与不道德的标准只有一个：能否给人带来利益和幸福、是否有利于人的生存和发展。如果一种道德规范给人带来的不是幸福而是痛苦，其功能不是保障人的自由权利而是剥夺人的自由权利，那么，这道德本身就是不道德的。面对传统的节烈观，鲁迅一再诘问：节烈难吗？答道，很难。节烈苦吗？答道，很苦。女子自己愿意节烈吗？答道，不愿。既然如此，社会有什么理由要求女人节烈？所以，鲁迅宣布传统的节烈观再没有继续留存的必要，提出要开一个追悼大会，“追悼了过去的人，还要发愿：要除去于人生毫无意义的苦痛。要除去制造并赏玩别人苦痛的昏迷和强暴。我们还要发愿：要人类都受正当的幸福”②。

“要人类都受正当的幸福。”这是鲁迅和五四新文化运动的呼声。人的生命是第一位的，其他都在其次。满足人的生命正当需求的一切行为都是最道德的行为。是否承认这一点，正是“人的道德”与“吃人的道德”的根本区别，也是现代道德观与传统道德观的根本区别。鲁迅说：“一要生存，二要温饱，三要发展。苟有阻碍这前途者，无论是古是今，是人是鬼，是《三坟》《五典》，百宋千元，天球河图，金人玉佛，祖传丸散，秘制膏丹，全都踏倒他。”③这是鲁迅“五四”时期的斗争纲领和行动路线。他的整体反传

①②《鲁迅全集》（第1卷），人民文学出版社1981年，第119页，第125页。

③《鲁迅全集》（第3卷），第45页。

统和批判国民性都可以在这里找到一个总的解释。

鲁迅对中国传统的批判是激烈而彻底的，否定是整体性的。这种全盘反传统的态度常受时人之讥。然而，需要考察的是鲁迅为什么如此激烈而彻底地反传统，应该看到，鲁迅是在对传统文化的具体内容做过一系列具体思考的基础上对其进行整体指控的。20世纪初的中国，对传统文化的批判并不罕见。但是，人们对传统文化的指控却来自不同的立场和角度。有人指控其阻碍经济的发展，有人指控其不利于国家的富强，有人指控其不能适应世界的潮流，而在鲁迅的指控中，传统文化的根本罪状只有两个字："吃人。""这历史没有年代，歪歪斜斜的每页上都写着'仁义道德'几个字。我横竖睡不着，仔细看了半夜，才从字缝里看出字来，满本都写着两个字是'吃人'。"这是鲁迅对传统文化的整体概括和基本评价。无论以艺术形象进行象征性揭示，还是以直白的叙述和议论表达，他都反复地表达着这种见解："中国人向来就没有争到过'人'的价格，至多不过是奴隶，到现在还如此，然而下于奴隶的时候，却是数见不鲜的。"[①]"任凭你爱排场的学者们怎样铺张，修史时候设些什么'汉族发祥时代''汉族发达时代''汉族中兴时代'的好题目，好意诚然是可感的，但措辞太绕弯子了。有更其直捷了当的说法在这里—— 一，想做奴隶而不得的时代；二，暂时做稳了奴隶的时代。"[②]"所谓中国的文明者，其实不过是安排给阔人享用的人肉的筵宴。所谓中国者，其实不过是安排这人肉的筵宴的厨房。"[③]"人肉筵宴论"是对中国社会静态的考察和概括，"两种时代论"是对中国既往历史动态的考察和概括。无论对于历史还是对于现实，鲁迅的指控都在于这种文明把人不当人，在于它践踏和剥夺人的权利。在这里，人，成为鲁迅批判传统文化的唯一价值尺度。正是在这一价值尺度的衡量之下，中国传统文明才显示了其"吃人"的野蛮和残暴。

从以上种种表现，可以看到鲁迅人学思想在"五四"时期的一个发展：

第一，在日本留学时期，鲁迅受章太炎的思想影响，对于中国传统文明的态度是暧昧的，他一方面张扬来自西方的个性主义，一方面却仍然努力光复旧物、"昌明国粹"，不自觉地自豪于民族历史文化的悠久和辉煌。在

①②③《鲁迅全集》（第1卷），第212页，第213页，第216页。

“五四”时期，他终于从章太炎的思想笼罩下彻底走了出来，清楚了张扬国粹与追求个性解放的矛盾的不可调和性，放弃了对旧有传统文化的幻想，从而排除了在传统文化与西方文化之间的思想矛盾，确立了彻底反传统的文化态度。这种文化态度的确立，本身就意味着人的立场和出发点的唯一性的确立。

第二，在日本留学时期，鲁迅立人思想的主要内容是“掊物质而张灵明，任个人而排众数”，在物质与精神之间主要强调的是精神，而没有注意到人的个人权利的更多的层面（如人的自然本能的满足和个人利益的保障等）。五四时期的鲁迅不再局限于关注人的精神，而将目光投向被礼教束缚的肉体生命和自然本能。而且，人的肉体生命的解放必然指涉人的物质需要，因而不可避免地要对“掊物质”有所调整。这从他的《娜拉走后怎样》以及小说《伤逝》中都可以得到印证。这是一个重要的发展，因为人毕竟不能只是靠精神上的自由而生活，关心人的问题，就不能不关心人的肉体生命的问题；谈人的权利，就不能不考虑个人利益的合法性和个人财产的保障。

第三，在日本留学时期，鲁迅关于“立人”的表述往往是以强国为由确认“立人”的合法性，这就使“立人”往往表现为手段而不是目的。在“五四”时期，“立人”的伟业不再以“角逐列国是务”和重圆大国梦为目标指向，而是确立了人的核心地位，从根本上调整了“立人”与强国的主从关系，确立了以人为出发点和最终价值尺度的思想基点。

从梁启超的新民思想到鲁迅的“立人”思想，这是20世纪中国思想的一个重大发展，也是中国近代思想和现代思想的一个重大分水岭。这是一个非常重要的问题，也是一个长期被忽视因而需要特别指出并澄清的问题。因为梁启超为国家富强而维新、为维新而新民的思路直到五四时期仍然被不少人所承袭，许多人在谈论“立人”命题的时候不能与强国划清界限；所以，直到今天，学界仍然没有能够充分注意维新派启蒙思想家与五四启蒙思想家的区别，因而以梁启超的思路理解鲁迅和胡适，错误地把新文化运动看作是服务于民族救亡的文化运动。事实上，鲁迅在新文化运动中已经超越了梁氏思路而形成了以人为中心的思想体系，开始真正从人出发思考一切，以人为价值尺度来评判一切。这种终极价值标准和根本出发点的确立显示着鲁迅人学思想的成熟，同时也标志着五四新文化运动的现代性高度。换句话说，正是这种人的立场和价值尺度的确立使鲁迅的思想获得了现代性的本质意义，并成为20世纪中国文化现代性的本质标识。近几年来，一种观点正在学界流行：现代性是一个不确定的概念。对此，需要指出的是，无论现代性的概念有多少不确定的内容，其最基本的精神仍然是确定的。这个基本精神不是别的，就是人的自由的合法性和人权的保障。目前国内外学界对现代性的讨论都存在着一个值得注意的问题：似乎现代性是一个可以无限扩大的橡皮口袋，什么东西都可以装进去，甚至以抵抗现代化为目的的历史运动（如纳粹主义、斯大林主义和十年“文革”）都可以被当作现代性问题。之所以出现这样的问题，就因为忽略了“人”这一现代性的基点。我们必须注意：世界现代化运动是在文艺复兴运动以来的人学基础上产生的。现代性也是在文艺复兴和思想启蒙运动形成的人学思想基础上形成的，离开了这一基础，就根本谈不到现代性。现代化也是如此，它是在人的自由和权利这一基本出发点上开始的一个系统工程，包括经济的市场化、政治的民主化和文化的开放性等各方面的具体内容。但是，只要离开了人的自由和权利的保障，无论工业文明还是市场经济，无论城市化还是高科技，都不能构成真正的现代化社会。国内外学界在这个问题上有各种误区，导致了现代性反思中的一系列混乱。如果站在人的立场上理解现代性，就应该明确判定希特勒绝不是现代性的产物，苏联绝不是现代化社会，因为在其根本之处是逆现代化方向而行的。卫星和核武器并不能证明其社会已经是现代化的，部分内容的实现只能说是具备了某些现代因素。正是在这个意义上，鲁迅的人学思想是值得为现代化而努力的中国人特别珍视的。

（三）鲁迅人学思想与西方人学传统

考察鲁迅人学思想的文化生成，无法回避它与西方近现代思想资源的密切联系。学界在谈到鲁迅人学思想与西方哲学思想的联系时，往往首先想到的是尼采等现代思想家，甚至不少人断言鲁迅在对西方文化进行选择时选择了20世纪的西方文化，而没有接受19世纪之前的西方文化。当然应该承认尼采等思想家对鲁迅的影响，但是，我想指出的是：片面地强调鲁迅与尼采等人的继承关系而忽略鲁迅与整个西方人学传统的联系是不恰当的。鲁迅的人学思想特别是他对个体自由的关注并不仅仅来自尼采等个性主义者，而是与他所接受的整个西方文艺复兴以来的主流文化传统密切相关。

这也许涉及一个方法问题。我认为，我们的研究不应该只是局限于鲁迅自己谈论过的思想家，而应该把目光投向鲁迅思想生成的更为广阔的背景和这个背景中占主导地位的西方近代人学思想传统。只要关注这一传统对鲁迅的思想浸染，就能够意识到，西方文艺复兴运动以来的文化遗产本身足以使鲁迅获得对人的个体生命和自由意志的充分尊重。因为个体的自由意志和权利是文艺复兴运动以来西方人学思想的固有之义。从鲁迅的思想情况看，固然尼采等鲁迅反复谈论过的思想家的影响是重要的，但文艺复兴运动和思想启蒙运动以来的人学思想传统对他的影响也同样重要。天赋人权说、社会契约论，都在鲁迅思想中占有很重要的地位。他阅读过孟德斯鸠等人的著作，接触过斯宾塞等现代社会学家的思想。可以说，鲁迅接受的是文艺复兴运动和思想启蒙运动的全部遗产。来自西方文艺复兴运动和思想启蒙运动的人本观念是他整个人学思想的基础。因此，研究鲁迅的人学思想，就不能不高度重视西方人学思想传统这一大背景，不能不注意这一大背景之下形成的中国近代的进步思想对鲁迅的笼罩。

文艺复兴运动是一场反对封建、反对神学的新文化运动。在某种意义上说，它连接了整个人类文明的历史。中世纪的神学统治把人与自然和科学隔离开来，人成了神学教义下没有生命的存在物，人的自由权利被剥夺，人的生命被扭曲。文艺复兴时期，随着自然科学的重大突破，人文科学也发生了巨大的变化，新的思潮终于冲破了神学的束缚，继承古希腊和罗马文化重视“人的尊严”的古典模式，以人为新文艺革命的旗帜反对以神为中心的世界观，从而将人从神的束缚中解放出来，强调以人为本，强调人的自然本性和世俗生活，强调人的中心地位和自由意志，以各种不同的形式歌颂人的价值，维护人的尊严，大力张扬自由意志，呼唤个体的主体地位。文艺复兴运动使人从神的束缚中解放了出来，终于意识到是人创造了上帝而不是上帝创造了人，每个人都有上帝赋予的自由权利，这是最可宝贵的，也是任何人都没有权力剥夺的。因此，尊重人，爱护人，把人当人看，承认个人的自然权利，成为西方近代思想的一大特征。

如果说文艺复兴唤起的是人的觉醒，那么，18世纪的启蒙运动则旨在寻求人类赖以生存的理性秩序。它事实上是文艺复兴运动的继续。启蒙思想家继承了文艺复兴运动反对封建专制、反对教会压迫的任务，进一步把矛头直接指向了封建社会的全部上层建筑，从理论上证明封建制度的不合理。他们用自由对抗专制暴政和宗教压迫，用自然神论和无神论对抗宗教偶像，用天赋人权对抗贵族特权。正如恩格斯在《反杜林论》中说的："他们不承认任何外界的权威，不管这种权威是什么样的。宗教、自然观、社会、国家制度，一切都受到了最无情的批判。"[①]他们寻找"永恒的真理"和"永恒的正义"，要保护的是"基于自然的平等和不可剥夺的人权"。启蒙主义者的理想是一个理性的王国，但理性不是人的枷锁，而是人的解放的武器和保证。因为它的目标是以理性秩序维护人的天赋之权。正因为这样，它成为一股强大的时代潮流，催生了开创人类生存新纪元的《独立宣言》和《人权宣言》，使人的自由权利开始得到法律的保障。

要解释中国近现代知识分子的精神努力，就不能不追寻这一重要的精神背景。在中国，经过洋务派和维新派以及革命派几代人有意无意的努力，他们已经为这一异域文化传统开辟了落脚的思想文化空间。

鲁迅对西方文化的接受早在南京时期已经开始了。他曾经回忆在南京求学时的情景："看新书的风气便流行起来，我也知道了中国有一部书叫《天演论》。……哦！原来世界上竟还有一个赫胥黎坐在书房里那么想，而且想得那么新鲜？一口气读下去，'物竞''天择'也出来了，苏格拉第、拍拉图也出来了，斯多噶也出来了。学堂里又设了一个阅报处，《时务报》不待言，还有《译学汇编》……"[②]根据周作人的回忆，严复译著每出一部，"鲁迅一定设法买来，自甄克思的《社会通诠》，斯宾塞的《群学肄言》，孟德斯鸠的《法意》，以至读不懂的《穆勒名学部甲》，也都购求到手"[③]。通过严复的翻译，鲁迅了解到了与中国传统不同的西方政治、伦理和法律观念，认识了另外一种世界观和认识论。到日本之后，除海克尔的生物哲学外，穆勒、斯宾塞和梅契尼可夫的人类文明进化观也进一步对他产生了影响。值得注意的是，与革命党人特别是章太炎等的接触，也同样使他间接地接受着广泛而复杂的西方文化。鲁迅一生对邹容评价甚高，在《坟·杂忆》

①《马克思恩格斯选集》（第3卷），人民出版社1972年，第56页。

②《鲁迅全集》（第2卷），第296页。

③ 周启明：《鲁迅的青年时代》，中国青年出版社1957年，第77页。

中，他说：“倘说影响，则别的千言万语，大概都抵不过浅近直截的‘革命军马前卒邹容’所做的《革命军》。”[①]《革命军》对天赋人权观念的宣讲，对自由民主的向往，对专制政体的批判以及对中华民族奴隶根性的批判，都与鲁迅思想存在着密切的内在联系。而《革命军》之所以光芒四射，也因为它所表现的自由、民主和人权的思想。

要解释“五四”一代人的精神努力，更无法忽视文艺复兴运动和思想启蒙运动以来的西方文化背景。从某种意义上说，五四新文化运动正是西方人学传统在古老的中国大地上传播而引发的结果。有人把“五四”称作“中国的文艺复兴”，有人把“五四”称作“中国的思想启蒙运动”，都是有道理的。就我个人的看法，应该说，五四新文化运动是文艺复兴运动和思想启蒙运动两次伟大运动的任务在中国的一次性进行。西方文艺复兴运动到思想启蒙运动的全过程是：从人的自由和解放入手，把在封建神学和专制政治束缚下丧失了生命力的人，还原为富有生命力和自由意志的人，然后努力以理性建立一种社会秩序以保障自由、平等、民主和人权不被侵害。文艺复兴时代的人是从神学束缚下解放出来的人，他们对自由的追求是单纯意义上的个人自由和世俗欲望的解放；而启蒙运动中的人则不再满足于个人的叛逃和解放，而是要求法律保护之下的个人权利。为了建立理性的王国，启蒙思想家们要解开两根“拴在人类脖子上的绳索”（狄德罗语）。这两根绳索一是宗教迷信，二是专制制度。五四新文化运动所面对的首先是文艺复兴时期的任务，即解放各种束缚之下的人。中国人缺少宗教信仰，因而不在神的束缚之下，却在纲常名教的束缚之下。所以，五四启蒙运动的两个批判目标一是纲常名教，二是专制制度。五四新文化运动的思想家们由于非常清楚自己所面对的力量，因而提出了“科学”和“民主”两个口号。“科学”主要是用于对迷信和愚昧的解决，而“民主”则主要是对专制制度的解决。“科学”和“民主”都是工具，而目的是人的解放。所以，从严格意义上说，五四新文化运动就是一场人的解放运动，其他一切活动都因为从属于人的解放而获得意义。在五四运动中，“天赋人权”的观念日益成为人们不可动摇的信念，个人的自由成为至高无上和天经地义的，独立的人格和自由的思想成为一代

①《鲁迅全集》（第1卷），第221页。

人的共同信念。在他们看来，个人若丧失了自由，就不再具有人的意义。从这个意义上说，是五四新文化运动第一次在中国把个体的人作为历史的主体。这种文化态度顺应了人类文明发展的趋势，使中国人第一次爬上了向人发展的阶梯，使中国文化开始了与世界接轨的长途跋涉。

鲁迅是新文化运动的主将，也是新文化运动的产儿。他的人学思想就是在这样一个背景下生成的。谈到这个问题，我认为应该充分注意五四新文化阵营对鲁迅人学思想体系的建构所起的重要作用。在这个问题上，我们过去存在着严重的忽视。因为“五四”过后，鲁迅的影响逐步增大而且成为旗帜和领袖，人们往往忽视当时鲁迅在新文化阵营中与其他同仁的思想关系。事实上，鲁迅的很多思想都是在《新青年》同仁们的影响之下形成的，是与新文化阵营的共同思考密切相关的。他的很多思想也是通过同仁们的思想间接地从西方获得的。陈独秀、胡适、钱玄同、吴虞等都对鲁迅思想的形成产生了积极的影响。比如，以人为本、张扬个性，呼唤人的自由权利，在五四时期并不是鲁迅独特的行为和特有的思想特征，而是《新青年》团体基本一致的思想。陈独秀并不崇拜尼采，但他在《敬告青年》一文中就要求青年养成“独立自主之人格”，提出新的道德原则是：“一切操行，一切权利，一切信仰，唯有听命各自固有之智能，断无盲从隶属他人之理。”[①]在《东西民族根本思想之差异》一文中，他又提出必须“以个人本位主义，易家族本位主义”[②]。胡适倡导易生主义，其主要精神就是对人的个体生命和精神自由的尊重。在《我们对于西洋近代文明的态度》中，他又明确指出：“信任天不如信任人，靠上帝不如靠自己。”“人格是神圣的，人权是神圣的。”[③]周作人张扬的是“个人主义的人间本位主义”[④]。他们都不是尼采的信徒，但都像鲁迅一样走向了个人本位主义。五四时期个人主义思想主要来自易卜生，而从西方思想史的发展脉络看，易卜生是文艺复兴和启蒙运动的人文主义思想的典型继承者。

---

①《陈独秀文章选编》（上），生活·读书·新知三联书店1984年，第74页。

②《陈独秀文章选编》（上），第98页。

③《我们对于西近文明的态度》，《现代评论》第4卷83期。

④《人的文学》，《新青年》第5卷6号。

正是五四新文化运动的群体氛围，使鲁迅告别了强国的出发点而走向了个人本位的出发点，并完成了他的人学思想建构。所以，他的人学思想更多地来自于西方人学思想，即人文主义传统。正是在这种基础上形成的人学思想，为中国现代知识分子话语提供了基本立场和出发点，为中国现代文化提供了最本质的标识，并且成为中国文化与世界文化主流接轨的一个根本标志。

二、鲁迅人学思想的内部构成

（一）人：一个完整的核心概念

正如前文所说，经过五四新文化运动，鲁迅终于完成了他的人学思想建构。人，成为鲁迅思想的核心和基本出发点。有人认为鲁迅的思想是杂乱的，不成体系的。其实，这都是因为不清楚鲁迅思想的核心和基本点所致。鲁迅的一切思想都是从人出发的，一切思想和文化实践都指向他为自己确立的“立人”目标。他的思想体系正是围绕着“人”这一核心概念构成的。

鲁迅对传统文化的批判素以激烈著称。他对传统的否定是整体性的、不妥协的。这一切的批判都是从“人”出发的。他之所以彻底否定传统文化，原因就在于他看到了传统文化的“吃人”本质。他说：“东方发白，人类向各民族所要的是‘人’。”[①]是人，就不是可以任他人随意驱使的奴隶，就不是任他人随意宰割的羔羊。“但实际上，中国人向来就没有争到过‘人’的价格，至多不过是奴隶，到现在还如此，然而下于奴隶的时候，却是数见不鲜的。”[②]正是在这种对比中，鲁迅清楚地看到了中国文化的罪恶，也更清楚地决定了自己的选择。

他之所以批判儒家文化，是因为儒家文化是几千年专制主义的“吃人”秩序的维护者，正是君君臣臣、父父子子的纲常伦理成为“吃人”秩序的精神警察。在他看来，孔夫子的确曾经有些出色的治国方法，但那都是为了治民，是为权势者设想的，为民众的，却一点也没有。他之所以反对读经，是因为他没有看到读经对于人的任何积极意义。他说：“我看不见读经之徒的良心怎样，但我觉得他们大抵是聪明人，而这聪明，就是从读经和古文得来

①②《鲁迅全集》（第1卷），第322页，第212页。

的。我们这曾经文明过而后来奉迎过蒙古人满洲人大驾了的国度里，古书实在太多，倘不是笨牛，读一点就可以知道，怎样敷衍，偷生，献媚，弄权，自私，然而能够假借大义，窃取美名。再进一步，并可以悟出中国人是健忘的，无论怎样言行不符，名实不副，前后矛盾，撒诳造谣，蝇营狗苟，都不要紧。"①

他之所以批判道家文化，是因为在他看来，道家文化是教人如何做奴隶的哲学，而不是教人怎样做人的哲学。"老子书五千语，要在不撄人心；以不撄人心故，则必先自致槁木之心，立无为之治。……有人撄人，或有人得撄者，为帝大禁，其意在保位，使子孙王千万世，无有底止，故性解（天才——引者注）之出，必竭全力死之；有人撄我，或有能撄人者，为民大禁，其意在安生，宁蜷伏堕落而恶进取，故性解之出，亦必竭全力死之。"②

他考察中国人怎样做父亲，看到的是："中国的孩子，只要生，不管他好不好，只要多，不管他才不才。生他的人，不负教他的责任。虽然'人口众多'这一句话，很可以闭了眼睛自负，然而这许多人口，便只在尘土中辗转，小的时候，不把他当人，大了以后，也做不了人。""所有小孩，只是他父母福气的材料，并非将来的'人'的萌芽……大了以后，幸而生存，也不过'仍旧贯如之何'，照例是制造孩子的家伙，不是'人'的父亲，他生了孩子，便仍然不是'人'的萌芽。""因为我们中国所多的是孩子之父，所以以后是只要'人'之父！"③

他考察中国人的节烈观，想的是它的残酷和荒谬："女子死了丈夫，便守着，或者死掉；遇了强暴，便死掉；将这类人物，称赞一通，世道人心便好，中国便得救了。"他指出了节烈本身的不道德："道德这事，必须普遍，人人应做，人人能行，又于自他两利，才有存在的价值。"④

在这里，人是鲁迅思考问题的基本出发点和最后的归宿，是衡量一个社会、一种道德、一种文化、一切是非善恶的唯一价值尺度。而且，鲁迅为自己的全部文化活动确立了一个根本的目标："一要生存，二要温饱，三要发

①《鲁迅全集》（第3卷），第129页。

②③④《鲁迅全集》（第1卷），第67页，第295—296页，第117页、第119页。

展。有敢来阻碍这三事者，无论是谁，我们都反抗他……”[①]

作为中国新文学的奠基者，鲁迅的文学创作活动为人的文学提供了光辉的范本。按照五四新文化运动先驱们共同的认识，新文学应该是“人的文学”。那么，“人的文学”应该是什么样的文学？据周作人的解释：“这区别就只在著作的态度不同。……一个希望人的生活，所以对于非人的生活，怀着悲哀或愤怒。一个安于非人的生活，所以对于非人的生活，感着满足，又多带着玩弄与挑拨的形迹。简明说一句，人的文学与非人的文学的区别，便在著作的态度，是以人的生活为是呢？非人的生活为是呢？这一点上，材料方法，别无关系。即如提倡女人殉葬——即殉节——的文章，表面上岂不说是‘维持风教’，但强迫人自杀，正是非人的道德，所以也是非人的文学。中国文学中，人的文学，本来极少。从儒教、道教出来的文章，几乎都不合格。”[②]鲁迅正是以这样一种文学观，从事文学革命和创作实践活动的，新文化运动也是以这样一种精神进行文化革命的。鲁迅“立人”的选择正是五四启蒙主义的精神核心，它最深刻的意义之一是以现代人的价值观念观照一切，目标直接指向文化的现代性和人的解放及自由发展。这是鲁迅的选择，也是五四新文化阵营中主将们的选择。五四新文化的精神是什么？五四启蒙主义的本质内涵是什么？这就是最准确的回答。特别值得注意的是五四时期这种以人的生命价值为第一要义的价值观，真正的现代启蒙主义正是建立在这一价值核心基础之上的。正是这一价值观，决定了五四启蒙主义的现代性质。当前许多人对五四启蒙主义的误解也正因为忽视了这一核心。因此，新文化运动带给中国20世纪的冲突不是别的，而是“人”与“非人”“吃人”与“立人”的冲突。在中国现代化全面启动的五四时期，这一冲突是最根本的冲突。至于国家是否富强，民族是否独立，阶级是否翻身，只有在这一主题之下才能获得意义。

---

①《北京通信》，《鲁迅全集》（第3卷），第50页。对此，鲁迅有过多次大致相同的表述。在《忽然想到（六）》，见《鲁迅全集》（第3卷），第45页，他的说法是：“一要生存，二要温饱，三要发展。苟有阻碍这前途者，无论是古是今，是人是鬼，是《三坟》《五典》，百宋千元，天球河图，金人玉佛，祖传丸散，秘制膏丹，全都踏倒他。”

② 周作人：《人的文学》，《新青年》第5卷6号。

鲁迅的思想既然是一种以人为核心的思想建构，那么，人是什么？鲁迅关心的是什么意义上的人？这是必须回答的。要完成“立人”的使命，首先需要对人有一种现代的认识。

中国传统文化中并不是没有关于人的思想，“人”这个字在中国语言中的使用率相当高。但是，以儒学为中心的正统文化出于社会控制的目的而不愿意正视人的全部内容。虽然他们也能够认识到“食色性也”，却不愿承认关于人的全部内涵的合法性，因而也不可能提供关于人的完整认识。归根到底，这并不是一个理论问题，而是为了维护非人化的社会秩序，所以不愿意给人的全部内容以应有的地位。

在鲁迅那里，人的概念终于获得了现代意义。人是精神的，也是肉体的。鲁迅所关注的不是抽象的人，不是理念存在的人，而是具体的、活生生的生命个体。

在《文化偏至论》等早期著作中，我们看到他对人的精神价值的强调，他说：“知精神现象实人类生活之极颠，非发挥其辉光，于人生为无当；而张大个人之人格，又人生之第一义也。”[①]然而，人的解放，并不仅仅是人的精神的解放，也包括人的肉体需要和人的自然本能的解放。所谓人的自由，更不仅仅是精神的自由，而是包括了内部和外部、精神和肉体的全部自由。所以，在五四时期的鲁迅的言论中，我们更多地看到鲁迅对整体的人的关注。他认为，对于个人来说，生命是最重要的。个体生命中所具有的一切自然的欲望都是天然合理的。任何个人和群体都没有权力剥夺人的生命需求。于是，传统道德对人生命欲望的扼杀，对人的生存、爱情、个性自由的扼杀，统统显示了它的残酷性和非法性。在人的价值面前，禁欲主义的文化充分显示了它的荒谬。鲁迅通过一系列文章告诉人们：把人应该具有的统统还给人。

在五四时期，鲁迅和周作人的思想是大致相同的，在某些情况下，鲁迅的思想也就是周作人的思想，周作人的思想也就是鲁迅的思想，因为许多重要文稿都是他们互相讨论的结果。在建构人学思想的过程中，鲁迅把生物进化学说引进人学领域，对生命本体做了深入的探讨，建构了独特的个体生命人性观念。这种观念在周作人发表的《人的文学》中得到了最充分的表现。

---

①《鲁迅全集》（第1卷），第54页。

《人的文学》开宗明义就指出："我们现在应该提倡的新文学，简单的说一句，是'人的文学'。应该排斥的，便是反对的非人的文学。"他写道："我们要说人的文学，须得先将这个人字，略加说明。我们所说的人，不是世间所谓'天地之性最贵'，或'圆颅方趾'的人。乃是说，'从动物进化的人类'。其中有两个要点，（一）'从动物'进化的，（二）从动物'进化'的。"[①]周作人认为，应该首先承认人是一种生物，所以其生活现象与别的动物并无不同，应该承认人的一切生活本能都是善的、美的，应该得到满足而不应该遭到扼杀。凡是违背人性的习惯和制度都应该加以改造。同时，人又是一种从动物进化来的生物。人的精神生活比动物要复杂得多，而且人类具有改造生活的力量。古代礼法凡阻碍人性向上发展者，都应该排斥。周作人重视人的灵与肉的二重性。他批判了古代思想中灵肉二元冲突的观点，认为人生的目的并不仅仅是发展神性而扼杀本能，更不在于忽视肉体而求得灵魂的救赎。他接受文艺复兴运动的观念，高度重视人的本能，认为兽性与神性合起来便是人性。正是在这样一种人性论的基础上，他提出了人的文学的命题。

鲁迅人学思想中的人，正是这种从动物进化的人。他首先承认人是动物，承认人的自然本能和生命冲动都与动物没有什么不同，这是人的自然属性。也就是说，人是高级动物，但是，人毕竟还是动物。如果人不具备高于一般动物的特征，人将不成其为人。同样，如果没有一般动物的本能，只有其高于一般动物的部分，人也将不成其为人。其次，他承认人是一种从动物进化的生物，人的精神追求比动物毕竟高深，有更多的精神的自由要求。人，不仅能够适应环境，而且能够改造环境。因此，人既是本能的个体，又是精神的个体，是个人自我选择和自我创造的产物。他们都注意到了人的自然性与社会性，注意到人的灵与肉的两个层面。人的文学是建立在人性论基础上的。这种人性论是建立在生物进化论基础上的。马克思说过："任何人类历史上的第一个前提无疑是有生命的个人的存在。因此第一个需要确定的具体事实就是这些个人的肉体组织，以及受肉体组织制约的他们与自然界的关系。"[②]人是自然性与社会性的统一，是灵与肉的统一，是自然与文化的统一。

---

①《新青年》第5卷6号。

②《马克思恩格斯选集》（第1卷），人民出版社1972年，第24页。

鲁迅五四时期的人学思想，既有源于生物进化论的生存竞争意识，又有取自叔本华、尼采、柏格森的生命意志学说。各种外来的思想经过鲁迅的消化和综合，形成了他的人学思想体系。鲁迅认为，人既然是生物，生命便是第一义的。人的生命是各个独立的生命，就不能不尊重个人的独特性。个体生命有生的本能，社会群体没有权力否定和扼杀这种生的本能。在鲁迅看来，人的生命本身就蕴含着一种向上的和竞争的生命力。虽然由于各种限制，作为个体的生命总是难以摆脱悲剧的命运，但人的生命力总是向上的，总是在个人孤独的抗争中创造和显示着生命的辉煌。

既然需要注意个体的存在权利和精神自由，那么，鲁迅“立人”的工程就不能不分为两个重要方面。我把这两个方面分为内部工程和外部工程。

（二）立人：内部工程与外部工程

人有灵的一面，也有肉的一面，因此，需要灵的解放，也需要肉的解放。人有精神生活，也有物质生活，因此，需要精神生活的自由，也需要物质生活的自由。在人的内心世界，有各种观念的制约，在人的外部世界，有各种制度和规范的制约，所以，“立人”就不能不同时关注这多层次的制约。因为如此种种，鲁迅的“立人”伟业必然是一个复杂的系统工程。

鲁迅“立人”工程的逻辑起点是中国人非人的生活状况和存在状态。简言之，是人性扭曲和扼杀之后的奴隶状态。考察中国既往历史上人性扭曲和扼杀的原因，不难发现使人不能获得“做人的价格”的力量是多方面的。它是一个结构复杂的“吃人”网络。这个网络既有社会组织制度从外部对生命的压迫和残害，也有各种非人化的价值观念进入个体生命内部之后造成种种精神枷锁对生命的扼杀。“吃人”的凶手一方面来自社会，另一方面来自社会化的自我内心。前者是以专制政治和纲常伦理构成的，建立在非人基础上的以物质因素为保障的社会组织体系和规范体系，是一系列实现社会控制的强制性手段。后者是同样建立在非人基础上并与前者相适应的价值观念体系，是一系列社会规范通过内化过程而成为内在控制力量的非强制性的手段。前者是硬件系统，它是一系列外在的枷锁，它通过政治权力、宗法制度和行为规范实现对人的自由的扼制。后者是软件系统，它通过个人社会化的过程实现对个体的控制，通过种种愚化教育而把社会规范内化为人们内心深处的无形枷锁，造成思想的僵化和生命的萎缩。因此，人的解放就需要进行两个方面的努力：不仅指向人的内部世界——唤醒主体意识和解除精神枷锁，而且指向人的外部世界——改造社会环境和解除社会规范的枷锁。

正因为这样，鲁迅的“立人”工程包括两大层面：一是指向精神的，它意味着观念层面上自由的获得和精神的提升运动；二是指向生存环境的，它意味着社会生活层面上自由的获得和生存环境的改良。前者是对内的，要解决的是价值观念、心理结构和文化性格的问题。后者是对外的，要解决的是社会组织结构和行为规范体系的问题。对内的途径主要是通过价值重估和批判国民性，以打破各种精神枷锁；对外的途径主要是反对压迫和奴役，使人获得独立存在的合法性。前者可以称作“内部工程”，后者可以称作“外部工程”。“内部工程”与“外部工程”是密切关联的，要把人从枷锁中解放出来，不仅需要从精神的压迫中解放出来，而且需要从制度和规范的压迫中解放出来。为了实现前者，必须批判国民性；为了实现后者，必须反抗一切压迫和奴役，反抗一切非人的社会规范。

对于内部工程，鲁迅的实践主要表现为国民性批判。批判国民性主要在于揭示国民的灵魂以引起国民的警醒，从而去掉自己身上的奴隶性和各种因袭的精神枷锁，产生人的觉悟和做人的追求。这就是把人从“铁屋子”里唤醒的工作。

“立人”的目标是人的解放和人格的健全发展。从日本留学时期开始，鲁迅就一直关心着中国人的人格问题。他清楚地意识到，在各种精神奴役之下的中国人在人格上必然是病态的，人性是扭曲而畸形的。但是，鲁迅并不因此而彻底绝望。他有著名的“铁屋”之论：“假如一间铁屋子，是绝无窗户而万难破毁的，里面有许多熟睡的人们，不久都要闷死了，然而是从昏睡入死灭，并不感到就死的悲哀。现在你大嚷起来，惊起了较为清醒的几个人，使这不幸的少数者来受无可挽救的临终的苦楚，你倒以为对得起他们吗?”然而，鲁迅没有因为这种悲观的认识而放弃铁屋中的呐喊。原因之一是他无法回答这样一个疑问：“然而几个人既然起来，你不能说决没有毁坏这铁屋的希望。”[①]同时，还因为鲁迅既不承认人的本性是善的，也不认为本性是恶的。在他看来，善与恶都是后天的，是文化造就的产物，因而它是可

①《鲁迅全集》（第1卷），第419页。

以改造和更新的。他说过："昏乱的祖先，养出昏乱的子孙，正是遗传的定理。民族根性造成之后，无论好坏，改变都不容易的。……但我总希望这昏乱思想遗传的祸害，不至于有梅毒那样猛烈，竟至百无一免。即使同梅毒一样，现在发明了六百零六，肉体上的病，既可医治；我希望也有一种七百零七的药，可以医治思想上的病。这药原来也已发明，就是'科学'一味。只希望那班精神上掉了鼻子的朋友，不要又打着'祖传老病'的旗号来反对吃药，中国的昏乱病，便也总有痊愈的一天。祖先的势力虽大，但如从现代起，立意改变：扫除了昏乱的心思，和助成昏乱的物事（儒道两派的文书），再用了对症的药，即使不能立刻奏效，也可把那病毒略略羼淡。"[①]

对于外部工程，鲁迅的实践主要表现于社会文化批判。鲁迅不仅关注灵魂的再造工程，同时，也致力于社会规范与制度的再造工程，这是鲁迅思想推延的必然逻辑。面对"铁屋"中的昏睡者，他既然选择了唤其觉醒的呐喊，就不能不赞助醒来的人们打破铁屋的努力。而打破铁屋已经属于"立人"的外部工程。因为铁屋不仅闷死沉睡着的人们，不仅使觉醒者更加痛苦，而且必然地限制着昏睡者的觉醒。为了"立人"工程的最后完成，就必须同时进行外部工程——社会批判。

鲁迅的社会批判指向构成"铁屋"的各个部件。他不仅看到了各种势力组成的"食人"集团：压迫者、剥削者、奴隶主、元帅、工头、让女人守节的男人、让儿子牺牲的老子……而且看到了"食人者"借以"食人"的工具：纲常伦理、制度规范和各种习以为常的惯例。他冷峻地揭露着封建宗法制度的虚伪、残暴和"吃人"的本质，揭露传统道德规范对人的压抑、扭曲和扼杀。他以其他文化先驱难以企及的独特感受和体验，展示这种"吃人"的规范压抑之下生命的惨状和灵魂的惨状。中国人自称道德天下第一，鲁迅却发现了中国道德的虚伪和非人化。中国人自豪于悠久的文明，鲁迅却发现了它不仅是畸形的、荒唐的，而且是"吃人"的。他在"郭巨埋儿"和"曹娥投江"等故事中发现其非人的因素，在人们津津乐道的美德中发现"吃人"的罪恶。他一再把投枪掷向统治者，揭露其非人道的统治和他们之间"你方唱罢我登场"的悲剧轮回给人造成的灾难。在中国历史上，是鲁迅第

①《鲁迅全集》（第1卷），第313页。

一次深刻认识到中国人常常做奴隶而不得、幸运时也不过是做稳了奴隶的可怜命运。鲁迅对一切阻碍人的解放和扼杀人性的外部因素都给予猛烈的抨击，对一切压迫者和“食人”集团发出愤怒的断喝。在努力启发人们从内心的无形绳索中解放出来的同时，他也致力于使人们从社会组织结构的有形绳索中解放出来。

外部工程是值得重视的，因为如果不理解鲁迅“立人”工程的外部结构，就无法理解鲁迅投身于社会斗争的动力。他参加自由大同盟，走向左翼，支持工农革命斗争，都因为对其抱有通过改造社会而完成外部工程的希望。

在“立人”的伟大使命中，内部工程与外部工程是相互关联而相辅相成的，无论内部工程还是外部工程，都很难单独完成“立人”的使命。没有内部工程，人们处于昏睡状态当然不可能打破“铁屋”，结果是于铁屋中安静地闷死。没有外部工程，醒来的人也只有徒增清醒的痛苦，结果只是在“铁屋”中挣扎。一方面是，只有打破“铁屋”，才可能完成人的解放，呐喊才有意义。一方面是，只有唤醒了昏睡的人们，才有可能打破“铁屋”。这是紧密连接的两个半圆，缺少任何一处都不可能完成整个“立人”工程。非常明显，作为知识分子、思想家和文学家，鲁迅特别看重的是内部工程，主要从事的也是内部工程。他说过：“凡是愚弱的国民，即使体格如何健全，如何茁壮，也只能做毫无意义的示众的材料和看客，病死多少是不必以为不幸的。所以我们的第一要著，是在改变他们的精神……”[①]他的弃医从文正是重视内部工程的证明。可是，随着对这一选择的进一步认识，鲁迅不能不面对这个问题：没有外部工程，人就不可能获得真正的自由。因为仅仅有精神上的自由是远远不够的，它不能实现“立人”的根本目标。鲁迅非常清楚，在中国，不指涉外部的精神自由是一直存在的。庄子的超然物外和“庖丁解牛”式的“游刃有余”是中国人获得精神自由的方式，这种方式显示着中国人的自由观。“既在矮檐下，不能不低头”“后退一步天地宽”，如果空间太小，缩小自身就会变得宽松；如果枷锁太硬，骨头变软就会减少疼痛。这种夹缝中求生存的苟活哲学最终导致的是对生命的取消，并不能把人从“铁

①《鲁迅全集》（第1卷），第417页。

屋子”里解放出来。现代意义上的个人自由绝不是那种庖丁解牛式的自由。鲁迅所厌恶的正是这种阿Q式的内心自我调节。他所希望的不是消灭自我而获得自由，而是建立在人的主体性前提之下的自由的获得。因此，“立人”就不仅仅是纯粹精神层面上的问题，而是涉及社会变革的层面。这就必然要关注生存环境的改造。但是，知识分子是不可能独力进行社会改造工程的，知识分子所能够做的只是造成一种舆论而促使社会的改造。社会改造工程的最后完成不可能是由知识分子实施的，这就使得知识分子必然要支持能够有助于外部工程的政治力量和经济力量，甚至包括军事力量。鲁迅与政治的关联正是在这样一种思想逻辑中必然出现的。一些致力于知识分子人格独立的学人从非常可贵的目的出发，常常指责鲁迅的政治活动，指责胡适对政治的热情，并且常常有各种误解。其实，只要理解了“立人”工程的这种复杂性，就不能不承认支持健康的政治力量是一种必然选择。

“立人”工程需要内部和外部同时进行，只有外部或者只有内部都是远远不够的。因此，鲁迅把对国民性的批判和对专制制度、传统伦理及行为规范的批判紧密地结合在一起，一方面努力把人们从各种扼杀人的社会规范中解放出来，另一方面努力把人的精神从非人的价值观念束缚中解放出来。《阿Q正传》就是这种结合的典范之作。通过阿Q，我们可以看到鲁迅写出了人的解放事业在中国必须面对的一系列问题。鲁迅发现了阿Q，这是20世纪中国思想史的一大发现，也是中国人对自己形象的重大发现。从外部环境而言，阿Q是可怜的，他处处受着压迫和奴役，生命的欲望得不到满足，人格得不到尊重，没有人把他当人看，最后不明不白送掉了性命。他的命运是值得同情的。作品通过他的命运揭示的是一个非人的生存环境。然而，这个形象的意义绝不仅仅在于唤起人们对阿Q的同情。鲁迅更多地关注着阿Q的灵魂。阿Q的灵魂是可鄙的，面目是可憎的。他自己虽然受着他人的欺凌，却乐于欺凌更弱者，在狼面前是羊，在羊面前是狼，向往革命，积极追随革命，但革命的目的却只是杀掉王胡、小D和未庄的鸟男女，把秀才娘子的宁式床搬进土谷祠，占有未庄的子女玉帛。换句话说，也就是改变一下人肉筵宴的座次。这种革命当然不能改变“吃人”的历史，更不可能使人获得做人的资格。鲁迅描写阿Q的麻木和愚昧、狭隘和自私，为的是让中国人自己照一照镜子。他知道中国人是不喜欢照镜子的，但是，他仍然希望中国人通过镜子中丑陋的形象而认识自己的人格和精神状态。因为如果这种人格和精神状态不改变，人的解放就只能是一句空话。

（三）“立人”与其关系网络

20世纪的中国知识分子面对着一系列复杂的矛盾。鲁迅的“立人”思想也不得不面对着这些矛盾：启蒙“立人”与经济变革、启蒙“立人”与政治革命、人的解放与大众的解放、“立人”与兴国……这些问题增加着人们选择的困难，而且常常导致困惑和迷失。然而，在鲁迅的人学结构中，这些矛盾都在人的终极价值这一中心实现了统一。

1. 立人与经济革命

既然人的解放包括内部世界的解放和外部世界的解放，既然个人的权利不仅意味着精神的自由，而且意味着个人利益和财产的保障，那么，我们就须要关心人的物质生活，就须要考虑个体生命的经济保障，就须要争取人们所应该获得的经济权利。在鲁迅的人学思想结构中，这是不可忽视的重要一环。事实上，人的解放和自由不能不建立在一定的物质基础上。在已有的社会形态中，财富及其表现形式——金钱仍然是能够帮助人实现自身解放的力量中最可靠的力量。在《娜拉走后怎样》中，鲁迅说过：“钱这个字很难听，或者要被高尚的君子们所非笑，但我总觉得人们的议论是不但昨天和今天，即使饭前和饭后，也往往有些差别。凡承认饭需钱买，而以说钱为卑鄙者，倘能按一按他的胃，那里面怕总还有鱼肉没有消化完，须得饿他一天之后，再来听他发议论。”“所以为娜拉计，钱，——高雅的说罢，就是经济，是最要紧的了。自由固不是钱所能买到的，但能够为钱而卖掉。”[①]既然自由可以为钱卖掉。如果有钱，就能保留那本来可能卖掉的自由。这是钱的力量，也是钱对自由的贡献。非常明显，如果有足够的钱，就无须为一个饭碗而违背自己自由的意志，就可以选择更适宜于自己生存和发展的空间。鲁迅深知生命是第一位的，为了保持和发展生命，首先需要满足的就是物质生活需求。

因此，要确定个体的地位，就必须确认个人利益的地位，肯定个人权利就必须肯定个人欲望的合法性和满足个人欲望的行为的合法性。在否定个人

①《鲁迅全集》（第1卷），第160—161页。

利益的前提下谈个人的解放，那不过是虚伪的空话。一切对于奉献的强调都往往不过是剥夺个人权利的借口。

一些人认为鲁迅在小说《伤逝》和杂文《娜拉走后怎样》中对个人主义进行了批判。其理由就是鲁迅虽然肯定娜拉出走是觉醒的表现，但鲁迅更关心的是娜拉的生计问题，也就是争取经济权的问题。他们把争取经济权与个性解放对立起来，认为《伤逝》写的是一个反映个性解放失败的故事。事实上，在鲁迅思想中争取经济权与个人解放是不矛盾的。人的解放本身就包括了争取经济权的内容，因而决不应该排除经济制度的改造等能够推动人的解放的措施。鲁迅关心经济问题，是从人的立场出发的，而不是有了什么新思想之后就批判和否定个性解放和个人主义。

一些人在谈到个人主义时总是小心翼翼地把它与利己主义区分开来，其实，这是大可不必的。离开了利己的原则，个人主义就不再是完整的，并且失去了它的进步价值。因为中国人“被吃”的一个重要的表现，就是个人的价值和尊严被剥夺的同时个人的利益也被剥夺着，个人的物质欲望和个人的财产都得不到合法的存在地位。陈独秀说：“现代生活，以经济为之命脉，而个人独立主义，乃为经济学生产之大则，其影响遂及于伦理学。故现代伦理学上之个人人格独立，与经济学上之个人财产独立，互相证明，其说遂至不可动摇；而社会风纪，物质文明，因此大进。中土儒者，以纲常立教。为人子为人妻者，既失个人独立之人格，复无个人独立之财产。父兄畜其子弟……子弟养其父兄。……《坊记》曰：‘父母在，不敢有其身，不敢私其财。’此甚非个人独立之道也。”[①]像陈独秀一样，鲁迅看到了现代生活原则与传统伦理精神的差别，看到了“独立之人格”与“独立之财产”的关系，因而告别了传统的义利观而对个人利益给予高度的重视。

必须充分重视鲁迅人学思想中争取经济权的内容，因为离开了这一角度，就不能很好地解释鲁迅生命中出现的困惑和使他产生痛苦的选择。他之所以做出一些与启蒙初衷似乎相去甚远的选择，原因就在于一些主义和口号从理论上看似乎是可以提供人的解放的物质保障和社会保障的。值得注意的是，无论鲁迅曾经有过多少彷徨，他始终没有离开以人为本的思想轨道。当

① 陈独秀：《孔子之道与现代生活》，《新青年》2卷4号。

他看到一些闪光的道路其实并不通往他的人国的时候，当他发现借助某种同路的车马可能把他拉向另一条道路的时候，他的选择是跳下马车，回到自己孤独的“立人”之路。

2．“立人”与政治革命

19世纪末的中国学界关于思想启蒙与政治革命的关系存在着许多模糊的认识。20世纪中国的历史更多显示着二者之间的矛盾。这种历史的事实进一步模糊了人们的认识，甚至造成了知识分子对政治的厌倦。一些人之所以极力贬低鲁迅，也往往因为在各种误解的基础上认为鲁迅在20世纪30年代发生了转变，从思想启蒙走向政治革命，开始自觉地为政治服务，充当政治斗争的工具。然而，只要了解鲁迅人学思想的整体结构，就会看到，在鲁迅的人学思想建构中，思想启蒙与政治革命的关系并不是对立的。他的“立人”工程本来就不拒绝政治革命。

鲁迅的启蒙主义指向人的解放。所谓人的解放，在鲁迅那里包括内部工程和外部工程。内部工程主要是摆脱奴隶的精神状态，因而是可以通过启蒙本身直接解决的。外部工程要摆脱奴隶的生存状态和生存环境，就不是启蒙所能够独自完成的了。对于“食人者”，态度当然可以是多样的：第一，通过启蒙而使其改过自新，从此不再食人；第二，如果那些占据着人肉宴席主位的食人者拒不放弃食人的权力，当然就有必要掀翻宴席的桌子。鲁迅说的掀翻桌子和捣毁厨房之举，已经包含了政治革命和社会革命的内容。

但是，政治革命只能是“立人”的手段之一。手段和目的的关系是不能颠倒的。手段只有服从于目的才具有合法性。鲁迅希望一种中国从未有过的政治革命带来人的解放，希望通过政治革命掀翻人肉宴席，而不是掀翻旧桌子后再摆上一张新桌子，或者只是调整一下享用这宴席的食客的座次。因此，鲁迅决不一般地支持或否定革命。政治革命的意义就在于它可能推动人的解放而对“立人”发挥积极的影响。政治革命是为“立人”工程服务的，正如道德革命、经济革命、女子解放等都是因其对“立人”相关而获得意义一样。那种以政治革命为由剥夺个人自由和权利的做法也必然为鲁迅所不能赞同。

从这个角度看问题，我们就不难明白鲁迅与一系列政治运动的关系，就不难理解他在一系列政治运动中的态度，也不难理解他对一些政治集团的希望和失望。他往往从人的解放这一角度赞同和支持政治革命，甚至对其抱有极大希望，然而，一旦发现那种革命不过是赶走一批老爷又迎来一批老爷，革命之后自己不过是成了先前的奴隶的奴隶，他就不能不对这样的政治革命表示失望。当他满怀希望而投身于某种政治性的团体，却发现个个都想当工头，领导人像奴隶总管，他就无法再对这种团体表示好感。从鲁迅与光复会、鲁迅与国民党、鲁迅与左联的关系，可以清楚地看到这一点。鲁迅参加光复会，本是支持其政治革命的，但革命领导者却根本不尊重人的生命，在剥夺个人生命的时候更不考虑你是否还有老母亲。鲁迅南下广州也是投奔革命而去的，革命的事实却使他只有逃走。鲁迅与左联领导人的紧张关系在很大程度上取决于他们对于人与革命的本末关系的不同理解。鲁迅从“立人”的目的出发，希望通过政治革命实现人的解放，而左联却要求为政治革命而放弃个人自由。如果政治革命不能推动人的解放和人性的完善，如果它本身就扼杀人的个性、剥夺人的自由，它就不是鲁迅所希望的革命了。鲁迅在《辱骂和恐吓决不是战斗》中说过：“无产者的革命，乃是为了自己的解放和消灭阶级，并非因为要杀人……现在虽然很有什么‘杀人放火’的传闻，但这只是一种诬陷。中国的报纸上看不出实话，然而只要一看别国的例子也就可以恍然，德国的无产阶级革命（虽然没有成功），并没有乱杀人；俄国不是连皇帝的宫殿都没有烧掉么？而我们的作者，却将革命的工农用笔涂成一个吓人的鬼脸，由我看来，真是卤莽之极了。”[①]在此之前，他也早就说过一句话：“其实革命是并非教人死而是教人活的。”[②]由此我们可以看到鲁迅对于革命的理解。然而，在一些人那里，所谓革命却并不是叫人活的，或者是只要自己活而不叫别人活。鲁迅对这样的革命当然是不支持的。但是，他却从来不反对真正能够带来人的解放的政治革命。按照鲁迅的思想逻辑，为了人的解放，他可以一次次对“革命”失望，却不会告别革命。

3. 人的解放与大众的解放

人的解放与大众的解放，是20世纪中国文学和文化中的一个重要问题，也是摆在知识分子面前的一个重要问题。严格地说，“大众”的含义是非常模糊的。它在20世纪的中国至少获得了两层含义：对于个人来说，大众意味着群体；对于人类来说，大众意味着只是人类的一部分——下层劳动

①②《鲁迅全集》（第4卷），第452页，第297页。

者群体。因此，就出现了面对大众的复杂关系。“五四”一代人强调人的文学须要关心普通老百姓的生活，因为人力车夫、学徒、奶妈都是人，都应该获得人的生活。这是一种平等的道德，也是一种博爱的道德，是一种最一般的人道主义精神，是18世纪欧洲自由平等和人权中的自然之义。“五四”一代人同时具备了两种新的品质，它表现为自爱——个人尊严和个人价值的强调，个人独立自由权利的获得和争取，又表现为博爱——对人类特别是劳苦大众的深刻同情，以及为他们的生存权利而呐喊请命。但是，众所周知，在20世纪的中国，旨在个体自由的个人解放工程与旨在大众翻身的阶级解放工程是有矛盾的。

在鲁迅的思想中，下层大众的地位是重要的。在统治者与大众之间，他总是别无选择地站在大众一边，不仅对他们的生活表示深刻的同情，而且努力为他们的命运而呐喊，努力争取他们的解放。这一思想是不容忽视的。正是这种人道主义使他关心大众的解放事业。然而，一个问题是，如果人的觉醒没有完成，那解放的结果是并不美妙的。如果解放的结果是阶级的首领可以为所欲为，而其他人则仍然是奴隶，这样的解放又有什么意义呢？事实上，受本阶级的压迫并不比受其他阶级的压迫更幸福，受本阶级的奴役也并不比受其他阶级的奴役更轻松。鲁迅对大众的状态是清楚的，他知道中国大众活得不像人，知道一个个生命都处于“吃人”和被吃的怪圈当中，越是下层就越是悲惨。他知道社会存在各种不公，因此而支持大众的解放事业。然而，鲁迅思想的中心是人。大众解放的意义在于人的解放，阶级解放的意义在于人的解放。鲁迅关心大众的解放，同情大众的斗争。因为在他看来，那是一种追求人的解放的努力。他接受阶级意识，是因为他反抗人对人的压迫和奴役。在他的思想中，阶级论是符合人道主义精神的，也是隶属于人道主义的。他为人的解放而接受阶级论，为人的解放而接受暴力革命。他是从“人本”立场上接受这一切的。这种接受当然有其保留，那就是一旦阶级斗争越出了人道主义的轨道，一旦追求大众解放的努力在其发展过程中扼杀人的个性和人的独立自由，他就与之背道而驰了。即使以要实现人的解放就必须暂且失掉做人的权利这样的理由来说服他，也是无济于事的。

总之，有良知的中国知识分子无法不关心民众，无法不首先关心最广大的劳动大众。但是，鲁迅与人格没有完成现代性转化的文人不同，他没有因为对民众的同情就放弃自己的精神立场而去认同大众的意识，没有因为支持大众的解放就放弃对人的解放的努力。

4.立人与兴国之间

长期以来，人们往往把鲁迅的“立人”看作手段，而把“兴国”看作目的。直到现在，许多有关著作中的观点也依然如此。这是对鲁迅的一种严重曲解。今天的鲁迅研究应该恢复鲁迅思想的本来面目。当然，鲁迅没有因为“立人”而排斥兴国，但是，鲁迅绝不是一个民族主义者，在他那里，“立人”是根本目的。按照鲁迅的思想逻辑，国家的根本目的应该是人，国家与人的关系也不应该是本末倒置的。

在人们强调兴国的时候，鲁迅关注的是“立人”，这其中的原因值得注意：这不仅因为他意识到立国必先“立人”，没有个体生命的觉醒和解放就没有繁荣富强的现代国家，同时还因为他能够深刻地意识到，如果人得不到解放，对于奴隶来说，国家的强和弱与他有什么关系呢？如果人不能摆脱被食的传统，厨房的豪华与简陋，餐具是银质的还是泥陶，其实无关紧要。被放进一个银盘子端上餐桌就比被盛在泥碗里更幸福吗？鲁迅当然不是国家取消主义者。但是，在他那里，国家不是可以凌驾于人之上的，更不应该成为剥夺个人权利的借口。鉴于历史的教训，他特别警惕在人的主体意识没有充分觉醒的前提下，强化民族意识和群体意识而导致奴隶关系的巩固。

按照鲁迅的思路，国家的合法性取决于它是否能够有利于人的生存、温饱和发展，是否能够保障个人的自由权利。如果国家给人带来的不是个人自由和权利的保障，而是压迫和奴役，那么，这个国家就是不合法的。这是“五四”当时一代先驱们共同的见解。按照陈独秀的说法：“要问我们应当不应当爱国，先要问国家是什么。……我们爱的是国家为人谋幸福的国家，不是人民为国家做牺牲的国家。”[①]李大钊在《“少年中国”的“少年运动”》中说：“我们既然是二十世纪的少年，就该把眼光放的远些，不要受腐败家庭的束缚，不要受狭隘爱国心的拘牵。……我们应该拿世界的生活作家庭的生活，我们应该承认爱人的运动比爱国的运动更重。”[②]按照胡适的说法：“现在有人对你们说：

① 陈独秀：《我们究竟应当不应当爱国》，《每周评论》第25号。

②《李大钊选集》，人民出版社1959年，第237—238页。

'牺牲你们个人的自由，去求国家的自由！'我对你们说：'争你们个人的自由，便是为国家争自由！争你们自己的人格，便是为国家争人格！'"[①]按照鲁迅借一个朋友之口的表述："要我们保存国粹，也须国粹能保存我们。"他认为，"保存我们，的确是第一义"[②]。总之，"五四"一代启蒙思想家的出发点是人，目的也是人。"五四"精神的精髓就是这种人本精神。

在此基础上，他们确立了一种新型的国家与个人的关系原则。这一现代的关系原则是一种市场化的原则，它是现代社会关系最本质的标志。无论个人与个人之间，还是个人与群体之间，都必须是自愿的平等交换，而不是野蛮的占有和掠夺。当纳税人依法纳税的时候，当公民被要求承担对于国家的义务的时候，他们有理由向国家提出条件：国家对我的回报是什么？因为公民没有理由用自己的血汗养活与自己的利益无关的人，更没有理由养活危害自己利益的压迫者和奴役者。在鲁迅那里，国家不是可以凌驾于个人的利益之上的东西。直到晚年，鲁迅在《半夏小集》中仍然写下了这样一段对话：

> A：你们大家来品评一下罢，B竟蛮不讲理的把我的大衫剥去了！
>
> B：因为A还是不穿大衫好看。我剥它掉，是提拔他；要不然，我还不屑剥呢。
>
> A：不过我自己却以为还是穿着好……
>
> C：现在东北四省失掉了，你漫不管，只嚷你自己的大衫，你这利己主义者，你这猪猡！[③]

由此可见，鲁迅对以国家和民族的名义剥夺个人权利和侵害个人利益的行为是持一种什么样的态度。

20世纪中国有两种不同的启蒙主义。一种是以严复和梁启超为代表的近代启蒙主义；他们启蒙的目的指向是国家和民族。在民族危机面前，在经济

---

① 胡适：《介绍我自己的思想》，《胡适文集》（第5卷），北京大学出版社1998年，第511页。

②《鲁迅全集》（第1卷），第306页。

③《鲁迅全集》（第6卷），第595页。

发展和政治改良都困难重重难以奏效的情况下，他们比较清醒地认识到了人的问题，并且试图通过启蒙而提高国民的素质，但目的仍然是解决民族的危机和国家的困窘。他们的启蒙主义只是实现国家富强的途径。在他们那里，人只是手段而不是目的。

另一种是以鲁迅为代表的现代启蒙主义。与“梁启超们”不同，鲁迅所思考的不是江山社稷问题，不是某种虚幻的整体利益问题，而是具体生存的人的自由和权利问题。他所要解决的不是民族的危机，而是人的危机，是中国人几千年从来没有得到过做人资格的问题，是中国人如何摆脱奴隶的生活而获得人的生活的问题，也就是如何掀翻“吃人”的宴席和结束“两样时代”的问题，如何意识到自己的奴隶处境而摆脱各种精神枷锁，从而获得人的精神自由的问题。在鲁迅这里，国家只是手段而不是目的。

需要特别强调的是鲁迅所强调过的本末之别。在鲁迅的思想中，世间只有人具有哲学上的绝对终极意义和价值，其他一切都只能为这一目的而存在。国家的独立也好，民族的富强也好，阶级的翻身也好，一切政治“经济”文化活动，一切革命和改革，都必须以人的个体生命的生存发展和精神的自由为前提。以牺牲个体生存和个体利益为代价换得民族的独立和国家的繁荣是不合法的。这也是“五四”一代人的文化追求，在他们那里，人的解放就是一切。无论政治制度的变革、经济制度的变革，还是文化上的变革，唯一的目的就是结束奴隶的时代而创造一种以人为最高价值准则的新文明，使人成为人。

三、鲁迅人学思想的历史境遇

鲁迅的人学思想是20世纪中国最高思想成就之一。然而，这一思想成就却生不逢时，没有获得良好的生存和生长空间。回顾20世纪中国文化的发展，关于人的自由观念一如既往地没有得到广泛认可，鲁迅的“立人”思想不但没有被发扬光大，而且不断地受到各种思潮的冲击。

（一）时代矛盾与沉重使命

鲁迅选择的“立人”之路注定十分艰难。这种艰难来自中华民族的历史命运所必然面临的一系列问题的干扰，来自传统造就的各方面力量对启蒙

“立人”工程的排拒，也来自文化冲突中新文化势力的弱小。非常明显，像鲁迅和胡适一样清醒的思想者在20世纪的中国毕竟不是太多。

当鲁迅做出“立人”的伟大选择时，中国人面临着多重矛盾。没有获得做人的价格，活得不像人而像奴隶，生命个体处于“吃人”和被吃的怪圈当中，等等，这是鲁迅所特别关注的。正是由这种关注而产生了启蒙“立人”的主题。然而，除此之外，20世纪的中国人不能不面对两个重大主题：

一是民族救亡的主题。20世纪的中国人从上一世纪继承的是一个危机四伏的残局和极为不良的国际处境。面对外族的入侵，抵抗一败再败，一个自大的民族终于暴露了不堪一击的真实面目。割地赔款和不平等条约使国人一步步深刻地感受到民族危机的严重，于是，争取民族独立而不做亡国奴的呼声响彻四面八方。文学界和思想界普遍燃烧着火热的民族激情。虽然新文化运动的中心问题不是政治而是文化，它的目的是旧文明的批判和新文明的创造，是价值的重估和国民性的重铸，但是，在这样一种氛围中，它却一开始就必然包含了国家自强和民族自救的主题。在许多人的意识中，新文化运动的目的指向仍然是国家和民族而不是人。在许多人的思想中，无论思想启蒙还是文化批判，仍然是为了国家和民族的现实命运，目的指向仍然是民族的独立和国家的富强。而且，强烈的民族意识强化着排外心理，排外心理又以各种复杂的形式强化着民族意识。虽然中国人已经知道文明必然沿着优胜劣汰的逻辑演进，一种文明由于自身的弱点而衰弱的时候，任何心理上的不平衡都无济于事。然而，有着悠久历史传统的民族却往往很难以轻松的态度接受外来文明，更难接受外族统治。在1840年之后的中国历史上，每一次外族的侵略都进一步刺激着爱国者的民族自尊心，强化着人们的民族意识。第一次世界大战的胜利几乎使中国人忘记了自己的世界地位，巴黎和会却毫不留情地给了一个提醒。这一提醒造成了民族意识的激烈反弹，并导致了“五四”学生运动。看一看当时学生的口号，读一读罗家伦起草的宣言，就可以感觉到民族救亡在一般青年学生心中的分量。

二是阶级翻身的主题。文明的衰弱必然导致经济的贫困，专制制度必然伴随着社会分配不公。越是贫困，这种不公越是触目惊心。新文化运动带来了人的觉醒，这种觉醒当然还不可能使被压迫阶级清楚地意识到自己的非人生活和不平等地位，因为他们与新文化距离遥远，听不到关于自由和平等的声音。但是，一些知识分子却因为更多地接受了西方观念而深刻认识到了社会的不公。他们从一般人道主义立场出发，必然要为大众的苦难而鸣不平，并试图改变不平等的现状。翻开《新青年》就可以看到，在1918年的春节，新文化运动的主将们纷纷创作除夕诗，其中最引人注目的主题就是对劳苦大众的同情和对社会不平的抗议。1919年五四运动爆发之时，《每周评论》正刊刊载了陈独秀的《贫民的哭声》。文章展示了贫民可怜的生存状况之后写道："这十几万人何以到了这样苦恼的境遇？懒惰、没有能力，并不是他们人人造成苦恼的唯一原因。有些享福的老爷太太，能力不比他们高，而且比有些贫苦的人还要懒惰十倍。那么到底是什么缘故呢？"[①]陈独秀看到中国的问题不是资本家的剥削，而是官僚的疯狂掠夺："今天这样捐，明天那样税，弄得民穷财尽，钱用到哪里去了？替人民办了什么事？……养了议员去嫖赌，恭维督军；养了文官去刮地皮，借外债卖路矿得回扣；养了武官去杀人，抢劫，贩卖烟土；养了法官警官去捉拿那贫苦的烟犯赌犯来罚钱。现在的时代，还无人敢说政府官吏没有什么用处。可惜他们的功效，只造成一片贫民的哭声！"[②]20世纪上半叶的中国文学和思想的历史上，这种"不平之鸣"一直是能够得以表达的。虽然这种"不平之鸣"的出发点和目的指向都极为不同，但无论是源于人的意识而要实现社会的平等和人的解放，还是源于"彼可取而代也"的传统习惯而要实现简单的翻身欲望，其客观结果都是强化着阶级翻身的主题。

1987年，李泽厚在《中国现代思想史论》中提出了启蒙与救亡的命题。这一命题对中国现代思想史的研究和中国现代文学的研究产生了很大的影响。但是，不知李泽厚先生当时是没有意识到还是意识到了而有意回避，他的二重变奏论忽略和掩盖了一些严重的问题。事实上，"五四"和中国现代历史的主题并不仅仅是启蒙与救亡的二重变奏，而是启蒙、救亡和翻身的三重变奏。五四时期的中国，事实上已经存在着三种相互纠结的意识：人的意识、民族意识和阶级意识。三种意识分别导致三种主题：启蒙主题、救亡主题和翻身主题。李泽厚的二重变奏论掩盖了许多问题，使一些非启蒙的思想被看作启蒙的思想，使一些非救亡的运动被混同于救亡运动。在其影响下，

①②《每周评论》1919年第19期。

一些人使用启蒙与救亡的思想框架叙述历史，常常为一些非救亡力量披上救亡的外衣而使其获得某种合理性，又常常把一些愚民教育称作启蒙而大大败坏了启蒙的名声。

三重主题不是可以截然分开的，它们之间相互关联，相互作用，但矛盾冲突也是明显的。考察五四时期的中国知识分子，尽管程度不同，但大多知识分子思想中同时存在着这三大主题。然而，其存在的结构方式在不同的人那里是不同的。鲁迅的思想是以人为中心选择和接纳其他两个主题的。而不同的思想派别往往是以另外一个主题为中心来接纳或排拒其他主题。

一般来说，专制的国家权威既不赞同阶级意识也不赞同人的意识，因为它既不希望下层阶级谋求翻身，也不希望个人要求自由。因此，他们总喜欢以民族主义作为旗帜，号召全民族服从统一的意志，步调一致地维护国家的利益。尤其值得注意的是，民族意识一旦与排外情绪相结合，就会导致人们意识不到鲁迅所指出的中国人的历史和现实，也就意识不到“立人”的重要性。因此，许多人都不自觉地以民族激情抵消着鲁迅的“立人”工程。包括新文化运动的大本营北京大学的学生也不乏这种表现：“外人自侵入中国之后，做了不少的宣传，说中国人是野蛮民族，是贱种，性质如何卑劣，习惯如何腐败，道德如何堕落，自经‘拳匪之乱’，他们更振振有词认为这是中华民族性不良的铁证了。一般吃洋饭放洋屁的留学生和西崽，更是推波助浪，说中华民族性果然如洋大人所云。中国人民因知识不如人，机器不如人，政制不如人，经种种失败，受种种苦痛，也不期然而然的自视实有不如洋族的地方，于是颓然的自暴自弃起来了。古人说：‘哀莫大于心死’，一个民族的心死了，而欲图民族之自存，行得吗？况且洋族的民族性，不见得比我们高尚或且比我们还低下，本刊已经屡次指出。所以我们要做新诗人的青年们，关于表现民族伟大精神的作品，要特别多做，儆醒已死的人心，抬高民族的地位，鼓励人民的奋斗，使人民有为国效死的精神。”①因为反抗帝国主义的侵略，就要弘扬民族精神。既然民族精神原来是那样伟大，鲁迅的“立人”就失掉了合理依据。既然一切文化努力都应该集中于使人民为国效死，人的价值和启蒙主义当然无从谈起了。

---

① 邓中夏：《贡献于新诗人之前》，1923年12月《中国青年》第10期。

严格地说，大众没有自己的声音，正像鲁迅所说的，即使到了20世纪，大众也仍然发不出声音。但是，20世纪的中国却总有声称自己代表大众的文人，总有或真或假为大众代言的声音。致力于阶级翻身的思潮一般来说，在政治上是与国家权威对立的，表现着极强的反抗性。因此，阶级意识与民族意识的冲突不可避免，翻身与救亡的矛盾也不易调和。20世纪30年代初期，普罗文艺运动与民族文艺运动的冲突正是这样一种冲突。一般说来，知识分子是同情劳苦大众的，如果阶级翻身只是意味着压迫的解除和社会平等的实现，那么，它与人的解放并不矛盾。但是，如果翻身意味着颠倒压迫与被压迫的关系而并不拒绝制造新的压迫，如果阶级翻身的运动本身就要求人们放弃个人的自由而服从群体的需要，与人的解放的目标就不再一致了。传统文化对于下层阶级的制约是同样严重的，反抗者与压迫者在文化观念上往往没有什么不同，考察试图领导大众翻身的文人的文化观念，也与他们反抗的政治权威一样努力强化手中的权力，制造集体的力量，而绝对不欢迎个人的自由。为了完成某种大业，他们同样希望思想统一和动作一致。这不难理解，因为无论如何，指挥一盘散沙的确不如指挥一架机器更轻松。专制的土壤里培养的反抗者，也依然习惯于专制而不愿接受民主和自由。

这就造成了20世纪中国一个非常重要的现象：压迫者和反抗者都不赞同人的自由。也就是说，不仅仅是李泽厚所说的救亡压倒启蒙，而是翻身与救亡同时压倒启蒙，权威与大众合力阻断了鲁迅的“立人”工程。

这是一个不幸的事实：20世纪中国的一些政治精英们一直没有接受自由和民主的观念，对人权更是视若洪水猛兽。他们从内心深处惧怕人格的独立和精神的自由，总是千方百计地干扰人的解放和“立人”系统工程的实施。他们有时候也喊“启蒙”，但是，他们的启蒙目的往往不是使人的主体意识觉醒从而成为独立的现代个体，而是努力把人教育成可以为某种目标而牺牲个体利益的工具。其实，那种愚民教化与启蒙主义是背道而驰的。20世纪中国的现代化始终被各种强大的传统力量所阻隔。依靠强大的国家机器和强权人物，进行全民族的总动员以实现某种集团目标的路线一直存在并占据着主导地位。它往往要求个体牺牲自由而维护所谓的“国家利益”和“民族利益”。在根深蒂固的群体意识作用之下，个人主义难以获得合法的地位。鲁迅在《文化偏至论》中说过：“个人一语，入中国未三四年，号称识时之士，多引以为大诟，苟被其谥，与民贼同。”[①]鲁迅的认识是准确的。让我们看一看这些思想和政治精英的言论吧——

梁启超说：“自由云者，团体之自由，非个人之自由也。野蛮时代个人之自由胜，而团体之自由亡。文明时代团体之自由强，而个人之自由减，斯二者盖有一定之比例，而分毫不容忒者焉。……嗟夫，今世少年，莫不嚣嚣言自由矣。其言之者，固自谓有文明思想矣，曾不审夫泰西之所谓自由者，在前此之诸大问题，无一役非为团体公益计，而决非一私人之放恣桀骜者所可托以藏身也。今不用之向上以求宪法，不用之排外以伸国权，而徒耳食一二学说之半面，取便私图，破坏公德，自返于野蛮之野蛮，有规语之者，犹敢……‘吾自由，吾自由。’吾甚惧乎自由二字，不徒为专制党之口实，而实为中国前途之公敌也。”[②]

孙中山说：“在今天，自由这个名词究竟要怎么样应用呢？如果用到个人，就成一片散沙。万不可再用到个人上去，要用到国家上去。个人不可太过自由，国家要得到完全自由。到了国家能够行动自由，中国便是强盛国家，要这样做，便要大家牺牲自由……我们的革命主义，便是集合起来的士敏土，能够把四万万人都用革命主义集合起来，成一个大团体。这一个大团体能够自由，中国国家当然是自由，中国民族才真能自由。”[③]

他们的见解基本一致。冷静地考察，我们应该承认，无论梁启超还是孙中山，都是有一定的民主、自由和人权观念的，但是，他们都是国情论者，是在现实前提下考虑问题的。他们不从根本上反对民主和自由，却不主张给人民以民主，更不主张给个人以自由。这并不是因为他们认为民主和自由不应该实行，而是因为他们认为民主和自由不适合中国国情。无论北洋政府还是国民政府，当他们阻挠民主制度的实行和剥夺公民的自由权利时，理由都不是民主和自由不好，而是中国国情还不具备——国民还没有使用民主的能力，还不配享有自由。面对从西方引进的现代理想与中国国情的矛盾，是努力克服障碍以争取理想的实现，还是适应传统造就的国情而放弃理想或修改

①《鲁迅全集》（第1卷），第50页。

②《饮冰室合集·专集之四》，第44—45页。

③《孙中山选集》，人民出版社1956年，第722—723页。

理想？鲁迅不是国情论者，他的一切思考都是从“人国”的理想与“吃人”的国情之间的矛盾开始的。他的选择是为了“立人”而努力摧毁“吃人”的国情。然而，中国的政治家大都是国情论者。中国的知识分子也因为实用理性的影响，而习惯于在承认现有的一切都是合理的这一前提下思考问题。一旦在承认或者迁就国情的基础上思考问题，也就把“吃人”当成了一个合理前提，那么，“立人”工程自然遥遥无期了。

这也是一个不幸的事实：20世纪中国的大众没有接受自由民主的人学观念，与政治权威一样拒绝鲁迅的启蒙“立人”工程。大众的拒绝并不奇怪。一方面的原因是鲁迅在选择“立人”使命的时候就清楚意识到的。在他的笔下，大众往往是麻木的、冷漠的、不觉悟的，并且有着合群的自大，有着消灭异端和扼杀天才的传统。他充分意识到了启蒙者与被启蒙者的紧张关系。他甚至这样说过：“我先前的攻击社会，其实也是无聊的。社会没有知道我在攻击，倘一知道，我早已死无葬身之所了。……我之得以偷生者，因为他们大多数不识字，不知道，并且我的话也无效力，如一箭之入大海。否则，几条杂感，就可以送命的。民众的罚恶之心，并不下于学者和军阀。近来我悟到凡带一点改革性的主张，倘于社会无涉，才可以作为‘废话’而存留，万一见效，提倡者即大概不免吃苦或杀身之祸。”[①]他所面对的，却正是这样一群国民，他所要通过启蒙而改造的，就是这样一群人。

另一方面是启蒙“立人”工程无法回避的现实矛盾带来的困难。启蒙主体与启蒙对象的矛盾是客观存在的。以怒其不争的态度批评阿Q们的各种性格弱点，显然不如为调动大众的积极性而热情赞美其伟大、勤劳和善良的美德更受欢迎。改造国民性的工作必然受到广大国民心理上的排斥和拒绝，启蒙话语不可能是大众所喜闻乐见的。五四新文化运动的领袖们对大众的状态基本清楚，所以大都与鲁迅一样能够意识到他们的落后性，因而艰难地致力于国民灵魂的改造，以便民众从传统的束缚和奴役中得到觉醒和解放。但是，一旦致力于救亡或翻身所需要的群体行动，最需要的就不再是对国民性的批判，而是如何把现实的民众组织起来并调动起他们的斗争积极性。因此，就往往要否定鲁迅“立人”内部工程的必要性，并且拒绝承认阿Q性格

①《鲁迅全集》（第3卷），第457页。

的普遍意义，急切地宣告阿Q的时代已经死去。这是从创造社、太阳社的表现中可以看到的。高度地评价人民群众，在其名词前面加以伟大、善良、勤劳、勇敢等等最光辉的词汇，这当然并不意味着说话者就如此认识人民大众。但是，有一点是清楚的：大众其实也与君主一样，喜欢曲意奉迎而不喜欢揭露其自身的弱点。“立人”需要启蒙，启蒙需要被启蒙者有相应的接受机制。而中国大众存在的是一种什么样的接受机制呢？越是落后的小生产农民，越是没有思想能力的人，他们对传统价值的信仰越是坚定。20世纪中国的启蒙武器显然来自西方文化，无论科学还是民主，都显然不是大众所喜闻乐见的中国国粹，而是西方“文化侵略”的结果。对于一般民众来说，外国文化与外国货及洋人的大炮一样可怕而且可恶。

更重要的是，吃饭的问题对于一般饥寒交迫的大众来说总是头等大事。人的价值与尊严，个性的自由和人格的独立，这对大众来说的确还是奢侈品，远不如肚子的饥饿更为迫切。用鲁迅的话说，自由是可以为钱卖掉的。裴多菲认为自由比生命和爱情更重要，那是已经摆脱了奴隶的精神状态之后的人的声音。但对习惯于苟活的一般中国大众来说，裴多菲为了自由可以抛弃生命和爱情的价值观念是不可思议的。为了活着，中国人可以接受任何一种生存方式。鲁迅的呐喊并没有唤醒多少人。

正因为这样，“五四”过后不久，刚刚建立的个体本位的价值观就开始受到猛烈的冲击。中国传统的群体主义历来以向庸众宣战为罪恶，虽然人民或者大众在中国历来只是一个虚幻的抽象存在，作为具体存在的个体人民从来也没有做人的资格，但是，作为抽象的群体存在却一直伟大而神圣不可侵犯。因此，一般人可能反抗各种邪恶势力，但一旦这势力来自“众数”，却往往立即失掉了反抗的勇气。一旦以大众的名义发出某种传唤，中国的读书人往往立即应征而去。

（二）“立人”之路的荒芜

如果考察20世纪20年代末30年代初的中国文坛，我们可以看到鲁迅的人学思想与五四新文化精神一起遭遇的双重挤压。

五四新文化运动高潮过后，很快出现的是民族意识和阶级意识的高涨。随着五卅惨案的发生，民族意识被进一步激发起来。反抗帝国主义的暴行成为压倒一切的时代主潮，其他一切都被淹没于民族救亡这一主潮之中。民族情绪影响着知识界也刺激着文学家。只要看一看五卅之后出现的文学作品，就可以看到那是一种什么情形。叶圣陶的散文出现了这样的句子：“满腔的愤怒，头颅似乎戴着紧紧的铁箍。我走，我奋疾地走。路人少极了，店铺里仿佛也很少见人影。哪里去了！哪里去了！怕听昨天那样的排枪声，怕吃昨天那样的急射弹，所以如小鼠如蜗牛般蜷伏在家里，躲藏在柜台底下吗？这有什么用！你蜷伏，你躲藏，枪声会来找你的耳朵，子弹会来找你的肉体，你看有什么用？……这块土是血的土，血是我们伙伴的血。还不够是一课严重的功课么？”（《五月卅一日急雨中》）朱自清写下了这样的诗行：“中国人的血！中国人的血！都是兄弟们，都是好兄弟们！破了天灵盖，断了肚肠子！……我们的头还在颈上！我们的心还在腔里！我们的血呢？我们的血呢？起哟！起哟！”（《血歌》）众所周知，这些作家都不是趋新弄潮的，也不是容易激动的。他们的作品有如此表现，时代情绪可想而知。

相比之下，鲁迅的确没有那样的激情。在惨案发生之后的一个多月里，鲁迅没有什么表示。直到一个多月之后，他在《莽原》做了一篇《补白》，也仍然没有表现出对帝国主义的愤慨之情，而是继续揭示着国人的劣根性。面对鲁迅的这种表现，一些人表示不解，一些人表现不满，甚至有人说：“他不是站于中国人的地位上说话的。他是来挖苦中国人的。他是来讥刺嘲笑中国人的。他是一个日本化的‘皮肉屋’。”[①]由此可见一个旨在“立人”的启蒙主义者与民族主义者的不同，也可以看到二者之间尖锐的对立和冲突。

与此同时，由于新的社会思潮的兴起，一些文化人在学生运动和工人运动的影响下把目光投向社会底层。他们中的一些人在民众的反抗热情中激动起来，于是纷纷从书斋走向十字街头，参加了群众运动甚至是到广州参加国民革命。革命使他们看到了大众破坏一个旧世界的力量，看到了大众的力量和热情，因而认为阿Q的时代已经过去，生活中的大众已经不是昨日的阿Q。他们要走向民间，走向大众，要获得大众意识，做大众的留声机器。为此，他们与鲁迅展开激烈的论战，说鲁迅“暴露了知识阶级的厚颜，暴露了

---

① 李猛：《五卅惨案在文艺上的影响》，《民族文艺论文集》，杭州正中书局1934年，第394—395页。

人道主义的丑恶"[①]。甚至把鲁迅称作"文艺战线上的封建余孽""二重的反革命人物"和"不得志的Fascite（法西斯谛）"[②]。

各种力量形成一种合力，共同抵抗和消解五四新文化运动精神的影响，共同向鲁迅的"立人"思想赖以建立的人道主义和个人主义发起了挑战。他们以更先进和更时髦的面目出现，要对鲁迅与"五四"一代先驱实现超越。让我们看看超越者的态度吧！看他们是如何向"立人"的现代工程施以爆破：

> 旧式的作家因为受了旧思想的支配，成为了个人主义者，因之他们所写出来的作品，也就充分地表现出个人主义的倾向。他们以个人为创作的中心，以个人生活为描写的目标，而忽视了群众的生活，他们心目中只知道有英雄，而不知道有群众，只知道有个人，而不知道有集体。……但是现代革命的潮流，很显然地指示了我们，就是群众已登上了政治舞台，集体的生活已将个人的生活送到不重要的地位了。……革命文学应当是反个人主义的文学，它的主人翁应当是群众，而不是个人；它的倾向应当是集体主义，而不是个人主义。[③]
>
> 青年！青年！……我希望你们成为一个革命的文学家，不希望你们成为一个时代的落伍者，这也并不是替你们打算，这是在替我们全体的民众打算。彻底的个人的自由，在现代的制度之下也是求不到的，你们不要以为多饮得两杯酒便是什么浪漫的精神，多诌得几句歪诗便是什么天才的作者。你们要把自己的生活坚实起来，你们要把文艺的主潮认定！你们应该到兵间去，民间去，工厂间去，革命的旋涡中去……[④]
>
> 五四时代的思想，是自己从新来创造一切，旧的一切从新来估值。概括的说，是推翻封建社会宗法社会的羁绊，而发现了"人"，发现了

① 成仿吾：《毕竟是"醉眼陶然"罢了》，1928年5月《创造月刊》第1卷第9期。

② 杜荃（即郭沫若）：《文艺战上的封建余孽——批评鲁迅的〈我的态度气量和年纪〉》，1928年8月《创造月刊》第2卷第1期。

③ 蒋光慈：《关于革命文学》，1928年2月《太阳月刊》第2期。

④ 郭沫若：《革命与文学》，1926年4月《创造月刊》第1卷第3期。

> “自我”；“我”是“人”，“人”不是封建主子和宗法家庭的奴隶。它的法宝，一个是“民治”，一个是“科学”。……封建隶属的关系摧毁了，但只有个个独立的人，而没有发现积人而成的民族社会，所以发生个人主义的思想，与个人主义的文学。而在新的创造方面，思想的法式是只谈问题，不谈主义，各依个人所感受到的问题，以自己的臆断来解决社会，表现自我。……归结来说一句，是个人主义的文学对封建文学的革命。封建文学原应淘汰，但梦幻的表现自我的个人主义的文学，又何尝能适应民族生存与生活改善的企求？[①]
>
> 文艺不是无目标，改进人生就是她的目标，而在此目标下的文艺作品，不应只是呼号个人的痛苦，应该代表群众来呼号。本来社会现象是太矛盾了。其给予人们的痛苦是太难受了。然而这决不是某一个人所独受，只有集合全体的人们共同走上新的生活之途径，个人才有出路。如果仅是个人内心生活的描写，个性发达的表现。结果会中下个人主义的流毒，而且违反了文艺的目标。[②]

以上引文前两段出自左翼文人笔下，后两段出自右翼文人笔下。值得注意的是，左翼文人与右翼文人是一致的，革命文学运动与民族文艺运动是一致的。他们都以群体主义来否定个人主义，都以群体利益压制个人利益，都试图用一种思想来统一人们的思想而不希望看到自由和人权。他们的见解与鲁迅的人学思想格格不入。因此，在20年代末到30年代初，中国新文学的发展历史完成了一次否定的否定，否定了五四新文化运动的努力，转变了五四运动的方向。接着，民族危机日益深重的时期到来了。于是，鲁迅的“立人”伟业被搁置下来。20世纪40年代之后，“立人”路上终于不见人迹。

鲁迅人学思想的丢失与五四精神的丢失一样，本身说明着传统力量的沉重和启蒙“立人”工程的艰难。然而，我认为应该注意这样一个现象：最先退下来的都不是“五四”的主将，而是那些缺少根基而仅仅凭借一种浮躁的激情参加新文化运动的人。他们没有经过深入的思考，因而没有形成牢固的

---

①《初阳旬刊发刊辞》，《民族文艺论文集》，杭州正中书局1934年，第414页。

② 金平欧：《文艺与三民主义》，《民族文艺论文集》，第228页。

精神立场。他们之所以追随新文化运动，往往只因为自己对于生活的某些方面有所不满。比如恋爱自由所面对的道德压力，个人地位与期望值之间的差距，等等。所以，当一个反抗的潮流兴起之时，他们理所当然地成为追随者。这样的力量是非常不可靠的，一有风吹草动，就会改变行动方向；一有新潮兴起，就会立即改换门庭，成为另一新潮的弄潮儿。这本来是并不值得惊奇的，然而，五四新文化运动的阵营太小了，在很大程度上依靠这样一群人制造了一种虚假的轰轰烈烈之势。特别是在文学界，情况更是如此。新文化运动从文学运动开始，而且主要依靠文学运动发生影响，这就使新文化运动更多地容纳了一些并不知道新文化为何物的所谓“文学家”和“文学运动健将”。当历史的事件冲击着人们的时候，他们的转向导致了知识分子队伍的溃散。他们对新文化阵营反戈一击的作用是守旧派无论如何难以达到的。更为严重的是，当他们把鲁迅的人学思想彻底扫荡的时候，却打扮出一个新的鲁迅。正如那些一生把鲁迅当作敌人的人，在鲁迅死后通通成为鲁迅战友的情形一样，他们是以继承和超越鲁迅的面目出现的。这就造成了一种假象，似乎鲁迅自己也否定了自己的人学思想。所以，必须清楚，淹没了“立人”思想的绝不是能够超越现代性的新势力，而是传统力量借尸还魂阻碍了鲁迅“立人”工程的进行。

有一个问题需要继续思考：传统借什么力量扼杀了鲁迅的人学思想并阻断了鲁迅“立人”工程的实施？今天的一些年轻学者将此归之于知识分子的社会责任感。但是，问题大概不在责任感，而在这责任感的具体内容。如果是责任感太强，为什么偏偏没有人承担起鲁迅“立人”的责任而让鲁迅的道路荒无人烟？中国知识分子的社会责任感是强烈的，当民族面临危机的时候他们无法在书斋里当看客。中国知识分子对民众的同情也是强烈的，在民众的苦难面前他们无法闭上眼睛而悠然于花间月下。这一切都不应该被否定。问题在于中国传统知识分子太软弱，缺少精神持守，难以孤独奋战。由于软弱，他们很容易颓废和伤感，发出各种叹息和呻吟；由于软弱，他们最需要寻找依靠，最希望力量支持；由于软弱，他们最怕长期的艰苦奋斗，最希望找到一种根本解决的方式。正因为这样，一旦发现一种可以依靠的群体，他们就很容易兴奋地投身其中，一旦有什么力量以群体的名义发出传唤，就立即狂奔而追随。

相比之下，鲁迅孤独的身影是多么伟大！他特立独行的人格毫无疑问是20世纪中国最伟大的成就，是20世纪现代知识分子的骄傲。那么，鲁迅何以获得这种独立的精神？何以能够投身于群体的利益而时时不忘“立人”的目的？何以在群体和时势形成的潮流中能够保持独立的头脑而不为潮流所裹挟？原因只能是他比较彻底地完成了中国传统文人向现代知识分子的转变。我把这种转变称作知识分子人格的现代性转变。回顾20世纪“立人”工程的坎坷和教训，应该充分重视的正是这种知识分子人格的现代性转变。如何摆脱传统人格的束缚，如何走出传统人格的阴影，对于世纪末的中国知识分子来说，仍然是一个艰难的过程。

（三）全球化背景下的遭遇

十年“文革”结束之后，在灾难的教训中觉醒的知识分子再次想起了鲁迅，想起了他那被废弃的“立人”工程。在拨乱反正和改革开放的背景下，鲁迅的人学思想开始被一些知识分子重新发现，于是，启蒙主义潮流从地底渗出，“立人”的工地上结束了昔日的荒芜。但是，告别20世纪80年代之后，中国的一切都在迅速发生新的变化，各种后学新潮滚滚而来。在种种新潮和后学的关照下，“五四”已是明日黄花，鲁迅的人学思想成了老爷爷那一代的神话。20世纪90年代，中国文坛又一次重演20世纪20年代末所谓新潮对鲁迅人学思想的“超越”。

20世纪末的中国文坛和学界到处可见这样的描述：在过去的年代里，知识分子曾经以“启蒙”“主体”为旗帜，以启蒙导师自居，拥有话语霸权；而在今天，主体已经丧失了价值根基，人死了，知识分子死了，启蒙主义已经过时。鲁迅思想以人为出发点，人已经死了，还谈什么“立人”？“立人”的主体是知识分子，知识分子已经死了，还如何“立人”？“立人”的途径是启蒙，启蒙却已经成了一种过时的神话，而且启蒙理性在20世纪产生的只是罪恶。也就是说，“立人”的工具导致的正是“吃人”的结果。于是，文化的溃败和幻灭似乎已是不争的事实。作家们纷纷告别知识分子的启蒙话语立场，而以“平常心”“世俗情怀”相标榜。启蒙“立人”曾经是以鲁迅为代表的五四知识分子的神圣使命，但在新一代作家笔下，却成了一件十分荒唐可笑的事。时髦的批评家在反复强调：知识分子必须放弃启蒙主义立场，改变居高临下的导师姿态，必须进行自我反省和批判，进行角色的自我调整。在一些人的观念中，以“五四”为标志的启蒙主义在迅速变迁的历史语境中，已经逐渐失去思想的活力，失掉了现实的针对性。因为中国已经不需要现代性，中国大众已经不需要知识分子启蒙，中国的未来已经不需要知识分子……

一个重要的原因在于中国已经不需要“立人”。在20世纪90年代的中国，一个引人注目的现象是阿Q再次摘掉了不光彩的国民性帽子而呈现出本来的性格光辉。阿Q的生存方式正在被今日大众和大众的文学家所认同，精神胜利法成为民族文化最具光辉之处。因为它显示着中华民族的聪明和智慧，显示了中国人生存的韧性，无论在多么大的挫折面前，也能够以“儿子打了老子”的自我安慰而获得解脱。还有比这更伟大的精神吗？鲁迅却错误地把这看作民族的劣根性，真是罪不可赦！而且，还有一种暧昧的声音随时可闻：鲁迅，你不赞同阿Q们如此活着，是要让他们自杀吗？……面对时代文化的这种质问，鲁迅该何言以对？

20世纪末中国文化对鲁迅的挑战是多方面的：国外后现代主义与中国具体国情相结合而产生了具有中国特色的后现代主义，具有中国特色的后现代主义与以新儒学为思想基础的各种新国粹主义一拍即合，对鲁迅和他代表的五四新文化运动精神形成了前后夹攻之势。但是，新国粹主义无论有多么大的声势，无论受到什么样的支持，都是无须从理论上批驳的，因为虽然有李光耀等“文化即命运”的理论和东亚四小龙的社会实践依据，也仍然抵挡不了“五四”一代人早已做出的判决。值得注意的挑战是鲁迅的思想与五四精神已经过时的论断。这种过时论的挑战建立在对当前全球局势和中国社会的认识的基础上。冷战时代结束之后，世界的确发生了巨大的变化，福山因此乐观地宣告历史已经终结。在大陆学人的笔下，近来也常常看到这样的表述：“在今天这个资本主义全球化的时代，商品化的问题更加突出。特别是资本主义全球市场化，商品化，已经全面渗透到第三世界和地球的每个角落……”[①]“中国的启蒙主义面对的已经是一个资本化的社会：市场经济已经日益成为主要的经济形态，中国的社会主义经济改革已

① 刘康、金衡山：《后殖民主义批评：从西方到中国》，《中外文化与文论》1997年第2期。

经把中国带入全球资本主义的生产关系之中。在资本主义化的过程中，国家及其功能也相应地发生了虽然不是彻底的，但却是极为重要的变化。资本主义的生产关系已经造就了它自己的代言人，启蒙知识分子作为价值创造者的角色正面对深刻的挑战。……中国的现代化或资本主义的市场经济是以启蒙主义作为它的意识形态基础和文化先锋的。正由于此，启蒙主义的抽象的主体性概念和人的自由解放的命题在批判毛的社会主义尝试时曾经显示出巨大的历史能动性，但是面对资本主义市场和现代化过程本身的社会危机却显得如此苍白无力。”①

在中国已经全球化的描述之下，启蒙主义知识分子失掉自身位置而退出历史舞台成为一种必然。因为中国的现代化是以启蒙主义为其文化先锋的，启蒙主义的主体性概念和人的自由解放的理想在批判前现代的意识形态时是有威力的，面对市场经济和现代化过程本身的危机，它却理所当然地无能为力了。在这种描述下，似乎启蒙主义在中国的目的已经实现，任务已经完成，所以，启蒙知识分子及其启蒙思想如鲁迅人学思想，就应该寿终正寝了。然而，面对这种描述，我却总有几分怀疑：

1. 中国的市场化已经完成了吗？中国已经进入全球化体系之中了吗？众所周知，由于各种复杂的原因，中国的市场化进程是困难的。由于政治和文化等各方面的因素制约，市场规则难以推行，市场的畸形和病态难以克服。中国的确开始日益深入地加入到世界市场的竞争之中，从而使得内部的生产和社会机制的改造也必须在市场制度的规约之下进行，但是，这一切都还是极为有限的，市场规则并没有规约中国的整个社会生活，它离真正进入世界还有一段相当艰难的路程。

2. 市场化必然导致启蒙必要性的丧失吗？大概恰恰相反，中国特殊的现代化过程使鲁迅启蒙“立人”的任务显得更为重要和迫切。必须清楚，现代化不只是一个经济和技术的指标，现代化的内涵更不只是市场经济。现代化是一个包括经济、政治、文化在内的系统工程。如果各方面不能协

① 汪晖：《当代中国的思想状况与现代性问题》，该文在国内首先发表于《天涯》1997年第5期，后经作者补充重发于《文艺争鸣》1998年第6期，两个版本有出入，此处引自《文艺争鸣》。

调发展，就不可能实现真正意义上的现代化，因而也就不能避免所谓的“现代性问题”。从这个意义上说，所谓“现代性问题”并不是现代性自身的问题。在这个问题上，国内外普遍存在着一个极大的疏忽和误解，似乎现代化是一个可以修改的工程，可以制造出各种在某些方面打折扣的“现代化模式”，事实上，那种做法无论出于什么动机，都只能导致现代化多走许多弯路。现代性应该是一个确定的概念，否则就是对现代性的取消。

一个根本问题是知识分子永远不能忽视的：人的解放和人性的完善的任务是否已经彻底完成？人的自由和解放不是一件批判的武器，而是人类奋斗的目标。市场经济的实现并不能代替人的解放的全部内容，而只意味着人的部分自由的实现。在一些人看来，鲁迅之所以过时，启蒙主义之所以可笑，原因在于已经置身于市场和大众传媒支配之下的消费主义的后现代社会，而在这样的社会里，大众不需要启蒙导师。然而，正因为传媒可以随时制造大众的声音，社会才更需要鲁迅式的启蒙知识分子独立的思考和清醒的声音。尽管知识分子已经的确不可能像历史上曾经有过的那样高高处于讲坛之上，并且各种喧哗会干扰声音的传播，但是，困难并不意味着不需要，这不过是新的时代对启蒙知识分子提出了更高的要求。

只要人的解放的进程没有完成，在中国，鲁迅的人学思想就永远闪闪发光，只要不相信人已经死了或者不希望这一宣告成为事实的人，就不会忽视鲁迅留给我们的这笔最珍贵的遗产。

鲁迅启蒙之路再思考

在谈到自己为什么写小说时，鲁迅说过："我仍抱着十多年前的'启蒙主义'，以为必须是'为人生'，而且要改良这人生。我深恶先前的称小说为'闲书'，而且将'为艺术而艺术'，看作不过是'消闲'的新式的别号。所以我的取材，多采自病态社会的不幸的人们中，意思是在揭出病苦，引起疗救的注意。"[①]这是鲁迅对其文学活动最清楚的说明，也是启蒙文学最明确的解释。启蒙是中国人走向现代文明的必经之途。作为20世纪最杰出的知识分子之一，鲁迅在复杂的时代矛盾中选择了启蒙，并以自己的文化实践开拓了一条独具特色的启蒙"立人"之路。关于这一点，我在论及鲁迅的人学思想时已经论及，但是，对于鲁迅的启蒙之路，却仍有必要进行事实清理和价值认定。对于其中的一些问题，也有必要进行梳理和辨析。

一、何谓"启蒙"?

谈到鲁迅的启蒙之路，不能不从"何谓启蒙"这样一个问题开始。因为在当下中国学界，"启蒙"一词虽然使用率颇高，但人们对它的理解却很不相同，而且多有误解和滥用。为了避免概念的混乱，有必要首先做一些考察。

按照《现代汉语词典》的解释："启蒙 1. 使初学的人得到基本的、入门的知识。2. 普及新知识，使人们摆脱愚昧和迷信：~运动。"[②]第一个解释显

---

①《鲁迅全集》(第4卷)，第512页。

②《现代汉语词典》，商务印书馆1978年，第889页。

然是中国古已有之的教育蒙童、开发蒙昧之意；第二个解释针对从西方引进的“启蒙”一词，而且举例就是“启蒙运动”。《辞海》的解释是“开发蒙昧”，具体的解释却略有不同，它对两层含义的表述是“使初学的人得到基本的、入门的知识”和“通过宣传教育，使之接受新事物”[①]。

在英文中，“启蒙”（enlightenment）的词根就是“光”（light），作为形容词有“明亮”之意，作为动词有“点燃”“使发光”之意。“lighten”作为动词的一般意义就是“使……明亮”。而“enlighten”则意味着人通过对自身的开导而摆脱无知、偏见与迷信。在汉语中，“启”即打开，“蒙”即蒙昧，所以，以“启蒙”一词翻译“enlightenment”应该说相当准确。“启蒙”就是“开发蒙昧”或“使人们摆脱愚昧和迷信”，《现代汉语词典》的第二个解释是比较准确的。

但是，用中国固有的词汇翻译外来的概念，常常出现的问题就是两个词汇的内涵并不完全重合。在中国，“启蒙”一词固有的含义之一是“使初学的人得到基本的、入门的知识”。它的适用范围显然比舶来的“启蒙”（enlightenment）一词要大得多。任何领域都有一些“基本的、入门的知识”，甚至强盗有“基本的、入门的知识“，小偷也有“基本的、入门的知识”。按照中国固有的“启蒙”含义去理解，初学者接受这些知识便是接受“启蒙”，传授这些知识便是进行“启蒙教育”。考察中国目前“启蒙”一词的使用情况，更多的正是中国固有的“启蒙”之义。比如，“性启蒙”“政治启蒙”“计算机启蒙”，等等。把“启蒙”定义为“通过宣传教育，使之接受新事物”，与这种情况非常吻合。在一般情况下，流行的辞书总是表现着流行的见解。

面对这种情况，不能不产生疑问：教新上任的官员如何讨得上司的欢心，教新娶的媳妇如何侍候公婆，教臣子尽忠，教儿女尽孝，教百姓守纪守法……这算不算启蒙？将军对即将出征的士兵们说：“勇士们，人生自古谁无死？考验你们的时候到了！你们将名垂青史！”——这算不算启蒙？寨主对喽啰们说：“没有我的英明领导，就没有大家的好日子，弟兄们，跟我走，去抢！”——这算不算启蒙？妓院老板开导不愿接客的少女，黑社会老

① 《辞海》，上海辞书出版社1979年，第1672页。

大教训手软的打手，这一切算不算启蒙?

我们不能不承认，这里有许多“基本的、入门的知识”，而且一些道理能够使接受者“豁然开朗”。但是，这就是“启蒙”吗?如果把这种意义上的“启蒙”放在由启蒙、救亡、革命等词构成的语义场中使用，将会出现什么后果?

因此，要准确使用“启蒙”一词，首先必须注意区分“使初学的人得到基本的、入门的知识”与“普及新知识，使人们摆脱愚昧和迷信”的不同含义。我们所谈论的“启蒙”是后者，而不是前者。其次，对于后者，还必须区分“启蒙”与“教化”“动员”的不同含义。也就是说，要把启蒙与一般的“宣传教育”区别开来。宣传教育并不一定意味着启蒙。“使之接受新事物”，也不一定意味着启蒙。我们在谈论“启蒙运动”“启蒙主义”“启蒙立场”等问题的时候，不能把“启蒙”混同于“教化”和“动员”。理由很简单，“教化”“动员”或“宣传教育”往往意在蒙蔽，不仅不是启蒙主义，而且常常是愚民主义；不仅不是“使人们摆脱愚昧和迷信”，而是制造愚昧和迷信。皇帝对臣子们的教导、寨主对喽啰的鼓动，目标指向往往是对皇帝和寨主的迷信和顺从。因此，它不但不是启蒙，而且往往是与启蒙截然对立的。

然而，一个疑问随之而来：为什么教人服从帝王的意志、听从长官的召唤、恪守古训、无条件牺牲自己就不是启蒙?启蒙与制造蒙昧的界限在哪里?区分二者的标志何在?

我认为，启蒙的根本标志在于以人自身为目的。也就是说，启蒙的目的必须是人自身，而不应该是其他任何东西。它以人的解放与权利的保障为指归，与此背道而驰的一切说教、动员、煽动、唆使都不能视之为启蒙。

关于这个问题，有几个方面值得注意：

1. 面对一个外来概念，我们必须考察它本来的含义，而不应根据中国译文的固有词意进行想当然的泛化理解。要理解“启蒙”一词，康德的回答是值得注意的。在《回答一个问题：什么是启蒙?》一文中，康德说：“启蒙就是人从他自己造成的未成年状态中走出。”他的进一步解释是：“未成年状态就是没有他人的指导就不能使用自己的知性。倘若未成年状态的原因不在于缺乏知性，而在于缺乏无须他人指导就使用自己知性的决心和勇气，那么，这种状态就是自己造成的。Sapereaude！（要敢于认识！）要有勇气使用自己的知性！这就是启蒙的格言。”①

康德指出，一些人在自然已经使他们不再需要他人指导之后却仍然停留在未成年状态，其原因在于“懒惰”和“胆怯”。“走向成年这一步是艰辛的，此外，绝大部分人（其中包括整个女性）还把这一步看作是非常危险的。于是那些监护人也就为此而操心劳神。他们友善地肩负起指挥这些人的任务。他们首先使自己的家畜（Hausvieh）变得愚蠢，小心翼翼地提防这些安静的造物胆敢从禁锢他们的婴儿车哪怕走出一步，在这之后，向他们指出如果他们试图独自行走所面临的危险。本来，这种危险并不那么严重，因为在摔几次跤之后，他们总能学会走路的。但是，这样一种例证却会使他们变得胆怯，吓得他们一般来说再也不敢作其它任何尝试了。”②康德告诉我们，“监护人”总是利用人们的懒惰和胆怯，使人安于精神上的未成年状态，因而总需要别人的监护，需要别人为他做主。在这种情况下，就需要“启蒙”帮助人们修正自己的精神，走出未成年状态，建立自我的自信。

很明显，“启蒙”的指向是人的思想解放，而不是思想禁锢，是被启蒙者自身，而不是其他什么目的。那些试图以教化、动员或种种精神催眠而把人们置于自己“监护”之下的做法，显然不能被认作“启蒙”。

2. 要深入理解启蒙这一概念的含义，辞书的解释是远远不够的，因而必须对欧洲思想启蒙运动的根本精神进行考察，而且需要对启蒙运动与文艺复兴运动作一体化的考察。毫无疑问，欧洲思想启蒙运动的根本精神是人的解放和人权的确认。正是这一点，使它尽管本身存在着各种不合谐的声音，却能成为人类文明健康主流的行进的灯塔，成为人类在现代化过程中战胜各种邪恶的思想武器和价值依靠。但是，思想启蒙运动中的思想家们对此论述并不充分。这不难理解，因为对置身于文艺复兴运动之后的西方思想家而言，一些基本观念是不言自明的。但是，对于缺少这一精神背景的人来说，如果孤立地面对一些言论，却有可能对启蒙运动产生误解。因此，要准确把握启蒙运动的思想，就必须注意它与文艺复兴运动的联系。思想启蒙运动是文艺复兴运动的继续和发展，二者不可割断。文艺复兴时期的新思潮冲破中世纪

---

①② 李秋零编译《康德书信百封》，上海人民出版社1992年，第271页，第271—272页

神学的束缚，继承古希腊和罗马文化重视“人的尊严”的古典模式，以人为旗帜反对一切扼杀人的力量，肯定人的自然本性和世俗生活，强调人的中心地位和自由意志，以各种不同的形式歌颂人的价值、维护人的尊严、呼唤个体的主体地位。它使人们终于意识到每个人都有上帝赋予的自由权利，是任何人都没有权力剥夺的。因此，尊重人、爱护人、承认个人的权利，成为文艺复兴以来人类健康思想的一大特征。17世纪到18世纪的思想启蒙运动继承文艺复兴运动的任务，用自由对抗专制暴政，用自然神论和无神论对抗宗教偶像，用天赋人权对抗君主和贵族特权，把人的解放运动推向了一个新的阶段。他们寻找“永恒的真理”和“永恒的正义”，要保护的是“基于自然的平等和不可剥夺的人权”。他们呼唤一个理性的王国，要以理性作为人的解放的武器和人权的保证。从文艺复兴运动到思想启蒙运动的全过程是：从人的自由和解放入手，把在封建神学和专制政治束缚下丧失了生命力的人还原为富有生命力和自由意志的人，然后努力以理性建立一种社会秩序以保障自由、平等、民主和人权不被侵害。文艺复兴时代的人是从神学的束缚下解放出来的人，他们对自由的追求是单纯意义上的个人自由和世俗欲望的解放；而启蒙运动中的人则不再满足于个人的叛逃和解放，而要求法律保护之下的个人权利。

这一基本过程决定了启蒙运动的基本特征：从人的立场出发，以人为目的，为人的自由和权利而努力。启蒙主义因此而获得了鲜明的思想标识。

因此，一切远离人的立场而进行的宣传、动员和教化，都不应该被视为“启蒙”。一切以人的顺从、效忠和牺牲为目的的愚民主义的教育都没有资格盗用“启蒙”之名。

二、五四启蒙运动的目标指向

（一）从“启蒙”与“救亡”说起

谈到鲁迅的启蒙主义，有一个问题必须理清：五四启蒙运动的目标指向是什么？

长期以来，因为种种复杂的原因，五四启蒙运动一直未能得到清晰而准确的阐释。一些人想当然地认为五四启蒙运动的目标指向只能是国家和民族，因而无论是新文化的引进还是旧文化的批判，其目的都是国家的独立和民族的富强。也就是说，“启蒙”的目标就是“救亡”（或者革命，在当下中国学界，救亡与革命也常被混为一谈）。在国家、民族或阶级至上的群体主义观念影响之下，要肯定一种事物的价值，就必须冠之以某种群体的名义，将其称之为爱国的、为民族的、为大众的，等等，似乎不这样解释，就无法证明它的意义。这是20世纪中国思想界一个显著的特色。由于这种思维定式和习惯的作用，一些人要确认鲁迅的意义，就自觉或不自觉地把他启蒙活动的目的解释为救亡。

“启蒙”与“救亡”的冲突是李泽厚在20世纪80年代最先正式提出的。能够提出这一问题，意味着李泽厚对此有比较深入的思考。然而，遗憾的是，当时的李泽厚对此并未深究，对他使用的概念也未作清理。所以，他一方面揭示着“启蒙”与“救亡”的冲突，并为“救亡”压倒“启蒙”而惋惜；一方面却写下了这样的结论：“尽管新文化运动的自我意识并非政治，而是文化。它的目的是国民性的改造，是旧传统的摧毁。它把社会进步的基础放在意识形态的思想改造上，放在民主启蒙工作上。但从一开头，其中便明确包含着或暗中潜埋着政治的因素和要素。如上引陈独秀的话，这个通过‘最后觉悟之觉悟’所要达到的目标，仍然是指向国家、社会和群体的改造和进步。即是说，启蒙的目标，文化的改造，传统的扔弃，仍是为了国家、民族，仍是为了改变中国的政局和社会的面貌。它仍然既没有脱离中国士大夫‘以天下为己任’的固有传统，也没有脱离中国近代的反抗外侮，追求富强的救亡主线。”[①]这不能不让人疑惑：既然“启蒙”的目标就是“救亡”，何谈“启蒙”与“救亡”的“双重变奏”？手段自然要服从目的，“压倒”之说又从何谈起？一些问题李泽厚朦胧地感觉到了。尽管他的“启蒙与救亡的双重变奏”有时让人感觉不过是“反帝反封建”的另一种说法，但他毕竟看到了启蒙自身的品质，所以不断言说着个人自由、个性解放等命题。然而，他却没有把不同的思潮及其不同的目标作细致的梳理，而是按照20世纪50年代赋予他的思维习惯将各自运行的不同思想系统纳入到同一个堂皇轨道之中。因此，他一方面感到“救亡”压倒了“启蒙”，一方面却仍然把

① 李泽厚：《中国现代思想史论》，东方出版社1987年，第11—12页。

"启蒙"看作"救亡"的手段。也就是说，他一只脚试探性地迈出了半步，整个身体却被巨大的传送带裹挟而去。作为20世纪80年代的学界巨子，李泽厚的见解影响了一代人。许多学者都在这个问题上承袭了他所留下的矛盾，却很少有人对他发现的问题继续思考。一些人对李泽厚的观点提出批评，但大多来自他的身后，指责他那横斜迈出的半只脚。

在当时的一代年轻学者中，汪晖对这一问题进行了比较严肃而认真的思考。但遗憾的是，年轻的汪晖同样没有继续往前走，而是详细论述了"启蒙"之所以被压倒的必然原因，结果，就成了对"救亡"压倒"启蒙"这一"历史的必然结果"的合理性论证。而且，在李泽厚止步的地方，汪晖干脆做出了这样的结论："从基本的方面说，中国启蒙思想始终是中国民族主义主旋律的'副部主题'，它无力构成所谓'双重变奏'中的一个平等和独立的主题。"[①]进入20世纪90年代之后，这种结论在民族主义的凯歌声中当然要进一步大行其道。

但是，这是一个必须重新探讨的问题。"启蒙"与"救亡"到底是什么关系？"启蒙"的目标指向究竟何在？我认为，把"启蒙"看作"救亡"的手段，把启蒙思想看作民族主义的副部主题，都是对五四启蒙运动的严重误解。"启蒙"与"救亡"是两个不同的思潮，也是两个不同的运动，各有其独立的思想体系和运行轨道，二者可能相遇、相交，但"启蒙"并不从属于"救亡"，也不是民族主义的副部主题。

考察"五四"以降的中国，应该注意同时并存的三个主题：启蒙、救亡、翻身（或曰革命）。三个主题虽然存在着复杂的关联，却各有其不同的思想基础、出发点、目标指向和逻辑理路。他们是相互关联而又各自独立的三个体系，也可以说是三个不同的思潮或运动。三个主题产生于三种不同的意识：启蒙主题产生于人的意识，救亡主题产生于民族意识，翻身主题产生于阶级意识。三个主题又指向三个不同的目标：启蒙的目标是人的解放，救亡的目标是民族的解放（包括国家富强），翻身的目标是阶级的解放。在"启蒙"的体系内，人的解放是根本目标，无论民族解放还是阶级解放，只

① 汪晖：《预言与危机（下篇）——中国现代历史中的"五四"启蒙运动》，《文学评论》1989年第4期。

要有利于人的解放，都可以被接纳，反之，则要受到排斥。也就是说，它可以接受任何思想，但前提是必须成为人的解放和人权保障的手段。在其他体系内，情况也是如此：在翻身体系内，阶级解放是根本目标，无论人的解放还是民族解放，都必须服从于它，如果不能为它服务，则必然受到排斥和打击。这一点，我们从马克思“无产者无祖国”的名言和列宁对于爱国主义的批判，从20世纪30年代左翼作家在中苏战争中要“武装保卫苏联”的立场，从大半个世纪中对人道主义和人性论的态度变化，可以看得清清楚楚。在救亡的体系内，民族的解放和国家的富强是根本目标，无论人的解放还是阶级的解放，都只能与这一目标相一致，而不能与之相冲突。救亡要求全民族的大团结，要求全国上下一致对外，所以，它不欢迎“启蒙”对个人尊严和权利的强调，也不喜欢阶级斗争的鼓吹。这一点，我们从慈禧太后和光绪皇帝的圣谕，从张之洞等人的“中体西用”，从孙中山要求人们为了国家的自由而放弃个人自由的讲话，从国民党政府在20世纪30年代的一系列政策，也都可以看得清清楚楚。所以，这三个体系常常处于矛盾之中，除了形势所迫，很少为“主旋律”所统一。所谓“正”与“副”，所谓目的与手段，只是单方面的一厢情愿，并非双方形成的共识。

就鲁迅与五四新文化运动的领袖们而言，虽然这三种意识在各自的思想中形成的结构并不完全相同，但人的意识都是第一位的、根本的。其他因素都处于从属的位置。他们有民族意识，关心着民族的解放。他们有阶级意识，对被压迫阶级充满同情，甚至直接为之奋斗。但是，他们最关心的不是中国，而是生活在中国这片土地上的人。他们努力的目标是人的解放和权利的获得。也正因为这样，他们才算得上真正的启蒙主义者，五四新文化运动才算得上是一场启蒙运动。否则，它就只能是一场救亡运动或翻身运动了。

（二）从“新民”到“立人”的主题演变

人们之所以把“启蒙”看作救亡的手段，重要原因之一是没有充分注意五四启蒙运动与洋务派的富国强兵和维新派的制度变革之间的区别。站在国家和民族的立场上，沿着鸦片战争之后形成的救国思路理解五四启蒙运动，就很容易把它看作救亡和强国的一个环节。一般说来，作为中国现代化过程中的重大环节，洋务运动进行的是经济方面的变革，戊戌变法和辛亥革命进行的是政治变革，五四启蒙运动进行的是文化变革，这是不错的。在这个过程中，一些人的确是从国家和民族的立场上出发的。但是，这个过程中发生的一些变化是必须注意的。洋务派和维新派的思想和实践都基本以国家作为目标，但五四启蒙运动的目标却并不在此。

无论是洋务派“师夷长技以制夷”的富国强兵战略，还是维新派的“变法”和“新民”战略，考察其目标指向，显然都在国家。虽然严复的“开民智”和梁启超的“新民说”在表面上与五四新文化运动“改造国民性”非常相似，虽然他们早在上个世纪末就曾以“天赋人权”的学说张扬自由思想，鼓吹民众的权利，并且知道中国数千年之腐败皆自奴隶性而来，也知道人格的独立、人权的平等和个人的自由多么重要，然而在他们那里，“开民智”和“新民”只是手段，救国才是目的。他们是从国家本位出发的，目的是国家而不是人。换句话说，梁启超他们“新民”的意义在于为国家培养更合格的建设者和保卫者，而不是造就人格独立、精神自由、个性全面发展的人。

随着19世纪的结束和20世纪的到来，“新民”的时代逐渐过去。一些活跃的思想者在革命的前夜开始走向真正的“启蒙”。变法的失败使中国的现代化失掉了一次机会，也堵死了中国通过渐进的改良而成为英国和日本那样的现代国家的道路。尽管清廷在维新志士血迹未干之时就预约变法，以图重新获得新派士大夫的支持和国际社会的认可，尽管康有为他们也仍然在呼唤还政于光绪并且与革命派展开激烈的论战，但是，历史已经翻开了新的一页，清廷注定失掉了历史的机会。可以说，当他们把六君子推向菜市口的时候，这个王朝已经自己堵死了和平演变之路，而把自己推向了被革命推翻的结局。就在革命的酝酿过程中，中国的新思潮开始真正接受了西方现代文明的健康主流，开始了与世界文化全面接轨的伟大尝试。在革命派的思想成果中，邹容的《革命军》虽然多有民族主义的浮薄激情，但其欧洲思想启蒙运动的积极影响显而易见。他不像梁启超他们那样害怕自由对秩序的危害，也不为本土传统而抵抗西方文明，而是从世界文明的健康主流吸取了思想的力量，认识到革命应该是由野蛮进入文明，结束奴隶状态而获得人的自由。所以，他高喊的是“扫除数千年种种之专制政体”“收回我天赋之权利，以挽回我有生以来之自由”，是“为国民购自由平等独立自主之一切权利”[①]。显然，他提倡自由和平等，强调个人的权利和人格的尊严，已不是作为救亡图存的手段，而是显示着走向成熟的现代知识分子已开始站在人的立场上对中国问题进行思考。

由此可见，辛亥革命前后的中国思想运动已与维新派思想家们有很大的不同。而最大的不同是突出了人权观念。一些觉醒的人们已经认识到传统专制制度的种种罪恶归根到底是剥夺人权和践踏人权，因而开始为争取个人的基本权利而呐喊和鼓吹。人权意识在这一代知识分子中迅速强化。人们强调人权天赋，肯定人们追求个人幸福和快乐的权利，强调个人的自主和道德的自律，呼唤个人自由和人格平等，从政治领域到道德领域，全面地确立人的最高价值。正是在这个背景下，鲁迅走上了启蒙道路。尽管开始时并未立即超越梁启超的“新民”思想，因而以“角逐列国是务”和有利于“邦国之兴起”证明“立人”的合法性，但是，他已一步步走向个人主义。因此，他的“改造国民性”和“立人”已不同于梁启超的“新民”。

到了新文化运动时期，在对中国文化深刻体验和理性认识的基础上，在中国人和西方人不同生存状态的强烈对比之下，新文化运动的领袖们看到了生为中国人的多重悲剧：缺乏人格独立的合法性，缺乏个人权利的合法性，缺乏自由发展的合法性，简单一句话：人已非人。他们强烈地意识到，中国人应该从各种奴役关系中解放出来，使自己成为自己的主人。正因为这样，他们开始了启蒙主义的文化实践。在他们那里，人是思想启蒙的出发点和根本目的，是评判一切的最高价值尺度。个人的自由和权利不必再通过其他神圣的东西获得合法性，而是恰恰相反，无论国家、民族，还是社会、团体，都须要通过是否有利于人的解放和权利保障而获得合法性。

考察历史的变化，任何抽象概括都不能离开基本的事实。只要简单考察一下五四新文化运动，就可以看到，它所关心的问题大多与“救亡”无关，更与“反帝”无涉。

①《猛回头：陈天华 邹容集》，辽宁人民出版社1994年。

新文化运动到底做了些什么？翻一翻《新青年》《新潮》《每周评论》等刊物就可以大致看到它涉及的一系列问题：孔教问题、伦理问题、女子解放问题、贞操问题、婚姻问题、父子问题、教育改良、戏剧改良、文学改革、语言改革……这些问题当然并非完全与国家无关，但是，他们的解决与否并不直接关系民族和国家的存亡。恋爱是否自由，婚姻是否自主，贞操观念是否应该革除，孝道是否需要，独身主义和无后主义是否可行，如果经过学者的论证，当然都与“救亡”有关，但是，这些首先是人生问题。人们可以把它们纳入国家、民族的大话题之下谈论，但它们本身并不必然指向国家和民族。新文化运动的领袖们之所以主张恋爱自由，不是因为恋爱可以救国；之所以反对传统的贞操观念，不是因为节妇烈女牺牲了国家的人力资源；之所以主张妇女解放，更不是要煽动娜拉们离开家庭而走上民族解放的战场。

在五四时期的文学中，爱情题材的创作曾经显示着文坛的辉煌。青年人反抗包办婚姻，争取爱情自由，冲破传统道德观念的束缚而张扬个体的生命欲求。作家们揭示旧道德的罪恶，歌唱爱情的美好，张扬爱的权利。这一切的启蒙意义显而易见，目标指向也显而易见：是救人而非救国。许多作家和诗人对爱情的描写都带有“为爱情而爱情”的倾向，并不是以情爱、婚恋去表示对国家命运的关心，而是真实地表达着从传统观念和礼教禁锢中解放出来的人的生命感受，表现醒来的人的真声音。娜拉是否出走，是她自己的事，并不影响中国与列强之间的关系。但是，作家们仍然给予关心，因为这件事虽然与国家命运无涉，却关系到她是否为一个独立的个体。冯沅君《隔绝》的女主人公宣言：“生命可以牺牲，意志自由不可以牺牲，不得自由我宁死。”这自由绝不是孙中山们所竭力张扬的“国家的自由”。因此，它的意义只能是“人”的主体性的实现。汪静之们有没有“瞟我意中人”的权利，对于国家和民族都不算什么事，但对于个人却是大事，因此，它是新文学的大事，也是新文化的大事，胡适、周作人都要为他辩护。他们并不是要以爱情的自由或婚姻的自主调动年轻人的爱国热情或革命积极性，而是要把人本来应该具有的权利还给人，这本身就是目的。人们情感的不满足和生命的压抑状态或许与国家不无关系，但解决这些问题的意义却并不指向救国。人们因为这些问题的提出而重新审视社会，产生改变社会规范的愿望，根本目的仍然是为了人。以人为目的，这才是五四启蒙运动的主旋律。否则，我们就不应该将之称为“启蒙”运动。

就鲁迅而言，他在五四启蒙运动中关心的是什么？我们不妨以时间为序对他的作品逐一考察。他在《新青年》发表的第一篇小说是《狂人日记》，揭示的问题是“吃人”，发出的呼声是：“救救孩子！”此后，《孔乙己》《药》……所关心的都是国人可怜的生存状态及其令人痛心的愚昧和麻木，却唯独不见所谓“反帝”的呼号和救国的呐喊。作为思想的直接表达，他在《新青年》连续发表“随感录”，所关心的也是中国的孩子“小的时候，不把他当人，大了以后，也做不了人”①，“我是一个可怜的中国人。爱情！我不知道你是什么”②。许多人害怕的是“中国人”这个名目的消失，所以要保存国粹，而他所担心的却是中国人因为国粹太多，不能融入世界，“难与种种人协同生长”。所以，他所批判的是“保存国粹”“爱国的自大”之盲目排外和“学了外国本领，保存中国旧习”的“中体西用”论。而持论的根本理由之一就是“要我们保存国粹，也须国粹能保存我们”③。他做的演讲是《我之节烈观》《我们现在怎样做父亲》《娜拉走后怎样》……在这里，我们可以看到他所关心的是人的命运，而不是国家或民族的命运。

从五四启蒙言论中，可以看到一系列相互对立的词语：“人的生活”与“非人的生活”，“人的文学”与“非人的文学”，“人的道德”与“吃人的道德”，“人国”与“奴隶的国度”……这正是五四启蒙运动的标志。它鲜明地昭示着人们：五四启蒙运动的目标是人而不是别的什么东西。

（三）“立人”与“强国”之间

有人说，虽然五四启蒙运动直接关心的是人，但“立人”仍然是“强国”的手段，所以目的仍然是国家。

在当下中国学界，这种说法是流行的。其潜在逻辑是：因为要救国，所以“立人”；因为要“立人”，所以“启蒙”。于是，“启蒙”为了“立人”，“立人”为了救国。“启蒙”就这样被编入了救亡体系。在这个体系中，人不是目的，而只是救国的工具。

---

①②③《鲁迅全集》（第1卷），第295页，第321页，第307页、第306页。

“启蒙”服务于“救亡”的观点建立于两个潜在的假设之上：一是启蒙运动的领袖们都是民族主义者或国家主义者，二是启蒙运动源自“救亡”的需求。但是，只要进行简单的考察，就会发现这两点都不可靠。

首先，五四启蒙运动的领袖们不是民族主义者，也不是国家主义者，甚至不是一般意义上的爱国主义者，恰恰相反，他们大多具有鲜明的个人主义倾向和世界主义倾向，并不看重国家和民族这些介于个人与世界之间的概念。作为先驱，他们已经具有现代国家观念，懂得国家的合法性之所在，懂得国家与公民应有的关系，因而知道爱国应该是有条件的，只有国家能够保障人的权利，这个国家才值得爱，否则，爱国就是愚昧的表现。就个人与国家的关系而言，无政府主义与五四启蒙运动的联系是密切的。由于无政府主义在其乌托邦世界中已经消除了“国家”和“政府”，使世界成了“自由人的联盟”，因而为五四启蒙运动以个体自由人为中心重建国家观念提供了基础。考察“五四”的主要代表人物对个人与国家的思考是非常必要的。

胡适不是无政府主义者。他的理性使他不赞同破坏一切国家。但是，他的现代理性却使他不会把国家作为目的。他在《易卜生主义》中特别引用了这样一段话：“个人绝无做国民的需要。不但如此，国家简直是个人的大害。请看普鲁士的国力，不是牺牲了个人的个性去买来的吗？国民都成了酒馆里跑堂的了，自然个个是好兵了。再看犹太民族，岂不是最高贵的人类吗？无论受了何种野蛮的待遇，那犹太民族还能保存本来的面目，这都因为他们没有国家的原故。国家总得毁去。这种毁除国家的革命，我也情愿加入。毁去国家观念，单靠个人的情愿和精神上的团结做人类社会的基本，——若能做到这步田地，这可算得有价值的自由起点。”[①]胡适赞美易卜生的个人主义，称赞易卜生从来就不是“狭义的爱国者”，这都有点夫子自道。其实，五四新文化运动核心集团都不是狭隘的爱国者。胡适在他的新诗《你莫忘记》中以一个父亲的临终遗言写道：“我的儿，我二十年教你爱国，——／这国如何爱得！／你莫忘记：这是我们国家的大兵，／强奸了三姨，逼死了阿馨，／逼死了你妻子，枪毙了高升！……／你莫忘记：是谁砍掉了你的手指，／是谁打死你的老子！／是谁烧了这一村……／你莫忘

① 胡适：《易卜生主义》，《新青年》4卷6号。

记：／你老子临死时，只指望快快亡国：／亡给‘哥萨克’，亡给‘普鲁士’——／都可以，——总该不至——如此……”[①]

李大钊曾有一个这样的理想：“只要和平会议变成了世界的议会，仲裁裁判变成了世界的法庭，国际警察如能实现，再变成了世界的行政机关，那时世界的联合政府，就正式成立了。”他要焚香祝祷的就是“合世界人类组织一个人类的联合，把种界国界完全打破”[②]。他在《我与世界》一文中又写道：“我们现在所要求的，是个解放自由的我，和一个人人相爱的世界。介在我与世界中间的家国、阶级、族界，都是进化的障碍，生活的烦累，应该逐渐废除。”[③]

陈独秀的表现最为突出。他不仅明确把国家列为应予破坏的对象，而且早在发动新文化运动的前夕就写了《爱国心与自觉心》，提醒人们不要盲目爱国。在他那里，个人和国家的关系已经完成了现代性调整。在传统观念中，国家高于一切，爱国是无条件的，统治者以国家的名义可以剥夺民众的一切权利，个人却不可能平等地与国家对话；在现代观念中，个人权利高于一切，个人与国家的关系是一种契约关系，国家因能够保护个人权利而获得合法性，个人因需要国家提供服务而承认国家权威并承担对于国家的义务，如果一个国家不能保护个人权利，它的继续存在就是不合法的，公民有权通过投票进行重新选择。一句话，必须是国家为人而存在，而不是人为国家而存在。当时的陈独秀已经具备了这样的现代国家理念。他在《爱国心与自觉心》中指出：“人民何故必建设国家？其目的在保障权利，共谋幸福，斯为成立国家之精神。”然而，“吾国伊古以来，号为建设国家者，凡数十次，皆未尝为吾人谋福利，且为戕害吾人福利之蟊贼；吾人数千年以来所积贮之财产，所造作之事物，悉为此数十次建设国家者破坏无余；凡百施政，皆以谋一姓之兴亡，非计及国民之忧乐，即有圣君贤相，发政施仁，亦为其福祚攸长之计，决非以国民之幸福与权利为准的也”。因此，他的结论掷地有声：“若而国家，实无立国之必要，更无爱国之可言。过昵感情，侈言爱

---

① 胡适：《你莫忘记》，《新青年》第5卷3号。

② 李大钊：《联治主义与世界组织》，1919年《新潮》第1卷2号。

③《李大钊选集》，人民出版社1962年，第221页。

国，而其智识首不足理解国家为何物者，其爱之也愈殷，其愚也益甚。”[①]有感于中国人生存的现状，陈独秀进一步解释说：“国家者，保障人民之权利，谋益人民之幸福者也。不此之务，其国也存之无所荣，亡之无所惜。”“盖保民之国家，爱之宜也；残民之国家，爱之也何居?”“或谓恶国家胜于无国家？予则云，残民之祸，恶国家甚于无国家。失国之民诚苦矣，然其托庇于法治主权之下，权利虽不与主人等，视彼乱国之孑遗，尚若天上焉。”在考察了失掉国家的犹太人之后，他说：“不暇远征，且观域内，以吾土地之广，惟租界居民，得以安宁自由，是以辛亥京津之变，癸丑南京之役，人民咸以其地不立化夷场为憾。此非京津江南人无爱国心也，国家实不能保民而致其爱，其爱国心遂为其自觉心所排而去尔！”[②]

其次，关于五四启蒙运动的缘起，过去的一般叙述大都把它解释为救亡运动的派生物。比如有的论者所说：“中国近代启蒙思想不是在固有文化中衍生的，不是在‘人’和‘上帝’的关系中萌发的，也不是科学知识进化的自然结果，而是在民族的危机、民族文化的危机中发展起来的。所谓‘伦理的觉悟’来自对民族生存问题的思考：从鸦片战争时代地理学的发现起，经历了洋务运动对西方技术的发现，戊戌运动对西方行政制度的发现，辛亥革命对西方政治制度的尝试，然而这一切不仅仍然使‘吾人于共和国体之下，备受专制政治之痛苦’，而且民族危机日益深重，‘人’的启蒙问题才应运而生。”[③]把人的觉醒纳入到民族危机的背景之下解释，这是早已经流行的说法，但是，这种解释是可疑的，因为它是从国家和民族立场上推论的结果，而不是在全面考察的基础上形成的科学结论。

面对鸦片战争之后中国的处境，皇帝及其官员们的确是从“救亡”和强国考虑问题的。最先的留学生们也往往是为救国而远渡重洋的。但是，启蒙“立人”的运动之所以发生，并非因为它是“救亡”或强国的有力手段，而是因为人们在致力于“救亡”的过程中产生了新的思想和要求。在当时的中

①《陈独秀文章选编》（上)，第68页。

②《陈独秀文章选编》（上)，第72页。

③ 汪晖：《预言与危机（上篇）——中国现代历史中的“五四”启蒙运动》，《文学评论》1989年第3期。

国，“国将不国”是一个重要的事实，但是，“人已非人”也是一个重要的事实。两个事实都是中国的真问题。人们可以产生“国将不国”的忧虑，也可以产生“人已非人”的痛感。事实上，正是“国将不国”的忧虑产生了救亡运动，而“人已非人”的痛感造就了启蒙运动。

中国最先的启蒙主义者几乎有着共同的生成背景。他们都广泛地接受了西方现代知识，而且大都有留学外国的生活经历。他们远渡重洋，也许本来是一心为了国家，立志学成之后回国为皇上和他的国家效劳，并由此像前辈一样建功立业。但是，国外生活却不仅使他们学到了富国强兵的技术，而且使他们看到了另一种人生。对他们来说，这是痛苦的一击，也是伟大的觉醒。因为他们本来也是麻木群体中的分子，而且生活历来如此，早已司空见惯，并未感到生活在中国多么无法忍受，所以，他们也会开口闭口“我大清”，一心为皇上重圆强国梦。但是，两种生活的比较使他们看到了一个现实：中国人活得不像人！

其实，早在王韬等人的言论中，我们已听到了各种不平和叹息。在严复等人的文章中，我们已看到令人痛心的比较。至谭嗣同的《仁学》，则直言中国作为“人间地狱”的种种惨状，使我们看到了如此言论：“幸而中国之兵不强也，向使海军如英法，陆军如俄德，恃以逞其残贼，岂直君主之祸愈不可思议……故东西各国之压制中国，天实使之，所以曲用其仁爱，至于极致也。”[①]

对于一个专制王朝来说，两种生活的对比是可怕的。当人们借助外国人的生活而发现自己和同胞们生活得十分可怜时，当人们意识到这种可怜的生存状况并非源自外国侵略而是源于自己的国家时，当人们意识到在旧有基础上的民族独立和国家富强并不能改变人的奴隶地位时，一种思想就在痛苦中产生了：如果一个国家不能保障人的权利，而是剥夺人的权利，它的独立和强盛还有什么意义？如果一个国家像监狱，狱中囚徒们有义务学好本领以加固监狱的高墙或制造新式刑具吗？对于他们中的多数人来说，尽管并非来自苦难的阶层，但他们的国家却没有给他们幸福的感受。或者，原来“皇恩浩

---

① 丁守和主编《中国近代启蒙思潮》（上卷），社会科学文献出版社1999年，第256—257页。

荡”的感觉在西方公民权利面前很快黯然无光了。这是大清王朝的不幸：为了强国，不得不派留学生“师夷长技以制夷”，却又无法使他们只学习外国的技术而有效抵抗其社会制度和意识形态的诱惑，专制制度优越性的宣传也注定了不能掩盖事实的真相。结果，派遣留学生本是为了使自身强盛，到头来却为自己培养了成群的掘墓人。从制度维新的酝酿，到排满革命的宣传，其中一大批人的最终目标已经不再是“救亡”，而是使中国人也应该像人一样生活。用鲁迅的话说，就是要争得“人的价格”。

到五四启蒙运动开始之时，其领袖集团的主要成员大都已经完成了一个根本转变：获得了“人是目的”的基本立场。李大钊的《大哀篇》开头就写下了这样的句子：“嗟呼！斯民何辜！天胡扼之数千年而至今犹未苏也！暴秦以降，民贼迭起，虐焰日腾，陵轧黔首，残毁学术，范于一尊，护持元恶，抑塞士气，摧折人权，莫敢谁何！”[①]在其结尾，又发出了这样的质问：“呜呼！国家至此而穷于用，则吾民之所以牺牲其天秩自由，而屈其一部以就范于国家者，果何为乎？”[②]陈独秀在《爱国心与自觉心》中写道：“若中国之为国，外无以御侮，内无以保民，不独无以保民，且适以残民，朝野同科，人民绝望。如此国家，一日不亡，外债一日不止；滥用国家权威，敛钱杀人……海外之师至，吾民必且有垂涕而迎之者矣。”[③]读胡适、鲁迅的文字，也可以清楚看到他们在西方文明的比照之下对中国人生存状态的关注。也正是这一点，使他们成了真正的启蒙主义者。

（四）人与国家：现代关系的确立

当然，谁也无法否认五四启蒙运动与国家、民族命运的关系。启蒙运动的领袖们常常论及国家和民族，而且常以是否有利于“救亡”而对问题进行评判。但必须注意的是，无论他们怎样以“救亡”为由说明启蒙的合法性，其真正的目标都已不是“救亡”。

从逻辑上讲，人的解放与民族的解放并不矛盾。如果被异族统治就要陷入奴隶的地位，而民族独立则能带来自由、民主和公民权利的保障，那么，追求人的解放与追求民族解放就能够统一，人们就会为了人的解放而谋求民

---

①②《李大钊选集》，人民出版社1962年，第1页，第3页。

③《陈独秀文章选编》（上），第71页。

族的解放，为了个人的权利而维护国家主权，为了个人的富裕而希望国家富裕。但是，中国的救亡强国实践并未提供这样的美景，而是常常以民族的解放压制人的解放，以国家利益剥夺个人利益，以国家主权的名义限制公民权利。无论慈禧太后还是袁世凯，无论孙中山还是蒋介石，一切不愿放弃专制传统的在职统治者和候补统治者都是这么做的。国家往往只属于控制国家机器的个人或团体，只有他们才是国家的主人。在这种情况下，国家主权（国家主人之权），不仅与一般国民无关，而且成了压迫、剥削和奴役的工具，使生活其中的人们无地可逃，感觉“简直不像活在人间”。在这样的国家，一个矛盾必然出现了：统治者努力维护国家主权，抵抗政治干涉和文化侵略，为此而要求民众爱国，甚至要求他们为了国家而放弃个人权利；而对于国民来说，却往往因为没有获得应有的权利而感到自己不过是奴隶，奴隶有什么爱国的义务呢？而且，对于水深火热之中的奴隶来说，侵略者也许并不可怕，亡国也不可怕，因为侵略者可能意味着拯救，亡国可能意味着监狱大墙倒掉。一旦到了这种地步，“启蒙”和“救亡”就无法统一了。而这一切，我们不仅在陈独秀的《爱国心与自觉心》中可以看到，在胡适的《你莫忘记》中可以看到，在李剑农的《一个湖南小儿的话》中可以看到，而且在许多作家的作品中都可以看到。因为启蒙本身就是要让人产生自觉心，意识到自己的权利。

如此情况下，等待列强的瓜分，或盼望自己的居住地成为香港那样的租界，当然是消极的。积极的选择不是盼望中国沦为殖民地，而是根据现代国家理念重建中国。所以，当陈独秀的《爱国心与自觉心》发表之后，李大钊写了《厌世心与自觉心》，一方面赞同陈独秀的看法，认为“我需国家，必有其的，苟中其的，则国家者，方为可爱。设与背驰，爱将何起？必欲爱之，非愚则妄”；另一方面认为陈独秀的文章“厌世之辞，嫌其太多；自觉之义，嫌其太少”。他指出：“自觉之义，即在改进立国之精神，求一可爱之国家而爱之，不宜因其国家之不足爱，遂致断念于国家而不爱。更不宜以吾民从未享有可爱之国家，遂乃自暴自弃，以侪于无国之民，自居为无建可爱之国之能力者也。”[①]这是一种积极的态度。但是，改进了立国精神之后的

①《李大钊选集》，第28—29页。

这个“可爱之国”是为人而设的，是保障公民权利的工具，它本身已经不能成为目的。因此，这个意义上的爱国者已经不是立足于民族主义，而是立足于人道主义；在这个意义上谈救亡，救亡本身就不是目的，而是成为人的解放和权利保障的手段。

其实，在鲁迅他们那里，国家早已有了不同的内涵。在《文化偏至论》中，鲁迅就说：“国人之自觉至，个性张，沙聚之邦，由是转为人国。”[①]这里有两点值得注意：一是“国民之自觉”，二是“人国”。关于鲁迅的“立人”思想，人们往往只注重它的国民性批判，而没有意识到“立人”的内容还包括培养“国民的自觉”——即培养国民的权利意识。因此，它本身就是一种改写个人与国家关系的努力。对五四启蒙运动，只注意其对国民性的批判是不够的，还应注意它对国民性的改造。因为“改造”并不仅仅是“批判”，而是包括在国民性中植入现代公民意识，使之成为具有独立人格和现代国家理念的“国民”。“国民”是当时进步思想界使用的概念，它的含义相当于现在我们说的“公民”，是与“臣民”“子民”和“奴隶”相对的。在20世纪的第一年，就有人发表题为《论国民》的文章，进行了这样的界说：“奴隶无权利，而国民有权利；奴隶无责任，而国民有责任；奴隶甘压制，而国民喜自由；奴隶尚尊卑，而国民言平等；奴隶好依傍，而国民尚独立。此奴隶与国民之别也。”[②]“国民之自觉至”也就是意识到自己作为国家公民应有的一切权利和责任，在精神上摆脱了奴隶状态，有了健全的公民意识。这个理想是很高的，中国人用了一个世纪的时间也没有实现。“人国”更是一个全新的概念。它意味着国家不再是“帝国”或“王国”，而是成为“人”的国家。从某种意义上说，使一个专制“帝国”成为“人国”，正是国家现代化的根本之所在。所谓“人国”，应该是一种在个人自由基础上产生的联合体，是由解放了的自由人组成的联盟。这个“人国”最显著的特征首先是人的自由与权利的保障。在这个前提之下，国家当然是需要的，因为它的功能是保障人的权利而不是相反。必须注意，五四新文化运动所呼唤的国家与欧洲思想启蒙运动所呼唤的国家一样，是保障人的自由和权利的。他们

---

①《鲁迅全集》（第1卷），第56页。

② 佚名：《说国民》，《国民报》1901年第2期。

的“立国”主张已包含了对国家的改写，使“立国”与“立人”不再矛盾，而解决这种矛盾的途径不是让“立人”服务于“立国”，而是让“立国”服务于人的解放和人权的保障。在这里，人与国的关系是不能颠倒的。

三、鲁迅启蒙路径的确立

(一) 思想革命及其历史位置

在《〈呐喊〉自序》中，鲁迅曾经这样回顾他弃医从文走上启蒙之路的过程：

> 有一回，我竟在画片上忽然会见我久违的许多中国人了，一个绑在中间，许多站在左右，一样是强壮的体格，而显出麻木的神情。据解说，则绑着的是替俄国做了军事上的侦探，正要被日军砍下头颅来示众，而围着的便是来赏鉴这示众的盛举的人们。
>
> 这一学年没有完毕，我已经到了东京了，因为从那一回以后，我便觉得医学并非一件紧要事，凡是愚弱的国民，即使体格如何健全，如何茁壮，也只能做毫无意义的示众的材料和看客，病死多少是不必以为不幸的。所以我们的第一要著，是在改变他们的精神，而善于改变精神的是，我那时以为当然要推文艺，于是想提倡文艺运动了。[①]

由此开始，鲁迅走上了启蒙的道路。然而，他的文学启蒙活动一开始就受到挫折。几个人一起要办一份杂志，结果却既少作者又无资本，筹划中的《新生》自然难以诞生。他所能做的，只是给《河南》杂志投稿，给我们留下了《人之历史》《科学史教篇》《摩罗诗力说》《文化偏至论》等论文。同时，与周作人一起翻译国外小说，留下了两册《域外小说集》。而这一切在当时都没有产生多大影响。鲁迅曾如此描写他的感受：“凡有一人的主张，得了赞和，是促其前进的，得了反对，是促其奋斗的，独有叫喊于生人中，而生人并无反应，既非赞同，也无反对，如置身毫无边际的荒原，无可措手的了，这是怎样的悲哀呵，我于是以我所感到者为寂寞。”[②]这寂寞笼罩

①②《鲁迅全集》（第1卷），第416—417页，第417页。

了鲁迅，一晃就是十年。

重新投入启蒙运动是在1918年。当时的鲁迅正在以“钞古碑”打发时光，消磨自己的生命。《新青年》的约稿改变了他的生活，使他投入到一场伟大的启蒙运动之中。在《〈呐喊〉自序》中，鲁迅写下了当时的情景：

> 那时偶或来谈的是一个老朋友金心异，将手提的大皮夹放在破桌上，脱下长衫，对面坐下了，因为怕狗，似乎心房还在怦怦的跳动。
>
> “你钞了这些有什么用？”有一夜，他翻着我那古碑的钞本，发了研究的质问了。
>
> “没有什么用。”
>
> “那么，你钞他是什么意思呢？”
>
> “没有什么意思。”
>
> “我想，你可以做点文章……”
>
> 我懂得他的意思了，他们正办《新青年》，然而那时仿佛不特没有人来赞同，并且也还没有人来反对，我想，他们许是感到寂寞了，但是说：
>
> “假如一间铁屋子，是绝无窗户而万难破毁的，里面有许多熟睡的人们，不久都要闷死了，然而是从昏睡入死灭，并不感到就死的悲哀。现在你大嚷起来，惊起了较为清醒的几个人，使这不幸的少数者来受无可挽救的临终的苦楚，你倒以为对得起他们么？”
>
> “然而几个人既然起来，你不能说决没有毁坏这铁屋的希望。”
>
> 是的，我虽然自有我的确信，然而说到希望是在于将来，决不能以我之必无的证明，来折服了他之所谓可有，于是我终于答应他也做文章了，这便是最初的一篇《狂人日记》。
>
> 从此以后，便一发而不可收……[①]

鲁迅就这样重新走上了他的文学启蒙之路，并且迅速成为新文化运动的主将和中国现代启蒙文学道路的开拓者。

---

①《鲁迅全集》（第1卷），第418—419页。

那么，鲁迅选择了什么样的启蒙路径？面对鲁迅的文学生涯，这是必须回答的。

五四启蒙运动一直遭受着各种误解和非议。其中最为重要的，是面对中国复杂的问题而选择了思想文化革命。几十年前的主流意识形态否定启蒙主义，原因不仅在于启蒙思想属于资产阶级的意识形态，而且在于认定了思想启蒙与教育救国、科学救国、实业救国等口号一样，不能解决中国的问题。按照当时的理论，只有在先进政党的领导之下，依靠工农进行武装革命，才是光荣而正确的道路。在这种思路的笼罩之下，像鲁迅那样把启蒙看作解决问题的根本，不仅荒唐可笑，而且不合时宜。“文革”结束之后，从苦难中醒来的一代人终于再次认识到启蒙的必要，于是，他们中的一些人（仅仅是一小部分）重新走上了鲁迅的道路，致力于思想启蒙运动。但是，从20世纪80年代开始，就从海外汉学界传来了对鲁迅等人的新的质疑：“五四”一代人“借思想文化以解决问题”，结果是进一步导致了“中国意识的危机”。①

鲁迅等人在五四时期的选择的确是依靠思想文化解决问题。但是，究竟应该如何认识和评价这种选择，却有必要进行进一步讨论。

我想提醒人们注意的是，五四启蒙运动有一个独特之处：它不是一场社会大变革的舆论前奏，而是一场大变革之后的文化补课。这段历史虽然过去不过八十多年，但绝大多数中国人对它的认识似乎早已模糊不清，因而五四启蒙运动的历史地位也难以确定。然而，这并非什么难题，只要回到那段历史就能够看到，当时中国的情形是政治上的变革已经基本完成，公民的权利已经写进了宪法，然而，一个现代政治体制建立了，却从上到下都不习惯这种新政体。一方面，作为共和国的总统、总理和各级管理者们，大都刚刚摘去清王朝的顶戴，很难迅速由皇帝的臣民转变成为现代国家的管理者。包括那些作为清王朝专制统治反抗者的革命党人，也并不熟悉现代国家的管理规则，因此，就很难迅速走上国家管理的现代化轨道，而是不自觉地就会按照专制王朝的旧例行事。另一方面，作为理论上已经享有国家主权的人民，绝大多数人并不知道自己已经是国家的主人，因而既不清楚公民的权利，也不

① ［美］林毓生：《中国意识的危机》，穆善培译，贵州人民出版社1986年。

清楚公民的义务，更不知道应该如何对待自己的权力代理者——官员。他们仍然以草民自居，习惯性地自居于奴隶地位。就像鲁迅笔下的阿Q走上大堂时一样，官员们并不让他下跪，但他还是自觉地跪下了。

也就是说，当时的中国已经建立起现代的国家政治体制，而人们的思想观念和行为方式却远远不能适应。在这种情况下，中国究竟需要什么？是政治革命吗？革命就是从根本上改变现有体制，那么，就要推翻《临时约法》，破坏民主体制，结果可能是恢复君主专制。事实上，这样的革命袁世凯进行过，但也失败了。当然，还有一种革命的可能，就是把宣统皇帝重新扶上皇帝宝座，以恢复清王朝的统治。这种革命张勋尝试过，也失败了。在已经具有现代政治体制的情况下，新的政治革命只能导致政治上的大倒退。所以，就当时的历史情形看，以既有的现代政治体制和经济体制为前提，进行一场现代思想文化的“补课”，“借思想文化解决问题”或者干脆就是只解决思想文化层面上的问题，毫无疑问是正确的选择。

新文化运动正是这样一场“补课”。它是中国现代化全过程的一个重要环节，也是从经济改革（洋务运动）到政治改革（从百日维新到辛亥革命）再到文化改革的全过程中的最后一环。它是中国现代化的最后一环，却是不可缺少的一环。

一些人之所以指责五四启蒙运动的选择，把重视思想文化变革而轻视政治经济变革看作五四启蒙思想家的局限，问题在于对新文化运动在中国现代化过程中的历史地位认识不清，对当时中国社会的真问题缺少清醒的把握。其实，无论是陈独秀、胡适还是鲁迅，都不是不关心政治的人。当他们进行思想启蒙运动的时候，也并非不关心政治。但是，他们所面对的现实是这些问题已经基本解决，社会迫切需要解决的问题是在思想文化方面。也可以说，他们并非“借思想文化解决问题”，而是要解决的问题就在思想文化本身。

在1925年写给许广平的信中，鲁迅说过：“说起民元的事来，那时确是光明得多，当时我也在南京教育部，觉得中国将来很有希望。自然，那时恶劣分子固然也有的，然而他总失败。一到二年二次革命失败之后，即渐渐坏下去，坏而又坏，遂成了现在的情形。其实这也不是新添的坏，乃是涂饰的新漆剥落已尽，于是旧相又显了出来。使奴才主持家政，那里会有好样子。最初的革命是排满，容易做到的，其次的改革是要国民改革自己的坏根性，于是就不肯了。所以此后最要紧的是改革国民性，否则，无论是专制，是共和，是什么什么，招牌虽换，货色照旧，全不行的。”[①]这段话有两层意思值得注意：第一，它显示了鲁迅的启蒙立场。他认定只要国民性得不到改革，一切革命都不过是“招牌虽换，货色照旧”。第二，它显示了鲁迅对中华民国初建时的深情。民元的光明记忆在鲁迅作品中多次出现，那是一个崭新时代的开始，一切都充满生机。这并非鲁迅因为个人情感而产生的错觉，而是当时中国展示在人们面前的一个美好的开端。仅从《临时约法》看，它也是20世纪中国最现代的一份宪法草案。在这种情况下，无论鲁迅还是胡适、陈独秀，当然都无须考虑政治体制的根本变革。摆在他们面前的迫切任务，就是解决思想文化方面的问题。

（二）路径之一：穿越传统的笼罩

正因为这样，中国的启蒙运动与西方的启蒙运动有所不同。在西方，启蒙运动有两大任务，一是冲破神权的束缚，二是冲破封建专制政权的束缚。在中国，一方面是本来就没有严格意义上的宗教，神对人的控制力本来不大；另一方面是君主专制政体已被推翻，并且建起了先进的民主政体框架。所以，中国启蒙运动的首要任务不是把人从神的束缚中解放出来，也不是从专制政治压迫中解放出来，而是把人从传统的思想文化枷锁中解放出来。

因此，中国的启蒙运动就不能不首先面对支配着人们思想和行为的文化传统。

所谓传统，就是活在现实中的历史文化。如果一种古老的文化只是存在于历史上，在现实中并无生命力，它就只是已经死了的文化化石，可以陈列在博物馆里，而没有批判和扫荡的必要。但是，如果一种古老的文化仍然生活于现实当中，并且影响和支配着人们的思想和行为，那就意味着它已成为一种传统。传统的力量是巨大的，它使置身其中的人们对一切都习以为常，沿着固有的轨道运行，把一切都视为理所当然而不生疑义，因而很难对其进行审视；甚至某种观念已经严重地危害着自身，也会不自觉地遵守和维护。当然，传统的作用不可一概而论，因为传统本身是复杂的。真善美可以形成传统，假恶丑也可以形成传统；文明与正义可以形成传统，野蛮与邪恶也可

①《鲁迅全集》（第11卷），第31页。

以形成传统；甚至是强盗有强盗的传统，奴隶也有奴隶的传统。传统的质量取决于特定人群历史生活的质量。但无论什么样的传统，只要置身其中，属于那个传统，就会把固有的一切看作天经地义，而很难发现其丑恶与荒谬。这就是传统的惰性力量。

但是，人类文明须要发展，因为人类生存须要不断改善。要发展和改善，就必须冲破传统的规范。事实上，人类文明也正是这样发展的。先进的思想最初只是发生在个别人的头脑之中，因而它是异端的、叛逆的、不合于传统的。但随着时间的推移和条件的变化，却可能会被社会接受。不过，当它被大众接受而成为社会流行思想的时候，已经转化为传统，自然不再具有先锋意义。而在这时候，新的异端或叛逆又在个别人的头脑中产生了。这就是人类思想文化发展的历史。大众社会就是这样守护着传统，而先驱者（也就是真正意义上的知识分子）就是这样发展着传统。从这个意义上说，反传统正是文明发展的题内之义，一种文明若想不处于僵死状态，就必须不断地批判传统。反传统也是知识分子最根本的特征，一个人如果不能对传统持批判态度，不能对新的可能性进行探索，就无法成为真正意义上的知识分子。所以，启蒙立场是知识分子的根本特征，而反传统则是启蒙的必由之路。摆脱被监护状态，摆脱愚昧，在一般情况下，也就是从传统的笼罩中摆脱出来。

鲁迅选择的正是这样一条道路。像陈独秀、胡适等人一样，当他确立自己的启蒙路径时，就首先毅然走上了反传统之路。若要唤醒在传统笼罩之下沉睡的人们，需要振聋发聩的异质的声音。鲁迅提供的就是这样一种声音。通过他独具个性的言说，人们可以认识中国人的生存处境和生存状况，从而知道我们原来生活于这样一种文化环境之中，我们原来是如此可怜与可憎，于是开始我们的反省。

面对中国古老的传统，鲁迅的启蒙呐喊是惊人的。他的第一篇小说《狂人日记》就发出了不同寻常的呐喊。小说借狂人口吻写道："我翻开历史一查，这历史没有年代，歪歪斜斜的每页上都写着'仁义道德'几个字。我横竖睡不着，仔细看了半夜，才从字缝里看出字来，满本都写着两个字是'吃人'！"就在《狂人日记》发表不久的1918年8月20日，鲁迅给好友许寿裳的信中说到了创作这篇小说的动机："后以偶阅《通鉴》，乃悟中国人尚是食人民族，因成此篇。此种发现，关系亦甚大，而知者尚寥寥也。”[1]正因为“知者尚寥寥”，鲁迅要通过自己的呐喊让更多的人知道：我们深处其中的，是一个“吃人”的环境。我们随时都有被吞噬的危险。而且，这个食人群体有自己的文化，不像一般食肉动物那样要吃就公开痛快地吃，而是鬼鬼祟祟，以“狮子似的凶心，兔子的怯弱，狐狸的狡猾”创造各种名目。正如狂人所想：“我晓得他们的办法，直捷杀了，是不肯的，而且也不敢，怕有祸祟。所以他们大家联络，布满了罗网，逼我自戕。”在这个“吃人”的环境中，“自己想吃人，又怕被别人吃了，都用着疑心极深的眼光，面面相觑”。按照狂人的想法，“去了这心思，放心做事走路吃饭睡觉，何等舒服”。然而，“他们可是父子兄弟夫妇朋友师生仇敌和各不相识的人，都结成一伙，互相劝勉，互相牵掣，死也不肯跨过这一步”。狂人要劝转那些吃人的人，使他们从此不再吃人，但他发现难以奏效。因为“从来如此”，人们早已司空见惯。但是，狂人问道：“从来如此，便对吗?”他仍然要劝说他的大哥：

> 大约当初野蛮的人，都吃过一点人。后来因为心思不同，有的不吃人了，一味要好，便变了人，变了真的人。有的却还吃，——也同虫子一样，有的变了鱼鸟猴子，一直变到人。有的不要好，至今还是虫子。这吃人的人比不吃人的人，何等惭愧。怕比虫子的惭愧猴子，还差得很远很远。
>
> 易牙蒸了他儿子，给桀纣吃，还是一直从前的事。谁晓得从盘古开天辟地以后，一直吃到易牙的儿子；从易牙的儿子，一直吃到徐锡林；从徐锡林，又一直吃到狼子村捉住的人。去年城里杀了犯人，还有一个生痨病的人，用馒头蘸血舐。
>
> 他们要吃我，你一个人，原也无法可想；然而又何必去入伙。吃人的人，什么事做不出；他们会吃我，也会吃你，一伙里面，也会自吃。但只要转一步，只要立刻改了，也就人人太平。虽然从来如此，我们今天也可以格外要好……

[1]《鲁迅全集》（第11卷），第353页。

可是，大哥开始还只是冷笑，随后眼光便凶狠起来，脸色也立即变青，最后，他朝着看热闹的人喊：“都出去！疯子有什么好看！”在这里，鲁迅又发现了中国人的一种妙法：“他们岂但不肯改，而且早已布置；预备下一个疯子的名目罩上我。将来吃了，不但太平无事，怕还会有人见情。佃户说的大家吃了一个恶人，正是这方法。这是他们的老谱！”

尽管如此，狂人却仍然要呐喊：“你们立刻改了，从真心改起！你们要晓得将来是容不得吃人的人……没有吃过人的孩子，或者还有？救救孩子……”

“吃人”，是鲁迅对中国传统文明的一种形象概括，也是一种基本认识。它不仅表现于小说，也表现于直接的议论。鲁迅有两个著名的观点：一是“两个时代论”，一是“人肉筵宴论”。第一章中已有论述，在此不赘。要进一步说明的是，通过形象的展示和简明的概括，鲁迅使人看到了中国专制制度伸向社会各个角落的网络结构。他的分析不仅暴露了中国社会组织结构和伦理观念对人的扼杀，而且告诉人们，中国专制主义渗透在社会的各个层面，直至最基本的社会细胞——家庭。因此，中国的专制社会形态不会随着皇帝的退位而消亡。要彻底告别专制社会，还需要在道德规范和文化心理积淀的各个方面进行全面的告别。这也正是陈独秀呼唤伦理觉悟的重要原因。

（三）启蒙路径之二：揭示精神的病态

作为一场思想文化方面的现代性补课，首先须要确立的就是与现代政治经济体制相适应的一系列观念。在这其中，最重要的是使中国人意识到个人应该享有的权利，意识到自己是现代公民而不再是权势者任意宰割的奴隶。然而，作为几千年专制主义统治下的中国人，早已习惯了奴隶的生活，一年又一年、一代又一代，逆来顺受，无可奈何。因为天长日久，历来如此，而且别无参照，专制统治下的行为规范已化为自觉的行为方式和思维方式。因此，要唤醒人的意识，就必须让国人认识到生存的真相，认识到国人灵魂的扭曲和人格的病态。只有看清楚这一切，才有可能因反省而产生换一种活法的动力。

因此，鲁迅的启蒙必然走向了对国民性的批判。

传统不是抽象的存在。它既然活在现实之中，就必然以“人”作为载体，并且塑造着人的性格。鲁迅把这种性格称作“国民性”。传统“吃人”也主要不是以外在的形式进行的，而是像病菌一样潜入人的内心，通过支配人的思想和行为使人处于“吃人”或“被吃”的境地。因此，要掀翻几千年的“人肉的筵宴”，要结束“两样时代”的循环往复，就必须改变人们的精神，也就是改造国民性。鲁迅把这称作“第一要著”。早在日本留学时期，他就开始研究国民性改造问题，在后来的岁月中，他始终关注着病态社会中的病态人们，致力于精神病态的深入开掘，并以各种形式生动表现出来。

《阿Q正传》毫无疑问是一个范本。阿Q的形象所展示的正是中国国民病态的灵魂。他的性格相当复杂，绝非没有传统的民族所能够产生。没有土地、没有房屋，住在土谷祠里，靠做短工生活，这是阿Q穷困潦倒的生活现实。然而，面对这样的生活现实，阿Q却总是能够保持一个胜利者的姿态。他不仅先前比别人阔得多，而且将来也阔——“我的儿子会阔多啦!”所以现在并不重要。阿Q时时表现着自轻自贱的精神特征，但是，骨子里却是一种无法克服的自高自大，他因此而处处要维护他的尊严。面对自己头上的癞疮之类的丑陋，阿Q是历来不准说的。谁只要一说，就犯了讳，阿Q就会发怒，遇到口讷的他便骂，遇到力气小的他便打。可惜阿Q总是力不从心，他很想教训别人，最后却往往被别人教训。阿Q是聪明人，他的一切行为策略都无不适合未庄的“庄情”，在不敢打的时候，他骂；在不敢骂的时候，他“怒目而视”；在“怒目而视”也要被抓住往墙上碰头的时候，阿Q也有新的对策，或者在心里说一句“你还不配!”，或者在挨打之后说“总算被儿子打了”。他还有最后的办法：“他擎起右手，用力地在自己脸上连打了两个嘴巴，热刺刺的有些痛；打完之后，便心平气和起来，似乎打的是自己，被打的是别一个自己，不久也就仿佛是自己打了别个一般。”就这样，现实生活中的阿Q时时处处失败，而在精神上却总能转败为胜。

它事实上是一种失败者的精神记录。由于面对种种压迫，一败再败，无力反抗，他只有寻找一切可能的精神退路。它来自失败者的奴隶生活，是奴隶心态的一种表现。

但是，必须注意的是，阿Q并非只是弱者，他是实际生存中的弱者，但骨子里是争强好胜的，带有中国历史上无数英雄豪杰的性格基因。他因为无法忍受王胡捉虱子的表现比自己优秀，而对王胡大打出手；被王胡打败后，又想当然地恃着众势去骂"异端"假洋鬼子；挨了假洋鬼子的"哭丧棒"之后又去欺负更弱小的小尼姑。而且，不准小D革命，维护传统，教训异端，这一切都非真正的弱者所为。所以，他不仅是一个被压迫者，更是一个习惯压迫别人的人。他的特色是显著的：欺软怕硬，在狼面前是羊，在羊面前是狼。这是鲁迅对中国国民性的一种基本认识，正如他说过的："他们是羊，同时也是凶兽；但遇见比他更凶的凶兽时便现羊样，遇见比他更弱的羊时便现凶兽样。"[①]"勇者愤怒，抽刃向更强者；怯者愤怒，却抽刃向更弱者。不可救药的民族中，一定有许多英雄，专向孩子们瞪眼。……孩子们在瞪眼中长大了，又向别的孩子们瞪眼。"[②]在这一点上，阿Q与英雄们并无不同。他是中国传统的造就，一切无不合于传统。

在鲁迅笔下，阿Q的一切都"无不合于圣贤经传"，包括他的"恋爱悲剧"，也突出表现着中国特色。作为中国文化传人的阿Q，虽然观念中深知女人是魔鬼和祸水，却因为小尼姑"断子绝孙"的诅咒而有所觉悟，因而终于无力抵抗女人的诱惑，跪倒在吴妈面前表示："我和你困觉！"如果说中国文化有什么特色的话，这种求爱方式，显示的就是情爱文化方面的民族自我，它是未被所谓西方殖民话语浸染的纯正中国货，只是我们却同样看不出它有多少伟大和值得护卫之处。

小说最后几章写了阿Q的革命。生存的困境和长期失败所形成的心理不平使阿Q必然要革命。但是，鲁迅使我们看到，阿Q的革命是可怕的：只要阿Q成了革命党，未庄人便都是他的俘虏。他的革命理想是"要什么就是什么，喜欢谁就是谁"。他的革命可以概括为三件事，一是报复性的杀戮："这时，未庄的一伙鸟男女才好笑哩，跪下叫道：'阿Q，饶命！'谁听他！第一个该死的是小D和赵太爷，还有秀才，还有假洋鬼子……留几条吗？王胡本来还可留，但也不要了。"第二是掠夺财物："直走进去打开箱子来：元宝，洋钱，洋纱衫，……秀才娘子的一张宁式床先搬到土谷祠，此外便摆了钱家的桌椅，——或者也就用赵家的罢。自己是不动手的了，叫小D来搬，要搬得快，搬得不快打嘴巴。"第三是占有女人："赵司晨的妹子真丑。邹七嫂的女儿过几年再说。假洋鬼子的老婆会和没有辫子的男人睡觉，

①②《鲁迅全集》（第3卷），第60页，第49页。

吓，不是好东西！秀才的老婆是眼胞上有疤的。……吴妈长久不见了，不知道在哪里，——可惜脚太大。”这样的革命只是几千年“吃人”历史的循环，不会带来鲁迅所希望的“第三样时代”。

当阿Q糊里糊涂被枪决的时候，鲁迅写下这样的一个结尾：“至于舆论，在未庄是无异议，自然都说阿Q坏，被枪毙便是他的坏的证据，不坏又何至于被枪毙呢？而城里的舆论却不佳，他们多半不满足，以为枪毙并无杀头这般好看。而且是那样的一个可笑的死囚呵，游了那么久的街，竟没有唱一句戏，他们白跑一趟了。”这是更广阔的文化景观。阿Q如果不是自己被杀，也自然是人群中的看客。

阿Q性格所代表的国民性首先是专制主义的产物。对于专制压迫之下的人们而言，因为无力改变现实，为了苟且生存，便会于无奈中自我安慰和自我欺骗。这是阿Q精神胜利法的主要根源。精神胜利法的重要特征是自欺欺人，但是，自欺欺人者并非没有改变生存状况的愿望，在压迫者榜样力量的作用下，他们往往既自私又贪婪，因而有很强的革命要求。可惜的是，他们的革命要求只是历史的悲剧性循环中的一环。奴才做了主子，绝不废弃老爷的称号。他们正因为长期受压迫，才更渴望成为压迫者；正因为长期被剥夺，才更渴望成为剥夺者；正因为长期受欺凌，才更渴望成为欺凌者。即使在无法真正实现这种翻身愿望时，他们也要寻找更弱者以满足心理平衡的需求。阿Q欺软怕硬的主奴根性正由此而生。中国历史的悲剧也就通过阿Q所体现的国民性格得到了体现。

作为一个启蒙主义者，鲁迅揭开了种种伪装和遮蔽，直面现实，正视人心，展示现实的惨状和国民性格的病态，从而使人能够有所觉悟，有所反省，改变既往的人生，谋求另一种活法。这种创作提供的不是娱乐和消遣，所以不会迎合读者的趣味。它的价值在于引导人们正视现实和自身存在的种种丑陋，所以读者的阅读不仅是进行一种审美的愉悦，而且是承受一种灵魂的拷问，经受一种精神上的洗礼。启蒙正是在这个过程中得以实现的。

四、启蒙的难题与鲁迅的回答

（一）面对启蒙的困境

在20世纪中国的历史语境中，启蒙的道路注定面临许多难题，且异常艰难。

首先，专制统治者和一切准备变成专制统治者的人们，都希望人们越愚蠢越好，最好永远不知道个人的价值与尊严，不知道个人权利的神圣不可侵犯，因而永远在他们的“监护”之下像奴隶一样生活。他们最怕启蒙的呐喊，因为启蒙的呐喊能使奴隶意识到自己的权利，不愿意继续无条件地侍奉主子；因为即使“铁屋子”非常坚固，醒来的人们在“铁屋”中的挣扎与撞击也会破坏他们的好梦；因为在人类文明主流已经认定“吃人”并不光彩的时候，启蒙的呐喊常常会使人肉筵宴的食客感觉有点尴尬。所以，一切试图维护人肉宴筵者都必然要反对“启蒙”，包括那些感觉有希望成为老爷的奴才，那些眼睛盯着人肉筵宴主席位置的反抗者和现实秩序破坏者，都必然要反对“启蒙”。

其次，大众也不喜欢有人说他们的坏话。知识分子一旦选择了“启蒙”立场，就不会再与他们一起做看客，既不愿帮赵太爷敲阿Q的竹杠，也不愿替阿Q去搬秀才娘子的宁式床，更不愿赞美阿Q们头上的癞疮。因此，启蒙者必然不被大众欢迎。启蒙话语直言大众的愚昧，必然使爱面子的中国人感觉很丢脸面，因而遭到抵制和拒绝是必然的。1927年，鲁迅在《答有恒先生》中说过：“我先前的攻击社会，其实也是无聊的。社会没有知道我在攻击，倘一知道，我早已死无葬身之所了。试一攻击社会的一分子的陈源之类，看如何？而况四万万也哉？我之得以偷生者，因为他们大多数不识字，不知道，并且我的话也无效力，如一箭之入大海。否则，几条杂感，就可以送命的。民众的罚恶之心，并不下于学者和军阀。近来我悟到凡带一点改革性的主张，倘于社会无涉，才可以作为‘废话’而存留，万一见效，提倡者即大概不免吃苦或杀身之祸。”[①]可是，有一点鲁迅没有想到，他们虽然大多

①《鲁迅全集》（第3卷），第457页。

数不识字，但毕竟有识字的人做他们的代表。他们需要获得大众，必然要讨大众的欢心；他们需要大众的力量，自然不愿大众醒来。所以，他们必然与大众一起抵抗启蒙，并对启蒙者施以惩罚。

然而，对于20世纪初期的启蒙者来说，重要的问题还不在这里。当鲁迅进行启蒙呐喊的时候，面对还不是死死卡住他喉咙不让发声的权力之手，也不是以众虐独的群众专制和对启蒙者的强行改造，而是一片茫茫无际不见人烟的荒原。置身于旷野之中，无论你呐喊还是不呐喊，都失去了对话沟通的可能。对于启蒙者来说，这是一种可怕的困境，因为它是一种“无物之阵”，使战斗者找不到对手。这种现象在鲁迅的作品中随处可见。

在《故乡》中，作为现代知识分子的“我”与乡民之间的思想感情已经难以沟通。传统笼罩之下的人们继续着古老的生存，启蒙者无法与之认同，却又对其无能为力。豆腐西施认定“我”已经“阔了”，必然“有三房姨太太”，“出门便是八抬大轿”。面对这样的杨二嫂，作为知识分子的“我”却无话可说。记忆中的小英雄闰土现在已是另一种模样：“态度终于恭敬起来了，分明的叫道：‘老爷！……’”当母亲叫他还像小时候一样兄弟相称的时候，他说：“阿呀，老太太真是……这成什么规矩。那时是孩子，不懂事……”他懂事了，当然要根据传统的规范行事。作为现代知识分子的“我”也同样无可奈何，只有为此而感到悲哀。

《祝福》更具有讽刺意味：作为一个接受了科学思想的现代知识分子，“我”回到故乡，自然与鲁四老爷这样的旧文化的代表“谈话总不投机”，然而，面对充满腐朽气息的故土文化环境，“我”却除了“决计离开”便无所作为。引人注目之处还不在于强大的传统使现代知识者无法开口，而是“我”竟无法回答祥林嫂的疑问：“一个人死了之后，究竟有没有灵魂？”对于高举科学旗帜的知识分子来说，这本不成什么问题，但是，面对祥林嫂，却是无论如何回答都是一种伤害，于是，“我”只能吞吞吐吐，最后落荒而逃。

《在酒楼上》中的吕纬甫年轻时候“看见蜂子或蝇子停在一个地方，给什么来一吓，即刻飞去了，但是飞了一个小圈子，便又回来停在原地点，便以为这实在很可笑，也可怜。可不料现在我自己也飞回来了，不过绕了一点小圈子”。这个圈子不仅是地理上的，也是精神上的。当年的吕纬甫曾经“到城隍庙里拔掉神像的胡子”，“连日议论那些改革中国的方法以至于打起来”，而现在却是处处敷衍，无论是为弟弟迁葬还是给阿顺送花，最后都是以欺骗的方式敷衍。而且，他为了生存被迫去做塾师，教孩子们读《孟子》和《女儿经》。

这一切使我们看到，鲁迅在不断地思考着“启蒙”的困境。在这些作品中，他的叹息多于呐喊。但是，这一切说明什么？

一些人据此得出结论：现代知识分子的“启蒙”选择是可疑的。他们虽然选择了“启蒙”的重任，却与大众距离太远，脱离群众，因而与群众无法沟通。这样，知识分子自我认定的启蒙者角色就陷入一种尴尬的境地，“启蒙”就成了一句空话，“启蒙”的价值就成了一个疑问。一些人反复强调知识分子在这些作品中地位的“尴尬”，试图说明鲁迅一直在质疑“启蒙”和启蒙知识分子自身。他们认为：鲁迅为自己选择了启蒙者的角色，但面对现实，他却痛苦地感到思想启蒙在根深蒂固的传统面前的无力；“启蒙”需要沟通，但在这里，作为启蒙者的知识分子与被启蒙者的大众之间却无法沟通；启蒙主义者相信理性的力量，但在这里，他们的理性却根本没有用武之地。他们据此认定鲁迅在五四时期已对“启蒙”的作用表示怀疑，不再相信“启蒙”的力量。也就是说，鲁迅已经“抛弃”或“超越”了启蒙主义。于是，中国现代知识分子放弃“启蒙”而另寻他途就似乎顺理成章了。

持此论者虽然情况大不相同，但是，无论是20世纪50年代的权威批评家还是20世纪90年代的后学新秀，目的大都在于证明鲁迅的“进步”。对于20世纪50年代的批评家来说，“启蒙”属于资产阶级的反动思想，鲁迅是无产阶级的文化旗手，怎么可能是启蒙主义者呢？要维护鲁迅的现实合法性，就必须证明他已经抛弃进化论而转向阶级论，抛弃个人主义而走向集体主义，抛弃思想启蒙而转向暴力革命，而且要证明他的思想即使在早期也与资产阶级思想大不相同。因此，对“启蒙”的怀疑就成了非常有用的证据，成为鲁迅走向革命的思想基础和之所以发生“转变”的合理解释。对于20世纪90年代的新秀而言，虽然不再使用20世纪50年代的语言符号，思想却往往殊途同归。他们要反思现代性，要批判启蒙理性，于是，在一些人彻底否定启蒙运动的同时，另一些人却发现了鲁迅“质疑现代性”“质疑启蒙”这一中国现代的“后现代”思想资源。就这样，20世纪50年代的阶级论者与20世纪90年代的后现代主义者终于在解构鲁迅的启蒙主义这一问题上显示了根本上的一致性。

但是，这些解释并不可靠。我以为，鲁迅通过“启蒙”的困境和启蒙者的尴尬所要表达的，其实只是“启蒙”的艰难，而非他对启蒙的质疑或否定。

启蒙者以文学的形式唤醒人们，而大众并不识字，因而无法听到“启蒙”的呐喊。这一点，是鲁迅在走向启蒙之路时就已经清楚的。启蒙者不可能登高一呼而应者云集，这一点也是他在走向启蒙之路时已经清楚的。鲁迅知道，“启蒙”不仅是铁屋中的呐喊，而且是荒原上的呼唤。酣睡的人们不可能随着“启蒙”的呐喊而应声醒来，因为他们沉睡已久，而且往往没有接收呐喊之声的器官。启蒙者犹如置身于旷野，不仅与对象距离遥远，而且使用着不同的语言。沉睡的人们听得懂各种催眠曲，而不能听懂唤醒的声音。“启蒙”的过程是一种由精神刺激带来的反省过程，而精神的刺激与物质的刺激一样，不仅取决于器械的尖锐，而且取决于被刺者的感觉能力。如果没有起码的接受机制，刺激便无法形成。就像钢针扎在木头上，木头不会有什么反应。所以，当鲁迅选择了启蒙者角色的时候，已经同时选择了精神的孤独，选择了艰难的漫漫长旅。他之所以一再展示这种“启蒙”的困境，除了表达的需要之外，主要是告诉他的读者，要丢掉浪漫的幻想，正视“启蒙”的艰难。

“启蒙”的艰难是必然的。因为在文明的过程中，任何新思想在刚刚出现的时候都往往是异端，都会因其离经叛道而不被接受。人类文明发展的永恒动力是个体意识对群体意识的突破，正是这种突破的连续过程构成了人类文明发展的历史。但是，一种思想意识从被视为异端到被社会接受，是一个非常复杂的过程。在这个过程中，新思想的承载者常常是孤独的，在没有思想自由的社会里，甚至常有被绞杀的危险。在20世纪中国的历史上，一切清醒的启蒙主义者都会知道自己精神的孤独和处境的危险。鲁迅对此非常清楚。这从《文艺与政治的歧途》《关于知识阶级》等文章中可以清楚地看到。

总之，鲁迅写“启蒙”的困境和启蒙者的尴尬，目的只是让知识者认识这片荒原，认识自身的力量局限，并在此基础上寻找穿越荒原的途径。这种思路与革命家的思路不同。对于革命家来说，重要的是鼓舞大众的斗志，面临绝境也要鼓动起必胜的信念。对于思想家来说，却不能如此。所以鲁迅一边进行着“启蒙”的呐喊，一边展示着“启蒙”的艰难。但说到底，鲁迅仍然是一个长途跋涉的“过客”，始终听从前面的召唤，即使清楚地知道前面是坟，也还是要继续走下去。

启蒙主义者注定了不会在大众的簇拥之下走自己的人生之路，而是要走一条精神上的孤独长旅，因此，他尤其需要精神上的坚定与执着。意识到启蒙者孤独的使命，正视“启蒙”的全部困境，在绝望的废墟上积极努力，无论多么艰难，都要坚定地走下去，这正是鲁迅提供的一个伟大的启蒙主义者的风范。

（二）绝望中的韧性战斗

在《〈呐喊〉自序》中，鲁迅写下了他与金心异（钱玄同）的这段对话：

> 假如一间铁屋子，是绝无窗户而万难破毁的，里面有许多熟睡的人们，不久都要闷死了，然而是从昏睡入死灭，并不感到就死的悲哀。现在你大嚷起来，惊起了较为清醒的几个人，使这不幸的少数者来受无可挽救的临终的苦楚，你倒以为对得起他们么？
>
> 然而几个人既然起来，你不能说决没有毁坏这铁屋的希望。

由此可以得出结论：鲁迅的确很悲观，对打破铁屋子的可能几乎不抱幻想，对铁屋中呐喊的意义深表怀疑。

这是启蒙主义者必须面对的一个矛盾。在蒙昧中走向死灭，固然可悲，但因为麻木，即使被“吃”也并不感觉到疼痛。启蒙者将其唤醒，却不能承诺未来，于是，他们就要承受清醒者的恐惧和无路可走的痛苦。

在投入启蒙运动之前，鲁迅首先对启蒙进行了这样的质疑。

一些人因此而得出结论：鲁迅一开始就对“启蒙”抱有怀疑态度，一开始就不是坚定的启蒙主义者，并且以此证明鲁迅走向革命的必然性。

但是，事实非常清楚，鲁迅尽管对“启蒙”的意义进行质疑，却还是毅然走上了启蒙道路，而且从此矢志不移。在中国现代史上，还没有几个人对启蒙道路有他那样坚定的持守。

因此，在看到鲁迅的“铁屋子论”的悲观色彩的同时，应看到另一个事实：鲁迅给《新青年》写稿，并积极投身于启蒙运动，已经证明他对“启蒙”意义的肯定。在那场辩论中，他事实上已经赞同对方的说法——“然而几个人既然起来，你不能说决没有毁坏这铁屋的希望。”因为在这个问题上，只要不放弃那一线希望，就别无选择。

关于这种态度，鲁迅在随感录《三十八》中曾有清楚的表达：“但我总希望这昏乱思想遗传的祸害，不至于有梅毒那样猛烈，竟至百无一免。即使同梅毒一样，现在发明了六百零六，肉体上的病，既可医治；我希望也有一种七百零七的药，可以医治思想上的病。这药原来也已发明，就是‘科学’一味。只希望那般精神上掉了鼻子的朋友，不要又打着‘祖传老病’的旗号来反对吃药，中国的昏乱病，便也总有全愈的一天。祖先的势力虽大，但如从现代起，立意改变：扫除了昏乱的心思，和助成昏乱的事物（儒道两派的文书），再用了对症的药，即使不能立刻奏效，也可把那病毒略略羼淡。”①

由于对历史的深刻了解，鲁迅常常发出这样的感叹：“难道所谓国民性者，真是这样地难于改变吗?”然而，他同时想到：“幸而谁也不敢十分决定说：国民性是决不会改变的。在这‘不可知’中，虽可有破例——即其情形为从来所未有——的灭亡的恐怖，也可以有破例的复生的希望，这或者可作改革者的一点慰藉罢。”②在写给许广平的信中，他表达过大致相同的意思：“我常觉得惟‘黑暗与虚无’乃是‘实有’，却偏要向这些作绝望的抗战。”同时又说：“其实这或者是年龄和经历的关系，也许未必一定的确的，因为我终于不能证实：惟黑暗与虚无乃是实有。”③

当青年学生为国家的命运而高呼“同胞，同胞!”的时候，鲁迅提醒青年：“你们可知道你们所有的是怎样的‘同胞’，这些‘同胞’是怎样的心么?”“我敢于说，中国人中，仇视那真诚的青年的眼光，有的比英国人或日本人还凶险。为‘排货’复仇的，倒不一定是外国人!”他认为“要中国好起来，还得做别样的工作”。而这别样的工作，首先就是揭示同胞的魂灵：“这回在北京的演讲和募捐之后，学生们和社会上各色人物接触的机会已经很不少了，我希望有若干留心各方面的人，将所见、所受、所感的都写

---

①《鲁迅全集》（第1卷），第313页。

②《鲁迅全集》（第3卷），第17—18页。

③《鲁迅全集》（第11卷），第21页。

出来，无论是好的，坏的，像样的，丢脸的，可耻的，可悲的，全给它发表，给大家看看我们究竟有着怎样的‘同胞’。”鲁迅对同胞的估计当然不会乐观，然而，他并不因此而绝望。他说：“即使所发见的并无所谓同胞，也可以从头创造的；即使所发见的不过完全黑暗，也可以和黑暗战斗的。”[①]

这就是鲁迅对现实的态度。

“启蒙”本来就是一个缓慢的思想文化变革工程，其艰难性是一切启蒙主义者都能认识到的。如果认识不到“启蒙”的艰难性、长期性和缓慢性，就不是清醒的启蒙主义者。鲁迅一开始就清楚地知道“启蒙”的艰难，但还是别无选择地走上了“启蒙”的道路。他清楚地知道“启蒙”的效果之微弱，却始终坚守“启蒙”的立场。谈到中国国民性的病根，他说：“我对于攻打这些病根的工作，倘有可为，现在还不想放手，但即使有效，也恐很迟，我自己看不见了。”[②]虽然知道自己可能看不到“启蒙”的结果，但是，他仍然做出了如此选择：“但我总还想对于根深蒂固的所谓旧文明，施行袭击，令其动摇，冀将来有万一之希望。”[③]

以积极的态度面对绝望，在绝望的废墟上不懈地努力，以韧性的精神作持久的战斗，这是鲁迅清醒的“启蒙”态度。

（三）大众化与化大众之间

“启蒙”面对许多难题。最大的难题之一就是“化大众”与“大众化”的矛盾。“启蒙”需要接受者的接受。但是，任何接受者对思想文化的接受都不是一个完全被动的过程。一种东西被接受，需要相应的接受机制，而接受机制大都是历史形成的。因此，对于接受者来说，接受陈旧的东西是容易的，接受新的东西不容易；接受与传统相符的东西是容易的，接受与传统不同的东西不容易。在文化发展的一般情况下，这个问题或许不是太大，因为本土生长的新思想总是带有某些与传统的接受机制相适应的部分。可是，20世纪中国的启蒙运动却不是这样。由于本土思想资源的缺乏，启蒙者不得不向西方拿来，这就使得这些新思想因其全面的异质性而更不容易被大众接受。从某种意义上说，20世纪的思想启蒙的确是一次民族的精神换血。众所

---

①《鲁迅全集》（第3卷），第92—93页。

②③《鲁迅全集》（第11卷），第40页，第32页。

周知，“换血”当然要遇到抵抗与排斥。如何成功的确是一个严重的问题。

当然，解决的办法是有的：为了让大众接受，或者选择适合者进行输入，或者进行某种本土化的处理（也就是所谓“民族化”与“大众化”）。但是，这就出现了一个问题：以适应旧机制的方式进行的输入往往不能实现精神再造的功能。因为外来思想一旦为适应国情而选择和改写，就往往失掉了本来的精神。对于作品来说，凡是大众喜闻乐见的，必然是思想观念和审美意识比较陈旧的；凡是具有先锋意义的，一般不会受到广大读者的欢迎。这是无法改变的规律。

因此，“启蒙”陷入了一种困境：若要“化大众”，必须大众化；一旦“大众化”，就要失掉化大众的功能。鲁迅对此看得清清楚楚，他说：“我有几个学生在军中，倘不同化，怕终不能占得势力，但若同化，则占得势力又于将来何益?”[①]

于是，一个问题需要解决：既要大众接受，又不迎合大众。这个问题不易解决。鲁迅的启示是：艺术形式可以通俗，使大众易于接受，精神立场和价值观念却不应妥协。鲁迅最突出的特点就是精神上拒绝媚俗，拒绝以读者的喜闻乐见为艺术评价的尺度。为了“启蒙”，当然希望拥有更多的读者，但是，决不为获得读者而放弃精神原则。当二者之间的矛盾难以解决的时候，首先考虑的是启蒙主体的自我强化和基本价值立场的坚守。

1925年，徐炳昶写信与鲁迅商量办一份通俗小日报，鲁迅回信说：“通俗的小日报，自然也紧要的；但此事看去似易，做起来却很难。我们只要将《第一小报》与《群强报》之类一比，即知道实与民意相去太远，要收获失败无疑。民众要看皇帝何在，太妃安否，而《第一小报》却向他们去讲‘常识’，岂非悖谬。……假如一定要做，就得存学者的良心，有市侩的手段，但这类人才，怕教员中间是未必会有的。我想，现在没奈何，也只好从智识阶级——其实中国并没有俄国之所谓智识阶级，此事说起来话太长，姑且从众这样说—— 一面先行设法，民众俟将来再谈。”[②]他所关心的，是首先造就思想革命的战士。他说：“我想，现在的办法，首先还得用那几年以前

①《鲁迅全集》（第11卷），第31页。

②《鲁迅全集》（第3卷），第24—25页。

《新青年》上已经说过的‘思想革命’。还是这一句话，虽然未免可悲，但我以为除此没有别的法。而且还是准备‘思想革命’的战士，和目下的社会无关。待到战士养成了，于是再决胜负。我这种迂远而且渺茫的意见，自己也觉得是可叹的，但我希望于《猛进》的，也终于还是‘思想革命’。”①

五、启蒙路上的艰难持守

毫无疑问，鲁迅是20世纪中国最具代表性的启蒙主义者。他的文学创作用任何一种主义进行概括都不如用“启蒙”主义更为准确。从1907年开始，直到晚年，他一直执着于启蒙“立人”的伟业。然而，这是一条无比艰难的路。因为在20世纪的中国文学和文化中，正是启蒙主义把知识分子话语与权力话语和民间话语区分开来，使知识分子话语既独立于国家权威，又独立于民间大众，因而既无权威可靠，又无大众可依，注定了长路的孤独与寂寞。孤独与寂寞容易导致绝望，借助同路又容易导致方向的偏离。考察鲁迅的道路，可以清楚地看到他有过彷徨，有过游移，但仍然守护着五四新文化运动的“启蒙”立场和以此为基础建成的现代知识分子话语。从他所面临的一系列矛盾中，我们可以看到中国现代启蒙主义所面对的威胁，同时也可以看到启蒙主义者的艰难持守。

（一）在国民革命高潮中

鲁迅最先面临的考验来自国民革命高潮。众所周知，在国民革命的高潮中，鲁迅来到了革命的策源地广州。但是，广州的革命文化与五四新文化的方向并不一致，而是存在各种矛盾。虽然国民革命的领导核心国民党中不乏五四新文化运动的支持者和参与者，但是，国民党的指导思想却与五四新文化运动的方向相去甚远。人们一般把孙中山称作“资产阶级革命家”，但是，这位所谓的“资产阶级革命家”并未完整接受西方近代文明主流，而是更多地继承了本土的传统遗产。所以，他支持学生爱国运动，却并不赞同新文化运动的价值取向。考察五四新文化精神与孙中山思想的分歧，主要表现在两个方面：第一，五四新文化运动以人为基本出发点和最高价值尺度，其

①《鲁迅全集》（第3卷），第22页。

努力目标是个人自由与人权的保障；孙中山反复强调的是民族和国家，对个人的自由权利不感兴趣。他甚至认为中国人的自由已经太多，所以争自由“如果用到个人，就成一片散沙。万不可再用到个人上去，要用到国家上去。个人不可太过自由，国家要得到完全自由。到了国家能够行动自由，中国便是强盛国家，要这样做，便要大家牺牲自由。①”直到去世前夕，他在一次次演讲和训话中反复强调的仍然是：“只全党有自由，个人不能有自由。然后我们的革命才可以望成功。”②第二，新文化运动的领袖们认为中国传统文化与专制政治是相互适应的，在儒家学说基础上形成的君君臣臣父父子子的旧伦理是中国专制政治的文化基础，因此，要在中国实现民主、自由、平等、人权等，就必须彻底批判旧文化。孙中山的思想却与此恰恰相反，他盛赞中国的旧文化，认为：“近来欧洲盛行的新文化，和所讲的无政府主义与共产主义，都是我们中国几千年以前的旧东西。”“欧洲之所以驾乎我们中国之上的，不是政治哲学，完全是物质文明。……至于讲到政治哲学的真谛，欧洲人还要求之于中国。”③他盛赞传统的“忠孝仁爱信义和平”，站在新文化的对立面发出叹息：“这些旧道德，中国人至今还是常讲的。但是现在受外来的民族的压迫，侵入了新文化，那些新文化的势力此刻横行中国……”④同时，由于孙中山联俄的政策，国民革命显然受到了鲍罗廷等政治顾问和军事顾问们带来的俄式极权主义思想和体制的影响，这样就使得国民革命的意识形态与五四新文化精神明显背道而驰。

在北京受到压迫的鲁迅从厦门来到广州，包括国民党要员在内的广州各界的热烈欢迎极易使他对革命的策源地产生好感，并因此而产生更多的认同。这对鲁迅毫无疑问是一场考验。初到广州之时，鲁迅的确也曾在某种程度上受到革命热潮的影响，但是，作为五四新文化的主将之一，他没有因为身处革命高潮之中就认同革命的意识形态，而是仍然坚持着新文化运动的方向。他的表现至少有几个方面值得注意：

第一，坚持反传统的文化立场，继续致力于旧文化的批判和改造。他对

① 《孙中山选集》，人民出版社1956年，第722—723页。

② 《黄埔军校史料（1924—1927）》，广东人民出版社1985年，第223页。

③④ 《孙中山选集》，第666－667页，第680页。

革命的广州在文化上的守旧深感不满，因而开始在南方传播新文化的火种。在一系列的文章和演讲中，他都一如既往地把批判的矛头指向中国文化，甚至指责中国的文字造就了一个无声的中国。正是在国民革命的高潮中，鲁迅在《无声的中国》中再次反对调和折中论："中国人的性情是总喜欢调和，折中的。譬如你说，这屋子太暗，须在这里开一个窗，大家一定不允许的。但如果你主张拆掉屋顶，他们就会来调和，愿意开窗了。没有更激烈的主张，他们总连平和的改革也不肯行。"①在《老调子已经唱完》中，他继续整体性地激烈抨击传统文化："中国的文化，都是侍奉主子的文化，是用很多的人的痛苦换来的。无论中国人，外国人，凡是称赞中国文化的，都只是以主子自居的一部份。……保存旧文化，是要中国人永远做侍奉主子的材料，苦下去，苦下去。"②

第二，坚守独立的人格，拒绝革命高调，没有为革命策源地献上动听的赞歌。他积极参加各种活动，到处演讲，甚至无法拒绝种种革命桂冠，然而，却不愿迎合革命的口号，甚至常常说一些煞风景的话，不惜因此而使一些革命者大失所望。在一次次演讲中，他反复强调的是：广州的一切还是旧的，人们的思想还是旧的，文学也是旧的。他甚至这样批评广州："报纸上的文章，几乎全是旧式。我想，这足见中国革命对于社会没有多大的改变，对于守旧的人没有多大的影响，所以旧人仍能超然物外。广东报纸所讲的文学，都是旧的，新的很少，也可以证明广东社会没有受革命影响；没有对新的讴歌，也没有对旧的挽歌，广东仍然是十年前底广东。不但如此，并且也没有叫苦，没有鸣不平；止看见工会参加游行，但这是政府允许的，不是因压迫而反抗的，也不过是奉旨革命。"③这些话都非常不合时宜。

第三，作为著名作家，鲁迅没有支持那些穿上军装或挎上军刀的文学家们正在大讲特讲的"革命文学"，而是反复讲述文艺自身的特性，强调创作的自由和自主。他讲文学的"无用"和"无力"，断定革命时代没有文学。他在黄埔军官学校的演讲中说："在这革命地方的文学家，恐怕总喜欢说文

①《鲁迅全集》（第4卷），第13页。

②《鲁迅全集》（第7卷），第312页。

③《鲁迅全集》（第3卷），第421页。

学和革命是大有关系的，例如可以用这来宣传，鼓吹，煽动，促进革命和完成革命。不过我想，这样的文章是无力的，因为好的文艺作品，向来多是不受别人命令，不顾利害，自然而然地从心中流露的东西；如果先挂起一个题目，做起文章来，那又何异于八股，在文学中并无价值，更说不到能否感动人了。”①

这一切，都使我们看到了一个启蒙主义者的独立品格。更值得注意的是，随着时间的推移，鲁迅对革命的认识更加清楚。以独裁代替民主，以专制压制自由，以群体压抑个体，以所谓“革命”的主义代替自由的思想，这一切不是一个坚持五四新文化立场的人所能容忍的。鲁迅当时的言论非常谨慎，但是，他的确看了很多，比如，在K委员的眼里，写长信，就是反革命的；在革命策源地，连白话都视为异端；报刊成了宣传工具，人的言论要符合革命的尺寸，否则就不能发表……鲁迅对思想禁锢当然不能认同，因为他所向往的革命是推动文明向前发展，而不是让人失掉思想和言论的自由。

（二）面对“革命文学”运动

从广州到上海，鲁迅遭遇了革命文学倡导者的围攻。其实，这是国民革命的另一个结果。国民革命的高潮不仅助长了民族主义情绪，同时也助长了阶级意识的觉醒和民粹主义的膨胀。改组后的国民党对工农运动的支持和国民革命高潮中对大众力量的利用，使工农大众追求翻身的运动得以轰轰烈烈地开展起来。尤其是广东、江西、湖南等地，“土豪劣绅的家里，一群人涌进去，杀猪出谷。土豪劣绅的小姐少奶奶的牙床上，也可以踏上去滚一滚”②。“一切从前为绅士们看不起的人，一切被绅士们打在泥沟里，在社会上没有了立足地位，没有了发言权的人，现在居然伸起头来了……他们发号施令，指挥一切。他们站在一切人之上。”③然而，就在毛泽东为农民运动大声叫好之际，国民党的大多数人却对此不以为然，那些家庭富裕的军官们已经无法忍受家中财产被抢、亲人被杀的现实，作为军事最高统帅的蒋介石也不愿承认这种翻身的合法性。于是，乡村的农民运动和城市的工人运动都在一场残酷的镇压中风平浪息。那些阶级斗争组织发动者也受到了清洗和镇压。当以

①《鲁迅全集》（第3卷），第418页。

②③《毛泽东选集》（卷一），人民出版社1967年，第16页，第18页。

阶级斗争的方式谋求翻身解放的运动不再合法的时候，一些从业文人不得不转向文学运动，成了鲁迅所说的“革命已经成功的文学家”和“革命尚未成功的文学家”之中的后者。

这些重返文坛的文学家以创造社和太阳社为代表。他们重返文坛之后没有沿着五四新文学的道路前行，而是一起拿五四新文学和新文化主将们开刀，要彻底扫荡新文学和新文化。他们否定鲁迅，嘲弄胡适，扫荡几乎所有的“五四”作家。他们竭力否定文学革命的成就，猛烈批判五四新文学的价值观念和意识形态，对《新青年》团体和文学革命的开创者进行扫荡。在他们看来，“启蒙”是浅薄的，新文化运动是不合时宜的，“胡适之流”的叫喊“力竭声嘶”，“其余一些半死不活的大妖小怪”不过是“跟着一齐乱喊”，新文化运动的“这些‘名流’完全不认识他们的时代，完全不了解他们的读者，也完全不了解自己的货色”。“他们不知道那时候的觉悟的青年已经拒绝了他们的迷药。”面对五四新文学的中心北京文坛，他们认为是“一片乌烟瘴气”，所以需要“十万两无烟火药”[①]。他们认为“资本主义已经到了他的最后的一日，世界形成了两个战垒”，因而向文学家发出了传唤：“谁也不许站在中间。你到这边来，或者到那边去！……克服自己的小资产阶级的根性，把你的背对向那将被‘奥伏赫变’的阶级，开步走，向着那龌龊的农工大众！”[②]如果有人不愿服从，他们就要“替他们打包，打发他们去”，或者“踢他们出去”[③]。他们从个人主义走向群体主义，从轻视大众走向崇拜大众，因而不仅否定自我，而且否定知识分子的启蒙立场，要求作家放弃自我而做大众的“留声机器”。这一切，对五四新文化和知识分子的启蒙立场构成了极大的威胁。

首先迎接这场挑战的是鲁迅。他因此而成为众矢之的。但是，面对围攻，鲁迅没有退却，而是不断迎战和反击，与之展开了一场长期的论战。

对于这场论战，过去的历史叙述往往从阶级阵线着眼努力抹杀双方的矛盾，或者由于思维方式的局限而看不到冲突的实质，结果是使其论争的性质

① 成仿吾：《从文学革命到革命文学》，《创造月刊》1927年第1卷第9期。

② 成仿吾：《从文学革命到革命文学》，《创造月刊》1927年第1卷第9期。

③《打发他们去》，《文化批判》1928年第2期。

模糊不清，冲突的焦点隐晦不明。其实，后人为适应某种需要或在种种限制之下做出的解释，远不如当事人的感觉和认识更为可靠。郑伯奇在《文坛的五月》中曾经声明："这不是我们和鲁迅的冲突，也不是创造社和语丝派的冲突，这是思想和思想的冲突，文坛上倾向和倾向的冲突。我们所批评的不是鲁迅个人，也不是语丝派几个人，乃是鲁迅与语丝派诸君所代表的一种倾向。"[①]郭沫若在《"眼中钉"》中也说："他们批判鲁迅先生，也决不是对于'鲁迅'这一个人的攻击。他们的批判对象是文化的整体，所批判的鲁迅先生是以前的'鲁迅'所代表，乃至所认为代表着的文化的一个部门，或一部分的社会意识。"[②]应该承认，这些话是不错的。他们的确不是批判鲁迅个人，而是批判一种文化倾向。

那么，这种倾向是什么呢？它就是五四新文化的倾向。考察鲁迅与革命文学倡导者的矛盾冲突，交锋的焦点之一就是如何对待启蒙主义，即以改造国民性为标志的现代启蒙立场，以及与此紧密相连的知识分子的独立人格和自由思想。革命文学倡导者们认为阿Q时代已经死去，大众已经不需要"启蒙"，所以强调作家放弃知识分子的启蒙立场而充当大众的"留声机器"。他们认为时代已经进入了一个新的时代，中国也不是过去的中国，"农村零落了，都市普罗列塔利亚特（Proletariat）发生了。谁人能说中国依然是（封建的）文明之邦，礼教之国？"[③]与此同时，他们认为"现在的中国农民第一是不像阿Q时代的幼稚，他们大都有了很严密的组织，而且对于政治也有了相当的认识；第二是中国农民的革命性已经充分的表现了出来，他们反抗地主，参加革命，近且表现了原始的Baudon的形式，自己实行革起命来，绝没有像阿Q那样屈服于豪绅的精神；第三是中国的农民知识已不像阿Q时代农民的单弱，他们不是莫名其妙的阿Q式的蠢动，他们是有意义，有目的的，不是泄愤的，而是一种政治的斗争了"[④]。因此，启蒙主义过时了，按照钱杏邨的说法："鲁迅他自己也已走到了尽头，再不彻底觉悟去找一条生

① 1928年8月10日《创造月刊》第2卷第1期。

② 1930年5月《拓荒者》第4—5期合刊。

③ 冯乃超：《艺术与社会生活》，1928年1月《文化批判》创刊号。

④ 钱杏邨：《死去了的阿Q时代》，《太阳月刊》1928年3月号。

路，也是无可救济了。”[①]鲁迅却不承认阿Q时代已经过去，而是一如既往地坚持“启蒙立人”之路。他在同一期《语丝》上发表《扁》《路》《头》《通信》《太平歌诀》《铲共大观》等一系列文章，揭露现实的黑暗和民众的愚昧，提醒人们注意阿Q的时代是否真的已经过去。在《文艺与革命》中，他说：“现在所号称革命文学家者，是斗争和所谓超时代。超时代其实就是逃避，倘自己没有正视现实的勇气，又要挂革命的招牌，便自觉地或不自觉地必然地要走入那一条路的。身在现世，怎么离去？这是和说自己用手提着耳朵，就可以离开地球者一样地欺人。”[②]

文学革命的倡导者反对自由思想，批判知识阶级或是小资产阶级。他们指出，“鲁迅把自己的小资产阶级的恶习性完全暴露了出来”，“鲁迅之所以陷于这样的状态之中，我们也可以说完全是所谓自由思想害了他，自由思想的结果只有矛盾，自由思想的结果只有徘徊，所谓自由思想在这个世界上只是一个骗人的名词，鲁迅便是被骗的一个”[③]。鲁迅却仍然坚持自由的思想，反对任何思想专制，守护着现代知识分子独立、自由地表达思想的权利。

革命文学倡导者以最激进的面貌出现，事实上却陷入了一种貌新而实旧的境地：他们反对的所谓“旧式的作家”，正是以鲁迅为代表的新文学先驱；他们所反对的所谓“旧思想”，正是五四新文化运动中出现的新思想。这些激情满怀的年轻人自以为超越了五四新文学和新文化，却没有意识到他们以最激进的面貌出现，努力复活的却是旧传统。在这场冲突中，鲁迅守护的正是五四新文化和现代知识分子的启蒙立场。

（三）困惑中的清醒

进入20世纪30年代之后，鲁迅参加了左联，这是无法改写的事实。有人为此而赞美鲁迅，因为他进入战斗集体去从事遵命文学活动；有人为此而攻击鲁迅，因为他在经过一场论战之后似乎向论敌投降了。来自不同方面的

---

①钱杏邨：《死去了的鲁迅》，《现代中国文学作家》（第1卷），上海泰东图书局1928年7月初版。此处引自《恩怨录—鲁迅和他的论敌论文选》（上卷），今日中国出版社1996年，第466页。

②《鲁迅全集》（第4卷），第83页。

③钱杏邨：《死去了的阿Q时代》，《太阳月刊》1928年3月号。

褒贬都否定着鲁迅的独立人格和知识分子的启蒙立场。但是，深入考察30年代的鲁迅，我们可以看到，他的确有许多变化、许多痛苦和困惑，而且也被愚弄而陷入盲目的言说，但是，他却没有放弃五四新文化的启蒙立场。

鲁迅不是神，在历史的乱云飞渡中，并不能对一切都有清醒的洞察。在20世纪30年代，他也曾像左联其他成员一样为保卫苏联而努力，甚至不能容忍人们对苏联问题的揭露和批评。最明显的例子是写于1932年的《我们不再受骗了》。在这篇文章中，他说："我们被帝国主义及其侍从们真是骗得长久了。十月革命之后，我们说苏联怎么穷下去，怎么凶恶，怎么破坏文化。但现在的事实怎样？小麦和煤油的输出，不是使世界吃惊了么？正面之敌的实业党的首领，不是也只判了十年的监禁么？列宁格勒，墨斯科的图书馆和博物馆，不是都没有被炸掉么？"[①]他认为即使苏联人购物仍然须要排长队，也是在建设的途中，而中国人却正在"排着长串而进向死亡"。这种比较的意义也许主要在于对中国现实的批判。然而，宣称"不再受骗了"的鲁迅恰恰受骗了，而且受骗之深使他面对提醒也不愿承认。当一位有名的记者提醒他注意阶级专政的残酷性时，他说："是的，这倒恐怕要使我也有些睡不着了。但无产阶级专政，不是为了将来的无阶级社会么？只要你不去谋害它，自然成功就早，阶级的消灭也就早，那时就谁也不会'饿死'了。"[②]由此，我们可以看到以"深刻"著称的鲁迅有时也很天真，以理论的推论和自己的想当然去理解苏联。他毕竟不是身处苏联，没有到苏联进行过考察，对苏联的真相了解太少。他不可能想到，所谓"实业党"是一个什么样的骗局，更没有想到斯大林是如何处置他党内的对手和人民，即使不去谋害他，屠杀和流放也会降临。他没有想到，所谓无产阶级专政事实上与工农大众的解放并无关系，所谓苏维埃并非真的人民当家做主，而只不过是斯大林专制统治的一件外衣。他更不知道，那些声称代表无产阶级利益的人，权力一旦到手，决不愿意放弃对人民的统治，马克思所谓无阶级的社会理想自然难以实现。几年之后，鲁迅对此再也不发一言，他大概难以面对自己曾经有过的言说。

鲁迅虽然参加了左联，但与左联的关系却一直并不和谐。对于一般人来

---

①②《鲁迅全集》（第4卷），第429页，第430—431页。

说，组织意味着一种依靠，可以摆脱可怕的孤独。然而，鲁迅加入左联之后却不但没有消解内心的孤独和焦虑，而且背起了更为沉重的十字架。更多的痛苦来自现代知识分子的独立人格与集团的矛盾，因为他虽然参加了一个否定知识分子自身立场而要求获得大众立场的集团，却不愿意因此而放弃现代知识分子的独立性，更不愿放弃“启蒙”立场。面对鲁迅与左联的矛盾，人们往往简单地指责周扬等左联领导人，但只要客观而冷静地考察，就会发现，无论何人做这样一个集团的领导，都不会容忍鲁迅的所作所为。他不参加左联的飞行集会，不赞成左联领导人的主张，不接受来自组织的批评和教导，拒绝改造自己的思想，甚至另立山头，分裂组织，称领导为“元帅”“工头”“奴隶总管”……如果在江西或者延安，会被怎么样？

而且，参加左联之初，鲁迅就在信中告诉友人：“此次又应青年之请，除自由同盟外，又加入左翼作家联盟，于会场中，一览了荟萃于上海的革命作家，然而以我看来，皆茄花色，于是不佞势又不得不有作梯子之险，但还怕他们尚未必能爬梯子也。哀哉！”[①]参加之后，与创造社、太阳社的论敌也从来没有真正成为战友，而是仍然一如既往地给予抨击。当他在《上海文艺界一瞥》中抨击那些“流氓加才子”的时候，谁能想到他们已经是一个战壕里的战友？无论思想上、文化上还是人格追求上，他与革命文学倡导者们的矛盾并没有消除。也正因为这样，鲁迅最后才与左联闹得不欢而散。

他对自己参加左联没有直接说过后悔的话，但是，当萧军要加入左联的时候，他却由于自身的痛苦经验和对年轻人的爱护而坚决不同意：“三郎的事情，我几乎可以无须思索，说出我的意见来，是：现在不必进去。最初的事，说起来话长了，不论它；就是近几年，我觉得还是在外围的人们里，出几个新作家，有一些新鲜的成绩，一到里面去，即酱在无聊的纠纷中，无声无息。以我自己而论，总觉得缚了一条铁索，有一个工头在背后用鞭子打我，无论我怎样起劲的做，也是打。”[②]他对萧军说：“至于我的先前受人愚弄呢，那自然；但也不是第一次了，不过在他们还未露出原形，他们做事好像还于中国有益的时候，我是出力的……但自然，得了真赃实据之后，又是

① 1930年3月27日致章廷谦信，《鲁迅全集》（第12卷），第8页。

② 1935年9月12日致胡风信，《鲁迅全集》（第13卷），第226页。

一回事了。”[①]正因为这种痛苦的体验，他最后宁愿被打击，被在集会上宣布罪状，也坚决不再加入左联解散之后新成立的组织。

鲁迅与左联的矛盾何在？其实很简单，他和那些为政治斗争服务的左翼文学战士的相同点仅仅是对大众的同情和对权威话语的反抗，但由于思想认识和基础的不同，他不像别人那样可以放弃自己的见解而无条件地服从命令；他无法放弃独立的人格和自由的思想，而与组织的要求绝对保持一致；他拒绝像其他投身于政治革命的文艺战士一样自觉地改造自己，克服自己的所谓“小资产阶级思想”；他更不愿放弃五四新文化运动的启蒙立场去做大众意识的“留声机器”。在支持大众解放事业的同时，鲁迅没有忘记作为一个现代知识分子应该承担的启蒙使命。他不赞成降低艺术水准去适应大众的水平，更不同意放弃现代意识去迎合大众的习惯心理。

总而言之，鲁迅的思想无论怎样发展变化，现代知识分子的独立性和五四新文化运动的启蒙立场是始终坚守的。我们从中可以看到持守的艰难，却也看到了艰难的持守。正因为这样，鲁迅才在20世纪中国现代知识分子心中树起了不朽的雕像。他的光辉不属于跻身于庙堂之侧的文人，也不属于走向民间的鼓动家或隐居者，而是属于获得了独立人格并意识到自己的先驱者使命的中国现代知识分子。

六、关于“启蒙”的“局限”

在鲁迅去世之后的岁月里，“启蒙”日益不合时宜。作为鲁迅启蒙思想的继承者，胡风的命运就是象征。只要稍作考察就会发现，胡风对鲁迅启蒙思想的继承早已大打折扣。但是，胡风毕竟不赞同知识分子在思想感情上与工农大众全面认同，不赞同由于政治需要而改写五四新文化运动的精神。他的文艺思想不同于其他左翼文人之处，说到底不过是要保留那么一丁点儿启蒙精神。然而，胡风和他的朋友们为此付出了惨重的代价。

在对胡风的批判中，一个未出场的批判对象就是鲁迅。当时的批判者接受了创造社和周扬等人的教训，借鉴了瞿秋白和冯雪峰的经验，对死去的鲁

① 1935年9月12日致胡风信，《鲁迅全集》（第13卷），第211页。

迅采用了团结与改造的政策。具体策略是强调其“转变”和“前进”，将其思想划分为前期与后期，对后期的鲁迅给予高度评价，使之一步步成为神；对前期的鲁迅却谨慎地进行着批判与否定。在20世纪40年代末，对鲁迅的启蒙思想就已有了这样的评价：“用个人的自觉力量击退传统的重压，在守旧和虚伪的‘庸众’中保持个性的发扬是鲁迅当时所可能到达的战斗方针。因此，欧洲资产阶级没落中的反动思想，转过来却成了20世纪初年中国的小资产阶级的启蒙思想者开始他的向前追求的武器了。”[①]而胡风等人的罪行之一就是“企图用新的字眼来复写在实质上同《文化偏至论》中的内容相似的思想，其客观的趋向却只能是资产阶级、小资产阶级，对于人民大众的自觉的、集体的进取和改革的抵制”[②]。进入20世纪50年代之后，他们通过对胡风反革命集团的批判和知识分子改造运动，终于完成了对鲁迅启蒙道路的否定。

这一切并不奇怪，考察当时的思想文化变化大势，问题本来很简单：既然鲁迅在五四时期仍然是进化论而不是阶级论，是个人主义而不是集体主义，既然走的是思想启蒙的道路而不是工农革命的道路，当然应该否定，什么《呐喊》《彷徨》，什么《坟》和《热风》，干脆扫荡掉算了。这并不困难，充其量像对待胡适那样，进行一场大规模的批判运动以肃清流毒。事实上，在左翼文人中，希望如此者大概不乏其人。

然而，毛泽东对鲁迅的崇高评价，使问题复杂化了。鲁迅已经顶了“革命家、思想家、文学家”的桂冠，对他的批判当然无法正面展开。它给文化界带来了一系列的难题，并且带来了文坛派别斗争的复杂性。一方面，它使那些在鲁迅生前一贯反对鲁迅的人也被迫在口头上赞美鲁迅，承认他是无产阶级的文化旗手。但是，由于内心深处压抑的不平，他们总要努力把鲁迅的思想“落后”及其与革命不一致的真相揭示出来。另一方面，它使一些人能够在新形势下抱有幻想，试图通过宣传鲁迅而保存五四新文化，在鲁迅的旗帜下张扬自己不愿放弃的启蒙主义。在很多问题上，当时的批判者并没有说错，胡风的确试图在鲁迅的旗帜下保卫启蒙主义，并抵抗以知识分子向工农认同为主要特征的“反启蒙”的文化运动。然而，胡风似乎没有意识到自己

---

①② 胡绳：《鲁迅思想发展的道路》，见《胡风文艺思想批判论文汇集》（一集），作家出版社1955年。

思想的危险之处，似乎不清楚自己思想的对立面究竟何在。他更没有意识到鲁迅之所以仍然伟大，在于他已经死去。死去的人只剩了一块牌位，牌位的色彩可以根据需要而随时涂抹。鲁迅虽然顶着“革命家、思想家、文学家”的桂冠，前期思想却注定了无法逃脱批判和淘汰。

（一）阶级观点之下的国民性

用阶级分析的目光研究问题，鲁迅的启蒙主义有一个重要缺陷：笼统地谈论“国民性”，把统治阶级的罪恶和人民因黑暗统治而沾染的缺点混为一谈，缺乏明确的阶级观点。

1954年，周扬在《发扬“五四”文学革命的战斗传统》一文中已经指出：

> 几千年来，农民被封建的经济剥削和政治压迫、宗法制度和宗法思想、迷信观念以及农村的各种保守落后习惯所层层束缚，不解脱这些束缚，农民是不能够彻底翻身的。而作为启蒙主义者的鲁迅所最感痛心的是封建统治者对农民的精神上的奴役，正是这种奴役造成了农民的精神麻木状态或行动起来时的盲目性和自发性。他在他的关于农民的小说，特别是杰出的、著名的《阿Q正传》中，最深刻地、集中地批判了农民的消极的、落后的、不觉悟的方面。辛亥革命没有给农民以真正的利益，没有依靠农民，启发他们的觉悟性和积极性，引导他们走上革命的道路，这就注定了辛亥革命的必然失败。在这里，鲁迅对于农民弱点方面的批评，同时也正是对于辛亥革命的一个严正的历史的评判。鲁迅把占我国人口最大多数农民的精神上的弱点，也是当作国民性的弱点来批判的，他要求国民性的改革。当然这些弱点是不能代表我们民族性格的真正的特点的。当我们讲到国民性或民族性格的时候，我们不能不区别哪些是代表广大劳动人民的根本利益，反映他们的勤劳、勇敢的本质的真正民族共同的精神状态，哪些不过是从剥削阶级狭小集团利益出发，由他们所强迫灌输到劳动人民意识中去的偏见和恶习。农民不觉悟，不团结，都是封建统治者所造成的。①

①《人民日报》1954年5月4日。

这种见解被经常引用，见于各种版本的大学教材，也见于各种评论文章。刘绶松在1956年出版的《中国新文学史初稿》中说：“在他的早期创作里，社会的病苦是被揭露了的，但是指出怎样来疗救这个病苦，也就是在作品里更明确具体地指示中国社会向前迈进的方向，他的进化论的宇宙观是给予了他以很大限制的。这是一种情况。此外，离开了正确的科学的阶级观点，而来抽象地进行对于所谓‘国民性’的批判和改造的工作，也不可避免地会陷入这样的结果——往往把统治阶级的罪恶和被统治的人民因黑暗腐朽的社会制度而形成的某些病态和缺点，统统都归纳在‘国民性’的问题上来，因此，反不容易看见在新的历史条件下所可能掀起甚至于已经掀起来了的人民群众的‘转移乾坤’的伟大力量，而产生一种‘怀疑群众的倾向’，认为自己是在‘孤军作战’，使思想上蒙上一层苦闷、彷徨的暗影。”[①]当然，人们的具体认识是有差异的，但无论有什么样的差异，都不能不赞同这样一种基本思想方法：“所谓‘国民性’问题以及对于这一问题的态度，在另一种意义上，也就是如何认识群众以及如何看待群众运动的问题。对于‘国民性’问题，必须加以科学的分析，只有用马克思主义的阶级分析观点加以剖析，才能理解这一问题的实质。从早期的鲁迅的作品看来，他对于‘国民’这一个概念，似乎并没有经过具体的分析。……没有把封建统治阶级的代言人和被压迫的人民群众的意见区别开来。”[②]

用阶级观点分析阿Q形象，当然要确认他的阶级属性。阿Q生活于社会底层，没有自己的生产资料，靠给人打短工谋生，按照阶级的观点，显然属于无产阶级。既然是无产阶级，当然是革命依靠的力量。即使他有种种弱点，其革命要求也是必须肯定的。所以，面对阿Q的“土谷祠革命畅想”，批评家们开始给予肯定的评价，认为“虽然混杂着农民原始的报复性，但他终究认识了革命是暴力”，“毫不犹豫地要把地主的私有财产变为农民的私有财产”[③]。周扬的话表达得更为明确：

① 刘绶松：《中国新文学史初稿》（上卷），人民文学出版社1956年，第87页。

② 王士菁：《关于“国民性”问题——读鲁迅杂文札记》，《光明日报》1961年10月16日。

③ 陈涌：《论鲁迅小说的现实主义》，见《六十年来鲁迅研究论文选》（下），中国社会科学出版社1982年，第94页。

鲁迅写农民写得很深刻，但他的确也只写了农民的一个方面。他偏重地写了农民的消极面，没有写农民的革命面。农民革命的一面他没有看到，所以他不随便写，他是一个热情而严格的现实主义者。闰土有没有革命性？祥林嫂有没有革命性？都没有。阿Q写了一点，但阿Q的革命太糊涂了，太盲目了。最后为革命而死，被敌人枪毙了。

反映在阿Q身上……虽然犯了这许多毛病，但他有一条："要革命！"所以应该得到肯定。阿Q想投革命，最后被反革命所杀。因此尽管有千条缺点、万条缺点，只要有了"要革命"这一条，就当作同志对待，是阿Q同志，不是阿Q混蛋。……

阿Q还有没有别的优点？（陈白尘回答："阿Q真能做，劳动好。"）

很好，还有一条劳动好。这两条很重要，一条要革命；一条肯劳动。有了这两条，阿Q就站住了。其他都是缺点。

毛主席对阿Q的估价，还是当他革命的。[①]

既然是"阿Q同志"，站在同志的立场上，人们自然要批判假洋鬼子不准革命的罪行，也必然要指责辛亥革命脱离群众，没有给农民带来实际利益。直到"文革"结束之后，我们仍然常常看到这样的表述："阿Q对革命的认识固然十分幼稚，十分糊涂，但由于这种想法里充满着农民式的均分思想和复仇情绪，却又的确反映了农民阿Q具有改变自己生活地位的迫切要求。鲁迅看到农民是一个被剥削的阶级，他们本身存在着许多缺点，不觉悟，不团结；同时也看到农民是一个要革命的阶级，不管在什么情况下，他们都是中国革命的重要力量；阿Q真心向往革命，在他身上始终潜藏着革命的可能性。"[②]"资产阶级领导的民主革命忽视了农民的要求，没有把农民自

① 周扬：《和电影〈鲁迅传〉摄制组创作人员的谈话》，见《鲁迅思想研究资料》（上册），国家出版事业管理局版本图书馆研究室编印1977年，第432—433页。

② 唐弢：《中国现代文学史》（一），人民文学出版社1979年，第116页。

发的革命热情加以发扬和引导，相反地，却让封建地主篡夺了革命的果实，扼杀了农民的要求。它把皇帝赶下龙廷，却没有给广大人民以任何实际利益。对这种‘换汤不换药’的情形，小说也有真实的描写。革命党进了城，却不见得有什么大异样：知县大老爷还是原官，举人老爷当了民政帮办，带兵的还是先前的老把总。在未庄，赵秀才便同出过洋的地主阶级里资产阶级化了的假洋鬼子串通一起，抢先向革命投机，挂出了‘咸与维新’的招牌；而真正倾向革命的阿Q，曾经鼓起勇气去结识假洋鬼子，假洋鬼子却扬起了‘哭丧棒’，不准阿Q革命。”“辛亥革命的命运是和阿Q的命运紧密地联系着的，阿Q被送上法场，辛亥革命也同时被送上了法场，枪声一响，这个革命的生命便和阿Q的生命一起结束了。”[①]一切描述都使人感觉到，似乎只要准许阿Q革命，辛亥革命就可以不失败。可惜鲁迅并不这么看。

可是，阿Q自身的弱点毕竟不能全部解释为光辉的品质，鲁迅所揭示出的精神丑陋是无法用他阶级成分的金字招牌掩盖的。一些人大概意识到了这一点，于是有了另一种处理：阿Q是“落后农民”。既然是“落后农民”，当然不能代表“先进农民”。中国农民绝不像阿Q一样，他们是伟大、勤劳、正直、善良的，阿Q没有代表性。如果把阿Q看作他们的代表，那是对人民群众的诬蔑。其实，即使承认阿Q是农民，也没有多少危害，正如邵荃麟等人所反复强调的，没有必要强调阿Q的革命者身份，完全可以承认他的不觉悟。因为他毕竟是农民而不是先进的工人阶级。工人阶级是伟大的、先进的，而农民阶级是落后的、不觉悟的。正因为这样，农民革命理想的实现才需要工人阶级的领导。而且，那些先进的农民都可以被解释为工人阶级。

无论怎样说明鲁迅启蒙思想的落后性，都无法消除这样的疑问：国民劣根性真的只属于反动阶级？革命的阶级真的没有国民的劣根性？阶级性与民族性是一种什么关系？鲁迅的作品和后来的事实都为人们做出了回答：从国民中划出某个阶级，认定它是先进的，而其他阶级则是落后的，正是一种自欺欺人的做法。到头来，这种做法只能是在先进阶级的旗帜下保护和助长了国民的劣根性。

---

① 唐弢：《中国现代文学史》（一），人民文学出版社1979年，第116—117页。

（二）脱离群众：启蒙的失败的教训？

鲁迅启蒙主义的另一个“局限”是：脱离群众，脱离革命实践，所以必然失败。从20世纪40年代至今，这种观点长盛不衰。20世纪90年代以来，又受到了后现代主义的理论支持。

从20世纪50年代到70年代，人们努力把鲁迅说成是暴力革命的支持者和无产阶级的革命战士，不仅关心大众的命运，而且为大众而战斗。但是，却也无法完全否认这样一种事实：在个人与群众的关系上，鲁迅更重视个人，对于群众，他看到的主要是其落后性。这当然不合时宜，因为按照当时全国上下表达出的一致认识，只有人民才是创造历史的动力，只有阶级斗争才是历史前进的火车头，只有武装斗争才能从根本上解决问题，而革命是在无产阶级的领导之下进行的，是要依靠广大人民群众的。鲁迅的启蒙思想没有看到武装革命的伟大意义，而是把思想启蒙看作解决问题的根本，而且认为历史的前进是从个人到群众，通过改造国民的灵魂实现的。这就让知识分子成了群众的领路人。事实上，从20世纪50年代到70年代，这种观点是不被容忍的。具有这种观点的知识分子必须学习历史唯物主义，投身于群众的革命斗争中，做群众的“小学生”，进行思想改造。因此，对鲁迅的思想必然要提出批评，指出其历史局限性，比如，因为历史没有为他提供参加实际的革命斗争的机会，没有让他及时读到毛泽东的《湖南农民运动考察报告》，等等。周扬说：

> 对于农民运动的认识问题是个很大的问题。鲁迅比其他作家对农民有更多的了解，但是不是已经真正看清楚农民的基本问题了呢？那还没有。在辛亥革命以前他是启蒙主义者，他认为根本问题是要启蒙，要农民起来，“怒其不争”，是怒其还不觉悟。他看到了农民被几千年的封建礼教统治，“蒙”么，不觉悟么，要启蒙，强调知识，知识启蒙，“精神界之战士”，鲁迅的伟大在此。至于要真正认识农民问题的根本是要解决土地问题，推翻地主的统治，武装起来等等，不是容易的。只有真正的革命家深入到农民中去了才能认识的。当然，并不是每一个革命家一到农民中去了就能把农民问题提到理论的高度。彭湃去了，但他还没有能把农民问题提到理论的高度。真正把农民问题提到理论高度的是

毛主席。所以鲁迅看《湖南农民运动考察报告》就不要写。鲁迅在当时很少可能看到这篇文章，即使看了也不一定能认识它的意义。①

于是，无论教科书还是研究文章，这种见解随处可见：“在处理思想解放与政治革命的关系上，鲁迅虽然也有变革现实的要求，但对于思想解放强调得比较过分，却是不妥当的。从无产阶级观点看来，在民主革命斗争之前，需要有思想启蒙运动，但群众思想的彻底解放，不是单纯的启蒙运动所能奏效的，它必须在革命斗争中，甚至在社会革命取得胜利以后，才能逐步得到彻底的解决。”②

直到今天，仍然有不少论著进行着同样的表述：“如同孙中山搞的武装起义远离人民大众、缺乏社会基础一样，鲁迅搞的思想启蒙，也是远离人民大众，远离中国现代革命的实践的。”所以，他的努力必然要被现实击得粉碎：“从1907年到1927年，全力启蒙二十年，竟落得个——如鲁迅自己所说‘如一箭之入大海’，‘箭’（文化启蒙）虽有力，但无奈大海何，‘大海’（社会）依然故我，安然无恙。所以然的原因很简单：鲁迅的文化启蒙完全脱离启蒙对象。”③在20世纪末的研究成果中，这段话是值得注意的：

早年，留日时期，他曾把文化启蒙的作用看得很大甚至过大，视为救国之道，视为民族复兴之路，好像一经启蒙，国民便会自觉，便会战斗，中国便一切变好。（老实说，这种想法不能算错。只是简单了点，在中国，尤其简单了点。因为，启蒙，不仅有一个启蒙主体，一个启蒙对象，还有一个启蒙方式的问题，启蒙方式不解决，找不到一个好的适合中国国情的启蒙方式，一切关于启蒙的种种设想，永远只是设想，永远不会成为现实。鲁迅的问题，鲁迅的启蒙主义的设想和启蒙主义的实

① 周扬：《和电影〈鲁迅传〉摄制组创作人员的谈话》，《鲁迅思想研究资料》（上册），第433页。

② 林志浩：《论鲁迅前期思想的个性主义和进化论思想》，《北京日报》1961年9月21日。

③ 解洪祥：《近代理性·现代孤独·科学理性——鲁迅的精神历程及其他》，山东大学出版社1998年，第4—6页。

践的问题，正在这里。但当时的鲁迅，正沉醉在激情的理想中的鲁迅，受多种条件——比如马克思主义的传播，中国革命的发展程度，中国无产阶级的成熟程度等等——的限制，鲁迅没有、也不可能认识到这一点。就是中国现代革命的领导者中国共产党，对于启蒙方式的问题，也有一个探索和认识的过程。直到毛泽东，这个问题才在土地革命中得到了较好的解决。一句话，离开土地问题，中国农民很难接受革命启蒙。这里，我们丝毫没有责备鲁迅的意思，一点也没有；我们只是说明问题，只是给问题一个历史的说明。）①

由此可见，一个重要的问题是人们对“启蒙”缺少理解。把“启蒙”看作鼓动革命热情的手段，把“启蒙”的目标定位于“唤起民众”“唤起工农千百万”，鲁迅所从事的思想启蒙当然苍白无力。所以说它脱离群众、脱离革命斗争实际、不解决任何问题，都符合历史的事实。把鲁迅与毛泽东进行比较，毛泽东的成功更鲜明地衬托出鲁迅的失败。毛泽东的伟大在于他在唤起农民的时候，注意关心农民的切身利益。农民的切身利益是什么？是土地问题。于是，毛泽东就紧紧抓住土地革命这一关键，打土豪，分田地，发动穷人闹翻身。因此，他得到了广大农民的拥护，群众唤起了，革命就胜利了。“要说特色，这才是最大的特色，最根本的特色；要说成功的秘密，这才是最大、最根本的成功的秘密。毛泽东、中国共产党‘唤起民众’，‘唤起’农民的启蒙活动，启蒙理论的根本处、特异处，真正的价值，正在此，全在此。不了解这一点，不承认这一点，不肯定这一点，那就是缺乏起码的科学态度，那就是完全脱离了中国革命的实际。”②

相比之下，鲁迅的确苍白无力。他没有土地分农民，也没有浮财给农民，又不去领导农民打土豪，所以群众自然不听他的呼唤，无论他怎样呐喊，都只能是空谈，是知识分子的“启蒙乌托邦”，是注定要失败的。

可是，一个问题必须注意：这样的“唤起”与鲁迅的“启蒙”有可比性吗？鲁迅的“启蒙”是要“改变他们的精神”，而以这种方式唤起的民众，

---

① ②解洪祥：《近代理性 现代孤独 科学理性》，山东大学出版社1998年，第106—107页，第154页。

精神上有什么改变吗？毫无疑问，这样唤起的民众，也许的确有改天换地的能量，却并不能够实现鲁迅追求的目标。鲁迅所要的不是改朝换代，不是让人跟他打江山，所以也不需要唤起民众。“启蒙”与革命本来就是两条道上的跑车，各有其目标与轨道。把“启蒙”纳入革命的轨道，自然无法解释“启蒙”，也无法认识“启蒙”的意义。

（三）怀疑群众：忽视群众的革命积极性？

鲁迅启蒙主义的又一个问题是：怀疑群众，没有看到群众的革命积极性和伟大力量。

用胡绳的话说，就是“只看到了中国人民在历史上由专制淫威所压榨成的驯服的奴隶性，却不能看出在新的历史条件下人民大众自觉地奋起的可能性”[①]。

用冯雪峰的话说，就是“对于人民大众——主要是农民群众的革命性和革命力量，也是怀疑的、估计不足的”[②]。

周扬的话仍然值得特别注意：

> 鲁迅关于人民讲过两句话，“哀其不幸，怒其不争”。我很欣赏这两句话。这两句话一面说明了鲁迅的伟大，一面也表现了鲁迅的局限性。
>
> “哀其不幸”是他同情闰土、祥林嫂、阿Q……
>
> “怒其不争”则不尽然，人民在“争”。太平天国、义和团在“争”了，包括历代的农民起义。因为他没有看见这一点，因此他也没有能够表现这个方面。[③]

这几乎成为定论：鲁迅更多地表现了群众的愚昧和落后，却没有看到他们的革命性，没有看到他们身上蕴藏的巨大革命力量。

关于这个问题，胡风派的人们曾经努力为之辩护。他们反对冯雪峰为代

---

① 胡绳：《鲁迅思想发展的道路》，《鲁迅思想研究资料》（下册），第165—166页。

② 冯雪峰：《鲁迅生平及他思想发展的梗概》，1951年10月《文艺报》第4卷第11、12号。

③ 周扬：《和电影〈鲁迅传〉摄制组创作人员的谈话》，《鲁迅思想研究资料》（上册），第428—429页。

表的“机械论者”对鲁迅世界的割裂，不赞成以前期和后期的划分抛弃鲁迅的前期思想，为此，他们甚至试图证明鲁迅早期也不存在怀疑群众的倾向。他们努力的动机或许是可贵的，但是，他们的结论却并不符合鲁迅思想和创作的事实。因为通过鲁迅的作品，任何人都可以看到那些怀疑群众的言论。

在《我之节烈观》中，他说：“这表彰节烈，却是全权都在人民……我又认定这节烈救世说，是多数国民的意思；主张的人，只是喉舌。虽然是他发声，却和四肢五官神经内脏，都有关系。所以我这疑问和解答，便是提出于这群多数国民之前。”①

在写给徐炳昶的信中，他说：“看看报章上的论坛，‘反改革’的空气浓厚透顶了，满车的‘祖传’‘老例’‘国粹’等等，都想来堆在道路上，将所有的人家完全活埋下去。……二十七年了，还是这样，岂不可怕。大约国民如此，是决不会有好的政府的；好的政府，或者反而容易倒。也不会有好议员的；现在常有人骂议员，说他们收贿，无特操，趋炎附势，自私自利，但大多数的国民，岂非正是如此的吗？这类的议员，其实确是国民的代表。”②

在《娜拉走后怎样》中，他仍然这样说：“群众，——尤其是中国的，——永远是戏剧的看客。”③

面对这一切，我们应该承认鲁迅的确有“怀疑群众的倾向”。这是无须讳言的。然而，须要指出的是，鲁迅的伟大之处正在于这种“怀疑群众的倾向”。试想，如果对大众没有怀疑，而只有无限崇拜和信仰，虚心接受他们的再教育，或者一边赞美他们的勤劳伟大，一边利用他们的愚昧而谋取私利，鲁迅还是一个伟大的启蒙主义者吗？所以，胡风派的辩护虽然意在保卫鲁迅思想，却改写了鲁迅的形象，使其思想的光辉遮掩于时代的政治口号之下。

鲁迅的确具有怀疑群众的倾向。但是，说鲁迅没有看到群众的革命性却不符合鲁迅创作的事实。鲁迅并非没有看到群众的革命性。以阿Q为例，鲁迅对其革命性看得清清楚楚，而且做了生动的表现——

因为向吴妈求爱而丢了饭碗，与小D之间的斗争也没有胜利，阿Q只有

①②③《鲁迅全集》（第1卷），第117—118页，第21—22页，第163页。

另谋出路，决计出门求食去了。事实上，这时的阿Q已经走向了革命。小说写他在路上走着，看见熟悉的酒店，看见熟识的馒头，但他都走过了，不但没有暂停，而且并不想要。最后还是去尼姑庵偷了四个萝卜。其实，酒和馒头并非不想要，只是他单枪匹马没有组织，所以暂且去对付毫无抵抗力的尼姑。如果“阿Q们”组织起来，有了足够的力量，他是不会放弃酒和馒头而取萝卜的。中国一代又一代的揭竿而起者，大都是如此起步的。他们只有在有了足够的力量时，才会把目标指向富户、官府，直至“打天下”，即夺取一切财物、洋钱和女人的占有权。阿Q此时的作为实在不够体面，但是，无论取天下还是取萝卜，其精神是相通的。当老尼姑闻讯出来试图保卫她的萝卜时，阿Q的回答便有点儿革命的气派：“这是你的？你能叫得他答应你吗？”从静修庵到城里，阿Q一步步走向了革命。

当然，小说写了阿Q的另一面，即“有一种不知从那里来的意见，以为革命党便是造反，造反便是与他为难，所以一向是‘深恶而痛绝之’的”。这倒真是统治阶级思想影响的结果。但是，革命来临之际，他的这种与革命性相矛盾的思想早已消失。因为革命竟使百里闻名的举人老爷害怕，使未庄的“鸟男女”神情慌张，这就使阿Q兴奋，不能不神往革命。加之“阿Q近来用度窘，大约略略有些不平”，革命便成为阿Q的必然选择。他得意之余大喊“造反了！”，未庄人的害怕神态使他“舒服得如六月里喝了雪水”，赵太爷也改口称呼他为“老Q”，赵白眼也惴惴地喊他“Q哥”，这一切使他尝到了革命的甜头，并且引发了土谷祠里的“革命畅想”：

> 造反？有趣，……来了一阵白盔白甲的革命党，都拿着板刀，钢鞭，炸弹，洋炮，三尖两刃刀，钩镰枪，走过土谷祠，叫道，‘阿Q，同去同去！’于是一同去。……
>
> 这时，未庄的一伙鸟男女才好笑哩，跪下叫道，‘阿Q，饶命！’谁听他！第一个该死的是小D和赵太爷，还有秀才，还有假洋鬼子……留几条吗？王胡本来还可留，但也不要了。……
>
> 东西，……直走进去打开箱子来：元宝，洋钱，洋纱衫……秀才娘子的一张宁式床先搬到土谷祠，此外便摆了钱家的桌椅，——或者也就用赵家的罢。自己是不动手的了，叫小D来搬，要搬得快，搬得不快打

嘴巴。……

赵司晨的妹子真丑。邹七嫂的女儿过几年再说。假洋鬼子的老婆会和没有辫子的男人睡觉，吓，不是好东西！秀才的老婆是眼胞上有疤的。……吴妈长久不见了，不知道在哪里，——可惜脚太大。

专制和虐杀、掠夺和奴役、贪婪的占有，鲁迅清楚地看到了阿Q的革命要求，清楚地看到了阿Q的革命理想，也清楚地看到了阿Q的革命积极性。他知道，阿Q永远是革命的积极参与者。他也说过："中国倘不革命，阿Q便不做，既然革命，就会做的。我的阿Q的运命，也只能如此，人格也恐怕并不是两个。民国元年已经过去，无可追踪了，但此后倘再有改革，我相信还会有阿Q似的革命党出现。我也很愿意如人们所说，我只写出了现在以前的或一时期，但我还恐怕我所看见的并非现代的前身，而是其后，或者竟是二三十年之后。"①

关于阿Q的革命，过去的评论常常借了假洋鬼子不准阿Q革命而大谈《阿Q正传》对辛亥革命的批判。似乎是假洋鬼子不准阿Q革命，才导致了辛亥革命的"失败"。然而，面对鲁迅的描写，我们应该想到，如果准许阿Q革命，调动起阿Q的革命积极性，将会出现什么情景？阿Q曾经在秀才和假洋鬼子之后去过尼姑庵，而且在老尼姑关门之后又用力打门。看来，他是的确要革命的。但是，如果他能够进去，会进行一场怎样的革命呢？如果说秀才和假洋鬼子的革命只是砸了一块"皇帝万岁万万岁"的龙牌并顺手拿走了"宣德炉"的话，阿Q如果再来，将会做些什么？

总之，鲁迅并非没有看到阿Q的革命性，只是他不知道这种革命性能给人们带来什么好结果。

①《鲁迅全集》（第3卷），第379页。

鲁迅：中国现代知识分子话语的基石

写下这个题目，我的心中涌上一丝悲哀，因为鲁迅去世已经60多年，20世纪之初，他以自己的文化生产实践为中国现代知识分子话语铺下基石，到了世纪之末，他仍然是最高成就的体现者和最具典范意义的作家。这说明本世纪知识分子话语建设的荒废，同时，也恰恰证明他的价值。他与传统实行最彻底的决裂，挣脱羁绊而创建现代启蒙文学范式，达到了本世纪中国人再也没有企及的高度。他站立于荒野笑傲庙堂，以尖利的笔锋剥落伪装，瓦解偶像，使权威话语在文学园地里彻底萎弃于污泥。在压迫者与被压迫者之间，他别无选择地倾向于劳苦大众，为他们的不幸而呼叫，为他们的解放而呐喊，但绝不与他们站在同一地平线上，更不为某种私利而迁就和迎合。他“立人”目标的设置，启蒙主义的选择，决定了他与权威话语和民间大众话语的关系，避免了许多人未能避免的沉沦。因此，要寻找20世纪中国文学的知识分子话语，要探寻20世纪中国文学的现代性，鲁迅不能不成为首先关注的范本。

在为写这篇文章而阅读前人研究成果的过程中，我的感受非常复杂：一方面感激多年来前辈学者对资料的收集，使一切后来者都可以顺利地直接进入研究而免去收集资料之苦；一方面却深感资料与成果之间的沟壑，凿凿之据并不证明展览大厅的开场介绍。十多年来虽然有王富仁、钱理群、汪晖等人的成果显示着大踏步地迈进，却仍然没有改变大量新成果为一些早被超越的旧结论反复诠注的现状。王富仁先生呼喊“回到鲁迅那里去”已经多年，但回去的途径却是重要的问题，如果隔着价值和思维方式的樊篱，人们又怎么能够回到鲁迅那里去！我无意于创造新的研究范式，因为我知道它绝非轻而易举之事，我所做的，仅仅是回到知识分子自己的话语立场，以所处文化语境仍然大致相同的一颗知识分子之心去贴近作为知识分子的鲁迅。因为无论给鲁迅多少伟大的称号，也无论鲁迅本人对知识分子有何看法，他的质的规定性首先是一个现代知识分子。

一、在对传统的彻底反叛中寻求现代性

（一）对传统文明的无情宣判

鲁迅的文学活动引起人们的广泛注意是从反叛传统开始的。他出现于中国文坛，首先显示给人们的就是他对中国传统文化决绝的批判态度。他揭露封建礼教的罪恶，反对尊孔读经，对于儒家文化，对于道家文化，对于从《三坟》《五典》到风俗习惯的整个文化结构，都持以彻底批判的态度。是他用两个字概括了中国古老的传统："吃人!"中国人历来以仁义道德作为骄傲的资本，然而，在《狂人日记》中，鲁迅通过狂人之口做出了这样的判断："我翻开历史一查，这历史没有年代，歪歪斜斜的每页上都写着'仁义道德'几个字。我横竖睡不着，仔细看了半夜，才从字缝里看出字来，满本都写着两个字是'吃人'!"[①]

从《狂人日记》开始，《孔乙己》《药》《祥林嫂》《阿Q正传》《我之节烈观》《我们现在怎样做父亲》《春末闲谈》《灯下漫笔》……这些光辉篇章无不揭示着中国文化的"吃人"真相。

"吃人"是鲁迅对中国文化本质的形象化概括。尽管一些人由于文化爱国主义情感而不愿意承认这个基本判断，但是，我以为，那种试图把鲁迅这一概括限制于某一个方面的做法是徒劳而有害的。如果我们以科学的态度走近鲁迅，就应该承认这是鲁迅对传统文化的整体概括和基本评价。无论以艺术形象进行象征性揭示，还是以直白的叙述和议论进行表达，他都反复地表现着他的基本见解。这是人们熟悉的句子——

"所谓中国的文明者，其实不过是安排给阔人享用的人肉的筵宴。所谓

①《鲁迅全集》（第1卷），第425页。

中国者，其实不过是安排这人肉的筵宴的厨房。”[①]

这种总体评价使一些人不以为然，但主要是感情上难以接受，而没有人能够以令人信服的理由反驳鲁迅的结论。有些人试图把它看作是鲁迅对某个具体问题而作的愤激之语和偏激之论。作为一个活生生的人，鲁迅虽然也难免愤激，而且也有因愤怒而难以自持的时候，但唯独此论却是经过缜密的思考和论证的结果。它是直觉的，也是逻辑的。鲁迅深入分析中国传统社会，对这筵宴的布置有生动而学理化的解说：“有贵贱，有大小，有上下。自己被人凌虐，但也可以凌虐别人；自己被人吃，但也可以吃别人。一级一级的制驭着，不能动弹，也不想动弹了。”[②]他从古代经典引出一套完整的等级制度作为证据：“天有十日，人有十等。下所以事上，上所以共神也。故王臣公，公臣大夫，大夫臣士，士臣皁，皁臣舆，舆臣隶，隶臣僚，僚臣仆，仆臣台。”又从现实的实践运行揭示出它的巩固机制：最底层的台也仍然可以凌虐别人，因为“有比他更卑的妻，更弱的子在。而且其子也很有希望，他日长大，升而为‘台’，便又有更卑更弱的妻子，供他驱使了”[③]。“因为自己各有奴使别人，吃掉别人的希望，便也就忘却自己同有被奴使被吃掉的将来。于是大小无数的人肉的筵宴，即从有文明以来一直排到现在，人们就在这会场中吃人，被吃，以凶人的愚妄的欢呼，将悲惨的弱者的呼号遮掩，更不消说女人和小儿。”[④]

中国近代的衰弱是任何人都不能不承认的，但光辉灿烂的古代文明却在很多人心中闪闪发光。历史上曾经有过的辉煌成为一些人逃避现实败落的精神避难所，甚至成为“打肿脸充胖子”的资本。善于捣毁一切臆造的温柔富贵乡的鲁迅却告诉人们：“中国人向来就没有争到过‘人’的价格，至多不过是奴隶，到现在还如此，然而下于奴隶的时候，却是数见不鲜的。”[⑤]他无情地撕破各种伪装，使堂皇的历史叙述暴露出虚妄：

> 任凭你爱排场的学者们怎样铺张，修史时候设些什么“汉族发祥时代”“汉族发达时代”“汉族中兴时代”的好题目，好意诚然是可感

①②③④⑤《鲁迅全集》（第1卷），第216页，第215页，第215—216页，第217页，第212页。

的，但措辞太绕弯子了。有更其直捷了当的说法在这里——

一，想做奴隶而不得的时代；

二，暂时做稳了奴隶的时代。[①]

如果说“人肉筵宴”论是对中国社会的一种概括，那么，这里的历史分期则是对中国既往文明史的概括。一纵一横，概括了中国文明的全部。一网打尽，不给恋旧的国粹家和辩证的庸人留有任何余地。

面对几千年一直排下来的“吃人”的筵宴，鲁迅说：“扫荡这些食人者，掀掉这筵席，毁坏这厨房，则是现在的青年的使命！”[②]

他对中国传统文化的否定态度是中国历史上没有出现过的。我当然不否认他与严复、梁启超们精神上的联系，他的路正是他们的路的延伸。然而，他以最坚决的态度反传统，自觉地与传统文化建立起一种势不两立的关系，这是严复和梁启超不可能做到的，鲁迅因此而成为中国传统文化的“末日宣判者”。

今日国内外学界嘲笑鲁迅过激的人正在多起来。因为鲁迅的确没有能够“辩证地”对待传统文化，因为他竟然不自量力地与整个传统为敌。然而，文明的发展虽也有偶然，铁的逻辑却往往不可更改。居于中国土地上的中国人要走出鲁迅所说的两样时代，要挣脱那人肉筵宴的网络束缚，彻底反传统是必须的。中国的知识分子之所以前仆后继为现代化泣血呐喊，也不过是看到了这唯一可能摆脱绝望的希望之路。鲁迅他们的选择并非轻率之举。物质文化可以沙发和太师椅共存，西餐和满汉全席并用，穿西装套马褂顶多有点不伦不类，却也并无大害。精神方面的情况却大不相同，只要留下一点空隙，就会成为逃避和再生的场所。鲁迅如此彻底反传统，都仍然没有意识到，仅仅因为晚年偶然一个“脊梁”之说，就导致了无论赵太爷还是阿Q，都以民族的“脊梁”自居，一点也不心虚地面对鲁迅的“呐喊”而发扬光大固有的精神。

告别20世纪80年代之后的鲁迅研究出现了一种现象，研究者努力寻找鲁迅与传统文化的联系。我不知道这是为寻找新的课题走向偏僻的角落，还是出于好心要让鲁迅与传统握手言和，或者是奉旨对鲁迅实行“招安”。但

①②《鲁迅全集》（第1卷），第213页，第217页。

现象却能看得清楚：很多人在忙着让这个“叛逆者”与传统接轨。

其实无须论证，任何人都无法拒绝传统的影响，或者说无法拒绝对传统的承载。自觉的反叛也只能是部分地挣脱。因此，在鲁迅身上找到道家、儒家、墨家以及中国传统中所有的“家”和算不上什么“家”的影响痕迹，是理所当然的。正如不必考证就会发现他的黄皮肤和黑眼睛，甚至连牙齿都半黄半黑很合于传统，显示着鲜明的中国特色。即使他文化启蒙的历史承担，也可以解释为传统知识分子的“以天下为己任”。然而，他一生努力的却是为这传统掘一座坟墓，而绝不是努力于继承和发扬，或者什么“儒学的现代性转化”。

当鲁迅结束他抄古碑的生活而走向新文化阵营的时候，他一定能够意识到他所参与的反传统的行为将导致什么，大概也能够意识到他们所面对的是什么样的对手。但是，鲁迅和胡适、陈独秀们，都未必意识到他们所从事的事业在他们身后的命运。他们的进化论思想使他们很难想象在世纪末的今天竟然有这么多人在指责他们的文化努力——不是从更进化的方面，而是从他们攻击的旧营垒中，尽管他们也常常打了“新”的和“后”的旗帜。历史的悲剧还不仅在于有人站在传统的立场上批判鲁迅，更可悲的是一些人从继承和发扬传统文化精神方面对鲁迅的肯定和对其反传统行为的辩解。我想，鲁迅如果活着，绝不愿意接受这种辩护。他大概又会说，攻击者并不可怕，可怕的是貌似爱护和尊敬的辩护者。因为辩护者和攻击者的评价虽然不同，所持价值尺度却是相同的。鲁迅的文化生产造成了中国传统文化的断裂还是造成了中国传统文化的转化？“五四”之后的文化是一种新质还是从旧质中发展出来的？这些问题考察起来很复杂，但中国文化的未来依靠新质还是依靠旧胎却应该不难回答。鲁迅最痛恨的就是古已有之的老思路，然而，在一些人的充满敬意的解释中，鲁迅不过是传统的造就，虽然竭力反传统，却正因为对传统的继承才有光辉。我强调鲁迅彻底反传统的精神，是因为鲁迅并不希望自己终生努力的结果只是在孔庙的配殿里，继程朱甚至康有为之后为自己安放一把椅子。

（二）中西比较中的文化选择

在向传统文化发起全面批判的时候，鲁迅选择了什么？毫无疑问，鲁迅选择了西方文化。任何人的思想都不可能百分之百属于自己原创，选择和认同是不可避免的。鲁迅倾向于西方，或者说是倾洋的。他选择的是西化之路，或者说是洋化之路。

但是，几十年来对鲁迅的阐释却总是努力淡化他的西化色彩。用意非常明显，作为文化伟人的鲁迅不能是崇洋的，不能有“全盘西化”的嫌疑。然而，历史的存在无可避讳，需要确认的恰恰是鲁迅文化选择的现代性。因为历史已经证明，中国传统文化中没有现代性基因，“现代”需要从西方拿来。这一点鲁迅比任何人都清楚，所以他从来没有强调过中国文化的特殊性，更不承认这特殊性是神圣不可侵犯的。因此，他不可能站在本土文化立场上拒绝现代性的普遍范式。目前，国外学人在后现代思潮的影响下往往把第三世界文化看作是偏离现代化普遍性的文化实践。这种描述对大多数第三世界国家来说或许是正确的，但对五四时期的中国现代知识分子而言，却显然不符合实际情形。把鲁迅描述为一个西方文化中心主义的抵抗者，更是对他的一种误解。无论胡适还是鲁迅，他们都超越了狭隘的民族主义，而具有明显的世界主义倾向。不过，我以为不应指责国外学者，他们的研究毕竟大多建立在国内提供的基础之上。多年来，国内的研究没有提供正确的说明，甚至努力把鲁迅打扮成民族主义者，海外一些学者也很难保证不受影响。所以，必须确认这样一种事实：鲁迅是中国20世纪20年代到30年代的现代化进程中普世价值的积极推动者和国情特殊论的坚决批判者。

鲁迅对国粹派的无情批判是有目共睹的，那些张扬国粹、鼓吹复古的人物在他的笔下尽现其丑恶、虚伪与腐朽：把肉麻当有趣，把丑恶当美德，毒疮红肿却说艳若桃花，死死抱住腐朽的传统，同时也拖住民族前行的脚步。他曾经总结“爱国的自大”的五种表现：

> 甲云：“中国地大物博，开化最早；道德天下第一。”这是完全自负。
>
> 乙云：“外国物质文明虽高，中国精神文明更好。”
>
> 丙云：“外国的东西，中国都已有过……”
>
> 丁云：“外国也有叫化子，——（或云）也有草舍，——娼妓，——臭虫。”这是消极的反抗。
>
> 戊云：“中国便是野蛮的好。”又云：“你说中国思想昏乱，那正

是我民族所造成的事业的结晶。从祖先昏乱起，直要昏乱到子孙……（我们是四万万人，）你能把我们灭绝吗?”[①]

鲁迅感觉“最令人寒心”的是“戊”，因为他们“以自己的丑恶骄人；至于口气的强硬，却很有《水浒传》中牛二的态度”[②]。其实，20世纪中国这五种表现任何一种都没有消失。在鲁迅逝世之后，牛二们的繁殖能力大增，其子孙也青出于蓝而胜于蓝，不仅仍然以丑恶骄人，而且有了更周密的理论支撑。用今天的话说，戊的观点也就是所谓“特殊主义”。它强调特殊国情，强调本土文化的传统习惯而拒绝接受现代化的普遍规范。然而，鲁迅在五四时期已经对这些特殊论者进行了猛烈的批判：“譬如一个人，脸上长了一个瘤，额上肿出一颗疮，的确是与众不同，显出他特别的样子，可以算他的‘粹’。然而据我看来，还不如将这‘粹’割去了，同别人一样的好。”[③]“有人说：‘我们要特别生长；不然，何以为中国人!’于是乎，要从‘世界人’中挤出。于是乎中国人失去了世界，却暂仍要在这世界上住！——这便是我的大恐惧。”[④]“‘狗有狗道理，鬼有鬼道理，中国与众不同，也自有中国道理。道理各各不同，一味理想，殊堪痛恨。’……但这与众不同的中国，却依然不是理想的住家。”[⑤]

鲁迅是继严复之后出现的中西文化比较研究大师。他的一切立场观点都是在比较中形成的，但他的文化比较中没有运用文化相对论为本土文化辩护的影子。鲁迅从不隐瞒自己认为西方文化胜过中国文化的观点，他总是大力张扬西方文化而批判和否定中国传统文化。在《随感录四十六》中，他说：“与其崇拜孔丘关羽，还不如崇拜达尔文易卜生；与其牺牲于瘟将军五道神，还不如牺牲于Apollo。”[⑥]这些话往往被看作是偏激的，但它是鲁迅在五四时期所做的毫不犹豫的文化选择。

他甚至对赞美中国文化的外国人非常反感，而认同于那些对中国文化持批判态度者。即使那批判看上去是对中华民族的侮辱，他也同样能够接受。他说：“我常常想，凡有来到中国的，倘能疾首蹙额而憎恶中国，我敢诚意地捧献我的感谢，因为他一定是不愿意吃中国人的肉的！”[⑦]杭州英国教会里

①②③④⑤⑥⑦《鲁迅全集》（第1卷），第312页，第312页，第305页，第307页，第317—318页，第333页，第214页。

一个医生在一本书里称中国人为“土人”，一些中国人感觉受了侮辱。鲁迅说：“他们以此称中国人，原不免有侮辱的意思；但我们现在，却除承受这个名号以外，实是别无方法。因为这类是非，都凭事实，并非单用口舌可以争得的。试看中国的社会里，吃人，劫掠，残杀，人身卖买，生殖器崇拜，灵学，一夫多妻，凡有所谓国粹，没一件不与蛮人的文化（？）恰合。”①

1935年，他在给日本内山完造的《活中国的姿态》写序的时候，对该书提的缺点第一条就是：“有多说中国的优点的倾向，这是和我的意见相反的。”②他不像国粹主义者那样以浮肿的脸去冒充胖子，不因为外国人指出自己真实存在的弱点而感觉特别丢脸，更不会像阿Q忌讳“光”和“亮”一样维护民族的尊严。因为他清楚无论个人还是民族，要发展就不能讳疾忌医。一个民族需要的是真正的强大而不是病态的自尊。

在20世纪20年代末之后的中国文坛，反欧化成为一种新的时髦，鲁迅却始终没有改变他的倾向。1933年，他在《上海的儿童》中概括了中国孩子的两种类型：一是“带着横暴冥顽气味”的“顽童”，二是“低眉顺眼，一副死板的脸相”的“好孩子”。他认为无论是哪一种，发展下去，“都足以使人没落，灭亡”。他对各国孩子的比较很有点崇洋意味：“英国沉着，德国粗豪，俄国雄厚，法国漂亮，日本聪明，都没有一点中国似的衰惫的气象。”③1934年，他在《从孩子的照相说起》中说：“但中国一般的趋势，却只在向驯良之类——‘静’的一方面发展，低眉顺眼，唯唯诺诺，才算一个好孩子，名之曰‘有趣’。活泼，健康，顽强，挺胸仰面……凡是属于‘动’的，那就未免有人摇头了，甚至于称之为‘洋气’。又因为多年受着侵略，就和这‘洋气’为仇；更进一步，则故意和这‘洋气’反一调：他们活动，我偏静坐；他们讲科学，我偏扶乩；他们穿短衣，我偏着长衫；他们重卫生，我偏吃苍蝇；他们壮健，我偏生病……这才是保存中国固有文化，这才是爱国，这才不是奴隶性。”④直到1936年，逝世前的最后的时日，他仍然说，“不看‘辱华影片’，于自己是并无益处的，不过自己不看见，闭了

①《鲁迅全集》（第1卷），第327页。

②④《鲁迅全集》（第6卷），第267页，第81—82页。

③《鲁迅全集》（第4卷），第565—566页。

眼睛浮肿着而已”，并且表示希望有人能够翻译出斯密斯的《支那人气质》。[①]虽然我至今没有读过这本书，但知道敦煌出版社已经出版，据说那本书是没有考虑到中国人的自尊心而给中国人留面子的。

更可以说明鲁迅的文化态度的还是他1925年对《京报副刊》征求青年必读书目时做的答复：“我以为要少——或者竟不——看中国书，多看外国书。”理由是：“我看中国书时，总觉得就沉静下去，与实人生离开，读外国书——但除了印度——时，往往就与人生接触，想做点事。中国书虽有劝人入世的话，也多是僵尸的乐观；外国书即使是颓唐和厌世的，但却是活人的颓唐和厌世。”[②]

一些人对此大惑不解。从《集外集拾遗》中，我们可以看到当时引起的争议，有人说鲁迅“浅薄”，有人说鲁迅的经验是“偏见”，甚至有卖国之嫌。直到今天，鲁迅的这一观点也仍然被认为是偏激的，因而不少人试图从各方面为之辩解。我要说的是，有些人认为偏激是必然的，为之辩解者却应该注意：鲁迅曾经多次写文章捍卫他的这一观点，并且特别反对拿他自己作为读中国书的成功例证。在《写在〈坟〉后面》中，鲁迅说过：“新近看见一种上海出版的期刊，也说起要做好白话须读好古文，而举例为证的人名中，其一却是我。这实在使我打了一个寒噤。别人我不论，若是自己，则曾经看过许多旧书，是的确的，为了教书，至今也还在看。因此耳濡目染，影响到所做的白话上，常不免流露出它的字句，体格来。但自己却正苦于背了这些古老的鬼魂，摆脱不开，时常感到一种使人气闷的沉重。就是思想上，也何尝不中些庄周韩非的毒，时而很随便，时而很峻急。孔孟的书我读得最早，最熟，然而倒似乎与我不相干。……我主张青年少读，或者简直不读中国书，乃是用许多苦痛换来的真话，决不是聊且快意，或什么玩笑，愤激之辞。”[③]

鲁迅的这种态度的确不是一时冲动，也不是针对具体问题而发，而是表达了鲁迅一贯的看法。在1919年1月16日写给许寿裳的信中，他说：

---

①《鲁迅全集》（第6卷），第626页。

②《鲁迅全集》（第3卷），第12页。

③《鲁迅全集》（第1卷），第285—286页。

“来书问童子所诵习，仆实未能答。缘中国古书，叶叶害人，而新出诸书亦多妄人所为，毫无是处。为今之计，只能读其记天然物之文，而略其故事，因记述天物，弊止于陋，而说故事，则大抵谬妄，陋易医，谬则难治也。汉文终当废去，盖人存则文必废，文存则人当亡，在此时代，已无幸存之道。但我辈以及孺子生当此时，须以若干精力牺牲于此，实为可惜。仆意君教诗英，但以适应时代之思想为第一谊，文体似不必十分决择，且此刻颂习，未必于将来大有效力，只须思想能自由，则将来无论大潮如何，必能与为沆瀣矣。少年可读之书，中国极少……”[①]

如果一条条罗列出来，足可以构成“十大罪状”，以证明鲁迅即使不是汉奸也至少是“崇洋媚外”。鲁迅在世时就曾经一再受此诘问，被称作“汉奸”或者“买办”，他甚至为此而故意使用过“康伯度”的笔名。1934年，当反对欧化的白话形成高潮时，鲁迅表示“欧化文法的侵入中国白话中的大原因，并非因为好奇，乃是为了必要”[②]。为此，立即有人写文章指责他是“为西人侵略张目的急先锋（汉奸)”“十足加二的表现‘买办心理’”，并且警告他说：“先生要做买办尽管做，只求不必将全个民族出卖。”[③]但是，鲁迅崇拜洋而决不媚外。崇，因为这“洋”有可崇之处；媚，无论对内对外都是奴性的表现。鲁迅与奴性无缘。他之所以崇洋，是因为在他看来，西方文化代表着未来，是可以把中国人引向“第三样时代”的方舟，他看到了现代化才是中国的出路。

在鲁迅的眼里，反对外族侵略和奴役是与反对全部的“吃人”势力分不开的。因为“立人”是根本，传统文明使人失掉人应该享有的权利，那就批判传统文明，列强侵略使人不成为人，那就反对列强侵略。一切与“吃人”有关的，都在被反对之列。因此，反对外国势力的压迫和反对本国势力的压迫同样重要。因此，他决不赞同为了反抗外族侵略就甘心做本国主子的奴隶。在民族面临生死存亡的时刻，他责无旁贷地加入到民族抗日统一战线之中，为反抗异族侵略而奋斗，可是，他告诫人

①《鲁迅全集》（第11卷)，第357页。

②《鲁迅全集》（第5卷)，第520页。

③《文公直给康伯度的信》，见《鲁迅全集》（第5卷)，第521页。

们："用笔和舌，将沦为异族的奴隶之苦告诉大家，自然是不错的，但要十分小心，不可使大家得着这样的结论：'那么，到底还不如我们似的做自己人的奴隶好。'"[①]

鲁迅的选择是以批判传统实现旧文化的摧毁和新文化的创造，而新文化的创造需要以西方文化为蓝本。当然，对于西方文化，作为现代知识分子的鲁迅不可能是完全接受的，因为人类文明发展的过程中，任何一种文明都不可能是完美的。但是，人类文明发展的历程已经证明成功的东西是不应该拒绝的。尽管文化相对主义有其存在的理由，西方文化中心主义的确容易造成目光的偏狭和对一些不同文化现象的误解。但是，文明发展的高下和优劣，是有一般标准的。鲁迅是永远的探索者，用他自己的话说是"中间物"，但是，这并不影响他在人类文明发展的这个特定的阶段选择最近于"人国"和"第三样时代"的文明。这是探索者的现实选择，这种选择毫无疑问是现代性的。所以，"国粹"也好，"特殊主义"也好，对他的攻击是非常正常的，如果不攻击才是怪事。应该说，文化保守主义者对鲁迅的理解是准确的，从传统的立场上对鲁迅进行否定的人们对鲁迅的理解往往要比某些颂扬鲁迅的人对他的理解要准确得多，因为他们准确地感觉到了鲁迅与他们所保卫的文化难以两立。

必须强调的是，中国现代知识分子话语的确并不源于中国文化传统，而是源于西方现代思想资源。当前对鲁迅的解读已经出现很多有意或无意的误解，如努力把鲁迅解释为中国传统文化的继承发扬者。在某种特定的情况下，这虽然不是一种科学的态度，但也是可以理解的。为了让一种不正常的语境接受一个正常的人物，有时往往需要为其化装，但是，这样做的时候，却应该注意，化装混入的角色履行的只能是另一种功能而不再有他本来的力量。鲁迅之路是一条从强调本土文化的特殊性中挣脱出来而走向普遍主义的文化认同之路，是一条通过自我否定而走向民族文化更新的路。鲁迅的意义就在这里，中国现代知识分子话语的定位也在这里，背离这种定位即意味着对中国现代知识分子话语和现代化进程的背离。

---

①《鲁迅全集》（第6卷），第595页。

（三）个人：传统与现代的界标

对传统的彻底否定堵死了回头之岸。回头就是那“吃人”的世界，就是暂时做稳奴隶或者想做奴隶而不得的时代。因此，必须探寻“第三样时代”。当鲁迅在对本土文化的彻底绝望中把寻求的目光投向西方时，他找到的是什么？对于当时别求新声于异帮的一代人来说，不同的人有不同的发现，而鲁迅首先发现的是：“人!”这一发现与他的文化批判互为因果，互相促进。正是因为“人”的发现，他才能够看到中国文化的“吃人”性质，而中国文化“吃人”性质的发现更进一步地使他倾心于西方文化的人本主义。

在他的新时代文明设计中，人是根本，占有中心位置。他说：“东方发白，人类向各民族所要的是‘人’。”[①]这句话至少有两层意思：一层意思是新时代人类向各民族要的不是“牲口”或者奴隶；另一层意思是人类向各民族所要的，首先是人而不是民族或国家。民族与国家当然重要，但它不是第一位的。立国先“立人”，“立人”是根本。

鲁迅说：“我们目下的当务之急，是：一要生存，二要温饱，三要发展。苟有阻碍这前途者，无论是古是今，是人是鬼，是《三坟》《五典》，百宋千元，天球河图，金人玉佛，祖传丸散，秘制膏丹，全都踏倒他。”[②]这是在《忽然想到》中说的，但“忽然想到”事实上并非忽然想到，而是深思熟虑的结果，他在《北京通信》中也有过同样的表达。相同的文字，显示着思考的成熟和语言上反复推敲的痕迹，它是鲁迅一生的斗争纲领和行动路线。如果说有鲁迅主义的话，这就是鲁迅主义的核心，是鲁迅主义最简洁的宣言和大纲。它的出发点是“人”，一切的一切都是为了“人”而不是别的。

传统与现代之间，最重要的标志就在于是否承认人的主体地位，是否承认人的个性的天然合法性。鲁迅在1907年到1908年之间，写作和发表的几篇论文就非常鲜明地体现了他初步建立的以人为中心的现代观念。在民族革命的高潮中，他所关心的已经不是排满的问题，而是国民性的问题。在他看来，振兴国家和民族的关键不在坚船利炮，也不在通过立宪而进行政治改革，而首先在于“启人智”。对一系列问题的思考使他形成了自己的见解：

①《鲁迅全集》（第1卷），第321—322页。

②《鲁迅全集》（第3卷），第45页。

欧美之强，根底在人；中国之衰，根底也在人。国民性不变，中国人即使身体再强，也不过是杀头示众的材料。

考察鲁迅当时的思想状态、思想结构和占有的思想资源，我们能够发现，鲁迅接受了西方文艺复兴运动以来的人文主义传统，包括欧洲自由主义传统和法国大革命的精神，这些资源在鲁迅思想中表现为“人本主义”。“人本主义”对掀翻“吃人宴席”的历史使命是不可缺少的。无论什么时候，只要是反对封建主义，反对奴隶主义，反对剥削压迫和奴役，人道主义就是天然的武器。一切声称比人道主义更进步的学说，在这种斗争面前都往往立即暴露出它的落后性和欺骗性。

鲁迅的“人本主义”思想当然是复杂的。刘半农说他“托尼思想，魏晋文章”，是大致不错的。考察鲁迅思想的源头，以托尔斯泰所代表的人道主义，以尼采为代表的个性主义，的确是鲁迅这架马车的两个轮子。这已有鲁迅在《两地书》中关于人道主义和个人主义起伏消长的言论为证。正是借助尼采，鲁迅看到了中国人缺乏个性的现实和人的个性被文化所吞没的悲剧。尼采宣布：上帝死了，从此我们自己就是上帝。中国人不信上帝，鲁迅意识到的是应该把个人从社会的各种关系中解放出来，给个人以自由发展的权利。

因此，他主张“尊个性，张精神”，反复强调“人各有己”。“人各有己，万事才能立举。”“人各有己，群之大觉近矣。”“人各有己，不随风波，而中国亦以立。”面对中国的问题，一些人感叹其“一盘散沙”。至于医治这“散沙”的办法，来自权威的认识一直是倡导群体精神。鲁迅给出的却是不同的答案：“国人之自觉至，个性张，沙聚之邦，由是转为人国。”[①]

他感叹中国人向来有点自大，但只有“合群的爱国的自大”而缺少“个人的自大”。“‘个人的自大’就是独异，是对庸众宣战”[②]，但是中国传统的群体主义却历来以向庸众宣战为罪恶，虽然人民或者大众在中国历来只是一个虚幻的抽象存在，作为具体存在的个体人民从来也没有做人的资格，但是，作为抽象的群体存在却一直伟大而神圣到不可侵犯。因此，一般人可能反抗各种邪恶势力，但一旦这势力来自“众数”，却往往立即失掉了反抗的

①②《鲁迅全集》（第1卷），第56页，第311—312页。

勇气；一旦以大众的名义发出某种传唤，中国的读书人往往立即应征而去。20世纪50年代的知识分子改造运动也好，20世纪60年代的知识青年上山下乡运动也好，之所以顺利实行，不仅仅是政治之力，其深层的心理基础正是这种对于众数的顺从。鲁迅恰恰活动在一个没有什么力量能够强迫他改造自己的时代，他清醒地认识了传统，以尼采向庸众宣战的精神武装了自己。

当然，与尼采有所不同，他一开始就对尼采的强者立场有所警惕，对弱者表示了足够的同情。为孩子而呼，为女人而叫，为被迫害的弱小而斗争，正是他不蔑视弱者而同情弱者的人道主义的表现。这种人道主义有托尔斯泰的影子，但在这一点上，还应该感谢拜伦。是拜伦使鲁迅找到了托尔斯泰和尼采的结合点。他曾经热烈地称赞拜伦的强者精神："故其平生，如狂涛如厉风，举一切伪饰陋习，悉与荡涤，瞻顾前后，素所不知；精神郁勃，莫可抑制，力战而毙，亦必自救其精神；不克厥敌，战则不止。"[①]他在尼采与拜伦的比较中看到，尼采的强者精神是"欲自强，并颂强者"，拜伦的强者精神却是"欲自强，而力抗强者"。鲁迅一生走的正是拜伦的路，以对强者的反抗完成着自己的强者形象。他推崇拜伦："重独立而爱自由，苟奴隶立于前，必衷悲而疾视，衷悲所以哀其不幸，疾视所以怒其不争。"[②]鲁迅一生对民众所持的正是这样一种态度。

因此，鲁迅鼓吹个性解放，但绝不希望人们都逃离社会而躲进个人的小天地，成为与社会无关的人。在鲁迅那里，个人主义和群体主义，个人意志与社会责任，都是不矛盾的。他的统一形式是人必须首先完成个体的解放，任何力量都不能以任何理由剥夺个人的自由权利。同时，解放之后的个体不应该成为游离的飞尘，而应该承担起继续解放和建立合理的社会关系的责任，不过这一切都必须是自觉的、自愿的。鲁迅就是这样一个完成个性的解放之后自觉承担起民族历史责任的知识分子。"我以我血荐轩辕"是他这种责任感和使命意识的生动体现。但必须注意，这荐轩辕之血是自愿流的，是没有任何命令催迫情况下的自我选择，而不是由奴隶主的号召或者为了哪家江山社稷而被绑上祭坛。考察鲁迅一生，他一直在为群体的利益而思考和斗争，却也一直在警惕着是否有人利用他的同情心和责任感而把他缚上祭坛。

①②《鲁迅全集》（第1卷），第82页，第80页。

一些人把鲁迅的“立人”看作手段，而把目的规定为“立国”，因为鲁迅明确表达过“立国先立人”的思路，而最后又赢得了一面“民族魂”的旗帜。但是，须要注意这两种目的指向的结构关系。在鲁迅那里，立国和“立人”是不矛盾的，他没有因为“立人”而排斥立国，而是两者自然统一。鲁迅却绝不像有些论者所描述的那样总是强调民族性、阶级性或者国家性。在他看来，个人本身就是目的，国家和社会的根本目的应该是人。如果不是从人出发，人就没有理由需要社会和国家。如果国家和社会带来的不是个人的生活幸福和安全的保障，这国家和社会就是多余的。如果国家和社会给人带来的是压迫和奴役，它就是应该被破坏掉的。抽象的阶级或者民族是不存在的。它只能由个体组成，如果民族的解放或者阶级的解放结果只是解放了一个虚幻的群体，对于具体的个体来说，又有什么意义？如果获得解放的不过是民族或者阶级的首领，个体做这个首领的奴隶和做那个首领的奴隶又有什么不同？按照鲁迅的说法：“要我们保存国粹，还得国粹保存我们。”这正是一种现代的关系原则。这一市场化的原则是现代性社会关系最本质的标志，无论是个人与个人之间，还是个人与群体之间，它都必须是自愿的公平交换，而不是无条件地服从和野蛮地掠夺。正是这一原则保护着个人的权利不受他者的侵犯。从人出发，一切规范都应该是为了人生活得更美好，如果道德规范成为剥夺人的生命权利的借口，那这道德本身就是不道德的。“五四”一代人之所以对三纲五常进行批判，就因为它不符合人的价值标准。

雅各布·布克哈特说过：“在中世纪，人类意识的两方面——内心自省和外界观察都一样—— 一直是在一层共同的纱幕之下，处于睡眠或者半醒状态。这层纱幕是由信仰、幻想和幼稚的偏见织成的，透过它向外看，世界和历史都罩上了一层奇怪的色彩。人类只是作为一个种族、民族、党派、家族或社团的一员——只是通过某些一般的范畴，而意识到自己。”[①]在欧洲，这层纱幕在文艺复兴运动中被打破，而在中国，这层纱幕却由铁丝织成，而且由权力护卫。鲁迅和他的同道们所进行的就是撕破这层纱幕的第一场搏斗。它的目标是人的解放，方式是借用西方现代文化价值而掀翻传统的人肉

---

① 〔瑞士〕雅各布·布克哈特：《意大利文艺复兴时期的文化》，商务印书馆1979年，第125页。

筵席，这就形成了他的启蒙主义文学精神的主体结构，这也正是五四时期中国文学的现代性的主体结构。

二、在对权威话语的反抗中确立现代独立性

（一）拒绝“帮忙”与“帮闲”

鲁迅主张掀翻这“吃人”的筵席，捣毁安排这筵席的厨房，但是，这筵席的一切享有者都必然要保卫这盛宴免遭扰乱。这就决定了鲁迅与权威话语之间的对立关系。看鲁迅的一生，直接干预政治的行为不多，发表政治时评极少，而总是守在文化阵地上，从事他的文学活动。政治权威却对他视若洪水猛兽，原因大半在此。但是，鲁迅与权威话语的冲突还不仅在于他对古老传统的无情批判，而是在于他虽然很少谈政治，却从骨子里与政治权威格格不入。作为独立的现代知识分子，他不可能重新回到依附权威的旧路。他获得了现代独立性，也为这独立性付出了代价，那就是要孤独地承受来自权威的各种压迫。而鲁迅的性格又使他越是在压迫之中，越是要坚守阵地。他顽强地坚守着知识分子独立的话语立场，捍卫着知识分子独立的话语空间，无论有什么样的压迫，也决不放弃知识分子对现实社会和文化传统的独立批判权。正是在对权威话语的反抗中，鲁迅以自己的话语实践确立了中国现代知识分子话语最基本的独立性。

大概应该承认，中国古代知识分子也有自己的某种独立性。而且，几千年历史上一再出现的“道”与“势”的冲突往往显示着他们的骨气。但是，“道”与“势”的冲突是有限的、暂时的。从理论上讲，只有遇到“无道昏君”，这种冲突才会发生。如果皇帝宝座上坐的是“有道明君”，这“道”与“势”就是统一的。这种统一之所以是常态而不是偶然，是因为古代帝王不仅多是圣人之徒，与读书人本是同门弟子，而且即使不是儒家信徒，在统治国家时也决不拒绝孔孟之道。儒家学说的命运历来如此：所有旧秩序的破坏者都要反孔，到旧秩序破坏之后，要建设自己的新秩序时就转眼变成尊孔的表率。其原因在于儒家学说是一种有利于安定团结的学说，有助于使人做稳了奴隶。正因为这样，在古代中国，“道”与“势”没有根本的冲突。同时，科举制也在有效地弥合着“道”与“势”的裂缝。“天不变，道亦不

变”的观念使古代文人没有承担知识分子的使命从而去探寻新“道”，这就避免了许多冲突。然而，正因为这样，中国古代知识分子没有形成自己独立的话语，中国文学也同样没有知识分子独立的话语空间。

鲁迅说：“中国文学从我看起来，可以分为两大类：（一）廊庙文学，这就是已经走进主人家中，非帮主人的忙，就得帮主人的闲；与这相对的是（二）山林文学。……后面这一种虽然暂时无忙可帮，无闲可帮，但身在山林，而‘心存魏阙’。”[①] 这一区分一直没有引起文学研究界作为一种方法论而给予足够的重视，正如他的历史分期的两段论没有引起足够重视一样。但是，这种划分是重要的，它不仅划开了鲁迅与历代宫廷文人的界限，也划开了他与历代山野文人的界限。过去的中国不帮忙也不帮闲的文学真不太多，即使不帮忙也不帮闲的隐士们的文学也往往不是知识分子的独立话语。原因就在于“中国是隐士和官僚最接近的”[②]。鲁迅开始寻求不帮忙、不帮闲、同时也不通“魏阙”的道路，这就是现代知识分子话语独立之路。

须要提及的是，鲁迅在这里没有提到民间文学或大众文学。这大概不是疏忽，而是在他看来中国文学史上还没有出现所谓民间文学和大众文学。他多次说过工人农民自己还没有开口，知识分子描写他们生活的作品不能算平民文学，当然也不能算是民间大众自己的话语。鲁迅关于平民文学或民间文学的看法在几十年中没有得到广泛的认可。我想，这原因大概主要在于他不承认“民间”与他所说的“廊庙”的本质差异。在他看来，一方面是真正的大众还没有开口，知识分子传达不出大众真实的声音；二是即使大众有了开口的能力，其话语也不一定真正来自民间。这个问题后面还将详细论及。

大概不难注意到，鲁迅对文人的帮忙与帮闲是很不以为然的。从他对民族主义文艺运动的批判可以清楚地看到这种态度。具体情况无须多说，需要注意的是，半个世纪以来文学史对民族主义文艺运动的介绍缺少起码的客观态度，把民族主义文艺运动完全看作官方努力的结果，将其成员都看作是国民党政府豢养的走狗，即使从政治批判的角度去看，也是一种屠城的做法。其实，应该注意其中不乏国难面前为民族救亡而真诚地投身于民族主义文艺

①《鲁迅全集》（第7卷），第383页。

②《鲁迅全集》（第1卷），第383页。

运动的人们。尽管如此，民族主义文艺运动以民族意识为中心，反对五四新文学运动及其个性主义，都无疑适应了统治者的需要，有助于实现国家权威的意图，因而为国家权威所欢迎和支持。因此，鲁迅的憎恶是必然的。他称那些依附于权力的文艺家为“宠犬”，虽然口号和旗帜有种种不同，却都在“尽宠犬的职分”[①]。其批评的苛刻有目共睹，因为他憎恶那种“为王前驱”的奴性。

众所周知，鲁迅是很早就对“革命文学”持有疑义的。1927年，当广州的文学界大喊“革命文学”口号的时候，他就在《革命文学》一文中指出：“世间往往误以两种文学为革命文学：一是在一方的指挥刀的掩护之下，斥骂他的敌手的；一是纸面上写着许多‘打，打’，‘杀，杀’或‘血，血’的。如果这是‘革命文学’，则做‘革命文学家’，实在是最痛快而安全的事。”因为在他看来，“从指挥刀下骂出去，从裁判席上骂下去，从官营的报上骂开去，真是伟哉一世之雄，妙在被骂者不敢开口”[②]。然而，在鲁迅看来，这种仗势而逞威风者，不过是狗一样的文人。

他反对“帮忙”，也不放过“帮闲”。他多次嘲弄帮闲文人，写他们的生存之道，写他们的揩油之举，写他们的得意与不得意，等等。在《从帮忙到扯淡》中，他说，“帮闲”是“清客”，因为他们帮官消了“闲”，官对他们也就“俳优蓄之”。他们的文章不谈国事，所以是帮闲；一谈国事，就上升为帮忙了。他认为帮忙与帮闲是无法截然分开的，“帮闲的盛世是帮忙”，帮闲是帮忙衍化过来的。从《二丑艺术》中可以看到，在鲁迅眼里，“二丑”也是“清客”，尽管他“装得与贵公子不是一伙”，也毕竟“受着豢养，分着余炎”。这些都显示着鲁迅的独立人格和作为现代知识分子的特有态度。在《隐士》中，他告诉人们，文人归隐往往以清高自命，“隐士历来算是一个美名”，但是，那些清高的隐士，却常常是“翩然一只云中鹤，飞来飞去宰相衙”[③]，说到底并未真有独立的风骨。鲁迅正是这样为现代知识分子话语与传统的山林文学划清了界限。

---

①《鲁迅全集》（第4卷），第311页。

②《鲁迅全集》（第3卷），第543页。

③《鲁迅全集》（第6卷），第223页。

他最反感的是受豢养的文人，因而一再对“叭儿”式的文人进行讽刺和嘲弄，笔下毫不留情。因为在他看来，这种“动物”没有一点雄风，躲躲闪闪，乱钻乱咬，摇尾乞怜，自己没有生存能力，全靠主子豢养，是奴性十足的孬种。所以，他对“叭儿狗”一向很不宽容。仔细想来，同样是狗，“叭儿”也没有多少特别可恶之处，但鲁迅似乎对其更为厌恶，只因为它更显奴性。他对“叭儿”的抨击源于他的人格理想，因为“叭儿”们没有他所希望的知识分子的独立人格，更谈不上独立的话语立场。有人总是很狭隘地理解鲁迅对“叭儿”的打击，事实上鲁迅笔下的“叭儿”的确是泛指。他反对一切“叭儿”，并不在于这“叭儿”是属于哪一派、哪一翼。他打击的是他们对权威的迎合，是卖身投靠和帮忙帮闲的立场。鲁迅对帮闲的反感甚至让人感觉过分，的确不够宽容。只要感觉到有一点粉饰生活、歌舞升平的迹象，只要有一点向权贵弯腰献媚之嫌，甚至是“外硬内软”，他都要给予猛烈的抨击。有人感觉他太不宽容，我以为鲁迅厌恶的是奴性，这与他对现代知识分子话语独立性的追求和捍卫相关，至于他所抨击的人和事是否帮闲之举那是另一回事。

当然，鲁迅这种指责和打击有一种语境作为前提，那就是“五四”之后，中国知识界所已经形成的知识分子价值场。鲁迅的假设读者是已经接受了知识分子独立精神的人，是基本确立了知识分子价值立场的人。如果是在辛亥革命之前的清宫，或者在后来的“文革”时期，忠顺和驯服都是美德，叩头和摇尾都是人生必修课，是晋升官职和评选模范所必备的条件，人们自我标榜尚嫌不足，鲁迅式的讽刺和打击就成了表扬和赞美。由此也可看到，鲁迅对“叭儿”的讽刺还是因为把他们当作知识分子。如果面对真正忠实于党国的官僚，鲁迅这种攻击就成了他们的光荣，他们也许会抬了重礼去鲁迅府上道谢，因为鲁迅为他们说了好话，十分有利于他们升迁。

鲁迅对屈原及其《离骚》这样的作品并不完全否定，但是，唯独不屑屈原那种想帮忙而不得的奴性心态。对于《红楼梦》中的焦大，他抱的也是嘲弄的态度。虽然他对焦大或许也有同情，但对其被塞一嘴马粪的结局却从心里认为活该。因为鲁迅是不会像焦大那样为贾府的腐败而尽其“文死谏”之职的。他评《水浒传》，最反感的是宋江替天行道，只反贪官而不反皇帝，大军一到就受招安，成为皇帝的鹰犬，去打别的强盗去了。因此，这些造反起家的英雄“终于是奴才”[①]。

有所厌恶，也有所赞美。厌恶和赞美都能透露出一个人的精神选择。那么，我们再看一看鲁迅所赞美的。在《我观北大》中，他所称道于北大的，第一是“为新的，改进的运动的先锋”，第二是“常与黑暗势力抗战的，即使只有自己”[②]。对于他的老师章太炎，鲁迅多有非议之处。但是，在《章太炎先生二三事》中，他却独独赞扬他这样的行为：“考其生平，以大勋章作扇坠，临总统府之门，大诟袁世凯的包藏祸心者，并世无第二人；七被追捕，三入牢狱，而革命之志，终不屈挠者，并世亦无第二人：这才是先哲的精神，后生的楷范。”[③]这已经成为他看人论事的标准。他赞美西方的思想家，如卢梭、尼采、拜伦、托尔斯泰、易卜生，因为他们都是偶像的破坏者，是轨道的破坏者，他们有很强的反抗性和叛逆精神。爱罗先珂没有被日本人驱逐之前，鲁迅对他没有注意，但一旦被驱逐之后，鲁迅却对他表示了大量的同情和支持。鲁迅翻译他的作品，介绍他的思想，原因只有一个：“传播被虐待者的苦痛的呼声和激发国人对于强权者的憎恶和愤怒。”[④]鲁迅自己的作品事实上也正是如此。它是鲁迅启蒙主义的中心内容之一。

他无法与权威意识形态保持一致，无法听从权威的指挥。他的文章的确富有煽动性，对权威的揭露和批判助长着人们的反抗。也许正因为这样，他的确成了青年叛徒的领袖。他对既往的国家权威统统没有好感，一生不曾为皇帝和官府说过好话。梁启超说“二十四史”是“二十四姓之家谱”，到了鲁迅笔下，则成了“相斫书”和“独夫的家谱”。[⑤]他总是与历史上的所有统治者划清界限，眼里没有开明盛世，也没有贤明君主，统统都是“独夫”。他批判中国文化，因为“中国的文化，都是侍奉主子的文化，是用很多的人的痛苦换来的”。“保存旧文化，是要中国人永远做侍奉主子的材料”[⑥]。他要创立的是一种新的文化，新文化的重要特征就是不再侍奉主子。

---

①④《鲁迅全集》（第3卷），第157—158页，第17页。

②《鲁迅全集》（第6卷），第547页。

③《鲁迅全集》（第1卷），第224页。

⑤《鲁迅全集》（第7卷），第312页。

⑥《鲁迅全集》（第4卷），第156页。

知识分子往往都很敏感，但有鲁迅那种感觉的大概不多。他总有一种压迫感，感觉自己是奴隶。仔细想想，社会并未与鲁迅特别过不去。压迫放在别人身上，也许根本没有感觉，放在鲁迅身上，他却为之痛心疾首。正是这种感觉分出了觉醒和麻木，分出了甘于做奴隶和不甘做奴隶。这种感觉使他与权势者格格不入，总是把批判的矛头指向统治者。无论是新的统治还是旧的统治，都很难对他实行招安。“我觉得革命以前，我是做奴隶；革命以后不多久，就受了奴隶的骗，变成他们的奴隶了。”[①]奴隶本来是能够与权威和谐相处的，但是，一个能够意识到自己奴隶地位和奴隶身份的人在精神上已经不是奴隶，这种反抗的态度和立场已经使他与权威形成了一种紧张的对立关系，使他感叹“正当可诅咒的时候，活在可诅咒的地方”[②]。这一切，鲜明地显示着他与权威格格不入的叛逆精神和独立人格。

反复抨击奴才，反对奴性，反对奴隶道德，显示了鲁迅对奴隶制度和奴隶主义的彻底反叛。这与鲁迅对权威的反抗是一致的，是他反抗权威话语的一种表现。反对奴性之举与统治者制造奴隶的愿望背道而驰。中国历代统治者都希望知识分子帮忙制造好的奴隶。鲁迅却坚决拒绝这种合作，背离了传统的康庄大道而走上了孤独的险途。这是一切有奴隶主思想的人都不欢迎的。然而，没有这一点，就没有知识分子话语的独立性。

（二）1927：面对新的权威

在鲁迅的精神历程中，女师大风潮和“三一八”惨案是重要的。在这两个事件中，他支持和声援学生，开始直接与统治者对垒。正是在这种实际的斗争中，他表现得比以往更为激烈，不仅直接抨击“屠伯们”，而且抨击一切调和论者。关于这一切，过去的研究在论述鲁迅的转变时都做得相当细致，在此不必再说。

更重要的是1927年，鲁迅目睹了更多的屠杀和更多的青年的鲜血，甚至“吓得目瞪口呆”[③]。过去的研究一般把这一切作为鲁迅思想转变的直接原因。然而，我所看到的只是一个独立的现代知识分子日益增长的痛苦、愤怒，和随时都可能燃烧的血液。毫无疑问，1927年后的鲁迅与占据了国家权

---

①②《鲁迅全集》（第3卷），第16页，第43页。

③《鲁迅全集》（第4卷），第4页。

威话语位置的新的政治是对立的。这使他无法与权威话语合作，在持不同政见式的不合作中，鲁迅进一步完成着自己独立的话语空间。

有一个问题不能不注意。鲁迅对“中华民国”有着非常复杂的特别感情。那种感情大概非亲历者难以体会。鲁迅没有像胡适那样发誓多少年不谈政治，但是，在五四新文化运动中真正不谈政治的却是鲁迅。他与政治权威没有发生直接的对抗，这并不是因为胆小或者别的原因，而是他对当时政治的复杂态度。尽管他的铁屋之论显示着他的绝望，但他之所以接受钱玄同的约请而投身于新文化运动，是因为他感觉到这希望也许并非绝对没有。他反对尊孔读经，反对帝制复辟，抨击迷信与蒙昧，直接的目的就是捍卫辛亥革命的成果。新文化运动是一场政治革命完成之后的文化革命补课，却并未打算为一场新的政治革命进行舆论准备。这是一个应该非常明确的重要问题。当代学者研究这段历史往往喜欢不加思索地开口就是辛亥革命“失败”之后如何如何，其实，失败只是从某种意义而言，公正地说，辛亥革命在当时并未失败，它创造的制度和带来的各方面的新景观不应被抹杀。在参与这场革命的战士们心中，它更是不能被抹杀的。鲁迅多次发出“中华民国已经不像中华民国了”的感叹，正说明他心中一直有一个希望中的中华民国。他曾对中华民国留有不错的印象。在说到他和他的同代人复仇和反抗的思想减退的时候，鲁迅说：“这大半是因为大家已经抱着成功的希望，又服了‘文明’的药。”他又解释说：“但那时的所谓文明，却确是洋文明，并不是国粹；所谓共和，也是美国法国式的共和，不是周召共和的共和。革命党人也大概竭力想给本族增光，所以兵队倒不大抢掠。”他还讲了因为士兵小有抢掠而导致黄兴先生勃然大怒、枪毙士兵的往事。①

事实上，从1911年到1927年，有几种人都在混乱中等待。我不了解王国维的思想和心理，也许容易误解这位大师。但是，如果把他看作与一个时代和一种文化共存亡的人物，他在1911年没有死而到1927年才自杀，说明他等待了十几年，且1927年的结果使他绝望了。从1911年到1927年，鲁迅也在等待，到1927年，他也失望了。不同的是，一个是绝望于旧的再

①《鲁迅全集》（第1卷），第221—222页。

也不能复活，一个是绝望于新的终于没有存活。1927年的结果使鲁迅难以接受。他感情上没有承认这个新的国家权威的合法性。胡适等人开始也不首肯，但经过很长一段时日之后，确认现代民主政治理想不可能一下子顺利实现，无可奈何，他们转而认可这个或有可能通向未来之路的国家权威，从而改变了坚决彻底的批判态度，而试图推动它向着健康的方向发展。胡适相信西方式的民主监督机制的力量，所以试图以批评的力量扭着权威的胳膊走向现代政治之路，在遇到铁拳后也仍然试图亲切地挽住，连扶带拖把他牵上现代民主政治之路。胡适的立场是坚定的，但他骨子里的坚定却与行为方式上的温和结合在一起，这就导致了他与政治权威能够神离而貌合。然而，鲁迅却不相信这种可能。因为屠杀，鲁迅已经对它不抱任何希望。他总是忘不了屠杀者手上的鲜血，因而无法在感情上承认一个依靠屠杀而建立和维持的统治是合法的。因为任何依靠屠杀而维持的政权都不可能是“五四”一代人的政治理想。“五四”一代人的政治理想虽然复杂而且很不一致，但有一点是一致的，那就是政治的民主化。他们反对的是独裁、专制，不希望看到各种真的或者穿了现代服装的皇帝。这是他们现代性选择的一个重要构成。现在学界相当普遍地关心现代性问题，20世纪新文化的现代性成分复杂，但是，政治的民主化是重要内容。我想提醒大家在使用现代性这个概念时，不要忽视这个内容。如果缺少这个内容，所谓“现代性”就是虚假的，现代化就是病态的。学者们应该切记不要给各种非现代的力量发放现代性的证书，更不要让现代性替反现代性的力量背黑锅。以现代性为目标的知识分子与反现代的任何权威力量都无法妥协。鲁迅对新权威的拒绝正是捍卫现代性的一种表现。在保卫现代性这一点上，他与胡适是真正的同道，但对新权威的现代性质的认识却有很大的不同，这不同决定了对其怀有希望和对其彻底绝望。而不同的认识又导致了与现实权威的不同态度和不同关系。

1927年之后，鲁迅有很多杂文表现了对蒋介石政权的强烈谴责。文章总是带有无法抑制的愤怒。他描写各种社会现象，都忘不了对统治者顺手给予致命的一击。他的立场是坚定的，在压迫者与被压迫者之间，别无选择地站在被压迫者的一边，甚至为此而对试图在这之间表示公允的知识分子也给予无情的批评。他把国民“一盘散沙”的状况归之于权威的教育，把大敌当前的逃跑现象归之于权威的统治："施以狮虎式的教育，他们就能用爪牙，施以牛羊式的教育，他们到万分危急时还会用一对可怜的角。然而我们所施的是什么式的教育呢，连小小的角也不能有，则大难临头，惟有兔子似的逃跑而已。"[①]从"三一八"之后到左联五烈士死后的文章，可见鲁迅与当时国家权威的尖锐对立。

政治的黑暗和文化的黑暗总是联手压迫着现代先觉者，使他无法与政治权威握手言欢。不时通缉他，删改他的文字，查封他的著作，使他感觉不像活在人间。他承受了太多的痛苦。痛苦并不可怕，只要有解除之地。然而，鲁迅的痛苦却是无地解除。现代知识分子看重的是自由，他们坚持的原则是自由。政治权威话语与知识分子话语并非没有可通之处，这个可通之处除了政治道德等方面的共同语言之外，一个更重要的原则就是思想和言论的自由。越是不给知识分子思想和言论的自由，知识分子就越是积聚起强烈的情感。从本质上说，知识分子总是探求人类更美好的生活，因而也是不断改革论者，但知识分子却也并非故意与现实权威构成的现实秩序过不去，他们是能够合法地进行各种探索的。但是，中国的专制主义传统却使政治权威总是把对人类前途的探索，把社会改革的思考，统统看成是蓄谋打破他们的饭碗。这就使鲁迅这样的现代知识分子无法与之和平共处了。他们压迫他，他也就无法对他们以礼相待。

是太多的鲜血使鲁迅最终同情和支持以暴易暴的革命方式，是权威的压迫助成了鲁迅与权威话语的界限的划分。

（三）文艺与政治的歧途：知识分子位置的确立

鲁迅的选择不仅仅是现实的造就，而且与他对知识分子的性质的认识有关。走近1927年到1928年的鲁迅，很容易发现他在痛苦中那些深入的思考。有些思考未必没有矛盾和困惑，但正是在这个时期，他更清楚地意识到了自己作为一个真正的知识分子的职责，也更清楚地意识到了自己所选择的启蒙主义道路与革命、政治，特别是当下权威话语的关系。

《文艺与政治的歧途》是在过去很多年中一直被遮蔽的重要文章。在很长的一段时间里，人们几乎很少谈及，但是，不正视该文就不能正确理解这

---

①《鲁迅全集》（第4卷），第474页。

个时期的鲁迅，更不能把握鲁迅对文学功能的基本认识。在这篇文章中，鲁迅指出，文艺和革命是并不矛盾的，因为两者都不安于现状。文艺与政治却常常处于冲突的状态，原因是政治要维持现状，而文艺却不安于现状。“惟政治是要维持现状，自然和不安于现状的处在不同的方向”，“政治家最不喜欢人家反抗他的意见，最不喜欢人家要想，要开口”，而文艺家却偏偏喜欢思想，而且喜欢开口。于是，文艺家就成了政治家的“眼中钉”。在文艺与政治的矛盾中，鲁迅显然站在文艺的立场上。他说：“政治想维系现状使它统一，文艺催促社会进化使它渐渐分离；文艺虽使社会分裂，但是社会这样才进步进来。”他强调着文学家的超前性，并且举例证明文学家生前往往得不到同情，但死后多年，却往往被社会所认识。他说：“政治家既永远怪文艺家破坏他们的统一，偏见如此，所以我从来不肯和政治家去说。”①

需要注意的是，这里所说的文学不是一般意义上的文学，更不是为人们提供娱乐和消闲的文学，而是启蒙主义的文学。这是鲁迅对文学的一种理解和认定。从这种理解和认定，可以看到鲁迅文学创作的方向和道路，理解什么是鲁迅的启蒙主义精神。这里集中表现了他的精英知识分子立场。因为他对文学的这种理解，与他对知识分子的理解是一致的。鲁迅在很多地方对知识阶级颇有微词。然而，从他的一些作品中，我们却可以看到，这种不满正是因为他心目中有一个关于知识分子的标准。在这种标准的衡量之下，中国的知识分子太不像知识分子。为此，他甚至避免使用知识阶级的概念，因为他知道中国还没有俄国那样的知识阶级。鲁迅知道，真正的知识分子与传统文人是极为不同的。在1927年10月所做的《关于知识阶级》的报告中，他对当时国内对知识阶级的反感表示了不满。他说：“中国人于是也骂起知识阶级来了；后来便要打倒知识阶级，再利害一点，甚至于要杀知识阶级了。知识仿佛就是罪恶……这种情形是中国特有的，所谓俄国的知识阶级，其实与中国的不同。”他看到的知识阶级是走在时代前面的先驱，有责任，有良知，“能替平民抱不平，把平民的苦痛告诉大众”。他对俄国知识分子有比较深刻的了解，清楚地看到了他们的特点：“知识阶级对于别人的行动，往往以为这样也不好，那样也不好。先前俄国皇帝杀革命党，他们反对皇帝；

①《鲁迅全集》（第7卷），第113—117页。

后来革命党杀后族，他们也起来反对。问他怎么好呢？他们也没办法。所以在皇帝时代他们吃苦，在革命时代他们也吃苦，这实在是他们本身的缺点。”事实上，鲁迅并不认为这是他们的缺点。因为他接着说：“所以我想，知识阶级能否存在还是个问题。知识和强有力是冲突的，不能并立；强有力不许人民有自由思想，因为这能使能力分散。”他举动物界的猴子为例，猴子的世界是专制的，猴王说一声走，猴子都走了，而知识分子启发人们思考，威胁着猴王的权威，因而与猴王是矛盾的。最后，鲁迅提出的疑问是：“知识阶级将怎么样呢？还是在指挥刀下听令行动，还是发表倾向民众的思想呢？”他回答说：“要是发表意见，就要想到什么就说什么。真的知识阶级是不顾利害的，如想到各种利害，就是假的，冒充的知识阶级。”他认为知识阶级“对于社会永不会满意的，所感受的永远是痛苦，所看到的永远是缺点，他们预备着将来的牺牲，社会也因为有了他们而热闹，不过他的本身——心身方面总是痛苦的”[①]。既然这样，他作为现代知识分子，就必然处于与权威的矛盾和冲突之中。

他对很多人的批评都源自他对知识分子和文学的这种理解和他所持的这种知识分子的价值标准。他说：“革命成功以后，闲空了一点；有人恭维革命，有人颂扬革命，这已不是革命文学。他们恭维革命颂扬革命，就是颂扬有权力者，和革命有什么关系？”[②]对于鲁迅来说，那不仅与革命无关，而且根本就不是什么文学。他心目中的文学家不是这样的弄臣，而是永远不满于现状的探索者。“所谓革命，那不安于现在，不满意于现状的都是。文艺催促旧的渐渐消灭的也是革命（旧的消灭，新的才能产生），而文学家的命运并不因自己参加过革命而有一样改变，还是处处碰钉子。……在革命的时候，文学家都在做一个梦，以为革命成功将有怎样怎样一个世界；革命以后，他看看现实全不是那么一回事，于是他又要吃苦了。……所以以革命文学自命的，一定不是革命文学，世间那有满意现状的革命文学？除了吃麻醉药！”[③]

叶遂宁（即俄国诗人叶赛宁）和梭波里在鲁迅的心里是一个难以抹去的

①《鲁迅全集》（第8卷），第187—188页、第190—191页。

②③《鲁迅全集》（第7卷），第118页，第118—119页。

影子。他总是记着他们，不断地提到他们，但并不是否定他们的。这与他对“同路人”的文学表现的热情大概是一致的。

鲁迅这两篇文章可以看作是鲁迅的文明进化论大纲。按照一般的解释，此时正是鲁迅抛弃进化论而接受阶级论的时候，然而，读着《文艺与政治的歧途》，却总感觉鲁迅不仅坚持着进化论的思想，而且发展了进化论的思想，形成了他的文明进化论。在这个思想框架中，知识分子是进化的先导。他永远是探索的、前进的、批判现实的，承担着引导人类文明发展的使命。他的这些特点使他永远不会与既成的秩序相一致，不可能承认现实的一切都是合理的。它的文明进化的本质使他们与要求秩序稳定的国家权威形成不可避免的矛盾。正是这种关系知识分子本质的认识坚定着鲁迅的道路，使他以自身的反抗和追求显示了知识分子话语的独立性，成为20世纪中国文学的光彩之所在。

三、“怒其不争”：与民间话语的分野

（一）对庙堂与民间的双重拒绝

多年来，学界对鲁迅的阐释总是努力强调其民间大众话语性质，努力把他描绘成大众群体中的一员、人民大众的牛，好像鲁迅只是统治者的叛逆，而对大众只有俯首听命充当马前卒。直到20世纪90年代，还有一些新出版的研究著作在努力把鲁迅打扮成一个自愿自觉遵从工农大众意志的小兵。但是，如果我们走近鲁迅，就不难发现他的话语绝不是民间大众的话语。当然，他的确与民间话语存在着千丝万缕的联系，的确对民间文化有浓厚的兴趣，也的确密切关注着民间大众的生活，并且对大众怀有深刻的同情。然而，这一切都不能证明他的民间大众话语性质。他以现代启蒙主义与民间大众划清了界限，“怒其不争”的情感态度使他与阿Q、华老栓、七斤和祥林嫂这些大众的代表站到了不同的地平线上。

中国传统知识分子总是以能跻身庙堂为人生价值实现的目标，一旦仕途阻塞，则往往又有两条道路可供选择：一是隐者之路，归隐山林，超然物外，或者并不真的超然物外而是获得隐者美名走上终南捷径；二是既然不能当魏徵，就到梁山当吴用。吴用的前途不可限量，或者通过“要做官，杀人

放火受招安”的途径走进庙堂，或者通过协助“夺了鸟位”而成为新的魏徵。鲁迅与这两条道路都做了彻底的告别。因为他既不愿“为王前驱”，又清楚宋江们往往不过是贪官污吏的候补。对中国历史的透彻理解和对国民性的深入研究，使他比任何人都清楚中国的主奴之道。于是，不从众，不媚俗，不怯于众势，不淹没于民间，成为鲁迅的一大特色。鲁迅对大众的态度是值得注意的。总的来说，他的态度可用“哀其不幸，怒其不争”概括。这种拜伦式的态度显示的正是现代知识分子的立场。而且，这种态度是衡量一个知识分子是否获得了现代知识分子话语立场的标志。只有“怒其不争”而无“哀其不幸”是非人道的立场，只有“哀其不幸”而无“怒其不争”则是民间大众自己的立场。只有这两者的结合才显示了中国现代知识分子话语的立场。现代精英知识分子不可能像隐士那样超脱，他们关心和同情大众，为大众的苦难而痛苦，但是，他们绝不是与大众站在同一地平线上的大众代言人，绝不是大众意识的“留声机器”，也绝不是利用大众之力而满足私欲的宣传家和煽动者。这种态度最突出的代表者就是鲁迅。这种态度与大众保持了一定距离。这距离并不意味着他对民众的轻视，而是因为他知道大众发出的往往并不是他们自己的声音，知道只有大众真正觉醒并成为真正的“人”之后，真正属于大众自己的声音才能得到表达。

鲁迅前期对民众的态度众所周知，他之所以弃医学文，是因为看到了中国民众的落后与愚昧。“凡是愚弱的国民，即使体格如何健全，如何茁壮，也只能做毫无意义的示众的材料和看客，病死多少是不必以为不幸的。”①《文化偏至论》《摩罗诗力说》等文章显示的对庸众的态度，人们已多有论及。在五四时期，因为雷峰塔的倒掉，他一面批判中国人的“十景病”，一面斥责着愚昧民众的“奴才式的破坏”。他赞美卢梭、尼采、托尔斯泰、易卜生等“轨道破坏者”，叹息“中国很少这一类人，即使有之，也会被大众的唾沫淹死”②。他感叹：“群众，——尤其是中国的，——永远是戏剧的看客。”③他的现代启蒙主义立场使他不可能与大众在思想感情上保持一致或者打成一片。因为他知道，“暴君治下的臣民，大抵比暴君更暴；暴君的暴政，时常还不能餍足暴君治下的臣民的欲望。……暴君的臣民，只愿暴政暴

①②③《鲁迅全集》（第1卷），第417页，第192页、193页，第163页。

在他人的头上，他却看着高兴，拿‘残酷’做娱乐，拿‘他人的苦’做赏玩，做慰安”[①]。他悲哀于大众的冷漠，竟将烈士的鲜血吞食，竟把革命家逝世的日子作为欢乐的时光。

按照过去的认识，这一切都显示着鲁迅前期思想的局限，说明鲁迅这一时期存在着“对人民力量认识不足的弱点”[②]。然而，半个多世纪过去之后，我却强烈地感觉到这正是鲁迅之所以成为鲁迅、鲁迅之所以比他人伟大之处；并且，这种态度贯穿着他的一生，是他一生都没有改变的基本观念。按照一般的看法，鲁迅在1927年到1928年之间思想发生了根本转变，然而，就在这个时期，我们仍然能够看到他对大众弱点的论述。面对中山陵合龙口之际南京流传的“太平歌诀”，鲁迅说：“看看有些人们的文字，似乎硬要说现在是‘黎明之前’。然而市民是这样的市民，黎明也好，黄昏也好，革命者们总不能不背着这一伙市民进行。鸡肋，弃之不甘，食之无味，就要这样地牵缠下去。五十一百年后能否就有出路，是毫无把握的。”[③]面对国民党的屠杀，他说：“我们中国现在（现在！不是超时代的）的民众，其实还不很管什么党，只要看‘头’和‘女尸’。”[④]

他虽然同情大众，却不像那些自封的无产阶级作家那样面对大众做出或真或假的信任和崇拜的模样。他继续走着他从日本留学时期就确定的批判国民性的道路，并不因为有人宣布“阿Q时代”已经过去就跪倒于据说已经提高觉悟的阿Q面前，或者帮他去抬秀才娘子的宁式床。他到处看到中国民众的奴性，不时地在文章中揭示这种奴性。他说故乡绍兴的“堕民”是一种“已经解放了的奴才”，他们的奴才身份事实上早已经获释，但“就是为了一点点犒赏，不但安于做奴才，而且还要做更广泛的奴才，还得出钱去买做奴才的权利”[⑤]。鲁迅对中国大众的奴性思之甚深，悲之甚切。他一生对麻木的看客不曾有过好感，一再地指出中国大众往往都是看客。到了20世纪30年代，他也仍然一直关注并反复思考着这一问题。鲁迅写过这样一种发现的

①《鲁迅全集》（第1卷），第366页。

② 唐弢：《中国现代文学史》（一），人民文学出版社1979年，第88页。

③④《鲁迅全集》（第4卷），第103页，第106页。

⑤《鲁迅全集》（第5卷），第216—217页。

现象："假使有一个人，在路旁吐一口唾沫，自己蹲下去，看着，不久准可以围满一堆人；又假使又有一个人，无端大叫一声，拔步便跑，同时准可以大家都逃散。"[①]中国大众的这种无主见、随大流的精神特征，在鲁迅的小说和散文中都得到了充分的表现。在《南腔北调集·经验》中，他揭示中国大众自私、冷漠的灵魂："在中国，尤其是在都市里，倘使路上有暴病倒地，或翻车摔伤的人，路人围观或甚至于高兴的人尽有，肯伸手来扶助一下的人却是极少的。"[②]这种现象在今天的中国大概是有新的发展了。

鲁迅终生对大众没有什么好看法，所以他的批判锋芒不单单指向权威，而且指向民众，因为他清楚："大约国民如此，是决不会有好的政府的；好的政府，或者反而容易倒。也不会有好议员的；现在常有人骂议员，说他们收贿，无特操，趋炎附势，自私自利，但大多数的国民，岂非正是如此的么？这类的议员，其实确是国民的代表。"[③]这时的鲁迅已经接受了阶级论的观点，但是，阶级论的观点并没有使他从此便简单地认为被压迫者比压迫者人格伟大。他清楚地知道奴才和主子的精神联系，写下了让人读之难忘的名言："奴才做了主人，是决不肯废去'老爷'的称呼的，他的摆架子，恐怕比他的主人还十足，还可笑。这正如上海的工人赚了几文钱，开起小小的工厂来，对待工人反而凶到绝顶一样。"[④]

这种选择使鲁迅走上了异常孤独的道路。中国现代历史上这样的孤独者为数仍然不多。一些人有权威可以依附，一些人有大众可以凭靠。鲁迅却既无权威可依，也无大众可靠。作为中国现代知识分子话语的奠基者，作为20世纪中国的启蒙思想家，他为自己选择了一条孤独而艰难的道路。自由需要代价，独立需要代价，知识分子话语的独立需要坚强的意志，需要能够承受孤独的强大自我。否则，背靠大众，卧于传统，人云亦云，随风摇摆，还有什么知识分子的独立话语可言？历史选择了鲁迅，或者说，鲁迅选择了历史，是他为把中国引向现代而自觉地承担起了现代知识分子话语空间的创建。在现代知识分子话语的两个奠基人中，胡适在人格的独立和思想的自由

①《鲁迅全集》（第5卷），第474页。

②④《鲁迅全集》（第4卷），第540页，第302页。

③《鲁迅全集》（第3卷），第21—22页。

等方面无疑也是一面精神旗帜，但是，与鲁迅不同，他精神立场的坚定伴随着行为上的随和。他们都是传统势力最坚决的反抗者和批判者，但是，同样的坚决，却不仅有温和与激烈之分，而且有方向上的差异。胡适的可贵在于身近廊庙而不被权威话语淹没，努力改造权威而拒绝被权威所改造。鲁迅的可贵在于与大众同行而不陷入民间的沼泽，努力启发大众而不被大众同化。这都是启蒙主义者所选择的孤独的人生之路。

与民众同行又保持距离，这是鲁迅的选择。这选择不是由于对民众的冷漠，而是由于对民众的热爱。正因为爱之深切，才对其弱点不能容忍，发出毫不留情的猛烈批判。但是，值得注意的是，鲁迅对民众的态度没有完全走向尼采。他没有表现出尼采式的对民众的蔑视甚或敌视。之所以如此，一个重要的因素是在鲁迅的思想源中，除了尼采之外还有托尔斯泰。正因为人道主义精神，使鲁迅没有像尼采那样走向敌视大众、蔑视女人、厌恶弱者的立场。鲁迅对弱者充满同情，对孩子、对女性，对受压迫和欺凌的大众，都有足够的同情。正是这种人道主义的精神，使中国现代知识分子话语在强调个性主义的同时，留下了通往大众的道路。所以，“哀其不幸”和“怒其不争”是必须联系在一起的，如果没有“哀其不幸”，就失掉了人道主义的博大情怀，就背离了五四新文化运动的方向。如果失掉了“怒其不争”，这种同情就容易使知识分子滑入民间大众的话语立场。创造社和太阳社在20世纪末的转变虽然原因复杂，但很重要的一点就是由于他们是五四运动成果的坐享者而不是在旧文化的一统天下里开创新文化的奋战者，因而缺少五四新文化运动所确立的那种牢固的现代知识分子话语立场。

因为历史没有为大众提供发音器官，所以他们发不出声音，在20世纪20年代到30年代的中国，鲁迅承担起了为其喊出痛苦之声的使命。但是，他不是一般的代言人（在文学中，大众代言人绝不应该是一个美称），而是同时承担着大众精神疾病诊断者的使命。而这两者的结合才是真正的知识分子的使命。鲁迅一生所做的，一是引导大众改变奴隶的地位，二是引导大众改变奴隶的精神状态。这也正是他的“立人”思想在指向大众时的基本内涵。鲁迅终其一生为这一目标而努力，他一边向奴隶主发出愤怒的断喝，一边向奴隶发出站起来的呼声，并且让奴隶们认识自己身上的各种劣根性，以求将来能够从根本上消灭奴隶和奴隶主的历史循环。

（二）大众化运动中的清醒态度

冯雪峰在《关于鲁迅在文学上的地位》中对“鲁迅主义”的概括有这样四点：一是创造了诗与政论凝结为一体的杂感，二是为民族和大众而战斗的意志和博大的爱，三是大众化，四是对古代传统的批判继承。如果说前两点还不算太错的话，后两点却可以用于左翼的其他作家而唯独安不到鲁迅的头上。第四条与此处所论无关，所以尽管说鲁迅“师法‘儒派’中的某些可贵精神”和继承“中国旧有的好的文学传统”与鲁迅对待传统的态度很不一致，在此仍然暂且不管它。在此须要讨论的是第三点——鲁迅的大众化。我以为，鲁迅的文学创作所走的是一条“化大众”的道路，与20世纪30年代开始倡导的大众化道路是背道而驰的。

首先须要指出，鲁迅绝不赞同我们一般所说的大众化。按照流行的解释，大众化就是“变得跟广大群众一致；适合广大群众需要”。[①]关于“大众化”这个词，人们有不同的理解和认识，但是，这是目前仍然最流行的《现代汉语词典》里的解释。可能有人会指责辞典对这个词的解释不准确，因为当年大众化的讨论中它的内涵远不如此简单。但是，我们不应该指责辞典，特别是20世纪50年代至70年代的辞典，代表的更是流行的权威认识。我以为，不仅不应该指责辞典，而且应该时时注意，在使用一个词语的时候首先不要忘了先去查一下最流行的辞典。因为只有这样，提出的口号才不至于被他人接去而引向反面；同时也可避免接过一个口号大加赞美，到后来却发现那口号中装的并不是自己要赞美的东西。无论什么时候，普及性的辞典所代表的总是最流行的解释。事实上，大众化的口号从提出的那一天，就是向这个方向努力的：变得跟广大群众一致，适应广大群众需要。它意味着知识分子向工农大众学习，意味着迁就和迎合大众而彻底改造自己，同时，它也预示着知识分子主体性的丧失和“臭老九”的命运，预示着知识青年上山下乡接受贫下中农的再教育。那种把大众化作另外解释的努力不过是一些知识分子的一厢情愿。这一点，看后来毛泽东的《讲话》精神会更容易清楚：“虽然大众的手是黑的，脚上有牛屎，但仍然比知识分子要干净得多。”要理解大众化，这才是它的精义之所在。鲁迅当然不会赞同这样一条道路，他不会

①《现代汉语词典》，商务印书馆1981年，第200页。1996年版仍如此。

愿意好好接受看客们或者阿Q们的再教育。他自我认定的角色是大众的改造者而不可能成为被改造者。尽管鲁迅也有个别表现工农大众朴素品质的作品，尽管早在20世纪40年代就出现了把《一件小事》作为鲁迅小说代表作的现象。但是，鲁迅自己绝不会认为《一件小事》比《狂人日记》《药》和《阿Q正传》更为重要。

有必要考察一下大众化运动的过程和鲁迅在整个过程中的表现。我以为，要考察大众化运动的全过程不能只是从这个口号的提出开始，而应该考察它的全过程。大众化的倾向是从五四运动落潮之后“到民间去”的口号开始，经过“革命文学”运动，然后在20世纪30年代形成并提出的。没有前面的基础，就没有大众化问题的提出。而在这个全过程中，鲁迅的态度一直是明朗的。

早在1925年，他就对“到民间去”的口号表示怀疑。“但从此也可以知道：我们的‘民间’怎样；青年单独到民间时，自己的力量和心情，较之在北京一同大叫这一个标语时又怎样？”[①]当时大概没有多少人怀疑到民间去的必要，但鲁迅表示怀疑，因为他能意识到即使是进步的青年知识分子，单独到民间去之后，面对落后的民间汪洋，他们的力量是多么渺小。许多人都兴奋地高叫，却想不到知识分子到民间去面对的多种可能。只有长期研究国民性问题的鲁迅能够意识到，民间大众的力量是巨大的，足以吞掉几个刚刚觉醒的青年。事实上，五四时期的鲁迅与20世纪30年代的鲁迅在这一方面没有多大的变化，他不反对知识分子去接触大众，更不反对为大众做事，但是，他时刻警惕着觉醒的知识分子被大众淹没这一致命危险。

由于历史提供的条件，20世纪20年代末开始，中国现代知识分子话语受到了来自两个方面的压迫。一方面，随着北伐战争的结束和统一的国家政权的建立，政治权威试图以自己的意志整合文化，建立新的文化秩序。另一方面是来自一些年轻的作家向民间话语倾斜而发动的攻势。面对权威话语的挤压，鲁迅的反抗已在上一部分中提及。面对后一方面的挤压，鲁迅也进行了他的斗争。来自民间方面的挤压有一个漫长的过程，先是1926年郭沫若身着国民革命军的军装向青年作家发出了号召：“到兵间去，民间去，工厂

①《鲁迅全集》（第3卷），第94—95页。

间去，革命的漩涡中去！”[①]接着是1928年创造社和太阳社的成员们纷纷认定个人主义的文艺早已过去，继之而起的将是民众的文艺。他们提出：“革命文学应当是反个人主义的文学，它的主人翁应是群众，而不是个人，它的倾向应当是集体主义，而不是个人主义。”[②]他们要向着大众“开步走”，以大众为表现对象，“努力获得阶级意识”，并且在语言上“接近农工大众的用语”[③]。作为五四新文学及其个人主义和人道主义的代表，鲁迅被拿来为“革命文学”的兴师祭刀。他们对以鲁迅为代表的现代知识分子话语不以为然，因而对鲁迅发起了猛烈的进攻。他们说鲁迅“暴露了知识阶级的厚颜，暴露了人道主义的丑恶”[④]。他们严厉批判鲁迅的所谓“小资产阶级的恶习性”，批判鲁迅的个人主义倾向，否定鲁迅作为现代知识分子的独立人格和自由思想。他们指出：“鲁迅所以陷于这样的状态之中，我们也可以说完全是所谓自由思想害了他。”[⑤]更有甚者，则像郭沫若那样干脆宣判鲁迅为“封建余孽”和“二重反革命”[⑥]。

他们以最激进的面貌批判和否定“五四”，否定现代知识分子的启蒙话语。其改造旧社会的迫切之情可以理解，但为了寻找改造旧社会的力量而建立的对群众的认识，却使他们陷入了一种貌新而实旧的境地。他们反对的所谓“旧式的作家”，是以鲁迅为代表的五四新文学先驱。他们所反对的所谓“旧思想”，正是五四新文化运动中出现的新思想。他们用以批判和否定个人主义的所谓新思想，也不全是国外引进的新货色，而往往是在五四新文化运中受到冲击的中国几千年专制主义传统之下形成的群体意识。这些激情满怀却缺乏深刻认识的年轻人自以为找到了新的价值而超越了五四新文化精神，却没有意识到他们以最激进的面貌出现，承载的却是传统的惯性。如果我们

---

① 郭沫若：《革命与文学》，1926年4月《创造月刊》第1卷第3期。

② 蒋光慈：《关于革命文学》，1928年2月《太阳月刊》第2期。

③ 成仿吾：《从文学革命到革命文学》，1928年2月《创造月刊》第1卷第9期。

④ 成仿吾：《毕竟是“醉眼陶然”罢了》，1928年5月《创造月刊》第1卷第11期。

⑤ 钱杏邨：《死去了的阿Q时代》，1928年3月《太阳月刊》第3期。

⑥ 杜荃（郭沫若）：《文艺战上的封建余孽——批评鲁迅的〈我的态度气量和年纪〉》，1928年8月《创造月刊》第2卷第1期。

比较一下20世纪20年代末和30年代初的革命文学运动和代表国家权威话语的民族主义文学运动，就会发现他们虽然在政治上存在严重的对立，但在文化上却高度一致。他们都一样反对五四新文学和新文化，反对欧化，反对个性主义，而努力张扬群体意识。他们虽然有分歧，但背后站立的是同一个传统。只有现代知识分子话语是这个传统的异己。

20世纪30年代的文坛就在这样一个基础上迎来了大众化的讨论。大众化运动的一个突出特点就是反对欧化。尽管瞿秋白等人有时也在理论上表示不一般地反对欧化，但批判的锋芒所向却往往是五四新文学的“欧化倾向”。他们认为五四新文学运动“产生了一种新式的欧化的‘文艺上的贵族主义’”[①]。所以，文艺大众化的中心任务之一就是“在知识青年小资产阶级群众之中进行反对一切反动的欧化文艺的斗争”[②]。在大众化的讨论中，倡导者高声呼唤文艺“向着大众飞跃”，认为：“什么只应该提高群众的程度来欣赏艺术，而不应当降低艺术的程度去迁就群众，——这一类话是‘大文学家’的妄自尊大!”[③]当有人提出文艺大众化的第一重困难在于大众自己的时候，瞿秋白立即严厉指责作者和他代表的知识分子“还没有决心走进工人阶级的队伍，还自己以为是大众的教师，而根本不肯向大众去学习”，是“企图站在大众之上去教训大众”，并且指出：“这种病根必须完全铲除。”[④]本来肩负着启蒙使命的知识分子，从这时开始，不能再理直气壮地“站在大众头上教训大众”。他们开始被引导去向大众学习，去迁就和迎合大众的思想感情和审美心理。知识分子开始放弃自己的话语权，放弃自己的历史主体地位，向工农大众认同。

尽管大众化的倡导者所代表的并非真正的民间文化，他们的声音也不是真正的大众的声音。但是，因为本世纪民间话语仍然是依靠代言，而且积极充当大众代言人正是本世纪一些知识分子的自觉选择，所以，这种代言的结果不妨看作一种民间大众话语。

面对民间话语的挤压，鲁迅是坚韧的。他与革命文学论者展开了激烈的论战。他在《路》《上海文艺之一瞥》等文章中对工农大众的文艺代表们的

---

①④《瞿秋白文集（二）》，人民文学出版社1953年，第881页，第875页、878页。

②③ 瞿秋白：《大众文艺的问题》，《文学月报》1932年创刊号。

嘲弄是一针见血的。他不相信那些在咖啡馆里的留学生能够发出大众的声音，只相信血管里流出来的是血，而水管里流出来的是水。他当然不反对文艺为大众的命运而呐喊，因为他一直就是这么做的，但他不同意去做大众的留声机器，更不接受为了获得大众意识而向大众学习并改造自我的做法。他坚持启蒙主义的文学方向，从来没有否认知识分子的先知先觉作用，没有否认知识分子应该有的先驱性。正是这种立场使他坚守了知识分子的话语立场。

启蒙主义的目的是“立人”。为“立人”必须批判国民性，必须否定奴隶性。所以，是否承认大众的落后性，是否坚持启蒙主义立场，是否承认个人的权利和地位，是20世纪20年代后期之后中国文学中现代知识分子话语与民间话语和权威话语的重要分界线。

鲁迅不赞成牺牲文艺的艺术性去适应大众的水平，更不同意放弃现代意识而去迎合大众陈旧的习惯心理。无论鲁迅后期的思想有什么变化，五四时期确立的启蒙主义立场始终坚守着。当左联讨论文艺大众化的时候，他首先担心的是“若文艺设法俯就，就很容易流为迎合大众，媚悦大众。迎合和媚悦，是不会于大众有益的”。他主张“应该多有为大众设想的作家，竭力来作浅显易解的作品，使大家能懂，爱看”，目的却仍然是“挤掉一些陈腐的劳什子”[①]。而这种意识却正是瞿秋白们要铲除的“病根”。

关于大众文艺和大众语的问题，开始鲁迅没有发表多少意见。但是，因为见到一些“高论”，还是忍不住说了一些话。他曾经讽刺那些学习大众语言者：“如果也照样的写着‘这妈的天气真是妈的，妈的再这样，什么都要妈的了’，那么于大众有什么益处呢?”[②]在《门外文谈》中，他写下了这样一些句子：“这一回，大众语文刚一提出，就有些猛将趁势出现了，来路是并不一样的，可是都向白话，翻译，欧化语法，新字眼进攻。他们都打着‘大众’的旗，说这些东西，都为大众所不懂，所以要不得。其中有的是原是文言余孽，借此先来打击当面的白话和翻译的，就是祖传的‘远交近攻’的老法术；有的是本是懒惰分子……其实也还是文言文的好朋友，我都不想

①《鲁迅全集》（第7卷），第349页。

②《鲁迅全集》（第6卷），第77页。

在这里多谈。现在要说的只是那些好意的，然而错误的人，因为他们不是看轻了大众，就是看轻了自己，仍旧犯着古之读书人的老毛病。”他不同意大众不懂就要不得的观点，更不赞同不能为大众所喜闻乐见就不是好作品的价值观。他认为，那些打着大众的旗号反对“五四”白话的人，那些主张“说话作文，越俗，就越好”的人，发展开来，“就要不自觉的成为新国粹派”[①]。而对于国粹派，鲁迅是永远不能认可的。这一切都证明他仍然在保卫着五四新文化运动的成果，保卫着启蒙主义文学的方向，坚守着知识分子的话语立场。

大众化和“化大众”的矛盾主要表现在是批判国民性还是迎合大众。对于迎合大众的观点，鲁迅曾经严肃地指出：“主张什么都要配大众的胃口，甚至于说要‘迎合大众’，故意多骂几句，以博大众的欢心。这当然自有他的苦心孤诣，但这样下去，可要成为大众的新帮闲的。”[②]这个问题很值得注意，我们过去只认为鲁迅反对做统治者的帮闲，却未必注意到鲁迅同时也反对做大众的帮闲。他知道与他在一个阵营里的那些作家虽然也有背叛，但是，从大多数来看，对统治者的态度是没有多大问题的。然而，帮大众的闲，而没有自己作为现代知识分子的独立性，却是一个相当普遍的问题。鲁迅对这个问题终于表达了清楚的意见：“所以，新国粹派的主张，虽然好像为大众设想，实际上倒尽了拖住的任务。”[③]他明确地告诉人们，为大众着想，文学家不能去适应大众的胃口，“因为有些见识，他们究竟还在觉悟的读书人之下，如果不给他们随时拣选，也许会误拿了无益的，甚而至于有害的东西。所以，‘迎合大众’的新帮闲，是绝对的要不得的”[④]。长期以来，在谈论文学的民族化和大众化的时候，这些话是从来不被引用的。

鲁迅一直没有接受知识分子可以成为大众文学家从而去表现大众意识的观点。他说：“在现在，有人以平民——工人农民——为材料，做小说做诗，我们也称之为平民文学，其实这不是平民文学，因为平民还没有开口。这是另外的人从旁看见平民的生活，假托平民底口吻而说的。眼前的文人有些虽然穷，但总比工人农民富足些，这才能有钱去读书，才能有文章；一看

---

①②③④《鲁迅全集》（第6卷），第101页，第101页，第102页，第102页。

好像是平民所说的，其实不是；这不是真的平民小说。平民所唱的山歌野曲，现在也有人写下来，以为是平民之音了，因为是老百姓所唱。但他们间接受古书的影响很大，他们对乡下的绅士有田三千亩，佩服得不得了，每每拿绅士的思想，做自己的思想，绅士们惯吟五言诗，七言诗，因此他们所唱的山歌野曲，大半也是五言或七言。这是就格律而言，还有构思取意，也是很陈腐的，不能称是真正的平民文学。……如果工人农民不解放，工人农民的思想，仍然是读书人的思想，必待工人农民得到真正的解放，然后才有真正的平民文学。"[①]对于革命文学，他的看法也是这样："我以为根本问题是在作者可是一个'革命人'，倘是的，则无论写的是什么事件，用的是什么材料，即都是'革命文学'。从喷泉里出来的都是水，从血管里出来的都是血。"[②]

许多人对鲁迅都有一种错觉，或者人云亦云并无自觉，或者被流行的观念阻碍了目光，他们往往只看到鲁迅对知识分子的批判，而没有注意到这批判并不意味着他倾向于大众的传统。鲁迅之所以更多地批判知识分子，因为他知道自己的话只有知识分子能够听得懂。由于对大众的认识，他甚至曾经暂不准备与大众说话。在写给旭生的信中，他说："我想，现在没奈何，也只好从智识阶级——其实中国并没有俄国之所谓智识阶级，此事说起来话太长，姑且从众这样说—— 一面先行设法，民众俟将来再谈。而且他们也不是区区文字所能改革的。"[③]后来的鲁迅主张走向民众，但他却仍然是带着"化大众"的目的而走近的。《二心集》中的《习惯与改革》是一篇非常重要的文章，它明确地表现了鲁迅进入20世纪30年代之后的文学思想。在这篇文章中，他说："体质和精神都已硬化了的人民，对于极小的一点改革，也无不加以阻挠。"这是他对大众的基本看法。他接着说："梁实秋先生们虽然很讨厌多数，但多数的力量是伟大的，要紧的，有志于改革者倘不深知民众的心，设法利导，改进，则无论怎样的高文宏义，浪漫古典，都和他们无干，仅止于几个人在书房中互相叹赏，得些自己的满足。假如竟有'好人政府'，出令改革乎，不多久，就早被他们拉回旧道上去了。"他认为，如果

①②③《鲁迅全集》（第3卷），第422页，第544页，第25页。

不改变大众的旧习惯，则无论什么样的革命，都将是“沙上建塔，顷刻倒坏”[①]。而他所希望的是能够深入民众之中，“于他们的风俗习惯，加以研究，解剖，分别好坏，立存废的标准”[②]。这正是他自己的言行的一种说明，是对知识分子表明他走向多数的原因。这与他的初衷的确并无二致。

四、现代独立性的坚守

（一）关于“遵命文学”

关于鲁迅的独立人格与独立思想，大概没有多少异议。但是，有几个问题是值得注意的。首先就是长期以来有人由于各种原因而片面地理解或片面地解释鲁迅自己所说“遵命文学”的含义。遵奉“革命的无产阶级”之命是广泛流行的结论。然而，我却怎么也弄不明白他到底是怎么遵奉无产阶级之命的。查鲁迅的生活，在他参加五四新文化运动之前没有一个能够影响他思想的无产阶级分子出现在他的身边。在五四新文化运动中，被认定为无产阶级知识分子的一般是陈独秀和李大钊，但我却找不到任何材料证明他们曾经命令鲁迅，也看不到鲁迅遵奉他们的命令。

“命令”过他的只有钱玄同。全部的过程正如《〈呐喊〉自序》中所讲的，鲁迅正在抄古碑，钱玄同来请他写文章。鲁迅的态度是：“假如一间铁屋子，是绝无窗户而万难破毁的，里面有许多熟睡的人们，不久都要闷死了，然而是从昏睡入死灭，并不感到就死的悲哀。现在你大嚷起来，惊起了较为清醒的几个人，使这不幸的少数者来受无可挽救的临终的苦楚，你倒以为对得起他们么?”他得到的回答是：“然而几个人既然起来，你不能说决没有毁坏这铁屋的希望。”于是，鲁迅被说服，承认“我虽然自有我的确信，然而说到希望，却是不能抹杀的，因为希望是在于将来，决不能以我之必无的证明，来折服了他之所谓可有”。鲁迅答应给《新青年》写文章，考虑到“既然是呐喊，则当然须听将令的了，所以我往往不恤用了曲笔，在《药》的瑜儿的坟上凭空添上一个花环，在《明天》里也不叙单四嫂子竟没有做到看见儿子的梦，因为那时的主将是不主张消极的。至于自己，却也并

①②《鲁迅全集》（第4卷），第223—224页，第224页。

不愿将自以为苦的寂寞，再来传染给也如我那年轻时候似的正做着好梦的青年”[①]。这是一个说服的过程。

鲁迅之所以被说服，决定的因素在鲁迅自身，他本人虽然因为思之甚深而对中国这间铁屋子几乎绝望，但是，他却早有更深处不甘绝望的反抗意志。正因为这样，当新文化运动到来时他已经不是彻底的悲观主义者，他看到了曙光，有了一点希望。在《随感录三十八》中，他说：“昏乱的祖先，养出昏乱的子孙，正是遗传的定理。民族根性造成之后，无论好坏，改变都不容易的。……但我总希望这昏乱思想遗传的祸害，不至于有梅毒那样猛烈，竟至百无一免。即使同梅毒一样，现在发明了六百零六，肉体上的病，既可医治；我希望也有一种七百零七的药，可以医治思想上的病。这药原来也已发明，就是‘科学’一味。只希望那班精神上掉了鼻子的朋友，不要又打着‘祖传老病’的旗号来反对吃药，中国的昏乱病，便也总有全愈的一天。祖先的势力虽大，但如从现代起，立意改变：扫除了昏乱的心思，和助成昏乱的物事（儒道两派的文书），再用了对症的药，即使不能立刻奏效，也可把那病毒略略羼淡。”[②]这已经是与新文化运动领袖集团的主要人物非常一致的认识了。

其实，鲁迅自己解释得很清楚：“我所遵奉的，是那时革命的前驱者的命令，也是我自己所愿意遵奉的命令，决不是皇上的圣旨，也不是金元和真的指挥刀。”[③]首先，这“命令”是“自己愿意遵奉的”，同时，命令主体实际上是新文化运动对积极向上精神的必然要求。对于这种要求，鲁迅的确遵从了，为了五四新文化阵营共同的目标，他努力在作品中表现出希望的亮色。但这同时也是他自愿的选择，而不是对什么权威的服从。作为一个独立的思想者，他的一切都是自主选择的结果，而不是遵命的结果。

（二）集团中的异数

另一个问题是他与左联的关系。鲁迅参加了左联，这是无法改写也不必改写的事实。有人为此而赞美他，因为他进入战斗集体去从事遵命文学活动；有人为此而攻击他，认为他终于向论敌投降。来自不同方面的褒贬都否

---

①②《鲁迅全集》（第1卷），第419—420页，第313页。

③《鲁迅全集》（第4卷），第455页。

定着他的独立人格和知识分子独立的话语立场。

事实上，只要不为某种纱幕所遮蔽，就不难看到，鲁迅虽然参加了左联，但与左联却是一种非常复杂的关系。从他与左联的复杂关系，可以看到他绝不盲从的各种表现和无法改变的个人主义。

对于一般人来说，组织意味着一种依靠。缺少自我的人或者用鲁迅的话说缺少“个人的自大”的人尤其需要组织。鲁迅是孤独的，加入左联本可以是解脱之途，即使主体的独立性丧失，也可以换得逃避自主的轻松，因为自主与自由都需要代价。然而，鲁迅注定了是悲剧式的，加入集团不但没有消解精神的孤独和焦虑，而且背起了更为沉重的十字架。一方面，作为一种自觉选择，他努力相信通过阶级斗争的方式可以解放劳苦大众，因为他知道在中国现实的土地上他的国民性改造工程路途是多么漫长。另一方面，他更知道，在中国现实的基础上对民众的迁就意味着什么，作为五四新文化精神的承载者，他不愿意看到与现代性目标相背离的结果。同时，他又很清楚地知道：“孤独的精神战士，虽然为民众战斗，却往往反为这‘所为’而灭亡。”[①]所以，在投身于左翼文学运动的时候，他没有因此而变得更轻松，而是承受了更多的痛苦。给他带来更多痛苦的是现代知识分子的独立人格与集团的矛盾。因为他虽然参加了一个否定知识分子自身立场而获得大众立场的集团，却没有因此而放弃他现代知识分子的独立性。

鲁迅往往被看作左联领袖和左翼文坛的盟主。其实，他的左翼文坛旗帜和盟主的地位不过是因为他的影响和成就所致。他一直不是合格的左联盟员。他从不参加左联搞的飞行集会，不赞成左联领导人的种种主张，不接受任何人试图强加给他的教导，很少参加左联的会议，不尊重领导，不团结同志，称领导为“元帅”“工头”“奴隶总管”……如果不是情况特殊，中国的任何集团、帮会都不允许这种成员存在。

在左翼文艺的领导者和批评家中，冯雪峰是比较接近鲁迅也比较了解鲁迅的。他公开对创造社提出批评，主张团结鲁迅而不是把鲁迅打倒。但是，正是他曾把鲁迅称作“同路人”。因为他清楚地知道鲁迅与自己的巨大差

①《鲁迅全集》（第3卷），第140页。

距，也知道鲁迅的“同路人”属性。[1]对于左联，鲁迅的确只是一个“同路人”。无论后来冯雪峰如何根据需要而修正自己的观点，都不会影响他本来看法的正确性。过去鲁迅研究界由于各种原因而否定这种看法，其中一些人出于对鲁迅的爱而把鲁迅与左联紧紧地捆在一起，或者抹平矛盾，你好我好大家都好；或者立鲁迅为左联正宗，指责鲁迅的论敌极“左”而让他们蒙受不白之冤。学术研究应该尊重事实依据，应该看到鲁迅从来就不是左联集团中合格的列兵，更难占据正宗之位。这主要还不在于他不守纪律，而在于一个更重要的原因：他不会像别人那样放弃自己的见解，克服自己的头脑而无条件地服从集团的要求。他和那些为政治斗争服务的左翼文学战士的相同点仅仅是对大众的同情和对权威话语的反抗。但由于思想认识和基础的不同，他无法与他们步调一致，而且，他也没有像其他的投身于政治革命的文艺战士一样自觉地改造自己，克服自己的非无产阶级思想意识，因而即使向着大众“开步走”，也不能去做大众意识的“留声机器”。

正因为这样，虽然文坛都以鲁迅为左联领袖，但事实上左联自有其真正的领导，一切都无须鲁迅来指挥。行动方针和重要的决定都无须他过问，形成决定之后能够通知他就是礼貌。像郁达夫被开除这样的事，鲁迅没有权力过问，事后才被通知，表示反对也不起作用。甚至左联解散这样的大事，鲁迅也并不清楚。左联1935年年底解散，次年4月24日，鲁迅给何家槐的信中却说：“现在竟不知道这集团是否还在，也不能看见最末的《文学生活》。”[2]5月2日致徐懋庸的信中又说：“集团要解散，我是听到了的，此后即无下文，亦无通知，似乎守着秘密。这也有必要。但这是同人所决定，还是别人参加了意见呢，倘是前者，是解散，若是后者，那是溃散。这并不很小的关系，我确是一无所知。”[3]阅历甚深的鲁迅有时也很天真，竟以为这样的大事应该与他商量。

不仅左联没有把他看作自己人，而且鲁迅也没有把左联看作自己的依靠，更别说有那种终于找到了母亲的感觉。参加左联之初，鲁迅就曾在信中告诉友人：“此次又应青年之请，除自由同盟外，又加入左翼作家联盟，于

---

① 冯雪峰：《回忆鲁迅》，人民文学出版社1981年，第46页。

②③《鲁迅全集》（第13卷），第363页，第365页。

会场中，一览了荟萃于上海的革命作家，然而以我看来，皆茄花色，于是不佞势又不得不有作梯子之险，但还怕他们尚未必能爬梯子也。哀哉！”[①]参加之后，与创造社、太阳社的论敌也从来没有因为成为战友而实现过联合，而是仍然一如既往地毫不掩饰心中的厌恶。他扶持柔石等青年作家，并非因为同属一个组织。一些左翼青年追随他，也并不能证明他在左联的地位。正如萧军、萧红等人一样，一些人接近左翼，是奔鲁迅去的，往往取决于私人感情。

鲁迅与左联，最后的结局更是不欢而散，双方冤愤难平。

让我们看一看鲁迅对左联的印象吧！看这个集团是如何使他陷入无法摆脱的苦恼；是如何使他在生命的最后都无法安静，无法忘却，并决定“一个也不宽恕”。看鲁迅在1935年到1936年，生命最后的一年多时间里，给朋友的信件中关于左联的感受——

“敌人不足惧，最令人寒心而且灰心的，是友军中的从背后来的暗箭；受伤之后，同一营垒中的快意的笑脸。因此，倘受了伤，就得躲入深林，自己舐干，扎好，给谁也不知道。我以为这境遇，是可怕的。”[②]

“我本是常常出门的，不过近来知道了我们的元帅深居简出，只令别人出外奔跑，所以我也不如只在家里坐了。记得托尔斯泰的什么小说说过，小兵打仗，是不想到危险的，但一看见大将面前防弹的铁板，却就也想到了自己，心跳得不敢上前了。但如元帅以为生命价值，彼此不同，那我也无话可说，只好被打军棍。”[③]

“我在这里，有些英雄责我不做事，而我实日日译作不息，几乎无生人之乐，但还要受许多闲气，有时真令人愤怒……我们×××里，我觉得实做的少，监督的太多，个个想做‘工头’，所以苦工就更加吃苦。现此翼已经解散，别组什么协会之类，我是决不进去了。”[④]

……

---

①《鲁迅全集》（第12卷），第8页。

② 1935年4月23日致萧军萧红信，见《鲁迅全集》（第13卷），第116页。

③ 1935年6月28日致胡风信，见《鲁迅全集》（第13卷），第160页。

④ 1936年4月5日致王冶秋信，见《鲁迅全集》（第13卷），第350页。

鲁迅反复向朋友诉说心中的闷气，开始是只向几个密友，后来却忍不住到处诉说。他曾计划身体稍好一点之后“做一篇文章，至少五六万字，把历来所受的闷气，都说出来”①。但是，生命苦短，他就这样带着满腔闷气离开了人间，只能在最后的时刻表示“一个也不宽恕”。鲁迅对自己参加左联没有直接说过后悔的话，表示后悔不符合鲁迅的性格。但是，有两件事是应该注意的：第一，萧军要加入左联，鲁迅不同意，并明确地表达了自己的想法：“三郎的事情，我几乎可以无须思索，说出我的意见来，是：现在不必进去。最初的事，说起来话长了，不论它；就是近几年，我觉得还是在外围的人们里，出几个新作家，有一些新鲜的成绩，一到里面去，即酱在无聊的纠纷中，无声无息。以我自己而论，总觉得缚了一条铁索，有一个工头在背后用鞭子打我，无论我怎样起劲的做，也是打，而我回头去问自己的错处时，他却拱手客气的说，我做得好极了，他和我感情好极了，今天天气哈哈哈……真常常令我手足无措，我不敢对别人说关于我们的话，对于外国人，我避而不谈，不得已时，就撒谎。你看这是怎样的苦境？我的这意见，从元帅看来，一定是罪状……”②第二，左联解散之后，鲁迅宁愿承担各种罪名，而坚决不再加入以左联为基础建立的新的组织。之所以如此，正是由于“鉴于前车”③。

冷静地看问题，我不愿意只是站在鲁迅的立场上指责元帅和工头们，因为他们没有错。按照中国传统，他们的做法才是正常的，问题是鲁迅对于中国传统来说太反常。左联像中国的一切集团一样不可能因为鲁迅而改变做法，那就只怪鲁迅对它不适应。鲁迅之所以不能适应左联，根本原因是个性主义和他的独立人格。因为无论工头如何，没有获得独立意识的人们本不以为怪，一切都不是不可以忍受的，只是鞭子抽在鲁迅身上，感受与抽在阿Q、祥林嫂们身上很不相同而已。

---

① 1936年5月23日致曹靖华信，见《鲁迅全集》（第13卷），第383页。

② 1935年9月12日致胡风信，见《鲁迅全集》（第13卷），第211页。

③ 在《360405 致王冶秋》《360423 致曹靖华》《360424致何家槐》《360502 致徐懋庸》《360504 致王冶秋》等多封书信中，鲁迅都有如此表示，可见这个集团给鲁迅心灵上造成的伤害之深。

（三）关于后期的“转变”

一个重要的问题是鲁迅思想转变的问题。半个多世纪以来，鲁迅研究中一个权威的观点是把鲁迅分为前期和后期，前期是个人主义而后期是集体主义，前期是进化论而后期是阶级论。可是，应该注意的是，虽然鲁迅参加了集团，却仍然坚守着他的知识分子话语立场，他有发展和变化，但正如许寿裳所说：“思想只管向前迈进，而主义却是始终一贯的。”[①]

对鲁迅转变和前后期的划分始于20世纪30年代瞿秋白的《〈鲁迅杂感选集〉序言》。在这篇序言中，瞿秋白把个性主义界定为鲁迅前期的思想，并且进行了否定，并代他宣布了这一转变：“从进化论最终的走到了阶级论，从进取的争求解放的个性主义进到了战斗的改造世界的集体主义。”“从进化论进到阶级论，从绅士阶级的逆子二臣进到无产阶级和劳动群众的真正的友人，以至于战士。”[②]后来的人们就不再用“友人”之类的词汇，而是让他直接成了劳动群众的一员，一个小兵，一头人民大众的牛。这里的集体主义与大众是等义的。于是，鲁迅似乎成了大众文学的代表，似乎已经不是一个启蒙主义文学家，而是大众意识的表现者。

瞿秋白说：“这些早期的革命作家，反映着封建宗法社会崩溃的过程，时常不是立刻就能够脱离个性主义——怀疑群众的倾向的；他们看得见群众——农民小私有者的群众的自私、盲目、迷信、自欺，甚至于驯服的奴隶性，可是，往往看不见这种群众的‘革命可能性’，看不见他们的笨拙的守旧的口号背后隐藏着革命的价值。鲁迅的一些杂感里面，往往有这一类的缺点，引起他对于革命失败的一时的失望和悲观。”[③]瞿秋白的评论显示的是20世纪30年代中国的民间大众话语立场。他把个性主义定义为“怀疑群众的倾向”，并且反对这种倾向；谈到群众的自私、盲目等缺点的时候，把“群众”限定为“农民小私有者”，因为在他看来，工人阶级是不可能有这落

---

①［日］北冈正子：《我对〈我所认识的鲁迅〉的异议》，黄英哲译，《鲁迅研究月刊》1997年第4期。据该文比较，这句话在大陆出版的《我所认识的鲁迅》一书中被删掉了。这种删除原因难以确证，但有一点是明显的，那就是它与从进化论转向阶级论、从个人主义转向集体主义这一权威解释是不一致的。

②③《瞿秋白文集（二）》，人民文学出版社1953年，第992—997页，第995页。

后性的。他指责鲁迅的启蒙主义立场，只看到群众的奴隶性而看不到群众的“革命可能性”。其实，对于群众的革命可能性，鲁迅是充分看到了的，只可惜他不太信任。他曾经说过，“中国倘不革命，阿Q便不做，既然革命，就会做的。……其实这也不算辱没了革命党”[①]。一个很重要的分歧不是别的，而是无论钱杏邨还是瞿秋白、冯雪峰、周扬，都不愿意承认阿Q性格的普遍性，都根据愿望而相信阿Q的时代已经过去。从瞿秋白的序言，我们可以看到他与鲁迅思想的巨大差距。瞿秋白虽然也批评创造社、太阳社的人们，但他与创造社、太阳社对鲁迅的批评并没有什么根本的不同。

因此，瞿秋白对鲁迅的评论虽有很多值得称道之处，但一些结论却只能是他从政治角度而进行的一种简化读解。比如说鲁迅“从自己的道路回到了狼的怀抱”，这“狼的怀抱”显然是指大众。而我以为，鲁迅根本没有回到“狼的怀抱”。20世纪20年代最后几年，一些知识分子开始从自己的道路上回到了“狼的怀抱”，但鲁迅没有。鲁迅孤独地走着现代知识分子的独立之路。瞿秋白无力解释鲁迅，因为他自己的高度尚无法对鲁迅深入理解，只能是根据自己的需要而解释鲁迅，甚至使用的语言，比如“帝国主义的战神强奸了东方文明公主”之类，无论在何种意义上使用，都很难与解释鲁迅相和谐。

从瞿秋白开始，鲁迅研究非常一致地接受了“鲁迅有两个时期”的结论。直到目前为止，几乎所有的新版、旧版的大学教材还都基本沿用着这个发展线索：从进化论最终走到了阶级论，从进取的争求解放的个性主义走到了战斗的改造世界的集体主义。事实上，这个结论并不准确，至少是简单化的。

首先让我们看一看进化论和阶级论的问题。有一句话被反复使用，那就是鲁迅在《三闲集·序言》中所说的：“我有一件事要感谢创造社的，是他们‘挤’我看了几种科学底文艺论，明白了先前的文学史家说了一大堆，还是纠缠不清的疑问。并且因此译了一本蒲力汗诺夫的《艺术论》，以救正我——还因我而及于别人——的只信进化论的偏颇。”人们往往以此作为从进化论转向阶级论的根据。由于各种原因，当然有不少人喜欢拿出这句话印

①《鲁迅全集》（第3卷），第379页。

证瞿秋白没有论证的结论。但是，我以为应该看一看胡风的解释："这是说他读了一些马列主义文艺理论，解决了一些文学史上的问题，并没有说他的全部思想'转变'。"[①]鲁迅此后的确不再只信进化论，但也并没有否定进化论。他接受了阶级论，但并不只信阶级论。他说过："在我自己，是以为若据性格感情等，都受'支配于经济'（也可以说根据于经济组织或依存于经济组织）之说，则这些就一定都带着阶级性。但是'都带'，而非'只有'。"[②]鲁迅是超越于阶级论之上的，作为一个独立的现代知识分子，不是哪一种理论所能够装得下或者覆盖得了的，他的思想当然能够容纳阶级论。何况，阶级论与进化论并不矛盾，进化论帮助人们认识历史的纵向发展和演变，阶级论帮助人们认识社会的阶级和阶层的构成及其矛盾，二者并不形成非此即彼的矛盾冲突。因此，任何一个清醒的知识分子都不会完全拒绝阶级论，因为一些社会问题用阶级论的观点会看得更清楚，正如有一些问题用阶级论的观点只能看得更模糊一样。从鲁迅对农民起义领袖们的看法，就可以看出他没有用阶级斗争的学说解释历史。现代知识分子话语不盲目拒绝任何一种学说，鲁迅接受阶级论而没有抛弃进化论。20世纪30年代，他还为进化论"连队名目也奄奄一息了"而叹息就是证明。[③]

他不再只信进化论的结果，是因为他不再相信所有的青年都胜过老年。这里一个重要的原因是他在向他射来的冷箭中发现，那些言必称大众和革命的青年往往比封建的遗老们还卑鄙下流。有必要看一看《三闲集·序言》中这段原文："我一向是相信进化论的，总以为将来必胜于过去，青年必胜于老人，对于青年，我敬重之不暇，往往给我十刀，我只还他一箭。然而后来我明白我倒是错了。这并非唯物史观的理论或革命文艺的作品蛊惑我的，我在广东，就目睹了同是青年，而分成两大阵营，或则投书告密，或则助官捕人的事实！我的思路因此轰毁，后来便时常用了怀疑的眼光去看青年，不再无条件的敬畏了。"认为青年胜过老年，的确只是鲁迅的美好愿望，他经历的历史没有提供这样的佐证，认为新出现的思潮比旧的思想文化成果更有价值，也是把进化论机械化的偏颇，这是鲁迅的经历所能够证明的。但这不应

①《胡风晚年作品选》，漓江出版社1987年，第26—27页。

②③《鲁迅全集》（第4卷），第127页，第250页。

成为否定进化论的口实，因为进化论也承认进化过程中有退化的现象。而且，进化不会是同步的，在一些生命进化的时候另一些生命未必能够同时进化，在“五四”之后中国思想文化界的各种现实既有退化现象，也有本来就没有完成进化的年轻人貌似进化的退化现象。

其次，让我们看一看个人主义与集体主义的问题。这一论断虽然长期被广泛引用，但是，瞿秋白并没有说明他是如何完成这种转变的，也没有举出事例证明他抛弃个人主义而转向集体主义。我们能够非常清楚地看到创造社成员在革命文学的倡导中表现出对个性主义的告别和对大众集体的崇拜，也可以看到民族主义文艺理论家关于五四时期是个性主义的阶段，而他们将要以民族这样的大集体取代个人主义的宣言，却没有足够的证据说明鲁迅也完成了这样一个转变。在20世纪20年代末和30年代初，鲁迅腹背受敌，两面作战，既要抵挡拿了大众委任状的民间大众话语的攻击，又要迎战来自持了民族命运大旗的民族主义文学的讨伐。我们看到的是他不想屈从于任何一个集体，无论这个集体是打着阶级的旗号还是打着民族的旗号。

唯一的事实是他加入了左联这个集体。但正如前面所说的，他并不是这个集体的一个合格成员。即使没有与左联的矛盾，加入一个集体也并不意味着思想上转入集体主义。再退一步讲，即使他有过否定个人主义而赞成集体主义的言论，事实上也没有放弃他早已根深蒂固的个人主义。尽管他与创造社的人们一起进入了左联，但是，他始终没有接受他们对五四文学及其个人主义的否定。为了某种共同的事业，鲁迅当然能够顾全大局，但是，进入一个集团，却并不意味着放弃了自己对于个性的坚守，更不意味着放弃了自己固有的与集团不相符合的思想。我们从他参加左联之后的那一系列的表现，以及他与左联的关系，就可以看到他是如何在集团中坚守他的个性立场的。在20世纪50年代和“文革”时期，我们常常把因个性很强而往往与领导意志不一致的人称作“个人主义”，把向组织闹个人独立性的人称作“个人主义”。其实，那正是鲁迅在左联中一直没有克服的“错误”：个性主义。

从逝世之前不久写的《半夏小集》中A与B、C以及C太太的对话也可以看到鲁迅当时的思想。那对话与其说是表现了鲁迅对托言公义以营私的反感，不如说是鲁迅对借大义而剥夺个人权利的抗议。它与五四时期鲁迅的个性主义思想是完全一致的。

此外，鲁迅接受阶级论之后，也没有抛弃人道主义。在鲁迅那里，没有人道主义就没有对大众解放事业的同情，就没有对奴隶们的反抗斗争的支持，是人道主义使他关心和同情劳苦大众和一切弱小者，也是人道主义使他同情可能带来大众解放和美好生活的阶级斗争实践。鲁迅的这种情况在20世纪中国知识分子中是有代表性的。很多知识分子之所以同情大众革命，参加阶级斗争，不是由于自身无法生存被逼上梁山，而是由于对劳苦大众的深厚同情。从这个意义上说，阶级论之所以被鲁迅接受，不是因为它与人道主义对立，而是因为它在实现人道主义理想过程中的工具价值。他没有把阶级论与他的人道主义对立起来，因为人道主义并不限于哪一个阶级，在它的前面加任何限制性的定语都是无意义的。鲁迅的人道主义大概也不是阶级的概念所能概括和限制得了的。

尽管如此，接受阶级论之后，鲁迅思想中还是存在着人道主义与阶级斗争的矛盾。他曾经试图接受阶级论者的“非人道主义”，从《〈农夫〉译者附记》中可以看到：“我们由这短短的一篇，也可以领悟苏联所以要排斥人道主义之故，因为如此厚道，是无论在革命，在反革命，总要失败无疑，别人并不如此厚道，肯当你熟睡时，就不奉赠一枪刺。所以‘非人道主义’的高唱起来，正是必然之势。但这‘非人道主义’，是也如大炮一样，大家都会用的。”由此，我们可以看到他对“非人道主义”的理解和认识。然而，他对斯大林主义的阶级论者的阶级斗争的残酷性大概是并非没有保留。查鲁迅对苏联文学理论的翻译，最后一篇是1932年8月翻译的日本上田进的《苏联文学理论及文学批评的现状》，此后，他没有再翻译过苏联文学理论。该文的内容介绍了1931年斯大林直接控制意识形态之后出现的比拉普更专制的文坛局面。鲁迅译完这样的文章之后对苏联文坛的感想不能随意推测，也不能由此断定他从此不再翻译苏联文艺理论的原因，但是，有一点是肯定的，他不会是愉快的。亲历“元帅”们的所作所为，他也许会有可怕的预感，也许由此而更加警惕。鲁迅喜欢为译文写一点前言后记，而这篇译文没有写下任何文字。结论不敢妄断，只是一点思考。

在投身于大众革命事业的同时，鲁迅并没有忘记作为一个现代知识分子应该承担的启蒙使命。关于大众化运动中坚持化大众立场的情况前面已有论述，对传统文化的批判也没有因此而止步，而是仍然坚决反传统，在“国难声中”，他看到的是“恰如用棍子搅了一下停滞多年的池塘，各种古的沉滓，新的沉滓，就都翻着筋斗漂上来”[①]。关于《庄子》和《文选》的争论，其原因也在于他不满于文化上的后退，与他少读或不读中国书的立场是一致的。

总而言之，无论鲁迅思想怎样发展变化，现代知识分子的现代独立性是始终坚守的。正因为这样，他才在20世纪中国现代知识分子心中树起了永远不倒的雕像。

①《鲁迅全集》（第4卷），第323页。

鲁迅：启蒙路上的艰难持守

毫无疑问，鲁迅是20世纪中国最具代表性的启蒙主义者。他的文学创作用任何一种主义进行概括都不如用启蒙主义更为准确。从1907年开始，直到晚年，他一直执着于启蒙立人的伟业。然而，这是一条无比艰难的路。因为在20世纪的中国文学和文化中，正是启蒙主义把知识分子话语与权力话语和民间话语区分开来，使知识分子话语既独立于国家权威，也独立于民间大众，因而既无权威可靠，又无大众可依，注定了长路的孤独与寂寞。孤独与寂寞容易导致绝望，借助同路又容易导致方向的偏离。考察鲁迅的道路，可以清楚地看到他有过彷徨，有过游移，但仍然守护着五四新文化运动的启蒙立场和以此为基础建成的现代知识分子话语。我们从他所面临的一系列矛盾，可以看到中国现代启蒙主义所面对的威胁，同时也可以看到启蒙主义者的艰难持守。

一

鲁迅最先面临的考验来自国民革命高潮。众所周知，在国民革命的高潮中，鲁迅来到了革命的策源地广州。但是，广州的革命文化与五四新文化的方向并不一致。虽然国民革命的领导核心国民党中不乏五四新文化运动的支持者和参与者，但是，国民党的指导思想却与五四新文化运动的方向相去甚远。人们一般把孙中山称作资产阶级革命家，但是，这位所谓的资产阶级革命家并未完整接受西方近代文明主流，而是更多地继承了本土的传统遗产。

所以，他支持学生爱国运动，却并不赞同新文化运动的价值取向。考察五四新文化精神与孙中山思想的主要分歧，主要表现在两个方面：第一，五四新文化运动以人为基本出发点和最高价值尺度，其努力目标是个人自由与人权的保障；孙中山反复强调的是民族和国家，对个人的自由权利不感兴趣。他甚至认为中国人的自由已经太多，所以争自由“如果用到个人，就成一片散沙。万不可再用到个人上去，要用到国家上去。个人不可太过自由，国家要得到完全自由。到了国家能够行动自由，中国便是强盛国家，要这样做，便要大家牺牲自由”①。直到去世前夕，他在一次次演讲和训话中反复强调的仍然是：“只全党有自由，个人不能有自由。然后我们的革命才可以望成功。”②第二，新文化运动的领袖们认为中国传统文化与专制政治是相互适应的，在儒家学说基础上形成的君君臣臣父父子子的旧伦理是中国专制政治的文化基础，因此，要在中国实现民主、自由、平等、人权等，就必须彻底批判旧文化。孙中山的思想却与此相反，他盛赞中国的旧文化，认为：“近来欧洲盛行的新文化，和所讲的无政府主义与共产主义，都是我们中国几千年以前的旧东西。”“欧洲之所以驾乎我们中国之上的，不是政治哲学，完全是物质文明。……至于讲到政治哲学的真谛，欧洲人还要求之于中国。”③他盛赞传统的忠孝仁爱信义和平，站在新文化的对立面发出叹息：“这些旧道德，中国人至今还是常讲的。但是现在受外来的民族的压迫，侵入了新文化，那些新文化的势力此刻横行中国。”④同时，由于孙中山联俄的政策，国民革命显然受到了鲍罗廷等政治顾问和军事顾问们带来的俄式极权主义思想和体制的影响。这样，就使得国民革命的意识形态与五四新文化精神明显背道而驰。

在北京受到压迫的鲁迅从厦门来到广州，包括国民党要员在内的广州各界的热烈欢迎极易使他对革命的策源地产生好感，并因此而产生更多的认同。这对鲁迅毫无疑问是一场考验。初到广州之时，鲁迅也的确曾在某种程度上受到革命热潮的影响，但是，作为五四新文化的主将之一，他没有因为

①《孙中山选集》，人民出版社1956年，第722—723页。

②《黄埔军校史料（1924—1927）》，广东人民出版社1985年，第223页。

③④《孙中山选集》，人民出版社1956年，第666－667页，第680页。

身处革命高潮之中就认同革命的意识形态，而是仍然坚持着新文化运动的方向。他的表现至少有几个方面值得注意：

第一，坚持反传统的文化立场，继续致力于旧文化的批判和改造。他对革命的广州在文化上的守旧深感不满，因而开始在南方传播新文化的火种。在一系列的文章和演讲中，他都一如既往地把批判的矛头指向中国旧文化，甚至指责中国的文字造就了一个无声的中国。正是在国民革命的高潮中，鲁迅在《无声的中国》中再次反对调和折中论："譬如你说，这屋子太暗，须在这里开一个窗，大家一定不允许的。但如果你主张拆掉屋顶，他们就会来调和，愿意开窗了。没有更激烈的主张，他们总连平和的改革也不肯行。"在《老调子已经唱完》中，他继续整体性地激烈抨击传统文化："中国的文化，都是侍奉主子的文化，是用很多人的痛苦换来的。无论中国人，外国人，凡是称赞中国文化的，都只是以主子自居的一部分。……保存旧文化，是要中国人永远做侍奉主子的材料，苦下去，苦下去。"

第二，坚守独立的人格，拒绝革命高调，没有为革命策源地献上动听的赞歌。他积极参加各种活动，到处演讲，甚至无法拒绝种种革命桂冠，然而，却不愿迎合革命的口号，甚至常常说一些煞风景的话，因此而使一些革命者大失所望。在一次次演讲中，他反复强调的是：广州的一切还是旧的，人们的思想还是旧的，文学也是旧的。他批评广州"旧文学仍然很多，报纸上的文章，几乎全是旧式。我想，这足见中国革命对于社会没有多大的改变，对于守旧的人没有多大的影响，所以旧人仍然能超然物外。广东报纸所讲的文学，都是旧的，新的很少，也可以证明广东社会没有受革命影响；没有对新的讴歌，也没有对旧的挽歌，广东仍是十年前底广东"。他甚至认为，"没有叫苦，没有鸣不平；止看见工会参加游行，但这是政府允许的，不是因压迫而反抗的，也不过是奉旨革命。"[①]这些话都非常不合时宜。

第三，作为著名作家，鲁迅没有支持那些穿着高筒军靴、挎着军刀的文学家们正在大讲特讲的"革命文学"，而是反复讲述文艺自身的特性，强调创作的自由和自主。他讲文学的"无用"和"无力"，断定革命时代没有文学。他在黄埔军官学校的演讲中说："革命地方的文学家，恐怕总喜欢说文

---

①《鲁迅全集》（第3卷），第421页。

学和革命是大有关系的，例如可以用这来宣传，鼓吹，煽动，促进革命和完成革命。不过我想，这样的文章是无力的，因为好的文艺作品，向来多是不受别人命令，不顾利害，自然而然地从心中流露的东西：如果先挂起一个题目，做起文章来，那又何异于八股，在文学中并无价值，更说不到能否感动人了。”①

这一切，都使我们看到了一个启蒙主义者的独立品格。更值得注意的是，随着时间的推移，鲁迅对革命的认识更加清楚。以独裁代替民主，以专制压制自由，以群体压抑个体，以所谓革命的主义代替自由的思想，这一切不是一个坚持五四新文化立场的人所能容忍的。鲁迅当时的言论非常谨慎，但是，他的确看了很多，比如，在K委员的眼里，写长信，就是反革命的；在革命策源地，连白话都视为异端；报刊成了宣传工具，人的言论要符合革命的尺寸，否则就不能发表……鲁迅对思想禁锢当然不能认同，因为他所向往的革命是推动文明向前发展，而不是让人失掉思想和言论的自由。

二

从广州到上海，鲁迅遭遇了革命文学倡导者的围攻。其实，这是国民革命的另一个结果。国民革命的高潮不仅助长了民族主义情绪，同时也助长了阶级意识的觉醒和民粹主义的膨胀。改组后的国民党对工农运动的支持和国民革命高潮中对大众力量的利用，使工农大众追求翻身的运动得以轰轰烈烈地开展起来。尤其是江西、湖南等地，借着国民革命之势，“一切从前为绅士们看不起的人，一切被绅士们打在泥沟里，在社会上没有了立足地位，没有了发言权的人，现在居然伸起头来了……他们发号施令，指挥一切。他们站在一切人之上”。“土豪劣绅的家里，一群人涌进去，杀猪出谷。土豪劣绅的小姐少奶奶的牙床上，也可以踏上去滚一滚。”②然而，就在毛泽东为农民运动大声叫好之际，国民党的大多数人却对此不以为然，那些家庭富裕的军官们已经无法忍受家中财产被抢、亲人被杀的现实，作为军事最高统帅的

①《鲁迅全集》（第3卷），第418页。

②《毛泽东选集》（第一卷），人民出版社1967年，第14—16页。

蒋介石也不愿承认这种翻身的合法性。于是，乡村的农民运动和城市的工人运动都在一场残酷的镇压中风平浪息。那些阶级斗争的组织发动者也受到了清洗和镇压。当以阶级斗争的方式谋求翻身解放的运动不再合法的时候，一些从业文人不得不转向文学运动，成了鲁迅所说的“革命已经成功的文学家”和“革命尚未成功的文学家”之中的后者。

这些重返文坛的文学家以创造社和太阳社为代表。他们重返文坛之后没有沿着五四新文学的道路前行，而是一起拿五四新文学和新文化主将们开刀，要彻底扫荡新文学和新文化。他们否定鲁迅，嘲弄胡适，扫荡几乎所有的“五四”作家。他们竭力否定文学革命的成就，猛烈批判五四新文学的价值观念和意识形态，对《新青年》集团和文学革命的开创者进行扫荡。在他们看来，启蒙是浅薄的，新文化运动是不合时宜的，“胡适之流”的叫喊“力竭声嘶”，“其余一些半死不活的大妖小怪”不过是“跟着一齐乱喊”，新文化运动的“这些‘名流’完全不认识他们的时代，完全不了解他们的读者，也完全不了解自己的货色”。“他们不知道那时候的觉悟的青年已经拒绝了他们的迷药。”面对五四新文学的中心北京文坛，他们认为是“一片乌烟瘴气”，所以需要“十万两无烟火药”[①]。他们认为“资本主义已经到了他的最后的一日，世界形成了两个战垒”，因而向文学家发出了传唤：“谁也不许站在中间。你到这边来，或者到那边去！……克服自己的小资产阶级的根性，把你的背对向那将被‘奥伏赫变’的阶级，开步走，向着那龌龊的大众！”[②]如果有人不愿服从，他们就要“替他们打包，打发他们去”，或者“踢他们出去”[③]。他们从个人主义走向群体主义，从轻视大众走向崇拜大众，因而不仅否定自我，而且否定知识分子的启蒙立场，要求作家放弃自我而做大众的“留声机器”。这一切，对五四新文化和知识分子的启蒙立场构成了极大的威胁。首先迎接这场挑战的是鲁迅，他因此而成为众矢之的，成了“中国的Don Quixote”和资产阶级的“一条忠实的看家狗！”[④]，甚至是

①② 成仿吾：《从文学革命到革命文学》，1928年2月《创造月刊》第1卷第9期。

③《打发他们去》，1928年5月《我们月刊》创刊号。

④ 李初梨：《请看我们中国的Don Quixote的乱舞》，1928年4月《文化批判》第2期。

“文艺战线上的封建余孽”“二重的反革命人物”和“不得志的Fascite（法西斯谛）”[①]。但是，面对围攻，鲁迅没有退却，反而不断迎战和反击，与之展开了一场长期的论战。

对于这场论战，过去的历史叙述往往从阶级阵线着眼努力抹杀双方的矛盾，或者由于思维方式的局限而看不到冲突的实质，结果是使其论争的性质模糊不清，冲突的焦点隐晦不明。其实，后人为适应某种需要或在种种限制之下做出的解释远不如当事人的感觉和认识更为可靠。郑伯奇在《文坛的五月》中曾经声明：“这不是我们和鲁迅的冲突，也不是创造社和语丝派的冲突，这是思想和思想的冲突，文坛上倾向和倾向的冲突。我们所批评的不是鲁迅个人，也不是语丝派几个人，乃是鲁迅与语丝派诸君所代表的一种倾向。”郭沫若在《“眼中钉”》一文中也说：“他们批判鲁迅先生，也决不是对于‘鲁迅’这一个人的攻击。他们的批判对象是文化的整体，所批判的鲁迅先生是以前的‘鲁迅’所代表，乃至所认为代表着的文化的一个部门，或一部分的社会意识。”应该承认，这些话是不错的。他们的确不是批判鲁迅个人，而是批判一种文化倾向。那么，这种倾向是什么呢？这种倾向正是五四新文化的倾向。考察其矛盾冲突，交锋的焦点主要集中于几个方面：一是人道主义和个人主义，即五四文学以人为中心的人道意识。二是现代启蒙主义，即以改造国民性为标志的启蒙立场。三是独立的人格、自由的思想和知识分子话语的独立性。

文学革命的倡导者否定鲁迅，首先因为鲁迅是一个人道主义者。他们在鲁迅的文章中看到的是“人道主义者的裸体照相”[②]，说鲁迅的文章“暴露了知识阶级的厚颜，暴露了人道主义的丑恶”[③]。在他们眼里，人道主义不仅是浅薄的，而且是丑恶的。站在五四新文化的立场上，这种观点当然难以接受。当他们称托尔斯泰是“卑污的说教人”时，鲁迅在《“醉眼”中的朦胧》中说：“惟有在中国特别，知道跟着人称托尔斯泰为‘卑污的说教人’

---

① 杜荃（郭沫若）：《文艺战上的封建余孽——批评鲁迅的〈我的态度气量和年纪〉》，1928年8月《创造月刊》第2卷第1期。

② 冯乃超：《人道主义者怎样地防卫着自己?》，1928年4月《文化批判》第4期。

③ 成仿吾：《毕竟是“醉眼陶然”罢了》，1928年5月《创造月刊》第1卷第11期。

了，而对于中国‘目前的情状’，却只觉得‘在事实上，社会各方面亦正受着乌云密布的势力的支配’，连他的‘剥去政府的暴力，裁判行政的喜剧的假面’的勇气的几分之一也没有；知道人道主义不彻底了，但当‘杀人如草不闻声’的时候，连人道主义式的抗争也没有。”文学革命的倡导者反对个人主义，认为个人主义早已是一种腐朽的思想，像自由、民主一样属于腐朽阶级的意识形态。而鲁迅却“始终是一个个人主义者”，“他的出发点，不是集体，而是个人，他的反抗，只是为他个人的反抗”[①]。因此，革命文学倡导者们拼命攻击鲁迅。鲁迅却高度重视个人的自由，对依靠某种政治势力或者军事势力而大喊革命文学口号不以为然，对以群体的名义剥夺个人的权利深恶痛绝。他一方面提醒人们注意“笔下雄纠纠，对大家显英雄”的人们与“指挥刀”的关系，一方面感叹：“中国却有此例，竟会将个性，共同的人性（即林氏之所谓个人性），个人主义即利己主义混为一谈……真是糟糕透顶了。”[②]

革命文学倡导者们认为阿Q时代已经死去，大众已经不需要启蒙，所以强调作家放弃知识分子的启蒙立场而充当大众的留声机器。他们认为时代已经进入了一个新的时代，中国也不是过去的中国，“农村零落了，都市普罗列塔利亚特（Proletariat）发生了。谁人能说中国依然是（封建的）文明之邦，礼教之国”[③]？与此同时，他们认为“现在的中国农民第一是不像阿Q时代的幼稚，他们大都有了很严密的组织，而且对于政治也有了相当的认识；第二是中国农民的革命性已经充分的表现了出来，他们反抗地主，参加革命，近且表现了原始的Baudon的形式，自己实行革起命来，决没有像阿Q那样屈服于豪绅的精神；第三是中国的农民知识已不像阿Q时代农民的单弱，他们不是莫名其妙的阿Q式的蠢动，他们是有意义，有目的的，不是泄愤的，而是一种政治的斗争了”[④]。因此，启蒙主义当然过时，按照钱杏邨的说法：“鲁迅他自己也已走到了尽头，再不彻底觉悟去找一条生路，也是

① 钱杏邨：《朦胧以后——三论鲁迅》，1928年5月《我们月刊》创刊号。

②《鲁迅全集》（第4卷），第126—127页。

③ 冯乃超：《艺术与社会生活》，1928年1月《文化批判》创刊号。

④ 钱杏邨：《死去了的阿Q时代》，1928年3月《太阳月刊》第3期。

无可救济了。”[①]鲁迅却不承认阿Q时代已经过去，而是一如既往地坚持启蒙立人之路。他在同一期《语丝》上发表《扁》《路》《头》《通信》《太平歌诀》《铲共大观》等一系列文章，揭露现实的黑暗和民众的愚昧，提醒人们注意阿Q的时代是否真的已经过去。在《文艺与革命》中，他说：“现在所号称革命文学家者，是斗争和所谓超时代。超时代其实就是逃避，倘自己没有正视现实的勇气，又要挂革命的招牌，便自觉地或不自觉地必然地要走入那一条路的。身在现世，怎么离去？这是和说自己用手提着耳朵，就可以离开地球者一样地欺人。”

而且，透过各种新的旗号，鲁迅看到了新商标下面的旧货色：“旧的和新的，往往有极其相同之点……林琴南先生的事也正是一个证明。至于所以不行之故，其关键就全在他生得更早，不知道这一阶级将被‘奥伏赫变’，及早变计，于是归根结蒂，分明现出Fascist本相了。……林琴南先生就早已死去了。可怕的是将为将来柱石的青年，还像他的东拉西扯。”[②]

文学革命的倡导者反对自由思想，批判知识阶级或是小资产阶级。他们指出：“鲁迅把自己的小资产阶级的恶习性完全暴露了出来……鲁迅所以陷于这样的状态之中，我们也可以说完全是所谓自由思想害了他，自由思想的结果只有矛盾，自由思想的结果只有徘徊，所谓自由思想在这个世界上只是一个骗人的名词，鲁迅便是被骗的一个。”[③]鲁迅却仍然坚持自由的思想，反对任何思想专制，守护着现代知识分子独立地自由表达思想的权利。

革命文学倡导者以最激进的面貌出现，事实上却陷入了一种貌新而实旧的境地：他们反对的所谓“旧式的作家”，正是以鲁迅为代表的新文学先驱；他们所反对的所谓“旧思想”，正是五四新文化运动中出现的新思想。这些激情满怀的年轻人自以为超越了五四新文学和新文化，却没有意识到他们以最激进的面貌出现，努力复活的却是旧传统。在这场冲突中，鲁迅守护的正是五四新文化和现代知识分子的启蒙立场。

---

① 钱杏邨：《死去了的鲁迅》，引自《鲁迅和他的论敌论文选》，今日中国出版社1996年，第466页。

②《鲁迅全集》（第4卷），第111—112页。

③ 钱杏邨：《死去了的阿Q时代》，1928年3月《太阳月刊》第3期。

三

进入20世纪30年代之后，鲁迅参加了左联，这是无法改写的事实。有人为此而赞美鲁迅，因为他进入集体去从事遵命文学活动；有人为此而攻击鲁迅，因为他在经过一场论战之后似乎向论敌投降了。来自不同方面的褒贬都否定着鲁迅的独立人格和知识分子的启蒙立场。但是，深入考察20世纪30年代的鲁迅，我们可以看到，他的确有许多变化，许多痛苦和困惑，而且也被愚弄而陷入盲目的言说，但是，却没有放弃五四新文化的启蒙立场。

鲁迅不是神，在历史的乱云飞渡中，并不能对一切都有清醒的洞察。在20世纪30年代，他也曾像左联其他成员一样为保卫苏联而努力，甚至不能容忍人们对苏联的揭露和批评。最明显的例子是写于1932年的《我们不再受骗了》。在这篇文章中，他说："我们被帝国主义及其侍从们真是骗得长久了。十月革命之后，我们说苏联总是怎么穷下去，怎么凶恶，怎么破坏文化。但现在的事实怎样？小麦和煤油的输出，不是使世界吃惊了么？正面之敌的实业党的首领，不是也只判了十年的监禁么？列宁格勒，墨斯科的图书馆和博物馆，不是都没有被炸掉么？"当然，鲁迅的主要抨击对象是"帝国主义的奴才们"，所以，他认为即使苏联人购物仍然需要排长队，也是在建设的途中，而中国人却正在"排着长串而进向死亡"。然而，宣称"不再受骗了"的鲁迅恰恰受骗了，而且受骗之深使他面对提醒也不愿承认。当"一位有名的记者"提醒他注意无产阶级专政的残酷性时，他说："是的，这倒恐怕要使我也有些睡不着了。但无产阶级专政，不是为了将来的无阶级社会吗？只要你不去谋害它，自然成功就早，阶级的消灭也就早，那时就谁也不会饿死了。"由此，我们可以看到以深刻著称的鲁迅有时也很天真，以理论的推论和自己的想当然去理解苏联。他毕竟不是身处苏联，没有到苏联进行过考察，对苏联的真相了解太少。他不可能想到，所谓"实业党"是一个什么样的骗局，更没有想到斯大林的大屠杀和克格伯政治是如何处置他党内的对手和人民，即使不去谋害他，屠杀和流放也会降临。他没有想到，所谓无产阶级专政事实上与工农大众的解放并无关系，所谓苏维埃并非真的人民当家做主，而只不过是斯大林专制统治的一件外衣。他更不知道，那些声称代表无产阶级利益的人，权力一旦到手，决不愿意放弃对人民的统治，马克思所谓无阶级的社会理想自然难以实现。几年之后，鲁迅对此再也不发一言，他大概难以面对自己曾经有过的言说。

鲁迅虽然参加了左联，但与左联的关系却一直并不和谐。对于一般人来说，组织意味着一种依靠，可以摆脱可怕的孤独。然而，鲁迅加入左联之后却不但没有消解内心的孤独和焦虑，而且背起了更为沉重的十字架。更多的痛苦来自现代知识分子的独立人格与集团的矛盾，因为他虽然参加了一个否定知识分子自身立场而要求获得大众立场的集团，却不愿意因此而放弃现代知识分子的独立性，更不愿放弃启蒙立场。面对鲁迅与左联的矛盾，人们往往简单地指责周扬等左联领导人，但只要客观而冷静地考察，就会发现，无论何人做这样一个集团的领导，都不会容忍鲁迅的所作所为。他不参加左联的飞行集会，不赞成左联领导人的主张，不接受来自组织的批评和教导，拒绝改造自己的思想，甚至另立山头，分裂组织，称领导为“元帅”“工头”“奴隶总管”……如果是在江西或者延安，会被怎么样？

而且，参加左联之初，鲁迅就在信中告诉友人：“此次又应青年之请，除自由同盟外，又加入左翼作家联盟，于会场中，一览了荟萃于上海的革命作家，然而以我看来，皆茄花色，于是不佞势又不得不有作梯子之险，但还怕他们尚未必能爬梯子也。哀哉！”[①]参加左联之后，他与创造社、太阳社的论敌也从来没有真正成为战友，而是仍然一如既往地给予抨击。当他在《上海文艺界一瞥》中抨击那些“流氓加才子”的时候，谁能想到他们已经是一个战壕里的战友？无论思想上、文化上还是人格追求上，他与革命文学倡导者们的矛盾并没有消除，也正因为这样，最后才与左联闹得不欢而散。

他对自己参加左联没有直接说过后悔的话，但是，当萧军要加入左联的时候，他却由于自身的痛苦经验和对年轻人的爱护而坚决不同意：“三郎的事情，我几乎可以无须思索，说出我的意见来，是：现在不必进去。最初的事，说起来话长了，不论它；就是近几年，我觉得还是在外围的人们里，出几个新作家，有一些新鲜的成绩，一到里面去，即酱在无聊的纠纷中，无声无息。以我自己而论，总觉得缚了一条铁索，有一个工头在背后用鞭子打

①《鲁迅全集》（第12卷），第8页。

我，无论我怎样起劲的做，也是打……真常常令我手足无措，我不敢对别人说关于我们的话，对于外国人，我避而不谈，不得已时，就撒谎。你看这是怎样的苦境？我的这意见，从元帅看来，一定是罪状。”[①]他对萧军说：“至于我的先前受人愚弄呢，那自然；但也不是第一次了，不过在他们还未露出原形，他们做事好像还于中国有益的时候，我是出力的……但自然，得了真赃实据之后，又是一回事了。”[②]正因为这种痛苦的体验，他最后宁愿被打击，被在集会上宣布罪状，也坚决不再加入左联解散之后新成立的组织。直到生命的最后时刻，他仍然表示“一个也不饶恕”。

鲁迅与左联的矛盾何在？其实很简单，他和那些为政治斗争服务的左翼文学战士的相同点仅仅是对大众的同情和对权威话语的反抗，但由于思想认识和基础的不同，他不像别人那样可以放弃自己的见解而无条件地服从命令；他无法放弃独立的人格和自由的思想，而与组织的要求绝对保持一致；他拒绝像其他投身于政治革命的文艺战士一样自觉地改造自己，克服自己的所谓“小资产阶级思想”；他更不愿放弃五四新文化运动的启蒙的立场而向着大众“开步走”，去做大众意识的“留声机器”。这一切告诉我们，即使如鲁迅者，要坚守现代知识分子的立场，又要向非现代知识分子的力量寻求依靠或寻找同盟，也非常艰难。

四

长期以来，关于鲁迅的叙述往往把鲁迅划分为前期和后期，前期是个人主义而后期是集体主义，前期是进化论而后期是阶级论。这种划分始于20世纪30年代瞿秋白的《〈鲁迅杂感选集〉序言》。瞿秋白认定鲁迅“从进化论最终的走到了阶级论，从进取的争求解放的个性主义进到了战斗的改造世界的集体主义”；“从绅士阶级的逆子二臣进到无产阶级和劳动群众的真正的友人，以至于战士”[③]。这个论断被普遍接受下来，直到目前为止，几乎所有的新版旧版教科书沿用着这个基本论断。全面分析这个论断存在的问题

①②《鲁迅全集》（第13卷），第211页，第226页。

③《瞿秋白文集（二）》，人民文学出版社1953年，第992页、997页。

不是本文的任务，在这里，我想指出的是，鲁迅后期即使接受了阶级论，也没有放弃进化论；即使委曲求全地服从过集团的需要，也没有放弃个人主义。他本来就是无产阶级和劳动大众的友人和战士，但他决不放弃改造国民性的启蒙立场，决不因为阿Q已经参加革命就对他放弃批判而去赞美和迎合。一句话，无论他发生了什么转变，都没有放弃五四新文化运动中确立的基本立场和价值尺度。

关于进化论与阶级论，鲁迅在《三闲集·序言》中的一句话被反复使用："我有一件事要感谢创造社的，是他们'挤'我看了几种科学底文艺论，明白了先前的文学史家们说了一大堆，还是纠缠不清的疑问。并且因此译了一本蒲力汗诺夫的《艺术论》，以救正我——还因我而及于别人——的只信进化论的偏颇。"人们往往以此作为从进化论转向阶级论的根据。但是，正如胡风所指出的："这是说他读了一些马列主义文艺理论，解决了一些文学史上的问题，并没有说他的全部思想'转变'。"[①]鲁迅自己也曾说过："在我自己，是以为若据性格感情等，都受'支配于经济'（也可以说根据于经济组织或依存于经济组织）之说，则这些就一定都带着阶级性。但是'都带'，而非'只有'。"[②]在20世纪30年代，鲁迅仍然为进化论"连名目也奄奄一息了"[③]而发出过叹息。

关于个人主义与集体主义，瞿秋白没有说明鲁迅是如何完成这种转变的，也没有举出鲁迅抛弃个人主义而转向集体主义的证明。我们能够非常清楚地看到创造社成员在革命文学的倡导中表现出对个性主义的告别和对大众集体的崇拜，也可以看到民族主义文学理论家对个人主义的批判和对民族主义的宣扬，却没有足够的证据说明鲁迅和他们一样完成了这一转变。尽管鲁迅与创造社、太阳社的人们一起进入了左联，但是，关于革命文学的论争中的思想分歧并未解决，联盟的成立并不是以鲁迅改变自己为前提的，鲁迅始终没有接受他们对个人主义的否定。在20世纪30年代初，鲁迅腹背受敌，两面作战，既要抵挡拿了大众委任状的民间大众话语的攻击，又要迎战挟了

① 胡风：《关于鲁迅"转变"论的一点意见》，《胡风晚年作品选》，漓江出版社1987年，第26—27页。

②③《鲁迅全集》（第4卷），第126—127页，第250页。

民族命运大旗的民族主义文学的攻击，但是，他最终没有屈从于任何一个集团。无论这个集团是打着阶级的旗号还是打着民族的旗号。

在《半夏小集》中，鲁迅写道：

> A：你们大家来品评一下罢，B竟蛮不讲理的把我的大衫剥去了！
>
> B：因为A还是不穿大衫好看。我剥它掉，是提拔他；要不然，我还不屑剥呢。
>
> A：不过我自己却以为还是穿着好……
>
> C：现在东北四省失掉了，你漫不管，只嚷你自己的大衫，你这利己主义者，你这猪猡！
>
> C太太：他竟毫不知道B先生是合作的好伴侣，这昏蛋！

鲁迅不能容忍这种以群体利益为名对个人利益的剥夺，他仍然要维护个人的权利，争取个人的自由。1931年，在《答中学生杂志社问》中，记者问："假如先生面前站着一个中学生，处此内忧外患交迫的非常时代，将对他讲怎样的话，作努力的方针？"鲁迅的回答是："请先生也许我回问一句，就是：我们现在有言论的自由吗？假如先生说'不'，那么我知道一定也不会怪我不作声的。假如先生竟以'面前站着一个中学生'之名，一定要逼我说一点，那么，我说，第一步要努力争取言论的自由。"把争取言论的自由当作高于内忧外患的一切，仍然是五四新文化的精神，是当时的国家权威所不认可的，也是左联所难以容忍的。

在支持大众解放事业的同时，他没有忘记作为一个现代知识分子应该承担的启蒙使命。他不赞成降低艺术水准去适应大众的水平，更不同意放弃现代意识去迎合大众的心理。当左联讨论文艺大众化的时候，他首先担心的是："若文艺设法俯就，就很容易流为迎合大众，媚悦大众。迎合和媚悦，是不会于大众有益的。"[①]在《门外文谈》中，他说："这一回，大众语文刚一提出，就有些猛将趁势出现了，来路是并不一样的，可是都向白话，翻译，欧化语法，新字眼进攻。他们都打着'大众'的旗，说这些东西，都为

①《鲁迅全集》（第7卷），第349页。

大众所不懂，所以要不得。其中有的是原是文言余孽，借此先来打击当面的白话和翻译的，就是祖传的‘远交近攻’的老法术；有的是本是懒惰分子……其实也还是文言文的好朋友。”他认为那些打着大众的旗号反对“五四”白话的人，发展开来，就要成为“新国粹派”，而“新国粹派的主张，虽然好像为大众设想，实际上倒进了拖住的任务”。他明确地告诉人们，真为大众着想，文学家就能去适应大众的胃口，不能做大众的“新帮闲”。

总而言之，鲁迅的思想无论怎样发展变化，现代知识分子的独立性和五四新文化运动的启蒙立场是始终坚守的。我们从中可以看到持守的艰难，却也看到了艰难的持守。正因为这样，鲁迅才在20世纪中国现代知识分子心中树起了不倒的雕像。他的光辉不属于跻身于庙堂之侧的文人，也不属于走向民间的鼓动家或隐居者，而是属于获得了独立人格并意识到自己的先驱者使命的中国现代知识分子。

鲁迅与陈西滢：令人遗憾的笔墨官司

1925年，面对愈演愈烈的女师大风潮，鲁迅与陈西滢表现了决然不同的看法和态度。二人因此发生了持续的论争，最后终于弄到矛盾无法化解的地步，从此构怨，直到老死不相往来。这是中国现代文学史上一件众所周知的公案。在纷争不断的文坛上，文人相轻，相碰相撞，这几乎算不上什么事。在论敌甚多的鲁迅身上，这也只是众多论战中的一个并不精彩的回合。然而，当我们透过历史的长河作相互联系的观察时，却很容易发现，一件小事也会发生一系列影响，导致非常严重的后果。鲁迅与陈西滢的论争实在是中国现代文化史上不该发生的一大憾事。它对鲁迅本人的人生轨迹和整个新文化事业都产生了难以估量的影响。

一

事情的起因并不复杂。1924年底，北京女子师范大学校长杨荫榆因为开除学生而引发学潮，成为不被学生承认的校长。次年5月，杨氏试图借“五七”国耻纪念日的机会，以校长的身份主持演讲会。结果，在杨荫榆领着几位演讲者走进会场时，许广平、刘和珍等学生会成员坚决不许她上主席台，而且要求她退出会场。长时间的僵持导致会场秩序大乱，最后杨荫榆只得妥协退出了会场。如果放在民主意识较强的人身上，校长当到这种地步，也许早就辞职了。但杨荫榆是个很有中国特色的校长，面对一片反对之声，她想的不是自己如何引咎辞职，而是如何以更强有力的手段维护校长的权威。1925年5月9日，学校贴出了开除许广平等六名学生的布告。然而，学生会再次做出决定：学校开除许广平等六名学生的布告无效。于是，学生与校长的冲突又掀起新的波澜。

在女师大学生与校长的冲突中，鲁迅站在了学生一边，并且执笔代学生呈文教育部，要求撤换校长。同时，他执笔代表七位教授写了《对于北京女子师范大学风潮宣言》，在报纸上公开发表。在学生需要教师支持的时候，鲁迅站出来了，这无疑显示着经过五四新文化运动洗礼的一代现代知识分子的人格光彩。然而，面对同一个事件，人们从不同的角度观察也可以得出不同的结论，并因此采取不同的态度。就在鲁迅等人的宣言发表后，1925年5月30日，陈西滢在《闲话》中表达了不同的看法。他说："以前学校闹风潮，学生几乎没有对的，现在学校闹风潮，学生几乎没有错的。这可以说是今昔言论界的一种信条。在我这种喜欢怀疑的人看来，这两种观念都无非是迷信。女师大的风潮，究竟学生是对的还是错的，反对校长的是少数还是多数，我们没有调查详细的事实，无从知道。我们只觉得这次闹得太不像样了。"他认为，"教育当局应当切实的调查这次风潮的内容，如果过在校长，自应立即更换，如果过在学生，也少不得加以相当的惩罚，万不可再敷衍姑息下去，以至将来要整顿也没有了办法"。单看这几句，他是很公允的。然而，其中一段话涉及鲁迅："闲话正要付印的时候，我们在报纸上看见女师大七教员的宣言。以前我们常常听说女师大的风潮，有在北京教育界占最大势力的某籍某系的人在暗中鼓励，可是我们总不敢相信。这个宣言语气措辞，我们看来，未免过于偏袒一方，不大平允……这是很可惜的。我们自然还是不信我们平素所很尊敬的人会暗中挑剔风潮，但是这篇宣言一出，免不了流言更加传布得厉害了。"[①]显然，陈西滢认为鲁迅等人过于偏袒学生，而且暗示鲁迅"挑剔风潮"，但态度相当温和，言辞也不激烈。

面对陈西滢的文章，鲁迅当天（1925年5月30日）就写下了《并非闲话》一文，发表于1925年6月1日《京报副刊》，6月2日又写下了《我的"籍"和"系"》。鲁迅的文章有辩白也有反击，辩白主要是不承认自己"挑剔风潮"，反击则主要是揭露陈西滢并不公允。在《并非闲话》一文中，鲁迅说："清朝的县官坐堂，往往两边各责小板五百完案，'偏袒'之嫌是没

① 1925年5月30日《现代评论》第1卷第25期。

有了，可是终于不免为糊涂虫。假使一个人还有是非之心，倒不如直说的好；否则，虽然吞吞吐吐，明眼人也会看出他暗中‘偏袒’那一方，所表白的不过是自己的阴险和卑劣。”[①]在《我的“籍”和“系”》中，鲁迅主要说明两点：一是自己不怕流言，“如果流言说我正在钻营，我就得自己锁在房里了；如果流言说我想做皇帝，我就得连忙自称奴才了。……可惜我总不耐烦敬步后尘”。二是奉还所谓的“尊敬”，“我们的乏的古人想了几千年，得到一个制驭别人的巧法：可压服的将他压服，否则将他抬高。而抬高也就是一种压服的手段，常常微微示意说，你应该这样，倘不，我要将你摔下来了”。“我本来也无可尊敬；也不愿受人尊敬，免得不如人意的时候，又被人摔下来。”[②]

考察最初的论战，矛盾的焦点主要在于：陈西滢指责鲁迅偏袒学生，暗示鲁迅“挑剔风潮”；鲁迅则指责陈西滢“替暴君奔走，却以局外人自居，满肚子怀着鬼胎，而装出公允的笑脸”[③]。如果到此为止，或许矛盾还不至于激化。

可是，事情没有就此完结。几个月后，教育总长章士钊决定解散女子师范大学，在原址建立女子大学。冷静想来，这未尝不是一个解决问题的办法，但的确并不高明。于是，问题又出现了：一部分学生和教师组成了女师大校务维持会，坚决反对解散女师大。而且，鲁迅被推举为维持会的成员。如果鲁迅仅仅是女师大的教员，问题也可能是另一个样子，但鲁迅是教育部的佥事，作为教育部官员，反对总长的决定，自然会有更多的麻烦。8月12日，章士钊呈请段祺瑞，于13日罢免了鲁迅的教育部佥事之职。为了维护自身的利益，鲁迅于8月22日提起诉讼。

偏偏就在这时候，陈西滢在8月29日出版的《现代评论》上再次发表《走马灯》，继续讨论女师大风潮，并为章士钊鸣不平。面对学生把章士钊称作“英日帝国主义走狗”的现象，他说：“英日帝国主义者也实在是瞎了眼，怎样会选中了章士钊做他们的走狗？你看他有了英国日本两大帝国做靠

①②③《鲁迅全集》（第3卷），第77页，第82—83页，第77页。

山，还险些弄不过二三十个‘毛丫头’。”[①]显然，在陈西滢看来，章士钊并非英日帝国主义的走狗，也非强有力的压迫者。但是，此时的鲁迅正受到章氏的压迫，并且因此而丢了饭碗，感觉自然大不相同。因此，这很容易使他把陈西滢看作章士钊的帮凶，此后对陈西滢文章的挑剔就更加严厉。同时，陈西滢也不示弱，几乎是变着法儿刺激鲁迅。双方你来我往，互相讽刺、嘲弄和攻击。陈西滢的许多文章（如《多数与少数》《参战》和《利害》等）主要观点与鲁迅并无矛盾，鲁迅也要找出漏洞对其进行攻击。陈西滢在《闲话（参战）》中描写了中国人的卑怯：两个美国士兵打了中国人，百余中国人追着喊打，却没有一个人真敢动手。其实，中国人的此类弱点是鲁迅经常揭露的。但是，面对陈西滢文章结尾的句子：“这样的中国人，呸！”鲁迅却立即写了《并非闲话（二）》（1925年9月19日），针锋相对地告诉人们：陈西滢比那些卑怯的国人更加卑劣。陈西滢写《创作的动机与态度》，写《版权论》，本与论争无涉，鲁迅却在《并非闲话（三）》（1925年11月22日）中紧紧揪住他进行挖苦。至于中国人是否“重男轻女”，对女性的尊重是否意在某一个女性，陈西滢是否看到了鲁迅支持女师大学生的“底细”，虽然鲁迅表现敏感，但实在是些无聊的话题，即使鲁迅热心女师大的事纯粹是因为许广平，也应是人之常情。同样，陈西滢是否为杨荫榆的同乡，两个人到底是什么关系，李四光究竟与杨荫榆见过几次面，每月从图书馆领取的工资到底是五百元还是二百五十元，等等，虽然在双方的文章中多次出现，却根本没有争辩的必要。

考察鲁迅在女师大问题上的态度，个人的情感因素不应被忽视：第一，杨荫榆是取代许寿裳而做女师大校长的，所以鲁迅对她缺少好感；第二，杨荫榆开除的六位学生中，第一个就是鲁迅喜欢的许广平。这些因素有可能起着决定性的作用。因为作为活生生的生命个体，鲁迅不可能完全超越个人感情。但是，在思想文化的视野里，这不是最重要的。鲁迅与陈西滢冲突的焦点非常清楚：从反对校长开除六位学生，到抵抗撤消女师大，鲁迅都毫不含糊地支持学生，即使在被免职的日子里，也没有放弃维持会的工作，坚持与无助的学生站在一起。由此我们可以清楚地看到鲁迅一贯的风格：他不会站

① 1925年8月29日《现代评论》第2卷第38期。

在权势者一边，而是必然选择被伤害的弱者。而陈西滢恰恰相反，既维护校长，又维护章士钊。这很容易给人造成误解：陈西滢是权势者的走狗。但是，考察陈西滢一贯的表现，他并非投机钻营之人，更非向权势者献媚之辈。他与鲁迅的态度不同，主要在于他更看重秩序，希望公平，不赞同校长压迫学生，也不希望人们过于偏袒学生。在他看来，如果学生无论如何都对，校长无论如何都错，那是不公平的。在五四运动之后形成的文化氛围中，一个人如果站在权势者一边说话，往往是很不光彩的。陈西滢不是不明白这一点，但他仍然要表明这种态度，守护他所认定的公平和公正，维护他所看重的理性和秩序。就这一点而言，应该是可贵的。

虽然教育司长刘百昭带人强行占领了女师大，使女子大学在女师大原址上建了起来，但是，章士钊并没有能够使女师大消失，所以冲突也不可能结束。在维持会的维持之下，几十名学生在校外租房，教师照常上课，顽强地维持了下来。到了1925年11月底，政局的动荡带来了机会，章士钊逃往天津，女师大学生终于复校，并且在复校之后立即取消了女子大学。这一切必然带来了新的问题：女子师大与女子大学，哪一方更具有合法性？

1925年12月26日，陈西滢在《闲话》中写下了这样一段话：“女大和女师大的争，实在是不容易了解的。我们一向信了某种报纸的话，以为女师大的学生比女大的多。直到女大学生报告，才知道女大有三百五十人，女师大只有四十余人。可是，我们还是受了某种报纸的催眠，以为女大的学生大半是招来的新生，女师大的学生转入女大的少。今天看到女大学生第二次宣言，他们说女师大的旧学生不满二百人，却有一百八十人转入女大，让几位外界名流维持的‘不过二十人’。这是以前谁也不会知道的。谁也没有想到的。足见我们的报纸是怎样的可靠了。如此说来，女大和女师大之争，还是这一百八十人和二十人之争。就以女师大论女师大，究竟谁应该算主体呢；如说一百八十人已入他校便不能算女师大学生，那么我们试问，要是二百人中有一百九十九人入了女大会怎样？要是二百人都入了女大便怎样？难道女师大校务维持会招了几个新生也去恢复吗？我们不免要奇怪那维持会维持的究竟是谁呢？他们的目的究竟是什么呢？”[①]

① 1925年12月26日《现代评论》第3卷第55期。

在陈西滢看来，既然女师大的绝大多数学生已经转入女大，自然女大是主体，如果合并，也应该是只有二十人的女师大合入三百五十人的女大，而不应该是取消三百五十人的女大而恢复只有二十人的女师大。虽然最后一问显得有失大度，但从多数出发，的确为自己找到了“理”。鲁迅这回不再旁敲侧击，而是急忙直接作答：“‘要是’帝国主义者抢去了中国的大部分，只剩了一二省，我们便怎样？别的都归了强国了，少数的土地，还要维持么?！明亡以后，一点土地也没有了，却还有窜身海外，志在恢复的人。”[①] 鲁迅的反驳同样显示着思想的力度，但用以证明维持女师大的合理性，却并不容易令人信服。

如果仅仅是这样的争论，还不至于把问题弄得更复杂，也不至于把矛盾复杂化。然而，最不应该发生的事发生了。1926年1月30日，陈西滢发表了《致志摩》的信，指责鲁迅剽窃和抄袭：“他常常挖苦别人家抄袭。有一个学生抄了沫若的几句诗，他老先生骂得刻骨镂心的痛快。可是他自己的《中国小说史略》却就是根据日本人盐谷温的《支那文学概论讲话》里面的《小说》一部分。其实拿人家的著述做你自己的蓝本，本可以原谅，只要你书中有那样的声明。可是鲁迅先生就没有那样的声明。”同时，也许是有感于鲁迅在他与权势者关系上大做文章，陈西滢又说：“他那种一见官僚便回头欲呕的神情，活现在纸上。可是啊，可是他现任教育部的佥事。据他自己的自传，他从民国元年便做了教育部的官，从没脱离过。所以袁世凯称帝，他在教育部，曹锟贿选，他在教育部，‘代表无耻的彭允彝’做总长，他也在教育部，甚而至于‘代表无耻的章士钊’免了他的职后，他还大嚷‘佥事这一个官儿倒也并不算怎样的‘区区’，怎么有人在那里钻谋补他的缺……这像‘青年叛徒的领袖’吗？其实一个人做官也不大要紧，做了官再装出这样的面孔来可叫人有些恶心了。”[②]

至此，矛盾已经无法解决。徐志摩意识到问题的严重性，急忙高喊：“带住！让我们对着混斗的双方猛喝一声。带住！让我们对着我们自己不十分上流的根性猛喝一声。假如我们觉得胳膊里有余力，身体里有余勇要求必

①《鲁迅全集》（第3卷），第174页。

②《晨报副刊》1926年1月30日。

泄时，让我们往升华的道上走，现在需要勇士的战场正多着哪，为国家，为人道，为真正的正义——别再死捧着显微镜，无限的放大你私人的意气！”他甚至宣布：“本刊此后再不登载对人攻击的文字。”[①]我们没有理由怀疑徐志摩的真诚，但是，已经晚了。受到严重伤害的鲁迅表示：“我还不能带住。”[②]事情到了这种地步，即使是胡适给双方写信试图调解，也已无济于事了。

考察这场论争，开始不过是面对女师大风潮的不同认识，然后是猜疑和误解，最后则是人格上的互相攻击，矛盾终于无法调和。

二

如果进一步考察，鲁迅与陈西滢的论争实在是一场令人遗憾的笔墨官司。对于中国现代文坛，对于中国现代文化建设，它的消极作用都无法估量。因为它影响了鲁迅与现代评论派的关系，影响了鲁迅与胡适这两位新文化运动主将之间的关系，直接导致了新文化阵营的进一步分裂。

在中国现代思想文化史上，“东吉祥胡同的正人君子”显然是一支重要的力量。他们曾集结于《现代评论》，也曾集结于《新月》，因此，在不同的时期，又以“现代评论派”或“新月派”为世人注目。鲁迅与这一派关系的恶化就是从与陈西滢的论争开始的。因为鲁迅对这一派中的陈西滢等不少人进行过各种讽刺、挖苦、嘲弄和批判，所以在20世纪50年代之后的历史叙述中，这一派常常被看作鲁迅的敌人。但是，只要认真考察他们之间的关系，就会发现事情并非如此。20世纪50年代之后的叙述以单纯的政治观点划线，往往把现代评论派和新月派看作“反动文人”，而把鲁迅看作伟大的革命家和无产阶级的文化旗手，于是他们之间的论争就成了敌对阵营之间的斗争。然而，只要超越狭隘的政治视角，以20世纪中国现代化过程中更具根本性的文化冲突作为思考的参照，就不难发现，鲁迅与“正人君子”之间的矛盾其实并不那么严重。无论陈西滢还是梁实秋、徐志摩，直至他们的精

---

① 徐志摩：《结束闲话，结束废话》，《晨报副刊》1926年2月3日。

②《鲁迅全集》（第3卷），第242页。

神领袖胡适，他们大都更多地接受了西方现代文明的熏陶，自觉地致力于旧文明的批判和新文明的创造，是当时新文化运动的中坚力量。他们拒绝做旧的专制统治的帮凶，也拒绝为新的专制政治鸣锣开道，显示着现代知识分子的独立人格。他们向往自由，追求民主，抨击当局，批判国民性，高举民主与科学的旗帜，努力倡导现代文明，坚持了新文化运动的方向。这一切，使他们与鲁迅站在了同一文化立场，成为新文化阵营中的战友。即使他们之间存在一些分歧，也仍然是新文化阵营内部的分歧。关于这一点，即使考察论争留下的那些激烈的文字，也很容易发现一个事实：属于个人感情好恶和具体事件、具体问题上的不同见解居多，而精神立场、文化选择和价值观念的冲突较少。他们同为“五四”新文化运动的主力，价值观念、精神立场和文化目标大同小异。在鲁迅与之发生过论争的三大主要群体（“遗老遗少”“流氓加才子”和“正人君子”）中，在精神结构和文化立场上，鲁迅与“正人君子”是最接近的。因此，作为新文化运动的主力，他们本来不应发展到老死不相往来的地步。

然而，一场笔墨官司发生了，而且愈演愈烈，双方大动肝火，都以击中对方软肋为快意，尤其是陈西滢，把道听途说的“抄袭”之说不负责任地公开发表，对鲁迅造成了深深的伤害。人们常说“爱屋及乌”，而被深深伤害了的鲁迅则很有些“恨乌及屋”。因为对陈西滢、顾颉刚以及与论战有涉的李四光、徐志摩等的厌恶，鲁迅对这一派从此再也没有好感，这直接导致了新文化阵营的一次大分裂。

尤其是鲁迅与胡适这两位新文化运动主将之间的关系，从此日益疏远，直至不再往来，其消极后果是难以估量的。

鲁迅与胡适的交往始于1918年，从1918年到1924年，两人有过长期的密切交往。在五四新文化运动中，他们方向一致，关系密切，无论是批判旧文化，还是倡导新文学，都曾经有过默契的配合和紧密的呼应。白话文运动、文学革命，都是胡适首先发难，鲁迅紧紧跟上；而面对鲁迅的成就，胡适则立即给予肯定和赞美。两人常常从不同的角度和侧面对同一问题进行探讨，见解往往高度一致。比如，胡适写《贞操问题》《再论贞操问题》，鲁迅作《我之节烈观》；胡适写《我的儿子》，鲁迅作《我们现在怎样做父亲》，配合都相当默契。

在文学革命开始时，胡适第一个尝试白话诗，作为孤独的先驱者，没有几个人追随。鲁迅与刘半农、沈尹默是最早的响应者。他在《新青年》连续发表了《梦》《爱之神》《桃花》等一系列新诗。对此，鲁迅说过：“我其实是不喜欢做新诗的——但也不喜欢做古诗——只因为那时诗坛寂寞，所以打打边鼓，凑些热闹。”[①]当中国第一本新诗集《尝试集》修订的时候，胡适征求鲁迅的意见，鲁迅认真参与了修订。当胡适遭到学衡派与甲寅派的围攻时，是鲁迅挺身而出，撰写《估学衡》等文，给予回击。

胡适对鲁迅则一直评价甚高。鲁迅发表《狂人日记》以后，胡适便给予热烈的赞美与高度的评价，称誉鲁迅是“白话文学运动的健将”。在1922年所写的《五十年来中国之文学》一文中，他在回顾五四运动前后的小说创作情况时指出：“这一年多（1921年以后）的《小说月报》已成了一个提倡‘创作’的小说的重要机关，内中也曾有几篇很好的创作。但成绩最大的却是一名托名‘鲁迅’的。他的短篇小说，从四年前的《狂人日记》到最近的《阿Q正传》，虽然不多，差不多没有不好的。”[②]1922年8月11日，胡适在日记中还写道：“周氏兄弟最可爱，他们的天才都很高。豫才兼有赏鉴力与创作力。”[③]

在学术研究方面，他们也是相互支持、相互配合，并且有过密切的合作。胡适1919年就想做一部《中国小说史》，可惜没有时间做。事隔三年，鲁迅的《中国小说史略》出版，胡适对此报以热情的赞扬。几年之后，在《白话文学史》自序中仍然认为“这是一部开山的创作，搜集甚勤，取材甚精，断制也甚严，可以替我们研究文学史的人节省无数精力”[④]。《中国小说史略》出书前后，鲁迅曾反复征求过胡适的意见。在写作《中国章回小说考证》的过程中，胡适也曾多次向鲁迅请教。他们互相帮助、互相支持，从资料和信息的互相提供，到思想见解的相互切磋，记下了中国现代文化史上的一段美好情景。

---

①《鲁迅全集》（第7卷），第4页。

②《胡适全集》（第2卷），安徽教育出版社2003年，第342—343页。

③《胡适日记》（第3卷），安徽教育出版社2001年，第755页。

④《胡适全集》（第11卷），安徽教育出版社2003，第210页。

这一切都发生在“《新青年》集团”因政治见解而发生分裂之后，对于新文化运动来说，这尤其值得珍惜。

在陈西滢与鲁迅发生激烈论战之时，胡适没有介入争论，而是致信鲁迅、周作人和陈西滢，试图居中调解。他说：“你们三位都是我很敬爱的朋友，所以我感觉你们三位这八九个月的深仇也似的笔战是朋友中最可惋惜的事。我深知你们三位都自信这回打的是一场正义之战；所以我不愿意追溯这战争的原因与历史，更不愿评论此事的是非曲直，我最惋惜的是，当日各本良心的争论之中，不免都夹杂着一点对于对方动机上的猜疑；由这一点动机上的猜疑，发生了不少笔锋上的情感；由这些笔锋上的情感，更引起了层层猜疑，层层误解；猜疑愈深，误解更甚。结果便是友谊上的破裂，而当日各本良心之主张就渐渐变成了对骂的笔战。”胡适说：“我们现在有许多事业要做，而国内就是这么几个可以做事的人，即使大家努力，有一分热，发一分光，也还怕干不了万分之一，为什么要把力量消耗在相互猜疑和自相残害呢?”[①]值得注意的是，胡适希望不要“大水冲了龙王庙，一家人不认得一家人”。他总是把鲁迅看作自己人，直至鲁迅去世之后，甚至鲁迅已经被神化之后，胡适仍然不把鲁迅当作对立面。作为并肩战斗过的新文化战友，胡适对鲁迅的这份坚定认识足以发人深省，其中深含的情义也令人思之动容。

但是，与陈西滢的笔墨官司发生之后，由于对陈西滢等人的反感，鲁迅与胡适越来越疏远。鲁迅所厌恶的人都是胡适的朋友，他们紧紧围绕在胡适周围。他们离胡适越近，鲁迅就离胡适越远。胡适的确无意结党，却很自然地成了思想文化界的领袖。鲁迅不喜欢攀附领袖，尤其不愿意与自己所厌恶的人并肩而立。在他们形成的群体面前，鲁迅感到一种精神上的压迫，缺少良好的自我感觉，因而也难以平和公允地面对他们。他们一个个成了学者、教授、名流，鲁迅甚至因此而反感“学者”“教授”这些称谓。他们占据了大学和文化界，无论是在北京，还是在厦门、广州，鲁迅都感到无处可逃。鲁迅最后定居于上海而不回北京，并且永远告别了教育界，这一切都与此不无关系。

1919年3月26日，蔡元培召集相关人员在汤尔和处讨论处理陈独秀的

---

①《胡适书信集》（上），北京大学出版社1996年，第374—375页。

事，最后决定撤销陈独秀北京大学文科学长的职务。那个会议给陈独秀留足了面子，但结果还是把陈独秀赶出了北京大学，改变了他的人生轨迹。十六年后，胡适读到了汤尔和当时的日记，写信对汤尔和进行了严厉的指责："是夜先生之议论风生，不但决定了北大的命运，实开后来十余年的政治与思想的分野。此会之重要，也许不是这十六年的短历史所能论定。"[①]从这个意义上说，我们也有理由指责陈西滢，正是他不负责任的攻击，把鲁迅推入更为孤独的境地，改变了他最后十年的人生轨迹。

①《胡适书信集》（中），北京大学出版社1996年，第667页。

1928：新文化危机中的鲁迅

众所周知，五四新文化运动开启了中国文化的一个新时代。遗憾的是，这一指向现代文化目标的伟大尝试并没有持续太久，就开始受到来自各方面的冲击，因而由主流进入边缘，又由边缘成为地底的潜流。这一过程使真正的现代知识分子每当念及就惭愧得无地自容。因为面对20世纪中国文化流变的历史，一种诘问无法回避：当新文化面临危机的时候，承载着五四新文化精神的现代知识分子究竟哪里去了？他们做了些什么？有没有尽到自己的责任？这个问题严重影响着中国现代知识分子的形象，影响着人们对20世纪中国文人的整体认识和估价。值得欣慰的是，只要穿越种种屏障回到七十多年前的历史现场，人们就不难看到，当五四新文化面临危机的时候，那些真正的现代知识分子并没有放弃自己的责任，他们虽然面对着大面积的背叛而势单力薄，却进行过艰难的守护和抵抗。20年代末的中国文坛发生过几件大事，比如鲁迅与“革命文学”倡导者之间的论争，胡适与新生的国家权力之间的冲突。由于长期以来历史叙述的狭隘视角，胡适和鲁迅往往被分别置入两个不同的阵营，因而这些大事在新文化运动史上的意义被弄得模糊不清。但是，只要超越唯阶级论的狭隘视角，就会清楚地看到，那是新文化运动的主将们在不同的战场上为保卫新文化而进行的艰苦努力。当五四新文化面临严重危机的时候，他们被迫进行一场保卫战。在这场保卫战中，正是鲁迅打响了奋起抵抗的第一枪。

一

五四新文化的危机首先来自国民革命高潮的兴起。虽然国民革命的领导核心国民党中不乏五四新文化运动的参与者，但是，国民党的指导思想却与五四新文化运动的方向存在着矛盾。国民党以孙中山的三民主义为其指导思想，而孙中山的三民主义与五四新文化运动精神是不一致的。人们一般把孙中山称作资产阶级革命家，但是，这位所谓的资产阶级革命家并未完整接受西方资产阶级的思想体系，而是更多地继承了本土的传统遗产。而且，作为一个志在行动的革命鼓动家和组织者，他要努力使自己的思想纲领能够为更多的国人所接受，就不能不在思想和言论上迎合大众所承载的传统。

正因为这样，孙中山支持学生爱国运动，也看重新文化运动的社会影响力，却并不赞同新文化运动的精神取向和价值选择。在论及五四新文化运动的反对力量时，人们往往更多地注目于文化界的保守派，但是，只要认真面对历史，就应该承认，对五四新文化运动的最大威胁不是来自辜鸿铭、林琴南或梁漱溟，而是来自孙中山和他的国民党。五四新文化精神与孙中山思想的主要分歧表现在两个方面：

第一，五四新文化运动以人为基本出发点和最高价值尺度，新文化的意识核心是人，其努力目标是个人自由与权利的保障；孙中山反复强调的是民族和国家，对新文化运动的价值核心不仅没有兴趣，而且竭力抵制。特别是对个人自由，他的态度可谓深恶痛绝。他认为中国人的自由已经太多，所以不必再争取个人自由。他说："自由这个名词究竟要怎么样应用呢？如果用到个人，就成一片散沙。万不可再用到个人上去，要用到国家上去。个人不可太过自由，国家要得到完全自由。到了国家能够行动自由，中国便是强盛国家，要这样做，便要大家牺牲自由……我们的革命主义，便是集合起来的士敏土，能够把四万万人都用革命主义集合起来，成一个大团体。"[①]直到去世前夕，他在一次次演讲和训话中反复强调的仍然是："只全党有自由，个

①《孙中山选集》，人民出版社1956年，第722—723页。

人不能有自由。然后我们的革命才可以望成功。”①

第二，五四新文化运动作为辛亥革命成功之后的一次思想文化补课，其主要手段之一就是通过反传统以铲除几千年专制政体的文化根基。新文化运动的领袖们已经认识到，作为中国文化核心部分的儒学传统与专制政治是相互适应的，在儒家学说基础上形成的君君臣臣父父子子的伦理观念是中国专制政治的文化基础，因此，要在中国实现民主、自由、平等、人权等普世价值，就必须彻底批判旧文化。孙中山的思想却与此恰恰相反。他认为：“我们中国四万万人不但是很和平的民族，并且是很文明的民族。近来欧洲盛行的新文化，和所讲的无政府主义与共产主义，都是我们中国几千年以前的旧东西。……我们中国的新青年，未曾过细考究中国的旧学说，便以为这些学说就是世界顶新的了，殊不知道在欧洲是最新的，在中国就有了几千年了。”②五四新文化运动的领袖们无法容忍中国的政治传统，因而在呼唤科学的同时呼唤民主、自由和人权。孙中山却说：“欧洲之所以驾乎我们中国之上的，不是政治哲学，完全是物质文明。……我们现在要学欧洲，是要学中国没有的东西。中国没有的东西是科学，不是政治哲学。至于讲到政治哲学的真谛，欧洲人还要求之于中国。”③五四新文化运动的领袖们竭力批判旧道德，因为正是它以强大的力量扭曲着一个个活生生的生命，制造着一具具僵尸。孙中山却几乎全盘接受了与专制政治相适应的道德观念。他说：“讲到中国固有的道德，中国人至今不能忘的，首先是忠孝，次是仁爱，其次是信义，其次是和平。这些旧道德，中国人至今还是常讲的。但是现在受外来的民族的压迫，侵入了新文化，那些新文化的势力此刻横行中国。一般醉心新文化的人，便排斥旧道德，以为有了新文化便可以不要旧道德。”④

由此可见，孙中山的思想在许多方面与五四新文化的精神是背道而驰的。如果只是思想和学术上的一家之言，也许并不值得特别关注，但作为一个革命领袖，这些思想却在指导中国革命的过程中产生了不同寻常的影响。随着革命高潮的掀起，孙中山的思想家喻户晓，并直接影响着一代青年不自觉地背离新文化。

---

①《黄埔军校史料（1924—1927）》，广东人民出版社1985年，第223页。

②③④《孙中山选集》，人民出版社1956年，第666页，第666－667页，第680页。

同时，重组后的国民党在北伐过程中显然受到了鲍罗廷等政治顾问和军事顾问们带来的俄式极权主义思想和体制的影响。这样，就使得国民革命的意识形态与五四新文化精神日益背道而驰。

因此，1927年蒋介石在政治和军事上的胜利后果非常复杂。对于北伐的胜利，任何否定都可能有失偏颇，但是，从文化上看，一个事实却无法否认：新政权的建立没有推进新文化的发展，而是直接和间接地带来了旧文化的复辟。因为伴随着新政权的建立，在政治上出现的不是现代民主政体，而是一党专政的非现代政体。为了巩固其政治上的一党专政，国民党不得不努力强化意识形态方面的控制。这就导致了一个结果：新政权不是努力发展与民主制度相适应的新文化，而是努力弘扬与专制制度相适应的旧传统。

也许，1927年之后中国的传统文化回潮与蒋介石个人的儒家思想和民族主义倾向不无关系。大概无须进行详细的考察就可以发现，蒋介石像孙中山一样支持五四学生运动，却对新文化运动不感兴趣。原因非常简单，五四学生运动可以被轻易地引向某种统治需要，而新文化运动却与一切旨在统治的需要冲突甚多。作为政治领袖和军事领袖，蒋介石反复强调的是国民的自信心，是爱国主义精神和民族主义情绪。作为曾国藩的真诚崇拜者，他信奉儒家传统，心仪宋明理学。因此，他一直埋怨五四新文化运动对中国传统文化没有给予足够的尊重，不赞成新文化运动领袖们的西化态度。他认为新文化运动盲目崇拜西方而丢失了民族的自信，认为新文化运动所倡导的那一套不适合中国国情，而且使青年背离传统、反抗权威，张扬个性，不讲纪律，产生了极为不良的影响。蒋介石是从根本上不赞同新文化运动的。他后来曾经这样说过："我们试看当时所谓新文化运动，究竟是指什么？就当时一般实际情形来观察，我们实在看不出它具体的内容。是不是提倡白话文就是新文化运动！是不是零星介绍一些西洋文艺就是新文化运动！是不是推翻礼教否定本国历史就是新文化运动！是不是打破一切纪律，扩张个人自由就是新文化运动！是不是盲目崇拜外国，毫无抉择的介绍和接受外来文化，就是新文化运动！如果是这样，那我们所要的新文化，实在是太幼稚、太便宜、而且是太危险了。"[①]因为这种认识，他一

①《哲学与教育对于青年的关系》，见周策纵：《五四运动：现代中国的思想革命》，周子平等译，江苏人民出版社1996年，第474页。

生中都无心推动新文化而有志弘扬旧传统。

在没有获得统治权的时候，国民党对新文化运动破坏偶像、反对权威、要求民主和自由的精神尚能部分容忍，然而，当他们通过军事手段获得统治权之后，就难以容忍并要严加防范了。在20世纪的中国，一切在骨子里与科学、民主、自由、人权等普世价值背道而驰的力量都对五四新文化抱有警惕，因而总是努力消灭它，或者巧妙地改写它。新政权为了巩固一党专政的非现代统治秩序，试图用三民主义统一人们的思想，用传统道德整合人们的精神，并且梦想通过弘扬传统文化而在爱国主义的旗帜下实现思想和舆论的一致，却毫不顾及现代知识分子以人权为核心的现代文化理想。当然，南京国民政府对知识分子是重视的，新政权建立之后很快对教育部门给予了一系列优惠，比如不再拖欠薪水，提高教师工资，使大学教授的实际生活收入随着币制的改革等一系列措施而得到了大幅度提高。但是，伴随着物质生活待遇的提高，同时出现的却是自由空间的萎缩。虽然国民党没有能够把知识分子完全纳入体制枷锁，却曾经试图通过政治思想工作而对其思想和言论进行限制，并且试图通过学校教育灌输党派的“私货”，使国家的教育事业为党派的利益服务。

为了新的统治秩序的建立和巩固，新政权在意识形态领域采取了一系列措施：第一，开动宣传机器，拼命制造舆论，在全社会强化新的政治意识形态，甚至利用群众大会、游行示威、喊口号、贴标语等方式运动群众，大造声势。党的宣传成为压倒一切的声音和不容质疑的东西。在党的控制之下，报刊受到控制，人们的言论自由空间急剧萎缩。第二，实行党化教育，强行灌输某种思想和主义。机关学校都要做纪念周，学习“总理遗嘱”。三民主义成了不容批评的金科玉律，虽然没有写进宪法要求国民必须坚持，却借党用国家政权的力量强行灌输，在公立的学校中培养三民主义的忠实信徒。第三，努力向传统文化寻找资源，弘扬旧传统，重振旧道德。中央宣传部长亲自撰文，要“由党的力量来挽回风气”，并且声称“中国本来是一个由美德筑成的黄金世界”[①]。

这一切，不能不使处于萌芽状态的中国新文化面临严重危机。

① 胡适：《新文化运动与国民党》，《新月》第2卷第67号合刊。

二

正当国民革命处于高潮的时候，鲁迅来到广州。他在北京受到压迫，在厦门受到排挤，在革命的策源地广州，却受到热烈欢迎，不仅文化教育界热烈欢迎他，而且国民党要员纷纷拜访和宴请他，可谓热闹非常。这种情况极易使人产生好感并因之产生更多的认同。这对鲁迅不能不是一场严峻的考验。初到广州之时，鲁迅的确也曾在某种程度上受到革命热潮的影响，并对革命抱有热望。但是，作为五四新文化的主将之一，他没有成为国民革命的狂热追随者。因为他毕竟不是那些激情有余而理性不足的青年，更重要的是，革命策源地广州的思想文化是他不能认同的。虽然鲁迅对孙中山一直怀有敬重之情，但是，他们之间在思想上距离甚远。鲁迅从来没有正面批判过孙中山的思想，也没有直接与国民革命的意识形态相对立，但是，从他到广州之后的言行考察，便不难发现，他并没有因为身处革命高潮之中就认同革命的意识形态，而是仍然坚持着新文化运动的方向。

首先，仍然坚持反传统的文化立场，致力于旧文化的批判和改造。他对革命的广州在文化上的守旧深感不满，因而开始在南方传播新文化的火种。在《无声的中国》中，他首先把批判的矛头指向了中国文字，认为正是它造就了一个无声的中国："将文章当作古董，以不能使人认识，使人懂得为好，也许是有趣的事罢。但是，结果怎样呢？是我们已经不能将我们想说的话说出来。"在革命的广州，人们都熟悉孙中山的"一盘散沙"论，但是，对于这"一盘散沙"的形成，鲁迅的解释却完全不合于孙氏学说。孙中山认为是自由太多导致了中国人成为一盘散沙，鲁迅却认为原因在于"用的是难懂的古文，讲的是陈旧的古意思，所有的声音，都是过去的，那就是只等于零的。所以，大家不能互相了解，正像一大盘散沙"。而且，正是在这篇演讲中，他再次反对调和折中论。"中国人的性情是总喜欢调和，折中的。譬如你说，这屋子太暗，须在这里开一个窗，大家一定不允许的。但如果你主张拆掉屋顶，他们就会来调和，愿意开窗了。没有更激烈的主张，他们总连平和的改革也不肯行。"在《老调子已经唱完》中，他说："中国的文章是最没有变化的，调子是最老的，里面的思想是最旧的。但是，很奇怪，却和别国不一样。那些老调子，还是没有唱完。这是什么缘故呢？有人说，我们中国是有一种‘特别国情’。”直到今天，包括《鲁迅全集》的注释，都注明所谓“特别国情”是袁世凯的论调，其实，特别国情论也是孙中山、蒋介石等人的论调。鲁迅却继续坚持对特别国情论的攻击，并且一如既往地强调：“中国的文化，都是侍奉主子的文化，是用很多人的痛苦换来的。无论中国人，外国人，凡是称赞中国文化的，都只是以主子自居的一部分。……保存旧文化，是要中国人永远做侍奉主子的材料，苦下去，苦下去。”

其次，没有迎合广州的革命口号，没有唱革命的高调，更没有为革命策源地献上动听的赞歌。既是名人，他不能不参加各种活动，不能不到处演讲，甚至无法拒绝种种革命桂冠。然而，他却常常说一些煞风景的话，甚至因此而使一些革命者大失所望。他对革命口号和革命桂冠的确不感兴趣，甚至声称自己从来不革命，而且害怕革命。这一切都显然不合时宜，因为广州作为革命的中心，正依靠狂热情绪进行着革命的动员。在一次次演讲中，他反复强调的是：现在的一切还是旧的，人们的思想还是旧的，文学也是旧的。他说：“对于军阀，已有黄埔军官学校同学去打倒他了，但对于一切旧制度，宗法社会的旧习惯，封建社会的旧思想，还没有人向他们开火。”他批评广州：“旧文学仍然很多，报纸上的文章，几乎全是旧式。我想这足见中国革命对于社会没有多大的改变，对于守旧的人没有多大的影响，所以旧人仍能超然物外。广东报纸所讲的文学，都是旧的，新的很少，也可以证明广东社会没有受革命影响；没有对新的讴歌，也没有对旧的挽歌，广东仍然是十年前底广东。不但如此，并且也没有叫苦，没有鸣不平；止看见工会参加游行，但这是政府允许的，不是因压迫而反抗的，也不过是奉旨革命。”①

其三，在当时的广州，那些穿上了军装或挎上了军刀的文学家们正在大讲“革命文学”，鲁迅对此没有给予热情的支持，而是常常泼一点冷水。鲁迅反复讲的仍然是文艺自身的特性，是创作的自由和自主。他讲文学的“无用”和“无力”，甚至断定革命的时代是没有文学的。在黄埔军校的演讲中，他说了这样一段话：“革命地方的文学家，恐怕总喜欢说文学和革命是大有关系的，例如可以用这来宣传，鼓吹，煽动，促进革命和完成革命。不

---

①《鲁迅全集》（第3卷），第421页。

过我想，这样的文章是无力的，因为好的文艺作品，向来多是不受别人命令，不顾利害，自然而然地从心中流露的东西；如果先挂起一个题目，做起文章来，那又何异于八股，在文学中并无价值，更说不到能否感动人了。”①

更值得注意的是，随着时间的推移，鲁迅对革命的认识更加清楚。以独裁代替民主，以专制压制自由，以群体压抑个体，以所谓革命的主义代替自由的思想，这一切是一个坚持五四新文化立场的人所能容忍的吗？考察当时鲁迅的言论，可谓谨慎非常。但是，精神立场却不难发现。他的确看了很多，也感触甚多。比如，在K委员的眼里，“写长信，就是反革命的”；在革命策源地，连白话都视为异端；报刊成了宣传工具，人的言论要符合革命的尺寸；否则就不能发表……如此情况下，谈什么思想自由？谈什么文学建设？鲁迅对思想禁锢当然不能认同，因为他所向往的革命是推动文明向前发展，而不是让人失掉思想的自由。在革命的广州，鲁迅没有找到他所向往的自由权利。

他曾经这样叙述过自己的遭遇：“到后来，却有些改变了，往往斗胆说几句坏话。然而有什么用呢？在一处演讲时，我说广州的人民并无力量，所以这里可以做‘革命的策源地’，也可以做反革命的策源地……当译成广东话时，我觉得这几句话似乎被删掉了。给一处做文章时，我说青天白日旗插远去，信徒一定加多。但有如大乘佛教一般，待到居士也算佛子的时候，往往戒律荡然，不知道是佛教的弘通，还是佛教的败坏？……然而终于没有印出，不知所往了……”②在革命的广州，一切都要服从革命的需要，所以文学“是要直截痛快，‘革命！革命！’的，这才是‘革命文学’”③。对此，鲁迅曾经形象地描述道：“现在在南边，只剩了一条‘革命文学’的独木小桥，所以外来的许多刊物，便通不过，扑通！扑通！都掉下去了。”在这种唯“革命文学”独尊的文化氛围中，鲁迅看到，孙中山“革命尚未成功”的语录虽然是常见的标语，但仿佛已经成了一句谦虚话，在大部分的人们的心里，是“革命已经成功”或“将近成功”了。“既然已经成功或将近成功，自己又是革命家，也就是中国的主人翁，则对于一切，当然有管理的权利和

①③《鲁迅全集》（第3卷），第418页，第485页。

②《鲁迅全集》（第4卷），第33页。

义务。刊物虽小事，自然也在看管之列。”[①]刊物既然被主人翁看管，新闻出版的自由当然难以出现。

在革命之前，鲁迅自己有一种解释：在革命的时候，是没有什么文学的。他大概也同样认为，在革命的时候，是没有自由思想的。但革命成功之后呢？鲁迅看见了，也经历过了。1929年5月，他在燕京大学演讲，开头就说：“这一年多，我不很向青年诸君说什么话了，因为革命以来，言论的路很窄小，不是过激，就是反动……”[②]至于革命之后的文化走向，则是“革命成功之后，‘国术’‘国技’‘国花’‘国医’闹得乌烟瘴气之时”[③]。

然而，对于鲁迅来说，重大的收获还在于他又一次看清了中国的革命原来不过如此：“革命的被杀于反革命的。反革命的被杀于革命的。不革命的或当作革命的而被杀于反革命的，或当作反革命的而被杀于革命的，或并不当作什么而被杀于革命的或反革命的。革命，革革命，革革革命，革革。”[④]……这显然不是五四新文化运动所希望的结果。鲁迅曾经为参加革命的青年而痛苦，甚至怀疑自己参与了制作“醉虾”的勾当，然而，现实也使他更进一步明白了什么是革命家：“这也因为我天生的不是革命家的缘故，倘是革命巨子，看这一点牺牲，是不算一回事的。第一是自己活着，能永远做指导，因为没有指导，革命便不成功了。”[⑤]

三

新文化的危机还来自国民革命的另一个结果。

20世纪20年代的中国社会已经存在着严重的阶级矛盾。下层民众的生活苦难可以说是几千年一贯的历史事实，但在一般情况下，由于中国文化传统的制约，苦难的大众并不一定有足够的“阶级觉悟”，也不一定能够导致农民起义那样的翻身之举。但是，国民革命的高潮却像助长民族主义情绪一样助长了阶级意识的觉醒。

在此之前，一些知识分子因为接受西方观念而深刻认识了社会的不公，

①④《鲁迅全集》（第3卷），第488页，第532页。

②③⑤《鲁迅全集》（第4卷），第133页，第140页，第98页。

开始站在人道主义的立场上为大众鸣不平，并试图改变不平的现状。比如早在五四时期，陈独秀就在《贫民的哭声》中写道："今天这样捐，明天那样税，弄得民穷财尽，钱用到哪里去了？替人民办了什么事？……养了议员去嫖赌，恭维督军；养了文官去刮地皮，借外债卖路矿得回扣；养了武官去杀人，抢劫，贩卖烟土；养了法官警官去捉拿那贫苦的烟犯赌犯来罚钱。现在的时代，还无人敢说政府官吏没有什么用处。可惜他们的功效，只造成一片贫民的哭声！"[①]刘半农的《相隔一层纸》《学徒苦》，刘大白的《卖布谣》《田主来》，都鲜明地体现着阶级意识，反映着贫富悬殊和阶级差别。而它的目的显然是指向社会平等，"生我者亦父母"的呼声就是一种典型的声音。在刘大白的《红色的新年》等赞美俄国十月革命的作品中，大声呼叫的也是："不公！不公！！不平！不平！！"

革命高潮到来之际，情况完全不同了。由于俄国十月革命的影响，孙中山等国民革命领袖们看到了工农力量的重要性。因而在国民党第一次全国代表大会发表的《宣言》中明确宣称民族的解放事业"其所恃为后盾者，实为多数之民众"，并且做出允诺："吾人欲证实民族主义实为健全之反帝国主义，则当努力于赞助国内各种平民阶级之组织，以发扬国民之能力。"[②]这就在国民革命中为追求阶级翻身的革命运动留有了广阔的空间，使下层工农大众追求翻身解放的运动得以轰轰烈烈地开展起来。尤其是广东、江西、湖南等地，借着国民革命之势，穷人进行了翻身的尝试："一切从前为绅士们看不起的人，一切被绅士们打在泥沟里，在社会上没有了立足地位，没有了发言权的人，现在居然伸起头来了。……他们发号施令，指挥一切。他们站在一切人之上。""土豪劣绅的家里，一群人涌进去，杀猪出谷。土豪劣绅的小姐少奶奶的牙床上，也可以踏上去滚一滚。"[③]

就在毛泽东为农民运动大声叫好之时，国民党的大多数人对此不以为然，作为军事最高统帅的蒋介石也不愿承认这种翻身的合法性。更为重要的是，那些出身富裕家庭的军官们已经无法忍受自己家中被抢、亲人被杀的事

①1929年4月27日《每周评论》第19号。

②《孙中山选集》，人民出版社1956年，第591－592页。

③《毛泽东选集》，人民出版社1967年，第14—16页。

实。他们的态度正如毛泽东在《湖南农民运动考察报告》中所嘲弄的："嘴里天天说'唤起民众'，民众起来了又害怕得要死。"然而，抱怨并不能改变当时的革命现实。他们既然害怕得要死，就要采取措施。于是，无论是乡村的农民运动还是城市的工人运动，都转眼间风平浪息了。手段当然是残酷的，工农运动的组织发动者们也受到了清洗和镇压。

当清党运动使以阶级斗争的方式谋求翻身解放的行动失掉合法性的时候，一些从业文人不得不转向文学运动。

在重返文坛的文人团体中，创造社的举动尤其引人注目。当然，创造社的举动并不值得大惊小怪。因为对于他们来说，"转向"本是家常便饭。他们的转向早就开始了，最先的转变主要是从表现自我到表现社会、由主张抒情到主张写实，也就是创作上从浪漫主义走向写实主义。这在当时实在算不了什么，因为五四文学革命的倡导者们及其最先的主力军一直进行着这样的努力。值得注意的是，他们在走向社会现实的同时纷纷投身于国民革命，而且在穿上军装之后就立即开始高喊"革命文学"的口号，号召文学青年"到兵间去，民间去，工厂间去，革命的漩涡中去"[①]。其表现与五四时期截然不同。但仔细想来，这仍然一点也不奇怪。因为在"五四"高潮中，创造社的人们并没有进入新文化运动的中心，其主要人物甚至没有读过《新青年》。他们只是凭着朦胧的感觉和本能的冲动从感性的层面上应和了五四新文化运动，以破坏与创造的精神高扬起了个性反抗的旗帜，却对五四新文化运动缺少足够的认识。盲目的追随者在高潮过后转身而去，本是非常自然的事。他们的转向适应了国民革命的政治要求。然而，随着1927年南京国民政府的建立，他们却成了鲁迅所说的"革命已经成功的文学家"和"革命尚未成功的文学家"之中的后者，被迫回到了文坛。

重返文坛的他们不但没有走上五四新文学的道路，而是恰恰相反：一起拿五四新文学和新文化主将们开刀，要彻底扫荡新文学和新文化。值得注意的是，他们在政治上应该是反对国民党统治的，但在文化上却与国民党统治者保持着高度的一致——都把五四新文化作为批判和否定的对象。他们否定鲁迅，嘲弄胡适，扫荡几乎所有的五四作家。他们竭力否定文学革命的成

① 郭沫若：《革命与文学》，1926年4月《创造月刊》第1卷第3期。

就，猛烈批判五四新文学的价值观念和意识形态，对《新青年》集团和文学革命的开创者进行猛烈攻击。在他们看来，启蒙是浅薄的，新文化运动是不合时宜的，“胡适之流”的叫喊“力竭声嘶”，“其余一些半死不活的大妖小怪”不过是“跟着一齐乱喊”，新文化运动的“这些‘名流’完全不认识他们的时代，完全不了解他们的读者，也完全不了解自己的货色”。“他们不知道那时候的觉悟的青年已经拒绝了他们的迷药。”……面对五四新文学的中心北京文坛，他们认为是“一片乌烟瘴气”，所以需要“十万两无烟火药”[①]。他们认为一般的文学家大多数是反革命的，他们的文艺都是不革命或者反革命的文艺。

他们发现了新的文学道路，认定五四新文化运动的价值选择和五四新文学的精神取向已经过时，继之而起的将是无产阶级的文艺。他们认为“资本主义已经到了他的最后的一日，世界形成了两个战垒”，在这种形势下，“谁也不许站在中间。你到这边来，或者到那边去！……克服自己的小资产阶级的根性，把你的背对向那将被‘奥伏赫变’的阶级，开步走，向着那龌龊的大众”[②]。如果有人不愿接受他们的命令，或者坚守五四新文化的价值立场，他们就要“替他们打包，打发他们去”，或者“踢他们出去”[③]。他们宣布：“不能和我们联合战线的就是我们的敌人！”“必须先把这些敌人打倒！”[④]他们从个人主义走向了群体主义，从轻视大众走向崇拜大众，因而不仅否定自我，而且否定知识分子的启蒙立场，要求作家做一台“留声机器”。如果不愿响应他们的号召，他们的态度异常蛮横，正如郭沫若在《英雄树》中的回答：“那没有同你说话的余地，只好敦请你们上断头台！”

作为五四文坛上一个有影响的社团，创造社与太阳社一起，以这样一种姿态开始对五四新文学进行一次再革命，对五四新文化进行猛烈的反叛与颠覆。毫无疑问，它从另一方面加剧了新文化的危机。

①② 成仿吾：《从文学革命到革命文学》，1928年2月《创造月刊》第1卷第9期。

③ 仿吾：《打发他们去》，1928年2月《文化批判》第2期。

④ 王独清：《祝词》，1928年5月《我们月刊》创刊号。

四

面对创造社和太阳社对五四新文学和新文化的挑战，鲁迅进行了反击。他因此成为众矢之的，成了“中国的Don Quixote”，“为布尔乔亚汜当了一条忠实的看家狗!”[①]，甚至是“文艺战线上的封建余孽”“二重的反革命人物”和“不得志的Fascite（法西斯谛）”[②]。面对围攻，鲁迅没有退却。他不断迎战和反击，与之展开了长期的论战。

在过去的历史叙述中，人们往往从阶级阵线着眼而努力抹杀他们之间的矛盾，或者由于思维方式的局限而看不到冲突的实质，结果是使这场激烈论争性质模糊不清，焦点隐晦不明。直到今天，即使在一些“重写”的现代文学史上，也仍然是一笔糊涂账。那么，这场冲突的焦点究竟何在？其实，后人为适应某种需要或在种种限制之下做出的解释远不如当事人的感觉和认识更为可靠。郑伯奇在《文坛的五月》中曾经声明：“这不是我们和鲁迅的冲突，也不是创造社和语丝派的冲突，这是思想和思想的冲突，文坛上倾向和倾向的冲突。我们所批评的不是鲁迅个人，也不是语丝派几个人，乃是鲁迅与语丝派诸君所代表的一种倾向。”郭沫若在《“眼中钉”》一文中也曾辩解：“他们批判鲁迅先生，也决不是对于‘鲁迅’这一个人的攻击。他们的批判对象是文化的整体，所批判的鲁迅先生是以前的‘鲁迅’所代表，乃至所认为代表着的文化的一个部门，或一部分的社会意识。”应该承认，这些话是不错的。他们的确不是批判鲁迅个人，而是批判一种文化倾向，这倾向就是五四新文化的倾向。同时，鲁迅的抵抗和还击也并非仅仅出自私怨，而是守护一种文化倾向，这倾向也是五四新文化的倾向。考察其矛盾冲突，挑战者的进攻和守护者的抵抗都紧紧围绕着五四新文学和新文化。交锋之点主要集中于以下几个：一是人道主义和个人主义，亦即五四文学以人为中心的

---

① 李初梨：《请看我们中国的Don Quixote的乱舞：答鲁迅‘醉眼中的朦胧’》，1928年4月《文化批判》第4号。

② 杜荃（郭沫若）：《文艺战上的封建余孽——批评鲁迅的〈我的态度气量和年纪〉》，1928年8月《创造月刊》第2卷第1期。

人道意识。二是现代启蒙主义，即以改造国民性为标志的现代启蒙立场。三是五四新文化运动中诞生的知识分子话语的独立性。

挑战者们否定鲁迅，首先因为鲁迅是一个人道主义者。他们在鲁迅的文章中看到的是“人道主义者怎样地防卫着自己”，看到的是“人道主义者的裸体照相”[①]。他们说鲁迅的文章“暴露了知识阶级的厚颜，暴露了人道主义的丑恶”[②]。由此可见，在他们眼里，人道主义不仅是浅薄的，而且是丑恶的。站在五四新文化的立场上，这种观点当然难以接受。鲁迅并不赞成托尔斯泰的不抵抗主义，但是，他不能容忍对人道主义的简单否定。所以，当挑战者称托尔斯泰是“卑污的说教人”时，鲁迅在《“醉眼”中的朦胧》中说：“惟有在中国特别，知道跟着人称托尔斯泰为‘卑污的说教人’了，而对于中国‘目前的情状’，却只觉得‘在事实上，社会各方面亦正受着乌云密布的势力的支配’，连他的‘剥去政府的暴力，裁判行政的喜剧的假面’的勇气的几分之一也没有；知道人道主义不彻底了，但当‘杀人如草不闻声’的时候，连人道主义式的抗争也没有。”

挑战者们反对个人主义，强调一切必须服从组织，听从“时代”的命令。他们认为个人主义早已是一种腐朽的思想，像自由、民主一样属于腐朽阶级的意识形态，而鲁迅却“始终是一个个人主义者”，而不愿接受集体化：“‘因为我喜欢’，所以我要反抗，这不是革命党人的态度，这是个人主义的小资产阶级者的丑态。……他的出发点，不是集体，而是个人，他的反抗，只是为他个人的反抗。虽然有时也为着别人说几句话，我们若果细细地考察起来，究竟是抛不开‘我’的成分的。”[③]他们说鲁迅倔强、任性，固守己见而不认错；说鲁迅沉迷于自由思想，说鲁迅仍然固执于浅薄的人道主义，等等，应该说都是不错的。问题在于，这正是鲁迅坚持五四新文化运动的方向。作为新文化的承载者，他不能不高度重视个人的自由，执着于把人从各种迷信和依附中解放出来的启蒙工程。因此，他对依靠某种政治势力或者军事势力而大喊革命文学口号不以为然，对以群体的名义剥夺个人的权利

---

① 冯乃超：《人道主义者怎样地防卫着自己?》，1928年4月《文化批判》第4号。

② 成仿吾：《毕竟是“醉眼陶然”罢了》，1928年5月《创造月刊》第1卷第11期。

③ 钱杏邨：《朦胧以后》，1928年5月《我们月刊》创刊号。

的确有点害怕。他一方面提醒人们注意“笔下雄纠纠，对大家显英雄”的人们与“指挥刀”的关系，一方面发出如此的感叹：“中国却有此例，竟会将个性，共同的人性（即林氏之所谓个人性），个人主义即利己主义混为一谈，来加以自以为唯物史观底申斥，倘再有人据此来论唯物史观，那真是糟糕透顶了。”①

挑战者们反对自由思想，批判知识阶级或是小资产阶级。他们指出：“鲁迅把自己的小资产阶级的恶习性完全暴露了出来，小资产阶级的任性，小资产阶级的不愿认错，小资产阶级的疑忌……鲁迅所以陷于这样的状态之中，我们也可以说完全是所谓自由思想害了他，自由思想的结果只有矛盾，自由思想的结果只有徘徊，所谓自由思想在这个世界上只是一个骗人的名词，鲁迅便是被骗的一个。”②在他们的眼里，独立人格和自由思想都是应该批判和否定的。鲁迅却仍然坚持自由的思想，反对任何思想专制，守护着现代知识分子独立地自由表达思想的权利。即使翻译苏俄文艺理论的主张，也是“只希望有切实的人，肯译几部世界上已有定评的关于唯物史观的书——至少，是一部简单浅显的，两部精密的——还要一两本反对的著作。那么，论争起来，可以省说许多话”③。关于挑战者们反复攻击的所谓“小资产阶级”，鲁迅说：“中国，据说，自然是已经革了命，——政治上也许如此罢，但在文艺上，却并没有改变。有人说，‘小资产阶级文学之抬头’了，其实是，小资产阶级文学在哪里呢，连‘头’也没有，哪里说得到‘抬’。”④

挑战者们认为阿Q时代已经死去，大众已经不需要启蒙，所以强调作家放弃知识分子的启蒙主体地位而充当大众的“留声机器”。他们认为时代已经进入了一个新的时代，“资本主义已到了它最后的一日，世界形成了两个战垒，一边是资本主义的余毒‘法西斯蒂’的孤城，一边是全世界农工大众的联合战线”⑤。中国也不是过去的中国，“农村零落了，都市普罗列塔利亚特（Proletariat）发生了。谁人能说中国依然是（封建的）文明之邦，礼教

①③④《鲁迅全集》（第4卷），第126—127页，第127页，第135页。

② 钱杏邨：《死去了的阿Q时代》，1928年3月《太阳月刊》第3期。

⑤ 成仿吾：《从文学革命到革命文学》，1928年2月《创造月刊》第1卷第9期。

之国”[①]？与此同时，他们认为“现在的中国农民第一是不像阿Q时代的幼稚，他们大都有了很严密的组织，而且对于政治也有了相当的认识；第二是中国农民的革命性已经充分的表现了出来，他们反抗地主，参加革命，近且表现了原始的Baudon的形式，自己实行革起命来，决没有像阿Q那样屈服于豪绅的精神；第三是中国的农民知识已不像阿Q时代农民的单弱，他们不是莫名其妙的阿Q式的蠢动，他们是有意义，有目的的，不是泄愤的，而是一种政治的斗争了”[②]。那么，《阿Q正传》当然过时了，它“是写给愚蒙看的，那么就请它到愚蒙那里去吧，我们这儿已不再要它。我们这儿要革命文学了，要无产阶级的文学了”[③]。既然阿Q时代已经过去，而且阿Q已经觉悟，当然不再需要启蒙主义。所以，按照钱杏邨的说法：“鲁迅他自己也已走到了尽头，再不彻底觉悟去找一条生路，也是无可救济了。”[④]鲁迅却不承认阿Q时代已经过去，而是一如既往地坚持启蒙立人之路。他在同一期《语丝》上同时发表《扁》《路》《头》《通信》《太平歌诀》《铲共大观》等一系列文章，其显著的主题是揭露现实的黑暗和民众的愚昧，提醒人们：阿Q的时代真的过去了吗？阿Q真的已经觉悟？在《铲共大观》中，他说：“我们中国现在（现在！不是超时代的）的民众，其实还不很管什么党，只要看‘头’和‘女尸’。只要有，无论谁的都有人看。拳匪之乱，清末党狱，民二，去年和今年，在这短短的二十年中，我已经目睹或耳闻了好几次了。”在《太平歌诀》中，他说：“看看有些人们的文字，似乎硬要说现在是‘黎明之前’。然而市民是这样的市民，黎明也好，黄昏也好，革命者们总不能不背着这一伙市民进行。鸡肋，弃之不甘，食之无味，就要这样地牵缠下去。五十一百年后能否就有出路，是毫无把握的。”在《文艺与革命》中，他说：“现在所号称革命文学家者，是斗争和所谓超时代。超时代

---

① 冯乃超：《艺术与社会生活》，1928年1月《文化批判》创刊号。

② 钱杏邨：《死去了的阿Q时代》，1928年3月《太阳月刊》第3期。

③ 朱彦：《阿Q与鲁迅》，1928年10月《新宇宙》创刊号。

④ 钱杏邨：《死去了的鲁迅》，原载《现代中国文学作家》（第一卷），上海泰东图书局1928年7月初版，此处引自《鲁迅和他的论敌论文选》，今日中国出版社1996年，第466页。

其实就是逃避，倘自己没有正视现实的勇气，又要挂革命的招牌，便自觉地或不自觉地必然地要走入那一条路的。身在现世，怎么离去？这是和说自己用手提着耳朵，就可以离开地球者一样地欺人。”

挑战者们以无产阶级的文学使者自居，自以为代表着新的时代，并且完成了对五四新文化运动和文学革命的超越，鲁迅却看到了假冒伪劣，看到了新商标下的旧货色，毫不留情地揪出了他们新制服下面的老辫子。在《路》中，他曾尖锐地讽刺说：“上海的文界今年是恭迎无产阶级文学使者，沸沸扬扬，说是要来了。问问黄包车夫，车夫说并未派遣。这车夫的本阶级意识形态不行，早被别阶级弄歪曲了罢。另外有人把握着，但不一定是工人。于是只好在大屋子里寻，在客店里寻，在洋人家里寻，在书铺子里寻，在咖啡馆里寻……”因为在他看来，在这些地方寻找出来的绝不是无产阶级的文学使者。在《文坛的掌故》中，他又说：“向‘革命的智识阶级’叫打倒旧东西，又拉旧东西来保护自己，要有革命者的名声，却不肯吃一点革命者往往难免的辛苦，于是不但笑啼俱伪，并且左右不同，连叶灵凤所抄袭来的‘阴阳脸’，也还不足以淋漓尽致地为他们自己写照……”在《我的态度气量和年纪》中，因为对方提到了林琴南，鲁迅写道：“旧的和新的，往往有极其相同之点——如个人主义者和社会主义者往往都反对资产阶级，保守者和改革者往往都主张为人生的艺术，都讳言黑暗，棒喝主义者与共产主义者都厌恶人道主义等——林琴南先生的事也正是一个证明。至于所以不行之故，其关键就全在他生得更早，不知道这一阶级将被‘奥伏赫变’，及早变计，于是归根结蒂，分明现出Fascist本相了。但我以为‘老头子’如此，是不足虑的。他总比青年先死。林琴南先生就早已死去了。可怕的是将为将来柱石的青年，还像他的东拉西扯。”

关于鲁迅对创造社、太阳社的态度，后来的评论也远不如当事人当时的感觉更为准确。在《创造十年》中，郭沫若这样写道：“在这儿鲁迅先生又不费力地把创造社来和《论衡》派、鸳鸯蝴蝶派归为了一类，而使文学研究会承继着《新青年》和《终身大事》的正统。似乎创造社之成为文学研究会的‘新敌’，是因为该研究会声援了《新青年》。”“我们的鲁迅先生自始至终是要把创造社的几个流氓打进阿鼻地狱里去的。在未革命之前他们是流氓痞棍，在既革命以后他们还是流氓痞棍！”[①]

考察这场冲突，我们不难看到，虽然矛盾复杂，但的确带有新旧文化冲突的性质。挑战者以最激进的面貌出现，似乎实现了对五四新文化运动的超越，要把文学运动推进到一个新的阶段，即所谓“从文学革命到革命文学”。事实上，他们却陷入了一种貌新而实旧的境地：他们反对的所谓“旧式的作家”，正是以鲁迅为代表的新文学先驱；他们所反对的所谓“旧思想”，正是五四新文化运动中出现的新思想。这些激情满怀的年轻人自以为超越了五四新文学和新文化，却没有意识到他们以最激进的面貌出现，努力复活的却是旧传统。

进入20世纪30年代之后，鲁迅参加了左联，但是，并没有因此而放弃对五四新文化的守护。他加入左联之后的矛盾和痛苦，与左联领导人之间的矛盾，其根本原因都在于他虽然置身于左联之中，却仍然不愿放弃新文化运动中确立的现代性的文化目标。就整个新文化阵营的格局看，20世纪30年代的鲁迅已经站在一个极地之侧，但是，正是在这个边缘之处，鲁迅以短兵相接的方式抵抗了各种对新文化的侵袭，顽强地守护着新文化运动的成果和来之不易的现代知识分子话语空间。

① 郭沫若：《创造十年》，现代书局1932年。

第二辑

铁屋中的呐喊

——《呐喊》导读

《呐喊》是鲁迅的第一部小说集，也是中国现代文学史上最重要的一部小说集。它最先由新潮社于1923年8月出版，共收小说15篇，1926年起改由北新书局出版，也仍然是15篇，到1930年1月第13次印刷时，作者抽去了最后一篇《不周山》（后改名为《补天》收入《故事新编》)，成为14篇。此后国内外出版的《呐喊》大都以此为准。我们这里采用的也是这个版本。

关于本书作者的生平，读者大概已经有所了解：鲁迅，原名周树人，中国现代最著名的文学家和思想家，1881年生于浙江绍兴，1936年逝世于上海……在这个过程中，有几个重要的环节值得特别注意：首先，鲁迅生于浙江绍兴一个大户人家，13岁时祖父因科场舞弊而被判刑，接着父亲也一病不起，家庭“从小康人家而坠入困顿”，因而较早地感受到人情冷暖和世态炎凉，认识了世人的真面目。其次，鲁迅于1902年东渡日本留学，先是在仙台学医，后来却弃医从文，是由于看到中国人的麻木和愚昧而意识到一个问题：“凡是愚弱的国民，即使体格如何健全，如何茁壮，也只能做毫无意义的示众的材料和看客。”他因此认为更重要的是改变人们的精神，而改变人们精神的利器就是文学。这是他在《〈呐喊〉自序》中清楚说明过的。其三，鲁迅弃医从文，但他的文学之路开始并不顺利，与人一起办刊物，失败了；与弟弟周作人一起翻译成《域外小说集》，出版后却只销出了二十余册。在《〈呐喊〉自序》中，鲁迅曾经如此描写他当时的感受：“凡有一人的主张，得了赞和，是促其前进的，得了反对，是促其奋斗的，独有叫喊于生人中，而生人并无反应，既非赞同，也无反对，如置身毫无边际的荒原，无可措手的了，这是怎样的悲哀呵，我于是以我所感到者为寂寞。”这寂寞笼罩了鲁迅，一晃就是十多年。这期间，鲁迅于1909年从日本回国，开始在绍兴等地教书，1911年辛亥革命后被任命为绍兴师范学校校长，次年应蔡元培之邀到北京中华民国教育部任职。1918年，他开始为《新青年》撰稿，才真正开始了文学创作，并很快成为文学革命和新文化运动的一名主将。所以，鲁迅与五四新文化运动是紧密联系在一起的。

在《呐喊》所收的14篇小说中，最早的一篇是《狂人日记》，写于1918年，最晚的一篇是《阿Q正传》，写于1922年，时间正处五四新文化运动的高潮。要深入理解鲁迅的《呐喊》，不能不了解它的写作背景，不能不注意当时中国的特定形势和由此而发生的新文化运动。众所周知，辛亥革命之后，中国人已经推翻了帝制，并且在亚洲创建了第一个共和国。然而，中国虽然有了宪法，有了国会，有了现代政治体制的基本框架，社会和人的生存状态却没有发生根本的改变，中国人从上到下都不习惯共和国的现代政治体制。一方面是上层，共和国的总统、总理和各级管理者们大都刚刚摘去清王朝的顶戴，仍然习惯于沿着专制制度的惯性运行，即使那些反抗清王朝专制统治的革命党人，也并不习惯现代国家的管理规则，因而不自觉地就会按照专制的旧例行事。另一方面是下层，人民在理论上已经成为国家主人，但绝大多数人并不清楚时代发生的这种变化，更没有意识到自己作为一个公民享有的自由、尊严和权利，他们仍然像君主专制时代一样自居于奴隶地位，在“公仆”面前总是要不由自主地跪下。也就是说，当时的中国已经建立了民主共和制度，而人们的思想观念和行为方式却远远不能适应。因此，时代面临的一个重要课题就是进行思想文化上的革命。以陈独秀、胡适等人为领袖，以《新青年》和北京大学为中心的新文化运动正是这样一场革命。他们要使中国人从君君臣臣父父子子的传统伦理秩序中走出来，克服传统的奴性而作为独立的个人站立起来，在精神上告别“臣民”和“草民”而成为真正的现代“公民”。而这正是鲁迅早在日本留学时期就为自己确立的使命。早在1907年，他就提出了“立人”的主张，认为中国的根本问题是人的问题，“人立而后凡事举”。坚船利炮也罢，发展实业也罢，制订宪法也罢，召开国会也罢，如果国民性得不到改造，中国的问题就不会得到根本的解决。这是鲁迅的一贯主张，后来他在写给许广平的信中也说过：“最初的革命是排满，容易做到的，其次的改革是要国民改革自己的坏根性，于是就不肯了。所以此后最要紧的是改革国民性，否则，无论是专制，是共和，是什么什么，招牌虽换，货色照旧，全不行的。”所以，当新文化运动兴起之时，他终于找到了同道，因而立即参与其中，并且成为重要的一员。

当然，在参加新文化运动之际，鲁迅也曾有过犹豫，而且不抱乐观态度。这从《〈呐喊〉自序》中可以看到。鲁迅说：“假如一间铁屋子，是绝无窗户而万难破毁的，里面有许多熟睡的人们，不久都要闷死了，然而是从昏睡入死灭，并不感到就死的悲哀。现在你大嚷起来，惊起了较为清醒的几个人，使这不幸的少数者来受无可挽救的临终的苦楚，你倒以为对得起他们么?”如果仅仅就此做结论，鲁迅的确很悲观，对打破铁屋子的可能几乎不抱幻想，对铁屋中呐喊的意义也深表怀疑。但是，事实却是鲁迅毅然走上了在铁屋中呐喊的启蒙道路，而且从此矢志不移。因此，我们在注意鲁迅“铁屋子论”的悲观色彩时应该看到，鲁迅开始给《新青年》写稿，并积极投身于启蒙运动，已经显示了他的选择。在那场辩论中，他事实上已经接受了金心异（即钱玄同）的说法：“然而几个人既然起来，你不能说决没有毁坏这铁屋的希望。”在这个问题上，只要不放弃最后一线希望，的确别无选择。对此，鲁迅想的是：“我虽然自有我的确信，然而说到希望，却是不能抹杀的，因为希望是在于将来，决不能以我之必无的证明，来折服了他之所谓可有。”也可以说，鲁迅充分看到了改造国民性的困难，但并不绝望。鲁迅在随感录《三十八》中曾经这样说过：“但我总希望这昏乱思想遗传的祸害，不至于有梅毒那样猛烈，竟至百无一免。即使同梅毒一样，现在发明了六百零六，肉体上的病，既可医治；我希望也有一种七百零七的药，可以医治思想上的病。这药原来也已发明，就是‘科学’一味。只希望那班精神上掉了鼻子的朋友，不要又打着‘祖传老病’的旗号来反对吃药，中国的昏乱病，便也总有全愈的一天。祖先的势力虽大，但如从现代起，立意改变：扫除了昏乱的心思，和助成昏乱的物事（儒道两派的文书），再用了对症的药，即使不能立刻奏效，也可把那病毒略略羼淡。”

正是基于这样一种认识，鲁迅才开始“呐喊”，写出了这些小说。他的小说不仅充分显示了五四文学革命的实绩，而且集中体现了新文化运动的精神，显示了五四一代启蒙知识分子的价值取向和文化选择。鲁迅的作品提供的不是娱乐和消遣，而是引导人们正视现实的一切，包括自身存在的种种丑陋与卑污。他反对“瞒和骗”的文艺，因为他经清楚地意识到“瞒和骗”常常是为维护旧秩序而采用的一种愚民手段。它可以使人处于蒙昧状态，不知道维护自己的权利，甚至被“吃掉”而不自知。因此，作为启蒙主义者，首要的任务就是揭开种种伪装和遮蔽，直面现实的惨状和国民性的病态，以真相使人们看到自己处于怎样的环境，过着怎样的生活，带有怎样的精神病态，从而使人有所觉悟和反省，谋求另一种活法。

从艺术形式上看，《呐喊》是丰富多样的，或通过心理刻画而着重表现思想和心理，或通过故事叙述揭示人物命运，或以白描手法勾勒人物形象，或以浓墨重彩刻画人物性格，无论是故事的组织还是人物形象的刻画，无论是行为动作的描写还是心理的揭示，都有独到而令人叫绝之处。但是，鲁迅小说的主要意义并不在于作品所显示的形式与技巧，更不在于独特的语言风格和遣词造句的手段。鲁迅的《呐喊》所提供给我们的，主要是一个启蒙主义文学大师面对中国人的生存状态而进行的艺术思考。《呐喊》描绘的是从辛亥革命到五四时期的中国社会和人文面貌，人物多是农民和知识者。这些小说最值得称道之处在于作者特别善于从中国人司空见惯的日常生活中发现社会和人的病态，并以高度的艺术概括将其突现出来，以达到振聋发聩、催人猛醒的效果。作家不必都是思想家，但伟大的作家一定是思想家。《呐喊》因鲁迅的启蒙主义立场和对社会人生特别是中国国民性的深刻洞察而独具光辉。关于这些小说的写作，他自己曾经这样说过：“我仍抱着十多年前的‘启蒙主义’，以为必须是‘为人生’，而且要改良这人生。……我的取材，多采自病态社会的不幸的人们中，意思是在揭示出病苦，引起疗救的注意。”（《南腔北调集·我怎么做起小说来》）。

打开这部小说集，第一篇就是作为中国现代小说伟大开端的《狂人日记》。这篇小说由13段日记组成，写的是一个“迫害狂”的思想和心理活动。它没有完整的故事叙述，而是以杂感式的议论倾吐“狂人”对生活的感受，展示他的痛苦观察和思考。需要注意的是，小说虽然以狂人的视角观照生活，表达的却是作者对生活和历史的感受和思考。

在狂人的全部生活感受和思考中，一个处于核心地位的关键词是“吃人”。他说：“我翻开历史一查，这历史没有年代，歪歪斜斜的每页上都写着‘仁义道德’几个字。我横竖睡不着，仔细看了半夜，才从字缝里看出字来，满本都写着两个字是‘吃人’!”狂人看到了“四千年时时吃人”的历史，希望人们“立刻改了，从真心改起”，并且告诉人们：“将来容不得吃人的人。”但是，没有人听从他的劝告，周围仍然到处是“吃人”的密谋，每一个人都有“被吃”的危险，同时，每一个人都可能参与“吃人”。在一种深深的怀疑和恐惧中，狂人只有把希望寄托于年轻一代：“没有吃过人的孩子，或者还有?”而最后的呼声是“救救孩子”。小说表现了鲁迅对中国传统社会和文化的整体感受与基本认识，也表明了他最基本的文化态度。鲁迅的这种认识不只表现于他的小说，同时也表现于他的杂文。对于中国的文明，他说过：“所谓中国的文明者，其实不过是安排给阔人享用的人肉的筵宴。所谓中国者，其实不过是安排这人肉的筵宴的厨房。”对于中国的文明史，他有著名的划分法：“一，想做奴隶而不得的时代；二，暂时做稳了奴隶的时代。”（《坟·灯下漫笔》）

鲁迅这种关于中国文明“吃人”的认识往往得不到人们的足够正视，而且常受非议。在过去的几十年中，权威的解释是把这种揭示与批判的针对性限定在“封建性”的范围，也就是说，鲁迅所批判和否定的是封建的礼教、制度和文化，但是，鲁迅所关心的问题却并非“封建”二字所能概括，他的批判和否定也没有专指封建主义。“吃人”是鲁迅对中国几千年文明史的整体宣判。在这个问题上，人们的认识分歧甚深。维护中国传统的人不愿承认鲁迅对中国文化的指控，他们认为中国文明历史悠久，中国文化光辉灿烂，鲁迅指控中国传统文明“吃人”，是历史的虚无主义，是接受了西方中心主义的话语霸权，甚至有“卖国”之嫌。关于这个问题，需要注意两点：一是历史事实。就客观实指而言，“吃人”事件在中国是屡见不鲜的，的确是“四千年时时吃人”，《狂人日记》涉及的大量史料即可作证。就象征意义而言，中国传统文化对人性的压抑、扭曲和扼杀是有目共睹的，所以，喻之为“吃人”并不为过。我们从阿Q、孔乙己、陈士成等各色人物的命运，都可以看到一种被“吃”的状态。鲁迅写出这种生存状态，正是希望中国人能够通过这种描写而认识自己，反省自己，从而结束这种非人的生活。二是价值尺度。“吃人”的历史事实客观存在，但中国人却没有因此而反省和批判自己的文化，即使在《三国演义》和《水浒传》那样的优秀小说中，作家一再描写杀人“吃人”的细节，却并未感觉到它的残忍和野蛮。面对“吃人”的现实而仍赞美其光辉灿烂，把罪恶当作理所当然或天经地义，透露的是价值观方面的严重问题：没有把人作为最高价值。这一问题在中国至今尚未解决。然而，鲁迅却在五四时期已经确立了新的价值观念。在他那里，人是目的，是最高价值尺度。因此，他再也无法容忍持续了几千年的残忍与野蛮。鲁迅的这种价值尺度的确来源于西方文明，但它并不是什么话语霸权，而是人类健康文明发展的成果，是现代文明的核心和主要标志。告别病态和野蛮而接受健康的文明，是无论哪个民族都应该做出的明智选择。

《阿Q正传》毫无疑问是《呐喊》中最优秀的代表作之一。鲁迅的许多作品都在努力写出国民的灵魂，致力于国民性的改造。《阿Q正传》比较全面也比较集中地表现了鲁迅当时对国民性的思考。一方面，鲁迅充分展示了阿Q的不幸命运：他是一个穷苦的下层农民，受着重重压迫而没有改变命运的机会。生活造就了他的性格：夸耀过去、幻想未来，但就是不敢正视自己生活的现实，于是走向了精神上的自我安慰和自我欺骗。面对阿Q的命运，鲁迅当然是同情的，但是另一方面，鲁迅也深刻地揭示了阿Q性格的弱点。鲁迅清楚地认识到，生活于病态环境中的人们的人格不可能是健康的，等级制度长期压迫之下的人格必然被扭曲，污浊的环境中培养出的人生理想也是病态的。所以，鲁迅不仅把批判的锋芒指向赵太爷等压迫者，而且同时指向了阿Q这样的被压迫者。通过鲁迅的描写我们可以看到，这个因为受压迫而应该获得人们同情的阿Q，却沾染了各种传统的恶习，例如，他总是受人欺负，却也欺负别人；他在赵太爷面前连姓赵的权利也没有，在王胡面前却像赵太爷一样，不允许王胡学他的样子在辫子里插一根竹筷，等等。一方面是作为奴隶而不能正视其奴隶地位，一方面是在狼面前是羊，在羊面前是狼；一方面是总受别人压迫，一方面是总想压迫别人；一方面是被人掠夺，另一方面又总梦想掠夺别人。从这个意义上说，阿Q的革命是一个值得注意的内容。关于革命，阿Q是矛盾的。他处于社会最底层，却受着统治者的意识形态影响，认为革命就是造反，造反就是跟他过不去，因而对革命深恶痛绝。但是，作为社会最底层的受压迫者，现实利益却使他必然拥护革命并走向革命。但鲁迅却毫不留情地揭示了他的革命行为和革命理想。他的革命行为不过是去欺负作为弱者的尼姑，而革命理想是一个可怕的完整系统：首先是一场清除异己的大屠杀，“这时未庄的一伙鸟男女才好笑哩，跪下叫道，‘阿Q，饶命！’谁听他！第一个该死的就是小D和赵太爷，还有秀才，还有假洋鬼子，……留几条么？王胡本来还可留，但也不要了”。其次是财富的大掠夺。“元宝，洋钱，洋纱衫，……秀才娘子的宁式床先搬到土谷祠。此外便摆了钱家的桌椅，——或者也就用赵家的罢。”再次就是占有女人，在赵司晨的妹子、邹七嫂的女儿、假洋鬼子的老婆和秀才娘子中反复挑选。在小说中，阿Q的革命理想没有实现，他最后不明不白地被抓去杀掉了。但是，鲁迅的揭示提醒我们，即使阿Q不被杀掉，而且他的革命成功了，会给中国带来什么呢？阿Q的形象是20世纪中国文学留下的一个不朽的艺术典型，通过这一形象，我们不仅可以认识下层大众的命运，而且可以认识国民性格的种种弱点。

《孔乙己》《明天》《药》《故乡》等小说都很耐读。读这些小说，应该注意鲁迅对中国传统的整体认识和把握，注意他的理想和努力目标。“吃人”，是他对过去历史的否定性宣判；“立人”，是他的根本出发点和行为目的。关心人的命运，审视人格弱点，致力于思想启蒙，目的只有一个：希望中国人也能真正像人一样生活。这是鲁迅的伟大理想，也是他文学创作的目标指向。

追忆似水年华
——《朝花夕拾》导读

这是鲁迅的一本散文集，最先由北京未名社于1928年9月出版。

读者大概已经了解，作者鲁迅是中国现代最著名的作家。关于他的传记，在各种“文学家辞典”和“世界名人传记”之类的工具书中都可以看到，但是，在所有传记材料中，我以为鲁迅自己为《阿Q正传》俄译本写的自传是应该首先注意的。全文不长，是这样写的：

> 鲁迅，以1881年生于浙江之绍兴城内姓周的一个大家族里。父亲是秀才；母亲姓鲁，乡下人，她以自修到能看文学作品的程度。家里原有祖遗的四五十亩田，但在父亲死掉之前，已经卖完了。这时我大约十三四岁，但还勉强读了三四年多的中国书。
>
> 因为没有钱，就得寻不用学费的学校，于是去到南京，住了大半年，考进了水师学堂。不久，分在管轮班，我想，那就上不了舱面了，便走出，另考进了矿路学堂，在那里毕业，就被送往日本留学。但我又变计，改而学医，学了两年，又变计，要弄文学了。于是看些文学书，一面翻译，也作些论文，设法在刊物上发表。直到1910年，我的母亲无法生活，这才回国，在杭州师范学校做助教，次年在绍兴中学作学监。1912年革命后，被任命为绍兴师范学校校长。
>
> 但绍兴革命军的首领是强盗出身，我不满意他的行为，他说要杀死我了，我就到南京，在教育部办事，由此进北京，做到社会教育司的第

二科科长。1918年“文学革命”运动起，我始用“鲁迅”的笔名作小说，登在《新青年》上，以后就时时作些短篇小说和短评；一面也做北京大学，师范大学，女子师范大学的讲师。因为做评论，敌人就多起来，北京大学教授陈源开始发表这“鲁迅”就是我，由此弄到段祺瑞将我撤职，并且要逮捕我。我只好离开北京，到厦门大学做教授；约有半年，和校长以及别的几个教授冲突了，便到广州，在中山大学做了教务长兼文科教授。

又约半年，国民党北伐分明很顺利，厦门的有些教授就也到广州来了，不久就清党，我一生从未见过有这么杀人的，我就辞了职，回到上海，想以译作谋生。但因加入自由大同盟，听说国民党在通缉我了，我便躲起来。此后又加入了左翼作家联盟，民权同盟。到今年，我的1926年以后出版的译作，几乎全被国民党所禁止。

我的工作，除翻译及编辑的不算外，创作的有短篇小说集二本，散文诗一本，回忆记一本，论文集一本，短评八本，中国小说史略一本。

需要补充说明的是：第一，鲁迅读中国书并非如他所说只有“三四年多”，他七岁入学，十岁读到《论语》，十二岁入三味书屋，“几乎读过十三经”，到十八岁离开故乡时，可以说已接受过系统而严格的传统教育。第二，鲁迅东渡日本留学，先是学医，后来“变计”弄文学，其原因在《呐喊》自序中可以看到：有一次看幻灯片，“我竟在画片上忽然会见我久违的许多中国人了，一个绑在中间，许多站在左右，一样是强壮的体格，而显出麻木的神情。据解说，这绑着的是替俄国做了军事上的侦探，正要被日军砍下头颅来示众，而围着的便是来赏鉴这示众的盛举的人们”。他由此想到：“凡是愚弱的国民，即使体格如何健全，如何茁壮，也只能做毫无意义的示众的材料和看客，病死多少是不必以为不幸的。所以我们的第一要著，是在改变他们的精神，而善于改变精神的是，我那时以为当然要推文艺，于是想提倡文艺运动了。”

《朝花夕拾》收入10篇散文，都写于1926年。对于鲁迅来说，这是很不平静的一年。因为鲁迅在女子师范大学的学潮中支持学生，有人攻击他煽动学生闹事，从1925年开始，他就陷入一场论战中，到1926年初，矛盾再次升级，北京大学教授陈源在《晨报副刊》发表文章说鲁迅的《中国小说史略》抄袭了一位日本学者的著作。这使鲁迅精神上受到了严重的伤害。与此同时，因为在学潮中支持学生，鲁迅还被教育总长呈请国务院批准开除了公职。为了维护自己的合法权益，他不得不向法院提起诉讼，虽然官司后来打赢了，他在教育部的职务得以恢复，但这事对鲁迅的打击也不小。接着是“三一八”事件的发生，更进一步打破了鲁迅生活的平静。1926年3月18日，北京学生和各界人士到执政府门前请愿，却遭到军警的镇压，一百多人受伤，四十多名学生死在军警的枪弹之下，其中就有鲁迅教过的学生刘和珍等。鲁迅为此沉痛万分，称“三一八”是“民国以来最黑暗的一天”。为了死去的学生，他写下了《记念刘和珍君》《淡淡的血痕中》《无花的蔷薇之二》《死地》等文章。从那些文章可以感觉到，鲁迅的悲痛与愤怒是难以抑制的。然后是鲁迅与一些进步人士一起被通缉，开始是四处避难，躲进外国人开的医院如山本医院、德国医院、法国医院等处，最后却不得不离开北京逃往厦门。在厦门，工作和生活都使他感觉很不愉快，因而不到半年时间就又离开厦门到了广州。整个这一年，可以说鲁迅是烦恼重重、很不顺利的。

这十篇散文就写于这样一个背景上，前五篇写于北京，后五篇写于厦门。

十篇散文都是回忆文章，所写都是作者青少年时代的往事。鲁迅在《小引》中说：“我常想在纷扰中寻出一点闲静来，然而委实不容易。”面对现实的纷扰，他想寻出一些清静来，到哪里去寻找呢？他想到了自己的童年，想到了过去的时光。人常常这样，当现实使人烦恼的时候，便容易回忆往事。童年也许并不都是欢乐的时光，但回忆起来，却比现实美好得多，些许温馨，些许欢乐，即使是辛酸往事，都可能成为某种心灵的安慰。

那么，在这些散文中，鲁迅写了些什么？可以说，他首先以优美的笔调和深沉的感情记叙了一些生活片段，这些生活片段贯穿了他从童年到青年生活的漫长过程，从中可以看到鲁迅青少年时代的经历，看到他的生活和学习情况，看到他记忆中的亲人、老师和朋友，了解他家乡那个时代的风土人情。同时，鲁迅无论回忆什么，总是在不断地发表自己的看法，追怀中有议论，回忆中有评说，因而从中可以看到他不同时期的思想和感情。

在这些散文中，对往事的追怀是主要内容。在作者的回忆中，我们可以看到鲁迅少年时代生活情景。比如，夏天的夜晚，躺在一株大桂树下的小板桌上，祖母摇着芭蕉扇坐在旁边，给他猜谜或讲故事。比如，鲁迅救过一只受伤的小隐鼠，它只有拇指那么大，而且不怕人，恢复健康之后就不再逃走，“给放在饭桌上，便捡吃些菜渣，舐舐碗沿；放在我的书桌上，则从容地游行，看见砚台便舐吃了研着的墨汁”。在回忆中，我们也可以看到鲁迅家中的百草园和他在百草园里玩耍的情形：“不必说碧绿的菜畦，光滑的石井栏，高大的皂荚树，紫红的桑椹；也不必说鸣蝉在树叶里长吟，肥胖的黄蜂伏在菜花上，轻捷的叫天子（云雀）忽然从草间直窜向云霄里去了。单是周围的短短的泥墙根一带，就有无限趣味。油蛉在这里低唱，蟋蟀们在这里弹琴。翻开断砖来，有时会遇见蜈蚣；还有斑蝥，倘若用手指按住它的脊梁，便会拍的一声，从后窍喷出一阵烟雾。”到了冬天，还可以捕鸟：“扫开一块雪，露出地面，用一支短棒支起一面大的竹筛来，下面撒些秕谷，棒上系一条长绳，人远远地牵着，看鸟雀下来啄食，走到竹筛底下的时候，将绳子一拉，便罩住了。”我们可以看到鲁迅小时候也像一般孩子一样好奇，一样爱玩，盼望过年，盼望过节，盼望迎神赛会，为了能去看五猖会而高兴地笑着，跳着，但是，在去看赛会之前必须先背书，如果背不出来，就不能去看庙会。

由此，我们也可以看到当时的孩子们是怎样学习的，在学校里，老师一声令下：读书！孩子们就扯开嗓子朗读；回到家里，仍然要在父亲的监督之下背诵。鲁迅读过很多书，不仅是作为科举教材的经书，而且也喜欢读野史和小说。在那个时代，一般家庭是禁止孩子读小说的，因为读小说于功名无益，而且有可能会使孩子“学坏”，同时，半文半白的小说也不合于当时科举考试的语言规范，于考试不利。从鲁迅的回忆看，他们家对孩子的要求是不算严格的，因为他们毕竟能偷看小说，而且允许描图。如果在非常严格的家庭，这也是不可能的。鲁迅在文章中一次次提出疑问：“我不知道为什么家里的人要将我送进书塾里去了，而且还是全城中称为最严厉的书塾。”“我至今一想起，还诧异我的父亲何以要在那时候叫我来背书。”这是他以童年的视角写的，其实并不难理解，严格要求孩子，无非是望子成龙。即使在今天，我们一般家长不也是要求孩子在出去玩之前先要完成作业吗？不也是要把孩子送进一所管理严格的学校吗？也正因为这样，鲁迅虽然写了自己当时的不满，但对父亲并无怨恨。

在往事的回忆中，这些散文生动地展示了鲁迅故乡的民间文化。民间文化是文学作品的重要因素，风土人情、故事传说，都常常为作品带来特殊的艺术魅力。在这一方面，《朝花夕拾》中的描写是非常生动的，比如“猫是老虎的师傅”的传说，“老鼠成亲”的传说，“美女蛇”与“飞蜈蚣”的传说，通过童年的视角叙述出来，都非常有趣。因为据说正月十四是老鼠成亲的日子，它们也有新郎、新娘、宾相和仪仗。为了看老鼠成亲，童年的鲁迅就常常不肯睡觉，等候老鼠的仪仗从床下出来。还有关于美女蛇的传说：人首蛇身，喜欢隔着墙叫人的名字，倘若答应了，夜间就会被它吃掉。这些描写都为文章增添了民间的生活气息和趣味。在《阿长和〈山海经〉》中，我们可以看到关于过年的描写：“一年中最高兴的时节，自然要数除夕了。辞岁之后，从长辈得到压岁钱，红纸包着，放在枕边，只要过一宵，便可以随意使用。睡在枕上，看着红包，想到明天买来的小鼓，刀枪，泥人，糖菩萨。”还有长妈妈那些礼节：人死了，不能说死掉，必须说“老掉了”；死了人或生了孩子的屋里，不能走进去；饭粒掉了地下，必须捡起来，最好是吃下去；晒裤子用的竹竿底下，是万不可钻过去的……这种风俗其实是全国各地差不多都有，直到今天，许多人仍然遵守着。用这些要求孩子，一般也都是为了孩子的健康和平安。当然，其中有一些迷信的东西，是没有道理的，也是不可信以为真的。

回忆往事，必然要想起一些人。在《阿长与〈山海经〉》中，我们可以看到鲁迅的保姆长妈妈。她是一个纯朴的劳动妇女，不认识字，满肚子烦琐的礼节，而且举止难免粗俗，但她心地善良，爱护孩子，知道满足孩子的愿望。鲁迅在文章中对阿长的描写在感情上是先抑后扬的。开始是对她很不喜欢，而且厌烦，因为她不仅“切切察察”搬弄是非，搅起家里的一些小风波，还对鲁迅管得很严，动不动就去报告母亲，而且睡觉也很不雅观：“伸开两脚两手，在床中间摆成一个‘大’字，挤得我没有余地翻身。”更重要的是，竟然是她弄死了可爱的小隐鼠。因此，鲁迅对她非常不满，甚至不喊“阿妈”而当面喊她“阿长”。然而，保姆的爱事实上是一种母爱，在过去的大户人家，孩子从小跟着保姆，受着保姆的关怀和呵护，而保姆也在长期的抚养过程中对孩子产生深厚的感情。阿长不认识字，甚至把《山海经》说成

“三哼经”，但见孩子对一本书那样念念不忘，便悄悄给他买了回来，这使鲁迅非常感激。多少年过去之后，中年的鲁迅回忆起来，在文章的最后用的是抒情的笔调：“我的保姆，长妈妈即阿长，辞了这人世，大概也有了三十年了罢。我终于不知道她的姓名，她的经历；仅知道有一个过继的儿子，她大约是青年守寡的孤孀。仁厚而黑暗的地母呵，愿在你怀里永安她的魂灵！”对长妈妈的怀念之情溢于笔端。

《藤野先生》写的是作者在日本仙台留学时的一位老师。鲁迅的作品常常呈现着一种深沉严肃、横眉冷对的面貌，但在回忆老师时却流露出无限深情。他想起老师给他订正过的笔记，为那些笔记在搬家时丢失而深感遗憾；他想到离别时老师送他写了“惜别”字样的照片，为自己因为种种情况而没有给老师写信而惭愧，文章的结尾写道：“只有他的照相至今还挂在我北京寓居的东墙上，书桌对面。每当夜间疲倦，正想偷懒时，仰面在灯光中瞥见他黑瘦的面貌，似乎正要说出抑扬顿挫的话来，便使我忽又良心发现，而且增加勇气了，于是点上一支烟，再继续写些为‘正人君子’之流所深恶痛疾的文字。”鲁迅的确一直没有忘记他的这位老师，直到逝世前一年，病中仍然给日本友人写信打听藤野先生的消息：“藤野先生是大约三十年前仙台医学专门学校的解剖学教授，是真名实姓。该校现在已成为大学了，三四年前曾托友人去打听过，他已经不在那里了。是否还在世，也不得知。倘仍健在，已七十左右了。”心灵深处的师生之情由此可见一斑。鲁迅逝世之后，藤野先生得知这一切，曾经写过题为《谨忆周树人君》的文章。

作为五四新文化运动的主将之一，鲁迅无论写什么都必然要对中国旧传统进行批判。因此，这部散文集也留下了新文化运动的鲜明特征。在这里，我们可以看到他对传统孝道的批判。鲁迅早就在许多文章中批判过中国传统的“长者本位”，他曾这样揭示中国传统的长幼秩序：“他们以为父对于子，有绝对的权力和威严；若是老子说话，当然无所不可，儿子有话，却在未说之前早已错了。”《二十四孝图》通过作者自己的切身感受揭示了中国传统的儿童读物承载的所谓孝道中反人道、反人性的内容。鲁迅说，他在很小的时候是极愿意做孝子的，因为他当时认为孝顺不过是听话、从命，长大之后好好地给父母吃饭。但自从有了一本《二十四孝图》，才知道事情并非如此简单。其中有些是可以仿效的，有些却学不来，比如“卧冰求鲤”，

“我乡的天气是温和的，严冬中，水面也只结一层薄冰，即使孩子的重量怎样小，躺上去，也一定哗喇一声，冰破落水”。他最厌恶和害怕的还是“老莱娱亲”和“郭巨埋儿”。老莱子七十多岁了，为了逗父母开心，却拿了小孩子玩的“摇咕咚”，躺在父母面前像婴儿一样啼哭。鲁迅认为这是“把肉麻当作有趣”。郭巨的儿子正在母亲的怀里高兴地笑着，但他的父亲却正在挖坑准备把他活活埋掉，原因是孩子要分食老母的食物。鲁迅写了自己当年的心情：“我最初实在替这孩子捏一把汗，待到掘出黄金一釜，这才觉得轻松。然而我已经不但自己不敢再想做孝子，并且怕我父亲去做孝子了。家景正在坏下去，常听到母亲愁柴米；祖母又老了，倘使我的父亲竟学了郭巨，那么，该埋的不正是我么？如果一丝不走样，也掘出一釜黄金来，那自然是如天之福，但是，那时我虽然年纪小，似乎也明白天下未必有这样的巧事。”对此，鲁迅认为是“以不情为伦纪，诬蔑了古人，教坏了后人”。

在《父亲的病》中，我们可以看到鲁迅对中医的反感。中医是中国的国粹，也许并非完全没有道理，对于救治人的病痛，也并非完全没有作用。但在鲁迅眼里，父亲是被中医所误才死去的。他十几岁就为父亲求医抓药，对中医产生了极为不好的印象。在他的笔下，我们看到了“医者，意也”的神秘理论和“医生治得了病，治不了命”的遁词，看到了那些药引和药方的荒唐：成对的蟋蟀做药引，还必须是原配的。鲁迅讽刺说：“似乎昆虫也要贞节，续弦或再醮，连做药资格也丧失了。”治疗鼓胀，就用打破的鼓皮做成的“败鼓皮丸”，就像清朝官员为了打败“洋鬼子”而创建“虎神营”一样。鲁迅因为切身经历而不再相信中医，他去日本留学时选择了医学，原本就是要学好西医回国救治像他父亲一样的病人。与此同时，鲁迅还发现中国的孝道其实往往是很不人道的。鲁迅深爱自己的父亲，但到了最后，“父亲的喘气颇长久，连我也听得很吃力，然而谁也不能帮助他。我有时竟至于电光一闪似的想到：‘还是快一点喘完了罢……’”。但是，这种想法是不符合中国传统孝道的。后来的西医老师告诉他：可医的应该给他医治，不可医的应该让他死得没有痛苦。但这是西医的道德，中国却不同，人在即将死去的时候，儿女必须大声叫喊。鲁迅也曾在长辈的指挥下大声喊叫垂死的父亲，让他徒增痛苦。《父亲的病》的结尾写道：“我现在还听到那时的自己的这声音，每听到时，就觉得这却是我对于父亲的最大的错处。”对中国传统的批判是为了使中国人的行为更合于人道，更有利于人的生存和幸福。

回忆往事，并不能完全忘记现实的困扰。因此，往事与现实便常常穿插在一起，对往事的叙述常常夹杂了对现实的评论。鲁迅的这些散文中常常夹杂着对“正人君子”“名人名教授”的讽刺和抨击。如果不加注释，一些话便不知从何说起，所以，还应该借助注释了解一些具体的背景情况。

《狂人日记》阅读札记

一

作为启蒙的呐喊，《狂人日记》面对传统发出了最为惊人的声音：中国的历史是“吃人”的历史。

它是通过狂人之口喊出的。

《狂人日记》有两个叙事者。日记中的叙事者是狂人，但在日记之前有个序，它的叙事人是以作者的面目出现的。序中说，狂人是他的朋友，日记是朋友在生病时写下的。而现在朋友已经痊愈，“赴某地候补”去了。在这个叙事者看来，日记“语无伦次”，而且颇多“荒唐”之处。他说朋友的病是“迫害狂”，而他写出这些日记，只是“供医家研究”。这是一个正常人的语气。

然而，这个正常的作者的正常叙事，却是一个烟幕弹。而在实际上，作者的话是通过那个似乎不正常的狂人说出的。

让狂人代替作者说了许多话，而作者又写那样的序，这个现象可以有各种不同的解释。

二

小说的主人公，也就是小说正文的叙述者，是一个“狂人”。它是一篇“狂人的日记”。狂人，也就是疯子，精神不正常的人。一个疯子的日记，可以当真吗？鲁迅要表达自己的一些见解，为什么要借一个疯子说话？

事实上，正常人与疯子，正常与不正常，往往是根据具体的环境确立的。尼采就说过这样的话：“我恐怕，动物视人类为同乎它们的存在者，然而最危险的失去了动物的健康的理性的——视人类为癫狂的动物，为笑的动物，为哭的动物，为不幸的动物。”（尼采：《快乐的知识·动物的批评》）。也就是说，在动物看来，人可能是疯狂的动物。如果在一个不正常的环境中，正常的人就成为不正常。

在这里，狂人之所以被称作“狂人”，是因为他在那个环境中是不正常的。他不同于常人，所以他是狂人。然而，这个狂人所显示的，却是一种新的目光，一种新的理性，是对于自身生存环境和历史传统的怀疑和批判。

那么，这就显示了一种矛盾：狂人与他生存环境的矛盾。如果他所处的环境是正常的，他就是不正常的；如果他是正常的，他所处的环境就有问题。

小说通过这种人物设置，已经把一个怀疑者和批判者与他的生存处境的矛盾展示出来。小说中的狂人之所以是“狂人”，是因为他对自己的环境产生了完全不同于常人的感受，有了新的目光，因而揭穿了他所处的那个人群从古到今的“吃人”秘密。

三

小说所写的具体环境常被人们忽视，其实，这是不应该的。

狂人生活在哪里？回答是：“四千年来时时吃人的地方。”小说中出现的唯一村子，是“狼子村”。它不是“文明村”，不是“人道庄”，也不是“慈悲店”，而是“狼子村”。这个地名的设置很重要。因为它是“狼子村”，人类理性自然没有位置。事实上，小说所写的整个环境，不妨都称作“狼子村”。

狂人生活的环境如何？它使狂人恐惧：“然而须十分小心。不然，那赵家的狗，何以看我两眼呢？我怕得有理。”“今天全没月光，我知道不妙。”在小说中，我们可以看到他对这个环境的观察和体验：到处是古怪的眼色，交头接耳的议论，藏刀的笑，铁青的脸色，路人“似乎怕我，似乎想害我”。这个村让狂人充满恐惧，时时感觉到有被吃掉的危险。

因为有怀疑，所以他看到了仁义道德之下的“吃人”真相。“凡事总须研究，才会明白。古来时常‘吃人’，我也还记得，可是不甚清楚。我翻开历史一查，这历史没有年代，歪歪斜斜的每页上都写着‘仁义道德’几个字。我横竖睡不着，仔细看了半夜，才从字缝里看出字来，满本都写着两个字是‘吃人’!”

狂人不认为“吃人”是合理的，他与这个环境已经格格不入。“他们会吃人，就未必不会吃我。”他最先的恐惧只是怕自己被人吃掉。因为他感觉到从赵家的狗各色人等，都怀有“吃人”的心思。同时，又有一套“吃人”的理论：“易子而食”“食肉寝皮”……

然而，这个食人的民族有自己的文化。他们不像食肉动物那样，要吃就公开痛快地吃，而是鬼鬼祟祟，以“狮子似的凶心，兔子的怯弱，狐狸的狡猾”创造各种名目。狂人想：“我晓得他们的方法，直捷杀了，是不肯的，而且也不敢，怕有祸祟。所以他们大家连络，布满了罗网，逼我自戕。”这里说的，也就是鲁迅多次说过的中国文化的软刀子杀人不见血，不担杀人的罪名，而又趁了心愿。

在这里，每一个人都有“被吃”的可能。“自己想吃人，又怕被别人吃了，都用着疑心极深的眼光，面面相觑。”每一个人都会生活于恐惧之中。

四

狂人不仅是一个觉醒者和批判者，也是一个反思者。他的批判是与反思一起进行的。面对“吃人”的历史，在一个“四千年时时吃人”的地方，他一方面有被吃的恐惧，一方面有对自身的怀疑：既然是人人都可能被吃，也人人都在吃人，那么，我吃过人吗?

> 吃人的是我哥哥!
> 我是吃人的人的兄弟!
> 我自己被人吃了，可仍然是吃人的人的兄弟!

再进一步，我是否也吃过人？“大哥正管着家务，妹子恰恰死了，他未必不和在饭菜里，暗暗给我们吃。”“我未必无意之中，不吃了我妹子的几片肉，现在也轮到我自己……”因此，他自称“有了四千年吃人履历”，而且为此而羞愧。

这是一种深刻的自我反思。这种自我反思使狂人没有置身于那个野蛮环境之外。他是“狼子村文明”的反省者。

五

狂人的行动和理想是非常值得注意的内容。从这个角度看，狂人是一个启蒙者。他一旦觉醒，看到了“狼子村文明”的秘密，就开始了他的启蒙活动。

按照狂人的想法，“去了这心思，放心做事走路吃饭睡觉，何等舒服”。所以，他要劝转那些“吃人”的人，使他们从此不再“吃人”。但他的努力难以有效，因为“他们可是父子兄弟夫妇朋友师生仇敌和各不相识的人，都结成一伙，互相劝勉，互相牵掣，死也不肯跨过这一步”。日记第八则写道：

> 忽然来了一个人；年纪不过二十左右，相貌是不很看得清楚，满面笑容，对了我点头，他的笑也不像真笑。我便问他，“吃人的事，对么？”他仍然笑着说，“不是荒年，怎么会吃人。”我立刻就晓得，他也是一伙，喜欢吃人的；便自勇气百倍，偏要问他。
>
> “对么？”
>
> “这等事问他什么。你真会……说笑话。……今天天气很好。”
>
> 天气是好，月色也很亮了。可是我要问你，“对么？”
>
> 他不以为然了。含含胡胡的答道，“不……”
>
> “不对？他们何以竟吃？!”
>
> “没有的事……”
>
> “没有的事？狼子村现吃；还有书上都写着，通红崭新！”
>
> 他便变了脸，铁一般青。睁着眼说，“有许有的，这是从来如此……”

“从来如此，便对么？”

狂人的重要精神特征就是偏要追问吃人的事对不对。得到的回答是：“从来如此。”那么，“从来如此，便对吗？”这种怀疑精神正是启蒙者的特征。

他要用新的思想使他的哥哥告别“吃人”的传统。他的思维和参照是值得注意的。他知道这种“吃人”的传统并非“狼子村”所特有，而是人类本来共有的。但在进化的道路上，有的要学好，不吃了；有的却不知悔改，不思进步，更多地保留了野蛮的习俗。在日记第十则中，他这样劝说大哥：

大哥，大约当初野蛮的人，都吃过一点人。后来因为心思不同，有的不吃人了，一味要好，便变了人，变了真的人。有的却还吃，——也同虫子一样，有的变了鱼鸟猴子，一直变到人。有的不要好，至今还是虫子。这吃人的人比不吃人的人，何等惭愧。怕比虫子的惭愧猴子，还差得很远很远。

易牙蒸了他儿子，给桀纣吃，还是一直从前的事。谁晓得从盘古开辟天地以后，一直吃到易牙的儿子；从易牙的儿子，一直吃到徐锡林；从徐锡林，又一直吃到狼子村捉住的人。去年城里杀了犯人，还有一个生痨病的人，用馒头蘸血舐。

他们要吃我，你一个人，原也无法可想；然而又何必去入伙。吃人的人，什么事做不出；他们会吃我，也会吃你，一伙里面，也会自吃。但只要转一步，只要立刻改了，也就是人人太平。虽然从来如此，我们今天也可以格外要好……

可是，这种启蒙是无效的。这位大哥开始还只是冷笑，随后眼光便凶狠起来，脸色也立即变青，最后，他朝着看热闹的人喊：“都出去！疯子有什么好看！”

在这里，狂人又发现了中国人的一种妙法：“他们岂但不肯改，而且早已布置；预备下一个疯子的名目罩上我。将来吃了，不但太平无事，怕还会有人见情。佃户说大家吃了一个恶人，正是这方法。这是他们的老谱！”

狂人却仍然要喊："你们立刻改了，从真心改起！你们要晓得将来是容不得吃人的人……"

"将来容不得吃人的人"，小说表现的主要是一种情绪化的反应，但它包含着对历史和现实的理性认识，包含着一种新的社会理想。这个理想就是不能吃人。这正是鲁迅在1907年前后已经确立的"立人"目标。

最后，他的呼声一点也不激越，一点也不洪亮，是一个被吃者最后的呼叫，是一个启蒙者的微弱希望："没有吃过人的孩子，或者还有？救救孩子……"

六

这里所表现的，是鲁迅对中国传统文明的一种认识。1918年8月20日，鲁迅给好友许寿裳的信中说到创作这篇小说的动机："偶阅《通鉴》，乃悟中国人尚是食人民族，因成此篇。此种发现，关系亦甚大，而知者尚寥寥也。"

正因为"知者尚寥寥"，鲁迅要让更多的人知道。他要通过自己的呐喊而告诉国人：我们深处其中的，是一个"吃人"的环境。鲁迅借狂人之口，对这个"食人民族"的食人历史进行了揭露。

几年之后，鲁迅在杂文中曾经对他的这一思想进行过补充说明。他不仅认为中国传统"吃人"，而且发现了"吃人"传统的结构，以及它赖以存在和巩固的机制。在《灯下漫笔》一文中，鲁迅以他特有的清醒和深刻揭示了中国人的生存状态：

> 假如有一种暴力，"将人不当人"，不但不当人，还不及牛马，不算什么东西；待到人们羡慕牛马，发生"乱离人，不及太平犬"的叹息的时候，然后给与他略等于牛马的价格，有如元朝定律，打死别人的奴隶，赔一头牛，则人们便要心悦诚服，恭颂太平的盛世。
>
> ……
>
> 但实际上，中国人向来就没有争到过"人"的价格，至多不过是奴隶，到现在还如此，然而下于奴隶的时候，却是数见不鲜的。中国的百

> 姓是中立的，战时连自己也不知道属于那一面，但又属于无论那一面。强盗来了，就属于官，当然该被杀掠；官兵既到，该是自家人了罢，但仍然要被杀掠，仿佛又属于强盗似的。这时候，百姓就希望有一个一定的主子，拿他们去做百姓，——不敢，是拿他们去做牛马，情愿自己寻草吃，只求他决定他们怎样跑。
>
> 假使真有谁能够替他们决定，定下什么奴隶规则来，自然就“皇恩浩荡”了。可惜的是往往暂时没有谁能定。举其大者，则如五胡十六国的时候，黄巢的时候，五代时候，宋末元末时候，除了老例的服役纳粮以外，都还要受意外的灾殃。张献忠的脾气更古怪了，不服役纳粮的要杀，服役纳粮的也要杀，敌他的要杀，降他的也要杀：将奴隶规则毁得粉碎。这时候，百姓就希望来一个另外的主子，较为顾及他们的奴隶规则的，无论仍旧，或者新颁，总之是有一种规则，使他们可上奴隶的轨道。

对于中国的文明，鲁迅有两个重要的概括：一是“两个时代论”，一是“人肉筵宴论”。

当历史教科书大谈中国历史的悠久与辉煌的时候，鲁迅告诉人们：“任凭你爱排场的学者们怎样铺张，修史时候设些什么‘汉族发祥时代’‘汉族发达时代’‘汉族中兴时代’的好题目，好意诚然是可感的，但措辞太绕弯子了。有更其直捷了当的说法在这里—— 一，想做奴隶而不得的时代；二，暂时做稳了奴隶的时代。”

当一些人赞美中国文明时，鲁迅告诉人们：“所谓中国的文明者，其实不过是安排给阔人享用的人肉的筵宴。所谓中国者，其实不过是安排这人肉的筵宴的厨房。”

这绝非随便的言说，亦非激愤之辞，而是有着深入的考察作为依据。他发现了一个形成和巩固的机制：“有贵贱，有大小，有上下。自己被人凌虐，但也可以凌虐别人；自己被人吃，但也可以吃别人。一级一级的制驭着，不能动弹，也不想动弹了。”

作为历史的证据，鲁迅引了《左传》中的说法：“天有十日，人有十等。下所以事上，上所以共神也。故王臣公，公臣大夫，大夫臣士，士臣皂，皂臣舆，舆臣隶，隶臣僚，僚臣仆，仆臣台。”如果只是单纯的压迫，或许因为反抗而改变。但中国的尊卑上下却并非绝对的，它给弱小者留有希望。鲁迅说：“‘台’没有臣，不是太苦了么？无须担心的，有比他更卑的妻，更弱的子在。而且其子也很有希望，他日长大，升而为‘台’，便又有更卑更弱的妻子，供他驱使了。”因为每一个人都有奴役别人的希望，这种等级制度便得以长存。“因为古代传来而至今还在的许多差别，使人们各各分离，遂不能再感到别人的痛苦；并且因为自己各有奴使别人，吃掉别人的希望，便也就忘却自己同有被奴使被吃掉的将来。于是大小无数的人肉的筵宴，即从有文明以来一直排到现在，人们就在这会场中吃人，被吃，以凶人的愚妄的欢呼，将悲惨的弱者的呼号遮掩，更不消说女人和小儿。”

读《狂人日记》，最好同时阅读《灯下漫笔》。

《阿Q正传》备课札记

一

早在日本留学时期，鲁迅就开始关心国民性的改造。在此后的全部岁月中，他始终关注着中国病态社会中病态的人们，致力于对人的精神病态做深入的开掘，以生动的形象表现出来，以引起人们的注意，引起人们对自身的反思。

中国文化像中国的文艺一样，重要特点就是“瞒和骗”。“瞒和骗”是为固有秩序服务的一种愚民手段。正是通过这种愚民手段，才使国人处于蒙昧状态，处于种种“被吃”的惨剧中而不自知。因此，作为一个启蒙主义者，首要的任务就是揭开种种伪装和遮蔽，让欺骗难以继续得逞。就是要直面现实，正视人心，决不回避现实的惨状和国民性的病态。就是要以现实的真相昭示人们，使人们看到自己生活于什么样的环境，过着怎样的生活，带有怎样的精神病态。从而使人有所觉悟，有所反省，改变既往的人生，谋求另一种活法。

因此，这种文学提供的不是娱乐和消遣，这种创作不会去迎合读者的趣味。它引导人们正视现实的一切，包括自身存在的种种丑陋与卑污，因此，读者就要承受一种折磨，经受一种精神上的洗礼。从这个意义上说，这种作品不仅是对生活现实的揭露，而且是对人的灵魂的一种拷问。因为启蒙的意义往往是在这种拷问中实现的。

启蒙文学最突出的特点就是拒绝媚俗，拒绝以读者的喜闻乐见为艺术评价的尺度。为了启蒙意义的实现，它当然希望为更多的读者所接受，但是，却不会为获得读者喝彩而放弃精神原则迎合大众。

启蒙文学当然面对许多难题。最大的难题就是既要大众接受而又不能迎合大众趣味。鲁迅的启示是：艺术形式可以是通俗的、大众能够接受的，但精神立场和价值观念却是不妥协的。在这里，重要的是主体精神的存在。为此，鲁迅不能不使用一些典型化的手法，使人物的精神病态得以突现。

《阿Q正传》毫无疑问是启蒙文学最具典范意义的文本。

二

打开这篇小说，我们立即会被阿Q的性格所吸引。他的性格相当复杂。绝非没有文化传统的民族所能够产生。“我们先前——比你阔的多啦！你算是什么东西！”这似乎显示着他的自大，完全有资格不把对手放在眼里。然而，通过作者的描写我们已经看到：阿Q没有土地，没有房屋，没有固定的职业，住在土谷祠里，靠做短工谋生，这是阿Q的生活现实。面对这样的生活现实，阿Q却很善于寻求精神上的安慰，而且总是能够保持一个胜利者的姿态。他不仅“先前阔”，而且“将来阔”——“我的儿子会阔得多啦！”过去与未来都无比辉煌。所以，现在的不阔，已经无关紧要。这是一种逃避现实的最好的方法。然而，我们看了鲁迅的描写，却不能不为阿Q而痛心。

阿Q进过几次城，因而相比之下很有见识。但是，他的见识却只是给他提供了一些自大的资本。而且他的自大也有点怪。首先，他很看不起城里人，因为未庄人长板凳叫“长凳”，城里人却叫“条凳”，未庄人煎大头鱼的时候都加半寸长的葱叶，城里人却加切细的葱丝，实在可笑；可是，面对未庄人，阿Q却感觉他们更可笑，因为他们没有见过世面，不知道城里人把“长凳”叫“条凳”，也没有见过城里人煎大头鱼。

这一切都使阿Q有足够的资本自高自大。一个人只要高大了，就往往特别维护自己的尊严。一般是不准人们揭示他的阴暗面的。

可惜，阿Q的头上有癞疮，这实在有损他的伟大形象。阿Q因此而讳说“癞”以及一切近于“癞”的音，而且推而广之，“光”也讳，“亮”也讳，甚至连“灯”“烛”也不能在他面前说了。世间的禁区，大多是这样形成的。面对自己的丑陋，阿Q们是历来不准说的，只要一说，就犯了讳，一犯讳，阿Q就会发怒，一发怒，就要惩罚。他的惩罚有不同的方式："口呐的他便骂，气力小的他便打。"由此可见，阿Q虽然很厉害，却已透露出欺软怕硬的卑怯。欺软怕硬，是中国人的生存艺术。它的关键就是既要逞强，又能懂得"好汉不吃眼前亏"。

然而阿Q总是吃亏。他总想教训别人，却总是被别人所教训。实在没有面子，却死要面子，只有打肿了脸硬充胖子，但最后往往仍然充不下去，被人抓着辫子往墙上碰头。阿Q是聪明人，他的一切行为和策略都是根据未庄的庄情做出的。在不敢打的时候，他骂，在不敢骂了的时候，他改为"怒目而视"。未庄的人当然与阿Q一样，如果阿Q很有势力，他们肯定是怕的。但是，阿Q没有，连反抗也改为"怒目而视"了，他们便不再怕他，随便拿他取笑，最后是连"怒目而视"也有可能被抓住往墙上碰头。阿Q自然有新的对策，他的办法是在心里说一句："你还不配！"好像他头上长的不是一般的癞疮，好像这癞疮不仅是他的特色，而且是他的光荣。挨打之后，打他的人胜利地走了，很快，阿Q也会胜利地离开。他就这样使自己永远立于不败之地。挨打是会很憋气的，但阿Q想："我总算被儿子打了，现在的世界真不像样……"于是，他就成了胜利者。

阿Q很善于审时度势，当人们揪住他的辫子，不准他说"儿子打老子"时，他会主动把自己说成虫豸："我是虫豸——还不放么？"承认了自己是虫豸，而且仍然免不了在墙上碰几个响头，阿Q真是不幸。可是，不过十秒钟，阿Q也心满意足，胜利地走了。因为他成了第一个自轻自贱的人。"状元不也是'第一个'吗？"于是，又成了胜利者。

当自己赢来的钱被人抢走的时候，阿Q真正心痛了。然而，最后仍然有自己解决的办法："他擎起右手，用力的在自己脸上连打了两个嘴巴，热剌剌的有些痛；打完之后，便心平气和起来，似乎打的是自己，被打的是别一个自己，不久也就仿佛是自己打了别个一般。"

阿Q处处失败，时时失败，然而却总能化失败为胜利。

三

阿Q是被压迫者，在生活中处于弱者的地位。但是，阿Q的性格却并非弱者的性格。在鲁迅的眼里，阿Q也并非只是弱者。

认真考察，阿Q骨子里是争强好胜的。比如，王胡坐在墙根捉虱子，并未招他惹他。他也来到墙根坐下捉起了虱子。王胡捉虱子是“一个又一个，两个又三个，放在嘴里毕毕剥剥的响”。阿Q却捉得又少，咬得又不响，于是就很不平，最后终于无法忍受，对王胡大打出手，却万万没有想到，竟让王胡打败，拉到墙上去碰头，最后只有高叫“君子动口不动手”。这时候，他大概早就忘了，先动手的正是他自己。

当连王胡这样的人也欺负不了的时候，他只有欺负更弱者。因为靠着众势，阿Q想当然地认为异端是好欺负的，所以他敢骂没了辫子的假洋鬼子。结果却是假洋鬼子也不怕他，而且狠狠揍了他。

最后，他只有欺负更弱小的小尼姑，拧了小尼姑的脸，并且说：“和尚动得，我动不得？”

所以，阿Q并非弱者，而是一个恃强凌弱的人；他也并非被压迫者，而是一个习惯于压迫别人的人。

欺软怕硬，在狼面前是羊，在羊面前是狼；寻求报复，抽刀向更弱者；寻找心理平衡，只能欺负更弱者。鲁迅认为这是“中国精神文明冠于全球的一个证据”。

四

在鲁迅的眼里，阿Q的一切表现都“无不合于圣贤经传”。

因为扭了小尼姑的脸，因为小尼姑一句“断子绝孙”的诅咒，阿Q开始想女人。对于一个男人来说，想女人是正常的，但阿Q的表现却很特别。而全部的特别无不来自中国传统，展示了中国人关于女人和性爱的观念。关于阿Q的性意识，小说有如此描写：

“女人，女人！……”他想。

“……和尚动得……女人，女人！……女人!”他又想。

我们不能知道这晚上阿Q在什么时候才打鼾。但大约他从此总觉得指头有些滑腻，所以他从此总有些飘飘然；“女……”他想。

即此一端，我们便可以知道女人是害人的东西。

中国的男人，本来大半都可以做圣贤，可惜全被女人毁掉了。商是妲己闹亡的；周是褒姒弄坏的；秦……虽然史无明文，我们也假定他因为女人，大约未必十分错；而董卓可是的确给貂蝉害死了。

阿Q本来也是正人，我们虽然不知道他曾蒙什么明师指授过，但他对于“男女之大防”却历来非常严；也很有排斥异端——如小尼姑及假洋鬼子之类——的正气。他的学说是：凡尼姑，一定与和尚私通；一个女人在外面走，一定想引诱野男人；一男一女在那里讲话，一定是要有勾当了。为惩治他们起见，所以他往往怒目而视，或者大声说几句“诛心”的话，或者在冷僻处，便从后面掷一块小石头。

谁知道他将到“而立”之年，竟被小尼姑害得飘飘然了。这飘飘然的精神，在礼教上是不应该有的，——所以女人真可恶，假使小尼姑的脸上不滑腻，阿Q便不至于被蛊，又假使小尼姑的脸上盖一层布，阿Q便也不至于被蛊了，——他五六年前，曾在戏台下的人丛中拧过一个女人的大腿，但因为隔一层裤，所以此后并不飘飘然，——而小尼姑并不然，这也足见异端之可恶。

“女……”阿Q想。

他对于以为“一定想引诱野男人”的女人，时常留心看，然而伊并不对他笑。他对于和他讲话的女人，也时常留心听，然而伊又并不提起关于什么勾当的话来。哦，这也是女人可恶之一节：伊们全都要装“假正经”的。

由此可见，阿Q的关于女人和两性的观念的确无不合于经传。他的确是中国文化的传人。然而，作为中国文化传人的阿Q，却也终于无力抵抗女人的诱惑。作为一种文化的被动承受者，他的行动别无选择，只有跪倒在吴妈面前：“我和你困觉，我和你困觉!”

“我和你困觉！”这是典型的具有中国特色的求爱方式。在一种文化中，爱被扼杀了，动物的本能却无法被扼杀。

对于阿Q来说，“恋爱悲剧”也许不算一件大事。然而，因为这件事的影响，却使阿Q丢了饭碗。人们不敢再用他到家里帮工。丢掉饭碗之后，阿Q将做出如何选择？危机之中，阿Q的行为仍然值得注意。

第一，他留心打听，终于知道是小D抢了他的饭碗。他不考虑人们为什么不再雇佣他，不考虑自己如何找回自己的饭碗，而是把仇恨发泄在取代他的雇佣者身上。在阿Q眼里，小D的位置比王胡还要低，饭碗竟被这样的人抢了去，真是忍无可忍。所以，仇人相见，扑上去就打。

第二，他没有打败小D，所以只有另谋出路，“决计出门求食去了”。小说写他在路上走着，“看见熟识的酒店，看见熟识的馒头，但他都走过了，不但没有暂停，而且并不想要”。最后还是去尼姑庵偷了四个萝卜。这很有意思。其实，酒和馒头阿Q并非不想要，只是他非常清楚，他单枪匹马，没有组织，是无力抢劫酒店的，只能暂且抢劫毫无抵抗力的尼姑。如果阿Q们组织起来，有了足够的力量，他们是肯定要抢劫酒店的，甚至要抢劫一切富户和官府。中国一代又一代的强盗正是这么做的，他们力量小时绝不会抢劫官府，只有力量大时，才会打出劫富济贫的旗号，不仅抢劫官府，而且抢劫天下——即一切财物、洋钱和女人的占有权。但无论大抢还是小抢，其蛮横态度是一致的。当老尼姑闻讯出来，人赃俱获的时候，阿Q的回答非常传神：“这是你的？你能叫得他答应你么？”这种无赖气的确有点革命家风度了。

阿Q的盗窃行为从静修庵做到城里，因而一步步走向了革命。

五

在过去相当长的一段时间里，启蒙成了鲁迅思想的局限。对于《阿Q正传》这样的小说，我们也不再看重它的启蒙意义，而是从中寻找阶级意识和它对辛亥革命教训的总结。比如，邵荃麟在《关于“五四”文学的历史评价问题》中说：“我以为《阿Q正传》在客观上所达到的更大的意义，倒是在于通过这个形象彻底批判了辛亥革命的妥协性和提出了农民问题这两点上。

阿Q是在资产阶级和封建阶级妥协下牺牲的，即在赵太爷、钱秀才和假洋鬼子的‘联合战线’下牺牲的中国农民。中国农民从辛亥革命中没有得到一点好处，反而遭受了更多的迫害，反映到政治上就是辛亥革命以后更残暴的军阀统治。”[①]

人们用阶级分析的目光看阿Q，阿Q应该是农村无产者，是革命依靠的阶级。所以，他的弱点只是精神胜利法，而革命要求则是合理的。面对阿Q的“土谷祠革命畅想”，批评家们开始给予肯定的评价，认为“虽然混杂着农民原始的报复性，但他终究认识了革命是暴力……毫不犹豫地要把地主的私有财产变为农民的私有财产”[②]。人们站在阿Q的立场上思考问题，批判假洋鬼子不准革命的罪行，总结辛亥革命脱离农民群众的教训。直到“文革”结束之后，我们仍然常常看到这样的表述：“阿Q对革命的认识固然十分幼稚，十分糊涂，但由于这种想法里充满着农民式的均分思想和复仇情绪，却又的确反映了农民阿Q具有改变自己生活地位的迫切要求。鲁迅看到农民是一个被剥削的阶级，他们本身存在着许多缺点，不觉悟，不团结；同时也看到农民是一个要革命的阶级，不管在什么情况下，他们都是中国革命的重要力量；阿Q真心向往革命，在他身上始终潜藏着革命的可能性。”“资产阶级领导的民主革命忽视了农民的要求，没有把农民自发的革命热情加以发扬和引导，相反地，却让封建地主篡夺了革命的果实，扼杀了农民的要求。它把皇帝赶下龙廷，却没有给广大人民以任何实际利益。……在未庄，赵秀才便同出过洋的地主阶级里资产阶级化了的假洋鬼子串通一起，抢先向革命投机，挂出了‘咸与维新’的招牌；而真正倾向革命的阿Q，曾经鼓起勇气去结识假洋鬼子，假洋鬼子却扬起了‘哭丧棒’，不准阿Q革命。”“辛亥革命的命运是和阿Q的命运紧密地联系着的，阿Q被送上法场，辛亥革命也同时被送上了法场，枪声一响，这个革命的生命便和阿Q的生命一起结束了。”[③]一切描述都使人感觉到，似乎只要准许阿Q革命，辛亥革命就可

---

① 邵荃麟：《关于“五四”文学的历史评价问题》，《人民文学》1959年第5期。

② 陈涌：《论鲁迅小说的现实主义》，《六十年来鲁迅研究论文选》（下），中国社会科学出版社1982年，第94页。

③ 唐弢：《中国现代文学史》（一），人民文学出版社1979年，第116—117页。

以不失败。可惜鲁迅并不这么看。

阿Q革命是小说中的一个重要的内容。在小说中，阿Q“有一种不知从那里来的意见，以为革命党便是造反，造反便是与他为难，所以一向是‘深恶而痛绝之’的”。这是阿Q本色的一个方面。但是，革命来临之际，一个现象提醒了他：革命竟使百里闻名的举人老爷害怕，使未庄的“鸟男女”神情慌张，这就使阿Q快意，而且开始神往革命。更重要的是，“阿Q近来用度窘，大约略略有些不平”，所以革命成为阿Q的必然选择。

在阿Q的感觉中，“忽而似乎革命党便是自己，未庄人却都是他的俘虏了”。也就是说，只要阿Q成了革命党，未庄人便都是他的俘虏。他得意之余大喊“造反了！”，未庄人的害怕神态使他“舒服得如六月里喝了雪水”，赵太爷也改口称呼他为“老Q”，赵白眼也惴惴地喊他“Q哥”，这一切都使他尝到了革命的甜头，带来了前所未有的翻身的梦想和机会。从人下人到人上人，“我要什么就是什么，我喜欢谁就是谁”，如此简单的句子，概括的内容却有极大的诱惑力。它集中概括了阿Q的革命理想。作为这种革命理想的形象展开，鲁迅写了阿Q的“革命畅想”：

> “造反？有趣，……来了一阵白盔白甲的革命党，都拿着板刀，钢鞭，炸弹，洋炮，三尖两刃刀，钩镰枪，走过土谷祠，叫道，‘阿Q，同去同去！’于是一同去。……
>
> “这时未庄的一伙鸟男女才好笑哩，跪下叫道，‘阿Q，饶命！’谁听他！第一个该死的是小D和赵太爷，还有秀才，还有假洋鬼子……留几条么？王胡本来还可留，但也不要了。……
>
> “东西……直走进去打开箱子来：元宝，洋钱，洋纱衫……秀才娘子的一张宁式床先搬到土谷祠，此外便摆了钱家的桌椅，——或者也就用赵家的罢。自己是不动手的了，叫小D来搬，要搬得快，搬得不快打嘴巴。……
>
> “赵司晨的妹子真丑。邹七嫂的女儿过几年再说。假洋鬼子的老婆会和没有辫子的男人睡觉，吓，不是好东西！秀才的老婆是眼胞上有疤的。……吴妈长久不见了，不知道在那里，——可惜脚太大。”

这种革命能够给中国带来什么？一样的专制，一样的虐杀，一样的疯狂掠夺，一样的压迫和奴役，一样的贪婪占有。如果说秀才和假洋鬼子的革命不过是到尼姑庵砸了一块“皇帝万岁万万岁”的龙牌，顺便拿走一个宣德炉的话，阿Q的革命如果实行，要比他们的革命更为可怕。在他身上，鲁迅的确没有看到健康力量，没有看到真正的革命发生的可能。但是，他看到了阿Q本能的革命要求，他的自发的革命性。他永远是革命的积极参与者。然而，他的革命却不会带来社会的进步和鲁迅所希望的第三样时代。

六

小说中有专门的一章“不准革命”。

“不准革命”，到底是谁不准谁革命？长期以来，人们的回答往往是：假洋鬼子不准阿Q革命。其实，这个回答是不准确的，也是不完整的。

人们强调阿Q的革命性，强调假洋鬼子不准阿Q革命，并且以此论述鲁迅对辛亥革命的批判，论述辛亥革命的局限性。好像是因为假洋鬼子不准阿Q这样的农民群众革命，所以才导致了辛亥革命的“失败”。在中国学界，“辛亥革命失败之后”如何如何，已经是常见的语言。然而，辛亥革命是否失败，在何种意义上谈失败，在这里且不说，它之所以没有达到理想的目的，大概决不是因为没有阿Q的参加。

按照流行的说法，好像是假洋鬼子们不准阿Q革命，所以才导致了革命失败。面对鲁迅的描写，我们却不能不想到，如果准许他革命，会出现什么情景。阿Q曾经又去尼姑庵，而且在老尼姑关门之后再次打门，他没有打开，但是他的确想要进去再“革一次命”。然而，他会进行一次怎样的“革命”呢？“皇帝万岁万万岁”的龙牌已经由假洋鬼子们的革命完成了，“宣德炉”也顺手拿走了，阿Q仍然要革命，他要革什么？他的革命对象是不是那一畦萝卜？他的革命肯定与物质利益相联系，也肯定是非常具体的革命。

假洋鬼子不准阿Q革命，这是事实。当阿Q去找假洋鬼子“投降革命”的时候，假洋鬼子把他赶了出来，而且让他“滚出去”。因此，阿Q没有能够参加革命。然而，必须注意的是，鲁迅在写假洋鬼子不准阿Q革命之前，却先写了另一个事实：阿Q不准小D革命。革命之后，阿Q紧跟时代潮流，把辫子盘在了头顶上。尽管他有些不平，但人们对他很客气，酒店也不说要现钱。但是，当他看见小D也像他一样的时候，却气破了肚皮：

> 小D也将辫子盘在头顶上了，而且也居然用一支竹筷。阿Q万料不到他也敢这样做，自己也决不准他这样做！小D是什么东西呢？他很想即刻揪住他，拗断他的竹筷，放下他的辫子，并且批他几个嘴巴，聊且惩罚他忘了生辰八字，也敢来做革命党的罪。

也就是说，阿Q并非只是“不准革命”的受害者，而且也是“不准革命”的实施者。是他先不准小D革命，然后才是假洋鬼子不准他革命。在这一点上，他与假洋鬼子并无不同，或者说，决不比假洋鬼子更好。

第三辑

1949：进入新时代的鲁迅

在当代中国，鲁迅是一个无法忽视的存在。作为国家领导人毛泽东所推崇的伟大的文学家、思想家和革命家，作为“新中国的圣人”和“现代圣人”，他的名字一直大写在旗帜上，与当代文化难舍难分。即使在“文化大革命”时期，几乎所有作家、学者、思想家都纷纷遭遇批判而退场的时候，鲁迅也依然被供奉在神坛上。从某种意义上说，这是鲁迅的幸运，也是他的不幸。历史总是在前进的过程中不时地回头打量形形色色的人和事。正因为鲁迅在那个年代的特殊际遇，当知识界在这个世纪之交获得了一定的言论空间之后，一些人开始否定和清算鲁迅。这是必然的，也是合乎情理的。随着改革开放的深入，昔日的思想文化权威不能不面临挑战或清理。但是，考察对鲁迅的否定和清算，虽然用力方向各不相同，但有一点是相同的：都把鲁迅与“文革”文化绑在一起，把鲁迅与历史的种种荒谬混为一谈，让鲁迅为荒谬的历史陪葬。正是鉴于这种情况，我打算对鲁迅在当代中国的实际境遇进行一些考察，对鲁迅与当代中国的关系进行一些力所能及的分析。我想，这不仅关系到对鲁迅的评价，而且关系到当代文化的发展，关系到如何总结历史的教训，如何对待中国的现代文化资源。

作为开始，首先吸引我的问题是：鲁迅是如何进入新时代的？或者说：进入新时代的鲁迅究竟是什么形象，处于何种状态？

一

先从一个现象说起——

2001年9月，周海婴的《鲁迅与我七十年》一书由南海出版公司出版。在这本书的最后，周海婴透露了1957年毛泽东与罗稷南的那些段对话，也就是如今众所周知的“毛罗对话”。他的叙述是：“罗稷南老先生抽个空隙，向毛主席提出了一个大胆的设想疑问：要是今天鲁迅还活着，他可能会怎样？这是一个悬浮在半空中的大胆的假设题，具有潜在的威胁性。其他文化界朋友若有同感，绝不敢如此冒昧，罗先生却直率地讲了出来。不料毛主席对此却非常认真，沉思了片刻，回答说：以我的估计，（鲁迅）要么是关在牢里还是要写，要么他识大体不做声。一个近乎悬念的询问，得到的竟是如此严峻的回答。罗稷南先生顿时惊出一身冷汗，不敢再做声。”[①]事实已经证明，他的叙述不够准确，而且带有自己的想象。但这无关紧要，重要的是他披露了一件人们认为非常重要的事。在写下这段话的时候，周海婴怀有疑虑，对于是不是应该写下来，心里没有把握。据该书的责任编辑萧关鸿表示，这个内容是在编完校样之后，最后才决定编入的，原因就是周海婴一直犹豫不决，而最后是王元化促其下了决心。

该书出版之后，这段文字引起了强烈的反响，而且引发了一场讨论。最后，由当时的在场者黄宗英著文作证，才终于一锤定音，为争论和考证画上了句号，而且在“毛罗对话”的几种转述中有了一个比较权威的版本：“毛主席对照名单扫视会场，欣喜地发现了罗稷南，罗稷南迎上一步与主席握手，就像久别重逢的老朋友。他俩一个湘音一个滇腔，我只听出‘苏区一别’的意思。”然后，毛泽东一般性地询问，而罗稷南却提出了问题。毛泽东略微思考即爽朗地回答：“鲁迅么——要么被关在牢里继续写他的，要么一句话也不说。”[②]

值得注意的是人们面对这个事件的反应和表现。周海婴听贺圣谟说到此

---

① 周海婴：《鲁迅与我七十年》，南海出版公司2001年，第370—371页。

② 黄宗英：《我亲聆罗稷南与毛泽东对话》，《南方周末》2002年12月5日。

事，最先的反应是不大愿意相信。他显然有些吃惊，因为他没有想过自己的父亲如果活到1957年会被关进监狱。因此，在他的“情景想象”中，罗稷南听到毛泽东的回答后就“惊出了一身冷汗”。其实，“罗稷南的性格，耿直倔强，与在座的人相比，辈分高、资历长，他若会‘出冷汗’就不会问这个问题；他敢于问这个问题，他就决不会‘出冷汗’”[①]。不仅是周海婴，就连黄宗英在回忆当时情景时也这样写道：“我的心猛一激灵，啊，若闪电驰过，我感觉空气仿佛顿时凝固了。这问题，文化人二三知己谈心时早就嘀咕过，‘反胡风’时就嘀咕过；可又有哪个人公开提出？还当着毛主席的面在‘反右’的节骨眼上提出？我手心冒汗了，天晓得将会发生什么，我尖起耳朵倾听……”当听到毛泽东的回答时，黄宗英又写道：“呀，不发脾气的脾气，真仿佛巨雷就在眼前炸裂。我懵懂中瞥见罗稷南和赵丹对了对默契的眼神，他俩倒坦然理解了，我却吓得肚里娃娃险些蹦出来。”[②]面对这件事，许多人都感到惊讶。一些人则干脆不承认会有这样的事。因为在他们看来，鲁迅在当代中国的地位那么高，毛泽东是那样尊崇鲁迅，怎么可能把鲁迅关进监狱呢？

其实，这件事并不奇怪，也无须惊讶。人们之所以感到惊讶，是因为长期以来只是遥望那个神坛上的鲁迅，以为他真是新时代的圣人，与新时代是完全一体化的，对于鲁迅与新时代的关系，也是着眼于历史的表象，而对表象之下的真实关系缺少认识。事实上，只要冷静地面对那段历史，关注一些细节，就不会认为鲁迅是神圣的，也不会对“毛罗对话”感到惊奇。

首先，当时一些文化部门的负责人是知道鲁迅“思想有问题”的，而且鲁迅作品已经因为思想有问题被从教科书中抽掉。据宋云彬1950年7月4日日记记载：“第三册语文课本付排，灿然谓所选鲁迅之《聪明人和傻子和奴才》乃鲁迅早期作品，思想有问题，其言甚是，为另选一课。”这里的灿然就是金灿然，当时与宋云彬一起做中学教科书编审委员会委员，他们都由教育部和编审局共同领导。经他们审查，初中二年级第一学期的语文课本中抽

---

① 贺圣谟：《“孤证”提供人的补正——对周海婴先生所记述的毛泽东同罗稷南关于鲁迅的谈话的若干补正》，《宁波教育报》2001年11月2日。

② 黄宗英：《我亲聆罗稷南与毛泽东对话》，《南方周末》2002年12月5日。

掉了“思想有问题”的《聪明人和傻子和奴才》。[①]

其次，当时知识界高层人物的态度也很明确：鲁迅如果活着，也须要接受思想改造，然后根据表现安排他的工作。1950年，一位读者致信《人民日报》，提出这样的疑问：“鲁迅若是活着，现在该安排什么工作?”报社无力回答这样的问题，把信转呈当时的政务院副总理、负责文教工作的郭沫若。郭沫若的回答是：“从旧社会过来的知识分子，首先不是考虑安排工作，而是要看思想改造的表现。如果鲁迅思想改造得好，也可以安排适当的工作。”[②]

对此，一些人同样感到吃惊。有人提出过“到底是谁思想有问题”的问题，有人认为郭沫若的这种说法未免太狂妄。其实，教材编选者是有道理的，因为用新时代的标准去衡量，鲁迅的思想的确有问题。郭沫若的回答也完全符合新时代的方针政策，因为新时代不会轻易接纳一个从旧时代过来而未经改造的知识分子。鲁迅如果活着，当然要接受思想改造。至于工作安排，当然要看他的思想是否改造得好。

由此看来，鲁迅在当时的地位似乎毫无神圣性可言。其实，只要认真面对那段历史，就很容易看到，新时代对鲁迅的接纳是有保留的。尽管毛泽东对鲁迅有很高的评价，但新时代的思想理论权威并不像毛泽东那样推崇鲁迅。在他们的论述中，鲁迅的处境早已明明白白。

1949年7月，中华全国文学艺术工作者代表大会在北京召开，周扬在会上做了关于解放区文艺运动的报告，题目是《新的人民的文艺》，其中说到鲁迅时是这样讲的：“中国新文化运动的最伟大的启蒙主义者鲁迅曾经痛切地鞭挞了我们民族的所谓‘国民性’，这种‘国民性’正是帝国主义、封建主义在中国长期统治在人民身上所造成的一种落后精神状态。他批判地描写了中国人民性格的这个消极的、阴暗的、悲惨的方面，期望一种新的国民性的诞生。现在中国人民经过了三十年的斗争，已经开始挣脱了帝国主义、封建主义所加在我们身上的精神枷锁，发展了中国民族固有的勤劳勇敢及其他一切的优良品性，新的国民性正在形成之中。我们的作品就反映着与推进着新的

① 文超：《鲁迅“思想有问题”》，《鲁迅研究月刊》1999年第12期。

② 田海音：《拾遗补缺——“鲁迅如果还活着”的其他答案》，陈明远编《假如鲁迅活着》，工人出版社2001年，第301页。

国民性的成长过程。对人民的缺点，我们是有批评的，但我们是抱着如毛主席所指示的‘保护人民，教育人民’的热情态度去批评的。我们不应当夸大人民的缺点，比起他们在战争与生产中的伟大贡献来，他们的缺点甚至是不算什么的，我们应当更多地在人民身上看到新的光明。”[①]这也就是说，在过去的年代里，鲁迅是伟大的，但在经历了三十年的斗争之后，中国人已经挣脱了精神枷锁，新的国民性正在形成，因而鲁迅的方向已经不适应时代的需要了。他事实上在告诉人们，鲁迅已经过时，新时代的文艺不能走鲁迅的道路。

蓝棣之在《毛泽东心中的鲁迅》一文中透露，解放初期，江青出席文艺界一个会议时说，新中国文艺的指导思想是毛泽东文艺思想。胡风当场表示，在文艺上的指导思想应当是鲁迅的文艺思想。江青回去向毛泽东汇报，毛泽东听了很不高兴。[②]胡风的确耿直而天真。他似乎没有感觉到时代的变化——中华全国文学艺术工作者代表大会刚刚开过，作为文艺的指导思想和发展方向，周扬的讲话非常明确：“毛主席的《在延安文艺座谈会上的讲话》规定了新中国的文艺方向……除此之外再没有第二个方向了，如果有，那就是错误的方向。”[③]因此，鲁迅虽然被抬得很高，但他的文学创作不可能对新时代的文学有根本的影响，他的思想和人格也不可能得到发扬。这并不是哪一个人的问题，而是他的思想的确不符合新时代的要求。

二

对于一部分鲁迅崇拜者而言，说鲁迅的思想不符合新时代的要求，可能是难以接受的。但是，只要认真考察鲁迅的思想、人格和文化方向，就不能不承认这个事实。全面考察鲁迅的思想与新时代的要求之间的关系，不是本文的篇幅所能够胜任的。但只要选取几个要点，将二者进行比照，就可以看到鲁迅与新时代意识形态的要求距离是多么遥远。

第一，新时代对文学的要求首先就是政治工具化。它要求文学必须为政治服务，甚至成为政治机器的一部分，因而要求文学家统一思想、步调一

①③《周扬文集》（第一卷），人民文学出版社1984年，第517—518页，第513页。

② 蓝棣之：《毛泽东心中的鲁迅》，《南方文坛》2001年第2期。

致，无条件地服从政治的需要，根据政治的要求进行写作。鲁迅的文学思想显然与此相去甚远。他心目中的文学是独立的，作家的创作是自由的，不听命于任何外在的力量。尤其是文学与政治的关系，是新时代文学理论的核心，也是作为新时代文艺宪法的《讲话》所强调的主要内容之一。鲁迅的见解却与此恰恰相反，反复强调的是文艺与政治的矛盾和冲突。他认为："政治家最不喜欢人家反抗他的意见，最不喜欢人家要想，要开口。""政治想维系现状使它统一，文艺催促社会进化使它渐渐分离；文艺虽使社会分裂，但是社会这样才进步起来。"[①]这是鲁迅对文艺功能的一种理解。他认为文艺与革命有统一的一面，那就是"不满于现状"，但他同时又说："革命成功以后，闲空了一点；有人恭维革命，有人颂扬革命，这已不是革命文学。他们恭维革命颂扬革命，就是颂扬有权力者，和革命有什么关系？""所以以革命文学自命的，一定不是革命文学，世间哪有满意现状的革命文学？除了吃麻醉药！"[②]这种话如果在20世纪50年代说，将会是什么效果？当然，20世纪50年代的人们是不会引用这种话的。

在鲁迅的心目中，文学家不是俳优，也不是弄臣。他对"帮忙"与"帮闲"都不以为然。这从他对民族主义文艺运动的批判可以看到，从他对新月派的嘲讽可以看到，从他对"革命文学"的论述也可以看到。虽然把民族主义文艺家完全看作权势者的走狗也许有些过分，但民族主义者站在民族和国家的立场上反对个人的解放和阶级的解放，显然体现了国家权威的意志。在鲁迅看来，那就是奴才为主子效力，就是在尽"宠犬"的职分。他在谈论"革命文学"时说过："从指挥刀下骂出去，从裁判席上骂下去，从官营的报上骂开去，真是伟哉一世之雄，妙在被骂者不敢开口。"[③]他敬佩孤独的战士，厌恶仗势示威者，因为仗势示威者在他看来不过是"狗一样的文人"。

进入新时代之后，鲁迅这种见解显然已经不合时宜。有一个现象是值得提及的：鲁迅受到的尊崇，给一些鲁迅追随者提供了方便，使他们可以公开继续追随鲁迅；同时，也使他们产生了某种错觉，以为鲁迅精神是可以随便继承的。他们不明白对鲁迅精神的继承必须根据权威的阐释，可以继承的只

---

①②《鲁迅全集》（第7卷），第113—114页，第118—119页。

③《鲁迅全集》（第3卷），第543页。

是时代宣扬的那些精神，而不是鲁迅实有的那些精神。从萧军到胡风，问题都出在这里。当然，更主要的问题还在于他们的思想没有得到彻底的改造，因而对文学创作的自由和文学家的独立人格不无留恋。可是，对于这种不合时宜的留恋，时代早已做出了回答。早在1942年的延安文艺座谈会上，萧军就因此而碰了壁。他似乎不知道召开文艺座谈会的目的，因而在发言中仍然强调作家的“独立”和“自由”，并且以鲁迅为例，说他在广州就不受哪一个党哪一个组织的指挥。面对萧军的发言，胡乔木当即进行了反驳：文艺界需要组织，鲁迅当年没有受到组织的领导是他的不足，不是他的光荣。毛泽东对此非常欣赏，开完会就叫胡乔木到他那里吃饭，庆祝开展了斗争。

第二，新时代对文学的又一个要求是大众化。在毛泽东《在延安文艺座谈会上的讲话》精神的指引下，新时代文学走的是大众化的道路，而鲁迅所走的却是一条“化大众”的道路。大众化与“化大众”本来并不截然对立，在一些具有启蒙主义底色的文学家那里，大众化的含义往往只是努力使作品通俗易懂，以便大众容易接受，而之所以要让大众接受，目的仍然是“化大众”。但在新的时代，大众化的含义已经完全不同，而且具有了严肃的政治内涵。毛泽东《在延安文艺座谈会上的讲话》中说得更清楚：“许多同志爱说‘大众化’，但是什么叫做大众化呢？就是我们的文艺工作者的思想感情和工农大众的思想感情打成一片。”①那么，什么叫思想感情“打成一片”呢？当代辞书的解释是：“变得跟广大群众一致；适合广大群众需要。”②至于如何实现这个“打成一片”和“变得跟广大群众一致”的目标，答案就是知识分子必须进行改造，放弃自己的思想感情而接受工农大众的思想感情。毛泽东认为，小资产阶级知识分子总是通过文学艺术顽强地表现他们自己，宣传他们自己的主张，要求人们按照小资产阶级知识分子的面貌来改造世界。“在这种情形下，我们的工作，就是要向他们大喝一声，说：‘同志’们，你们那一套是不行的，无产阶级是不能迁就你们的，依了你们，实际上就是依了大地主大资产阶级，就有亡党亡国的危险。”正因为这样，知识分子与大众的启蒙关系必须颠倒过来。按照他的说法，“最干净的还是工人农

①《毛泽东选集》（第一卷），人民出版社1967年，第808页。

②《现代汉语词典》，商务印书馆1981年，第200页。

民，尽管他们手是黑的，脚上有牛屎，还是比资产阶级和小资产阶级知识分子都干净。……知识分子出身的文艺工作者，要使自己的作品为群众所欢迎，就得把自己的思想感情来一个变化，来一番改造"[①]。因此，大众化的道路就不再只是为大众能够接受而采用通俗形式的问题，而是意味着知识分子必须改造自己，彻底放弃启蒙立场，向工农大众学习，使自己在思想感情上变得与工农大众完全一致。从20世纪50年代初期的知识分子思想改造运动，到"文革"当中的知识青年接受贫下中农的"再教育"，所体现的正是当代文化的这一发展方向。

那么，鲁迅是否能够符合这种要求？答案可谓不言而喻。鲁迅是一个启蒙主义者，他的文学道路是一条化大众的道路。他一直反对文艺迎合大众，终生致力于批判国民性。人们满足于以伟大、勤劳和善良等词汇来描绘人民大众的品质，但在鲁迅那里，这所有的美好词汇都必须加上它的反义词，因为他更关注大众的弱点。他说："群众，——尤其是中国的，——永远是戏剧的看客。"[②]他深知大众的苦难命运，同时也清楚历史造就的二重性：一方面是奴才，一方面是暴君；一方面是羊，一方面是狼。"对于羊显凶兽相，而对于凶兽则显羊相。"[③]他更清楚奴才和主子的精神联系："奴才做了主人，是决不废弃'老爷'的称号的，他的摆架子，恐怕比他的主人还十足，还可笑。这正如上海的工人赚了几文钱，开起小小的工厂来，对待工人反而凶到绝顶一样。"[④]因此，对于大众，鲁迅的态度是"哀其不幸"和"怒其不争"，并且坚决反对文学家做"大众的帮闲"。他明确地告诉人们：如果真为大众着想，文学家不能去适应大众的胃口，"'迎合大众'的新帮闲，是绝对的要不得的"[⑤]。这种立场使他在思想感情上不可能与大众"打成一片"，更不能与大众"保持一致"。在新时代，这显然不合时宜。

更为重要的是，鲁迅的启蒙立场隐含了一种重要的文明发展观念：社会

①《毛泽东选集》（第一卷），人民出版社1967年，第808页。

②《鲁迅全集》（第1卷），第272页。

③《鲁迅全集》（第3卷），第61页。

④《鲁迅全集》（第4卷），第302页。

⑤《鲁迅全集》（第6卷），第102页。

的大多数人往往是文化的被动接受者，因而往往是蒙昧的，因而是需要先觉的知识分子启蒙的。这种观念是新时代不能承认的。根据新时代的逻辑，在知识分子与工农大众之间，只能是知识分子接受工农兵的改造，只能是知识分子把屁股移到工农兵一边，而绝不能让知识分子对大众进行启蒙。这种关系往往被理解为谁领导谁、谁战胜谁的问题，所以绝对不容颠倒。因此，鲁迅式的启蒙主义是新时代所不能接受的。

除此之外，新时代的文学风尚是竭尽全力唱颂歌，而鲁迅的精神却是致力于揭露和批判；鲁迅自己说过他是个人主义者，而新时代正在全力扫荡个人主义；鲁迅自己说过他是人道主义者，而新时代把人情、人性、人道主义都判给了资产阶级，一直进行着坚决的批判；鲁迅的思想核心是“立人”，而根据新时代的见解，它与启蒙一样，完全是过时的资产阶级思想……这样的比较可以从方方面面进行，它足以说明，鲁迅并不符合新时代的要求。

三

根据以上分析，我们不难得出这样的结论：鲁迅被新时代接受并非必然。根据鲁迅的思想实际，衡之于新时代的路线和原则，如果没有特别的因素，鲁迅是很难被接受的。同时，如果考察新时代文坛直接主宰者的好恶，以及他们与鲁迅的历史恩怨，也不难做出这样的结论：如果没有特别因素，鲁迅是很难进入新时代的。

考察新时代的文学泰斗、文化艺术掌管者、意识形态官员，不少人都曾与鲁迅发生过激烈的冲突，相互之间有过很深的伤害。因此，鲁迅临死坚持“一个也不宽恕”，而他的对手们心中的怨恨也终生未能化解。按照一般的规律，他们都可能是鲁迅进入新时代的障碍。这一点，我们从几个重要的人物身上就可以得到证明。

首先是郭沫若与当年的创造社成员。众所周知，从20世纪20年代倡导革命文学开始，郭沫若、成仿吾等创造社成员为了扫荡“五四”文坛，就把矛头指向了“五四”作家，并且首先拿鲁迅开刀，因而导致了鲁迅与创造社的尖锐对立。在对鲁迅的围攻中，来自郭沫若的攻击是最为严重的。正是他曾把鲁迅称为“封建余孽”“二重反革命”“不得志的法西斯蒂”。当然，鲁迅对郭沫若和创造社的才子们也有种种尖锐的嘲讽，而且言辞间流露着无法掩饰的厌恶，比如把他们称作“才子加流氓”等。关于这一切，郭沫若在中华人民共和国成立之后虽然闭口不谈，甚至不愿认账，却始终未能忘怀。他清楚地知道鲁迅及其著作的存在对他的威胁。郭沫若不是宽容的人，这从1948年就倚恃政治力量开始整肃文坛异己就可以看到。1949年之后，郭沫若成了新时代的文化旗帜，中国文学的泰斗，官至政务院副总理，位居国家领导人之列。

与此同时，当年创造社的班底大都成为新时代文坛的主宰者。这些人与鲁迅的隔阂很难化解。正如有人所说：“鲁迅当年的论敌，都七老八十了，仇恨情结之历久不解，也真令人惊愕。碍于毛泽东曾经对鲁迅作过肯定性评价，不敢公开唱反调，除了叽叽喳喳之外，甚至将一肚子的怨气向后人发泄。”[①]周海婴在《鲁迅与我七十年》中记下了这样的情节，在中国文联第三届全委会扩大会议近代组的会议上，当年的创造社成员说：“鲁迅算什么！郭沫若提出革命文学的时候，他还在喊虚无主义呢！”[②]由此可见，鲁迅的对手并没有因为领袖的评价而改变对鲁迅的看法。他们对鲁迅仍然心怀怨恨，只要有机会，他们是不会放过鲁迅的。如果没有特别的原因，他们是不会容忍鲁迅的名字高高凌驾于他们之上的。

其次是周扬和所谓“四条汉子”。周扬长期处于当代中国文艺长官的地位，对于“文革”前十七年的中国思想文化界，他的作用非同一般。鲁迅被称作新文化运动的“旗手”，但这位“旗手”早已去世。新的时代的文化“旗手”事实上另有其人。如果说“文革”时期的“旗手”是江青的话，“文革”前的“旗手”就是周扬。他是毛泽东文艺思想的权威阐释者，又是文艺界的直接领导和控制者。因此，鲁迅要进入新时代，无法绕过周扬。但是，同样众所周知，鲁迅与周扬在20世纪30年代有过尖锐的矛盾，发生过严重冲突。本来，鲁迅是一个无党无派的作家，因为成就和影响而为左联所看重，成了左联的招牌。但鲁迅坚持独立的人格和自由的思想，坚持知识分子的启蒙立场，这与左联的要求很不一致。周扬是左联的领导人，又是文艺

---

① 何满子：《周海婴写鲁迅书·读得二三事》，《文学自由谈》2002年第1期。

② 周海婴：《鲁迅与我七十年》，南海出版公司2001年，第294页。

理论家，鲁迅与他的矛盾不可避免地发生了。客观地讲，周扬没有错。作为左联的实际领导者，他不能容忍任何一个士兵“横站”，也不能允许他固执己见、不服从领导、随便批评别人。因为在革命队伍中，鲁迅的那种个人主义和自由主义都是不能允许的。鉴于特定的环境，周扬对鲁迅应该说足够客气。如果是在革命根据地，他大概不会让鲁迅那样破坏纪律、分裂组织、为所欲为。然而，鲁迅却从来没有意识到自己应该服从领导，更没有意识到应该老老实实地听从指挥。他依然故我，而且对周扬极为不满，称周扬为“元帅”“工头”“奴隶总管”，说他“以指导者自居，却所知甚少”“借革命以营私”“拉大旗作为虎皮”“以鸣鞭为唯一的业绩”，而且“狼狈为奸，把持着文学界，弄得乌烟瘴气”……鲁迅去世之后，周扬在公开讲话中多次称道鲁迅，但事实证明，他与鲁迅的矛盾并未化解。从上海到延安再到北京，对于左联时代的恩怨，他不但没有忘记，而且耿耿于怀。这从各个方面都可以看到。比如，对于胡风、冯雪峰等当年与鲁迅站在一起的人，他决不宽容。在他们一个个被打翻在地时，他可谓穷追猛打毫不手软。再比如，他利用手中的权力，使鲁迅的某些手迹长期不得公开，大量的书信不能编入鲁迅全集。由此可见，他清楚地知道鲁迅对他构成的威胁。

与此同时，鲁迅批评过的所谓“四条汉子”等，在新时代也都成为文坛和知识界的掌控者。从后来的各种事实看，他们不但不会真正尊崇鲁迅，而且对鲁迅及其追随者一直耿耿于怀。这些人成为思想文化界的支配力量，文坛和知识界的格局由他们直接控制。

在这种情况下，如果根据他们的意志，鲁迅能够进入新时代吗？据梅志的回忆，有人问她，你们反对周扬吗？她说是的。你们知道周扬是代表党的吗？知道。那么你们反周扬不是反党吗？梅志不敢吱声了。这种推理法使她知道了问题的严重。事实上，我们完全可以套用这一模式问一问鲁迅：你反对周扬吗？是你把周扬称作“工头”“元帅”和“奴隶总管”吗？鲁迅无法否认。接下来是：你知道周扬代表党吗？知道。那么，鲁迅反周扬不是反党吗？因此，如果没有特别因素，鲁迅的命运不会比胡风更好。

一个是郭沫若和当年的创造社构成的群体，一个是周扬和当年的左联领导层构成的群体，这两个群体基本控制了新时代的中国文坛。如果按照一般的规律，在这种情况下，鲁迅在新时代本该在被批判和扫荡之列。

然而，这一切没有成为鲁迅走入新时代的障碍。历史的事实恰恰相反：进入新时代之后，几乎所有曾经猛烈攻击过鲁迅的人都成了鲁迅的“同志”和“战友”，有的甚至成了“好学生”。这一切都是因为毛泽东对鲁迅的评价。

早在1937年鲁迅去世一年之际，毛泽东就做了《论鲁迅》的报告，称鲁迅为“中国第一等的圣人”，认为“孔子是封建社会的圣人，鲁迅是新中国的圣人”[①]。到了《新民主主义论》中，他不但称鲁迅是“五四”以来文化新军的“最伟大的最英勇的旗手”，是“中国文化革命的伟人”，而且写下了这段包含了三个“伟大”和七个“最”话：“鲁迅是中国文化革命的主将，他不但是伟大的文学家，而且是伟大的思想家和革命家。鲁迅的骨头是最硬的，他没有丝毫的奴颜和媚骨，这是殖民地半殖民地最可宝贵的性格。鲁迅是在文化战线上，代表全民族的大多数，向着敌人冲锋陷阵的最正确、最勇敢、最坚决、最忠实、最热忱的空前的民族英雄。鲁迅的方向，就是中华民族新文化的方向。”[②]正是毛泽东的高度评价和极力推崇，使得鲁迅的敌人也不敢继续攻击鲁迅，而对鲁迅做出毕恭毕敬的样子。

不过，考察毛泽东对鲁迅的尊崇，有几点是不得不注意的：

第一，毛泽东虽然极力推崇鲁迅，并对他给予高度评价，但他的推崇除了个人思想感情上的共鸣和对鲁迅人格的欣赏之外，无疑带有政治实用的目的。把鲁迅竖为文化上的旗帜，可谓非常成功的策略。它以极大的力量吸引了当时不满于现实的青年知识分子。不少参加革命的知识分子都说过，他们之所以走向革命，是因为崇拜和追随鲁迅。对于鲁迅来说，这种尊崇也不是没有意义的，它以政治的力量极大地加大了鲁迅的影响。然而，这种出于政治需要而进行的阐释和评价是取其所需而不计其余的，并非源自对鲁迅的思想、人格和追求的切实考察和全面研究。因此，他的推崇和宣扬往往是片面的。比如，在《论鲁迅》中，毛泽东概括了鲁迅的三个特点：第一是政治远见，第二是斗争精神，第三是牺牲精神。而用以证明鲁迅具有“政治远见”的例子却是“他在1936年就大胆地指出托派匪徒的危险倾向，现在的事实完全证明了他的见解是那样的稳定，那样的清楚。托派成为汉奸组织而直接拿日本特务机关

---

① 毛泽东：《论鲁迅》，《七月》1938年第3期。

②《毛泽东选集》（第一卷），人民出版社1967年，第657—658页。

的津贴，已是很明显的事了”[1]。大半个世纪之后，学界早已清楚，所谓托派成为汉奸而且拿日本人津贴，纯粹是无中生有。如果把这一点坐实到鲁迅身上，结果恰恰证明鲁迅并无政治远见。也就是说，鲁迅通过政治的力量而迅速家喻户晓，但家喻户晓的鲁迅却不是真实而完整的鲁迅。为配合政治运动而阐释鲁迅的做法成为后来几十年的一个传统，在那些纪念鲁迅的文字中，人们看到的往往是当时的政治斗争风云，而不是鲁迅的实际。

第二，毛泽东虽然在公开的讲话中对鲁迅极力推崇，但事实上他对鲁迅并非完全认同。1933年，他与冯雪峰谈到《阿Q正传》，就对鲁迅提出了批评。他认为鲁迅虽然看到了农民的革命要求，却对群众的力量估计不足。由此可见，在鲁迅活着的时候，毛泽东对鲁迅是有所批评的，对他的思想并不完全认可。而他的见解与当年的创造社、太阳社成员比较接近。鲁迅逝世之后，他虽然给予了高度的评价，但对鲁迅的这些看法并没有改变。1939年11月7日，他在给周扬的信中明确地指出：“鲁迅表现农民看重黑暗面、封建主义的一面，忽略其英勇斗争、反抗地主，即民主主义的一面，这是因为他未曾经验过农民斗争之故。”[2]毛泽东坚持这样的看法，当然很好理解。作为一个依靠农民的力量进行革命斗争的领袖，与一个启蒙思想家，思想上不可能没有差距和分歧。对此，周扬当然是乐于接受的，他在讲话中一次次讲到鲁迅，赞美的话讲得很响，而批评的话讲得很含蓄，然而，细心的读者不难看出，无论他怎样高喊发扬鲁迅精神，事实上对鲁迅精神都有所保留。20世纪50年代的学者大都认为鲁迅不如毛泽东深刻，关于这一点，张梦阳曾经评论说：“对农民、特别是阿Q这类游民‘黑暗面、封建主义的一面’的思考与揭露，是贯穿鲁迅毕生的，是鲁迅最深刻的思想，怎么能说成是什么‘不足之处’呢？毛泽东和周扬把鲁迅最深刻的思想当成‘不足之处’，恰恰证明他们身上农民的甚至游民的影响还是很深的，而且对此并无察觉，更无警惕，以至反而当成了好东西。”[3]事实上，这正是农民革命领袖与启蒙思

---

① 毛泽东：《论鲁迅》，《七月》1938年第3期。

② 郁之：《大书小识又四则》，《读书》1992年第5期。

③ 张梦阳：《中国鲁迅学通史——20世纪中国一种精神文化现象的宏观描述与理性反思》（宏观反思卷），广东教育出版社2001年，第316页。

想家的不同。

第三，毛泽东虽然极力推崇鲁迅，但他的推崇和赞扬不是无限的，而是以具体时空为条件的。比如，毛泽东曾经高度赞美鲁迅的硬骨头精神和斗争精神。但非常明显的是，当这种硬骨头精神和斗争精神用于面对国民党统治时，毛泽东是赞赏的；而当这种硬骨头精神和斗争精神面对的是革命队伍时，毛泽东就未必赞赏了。再比如，鲁迅致力于揭露和批判，致力于国民性的揭露和改造。那么，面对新的统治秩序，是否可以继续进行揭露和批判？领袖们费尽心机使革命队伍万众一心、步调一致，是否允许启蒙思想家在革命队伍中去唤醒人格的独立、思想的自由、个人尊严和权利的神圣不可侵犯？……

正因为这样，鲁迅虽然被竖为旗帜，并不意味着他的思想真正被接受，也不意味着他的人格可以成为时代的楷模，更不意味着他所开拓的文化道路可以得到延伸。

四

毛泽东对鲁迅的尊崇带来了一系列复杂的后果。

首先，它使鲁迅成为高高在上的神，必须供奉而不得亵渎。这就使那些反对鲁迅的人不能畅所欲言。无论他们对鲁迅怎样怀恨在心，即使暗中把牙齿咬得格格响，在大庭广众之下，也必须做出尊崇鲁迅的模样。但是，一些人口服心不服，而且对此并不甘心。他们的确有理由感到委屈，因为当年与鲁迅为敌，并非因为个人的私怨，而是革命工作的需要。他们也有理由坚信自己是正确的。因为根据新时代的意识形态，无论是关于革命文学的论争，还是左联时代的种种矛盾，他们都是正确的一方，而鲁迅毕竟是“外人”或“同路人”。他们的委屈在于，他们根据革命的需要而批判鲁迅，结果却是远离革命队伍的鲁迅成了新时代的文化旗帜，成了革命者必须敬奉的神明。这口气实在让他们咽不下，然而，有最高统帅的评价，却是咽不下也得咽。

其次，鲁迅的形象被供奉于神坛，但真实的鲁迅并不符合新时代的要求。这给当代文化带来了一系列难题：一方面是鲁迅的旗帜必须高举，不可亵渎；另一方面是这个旗帜本身不符合现实要求的那些东西必须得到解决。

也就是说，既不能伤害旗帜，又不能让旗帜危害新的秩序。领袖只管竖旗，至于这旗帜上那些与时代政治不适应的东西，却并不负责处理，那是思想文化界的责任。新时代的文化领导者和理论家们当然知道，鲁迅的许多思想都不能任其自由传播，更不能让它影响一代新人。因此，一方面是高度评价和极力推崇，另一方面却要对鲁迅采取一些措施，根据时代的要求重塑一个鲁迅的形象。

其实，这是非常自然的事。众所周知，20世纪50年代初，在全国范围内开展了一场知识分子思想改造运动。它主要是针对从旧时代过来的知识分子的。按照当时的逻辑，从旧时代过来的知识分子必须经过改造，在思想感情和整个世界观上来一次脱胎换骨，才能为新的时代服务。新时代思想文化界的主宰力量是从延安来的，从表面上看，他们是征服者和改造者，而新接收的国民党统治区的知识分子是则是被征服者和被改造者。但是，这只是历史过程中的小小局部呈现的现象。如果把目光向前延伸到20世纪40年代初期的延安，就会看到知识分子改造运动的全过程。这个全过程告诉我们，事实上是一切知识分子都必须经过改造。延安的知识分子先行一步，在1942年就经过了这样的改造和淘汰。在这个过程中，以王实味为代表的一些人被淘汰掉了，以丁玲为代表的一些人被改造了过来。所以，20世纪40年代初发生在延安的那场整风和抢救运动，与20世纪50年代全国范围内的知识分子改造运动是连在一起的，前者是后者的预演，而后者是前者的继续。尽管在革命战争年代主动投奔革命的左翼知识分子与战争结束之后被动迎接新时代的知识分子思想情况大不相同，但对于思想改造来说，无论左翼还是右翼，无论先进还是落后，都是不可逃避的。一句话：未经改造的知识分子不能进入新时代。

鲁迅死得太早，1936年就死去了，当然没有来得及接受思想改造。那么，从逻辑上讲，他的思想就不可能符合新时代要求。何况，这并不只是逻辑推论，而是鲁迅思想的基本事实。既然不符合要求，就必须改造，但鲁迅已经去世，不可能自己来“洗澡”，不可能发表文章表示痛改前非的决心，也不可能像一些作家那样对自己的作品进行改头换面的修改。怎么办？历史告诉我们的是，新时代不会为任何人改变自身，也不会为谁发放特别通行证。于是，唯一可行的方法就是对鲁迅的遗产进行选择，对鲁迅的形象进行再造。那么多作家都在修改自己过去的著作，而鲁迅的著作没有被删节。但是，宣传哪些，抬高哪些，放大哪些，却必然要做出选择。

这是一个极其复杂的鲁迅再造工程，包含了方方面面的工作，其中最为重要的首先是两项：一是努力把鲁迅与革命拉近，二是努力使鲁迅思想与毛泽东思想完全一致。

鲁迅与革命的关系本来比较复杂。一方面，他参加了左联，支持无产阶级革命，在作为统治者的国民党和作为反抗者的共产党之间，他选择了后者。但另一方面，他对革命有自己的理解，对农民革命有自己的看法，因此，对革命的认识不像追求革命的年轻人那样单纯和乐观。1934年4月30日，在给曹聚仁的信里，他曾写道："倘当崩溃之际，竟尚幸存，当乞红背心扫上海马路耳。"1936年11月11日，李霁野写过一篇《忆鲁迅先生》，其中提到他曾经亲耳听到鲁迅与F君（即冯雪峰）的一次谈话。鲁迅对F君说："你们来到时，我要逃亡，因为首先要杀的恐怕是我。"F君连连摇头摆手地说："那弗会，那弗会！"[①]李霁野的文章写于鲁迅刚刚去世之时，记下这一切并无特别用意，所以应该是比较可靠的。

正因为这样，重新塑造鲁迅的形象，建立鲁迅与革命的密切关系，无疑是当时的重要任务。而且，这也是热爱鲁迅的人们应对鲁迅宿敌的唯一方法。方法取决于环境，进入新时代之后，如果想维护鲁迅，唯一的办法就是用时代的涂料把鲁迅抹红。为此，不仅要把鲁迅描绘成革命的一贯支持者，而且要把他写成积极的追随者和忠诚的"小兵"。在这一方面，冯雪峰的《回忆鲁迅》和《党给鲁迅以力量》可谓是代表作。通过回忆而重构鲁迅与革命的关系，冯雪峰无疑是最佳人选。在20世纪30年代，冯雪峰一直充当了共产党与鲁迅之间的联系者，因而他的回忆自然具有权威性。但是，冯雪峰的回忆显然打着新时代的政治印记。他的回忆不是像萧红那样的回忆，不是感情的抒发，不是生活细节的回忆，而是重点放在鲁迅思想的分析和叙述，着重讲述鲁迅如何走向马克思主义，如何走近中国共产党，如何走向对毛泽东的钦佩和热爱——"对于这个年龄比他轻的伟大的革命天才和导师的认识，使他的精神变成更快乐，且更年轻而谦虚。"在冯雪峰的回忆中，一些重要的细节是耐人寻味的。比如，在听冯雪峰讲述党和毛主席之后，鲁迅

① 李霁野：《忆鲁迅先生》，《文季月刊》1936年第1期。

有了这样的表现："他半向着窗子，一手横在胸前托另一只拿着纸烟的手的手肘，只是那么柔和地默默地微笑着，然后怡然自得地又好像忘我地、缓缓平静地说：'我想，我做一个小兵是还胜任的，用笔！'"[①]由于缺少旁证，我们无法判断这样的描写是否真实，但这种描写的目的是明显的，为的是形成这样的结论：鲁迅毫无保留地接受党的领导，他的思想是和党的方向一致的。"为毛泽东同志所肯定和赞扬的鲁迅思想，就是概括或统一在毛泽东思想的范畴之内的……鲁迅先生后期的战斗及其思想，是毛泽东思想非胜利不可的一个证明。"[②]总而言之，一切解释都必须把鲁迅与毛泽东联系在一起，要把鲁迅思想与毛泽东思想联系在一起，而且使之完全一致。这样，鲁迅就成了无产阶级文艺的旗手，成了与党和毛主席的战略方针保持一致的文化战士。然而，到了冯雪峰受批判的时候，他对鲁迅的回忆却成了罪状，罪名是歪曲鲁迅。而所谓歪曲鲁迅形象，也就是仍然不符合时代的要求。冯雪峰对鲁迅个人魅力和个人影响的强调，成了"否定党的领导"的证据。

在这种情况下，即使是鲁迅的亲人撰写的回忆，也在全力适应时代的要求，而不顾忌它与事实之间的距离。许广平1959年完成的《鲁迅回忆录》，几乎是在全力塑造一个"党的一名小兵"的形象。整部回忆录在努力说明的是：鲁迅在上海是在党人领导下工作的，是完全服从党的领导的，是坚决跟党走并维护党的原则的，鲁迅做的一切都是在为党增加力量。由于当时胡风和冯雪峰等都被打倒，所以在这样的回忆中，他们也成了鲁迅的敌人。于是，冯雪峰歪曲了鲁迅，胡风使鲁迅受了蒙蔽，这些新时代的说法都通过回忆而进入了当年的历史。

为了证明鲁迅思想与毛泽东思想的一致性，学者们根据时代的要求对鲁迅进行阐释，做了大量的工作。钱理群指出，即使是当时最引人注目的成果，如陈涌的《论鲁迅小说的现实主义》一文，通篇论述也不过是要证明鲁迅的结论与毛泽东的结论是完全一致的。"鲁迅小说的主要价值与意义就在于'以他的艺术的表现'来'证实'毛泽东的'科学分析'。"[③]朱正也说过："我们五十年代写鲁迅传，的确是把鲁迅放进那样一个模式当中去的。

---

①②《雪峰文集》（第4卷），人民文学出版社1985年，第251、253页，第252—253页。

③ 钱理群：《鲁迅：远行以后（1949—2001）［之一］》，《文艺争鸣》2002年第1期。

我当时是怎么写鲁迅传的呢？所有公开发表的毛泽东著作中提到鲁迅的地方，我一句不落地全部引用了，我就以此作为立论的基础来发挥。那时，《毛泽东选集》第四卷还没有出版，但我听说当年评白皮书的几篇社论是毛泽东写的，他在《别了，司徒雷登》一文中说伯夷对自己国家的人民不负责任，开小差逃跑，又反对武王领导的人民解放战争。我就按照这个意思来分析鲁迅的小说《采薇》。总之，凡是毛泽东说的，我是不敢遗漏一处。"①

不过，对于鲁迅再造工程而言，这是远远不够的。同时，对其不符合时代要求的思想只是闭口不谈也是不够的。因为不谈只是对于那些不读鲁迅书的人有效，对于有能力读鲁迅著作的人们来说，只要鲁迅的著作在，就会制造出思想上的矛盾和困惑，就会瓦解时代宣传的功效，甚至会培养出新的独立的人格和自由的思想。这个问题的解决真该感谢瞿秋白，因为正是他对鲁迅的论述提供了一种有效的模式：把鲁迅分为前期和后期，前期是个人主义的，后期是集体主义的；前期是进化论，后期是阶级论……把一切不符合时代要求的内容都放到前期，断定鲁迅已经转变，放弃或超越了前期思想，然后充分肯定他的后期。

1951年，在知识分子思想改造运动中，茅盾写过一篇题为《学习鲁迅与自我改造》的文章，特别向读者介绍了两篇文章：一篇是瞿秋白的《〈鲁迅杂感选集〉序言》，一篇是胡绳的《鲁迅思想的发展道路》。这两篇文章恰恰在这个方面提供了榜样。茅盾强调说："在知识分子特别需要自我改造之时，鲁迅所经历的从进化论到阶级论、从个性主义到集体主义的过程，尤其值得学习。"这样，鲁迅的思想改造问题似乎已经不是问题，因为他在1928年前后已经完成了这个改造，并实现了思想的转变。

这一切都是20世纪50年代鲁迅形象工程的一部分，在此略陈一二，这一工程的整体及其复杂性，笔者将另文论述。

① 林贤治等：《人间鲁迅》，《读书》1998第9期。

鲁迅的遗产与胡风的悲剧

作为20世纪中国的一个思想文化事件，胡风及其“反革命集团案”有极为丰富的内涵，对于认识20世纪中国文学发展的迷途和误区，对于认识中国现代知识分子的坎坷道路，对于认识百年中国历史的沉重，都具有无可取代的意义。本文只是从鲁迅精神的传承入手，对胡风悲剧与鲁迅遗产之间的关系略做考察。

一、鲁迅的恩怨：一笔沉重的遗产

事实告诉我们，鲁迅留下了一笔沉重的遗产。这份遗产没有几个人能够继承，也没有几个人敢于继承。之所以不能，是因为后来的几代知识分子都难以达到那一代人的高度；之所以不敢，是因为鲁迅生前树敌太多，恩恩怨怨让人望而生畏。按照一般的规律，谁继承遗产，谁就要承担相关债务；谁继承遗志，谁就要面对过去的恩怨；谁高举大旗，谁就要准备承受射向大旗的枪弹。所以，继承、发扬、坚守之类的话，如果只是嘴上说说，是容易的，但如果真要实行，却不能不面对严峻的问题：债主会找上门来，复仇之剑会时时高悬于头上。正因为这样，鲁迅逝世之后，昔日追随者中的那些聪明人大多知道随时调整自己，即使不发布改换门庭的声明，也向鲁迅宣称决不饶恕的那些人赔足了笑脸，以表明自己无意继承鲁迅的恩怨。这是聪明的做法，可以因此而获得谅解和宽容，从而避免灾难。然而，胡风没有这样做。他的确太耿直，硬是承载了鲁迅的恩怨，甚至以鲁迅之敌为敌，以鲁迅之友为友，坚持“一个也不饶恕”。既然如此，为此付出代价就不足为怪了。

对于胡风来说，继承鲁迅的恩怨也并非偶然。在鲁迅生前，他已介入左联内部的一些矛盾和是非，别无选择地与鲁迅站到了一起。只要面对历史的真实，任何人都不能否认，左联的基础是不牢固的。无论对于鲁迅，还是对于创造社和太阳社，实现联合都有点勉强。双方在革命文学论争中的矛盾和隔阂并未消除，理想和追求并不一致，见解和主张也不相同。在这样一个基础上形成的左联，从成立之日起就不是一个同质的整体。它至少包括这样两类人：一类是组织化的成员，他们首先是战士，然后才是作家，善于服从命令，能够自觉地充当革命机器上的齿轮和螺丝钉，我把他们称作“组织化的左翼教条派”；另一类是尚未组织化和教条化的人们，他们认同左翼的某些理想，赞同革命，却仍然崇尚个人的独立和自由，不习惯整齐的步伐，即使加入组织，也往往是“横站”，可以称之为“个人化的左翼自由派”。在左联中，周扬代表了前者，鲁迅代表了后者，他们各自身边聚集了两个不同的群体。从某种意义上说，左翼教条派是左翼的主流和领导者，而左翼自由派虽然呈现着很强的革命性，却基本都是同路人。冯雪峰当年把鲁迅称作“同路人”，这使一些站在特定立场上热爱鲁迅的人难以接受，冯雪峰后来也为此做过检讨，但他说的是一个事实。20世纪50年代，胡乔木又把胡风称作“同路人”，也使胡风难以接受，但他指出的同样是一个事实。历史证明，那些没有放弃个人立场和自由思想的人，无论主观上多么积极地追求革命，都只能是革命的“同路人”。因为他们与组织的目标并不完全一致，潜在的矛盾是必然要爆发的。鲁迅与周扬的矛盾正是这种矛盾的表现。一些热爱鲁迅的人往往对周扬多有苛责，其实，如果换位思考，就会看到周扬的委屈。事实是，无论谁来坐周扬的位子，都无法避免与鲁迅的冲突。

考察当时的情况，周扬等人有组织作为依托，自然处于强势地位。而鲁迅虽然戴了盟主的桂冠，却处于被架空的状态，在左联中相当孤独。就在这个时候，胡风从日本回来，走到了鲁迅身边。他性格倔强，却对鲁迅非常尊重，而且表现得异常亲近。对于鲁迅来说，这是一种安慰，因而胡风很快成了鲁迅信赖的朋友和助手。鲁迅曾经多次不无埋怨地说到自己是一头卖苦力的牛，无论怎么卖力干，“工头”“元帅”们还是不住地用鞭子抽。胡风却不是这样，他总是想为这头“牛”减轻一些负担，对鲁迅所求甚少，分担甚多。他曾有半年时间义务为日本人鹿地亘口译、解释鲁迅作品。梅志说：

"胡风帮鹿地译《鲁迅杂文选》，进行了很久。因为是先生交给的任务，他不好推辞，也不能拖延，甚至把它看得比自己的工作还重要，往往是丢下自己正写的文章，按时赶到虹口区为鹿地当翻译和解说。"[①]正因为这样，鲁迅对胡风也表现出非同一般的信任。无论人们如何污蔑、攻击和诽谤胡风，鲁迅对胡风都绝不怀疑，而且在关键时刻要亲自站出来为胡风说话。这不仅使周扬等人大惑不解，就连茅盾在生命的最后几年还非常纳闷："我真不理解，胡风何以有这样的魅力，竟使鲁迅听不进一句讲胡风可疑的话。"[②]

无论胡风的魅力源于何处，都不影响这两个没有奴颜媚骨的人的确走到了一起，进入了同一条战壕。左联的解散和"两个口号"论争，使他们更加紧密地连在了一起。关于左联的解散，一些论著习惯于模糊处理，其实，这是一个大事件，不仅标志着左翼文学的一次转向，也显示着革命策略的一次改变。1935年8月，共产国际第七次代表大会在莫斯科召开，季米特洛夫作长篇报告，提出建立反法西斯主义统一战线的新战略，根据这个新的战略，王明起草了《为抗日救国告全体同胞书》（即"八一宣言"）。在当时的斯大林眼中，中国的抗战只能依靠蒋介石，中共作为"共产国际"的一个支部，使命就是促成蒋介石抵抗日本，从而减轻日本对苏联的威胁。为了实现这个目标，就要停止无产阶级革命的宣传鼓动，转而推动联合抗日。也就是说，要暂时收起阶级斗争的旗帜，而高举起民族救亡的旗帜。所以，王明在发表"八一宣言"之后做的第一件事就是让萧三通知上海，解散"左联"。鲁迅对"左联"的感情非常复杂，虽然这个组织对他有许多伤害，常常使他痛苦，使他对这个组织甚为不满，但真要解散的时候，他却充满留恋之情。这也许不难理解，那么多人奋斗了那么长时间，其间还有那么多青年的血，如今一声令下就散了，想起来难免怅然。鲁迅提出，即使要解散，也应该发表一个宣言。茅盾把鲁迅的意见转达给周扬等人，但宣言一直没有发表，"左联"就不存在了。在解散"左联"的过程中，鲁迅与周扬的关系进一步恶化，与胡风的关系更加密切。他的强烈不满首先就是在给胡风的信中明确表达的。

就在"左联"解散之际，爆发了"两个口号"的论争。"国防文学"这

① 梅志：《胡风传》，十月文艺出版社1998年，第333页。

② 茅盾：《需要澄清一些事实》，《新文学史料》1979年第2期。

个口号是周扬等人根据新的形势和任务提出的。但可悲的是，他们当时与中共中央失掉了联系，得不到上级指示，只能从各种报纸新闻中揣摩新的形势，捕捉路线和方向。国际“七大”召开、“八一宣言”发表、“停止内战、共同抗日”的新主张，他们也是从街头旧报纸中得知的。对此，周扬曾在“文革”结束时写给中央的一份材料中回忆说：“当时由于和党中央失去了联系，我们得不到党的指示，看不到党的文件。党内思想相当混乱，我自己也茫然如在黑夜行路，暗中摸索，苦闷得很。我们只有靠从上海租界上一家名叫‘Zietgeist’（时代精神）的有‘共产国际’背景的德国书店去买英文版的‘国际通讯’（共产国际的机关刊物）和其它有关书刊来看，作为我们工作的指南。一九三五年秋，我在一期‘国际通讯’上看到了‘共产国际第七次代表大会’的文件，其中有季米特洛夫的总报告，也有王明的发言。不久，我又在巴黎出版的中文版‘救国时报’上看到了党中央的‘八一宣言’。我们当时把‘共产国际’看作是党的最高领导和最大权威，对它是无限信赖和崇敬的。现在回忆当时的情景，我得到了这些文件，如获至宝，内心的兴奋真是无法形容呵。我马上在同志们中间进行翻译和传达。这次国际大会提出了在全世界范围内建立反法西斯统一战线的战略任务，批判了国际共产主义运动中‘左’倾错误的危害性。‘八一宣言’上提出了成立‘国防政府’的口号。……正是在这种思想情况下，我们提出了‘国防文学’的口号。”①

然而，就在周扬等人按照从莫斯科和巴黎间接得来的精神喊响这个口号之际，来自陕北的中央特派员冯雪峰到了上海。冯雪峰到上海之后没有与文艺界的党组织联系，而是按照张闻天的指示直接到了鲁迅家中，他因此很快见到了胡风。他们都对“国防文学”感到不满，因而一起提出了“民族革命战争的大众文学”的新口号。在征得鲁迅的认可后，胡风写了《人民大众向文学要求什么?》一文。胡风的文章并未涉及“国防文学”的口号，却引来了一片围攻，使胡风成为众矢之的。论争的最后，是鲁迅抱病写了《答徐懋庸并关于抗日统一战线问题》，声明口号不是胡风个人的主张，文章“是我

① 周扬：《关于三十年代“两个口号”论争问题》，《鲁迅研究月刊》2004年第10期。

请他做的”。鲁迅不仅为胡风开脱，而且强有力地支持了胡风。他写道：“去年的有一天，一位名人约我谈话了，到得那里，却见驶来了一辆汽车，从中跳出四条汉子：田汉，周起应，还有另两个，一律洋服，态度轩昂，说是特来通知我：胡风乃是内奸，官方派来的。我问凭据，则说是得自转向以后的穆木天口中。转向者的言谈，到左联就奉为圣旨，这真使我口呆目瞪。再经几度问答之后，我的回答是：证据薄弱之极，我不相信！当时自然不欢而散，但后来也不再听人说胡风是‘内奸’了。然而奇怪，此后的小报，每当攻击胡风时，便往往不免拉上我，或由我而涉及胡风。……最阴险的则是同报在去年冬或今年春罢，登过一则花边的重要新闻：说我就要投降南京，从中出力的是胡风，或快或慢，要看他的办法。”针对徐懋庸信中对胡风的攻击，鲁迅回答说：“胡风并不‘左得可爱’，但我以为他的私敌，却实在是‘左得可怕’的。”[①]

鲁迅支持了胡风，也使胡风陷入更深的矛盾中。鲁迅去世后，左翼的两个不同群体进一步分化，胡风成了鲁迅的嫡系传人。这个地位不是谁封的，是胡风以自己的实践确立的。他团结鲁迅生前弟子和追随者，为继承和发扬鲁迅精神进行了不懈的努力，也与背离鲁迅精神和五四新文化方向的倾向进行着坚决的斗争。可是，胡风必然要为此付出代价。最先是1938年，胡风来到武汉，周恩来原想安排他一项工作，却被时任长江局书记的王明一口否决，理由是胡风属于“鲁迅派”，是反对“国防文学”的。[②]从此之后，胡风一路坎坷，1955年的遭遇是最后的结局。

二、鲁迅的精神：更加沉重的遗产

鲁迅去世之后，胡风以继承鲁迅为己任，高举鲁迅的旗帜，坚持鲁迅的道路。胡风的理论谈不上完整和周密，但它有一个突出的特点：无论从哪一个命题切入，都会集中于创作主体的精神品格和文学发展的方向。因此，胡风的悲剧不只是一个集团的悲剧，而是一个方向、一条道路的悲剧。而这个

---

①《鲁迅全集》（第6卷），第534—535页。

② 晓风主编《我与胡风——胡风事件三十七人回忆》，宁夏人民出版社1993年，第21页。

方向、这条道路及其理论体系的源头，无疑是鲁迅。“现实主义的路”“主观战斗精神”“精神奴役的创伤”等有机结合起来，形成了胡风文艺思想的显著标志，而这一切无不打着鲁迅的印记。所谓“胡风集团”，基础是《七月》。考察它的主要成员，无论是创刊时的萧军、萧红、邱东平、吴奚如，还是后来的路翎、阿垅、彭燕郊等，都对鲁迅怀有无限崇敬之情，把鲁迅作为精神上的父亲。所以完全可以说，“七月派”的产生与成长，除了胡风的努力之外，鲁迅精神的感召是重要的。尽管他们与鲁迅已经有不小的差距，但在鲁迅去世之后的中国文坛上，他们却无疑是鲁迅遗产的主要继承者。

但是，他们的选择不合时宜。因为五四时代已经过去，历史的车轮已经进入新的轨道，左翼文化建设面临着新的任务。当革命力量还不够强大、缺少文化旗帜的时候，把一个非党知识分子作为左翼文化的旗帜，这无疑是英明的。但当革命力量强大到一定程度的时候，特别是在建立了自己的政权之后，这种借来的旗帜就不一定适用了。一切都不难理解，要实现意识形态的全面整合，依靠鲁迅是无法完成的。鲁迅的遗产中包含了太多不利于这种整合的因素，所以要让它有益而无害，就要对它进行必要的选择和改写。这种选择和改写的原则是：旗帜仍然是旗帜，道路却要重新开拓。

就在高举鲁迅旗帜而离开鲁迅道路的进程中，左翼文化遭遇了胡风。从20世纪30年代末，到20世纪50年代初，胡风进行了持续的抵抗，引发了一次次论战，每一次都与鲁迅的道路密切相关。

1938年10月，毛泽东在中共六届六中全会上做题为《中国共产党在民族战争中的地位》的报告，同年11月25日以《论新阶段》为题在《解放》周刊发表。报告中提出：“我们这个民族有数千年的历史，有它的特点，有它的许多珍贵品。对于这些，我们还是小学生。今天的中国是历史的中国的一个发展；我们是马克思主义的历史主义者，我们不应当割断历史。从孔夫子到孙中山，我们应当给以总结，承继这一份珍贵的遗产。这对于指导当前的伟大运动，是有重要的帮助的。共产党员是国际主义的马克思主义者，但是马克思主义必须和我国的具体特点相结合并通过一定的民族形式才能实现。……因此，使马克思主义在中国具体化，使之在其每一表现中带着必须有的中国特性，即是说，按照中国的特点去应用它，成为全党亟待了解并亟须解决的问题。洋八股必须废止，空洞抽象的调头必须少唱，教条主义必须休息，而代之以新鲜活泼的、为中国老百姓所喜闻乐见的中国作风和中国气派。”①

于是，从1939年初开始，左翼文艺界展开了有关“民族形式”的讨论。在讨论中，一个问题提出了：“这种更中国化的民族形式的文学的基础应该是五四运动以来的还在生长着的新文学呢，还是旧文学和民间文学呢?”②尽管也有不同的意见，但否定五四新文学、主张回归传统、回归民间，已经是主导倾向。左翼理论家的观点基本一致：五四新文学存在欧化和脱离大众的倾向，新文学和新文化需要在民族传统和民间形式的基础上发展。

面对这股民族化和民间化的潮流，胡风费三个月时间写成五万字的《论民族形式问题》。他针对参与论争的各种观点提出了批评，认为各种“民族形式”理论都是“农民主义，民粹主义的死尸”，提醒人们注意民间文艺所承载的毒素，警惕文化复辟的倾向。在20世纪50年代批判胡风时，周扬曾经指责胡风的《论民族形式问题》是为那场讨论作结论，把左翼作家批评尽了。胡风的文章的确对那场讨论做了鸟瞰式的总结，对延安与重庆两地的论争参与者郭沫若、潘梓年、葛一虹、光未然、叶以群、胡绳、罗荪、巴人、周扬、何其芳、陈伯达、艾思奇、张庚、向林冰等一一提出了批评。他之所以四面树敌，是因为他悲哀地发现，在这场讨论中，看似相互对立的观点竟然同样远离了“五四”传统，远离了鲁迅的方向。他认为，新文学的发展必须警惕传统中封建主义的毒素，必须大胆吸收外来形式。而以鲁迅为代表的五四新文学正是这么做的，所以他认为“五四”传统才是新文学最值得珍惜的传统，文学的发展不能离开五四新文学而回到传统中去寻找民族形式。在如此发言之时，胡风是自觉的。对于他所抵抗的潮流，胡风有许多不甚清楚之处，但对它的政治源头却并非没有看到。历史留给我们的图景是，胡风站立在一个尴尬的位置上，却做着一个捍卫鲁迅传统的梦。他从鲁迅对传统文化的态度出发，在内容和形式两个方面捍卫“五四”传统。胡风指出，封建时代的文艺（包括民间文化）在内容上都不可避免地反映了封建意识，或为

① 《毛泽东选集》，人民出版社1967年，第499—500页。

② 何其芳：《论文学上的民族形式》，《文艺战线》1939年第5期。

封建意识所禁锢，其中虽然也表现着人民的梦想，但由于封建传统的强大和民主基础的缺乏，这些梦想都没有发展起来。因此，胡风不赞成用列宁关于每个民族都有两种文化的理论来掩盖传统文艺和民间文艺的腐朽性质，不赞成把民间文艺作为新文艺的基础。一句话，胡风坚持用五四新文化去“化”传统，而反对用传统来“化”“五四”以来的新文化。

胡风的主张被一些人认为是“主张欧化”“轻视群众”“民族虚无主义”。这些判词基本不错，问题在于如何看待这些判词底下的具体内容。所谓“主张欧化”，也就是坚持“五四”新文学的世界化道路，一心一意现代化；所谓“轻视群众”，也就是像鲁迅那样坚持批判国民性，不与大众意识认同；所谓“民族虚无主义”，也就是坚持像鲁迅那样批判传统，反对重新回归传统。胡风的立场和观点无疑源自鲁迅，源自“五四”新传统。但遗憾的是，这一切在当时已经不合时宜。革命正需要宣传鼓动以农民为主体的人民大众献身于战争，而且需要以群众喜欢的民间形式进行宣传和鼓动。为了有效地完成使命，文艺就需要在内容和形式上都为大众喜闻乐见。如此情况下，胡风坚持“五四”的方向，坚持鲁迅的启蒙立场，当然不受欢迎。

在重庆，贯彻《在延安文艺座谈会上的讲话》精神是从1943年开始的。第一次会议在重庆乡下召开，是一个小型的座谈会，由“文工会”党的负责人冯乃超主持。这个会却一开始就遇到了胡风的“干扰”，无法讨论下去，只好不了了之。胡风没有公开反对《讲话》，但他对《讲话》精神的几个基本点显然并不认同。因为对于沿着鲁迅的方向前行的胡风来说，如果接受这个精神，需要来一个180度的转弯，这很困难。在鲁迅反对“瞒和骗”的文学思想影响之下，胡风坚持认为文学应该“写真实”。他认为现实主义的中心问题就是“写真实”。他所说的“写真实”包括两个相互联系的层面：一是真实的生活写照；二是真实的体验传达，是主观与客观的双重真实。在鲁迅改造国民性思想的影响下，胡风主张关注人民群众的“精神奴役创伤”，认为“精神奴役创伤”是历史遗留给中国社会和中国民众的普遍真实，是现实主义作家不应回避的。明白这些，我们就能明白胡风为什么既反对“主观公式主义”又反对“客观主义”，为什么要强调作家的“主观战斗精神”。而这一切，与《讲话》精神是不一致的。胡风的情况惊动了延安。1943年11月22日，中共中央宣传部就重庆《新华日报》和《群众》杂志的工作问题致电董必武，说这些刊物没有认真研究和宣传毛泽东思想，发表了许多错误百出的东西。在错误百出的东西中，首先提到的就是“ＸＸ论民族形式”。据当时在延安任《解放日报》副刊编辑的黎辛回忆，大约是1943年冬，周恩来在边区大礼堂东北角的会议室作报告，报告的主要内容是关于重庆几个文化人的错误思想，而这几个人中就有胡风。“周在报告中讲到胡风对‘讲话’有些不同意见，还强调说：‘我们当然不是要求国民党统治区的作家像解放区的作家那样深入生活，但是与人民大众相结合的改造思想与立场的原则是一样的。’”[①]1944年4月，延安派何其芳和刘白羽到重庆，向大后方传达毛泽东的《讲话》，并调查文艺思想与活动情况。胡风以“文协”研究部的名义召开了欢迎会，但对于作家的思想改造却显然缺少足够的热情。1945年1月，胡风主编的《希望》杂志在重庆创刊。第1期发表了舒芜的长文《论主观》。明眼人不难看出，文章力图从哲学史的角度强调主观精神的作用，其核心仍然是强调独立人格，呼唤个性解放。胡风对《论主观》感兴趣，也因为它所强调的“主观精神”“战斗要求”和“人格力量”。在这期刊物上，胡风发表了他的《置身在为民主的斗争里面》。他没有反对知识分子与大众结合，也没有反对思想改造，但他提醒作家：要注意大众身上潜伏着并扩展着的几千年的精神奴役创伤，在深入他们的时候也不要被它淹没。

1945年1月25日，冯乃超主持召开一个座谈会。与会者有来自延安的何其芳、刘白羽、林默涵，还有在重庆的茅盾、邵荃麟、蔡仪和胡风等。会议的主题就是批评刚刚出版的《希望》。在会上，尽管茅盾表现了强烈的愤怒，称《希望》是“卖野人头”。但这样的批判实在不得要领，接下来的批评更让胡风感到厌恶。1月25日的批判会没有成功，问题摆放在了周恩来面前。周恩来于2月初亲自出面召开座谈会，与会者有茅盾、冯乃超、冯雪峰、徐冰、乔冠华、陈家康、胡绳、刘白羽和胡风等。会议一开始就明确提出了《论主观》的问题，以免会议再次离题而去。不料胡风说，发表该文就是希望用“无情的批判”来分析它。结果是人们无法再说什么，批判《希望》的会再次泡汤。第二天，周恩来找胡风谈话，直截了当地向胡风指出了

① 胡学常：《胡风事件的起源》，《百年潮》2004年第11期。

两点：第一，理论问题只有毛主席的教导才是正确的；第二，要改变对党的态度。对此，胡风应该心中有数，但他仍然一如既往。在第2期的《希望》上，他又刊发了舒芜的长文《论中庸》。这仍是一篇战斗性的文字，其主旨还是倡导个性解放，反对以种种借口扼杀人的个性。

1945年8月28日，毛泽东到重庆与蒋介石谈判。这期间，胡风曾三次见到毛泽东：一次是9月4日，胡风和冯雪峰由徐冰带领，前往红岩村的八路军办事处。那里正在举行舞会，徐冰好不容易才找到一个机会，将胡风和冯雪峰引到毛泽东的身边。毛泽东同他们握手，但未进行谈话。第二次是10月8日，在张治中欢送毛泽东的大型鸡尾酒会上，胡风参加了，但与毛泽东似乎没有接触。第三次是10月11日，毛泽东离开重庆回延安，许多人一起到九龙坡机场送行。在毛泽东登机的时候，徐冰从背后推了胡风一下，让他上前握手话别，但胡风没有做出任何反应。众所周知，早在1938年3月，胡风在武汉主编的《七月》第10期上发表过《毛泽东论鲁迅》。毛泽东在收到胡风托人转交的刊物之后，还写信向胡风表示过感谢。但在重庆相见，两人却连一句客套话都没有，这是耐人寻味的。胡风不够热情主动，究竟是因为矜持还是另有原因，当然不好臆测。但对毛泽东而言，“与其说是疏忽、不在意，不如说是有意的冷淡。因为这次会晤之前，毛对胡产生的芥蒂早已深藏心底了”[①]。随同毛泽东一起到重庆的胡乔木负有一项使命，就是解决胡风问题。他曾专门约了胡风谈话，并且一谈就是三个小时。10月11日，胡乔木陪同毛泽东回延安，第二天即奉命返回重庆，解决左翼文化界的问题。胡乔木又约胡风谈了两次，但始终无法谈到一起。正因为这样，才有了1948年的大批判，几位党内专家在香港出版《大众文艺丛刊》，开始对文坛异己进行扫荡。在左翼内部，则把矛头对准了胡风。面对这种集体进行的批判，胡风仍然毫不示弱，用了几个月的时间，于1948年9月写完了《论现实主义的路》一书，对批评者进行了回答和批驳。他没有意识到，“历史的潮流”已经不可抵挡，他的抵抗只能给他增添罪证。

更为重要的是，胡风被称为“中国的别林斯基”“东方的卢卡契”和“鲁迅绝顶忠实的传人”。这些桂冠是胡风的荣耀，也意味着某种危险。尤其

① 周正章：《胡风事件五十年祭》，《粤海风》2005年第3期。

是“鲁迅传人”的称号，很容易招引“雷电”。因为鲁迅已经是左翼文化的旗帜，鲁迅精神的阐释权就不再是任何人都可以随意获得的。苏联的高尔基，中国的鲁迅，情况大致相同，他们虽然被尊为“圣人”，但他们的思想并不符合政治意识形态的要求，因而只能是有选择地接受。这就必须控制对于鲁迅的阐释权。在这种情况下，对“鲁迅的忠实传人”是必须严肃对待的。如果胡风能够顺从权威的意志，做一做“鲁迅传人”也许未尝不可，但胡风却要真正发扬鲁迅的精神，这就成了棘手的问题。胡风似乎不清楚自己的身份和处境，常常忘记自己是尚未经过“改造”的“同路人”，在新的时代，仍然要坚持下去，并且要寻找机会进行抵抗，这就不能不更加严肃地对待了。

总之，胡风对鲁迅精神的守护构成了对当代文化整合的威胁，这是胡风悲剧的根本原因。因此，从某种意义上说，胡风的悲剧也是鲁迅精神和鲁迅文学方向的悲剧。

三、鲁迅的姿态对胡风的误导

如果暂且悬置胡风悲剧的外在因素，而把目光投向胡风自身，那么，一个结论很容易得出：胡风的悲剧与他的个性有关。面对同样的悲剧，谴责悲剧制造者还是谴责悲剧遭受者，历来是两种不同的思路。鸡蛋在石头上碰碎了，中国人是习惯于嘲笑鸡蛋的。是的，胡风如果脊骨软一点，遇事圆滑一点，悲剧即使不可避免，也可能不那么惨重。但胡风偏偏用鸡蛋去碰石头，而且连累了一大群人……我不赞成这种思路，但考察他自身的问题，却也非常必要，因为着眼于鲁迅遗产与胡风命运之间的关系，有一点不难发现：因为胡风对鲁迅生前死后的际遇理解不够深入，事实上是鲁迅的姿态误导了他。鲁迅早已去世，当然无须为此承担责任，但胡风“视力不够”，只看到了鲁迅的姿态，却没看清鲁迅的真实处境，也就看不到自己面临的险境，这却是很值得注意的问题。

鲁迅逝世之后，左翼文艺界发生了一系列变化。鲁迅活着的时候，他是左翼自由派的领袖，也是左翼教条派斗争的主要对象，但在逝世之后，却由于最高层的推崇而成了左翼文化的共同旗帜，使得昔日的论敌也不再公开反对他。但是，这并不意味着鲁迅精神可以得到大发扬，更不意味着“鲁迅派”会成为左翼文化的主流。鲁迅虽然被大写在文化旗帜上，但事实证明，根据地文化有自身的发展逻辑，并没有沿着鲁迅的方向前进。那些试图追随鲁迅的人，那些真正接受了鲁迅精神的人，在进入根据地之后，都不可避免地要面临淘汰和改造。

与此同时，两派的去向大不相同。左翼教条派大都去了延安，直接加入了革命队伍，因而逐步成为根据地文化的掌控者。他们中的一些人与鲁迅隔阂甚深，虽然由于领袖对鲁迅的推崇而不再公开反对鲁迅，但对鲁迅的看法并没有改变，过去的恩怨也没有忘却。每当面对鲁迅这面旗帜的时候，他们的感觉和表现都非常复杂。仔细考察周扬讲话中涉及鲁迅的那些内容，有一点不难发现：对于鲁迅，他从来不敢直接批评，却也很少给予真诚的赞美。吞吞吐吐地兜圈子，小心翼翼地明褒暗贬，显示的正是他复杂心态。这是很窝心的，也是很憋气的。这种窝心和憋气很容易成为某种动力，在适宜的时候威胁着鲁迅和他的追随者。左翼自由派的人们只有极少数去了根据地。他们中的大多数都以鲁迅为榜样，追求革命，与黑暗势力作斗争，但这斗争常常是个人化的，因而仍然是散兵游勇。团结这些人，把他们纳入组织中来，或者纳入到统一指挥之下，这是一项重要的工作。无论什么时候，只要存在两大阵营的对垒，散兵游勇就是双方争夺的对象。左翼自由派因其左翼倾向，当然要被争取，但因其自由化倾向，却又往往不适应组织的要求。根据工具化的要求，无论党内还是党外、根据地还是大后方，都应该实现组织化。然而，这个过程并不顺利，容易组织化的往往是距离鲁迅较远的一般左翼青年，而鲁迅的“嫡系传人”往往不容易组织化。这其中一个重要原因，就是他们没有放弃个人的独立性，没有放弃启蒙立场，没有放弃五四新文化运动的理想。只要不放弃这些，他们的姿态就仍然是“横站”，就很难经由组织化而实现工具化。作为鲁迅的嫡系传人，胡风成为这一派的代表，这就不能不承担这个位置和这种姿态的全部后果。

由于不同的选择，到1942年之后，胡风与周扬的位置已经重新排序：周扬是革命队伍内部的人，胡风仍然是同路人。秩序的调整常常使一些人难以接受。比如，根据胡风回忆，1944年4月，何其芳到重庆宣讲《讲话》精神，就有很多人不服气，有的讥讽道：“好快！他们已经改造好了，现在来改造我们了!”冯雪峰甚至说:“他妈的!我们革命的时候他在哪里?”冯雪峰有足够的资格不服气,因为他在革命队伍中的资格毕竟是何其芳无法比拟的。但是,胡风没有这样的资格,他连组织都没加入,有什么理由不接受组织化的等级秩序呢?组织化的逻辑使周扬等人取得了主流地位。他们当然有理由、有责任帮助和改造追随革命却尚处边缘状态的胡风们。在周扬进入延安的时候,在郭沫若被确定为鲁迅之后的文化旗帜的时候,胡风所代表的“鲁迅派”的命运已经注定。

谈到胡风,一些爱护他的人往往喜欢强调他对党、对革命忠诚的一面。但问题是无法回避的:胡风没有加入党组织,而且一再拒绝去延安。董必武邀请过他,周恩来邀请过他,他都婉言拒绝了。皖南事变之后,左翼文化人大疏散,梅志主张去延安,胡风却仍然不想去。这一切究竟因为什么?一般的回答是他爱自由,想保持知识分子的独立性。如果这么说,胡风的确是继承了鲁迅的精神,但同时也说明胡风仍然是个人主义者。如果是这样,也就谈不到对党、对革命的忠诚。

不少论者都曾谈到这样的事例:胡风迫于生计,曾到国民党国际宣传处工作,却没有向周恩来汇报,直到有一天两人谈到一位日本政论家对中国抗日民族统一战线的看法,胡风说那篇文章是他翻译的,周恩来才知道他在国际宣传处做事。蒋介石接见胡风,单独谈话,这么大的事,胡风事后向周恩来提起,却只说了一句不知所云的话:“我觉得蒋介石的表情像老太婆。”胡风办《七月》,坚持独立自主,即使后来做了“文工会”的专任委员,也仍然视刊物是自己的,完全由他说了算。面对这些事例,人们往往得出胡风政治上幼稚、没有组织观念、不能及时向组织请示和汇报等结论。这种结论是不错的,但有一个问题却往往被忽视:胡风不在组织内,向党的领导请示汇报的事并非必需。因为胡风的左翼身份,人们常常产生误解,以为他的行为也应该像组织化的左翼成员一样,按照组织的指示办事。而当时的事实是,胡风仍然是独立的个体,虽然周恩来的身份和地位众所周知,但与胡风不存在上下级的隶属关系。这一点,胡风和周恩来都是明白的,所以周恩来从来没有像要求内部成员那样要求过胡风。当然,也正因为这种关系,使得周恩来得出了“胡风和共产党并不完全一条心”的结论,而且把这个结论报告延安。[①]

这种情况使胡风的处境非常艰难。在政府眼里，他是左翼，是反政府的力量；在革命队伍眼里，他却是游离于队伍之外的异己。更为可悲的是，胡风不是真正的第三种力量，所以没有进退的空间。他与组织保持了距离，因而不能得到信任；他与组织又距离太近，因而不能不面对它的压力。胡风应该清楚自己的文艺思想与毛泽东《讲话》的矛盾，但他一直未能把《讲话》作为辩论的对象。当人们指责他与《讲话》精神相对立的时候，他既不能理直气壮地宣布自己的立场，也不能有效地为自己辩护。这反映的正是他的尴尬处境。

这种尴尬境地源于他思想中的矛盾，同时也源自鲁迅。胡风信仰马克思主义，相信自己与组织化的左翼追求的目标没有什么不同。他对左翼革命的政治权威从来没有质疑过。也许由于鲁迅去世时延安的态度，也许由于毛泽东关于鲁迅的言说，在胡风那里，毛泽东的文化思想与鲁迅的文化思想之间的巨大差异被模糊了。他面对一系列文章进行论战，却没有考虑过文章背后的力量。他对所有人的批判都似乎只是对个人的批判，好像没有意识到这一切都不是孤立的。他没有意识到自己所挑战的是一个多么强大的集团，也没有意识到自己所触犯的是什么样的权威。直到20世纪50年代初，他仍然把问题看成是周扬等人的问题，似乎从来没有把这一切联系起来，没有对他们的思想理论根源进行考察。他批评对手是宗派主义，而从来没有考察一下他们所属的是哪个宗派。

之所以如此，主要原因有三：一是他对“五四”并没有全面地深入理解，二是他对中国革命和左翼文化主流缺少全面的深入了解，三是他对鲁迅也缺乏全面的深入理解。胡风以他独特的方式整合了五四新文学和20世纪30年代左翼文学的传统。他是五四新文化运动的产儿，又是左翼文学的健将，这种身份使他的整合成为可能。在这种整合中，关键的联结点是鲁迅。如果离开了鲁迅，五四新文化与左翼文化就失掉了联系，正是鲁迅给胡风的这种整合提供了基石。但是，胡风一直不清楚鲁迅在左翼文化中的真实地位。他本人把鲁迅看作左翼文化的中心和代表，并不意味着别人也把鲁迅看

---

① 胡学常：《胡风事件的起源》，《百年潮》2004年第11期。

作中心和代表，更不意味着鲁迅真能代表左翼文化。因为一厢情愿，胡风没有看到左翼文化与鲁迅精神、五四理想之间的矛盾，也就看不清自己所处的位置。贾植芳曾不止一次提醒过胡风："我们和鲁迅不同，鲁迅懂得中国的历史，我们却不懂。"[①]胡风的确缺乏鲁迅因洞察历史而特有的清醒。鲁迅能够清楚地意识到自己与冯雪峰们之间的差异，因而有冯雪峰们夺取天下之后自己可能要去扫马路的思想准备，而胡风却没有意识到这些。从这一点看，胡风的悲剧又在于对鲁迅遗产的某些遗漏。

进入1950年，积怨甚深的人们纷纷成为文化界的掌控者，胡风已经在劫难逃。但他不但没有逃，而且试图以上书的形式扳倒周扬等人。后来的人们不难看出他实在是异想天开，用句俗话说：他太不把自己当外人了。组织化的逻辑是铁的逻辑，外人就是外人，自认和冒充无济于事。胡风不把自己当外人，这与鲁迅有关。因为历史的经验很容易给人以误导：按照组织化的逻辑，在20世纪30年代的左联，周扬无疑是自己人，而鲁迅是外人；但在最高领袖那里，鲁迅没有因为是外人而被排斥，周扬也没有因为代表组织而被袒护。明白人应该知道这是不足效法的特例，胡风却错误地以为自己可以像鲁迅那样与组织相处。他显然错了，因为他活动的年代已经不是鲁迅的年代，舞台也不是鲁迅的舞台。如果他早一点知道郭沫若关于假如鲁迅活着如何安排工作的意见，如果他知道鲁迅的文章因为思想有问题而被从学生课本中抽掉，如果毛泽东与罗稷南的对话早几年发生，也许能够帮助胡风及早有所醒悟。

① 李辉：《胡风集团冤案始末》，人民日报出版社1989年，第124页。

1955：胡风案中的鲁迅

众所周知，胡风对鲁迅的继承早已大打折扣，但无论如何，他毕竟不赞同为政治需要而改写“五四”传统，不赞同文学为大众喜闻乐见而在价值和形式上全面迎合大众，也不赞同以民族风格和民间形式复活“五四”所竭力抨击的旧传统。他的文艺思想不同于左翼文艺主流之处，说到底就是要保留一点儿鲁迅所代表的“五四”传统，保留一点儿启蒙精神。所以，胡风与鲁迅是连在一起的，从某种意义上说，胡风的命运也就是鲁迅精神的命运。但是，如果从时代的文化表层考察，情况却完全不同：胡风被反复批判，最后作为“反革命集团”的首犯而被扫进了“历史的垃圾堆”；鲁迅却依然大写在新时代的文化旗帜上，作为偶像被顶礼膜拜。这一现象显然包含了许多复杂的历史内容。考察胡风案中的鲁迅，不仅可以看到鲁迅在当时的真实处境，也可以发现时代文化整合过程中的一些奥秘。

一、一个缺席的被批判者

考察当年对胡风的批判，很容易发现这样一个事实：鲁迅是一个缺席的被批判者。

根据批判中的指控，胡风的罪名是：反党、反人民、反社会主义、反马克思主义。当然，罪名有一个发展演变的过程：开始时只是“小资产阶级个人主义”“唯心论”“轻视人民群众”和“宗派主义”，而在批判的过程中，问题却日益严重起来，先是“反马克思主义”，后是“反党”“反人民”“反社会主义”，而且有“反民族”“反爱国主义”之说，最后是最高领导人大笔一挥，成了“反革命”——“胡风反革命集团”。

这是当年权威人物的判词：“多年来，胡风在文艺领域内系统地宣传资产阶级唯心主义，反对马克思主义，并形成了他自己的一个小集团。解放前，在他的全部文艺活动中，他的主要锋芒总是针对着那时候共产党的或党外的进步文艺家。解放后，他和他的小集团的大部仍坚持他们一贯的错误的观点立场，顽强地和党所领导的文艺事业对抗。……胡风以肉搏的姿态向当前的文艺政策进行猛打猛攻，并端出了他自己的反党、反人民的文艺纲领。这个纲领共有六条：反对作家掌握共产主义世界观；反对作家和工农兵相结合；反对作家进行思想改造；反对在文艺中运用民族形式；反对文艺为当前的政治任务服务……”[①]1955年1月26日，中共中央宣传部在《关于开展批判胡风思想的报告》中说：“胡风的文艺思想，是彻头彻尾资产阶级唯心论的，是反党反人民的文艺思想。他的活动是宗派主义小集团的活动，其目的就是要为他的资产阶级文艺思想争取领导地位，反对和抵制党的文艺思想和党所领导的文艺运动，企图按照他自己的面貌来改造社会和我们的国家，反对社会主义建设和社会主义改造。他的这种思想是代表反动的资产阶级的思想，他对党领导的文艺运动所进行的攻击，是反映目前社会上激烈的阶级斗争。”[②]

这些罪名非常抽象，像大多数权威论断一样，并不能显示具体的问题。要弄清问题之所在，还要把抽象罪名与具体罪状结合起来。胡风反党、反社会主义的证据是什么？反人民的证据是什么？反马克思主义的证据又是什么？只有进入证据的考察，才能看到实际的问题。

所谓反党反社会主义，是那个年代非常严重却又常见的罪名。对于胡风来说，赢得这样的帽子可谓顺理成章、不足为怪。他坚持人格的独立，顽固地运用自己的大脑，无论对文艺界领导的要求，还是对最高领袖的方针，都没有及时地表示顺从。在反复“帮助”和施加压力之后，他的检讨仍然似乎很不情愿。根据这样的表现，当然可以认定为反党。至于反社会主义，则是

① 郭沫若：《反社会主义的胡风纲领》，《人民日报》1955年4月1日。

② 中共中央文献研究室编《建国以来重要文献选编》（第六册），中央文献出版社1993年。

难以讨论的罪名，因为它似乎随时随地都可以安在任何人的头上，证据确凿，铁板钉钉；不过，又随时随地都可以推翻，平反的结论也有理有据。那么多人曾被认定反党、反社会主义，后来都得以平反昭雪，这本身就证明了事情的荒诞。正因为这样，此类是非本不是我所关心的。然而，胡风“反人民”“仇恨中国人民”等罪状却引起了我的兴趣。多年来我一直没写过关于胡风的文章，原因是不愿为一些集团内部的是非耗费精力。当我注意到胡风的罪状时，却猛然意识到，一些集团内部的是非并不是全无意义，比如胡风，之所以为集团所不容，就因为他虽然一脚深陷，而另一脚却经由鲁迅而连接着现代知识分子的许多大问题。也正因为这样，对胡风的批判才牵连到鲁迅，而且有了更复杂的内涵。

胡风的罪状之一是拒绝承认人民的伟大，看不到人民的革命精神，眼睛盯着“精神奴役的创伤”，竭力侮蔑人民群众，这是几乎所有文章都曾指控的罪行。开始的说法比较温和，只是“轻视人民群众”“夸大人民群众的落后性”，后来则不再那么温和，成了“侮蔑人民群众”“仇视中国人”，于是，“反人民”的罪名就成立了。胡风被打倒之前的两年，林默涵指控胡风反对马克思主义，证据之一是：“他在农民身上所看到的，几乎只是一些封建的落后的东西，用他的术语来说，就是一种‘精神奴役创伤’的东西。”[①]“精神奴役的创伤”之所以成为问题，重要的原因在于它抹杀了阶级性，没有站在阶级的立场上看问题。在胡风被打倒之后，周扬对胡风进行了这样的批判：“他把人民看成历史惰性的力量或者看成盲目破坏的力量。他特别地仇视中国人民。他认为中国人民身上尽是‘精神奴役创伤’。在胡风眼中，人民群众就是一片‘创伤’的海洋。正当我们党号召一切进步作家应该认识和表现人民的劳动和斗争的伟大，作家应当和劳动人民在思想感情上打成一片的时候，胡风却要作家‘一鞭一血痕’地去鞭打人民身上的‘创伤’，并且警告作家不要被人民的‘汪洋’所淹没。因此，不是偶然的，胡风派的作家，特别是他们的代表作家路翎总是把人民表现为不是麻木到连人的感觉都失去的蠢猪，就是充满了‘原始野性’，充满了神经质的疯狂性、痉挛性的怪物……胡风集团的人们对民族文化遗产的虚无主义态度和对西方资本主义

---

① 邵荃麟：《胡风的唯心主义世界观》，《人民日报》1955年3月20日。

文化的盲目崇拜，正是同他们的轻视和仇视中国人民，不相信中国人民有任何创造力这种反动的立场观点相联系的。”[①]众所周知，胡风的“精神奴役创伤”之说源自鲁迅的“国民性”思想，而胡风揭示精神奴役创伤的倡导，也正是鲁迅批判国民性的继续。阶级立场模糊不清，满眼都是群众的落后性，也正是鲁迅存在的“问题”。阿Q是贫雇农，而且有强烈的革命愿望，鲁迅却对他冷嘲热讽，这是什么立场观点？对胡风的这种批判，就是这样指向了鲁迅。

在对胡风的批判中，民族虚无主义、主张西化、否定民族传统也是被反复声讨的罪状。在《我们必须战斗》中，周扬指控说：“胡风对于民族文化遗产历来也是采取虚无主义的态度的。他把‘五四’以前的中国文学一律看成‘封建文学’，而且在‘封建文学’和‘民间文学’两者之间画下等号。因此他认为，在过去中国文艺作品中‘得不到民主主义观点的反映，甚至略略带有民主主义观点底要素反映也很难被我们发现’。就是在《水浒传》里面，他也认为决没有‘发自二心的叛逆之音’，这就是说，他也仍然是一部拥护封建的书罢了。”[②]在《反社会主义的胡风纲领》中，郭沫若也说：“胡风历来否定民族遗产，主张把西方资产阶级文艺形式不加区别不加改变地‘移入’中国来，其结果难道不是必然地要把自己民族的独立的文艺变成西方资产阶级文艺的附庸吗？”他列举了胡风的一系列罪证：“他认为‘五四’以前，全部中国文学，包括民间文学在内，都是‘封建文学’；他说：‘五四’以前的一部中国文学史没有写人，没有写人的心理和性格。他认为，我们重视民间文艺是‘拜物情绪’，探求群众喜闻乐见的民族形式是使文艺‘降低’。”郭沫若由此认定：“胡风所以要反对文艺的民族形式，盲目鼓吹外国形式，正是企图削弱和毁灭民族自尊心和自信心，以便拉着人们和他一道滚进世界主义的泥坑里去！”[③]事实上，胡风对民族文化遗产的态度、对“五四”以前文学的认识、对“封建文学”与“民间文学”关系的看法、对《水浒传》等小说的评价，全都来自鲁迅的见解。至于所谓“世界主义的泥

① 周扬：《建设社会主义文学的任务》，《文艺报》1956年5—6期。

② 周扬：《我们必须战斗》，《人民日报》1954年12月10日。

③ 郭沫若：《反社会主义的胡风纲领》，《人民日报》1955年4月1日。

坑”，鲁迅更是早已理直气壮地跳了进去。这一点，郭沫若、周扬等人应该早就清楚，所以，这种批判的炮弹落到哪里，其实是在他们的预料和设计之中的。

在大量的批判文章中，有代表性的首先是林默涵的《胡风的反马克思主义的文艺思想》。它指控胡风“在实质上是反马克思主义的，是和毛泽东同志所指示的文艺方针背道而驰的”，而错误的根源“在于他一贯采取了非阶级的观点来对待文艺问题”。胡风强调和捍卫现实主义，林默涵指出，在胡风的理论中旧现实主义与社会主义的现实主义是界限不清的。胡风认为现实主义的根本问题是作家的“主观战斗精神”与客观现实的结合，林默涵指出：“胡风所说的主观战斗精神是没有阶级内容的抽象的东西。”胡风强调继承世界现代文艺和五四新文艺的现实主义传统，林默涵认为，旧的批判现实主义虽然由于揭露了资产阶级的丑恶而有进步作用，“但它的反映现实和批判现实，却不能不受它所依据的阶级立场和世界观所限制，因此不可能充分反映工人阶级和劳动人民的斗争”。众所周知，作为五四新文学的代表，鲁迅的现实主义正是所谓旧现实主义。这是林默涵等非常清楚的，因为胡风试图为鲁迅五四时期的作品贴上社会主义、现实主义的标签，以避免被抛弃的命运，这“阴谋”正是由林默涵等人识破并给予猛烈批判的。就是在这篇文章中，林默涵也指出：“胡风始终不承认鲁迅在思想上经历过一个飞跃的变化，其实际用意，无非企图证明小资产阶级知识分子作家本来就在人民中，用不着经过什么思想改造，用不着站到工人阶级的立场上去。”在林默涵那里，胡风的重要问题就是拒绝用阶级的观点看问题。正因为缺少阶级的观点，胡风不仅错误地强调“主观战斗精神”，而且错误地强调人民“精神奴役的创伤”，还对五四新文艺产生了错误认识，把它看作完全正确的，而看不到它所具有的“严重缺点”。在他看来，胡风赞美五四新文艺，但他所赞美的新文艺却存在盲目否定民族传统的倾向。“这个缺点，发展起来，就是‘五四’以后新文艺中的有些作品脱离了民族的形式，缺乏‘新鲜活泼的、为中国老百姓所喜闻乐见的中国作风和中国气派’。”因为胡风说过中国的民间文艺也是封建文艺，说过在《水浒传》中也找不到民主性，林默涵写道：“这是完全违反马克思列宁主义对于民族文化的观点的。列宁说过：‘在每一个民族文化里面，都有着即使是没有发展出来的民主主义和社会主义的文化成分；因为在每一个民族里面，都有劳动和被剥削的群众，这些群众的生活条件，不可避免地会滋生出民主主义和社会主义的意识形态来。'毛泽东同志也说过：'中国的长期封建社会中，创造了灿烂的古代文化。……必须将古代封建统治阶级的一切腐朽的东西和古代优秀的人民文化即多少带有民主性和革命性的东西区别开来。'胡风的错误，就是不了解在阶级社会中存在着两种不同的文化。"[①]只要读过一点鲁迅著作的人们都知道，违反马克思列宁主义对于民族文化的观点的大概不仅是胡风，同时也包括鲁迅；不了解在阶级社会中存在着两种不同的文化的大概也不仅是胡风，同时也包括鲁迅。

在当时的批判文章中，邵荃麟的《胡风的唯心主义世界观》也是有代表性的。该文认为："胡风的唯心主义世界观的主要特征，就是片面地强调人的主观精神的作用，抹煞它对于客观世界的依赖关系；而在他对于历史的看法上，就是片面地强调个人的作用，抹煞阶级和阶级斗争的作用，把人民群众看作消极力量，抹煞人民群众作为历史创造者的作用；强调人民斗争中的自发性，抹煞革命理论的作用。这些都是和马克思主义绝不相容的。"在论述胡风"否认唯物主义"时，邵荃麟指出："照胡风看来，封建奴役剥削之所以可能，似乎并不是因为封建阶级掌握了土地和其他生产资料，掌握了政治和经济的权力，而只是因为人民自己身上有这种'安命精神'，甘心做牛做马；人民的解放要求之所以不能实现，也并不是因为统治阶级的残酷压迫以及新的生产力还没有产生，而只是因为这种要求被人民自己的'安命精神'所闷死。这样一来，就把一切历史责任都推在人民身上，把封建统治阶级压迫人民剥削人民的罪恶轻轻地一笔勾销了。"在批判者那里，胡风之所以是唯心主义的，就因为他看重的是人民的精神状态，要解决的是人民的精神问题，而不是解决人民的物质问题，不是帮助人民夺得生产和生活资料。而胡风这样做的结果，又必然导致人们对阶级斗争及其结果持怀疑态度。邵荃麟对"精神奴役创伤"分析道："什么是'精神奴役的创伤'呢？据他自己解释说，'在科学的分析上，可以用缺点去指明'，那末就是指人民中间的缺点了。说得明白一点，就是长期以来封建统治阶级遗留给人民的

① 林默涵：《胡风的反马克思主义的文艺思想》，《文艺报》1953年第2期。

愚昧、无知、麻木、庸俗等等，和‘安命精神’实际上是同一类的东西。胡风认为要解放人民，首先必须‘一层一层的’去剥掉人民身上的那些‘创伤’，必须‘一鞭一血痕’的去批判那些‘创伤’，然后才能从密密层层的‘创伤’下面去寻找出‘支配历史命运的潜在力量’。而这也就是胡风所认识的五四运动的基本内容。”通过这样的分析，在胡风的学说中的确看不到阶级斗争的影子，而且看不到阶级立场。然而，众所周知，胡风对五四新文化内容的把握是通过鲁迅而完成的。所以，邵荃麟对胡风的批判就在事实上成了对鲁迅的批判：“胡风实际上完全看不到阶级压迫的力量，看不见人民的英勇和智慧，只看到人民满身都是所谓‘精神奴役的创伤’。……他把人民群众看成了什么，把人民的缺点夸张到了什么程度？……历史唯物主义者认为历史是人民创造的，而人民是有无限前途的。新的东西是一天天在生长，旧的东西是一天天在衰老；新的东西即使微小，但终究不可克服地要成长起来。所以我们必须向前看，善于辨别出生活中新的东西、革命的东西，才能使我们具有生气勃勃的乐观主义的战斗精神，看到革命的光明前途。只有那些脱离群众的反动的个人主义者，才把人民群众看作是愚昧、无知、庸俗、自私的芸芸众生，仿佛只有他自己才是背着十字架的救世主。这正是没落时期资产阶级的唯心主义世界观的特点之一。”[①]读着这样的文章，所有对鲁迅有所了解的人们都会明显感觉到，如果把胡风的名字换成鲁迅，这种批判才更为贴切。

客观地说，在事实取证层面，批判者并未冤枉胡风。根据当时的逻辑，他们的推论也是不错的。但是，只要读一读鲁迅著作，任何人都会发现，这些批判已把矛头指向了鲁迅。因为在这些问题上，胡风与鲁迅相比，不过是小巫见大巫，他继承了基本的文化立场，却早已没有鲁迅的激烈，从鲁迅的立场上后退了许多。作为一种立场和观点，作为一种文化倾向，真正的代表人物应该是鲁迅。众所周知，是鲁迅宣告了中国几千年历史是“吃人”的历史，是鲁迅把中国历史划分为“暂时做稳了奴隶”和“想做奴隶而不得”这样两个时代，是鲁迅做出了这样的宣判：“所谓中国的文明者，其实不过是安排给阔人享用的人肉的筵宴。所谓中国者，其实不过是安排这人肉的筵宴

① 邵荃麟：《胡风的唯心主义世界观》，《人民日报》1955年3月20日。

的厨房。”[1]也正是鲁迅，开创了批判国民性——即“精神奴役创伤”的启蒙之路。所以，对胡风的这种批判，投枪也罢，猛烈炮火也罢，事实上都落到了鲁迅身上。也就是说，对胡风的批判已经是对鲁迅的批判，对胡风文艺思想整肃也成了对鲁迅思想和文学方向的整肃。

二、一个问题的解决方式

在没有充分的证据之前，我们无法断定究竟是胡风连累了鲁迅，还是鲁迅连累了胡风，也无法断定凭空搞出一个“胡风反革命集团”，到底是为了解决胡风的问题，还是为了解决鲁迅的问题。但这并不重要，因为着眼于现实政治需要，胡风的问题与鲁迅的问题其实是同一个问题。对于新时代的文化掌控者而言，这是不能不面对的问题，也是必须解决的问题。至于问题的解决将涉及哪些人，对他们将如何处置，那是第二步才需要考虑的。第一步的问题是方向性的，因而不可更改；第二步的问题是技术性的，所以需要智慧和策略。

胡风与鲁迅在精神上紧密相连，只要批判胡风，就必然要牵连到鲁迅。一般情况下，遇到这种相互牵连的案子，最简单的处理方式有两种：第一，为了鲁迅而放弃对胡风的惩处。这是胡风和他的朋友们所希望的。胡风言必称鲁迅，除了他的精神资源大多来自鲁迅之外，未尝不是因为有这样的梦想：与鲁迅紧贴在一起，或许能逃避清剿的炮火。因为对方如果真的珍惜鲁迅，就有可能爱屋及乌。第二，连同鲁迅一起批判，从根本上解决问题。客观地说，这是最简单、最省事，也最能适应时代文化建设需要的方式，是一些人所盼望的。当年创造社、太阳社的一些人，20世纪30年代左联的一些领导者，还有一些因为种种原因而对鲁迅耿耿于怀的人，他们并不愿意忍气吞声地匍匐在鲁迅这面文化旗帜脚下，而更愿意掀翻压在自己头上的这座大山。历史的宿怨使他们更愿意看到后一种结果。

考察当时思想文化整合的需要，问题本来很简单：既然鲁迅在五四时期是进化论而不是阶级论，是个人主义而不是集体主义；既然他走的道路是思

①《鲁迅全集》（第1卷），第213—216页。

想启蒙而不是武装革命，当然应该否定，什么《呐喊》《彷徨》，什么《坟》和《热风》，都应该在查禁之列。要肃清鲁迅的影响并不难，充其量像对胡适那样，开展一场大规模的批判运动，让鲁迅的弟子和那些尊崇鲁迅、追随鲁迅的人再来一次“洗澡”，再割一次“尾巴”，登报声明与鲁迅划清界限……这一切并不困难，有强大的国家机器，没有解决不了的问题。

然而，由于毛泽东对鲁迅的态度，问题复杂化了。鲁迅顶了伟大的“文学家、思想家、革命家”的桂冠，被毛泽东紧紧拉在身边，对他的批判无法正面施以猛烈的炮火。这给文化界带来了一系列难题，也增加了矛盾的复杂性。一方面，它使那些在鲁迅生前反对鲁迅的人也被迫在口头上赞美鲁迅，但由于内心深处压抑的不平，却又要不时挖一挖这尊偶像的基座，或者拆一拆这座神庙的墙角。另一方面，它使一些人能够继续抱有幻想，试图通过鲁迅而保存五四新文化，梦想在鲁迅的旗帜下张扬一些自己不愿放弃的东西，比如个人自由、人格独立、启蒙立场等等。在很多问题上，当时的批判者并没有说错，胡风的确试图在鲁迅的旗帜下保卫启蒙主义，并抵抗以知识分子向工农认同为主要特征的改造运动。然而，胡风似乎没有意识到自己思想的危险之处，也不清楚自己对立面究竟何在。他没有意识到鲁迅之所以仍然伟大的真正原因，也没有意识到他作为鲁迅嫡系传人所必然面临的险境。鲁迅已经死去，扔掉牌位有害无益，而且大可不必，因为死人的牌位无论多么高大，色彩都可以根据需要而随时涂抹；活着的人却必须严肃对待，尤其是那些“嫡系传人”，无论是鲁迅的还是马克思的，都注定了没有存在的空间。

因此，时代没有做出一般的简单选择，既没有满足胡风和他的朋友们的梦想，也没有满足鲁迅夙敌的愿望。时代做出的是更富有智慧、更讲策略、也更合于中国传统的选择：鲁迅的旗帜不能扔，胡风必须彻底打倒，把鲁迅与胡风区别开来，高举鲁迅的旗帜批判胡风。也就是说，对胡风的批判只能到胡风为止，任何人都不能把对胡风的批判直接引向对鲁迅的批判。至于射向胡风的枪弹如何在鲁迅头上开花，那效果或许正在设计之中。

三、“不许胡风歪曲鲁迅”

这就给当时的理论界和学术界提出了一个任务：划清胡风与鲁迅的界

线。用今天的话说，这是那个年代“文化建设”中的重大课题。

面对这个课题，一些人显然不感兴趣。比如鲁迅生前的一些论敌，他们更愿意把鲁迅与胡风绑在一起同时扫荡。因为有领袖的态度，他们知道这是不可能的，但由于感情的作用，仍然乐于看到射向胡风的炮弹落到鲁迅的头上。所以，他们不但不会为此而卖力，而且更愿意用巧妙的方式把二者拉得更近。只要看一看郭沫若、周扬等人的文章和讲话，就不难发现这种态度。

对这一课题更有积极性的是另一些人。他们是鲁迅的崇拜者、追随者或亲朋故旧。他们并非不清楚鲁迅与胡风的关系，也并非不明白胡风与鲁迅在精神上的联系，但是，既然胡风已经落水，为了爱护鲁迅，就要斩断他与胡风的牵连。他们是爱鲁迅的，但主要是爱这个名字，而对鲁迅精神和他所显示的文化方向却并不特别珍惜。所以，他们愿意根据时代的需要而把胡风与鲁迅区别开来，哪怕是为保护鲁迅的名字而必须舍弃鲁迅的精神，也在所不惜。应该说，正是这些人的工作进一步适应了政治的需要。因为种种复杂的心理，这种工作无须特别号召和安排，就进行得相当顺利。在举国声讨胡风的浪潮中，人们自觉地开始这么做了。巴金在上海主持批判胡风的会议，有人提出鲁迅信任胡风，巴金马上反驳道：那是先生受了胡风的骗！在北京的批判会上，许广平说：“鲁迅爱党爱人民，胡风反党反人民，胡风是鲁迅的叛徒。”

在这项工作中，唐弢的《不许胡风歪曲鲁迅》可谓代表。该文开头就说：“鲁迅是我们大家尊敬的思想界的巨人。胡风曾经接近过鲁迅，并且以鲁迅精神的继承者自命，从这一点渊源出发，他就常常以鲁迅为武器，让鲁迅出来替他打仗，引用了马克思主义者鲁迅的言论，暗暗地寄生着他自己的资产阶级唯心主义的思想。正如寄生虫会妨碍人体的健康一样，胡风为了要维护自己，就不惜歪曲鲁迅，割裂鲁迅……批判胡风，必须在马克思列宁主义和资产阶级唯心主义之间划清界限，必须在鲁迅与胡风之间划清界限，不这样做，将会引起对胡风思想批判的混乱，也将会引起对鲁迅思想研究的混乱。”[1]这段话透露了一个问题，就是在批判胡风的时候，鲁迅已经面临威

①《鲁迅思想研究资料》（下册），国家出版事业管理局版本图书馆研究室编印1977年，第1页。

胁，鲁迅研究已经不能不受到影响。

按照唐弢的说法，胡风歪曲鲁迅，首先表现在他“对鲁迅思想发展和跃进过程的反马克思主义的理解”。唐弢指出，胡风的意见很混乱，曾经在著作中接受瞿秋白的观点，承认鲁迅走过一个从进化论到阶级论的阶段，也就是承认前后期之分，承认鲁迅思想有发展和跃进的过程，但到了《关于文艺问题的意见》中，却不再承认鲁迅思想的发展和飞跃。唐弢指出的是一个事实，胡风的确有一种幻想，以为既然毛泽东已经指出社会主义现实主义是从“五四”开始的，就可以名正言顺地肯定前期鲁迅了。尽管时势的发展使他很难再有抵抗思想改造的幻想，却仍然幻想用毛泽东的言论使鲁迅前期思想逃避时代的淘汰。但是，时代没有让胡风抓住这根稻草。唐弢认为，胡风不承认鲁迅思想发展和飞跃的过程，把前期作品《狂人日记》看作是社会主义现实主义的作品，“表面上似乎是抬高鲁迅，实质上却是歪曲鲁迅，抹杀了鲁迅对世界观的重视，抹煞了鲁迅艰苦的自我改造过程，也抹煞了鲁迅一生战斗不息的现实主义文学的阶级性。[①]”这里提出的三点是非常重要的：世界观、思想改造、文学的阶级性。这是时代所强调的，所以必须加到鲁迅的身上。由此，我们可以看到唐弢等人的努力：在知识分子改造的背景上，要努力把鲁迅打扮成一个通过艰苦的自我改造而最终成为马克思主义者的鲁迅。时代不能容许鲁迅成为作家无须改造的范例，更不能容许胡风等人通过对鲁迅前期思想的捍卫而使个人主义、人道主义、启蒙精神大行其道。因此，就要努力强化鲁迅自我改造的过程。唐弢为此找了种种证据，比如，鲁迅说过：“我的确时时解剖别人，然而更多的是更无情地解剖我自己。”比如，鲁迅进行自我批评：“我时时说些自己的事情，怎样地在碰壁，怎样地在做蜗牛，好像全世界的苦恼，萃于一身，在替大众受罪似的，也正是中产的知识阶级分子的坏脾气。”这些例子用于说明鲁迅赞同知识分子改造，说明鲁迅自觉地进行改造，实在有点勉强；由此得出的结论“鲁迅向‘主观’作斗争，胡风却是为‘主观’而斗争”[②]，更有点勉强；但无论多么勉强，都必须把鲁迅与胡风区别开来，把鲁迅打扮成知识分子改造运动的支持者和实践者。

①②《鲁迅思想研究资料》（下册），国家出版事业管理局版本图书馆研究室编印1977年，第5页，第13页。

为了让鲁迅成为知识分子思想改造运动的支持者，鲁迅小说中那些知识分子形象受到了特别的重视。因为他们不是随着新文化而站立起来的现代知识分子，鲁迅表现的也不是他们的历史风采和人格光辉，而是他们自身的弱点。鲁迅对知识分子弱点的揭示，因为能够适应知识分子改造运动的需要，而成了伟大的成就，受到特别的关注。因为这种揭示可以告诉人们：小资产阶级知识分子是多么软弱！如果没有党的领导，不仅无力改造社会，就连自己的出路也找不到！研究者说："'五四'许多作家的作品中，都描写了这种具有民主倾向的新式的男女知识分子形象，他们就代替了中国历来封建旧文学中公子小姐、才子佳人的地位而成为时代的主人。这些知识分子很多是有思想、有才能、有自己的抱负和理想的，并且也常常是有良心的、正直的人。但是在旧中国，他们的命运如何呢？他们对旧社会极端不满和仇视，他们具有强烈的反抗精神；但当他们没有和群众结合而只是孤军奋斗的时候，他们的反抗总是失败的。鲁迅在《在酒楼上》《孤独者》《伤逝》等作品中就深刻地描写了这类知识分子的遭遇和命运。知识分子，不管他们具有多么热忱的民主主义的理想，也不管他们的性格是多么坚强、优美，在他们没有与广大群众结合的时候，他们是不能有所作为的，他们的命运只能落到悲惨的结果。个性解放，如果没有民族解放和社会解放作前提，个人如果不与群众相结合，那末，所谓个性解放，往往不过是造成个人悲剧而已。知识分子的唯一正确出路，就是和广大群众结合，把个人的奋斗和人民的斗争、人民的事业相结合。"[①]于是，鲁迅的这些作品，就成了否定个性解放、肯定知识分子改造的依据。

按照唐弢的说法，"胡风歪曲鲁迅，更表现在他截取鲁迅在向封建文化、庙堂文学、国粹主义等作斗争时所写下的片言只字，来辩护他自己对全部民族遗产的虚无主义的观点，否定民族传统、民族形式、民间文艺的反人民的立场上"[②]。胡风的重要的罪名之一，就是否定民族传统、民间形式，对历史持虚无主义态度。应该说，这罪名不是凭空罗织的，而是胡风的确对传统有更多的否定。但众所周知，这种对传统的态度是从鲁迅那里继承来

①②《鲁迅思想研究资料》（下册），国家出版事业管理局版本图书馆研究室编印1977年，第13页，第14页。

的。如果依据这些事实可以认定胡风“反人民”，那么鲁迅同样“反人民”。把鲁迅与胡风区别开来，就要证明鲁迅并不反传统，并不否定文化遗产，努力把鲁迅打扮成民族文化的继承者。于是，人们反复使用鲁迅的那个比方：如果一个穷青年得了一所大宅子，不能不敢进去，也不能放火烧掉，更不能一住进去就大吸剩下的鸦片烟。鲁迅的一句话特别讨人喜欢：“主人是新主人，宅子也就会成为新宅子。”历史留给人们的事实是：因为主人是新的了，不但旧宅子变得无比可爱，旧主人剩下的鸦片烟、迷魂药等也成了宝贝。但这一切都必须说：鲁迅的本意就是如此。要做得圆满，还必须对鲁迅的一些话重新解释，比如，鲁迅“吃人”的判断被限定在统治阶级和“封建礼教”，而不是像小说中所描写的那样是对几千年历史做出的；提出少读或不读中国书的主张，也成了对胡适诱导青年“整理国故”的行为进行斗争，而不表现鲁迅对传统的态度。研究者们要努力说明鲁迅如何继承了民族的遗产，如何在拿来的同时与中国的具体实践相结合，这成了一个公式，一个套子，鲁迅的一切都要被套进去解释，因而无不合于时代的要求，甚至“完全符合于毛主席‘推陈出新’的精神，也正是我们今天正在推行的对待民族遗产、民间艺术的政策”[①]。

总之，鲁迅的言行无不符合时代的政治要求，胡风对鲁迅的言说无一不是对鲁迅的歪曲。通过这样的努力，在把胡风打入地狱的时候，鲁迅似乎被解脱了出来。但结果是可悲的：鲁迅思想和创作中那些不符合时代要求的东西都被判给了胡风，那个真实而完整的鲁迅在遭到粗暴的阉割之后不再进入传播。这一后果非常严重，它使鲁迅的许多遗产在此后相当长的一段时间里与胡风一起被监禁。

四、关于鲁迅命运的一点感想

关于胡风案涉及的问题，各方当事人都有自己的认识，见解很难一致。但是，有一点可以形成共识：无论周扬等人如何公报私仇，胡风的悲剧都不

①《鲁迅思想研究资料》（下册），国家出版事业管理局版本图书馆研究室编印1977年，第17页。

取决于个人的恩怨。究其实质，胡风的悲剧源自历史发展过程中不同努力之间的碰撞，因为双方力量悬殊，因为缺少现代社会的竞争规则和制度保障，最后以不公平的结局告终。它意味着一代知识分子的失败，意味着一个现代梦想的破灭。胡风为什么失败？他本人后来的认识是：毛泽东不愿意听不同意见，不喜欢别人不佩服他。把根本原因归于最高领袖，应该是不错的。因为在那个时代，只要毛泽东不想打倒，胡风是倒不了的。批判胡风是毛泽东亲自布置和领导的，他多次听取汇报，做出指示，亲自修改批判文章，最后又亲自撰写关于胡风集团材料的序言和按语，直到胡风如何处置，是杀还是不杀，都由他亲自说了算。进一步说，鲁迅的命运最终也取决于最高领袖。

冯雪峰在"文革"时期曾经郑重地告诉牛汉：鲁迅的文艺思想与毛泽东的文艺思想是对立的。其实，这实在算不了什么发现，因为读过双方文字的人都可以看到二者背道而驰之处。胡风的文艺思想更多地来自鲁迅，他与毛泽东文艺思想之间的冲突事实上也是鲁迅文艺思想与毛泽东文艺思想的冲突。如果从时代的思想文化整合方案考察，鲁迅遗产大多不适应时代的要求。在这种情况下，否定鲁迅是必然的，也是正常的。新时代本应把鲁迅扫进历史的垃圾堆，却没有这样做，而是把他作为偶像供了起来。这一切都源自毛泽东"法外施恩"。然而，鲁迅的"嫡系传人"被打翻在地，却是必然的命运。

鲁迅之所以被保留下来，除了最高领袖的赏识之外，还有更多的原因。其中重要的原因是革命者对自身文化资源的留恋。革命拥有一些资源，无论人力资源还是精神资源，都常常要被带入革命之后的时代。那些资源在革命的年代也许是有力的武器，但对于建立新的秩序，对于新秩序之下的新统治，却常常有害而无益。由于革命伦理、现实需要和感情的作用，胜利者对一些革命资源常常非常矛盾：一方面是珍惜，一方面是警惕。根据历史的规律，新秩序建立之际常常要论功行赏，这是必然的，因为这是革命的道义；同时也常常要刀枪入库、放马南山，这也是必然的，因为保留一些利器常常是给自己添乱。在历史上，起义领袖在革命胜利之后常有"炮打庆功楼"之类的举动，原因并非只是争权夺利，而是在于新秩序的建立要求消灭革命遗产中那些不利于稳定的因素。在从乱到治的过程中，革命哲学与执政逻辑存在着不可调和的矛盾。对于新秩序来说，一些革命时期非常珍贵的资源往往不仅要放弃，而且要对它百倍警惕。鲁迅留下的遗产，不幸属于这样的资源。从破坏旧秩序到建立新秩序，必然要伴随着资源的更新；但与此同时，话语的一致性和道义资源又必须顾及。这是一个很难处理的矛盾，正是这个矛盾，决定了鲁迅与胡风的不同命运。

《鲁迅全集》：一条注释的沉重历史

2005年版《鲁迅全集》第6卷第559页，在《答徐懋庸并关于抗日统一战线问题》一文后面，有这样一条注释：

> 本篇最初发表于1936年8月《作家》月刊第一卷第五期。
>
> 鲁迅当时在病中，本文由冯雪峰根据鲁迅的意见拟稿，经鲁迅补充、修改而成。
>
> 1935年后半年，中国共产党确定了建立抗日民族统一战线的政策，得到全国人民的热烈拥护，促进了抗日高潮的到来。当时上海左翼文化运动的党内领导者（以周扬、夏衍等为主）受中国共产党驻共产国际代表团一些人委托萧三写信建议的影响，认识到左翼作家联盟工作中确实存在着“左”的关门主义和宗派主义倾向，认为“左联”这个组织已不能适应新的形势，在这年年底决定“左联”自动解散，并筹备成立以抗日救亡为宗旨的“文艺家协会”。“左联”的解散曾经由茅盾征求过鲁迅的意见，鲁迅曾表示同意，但是对于决定和实行这一重要步骤的方式比较简单，不够郑重，他是不满意的。其后周扬等提出“国防文学”的口号，号召各阶层、各派别的作家参加抗日民族统一战线，努力创作抗日救亡的文艺作品。但在“国防文学”口号的宣传中，有的作者片面强调必须以“国防文学”作为共同的创作口号；有的作者忽视了无产阶级在统一战线中的领导作用。鲁迅注意到这些情况，提出了“民族革命战争的大众文学”的口号，作为对于左翼作家的要求和对于其他作家的希望。革命文艺界围绕这两个口号的问题进行了尖锐的争论。鲁迅在6月

> 间发表的《答托洛斯基派的信》和《论现在我们的文学运动》中，已经表明了他对于抗日民族统一战线政策和当时文学运动的态度，在本文中进一步说明了他的见解。

经核对，除年月由原来的汉字改为阿拉伯数字之外，其他与1981年版的注释完全相同。

众所周知，《鲁迅全集》2005年版的注释在1981年版基础上做了不小的修改，尤其是在“去意识形态化”方面，取得了可喜的进步。可是，这条注释的意识形态色彩不谓不浓，却只字未改。为考察个中原因，我走向了这条注释的历史，才发现它虽然不尽人意，却真是来之不易。它包含着不同派别、不同人群的泪水，涉及许多重要人物的坎坷命运，从中可以看到当代文化所走过的曲折道路。

一、1958年版的注释

在1958年版的《鲁迅全集》中，这条注释是这样的：

> 徐懋庸给鲁迅写那封信，完全是他个人的错误行动，当时处于地下状态的中国共产党在上海文化界的组织事前并不知道。鲁迅当时在病中，他的答复是冯雪峰执笔拟稿的，他在这篇文章中对于当时领导“左联”工作的一些党员作家采取了宗派主义的态度，做了一些不符合事实的指责。由于当时环境关系，鲁迅在定稿时不可能对那些事实进行调查和对证。

面对这样一条注释，一般读者往往不甚留意。但这条注释包含了许多内容，也包含了许多故事。而且，许多人为它费尽心机，许多人为它而倒霉。

只要了解20世纪30年代左翼文艺运动的历史和《答徐懋庸并关于抗日统一战线问题》这封信的重要性，就会看出这条注释的功能：它把鲁迅这封信否定掉了。众所周知，这封信是鲁迅与周扬矛盾的最后爆发和集中体现，所涉及的是鲁迅与周扬之间的是非。但在这版的注释中，历史的全部责任由冯雪峰和徐懋庸承担了起来。冯雪峰的问题是严重的，因为信是他“执笔拟稿”，而且“他在这篇文章中对于当时领导‘左联’工作的一些党员作家采取了宗派主义的态度，做了一些不符合事实的指责”。徐懋庸也有问题，因为正是他给鲁迅写信，才引来了这封回信，导致了左翼文艺界的分裂。注释特别强调，徐懋庸的错误行动完全是个人的，周扬等人并不知情。注释没有直接否定鲁迅，但鲁迅已经很不光彩，因为他显然是认人不清、对事失察。在这里，唯一没有错误的就是周扬，他是被误解和冤枉的。这样，让两个“右派分子”承担了历史的责任之后，周扬等人就成了正确一方的代表。

从此之后，中国现代文学史就以这样的口径讲述“两个口号”的论争。

更值得注意的是，这样的注释竟是出自冯雪峰自己之手！如果追究起来，责任只能由他承担，因为他是名义上的作者，注释原稿留下的是他的笔迹。

有必要看一看这条注释形成的过程。

1957年，经过夏衍的“爆炸性发言”，冯雪峰被揭露和批判，等待他的是一顶“右派分子”帽子和开除党籍、撤销人民文学出版社社长和总编辑职务的处分。就在这时，周扬却派邵荃麟前来看望冯雪峰，表示对他的关心。之所以要关心他，是因为还需要他。在周扬看来，一件重要的事还没有办完。是的，在关键性的较量中，由于夏衍的冲锋陷阵，他已胜利了，但战场尚须打扫，善后工作还须要做。这需要做的工作之一，就是鲁迅全集的这条注释。

冯雪峰已于1957年10月离开了人民文学出版社的领导岗位，也离开了编辑《鲁迅全集》的工作岗位，但邵荃麟却奉周扬之命交给他一项任务：为《鲁迅全集》第六卷的《答徐懋庸并关于抗日民族统一战线问题》撰写题注。据邵荃麟的一份材料，周扬曾经对他说：“鲁迅答徐懋庸信的注释问题……所说的哪些事实不符合真相，就应由冯雪峰自己来更正。”邵荃麟按照周扬指示找到冯雪峰说：“还是由你先拟一个稿吧，你熟一点。”冯雪峰不敢违抗，便根据作协党组扩大会议批判他的口径，也是他被迫做的检查中的口径，写出了第一稿。由于他写得太琐碎，也太直白，竟然把会上“周扬、夏衍的对证”都写上了，因而需要修改。几天之后，冯雪峰看到了邵荃麟送来的修改稿：

> 徐懋庸给鲁迅写那封信，完全是他个人的错误行动，当时处于地下状态的中国共产党在上海文化界的组织，事前并不知道。鲁迅的答复是冯雪峰执笔代写的，他在这篇文章中对于当时领导“左联”工作的一些党员作家采取了宗派主义的态度，做了一些不符合事实的指责。由于当时环境关系，鲁迅不可能对那些事实进行调查和对证。[①]

看了这条注文，冯雪峰说：“既然是别人写的文章，又何必编进全集里去呢！”邵荃麟送来文稿，本来只是叫他“一阅”，他却拿起铅笔，把“代写”两字改为“拟稿”；又在“鲁迅”后面加了“当时在病中，他”六个字，以说明由他“拟稿”的原因；在最后一句中，加了“在定稿时”四个字，说明文章是鲁迅自己定稿的。尽管冯雪峰费尽苦心做了这些改动，但基调并未改变。而且，经过他的这番改动，这条注释无疑就成了他的作品，至少是他同意而且亲自由他定稿的。

这条歪曲史实的注释成了经典，从此之后，中国现代文学史教科书、学术论文和专著，涉及这个问题，都由它统一口径。冯雪峰的问题公布之后，中国现代文学史要重写，就像胡风集团案、丁陈集团案出现之后一样。

邵荃麟是冯雪峰的老朋友，周扬安排他来做冯雪峰的工作，的确是英明之举。冯雪峰据理力争，指出对他的批判存在种种荒谬之处；邵荃麟则“晓之以理，动之以情”，最终还是完成了周扬安排的任务。

1986年3月12日，牛汉在冯雪峰逝世十周年学术讨论会上有一段重要的回忆：

> 大约是1959年下半年，我已从拘禁地回到人民文学出版社一年了。……有一次，我问他：“听说你自杀过，有这回事吗？”雪峰坦率地承认：“有过自杀的念头。”我问他：“为了什么事？”他沉默了好一阵子，对我说：“反右后期。有一天，荃麟来找我，向我透露了中央对我的关怀。我很感激，激动地流出了眼泪。我不愿离开党。荃麟对我

① 史索，万家骥：《在政治大批判旋涡中的冯雪峰》，《新文学史料》1992年第2期。

说，‘中央希望你跟中央保持一致。’向我提了一个忠告：‘你要想留在党内，必须有所表现，具体说，《答徐懋庸并关于抗日统一战线问题》所引起的问题，你应当出来澄清，承认自己的责任，承认自己当时有宗派情绪，是在鲁迅重病和不了解情况之下，你为鲁迅起草了答徐懋庸的信。’我对荃麟说：‘这个问题有人早已向我质问过，我都严词拒绝，我决不能背离历史事实。’之后我痛苦地考虑了好几天才答复。我意识到这中间的复杂性，荃麟是我多年的朋友，过去多次帮助我渡过难关，这次又在危难中指出了一条活路。上面选定荃麟来规劝我是很费了番心机的，他们晓得我与荃麟之间的交情，换了别人行不通。他们摸透了我的执拗脾气。当时我的右派性质已确定无疑，党籍肯定开除。面对这个天大的难题，我真正地作难了。我深知党内斗争的复杂性，但也相信历史是公正的，事情的真相迟早会弄明白的。但是这个曲折而严酷的过程可能是很漫长的，对我来说是难以忍受的屈辱。我对荃麟诚恳地谈了我内心的痛苦。荃麟说，先留在党内再慢慢地解决，被开除了就更难办。但我知道荃麟传达的是周扬等人的话。实际上是对我威胁。荃麟不过是个传话的人，他作不了主。我清楚，荃麟说的中央或上边，毫无疑问是周扬。在万般无奈之下，最后我同意照办。这是一件令我一生悔恨的违心的事。我有好多天整夜睡不着，胃痛得很厉害，我按他们的指点，起草了《答徐懋庸并关于抗日统一战线问题》的有关注释。我以为党籍可以保留了。但是，我上当了。我最终被活活地欺骗和愚弄了。为了自己的人格和尊严，最后只有一死，以证明自己的清白。我几次下决心到颐和园投水自杀。但我真的下不了这个狠心。我的几个孩子还小，需要我照料。妻子没有独自为生的条件，再痛苦也得活下去，等到那天的到来：历史最后为我澄清一切。”雪峰眼睛里噙满了泪水。我也哭了。我的党籍早两年已宣布被开除，当时我的心情与雪峰完全一样。

以上雪峰的自述，以及当时谈话的情景，我永远不会淡忘。[①]

① 牛汉：《为冯雪峰辩证》，转引自邓九平编《谈友谊》，大众文艺出版社2000年，第743—744页。

为了鲁迅的这封信，周扬费尽心机，冯雪峰饱受磨难。周扬要把这封信解释为鲁迅受冯雪峰蒙蔽的结果，要让《鲁迅全集》承担为自己洗刷恶名的任务，所以亲自过问《鲁迅全集》的编辑和注释工作。这个注释他完全可以自己动笔，也可以让他的得意下属去写，但周扬没有这样做，而是硬要冯雪峰写。由此可见，周扬的确非同一般。利用手中的权力为自己文过饰非，实在算不了什么，但涉及鲁迅，周扬异常谨慎。由冯雪峰来写，既有说服力，又可以使自己立于不败之地。从心理上说，由当年与鲁迅一道写这封信打击自己的人亲自纠正当年的"错误"，周扬更能感受胜利的喜悦。同时，也只有这样，才能给冯雪峰这样的人更有力的打击。让一个意志坚强的人屈服于自己的意志，胜过千百万奴才的顺从。周扬赢了，温柔地轻轻出手，就使得冯雪峰痛苦得差一点儿自杀。

冯雪峰违心地按照周扬的旨意写注释，颠倒是非，伪造历史，在丑化自己的同时也损害了鲁迅，这一切都是为了保住所谓的政治生命。可是，他上当了，最终仍然丢掉了一切。如此情况下，倔强自尊如冯雪峰者，的确痛不欲生，只因为牵挂弱妻幼子的生活，才含辱苟活到1976年。

1977年10月，鲁迅博物馆的陈漱渝访问周扬，问到对1958年版《鲁迅全集》有关答徐懋庸信的注释问题，周扬说："写这条注释的事我事前并不知道，但写成以后给我看了。当时觉得鲁迅注释工作一贯是雪峰主持的，而《答徐懋庸……》这篇文章又是雪峰代笔的，他为了交代自己的问题写了这条注释。《答徐懋庸》信虽然是雪峰执笔的，但代表的是鲁迅的观点，信里还有鲁迅亲笔加上的许多话。鲁迅署名就是鲁迅的嘛。这个注释是雪峰检讨自己，实际上是批评鲁迅。我同意发表这条注释是不对的。"①

原来如此！那条注释的撰写周扬并不知情，是冯雪峰"为了交代自己的问题"而写了这条注释，而且"实际上是批评鲁迅"！如果冯雪峰还活着，看到周扬的如此言论，不知是该自杀还是去找周扬拼命。

对于我们而言，周扬的这段话却说明了一个重要问题：写这个注释，不仅是为周扬等人洗刷恶名，而"实际上是批评鲁迅"。至于是谁要批评鲁迅，当然不是冯雪峰。

---

① 陈漱渝：《周扬谈鲁迅和三十年代文艺问题》，《百年潮》1998年第2期。

从某种意义上说，周扬等人的努力是成功的。经过种种努力，鲁迅的形象事实上已经不再高大到对他们构成威胁。南京大学董建教授在几篇文章中都曾提到他在1958年参与学生编写《中国现代文学史》教材的事，“有人主张，鲁迅在文学史上的地位不应高于瞿秋白，因为他不是中共党员而瞿秋白是党员”①。

二、“文革”时期：这条注释与周扬的命运

时代的车轮驶入“文革”年代，各种文化遗产大都成了“封资修黑货”，被扫进“历史的垃圾堆”，中国现代的文学、思想和学术成果大都难以幸免。就连有“文坛常青树”之称的郭沫若，也预感到危险，在运动来临之际就宣布自己的著作应统统烧掉。鲁迅再次成为奇迹，不仅没有被扫荡，而且成了革命的旗帜、成了偶像，被高高地供上了神坛。一些在历史上反对过鲁迅的人，则大多成了神坛上的牺牲者。

1966年2月2日到29日，江青召开部队文艺座谈会，形成了一份在后来十年中发挥了重大作用的文件——《林彪同志委托江青同志召开的部队文艺工作座谈会纪要》。这份文件经毛泽东数次审阅、修改，于1966年4月10日以中发（66）211号文件下达全党。4月18日，《解放军报》以社论的形式公布了《纪要》的主要内容。《纪要》提出，文艺界在建国之后“被一条与毛主席思想相对立的反党反社会主义的黑线专了我们的政，这条黑线就是资产阶级的文艺思想、现代修正主义的文艺思想和所谓三十年代文艺的结合”。说到20世纪30年代左翼文坛的矛盾，《纪要》做出了这样的论断：

> 要破除对所谓三十年代文艺的迷信。那时，左翼文艺运动政治上是王明的“左倾”机会主义路线，组织上是关门主义和宗派主义，文艺思想实际上是俄国资产阶级文艺评论家别林斯基、车尔尼雪夫斯基、杜勃罗留波夫以及戏剧方面的斯坦尼斯拉夫斯基的思想……三十年代也有好的，那就是以鲁迅为首的战斗的左翼文艺运动。到了三十年代的中期，

① 董健：《告别“评论缺位的时代”——我与文艺评论》，《文艺争鸣》2003年第1期。

> 那时左翼的某些领导人在王明的右倾投降主义路线的影响下，背离马克思列宁主义的阶级观点，提出了“国防文学”的口号。这个口号，就是资产阶级的口号，而“民族革命战争的大众文学”这个无产阶级的口号，却是鲁迅提出的。[①]

“两个口号”的论争在这里成了两条路线的斗争，“国防文学”成了资产阶级的口号，“民族革命战争的大众文学”则成了无产阶级的口号。这与十几年中逐步形成的主流叙述（周扬派的叙述）恰恰相反。

这一次，轮到周扬等人倒霉了。

1966年7月1日，《红旗》杂志第9期发表阮铭、阮若瑛的《周扬颠倒历史的一支暗箭——评〈鲁迅全集〉第六卷的一条注释》。文章指出：“一九五八年出版的《鲁迅全集》第六卷第六一四页上，有一条对鲁迅所作《答徐懋庸并关于抗日统一战线问题》的注释。这条注释，是周扬同志和林默涵、邵荃麟一些人制作的。它公然同毛泽东同志对三十年代文艺运动的历史总结唱反调，攻击左翼文艺运动的伟大旗手鲁迅，把一条资产阶级、修正主义的文艺黑线说成是马克思列宁主义的文艺路线，把一个资产阶级投降主义的‘国防文学’口号说成是无产阶级的口号。他们制作这条注释的目的，是为了公开打出‘三十年代’文艺黑线的旗号，反对党和毛泽东同志的文艺路线。”[②]

文章对1957年批判冯雪峰的事进行了回顾，对周扬等人的所作所为进行了揭露：

> 1957年7月到9月，在中国作家协会党组扩大会议上，“三十年代”文艺黑线的主帅周扬，借反对右派分子冯雪峰的机会，颠倒文艺战线上两条路线斗争的历史，放出了一批毒草。周扬等人放肆地攻击鲁迅

---

①《高举毛泽东思想伟大红旗，积极参加社会主义“文化大革命”》，《解放军报》1966年4月18日。

② 阮铭，阮若瑛：《周扬颠倒历史的一支暗箭——评〈鲁迅全集〉第六卷的一条注释》，《红旗》1966年第9期。

> 提出的“民族革命战争的大众文学”这一无产阶级口号，攻击鲁迅的《答托洛斯基派的信》《论现在我们的文学运动》《答徐懋庸并关于抗日统一战线问题》等重要文章。但他们做贼心虚，不敢直接把矛头指向鲁迅，就造谣说，“民族革命战争的大众文学”这个口号是“冯雪峰，胡风共谋”提出的；这几篇文章是冯雪峰写的，“是在鲁迅病重甚至连话都说不出来的情况下通过发出的”。乍看起来，似乎矛头指向右派分子冯雪峰，反革命分子胡风，实际上是恶毒攻击鲁迅，大反鲁迅所代表的无产阶级革命文艺路线，抛出了周扬所代表的“三十年代”文艺黑线。

文章说，从注释修改稿可以看到，原稿上删去了一段，又改写了一段。“删去那一段，看来有两个原因：一是对鲁迅的攻击太露骨，而且抬出周扬的名字，公开把他放在鲁迅对立面的地位，这样对周扬不利；二是仍肯定文章是鲁迅写的，只是‘同冯雪峰商量过以后发表的’。改写的一段，钢笔字是林默涵的笔迹，铅笔字是周扬亲笔。这一段妙文，确是煞费苦心制作出来的。”为什么要费尽心机制作这样一条注释？文章指出：周扬他们的目的是要证明自己是正确的，而鲁迅是错误的，而且是宗派主义。

文章回顾了20世纪30年代左翼文艺界的问题和矛盾，认定它是“两个阶级、两条路线的斗争”，并且做出了这样的判断：“在这个历史时期，周扬等人执行了一条与毛泽东思想相对抗的机会主义路线。在前期，是王明的‘左’倾机会主义路线。在后期，是王明的右倾投降主义路线。”文章认定“国防文学”这个口号是周扬根据王明的右倾机会主义路线制定的，其特点是取消阶级斗争，放弃无产阶级的领导，所以是“彻头彻尾的资产阶级口号”。而鲁迅所提出的“民族革命战争的大众文学”口号强调了阶级性，没有放弃无产阶级在文化统一战线中的领导权。对于当时的矛盾，文章做出了这样的概括：

> 一条无产阶级的文艺路线，是以鲁迅为代表的。
>
> 一条资产阶级的文艺路线，是以周扬为代表的。
>
> 一个无产阶级口号：民族革命战争的大众文学。
>
> 一个资产阶级口号：国防文学。

> 《答徐懋庸并关于抗日统一战线问题》的注释，同毛泽东同志的历史总结相对抗，把错误路线说成正确路线，把正确路线说成错误路线，把资产阶级口号说成无产阶级口号，把无产阶级口号说成资产阶级口号。

《红旗》杂志的“编者按”说：“以周扬为代表的三十年代资产阶级的文艺路线，在政治上，是王明的右倾投降主义和‘左’倾机会主义的产物；在思想上，是资产阶级小资产阶级世界观的表现；在组织上，是为了个人或小集团利益的宗派主义。二十四年来，周扬等人始终拒绝执行毛泽东同志的文艺路线，顽固地坚持资产阶级、修正主义的文艺路线。”

就在《红旗》发表文章的同一天，《人民日报》发表新华社的电讯稿，报道了文章的主要内容。接着，《人民日报》和《解放军报》又对文章进行了转载。从此，“两报一刊”开始连篇累牍地发表批判周扬的文章，批判的重点之一就是“攻击、诬蔑鲁迅”，重要罪证就是这条注释。周扬在“文革”之前所费的一切苦心，至此尽付东流。此时等待他的，只有秦城监狱。

就在批判进入高潮之际，1966年9月出版的《红旗》杂志第12期发表了许广平的《不许周扬攻击和诬蔑鲁迅》。文章在回顾了20世纪30年代周扬等人与鲁迅之间的斗争之后，写到了1957年的一幕：夏衍1957年8月14日发言，被称作一个“爆炸事件”。许广平表示，那的确是一个“爆炸事件”，“他们想炸掉鲁迅这面革命的、战斗的旗帜，为实现他们复辟资本主义的阴谋开辟道路”。“‘民族革命战争的大众文学’这个无产阶级的革命口号，是鲁迅根据党中央和毛主席的抗日统一战线政策提出的。把这个口号说成是冯雪峰‘授意胡风提出’的，这纯粹是恶意的造谣，是为了打倒鲁迅而采用的阴险的障眼法。”回顾当年周扬等人把鲁迅答徐懋庸信按在冯雪峰头上进行批判的做法，许广平说：

> 这真是欺人太甚了！我忍不住，当时在会上就说，你们“把一切不符合事实的情况，完全压到鲁迅头上”！我还说明：“这篇文章我已送到鲁迅博物馆，同志们可以找来看看，在原稿上有鲁迅的亲笔，鲁迅不同意怎么发表了？发表以后鲁迅有没有登报声明说‘这篇文章是冯雪峰

写的，不是我写的'?"可是，在后来印发的全文发言集中，周扬们为了欺骗党，欺骗群众，把他们造谣攻击鲁迅的发言都收了进去，而我在八月十四日作的辟谣的发言却不给收进去！

从"文革"开始到"文革"结束，对周扬的批判几乎没有停止过。直到周扬获得"解放"，审查结论中依然保留了"攻击、诽谤鲁迅"和"推行王明的右倾投降主义路线"[①]的尾巴。而且，与当年的冯雪峰一样，这一切都是周扬自己承认的。

据陈晋的《文人毛泽东》透露，把周扬等人的"国防文学"与王明的右倾机会主义联系起来，是康生的发明。"1966年3月，在杭州的时候，康生告诉毛泽东：'鲁迅反对国防文学，鲁迅的大众文学与党的国防文学是两条路线。'而当时领导'国防文学'的那条线的'党'，是谁的'党'呢？康生言下之意，当然不是正在长征的党，而是王明路线的那个'党'。这样，同中央失去联系在上海主持文化工作的周扬等代表人物便属于王明线上的人了。而毛泽东当时最敏感的恰恰是'路线斗争'，康生此招，可谓击中'要害'。"[②]

周扬等人本来的软肋，就是他们与鲁迅发生冲突的时候恰巧与中央失掉了联系，无论解散"左联"，还是提出"国防文学"的口号，都并非来自中央的指示，而是与远在莫斯科的王明有更为直接的关联。后来，冯雪峰作为中央特派员到达上海，却一头钻进了鲁迅的家里，找党外人士，找地下党员，致力于统战工作和重建上海党组织，而对周扬等人很不信任。面对周扬与鲁迅的矛盾，冯雪峰站到了鲁迅一边。这让周扬无法理解，因为周扬等人自认是为党工作的，中央来人却"先党外后党内"，不找他们而找鲁迅，不支持他们而支持鲁迅，真是岂有此理！他们为此而愤怒，也为此而委屈。但是，有什么办法呢？他们毕竟在与党失掉联系的时候把自己挂到了王明的线上，而在后来，两条路线斗争结果又是毛泽东战胜了王明。在这种情况下，周扬真是有冤无处诉。

---

① 徐庆全：《周扬与冯雪峰》，湖北人民出版社2005年，第205页。

② 陈晋：《文人毛泽东》，上海人民出版社1997年，第576页。

正因为这样，周扬到延安之后没有向毛泽东诉苦，也没有要求中央在他与冯雪峰之间做出谁是谁非的结论。这是周扬的聪明之处，他知道自己当时的实际处境，尽管冯雪峰不在延安，不会争辩，但周扬心中有数，知道自己是无力战胜冯雪峰的。原因就在于冯雪峰是中央特派员，他的背后就是中央。周扬不像胡风那么傻，是不会在与人打架之后跑到对方的亲娘那里讨公道的。在一段时间里，他大概更希望人们忘记他与冯雪峰之间的事。仔细想一想，周扬实在很委屈。正因为这样，在1957年批判冯雪峰的时候，他才那样动感情，以致放声大哭。

周扬等人以为，经过1957年的努力，事情总算过去了，却没有想到，当“文革”到来的时候，他们还是毁在了这件事上。

三、1981年版：注释者的一次抗争

1981年是鲁迅诞辰一百周年，新版《鲁迅全集》的编辑工作快马加鞭，以期在百年诞辰之前出齐，但有一个难题却迟迟得不到解决。这难题仍然是《答徐懋庸关于抗日统一战线问题》的注释。那场论争无法回避，注释怎么写，最后必须由中央批准。

尽管不少人都在作“回归十七年”的努力，但《鲁迅全集》的编辑者却不愿沿用1958年版的说法。新的注释该如何说？为了回避矛盾，编辑者的意见是，只是客观交代一下文章发表的情况和有关背景，而不涉及那些矛盾和问题。

当这个回避矛盾的注释送交胡乔木时，胡表示赞同，只是做了一点小小的修改。但到后来，胡的态度却突然发生了变化。朱正回忆说：“不久之后，不知道他是出于什么考虑，又给这条注释做了第二次修订。这个第二次修订稿，在倾向上，有点向1958年版的旧注靠拢，个别提法甚至超过了旧注。如旧注说，写信是徐的个人行动，而这回的修订稿则说是他个人的意见了。更加使我感到为难的是，这次修订稿提出参看《新文学史料》所载茅盾作《需要澄清一些事实》和《文学评论》所载夏衍作《一些早该忘却而未能忘却的事》这两篇文章。当时参加这一编注工作的人员都觉得有必要请乔木

同志收回成命。”[①]

在编辑组反复商量之后，他们以参加编注工作的全体工作人员的名义，给胡乔木写了一封信。这封信较长，但从这信中，我们可以看到当时鲁迅全集编注人员与文化管理者不同的思路：

我们参加《鲁迅全集》注释编辑工作的全体人员开了一次会，仔细研究了您关于鲁迅答徐懋庸信题注的再次修订稿，一致认为其中一些提法未尽完善，希望您能重新考虑一下。

一、徐懋庸同志生前在文章和谈话中反复申述过：他给鲁迅先生的这信虽是他个人自发地写的，但其中表达的意见除了有关巴金部分是他个人的意见之外，其余部分，都是他经常与周扬等同志谈论的题目。所以，人们可以说徐写这信是他个人的行动，却不好说信中所表达的只是他个人的意见。在鲁迅方面，也是从一开始就并不认为这是徐懋庸个人的意见，所以他在复信中不仅针对徐的来信，同时还涉及了当时周扬同志、何家槐同志等在《文学界》发表的论文。所以，我们以为，似无必要强调徐的这信是否个人意见这一点。

二、关于参看茅盾同志和夏衍同志文章的事。这在注释的体例上就有困难，因为不好叫读者去参看期刊上的文章。再说，《新文学史料》第二辑还是一本内部发行的刊物，一般读者不易看到。而且，针对茅盾同志的这篇《需要澄清一些事实》，《鲁迅研究资料》编辑部在该刊第四辑（1980年1月出版）上发表了一篇《也来澄清一些事实》，对茅盾同志的“澄清”做了再“澄清”。此外，针对夏衍同志的《一些早该忘却而未能忘却的事》一文，楼适夷同志也写了一篇文章，大约也将会在某个刊物上发表。当我们明知道有了不同意见之后，却只是提请读者参看一种意见的文章，恐怕是不很恰当的。据我们所知，夏衍同志的这篇文章发表后，在读者中引起的反响颇为强烈。听荒煤同志说，《文学评论》编辑部收到了不少论难性质的文章。一些读者认为夏衍同志此文的态度不够客观。如果我们还要在注释中提请读者参看，那就不是爱护夏

① 朱正：《关于一条注释和一篇附录》，《鲁迅研究月刊》1999年第10期。

衍同志。

三、说“鲁迅在复信中所涉及的事实，他在当时情况下不可能核对，所以难免与实际情况有些出入”，是以提请读者参看的两篇文章为依据的。现在既已出现另外的文章公开指出这两篇本身也不尽客观不尽符合事实，是否宜于参看还有待重新考虑，那么，如果仍要保留这几句，似宜提出另外的依据，或具体说明文中何处“与实际情况有些出入”才好。

四、关于“民族革命战争的大众文学”这口号是谁提出的，说“鲁迅注意到这些情况，采纳了胡风、冯雪峰提议的‘民族革命战争的大众文学’的口号”，似乎也有难处。鲁迅在本文中明说了“这口号不是胡风提的”，而是“几个人大家经过一番商议的”，参加商议的人们中，无疑的是包括胡风和冯雪峰同志的，此外，据鲁迅说，“茅盾先生就是参加商议的一个”。茅盾同志本人在《我和鲁迅的接触》（《鲁迅研究资料》第一辑第71页）中谈了一点当时鲁迅先生和他商议这口号的情形，正好和鲁迅本人的文章相印证。我们认为，不论有谁参加了商议，也不论他们在商议中发表了多少意见，这新口号毕竟是经过鲁迅加以肯定才提出来的。所以，我们固然没有必要一口咬定说这就是鲁迅一个人提出来的口号，同样，也没有必要说成这完全是别人首先提出来的口号，似乎与鲁迅关系并不大。鲁迅自己说得好：“问题不在这口号由谁提出，只在它有没有错误。”

如果我们冷静地回过头来看历史，两个口号的拥护者都不能说自己是毫无错误和缺点的，但是，比较地说，当时鲁迅本人恐怕要算是错误少些，态度正确些的一个。即以本篇而论，例如，尽管他提出了新的口号，但他依然认为“国防文学”口号“仍应当存在，因为存在对于抗日运动有利益”。尽管他在信中对周扬同志表示了明显的不满，但他依然怀有希望，“也许别有他的优点。也许后来不复如此，仍将成为一个真的革命者”。尽管他自己是“民族革命战争的大众文学”这一口号的提出者，但他在批评徐懋庸错误的同时，也批评了聂绀弩错误地解释这口号。应该认为，在当时参加争论双方中，鲁迅的态度是当时比较最好的，真不愧是左翼文坛的领袖。我们这样说，并不是神化鲁迅，而只是

> 为了尊重历史事实。其实，在注文中，我们仅仅希望客观地说明有关史实，完全不必涉及是非褒贬的问题。
>
> 周扬同志和夏衍同志等后来为革命文艺运动做了大量的工作，有巨大的功绩，这是世所公认的。即使在《鲁迅全集》中的正文和注释中涉及“左联”时期的一些往事，也不过是一段往事罢了，并不会损伤读者对他们的尊敬。例如周扬同志1978年初在《人民文学》编辑部座谈会上的发言（见《人民文学》1978年第1期），那态度比起夏衍同志的这篇文章来，就使读者认为更加实事求是一些。
>
> 我们现在担心的是怕在注释工作中不够忠实于历史事实，因而遭到读者的谴责，甚至扩大争论。这就违背我们维护安定团结的初衷。
>
> 我们的意见已如上述。我们希望这一条注文仍能按您上次的修订稿发排。第一稿甚好。如果您以为这样不好，那么，仅仅保留注文的开始几句，即简单说明一下该文的发表情况，其他一概从略也行。对一些情况一时不加说明似乎也没有什么不好。
>
> 由于出版社已和上海印刷公司订有合同，发稿期日益迫近，不能推迟，我们希望您能早日批复。①

事情的结局是胡乔木接受了编辑组的意见。由此可以看到，进入20世纪80年代，事情毕竟发生了变化，权威意识形态表现出某种弹性，学术空间的边界也不再那样僵硬，它为回到鲁迅本身提供了某些可能性。

---

① 朱正：《关于一条注释和一篇附录》，《鲁迅研究月刊》1999年第10期。

1961：周扬与流产的电影《鲁迅传》

在“文革”前十七年的鲁迅形象工程中，一个重要课题是把鲁迅拍成电影。学术研究当然是需要的，但学术著作的影响毕竟有限，要在一代人中造就一个符合时代要求的鲁迅形象，还要调动各种形式。当时采用的手段主要有二：一是通过媒体进行宣传，在鲁迅诞辰、忌日等纪念日发表有现实针对性的纪念文章，塑造一个符合时代需要的鲁迅；二是通过学校教育，根据需要选择鲁迅的文章编入课本，通过体制化的普遍灌输，造就一代人关于鲁迅的知识基础。除此之外，就是文艺形式，电影的覆盖面和影响力当然会被首先想到。因此，把鲁迅拍成电影，就必然要提上议事日程。早在1956年，有人就拍过一部《鲁迅的生平》，但那是纪录片，拍的只是一些实物，并没有把鲁迅的形象搬上银幕。从宣传教育的效果看，当然需要拍出更受观众欢迎的故事片。正因为这样，从1960年初开始，电影《鲁迅传》的拍摄工作开始启动。经过精心的准备，花费了大量人力物力，最后，电影却以流产告终，留给历史的，只是反复修改的电影文学剧本、一次次的修改记录，和各方面的修改意见。面对这样一堆材料，就像面对一个半途而废的建筑工地，难免让人叹息。不过，就是这堆废弃的材料，却包含了丰富的历史文化密码，为我们认识那个年代的文化，认识鲁迅在当时的命运，认识文化掌控者内心的奥秘，提供了宝贵的材料。本文所进行的，只是一些粗浅的清理。

一、可观的阵容与充分的准备

电影是在1960年初由上海电影局、上海天马电影制片厂开始筹备的。

作为第一部鲁迅传记电影，它被国务院文化部、上海电影局确定为重点片，受到了高度重视。所以，一经获得批准，很快就组成了一个实力可观的队伍：陈白尘、叶以群、柯灵、杜宣等集体编剧，陈白尘执笔，于伶担任历史顾问，陈鲤庭执导，赵丹饰鲁迅，于蓝饰许广平，孙道临饰瞿秋白，蓝马饰李大钊，于是之饰范爱农，石羽饰胡适，谢添扮演阿Q……

为了拍摄《鲁迅传》，剧组曾走遍全国各地，进行访谈，召开座谈讨论会，广泛征求意见。2004年，就在丁荫楠执导的《鲁迅传》即将开拍的消息传出不久，上海作家陈村公布：他在网上购得一册1960年上海天马电影厂内部资料《〈鲁迅传〉创作组访谈记录》。在这本油印的资料中，汇集了茅盾、巴金、夏衍、沈从文、许广平等数十位文化名人的访谈记录，是1960年3月至6月间创作组在北京、上海、广州等地走访和座谈的结果。从中可见当时各界的高度关注和创作者的严肃认真态度。

作为鲁迅的饰演者，赵丹曾经回忆说："听说文化部计划中要拍摄影片《鲁迅传》，预定在1961年9月鲁迅诞辰80周年时公映。前期筹备的任务交给了陈鲤庭，而且叶以群已经写出了剧本的初稿。于是，1960年我先在北京毛遂自荐地向陈鲤庭提出，我要演《鲁迅传》里的鲁迅！回上海，更进一步地向组织硬要下这个任务。文化部、上海电影局确定建立重点片《鲁迅传》筹备组，由陈白尘、叶以群、柯灵、陈鲤庭等编写剧本上下集，于伶担任历史顾问，并明确宣布由我主演鲁迅。我得到了自己最倾心的角色演，浑身经脉都舒畅，兴奋得不得了，就像换了个人似的。"[①]为了演好鲁迅，赵丹曾多次到与鲁迅有关的绍兴、北京、广州等地深入生活，甚至完全沉浸于鲁迅的生活情景之中，体验鲁迅的日常生活习惯和趣味。比如用"金不换"毛笔写字，抽烟抽到根，用小酒盅喝绍兴黄酒。他还把家里变成了"鲁迅的书房"，一张写字台不但被鲁迅当年使用的那种毛笔、墨盒、八行红格纸占据，还挤满了糨糊、竹条、瓦片等。他还学着像鲁迅那样亲自动手装订图书和画册、补裱残旧古书……

关于这部电影，高层领导人也非常关心。周恩来亲自过问，发表过原则性的意见。由陈村购得的油印材料可见，柯灵、陈鲤庭传达过周恩来的指

① 赵丹：《我与〈鲁迅传〉》，《新闻午报》2005年9月4日。

示："总理首先指示：鲁迅传影片应以毛主席在'新民主主义论'中对鲁迅的评价为纲……关于党的领导，总理指示应该写瞿秋白同志和鲁迅的战斗友谊；总理还提到内山，他说，这个人至今我们还没有完全弄清楚。"①

经过一段时间的努力，演员早已进入角色，导演和摄影也都做好了一切准备，剧本却迟迟不能定稿。剧本由陈白尘、叶以群、柯灵、杜宣、陈鲤庭集体创作，陈白尘执笔。这是一个由著名作家和著名理论家组成的班子，水平无须怀疑。但是，从现在我们能够看到的半部剧本的多种修改本的情况看，却实在不敢恭维。一遍又一遍，没完没了地修改，却不是越改越好，而是常常相反，越改越糟糕。最先发表于《人民文学》1961年第1–2期的稿本是第三稿。这一稿发表后，又经过两次修改，第五稿发表于同年的《电影创作》第6期。然后又经过多次修改，才于1963年3月由上海文艺出版社出版单行本。然而，直到最后，它也是只有上集而没有下集，只是半部《鲁迅传》。

二、关于剧本的内容

电影文学剧本《鲁迅传》的上集，反映的是鲁迅从1909年到1927年这十八年的经历。我掌握的材料不全，不知道电影为什么不写鲁迅童年在绍兴的生活，也不知道电影为什么不表现鲁迅在南京接受新思想的过程，更不明白为什么不去表现鲁迅在日本留学期间的人生选择和思想探索。这半部《鲁迅传》只表现了鲁迅在辛亥革命、五四运动、"三一八"惨案、"四一五"广州清党这几件大事件中的表现。其中反映五四时期的情节最多，比如新文化运动、五四学生爱国运动、鲁迅与李大钊、鲁迅与北京大学学生……都写到了。之所以写这些，大概因为这些事实比较清楚，也较少争议，是比较容易写的。回避不写的地方，都是比较难写的。后半部之所以一直没有出现，大概主要原因就在于鲁迅在上海那一段时间所必然要涉及的那些矛盾。尽管创作组的成员都是著名作家，具有很高的写作技术，但面对"左联"的解散、"两个口号"的论争、答徐懋庸信等重大问题，大概仍然难以落笔。尤

① 彭伦：《40年前〈鲁迅传〉访谈记录惊现》，《文汇读书周报》2004年7月12日。

其值得注意的是：此时的周扬虽然已经大获全胜，成了“文艺沙皇”，“左联”的历史可以按照他的意志书写，鲁迅的形象也可以任他打扮，在萧军、胡风、冯雪峰等都相继倒下之后，这已经不成问题，但是，因为最高领袖对鲁迅总是那么关注，他还是保持了足够的谨慎，所以，关于鲁迅的上海岁月，最好的办法还是暂且不写。

透过剧本的描写，我们可以看到那个年代在艺术处理上的一些特点。为了迎合政治的需要，剧本不能不对历史事实有所选择、有所遮蔽和改造，因而对鲁迅的活动也不能不有所选择和改写。在经历过1958年“文艺大跃进”并接受了“两结合创作方法”的作家那里，事实似乎并不重要，一切历史细节都可以通过所谓革命的浪漫主义得以实现。这种情况从各个方面都可以看到——

要写鲁迅在五四时期的活动，不能不写到一些人：同事、学生、朋友等。而这些人在后来有的跟了国民党，有的一直远离革命，鲁迅却与他们关系密切，怎么写呢？比如钱玄同，是他把鲁迅拉进了《新青年》集团，是他一次次去找鲁迅约稿，督促鲁迅写出了《狂人日记》，一步步成为新文学的主将。可是，钱玄同没有走向革命，而是“消沉了”。这种情况该如何处理？执笔者陈白尘也认为他应该在电影中出现，却不让他以真名出现，而用了鲁迅在《〈呐喊〉自序》中使用的名字：“金心异”。倒是周扬显得比较宽松，也比较通情理，发表了这样的意见：“这个人没有大问题，介绍一点知识给青年，用钱玄同真名也没有关系。他是五四时代的人么，不要丑化，也不是坏人。”对于那些国民党人和后来跟随了国民党的人，名字就不能在电影中出现了。从傅斯年、罗家伦这样的北大学生领袖，到戴季陶、朱家骅这样的人物，都要想办法处理。傅斯年与罗家伦合成一个，成为一个类型化的人物；戴季陶与朱家骅合成一个，也是类型化的，名字就叫“戴家骅”。

与此同时，剧本极力突出了革命者和共产党人的作用。众所周知，鲁迅在1926年离开北京南下，虽然与“三一八”之后的北京局势有关，但主要原因却是爱情——为了与许广平的关系，他选择了离开北京，摆脱与朱安形式上的婚姻。但在当时，这样的事实却不能写，因为那不但没有意义，而且似乎贬低了鲁迅的形象，所以必须为他离京南下寻找政治理由。于是，一些细节被虚构了出来：李大钊到西三条拜访鲁迅，催促鲁迅“到南方看看”，体验一下那里的革命。同样，鲁迅1927年离开广州去上海，虽然与那里的鲜血有关，但主要还是个人的原因。但在当时，同样不能照实写，因为那似乎有损鲁迅的形象，所以必须处理为政治上的选择。剧本还虚构了这样的情节：共产党人敦促并护送鲁迅和许广平登上了前往上海的轮船。了解情况的人们都知道，鲁迅离开广州时非常孤单，只有一个名叫廖立峨的学生前去送行，而廖立峨不是共产党员。

在电影剧本中，鲁迅个人生活的一些内容没有出现。对于一般的人物和情节，作品当然可以取舍，但有一点让今天的人们看来大概说不过去：表现鲁迅在北京的生活，常常出现鲁迅家中的镜头。我们知道，鲁迅家里不仅有他的母亲，还有他的妻子朱安，在许多情节中，还应该有他的弟弟周作人。朱安的存在是无法忽视的，无论他们之间的感情如何，都是鲁迅那段生活无法回避的一个背景。然而，在这个剧本中，自始至终没有出现过朱安的影子。众所周知，在兄弟失和之前，鲁迅与周作人不仅住在一起，而且兄弟之间不是一般的亲密，许多事是一起做的，许多文章是一起写的。而在这个剧本中，也自始至终没有出现周作人。这样，鲁迅的生活就被阉割了。在这种不完整的生活基础上，很难再现一个完整的鲁迅形象。

这种情况的出现并非偶然，而是时代风尚的集中反映。在剧组进行访谈的时候，就连巴金也发表了这样的意见："有些人物可以取消，如许寿裳作用不大，可以略。凡是合乎鲁迅性格的，可以创造一些，不必完全拘泥于事实。对反派人物，可以夸张一下，可以加一些东西进去。有些人物可以集中概括。有些人物，与戏关系不大的，可以不要。写鲁迅主要是写他的思想发展，私人生活可以精练一点……"①

众所周知，鲁迅的性格和思想都是存在矛盾的。但在当时，电影文学剧本却不能表现人物的丰富性和复杂性，而是极力淡化那些矛盾，努力把鲁迅塑造成时代所需要的伟大的文学家、思想家和革命家。表现人的思想，电影的形式本来就受很大的限制，仅仅依靠画面是不够的。电影为了使鲁迅高大，干脆采取了回避的方式，思想感情中的矛盾都不存在了。

与此同时，剧本原稿虚构了一系列情节，比如，写了李大钊向鲁迅讲革

① 彭伦：《40年前〈鲁迅传〉访谈记录惊现》，《文汇读书周报》2004年7月12日。

命道理，写了鲁迅在“三一八”的幕后活动，写了他与许广平一起参加学生运动，写了他在广州与陈延年的来往，写了他阅读毛泽东的《湖南农民运动考察报告》，写了他在船上听到毛泽东领导秋收起义的消息……事实上，这一切都毫无根据。多年来鲁迅研究的成果证明，鲁迅谴责惨案的制造者，却并没有参与“三一八”的幕后活动；鲁迅与党的领导人陈独秀是老朋友，但与他的儿子陈延年在广州是否有交往，却没有史料证明；至于鲁迅读《湖南农民运动考察报告》，完全没有任何根据。但是，在当时的风气中，电影编剧已经习惯了向着革命的方向虚构，正在形成之中的“高、大、全”和“假、大、空”模式在电影剧本中得到了充分体现。

所以，那部《鲁迅传》如果当时拍了出来，给予观众的，也是一个片面而虚假的鲁迅。

三、关于周扬的修改意见

在剧本的修改中，周扬曾经多次谈话，进行具体的指导。他的意见本身的内涵丰富而复杂，放在特定的背景下，更显示着特别的意味。

在1961年3月17日的谈话中，周扬说：“鲁迅的道路有他的特殊性，他是从民主主义到共产主义的，确实有他自己的道路，经过了很长的摸索。他自己引了屈原的两句话：‘路漫漫其修远兮，吾将上下而求索。’上下求索，道路很长，他是深刻的思想家。写鲁迅找到革命道路容易了，看起来就不够真实。现在有个倾向，写历史人物写得过分的革命化了。鲁迅当然是革命的了。但过分革命化的结果，就会不真实。”①

让后人惊奇的是，竟然是周扬在强调艺术的真实性！竟然是他在反对拔高人物，反对把人物写得“过分革命化”！如果单从字面上看，真应该为周扬叫好。那个年代的文艺的确有这样的倾向，把历史人物写得过分革命化，无论什么情节，总要努力向革命引申，结果是导致了不真实。从周扬的批评，可以看到电影文学剧本存在的问题，即使在他提过批评意见之后的修改

① 周扬：《和电影《鲁迅传》摄制组创作人员的谈话》，《电影艺术参考材料》1961年第4期。

本中，也仍然存在把鲁迅过分革命化的问题。这是那个时期文艺作品共同的毛病，也是一直难以克服的毛病。周扬反对把人物过分革命化，反对把人物拔高，真是非常难得。

但是，面对周扬这种意见，任何熟悉周扬与鲁迅关系的人都不能不注意到一个问题：周扬是在反对所谓革命浪漫主义的弄虚作假和拔高人物吗？他是反对文艺把历史人物过分革命化，还是单单反对把鲁迅过分革命化？他不愿意看到电影拔高鲁迅，背后的原因是否仍然是历史的恩怨？在“文革”时期，有人抓住这一点，说周扬恶毒攻击和污蔑鲁迅、妄图贬低鲁迅的形象，固然是欲加之罪，但是由周扬出面反对拔高鲁迅，的确难逃这种嫌疑。

还是在这次谈话中，周扬又说：

> 鲁迅关于人民讲过两句话，“哀其不幸，怒其不争”。我很欣赏这两句话。这两句话一面说明了鲁迅的伟大，一面也表现了鲁迅的局限性。
>
> “哀其不幸”是他同情闰土、祥林嫂、阿Q……
>
> “怒其不争”则不尽然，人民在“争”。太平天国、义和团在“争”了，包括历代的农民起义。因为他没有看见这一点，因此他也没有能够表现这个方面。
>
> ……
>
> 《摩罗诗力说》《文化偏至论》是启蒙主义的杰作。当时主要是想搞思想革命。农民革命问题他还没有看到。他就是认为农民还没有起来，还没有斗争，因此——“怒其不争”……
>
> 有些人写古代人物，用了现代人的思想感情。“古为今用”，这一点用意很好，但决不是把古人变成今人。如果把古人写得那么好，我们现在亦不过如此，不是反而贬低了现在吗？……①

这段话的最后一小段，看上去拐了个弯，离题说古代人物去了，其实并

① 周扬：《和电影〈鲁迅传〉摄制组创作人员的谈话》，《电影艺术参考材料》1961年第4期。

未离题，前后意思是连在一起的。他反复叮咛的是：写鲁迅对革命的认识，不要超过当时的实际，不要无限拔高；鲁迅也上过当，受过骗，后来在上海就被胡风骗了；写鲁迅，要写出他摸索的艰难，写出他的发展。关于鲁迅性格，他强调了两点："一个要写出他性格中的丰富性；一个要写出他性格的发展。这样才能写出鲁迅的真正面貌，真正伟大之处。"①但明眼人不难看出，写出鲁迅的"真正伟大之处"是虚的，而不能把鲁迅写得太高才是实的，关键在于"如果把古人写得那么好，我们现在亦不过如此，不是反而贬低了现在吗?"，这里的"现在"也就是"我们"。这"我们"当然不能具体化为"周扬"，但可以具体化为"毛主席"和"我们党"，而后者当然包括周扬。说到底，鲁迅不能高于"我们"。而鲁迅最重要的问题，就在于"怒其不争"。周扬举出足够的证据说：人民不是不"争"，而是"争"了，鲁迅没有看到，是他自身的局限性。他写了农民的消极面，没有写出农民的革命性。周扬还特别谈到了阿Q：

> 阿Q想投革命，最后被反革命所杀。因此尽管有千条缺点、万条缺点，只要有了"要革命"这一条，就当作同志对待，是阿Q同志，不是阿Q混蛋。②

周扬在发言过程中问："阿Q还有没有别的优点?"陈白尘回答说："阿Q真能做，劳动好。"周扬说："很好，还有一条劳动好。这两条很重要，一条要革命；一条肯劳动。有了这两条，阿Q就站住了。其他都是缺点。毛主席对阿Q的估价，还是当他革命的。在电影上阿Q的确很难表现，我看把阿Q搞得引人同情好一些，不要使人有厌恶之感。"③

这段话非常重要，它所透露的，是当时的意识形态对于阿Q阶级身份的认定，是权威对于阿Q的态度。无论阿Q有多少弱点，只要有"要革命"这一条，又"肯劳动"，那么就是"阿Q同志"。既然是"阿Q同志"，人们就应该首先考虑自己的立场和态度。那么，就只能批判假洋鬼子不准阿Q革

①②③ 周扬：《和电影〈鲁迅传〉摄制组创作人员的谈话》，《电影艺术参考材料》1961年第4期。

命，而不能批判阿Q不准小D革命；就要批判辛亥革命脱离群众，没有让阿Q走上革命道路，而不能批判阿Q和革命理想。否则，就是轻视群众、污蔑群众、打击群众的革命精神。按照那个年代的见解，资产阶级领导的革命忽视了农民的要求，把皇帝赶下龙廷，却没有给人民带来利益。赵秀才与假洋鬼子串通一气挂出了革命的招牌，而要革命的阿Q却被拒绝在革命的门外。如果讽刺和打击阿Q，也就站到了赵秀才和假洋鬼子的立场上。

在1961年3月19日的第二次谈话中，周扬讲了这样一个重要内容："民主主义者、革命的民主主义者和共产主义者的区别也在这里。能'哀其不幸'的，是民主主义者，同情不幸的人，同情下层人，人道主义；'哀其不幸'再加'怒其不争'的是革命民主主义者，如鲁迅就是这样，主张要起来反抗；而发现农民的斗争力量的，那就是共产主义者了。当时已经有农民在斗争了，民主主义者、人道主义者没有看到，包括革命的民主主义者和革命的人道主义者都没有看到。唯一能看到这一点的是共产主义者，真正的马克思主义者，毛主席就是这样的人。"在当天晚上的谈话中，周扬又说："对于农民运动的认识问题是个很大的问题。鲁迅比其他作家对农民有更多的了解，但是不是已经真正看清楚农民的基本问题了呢？那还没有。在辛亥革命以前他是启蒙主义者，他认为根本问题是要启蒙，要农民起来，'怒其不争'，是怒其还不觉悟。他看到了农民被几千年的封建礼教统治，'蒙'么，不觉悟么，要启蒙，强调知识，知识启蒙，'精神界之战士'，鲁迅的伟大在此。至于要真正认识农民问题的根本是要解决土地问题，推翻地主的统治，武装起来等等，不是容易的。只有真正的革命家深入到农民中去了才能认识的。……真正把农民问题提到理论高度的是毛主席。"①

周扬这两段话讲得很巧妙，他在歌颂毛泽东的同时把鲁迅与毛泽东进行比较，含蓄而明确地指明了鲁迅的位置：他只是革命的民主主义者，无论多么伟大，都比共产主义者和真正的马克思主义者低了一个层次。鲁迅没有认识到农民问题的根本是解决土地问题，因而没有能够参加打土豪、分田地的事业，这是人们不能不承认的。

---

① 周扬：《和电影〈鲁迅传〉摄制组创作人员的谈话》，《电影艺术参考材料》1961年第4期。

仔细品读周扬的谈话，既可以感受到那个时代的意识形态力量，又可以体会到周扬个人面对鲁迅时的复杂心理。周扬的意见主要集中在两点：第一，不要把鲁迅写得太高，要写出他摸索的过程；第二，不要把鲁迅写成革命家，应该主要写他的作家身份。应该承认，他的意见非常合理，所以演员赵丹也非常赞成。赵丹在1961年为《人民中国》杂志写过一篇题为《艺术家要用自己的语言说话》的文章，其中就删节毛泽东对鲁迅的三个“家”五个“最”的评价。他当时还在笔记本上写道：“无论如何不能抱着主席夸赞鲁迅的几个伟大去创造角色，那就糟了，必须忘掉那几个伟大。”[①]需要注意的是，这正是周扬等人所要的。

然而，接下来的事实是：电影《鲁迅传》一直没有上演。关于电影的流产，一般的说法是遭到了无法抗拒的政治压力：“当时江青开始访问中国有名的京剧团，劝他们多演现代戏、适合社会主义阶段的戏。同时在上海文艺界元旦联欢会上，市长柯庆施提出‘不要写古人、死人，要大力提倡写十三年——大写十三年’。所谓十三年就是1949年建国以来的十三年。样板戏的时代即将到来。在文艺依附政治而生的那个年代，在‘大写十三年，大演十三年’的政治压力下，《鲁迅传》摄制组被迫解散了。”[②]

其实，事情并不这么简单。江青也罢，柯庆施也罢，虽然提倡“大写十三年”，但并未排斥现代历史，这是样板戏的取材可以说明的，《红灯记》《沙家浜》《智取威虎山》等写的都不是“十三年”。应该说，《鲁迅传》的流产原因复杂，周扬派的鲁迅形象是否能被普遍接受是重要原因。对于周扬来说，最好的时机错过之后，气运由盈转亏，开始失掉领袖的信任，按照他的意志塑造鲁迅形象的年代已经过去了。取代周扬的意识形态掌控者当然需要自己的鲁迅形象，但拍电影的条件却一时难以成熟。而且，历史最终也没给他们机会。

---

① 黄宗英：《痴迷二十年，赵丹只为演鲁迅》，《文汇影视》2004年3月6日。

② 徐海屏：《濮存昕：电影〈鲁迅〉是我的天赐之福》，《时代人物周报》2005年4月14日。

1978：“拨乱反正”中围绕鲁迅的纷争

“文革”结束之后，平反昭雪，拨乱反正，“文艺黑线”不再成立，文艺界领导人陆续“归来”，文坛再次经历历史性的大转换。就在这时，围绕鲁迅发生了一场纷争，从前台到幕后，曾经闹得沸沸扬扬。关于这场纷争，有人曾斥之为意气之争，有人则在僵化与保守的框架中进行分析，都与事实距离甚远。事实上，它既包含历史的恩怨，又体现着新的时代矛盾和不同的道义承担，有丰富的时代文化内涵，所以，对其进行回顾和探索，对于认识我们走过的道路，显然不是多余的。

一、重评“两个口号”

重评“两个口号”的活动是1978年初正式开始的。文艺界推倒“文艺黑线专政论”，必然要涉及20世纪30年代文艺的重新评价，也必然要涉及“两个口号”的论争。1977年末到1978年春，北京连续举行了三个相互关联的讨论会，一个是“革命文学论争”讨论会，一个是“左翼作家联盟”讨论会，还有一个就是关于“两个口号”的讨论会。关于“两个口号”的讨论会以北京大学、北京师范大学和北京师范学院的名义发起，1978年4月在北京大学举行。据朱容回忆：“在会上发言的人，大多是四十多岁的年轻学者。为什么呢？因为我们都年轻，思想稍稍解放一些；还有一点是，我们都没有挨整的经历，也没有像老同志那样在等待结论。所以，有些创见。参加会议的老同志，对我们的做法是很欢迎的。老作家沙汀同志对我说：‘我们都老了，你们很年轻，有思想，说出了我们不能说或不敢说的话。'"[①]其实，会上更引人注意的，并不是学者的发言，而是夏衍、沙汀等老一代的发言及其态度。

当时的沙汀是中国社科院文学所的所长，荒煤是副所长，他们都是"左联"的成员，在两个口号的论争中都是"国防文学"的支持者。1978年初，这些人大多还顶着"反鲁迅"的帽子。洁泯在关于荒煤的回忆中曾经说过："1978年我遇见他时，没几句寒暄，他就憋不住地讲了自己结论中还有尾巴，说是有反鲁迅的错误。他大声说，我什么时候反过鲁迅？哪篇文章哪次讲话有过反鲁迅的话？毫无根据地给我留下了这尾巴。"[②]正因为这样，面对重评"两个口号"的讨论会，他们不仅积极支持，并且会后立即把几份发言拿到他们主编的《文学评论》上发表。

1978年5月9日，陈荒煤为发表会议发言而给周扬写信："送上有关两个口号论争的文章三篇，都是北大等三校座谈会上的发言……我们准备在《文学评论》三期发表两三篇。夏衍、沙汀同志是当事人，他们的文章可放在后一些发表，夏衍同志说他的文章还要送你看。这些发言，已在各地传播，而且还存在分歧。这些问题不澄清，现代文学史无法写，课也无法讲……"周扬读过之后立即做了"同意发表"的批示。于是，《文学评论》一次发表了三篇文章：朱容的《还历史的本来面目——学习鲁迅关于"国防文学"的论述》、杨占升的《评两个口号的论争》、唐沅的《关于一九三六年两个口号论争的性质问题》。这些文章都在努力推倒"文革"当中对周扬等人的认定和评判，重新肯定"国防文学"的口号。它所面对的，是"文革"时期流行的叙述正是因为那种叙述，把周扬和他的追随者划入"王明右倾机会主义路线"，进而送进了地狱；因此，在结束"文革"之际，重新评价"两个口号"，应是平反昭雪和拨乱反正的题中之义。

论及对"两个口号"的重新评价，与之同时发生的几件事是值得注意的。

其一是王韦的信。1978年4月，就在重评"两个口号"的会议在北京大

---

① 徐庆全：《新时期"两个口号"论争评价的争论述实（一）》，《鲁迅研究月刊》2003年第8期。

② 洁泯：《荒煤乘风而去》，《忆荒煤》，中国电影出版社1997年，第16—17页。

学召开之际，徐懋庸的夫人王韦写了一封信。王韦当时在中国社会科学院文学研究所工作，因而信是写给文学研究所领导人沙汀和陈荒煤的，但要求他们转给周扬。王韦的信中说：1977年12月28日中央专案审查小组给徐懋庸的政治历史问题做出了第二次结论，其中仍然保留了“徐懋庸在三十年代，积极执行右倾投降主义路线，鼓吹‘国防文学’，攻击鲁迅”的说法。她不能接受这个结论。为了让中央了解情况，她从徐懋庸1972年写的关于延安生活的回忆录中找到了毛泽东对“两个口号”论争的看法。徐懋庸在回忆中说，他于1938年3月到延安，5月中旬写信给毛泽东请求接见。毛泽东第二天就回了信，并且很快派秘书先来初步了解了情况，然后于5月23日左右的一个下午在住处听取了徐懋庸的汇报。毛泽东听完汇报后发表了自己的看法。根据徐懋庸所记，毛泽东谈了六点，其中重要的是三点：“二、我认为，首先应当肯定，这次争论的性质，是革命阵营内部的争论，不是革命与反革命之间的争论。你们这边不是反革命，鲁迅那边也不是。”“三、这个争论，是在路线、政策转变关头发生的。从内战到抗日民族统一战线，是一个重大的转变。在这样的转变过程中，由于革命阵营内部理论水平、政策水平的不平衡，认识有分歧，就要发生争论，这是不可避免的。”“五、但是你们是有错误的，就是对鲁迅不尊重。鲁迅是中国无产阶级革命文艺运动的旗手，你们应该尊重他。但是你们不尊重他，你的那封信，写得很不好。当然，如你所说，在某些具体问题上，鲁迅可能有误会，有些话也说得不一定恰当。但是，你今天也说，那是因为他当时处境不自由，不能广泛联系群众的缘故。既然如此，你们为什么不对他谅解呢？”[①]徐懋庸回忆说，毛泽东还让他去找陈云汇报，陈云又让他去找李富春汇报。他们的看法与毛泽东的指示是一致的。其实，这种说法与“文革”之前的调子基本相符：“两个口号”都是革命的，是内部的争论，同时，双方都有缺点，比如宗派主义等。因此，徐懋庸记下的几点很适合“回归十七年”的需要。

1978年9月5日，王韦的这封信到了中央组织部。因为信中要求请陈云证明徐懋庸回忆的真伪，工作人员把信转给了陈云。9月11日，陈云致信胡耀邦，认可徐懋庸的回忆，并建议组织部对20世纪30年代上海文艺界的问

① 徐懋庸：《我和毛主席的一些接触》，《新文学史料》1981年第1期。

题做出经得住历史检验的结论。胡耀邦把陈云的信转给中宣部，中宣部立即执行，调查的对象首先就是周扬。当时在中宣部文艺局工作的荣天屿在回忆周扬的文章中说："听我们传达了陈云同志关心上海文艺界三十年代的问题的意见后，很兴奋也很激动，立即深有感触地说，陈云同志的意见很重要，要把这些问题放到当时历史环境中去考察。我们这些人当时主要是对鲁迅的伟大不够认识，对鲁迅不够尊重。认识一个伟大的人物，伟大的思想，伟大的真理是有过程的。'四人帮'最大的颠倒是非，就是把我们和鲁迅先生在两个口号问题争论这种人民内部的争论，说成是敌我矛盾，说成是阴谋。"①

其二是沙汀和荒煤主持编辑的《"两个口号"论争资料集》和《左联回忆录》。陈荒煤于1978年3月到文学研究所，4月份出任副所长，9月即编成了《"两个口号"论争资料集》。如此高效率工作，可见内在的积极性。涉及鲁迅，他们的态度是谨慎的。在编辑《"两个口号"论争资料集》的时候，编者进行了广泛的搜集，但在交付出版社时，并没有保留历史的全貌。从陈荒煤给周扬的请示信中，可以看到这样的话："关于两个口号论争的资料，已收集整理，准备交人民文学出版社出版，经我最后查阅，有几篇文章，我觉得不编进为好。虽是事实、史料，但容易引起误会。特别是涉及鲁迅的，暂时还难以被人了解。因此，送你一阅，请你考虑是否删去？"②与此同时，他们成立了《左联回忆录》编辑组，开始向当年的"左联"成员广泛征稿。荒煤、沙汀联名的约稿信说："'左联'在中国现代文学史上有着不可磨灭的功绩。然而，在'四人帮'专横时期，出于篡党夺权的需要，恣意抹杀它的功绩，大肆攻击、陷害经过长期革命斗争锻炼而幸存下来的'左联'同志。为了彻底澄清'四人帮'制造的混乱，恢复历史本来面目，给'左联'以科学的历史地位；为了继承'左联'的光荣传统，以利于我国社会主义文艺事业的繁荣和发展，我们认为在纪念'左联'成立五十周年的时日，参加'左联'的同志能将自己的亲身经历和所见所闻，写成回忆录，是十分必要的，有意义的。"③

① 荣天屿：《他的一个未了心愿》，《忆周扬》，内蒙古人民出版社1998年，第497页。

② 徐庆全：《新时期"两个口号"论争评价的争论述实（一）》，《鲁迅研究月刊》2003年第8期。

③ 林焕平：《荒煤不荒，永放光芒》，《忆荒煤》，中国电影出版社1997年，第21—22页。

显然，他们所进行的，是20世纪30年代文学史的再造工程。这个工程的重点是重新确立“左联”及其领导人的地位。在这个工程的实施过程中，大多数人当然不会直接去碰鲁迅，但面对鲁迅和周扬等人的矛盾，出于为周扬平反的需要，却很少有人站在鲁迅的立场上思考问题。这就使当年论争的另一方——鲁迅、胡风、冯雪峰处于非常不利的地位。在历史的舞台上，常常出现这种不在同一起跑线上的竞争。当周扬和他的追随者们重返主流、占据中心、重写历史的时候，作为论敌的另一方，鲁迅早已作古，冯雪峰也已去世，活着的只有胡风，冤案尚未昭雪。很明显，历史上矛盾的双方，离去的时间不同，归来的时间也不同，一方迟迟不能归来，一方捷足先登，时间差造就了优势与劣势。捷足先登者自然要按照自己的意志“拨乱反正”，重写文学史。这是公平的吗？是鲁迅、胡风、冯雪峰的追随者和同情者能够认可的吗？潜在的矛盾是必然要爆发的。

二、冯雪峰的“材料”与茅盾、夏衍的文章

“拨乱反正”，重写历史，让鲁迅和20世纪30年代的文学史都恢复“文革”之前的状态，这似乎不成问题。可是，周扬和他的追随者们没有想到，他们的努力遇到了麻烦，进展很不顺利。最先引发纠纷的还不是鲁迅派的追随者，而是冯雪峰“文革”时期写下的一份“交代材料”。冯雪峰已经去世，这份材料本应默默沉睡在某个角落，但因为重评“两个口号”的努力正在向着更不利于鲁迅、胡风、冯雪峰的方向发展，这份本来不应为一般人知晓的材料开始流传。

“文革”时期，由于《纪要》对20世纪30年代文艺的评价，周扬等人及其“国防文学”成了批判的对象。适应运动的需要，一个“工作团”以上级需要的名义要求冯雪峰把周扬等人在1936年的表现和鲁迅提出“民族革命战争的大众文学”口号的经过写一写。冯雪峰于1966年8月10日写了这份材料，并于1972年做了修订，成为后来流传的《有关1936年周扬等人的行动以及鲁迅提出“民族革命战争的大众文学”口号的经过》。

1978年夏天，这份材料传到了茅盾的手上。作为20世纪30年代上海左翼文艺界矛盾的当事人，茅盾看后大吃一惊：原来“民族革命战争的大众文

学”这个口号最先是由胡风提出的！这使茅盾有一种受了欺骗和侮辱的感觉，因为在过去的几十年中，他一直以为这个口号是鲁迅提出的，所以才表示赞同，并且在矛盾中徘徊摇摆。如果早知道是胡风提出的，他也许是另一种态度。[①]带着激动、气愤和复杂的情绪，茅盾写了《需要澄清一些事实》。此文有几点是容易引发争议的：第一，文章提到鲁迅博物馆访问他的谈话记录有错误，对其中的某些内容不再承认；第二，对冯雪峰表示了极大不满；第三，对胡风的看法仍然沿袭着1955年批判“胡风反革命集团”时的论调；第四，认为鲁迅受胡风蒙蔽，缺乏“知人之明”。

这样的文章本是周扬等人应该欢迎的，但在事实上却使他们非常为难，而且引来了很大的麻烦。茅盾把文章交给《文学评论》，陈荒煤把茅盾的文章和冯雪峰的材料一并交给周扬，请示是否可以发表，并且提出了这样几点：第一，冯雪峰的材料“还不宜公开发表”；第二，“公开说鲁迅被胡风利用，总不大好！有些人难以接受”。“关于民族革命战争的大众文学的口号为胡风先提，而现在仍认为两个口号并存，又是主席肯定两个口号都对，也不好。这一点也不宜公开说出去。”第三，“茅公文对民族革命战争的大众文学过去也写过拥护文章，现在又揭发早已知道胡风可疑，也对茅公不好”[②]。信的最后，荒煤建议把茅盾的文章交人民文学出版社准备出版的内部刊物《新文学史料》发表。周扬表示同意，于是稿子转给了人民文学出版社的负责人严文井，最后在《新文学史料》1979年第2期发表了出来。

1979年10月17日，茅盾又在《人民日报》发表文章提出：“鲁迅研究中也有‘两个凡是’的问题。”客观地说，在那个思想解放的时刻，反对神化历史人物，是有积极意义的，但面对“两个口号”的论争和它遗留的历史问题，茅盾的举动却使一些人非常反感：在20世纪30年代，你是鲁迅派的支持者，尽管有点摇摆不定；而在当前，鲁迅去世了，冯雪峰、胡风似乎都有问题，周扬等人又坐到了台上，你就这样去迎合权势者吗?

面对冯雪峰的材料，另一个做出激烈反应的是夏衍。他看到材料后很快

① 韦韬、陈小曼：《父亲茅盾的晚年》，上海书店出版社1998年，第298—299页。

② 徐庆全：《新时期“两个口号”论争评价的争论述实（一）》，《鲁迅研究月刊》2003年第8期。

写了《一些应该忘却而未能忘却的事》，对冯雪峰的材料进行了反驳，并为自己和“四条汉子”申冤，指出鲁迅的说法不符合事实。他认为“国防文学”这一口号是正确的，而“民族革命战争中的大众文学”这一口号的提出是胡风的阴谋，导致了左翼作家阵营的分裂。楼适夷曾经回忆说，这篇文章本来准备继续在《新文学史料》上发表，是他提出，《史料》是个资料性刊物，不是论争性刊物，所以不要发表夏衍的文章。上级也同意了他的意见。但是，夏衍的文章最后还是在1980年第1期的《文学评论》上发表了出来。[①]关于这件事，聂绀弩在1979年9月写给胡风的信中说：“夏衍的文章送到《新文学史料》，编者不能作主，报中宣部请示，胡乔木说暂不发表，夏衍质问并力争，胡说可以发表。经副部长廖井丹批示：可以发表，但其他意见也可以发表。原稿发还人民文学出版社，社长交《新文学史料》，编者说，如果要发表，就要同时发表李何林回答茅盾的文章和吴奚如写的关于胡风的文章。社长表示同意。不过，几天之后，陈荒煤来把夏衍的文章要了去，要发表在《文学评论》上。”[②]

众所周知，夏衍与冯雪峰积怨太深，他对冯雪峰材料的反驳很难客观公正，因而引起了同情冯雪峰的人们的强烈反感。同时，夏衍的文章像茅盾的文章一样，谈及胡风仍然是1955年的调子，他和茅盾一样，都忽略了胡风的存在，他们似乎没有想到胡风也是可以平反的。这就导致了胡风同情者的强烈反感。

三、李何林等人的声音

茅盾和夏衍的文章引起了一连串反响。在此之前，对“两个口号”的重新评价虽然已经发生了矛盾，但矛盾并未激化，更没有在全国范围内形成对立。茅盾、夏衍的几篇文章发表之后，一场论争立即爆发了。

聂绀弩在致胡风的信中曾经这样描述对立双方的情况：鲁迅研究室李何林与文学研究所沙汀、荒煤对立，鲁研室拥有某种不利于文研所的材料；《新文学史料》牛汉也不赞同沙汀和荒煤的做法，也有某些材料；吴奚如已

---

① 楼适夷：《在一次作家座谈会上的发言》，《新文学史料》2002年第3期。

②《胡风与聂绀弩间的十封书信》，《武汉文史资料》2000年第10期。

经写了文章，就在牛汉手上。聂绀弩还说："口号问题起自教学。大学教现代文学史交代不了这个问题，于是就追究这个问题。有人回答：我们真不知是鲁迅提的所以反对，后来知道了就不反对了。这显然不解决问题，因为没有理论。人们要知道的是谁对，而不是谁提。谁提就反对，谁提就不反对，是建立于'国防'正确基础上的。如果人们以为'国防'正确，这个问题早就消灭了。听说夏公在某篇文或材料里有一句'鲁迅、冯雪峰、胡风'之类，后来又勾掉了。这事给我很多启发。二三十年代有些人读了几本与马列有关的文艺理论书，甚至于和党有了某种程度的联系，猛然趾高气扬目空一切反对既成权威，而鲁迅就是最大的权威，所以他们围攻鲁迅。这是口号以前差不多十年的事。……这些人中后来有的参与了党的工作，但围攻鲁迅一事并没有启发他们什么，反而认为是鲁迅常常在反党，其中包括冯胡，不知包括秋白否？"[①]

正如聂绀弩向胡风汇报的那样，首先站出来为鲁迅、冯雪峰辩护的是李何林。李何林并不反对重新评价"两个口号"，但对于重评过程中对鲁迅、冯雪峰、胡风等人的不公，感到难以接受。据袁良骏回忆，在1978年4月北京大学举行的会议上，就曾经发生过一件事：按照计划，最后一天下午发言的次序是：夏衍、冯乃超、沙汀、李何林、王瑶、川岛。夏衍的发言火药味十足："说来说去是胡风串通冯雪峰蒙蔽鲁迅，提出了'民族革命战争的大众文学'这一分裂主义的口号，否定'国防文学'的正确口号，挑起了'两个口号'的论争。"接下来是冯乃超和沙汀发言，观点与夏衍完全相同。就在沙汀发言的时候，主持会议的袁良骏接到通知：会议必须在沙汀讲完之后立即宣布散会。下一个发言者应该是李何林。众所周知，前面几位观点是一致的，只有到李何林这里，才会出现另一种声音。但在最后，大会还是在沙汀讲完之后就宣布散会了，李何林和他代表的那一派没有得到发言的机会。袁良骏在多年后回忆说："呜呼！事情这样了结了！一个好端端的学术讨论会被搅得不欢而散，百家争鸣、尊重不同意见的优良学风遭到了粗暴践踏！而我，却正是一名'行刑'的刽子手！"[②]由此可见，在1978年4月，新的主流

①《胡风与聂绀弩间的十封书信》，《武汉文史资料》2000年第10期。

②袁良骏：《对不住李先生的一桩往事》，《文学自由谈》2000年第2期。

是如何压制和防范另一种声音。

正是面对如此一系列新的问题，李何林站出来了。他写了《也来澄清一些事实》等一系列文章，为冯雪峰辩护，并以保卫鲁迅为己任。他指出这样一个事实："民族革命战争中的大众文学"这个口号并不是鲁迅提出的，而是胡风提出与冯雪峰商量之后由鲁迅认可的；胡风是"反革命分子"；冯雪峰是"右派"；鲁迅与"反革命"和"右派"站在一起。面对这样的事实，说鲁迅受蒙蔽，看上去是爱护鲁迅的，但它有一种杀伤力："你受坏人的蒙蔽，你没有'知人之明'，你'失察'。有人告诉你'胡风是内奸'，你不相信，你不是失察吗？所以有人就到处演讲，说这个'失察'的说法好得很!"①

对于茅盾的文章，李何林集中批驳的是以下几点：一是冯雪峰和鲁迅都被胡风所利用，鲁迅受胡风、冯雪峰蒙蔽；二是鲁迅缺乏"知人之明"；三是鲁迅研究中也存在"两个凡是"。在《需要澄清一些事实》中，茅盾说："那时候，鲁迅对'左联'一些人的作风也是不满的。暗藏的反革命分子胡风正是利用了鲁迅的这些不满。胡风之所以不迟不早，恰恰在冯雪峰到上海后的第三天就炮制了这个口号，是料想冯一定会赞成（冯与周扬的对立，胡风早已熟知），而且料想鲁迅一定尊重这位新从陕北来的特派员的意见。这样，胡风就达到了用这个口号来制造混乱、分裂当时左翼与进步文艺界的罪恶目的。我们现在根据这些事实，不能不坦率地说，当时不但冯雪峰为胡风所利用，鲁迅亦为胡风所利用。"与此同时，茅盾还提出了鲁迅缺乏"知人之明"的问题。他说："即使事情牵扯到鲁迅的知人之明，我们也应当实事求是。"茅盾用以说明鲁迅无知人之明的主要证据是他相信胡风，茅盾说："胡风之为暗藏的反革命分子，当时真个没有人指出来过吗？事实并不如此。鲁迅《答徐懋庸》信中，已经说，大约一年前，'四条汉子'约鲁迅在内山书店谈话时，就告诉鲁迅，胡风是国民党派来的，消息来源是被捕自首后释放的穆木天。鲁迅因其出于自首者之口，故断然不信……1935年下半年，我也对鲁迅说过胡风形迹可疑，与国民党有关系，而且告诉鲁迅，这消息是从陈望道、郑振铎方面来的，他们又是从他们在南京的熟人方面听来

①《李何林全集》（第1卷），河北教育出版社2003年，第104页。

的。但是鲁迅当时听了我的话，脸色一变就顾左右而言它。从此以后，我就无法与鲁迅深谈了，即鲁迅所谓对他'疏远'了。我真不理解，胡风何以有这样的魅力，竟使鲁迅听不进一句讲胡风可疑的话。"[①]

针对鲁迅受胡风、冯雪峰蒙蔽和利用，鲁迅无知人之明的问题，李何林说："鲁迅当时相信这两个人是有根据的，怎么是受蒙蔽和无'知人之明'呢？想用无'知人之明'来取消鲁迅对很多人的批评，是取消不了的！"[②]他又说："我们要问：既有'知人之明'又不'失察'的同志们，为什么不早告诉党组织把胡风揪出来，而要等到二十年后的1955年才揭发呢？胡风既然被疑为内奸，为什么有'知人之明'又不'失察'的同志们在二十年中一直不把胡风当内奸对待呢？为什么在1955年以前对胡风只限于文艺思想的批判呢？为什么解放以后还要给胡风以较高的政治地位呢？"[③]

值得注意的是，李何林的文章于1979年3月15日送交《新文学史料》编辑部，曾经计划在第四期发表，但到了5月底，却接到通知说不能发表。最后，文章只能编入鲁迅研究室自己的刊物《鲁迅研究资料》第四辑，到1980年才得以印出。

面对茅盾提出的"鲁迅研究中也有'两个凡是'"的问题，李何林也多次予以反驳。他认为这个问题根本不存在。"谁说鲁迅骂过的人就一定糟糕？鲁迅骂过章士钊，批评过李四光，他们的情况怎样？谁说过鲁迅赏识的人就一定好到底？鲁迅赏识胡风和冯雪峰，他们两人一个是'反革命'，一个是'右派分子'，谁保证他们好到底了？"他说："借反对'神化鲁迅'之名来贬低鲁迅，或在鲁迅这个光辉的名字上抹黑，是徒劳的！"[④]"贬低、伤害一个死去四十多年、不能再写《答徐懋庸并关于抗日统一战线问题》那样的反驳信的鲁迅，我看他们不是英雄。"[⑤]

尤其值得注意的是，李何林还于1979年11月12日直接给周扬写信，坦率地指出："对30年代文艺问题，尤其是对'两个口号之争'，你还承认有缺点错误，'不敢要领导权是右倾''有右倾问题'。而有些人就把'国防

---

① 茅盾：《需要澄清一些事实》，《新文学史料》1979年第2期。

②③④⑤《李何林全集》（第1卷），河北教育出版社2003年，第83页，第190页，第150页，第79页。

文学'说得很好，毫无缺点错误，那么鲁迅的批评就错了。……反对神化鲁迅，实际是想贬低鲁迅。"[①]他毫不掩饰自己的立场，似乎是决意要为"鲁迅派"鸣冤，甚至是新账老账一起算，向周扬质问道："粗略计算一下：30年代的所谓'鲁迅派'青年作家和鲁迅接近的人，在延安，在五六十年代，被批被整的不少，而30年代和你们接近的'国防文学派'的同志，被整的很少，而且大多得到较好的地位和待遇，是什么原因？早有人这样议论了。在这次小组会上有不少人说，单是轻描淡写地说：反右斗争时，对有些人批判错了，对有些人批得重了一些（大意），是不够的！不少人在未'改正'前被迫害死了，其余的则非常艰难地度过了历经精神折磨和物质痛苦的二十多年岁月，比你我在'文化大革命'中所受的远远重得多！自然，1957年的事，你是迫于情势，不能由你完全负责，但为什么其中有些人是和你在30年代有矛盾或'鲁迅派'呢？你是领导文艺界的反右的，不能在这次报告中作一点较深刻的、触一触痛处的自我批评吗？你和大家的疙瘩今后怎么解开呢？"[②]在给友人的信中，李何林也多次说："《文学评论》夏公之文……直接搞雪峰，间接搞鲁迅……对两位死人何以如此仇恨？"[③]

就在李何林发起反击的时候，楼适夷、吴奚如也不再保持沉默，楼为冯雪峰辩护，吴为胡风说话了。

楼适夷曾经一厢情愿地做过息事宁人的工作，比如在冯雪峰病危之际试图促使他与周扬和解，比如怕扩大事态而反对发表茅盾的文章和冯雪峰的材料。但是，他与冯雪峰有很深的感情，当茅盾和夏衍的文章发表之后，他开始为冯雪峰不平。他一边给周扬写信，希望周扬能够忘掉过去的恩怨，见没有效果之后，他写了《为了忘却，为了团结》，为冯雪峰辩护。见夏衍文章在《文学评论》发表，他也把文章寄给了《文学评论》，但他的文章没能发表，编辑部提出了修改意见，并且告诉他：胡风的问题中央正在研究解决，在这期间不要公开讨论。楼适夷拒绝修改，只有把文章交给鲁迅博物馆鲁迅研究室编的内部刊物《鲁迅研究动态》。

---

①②《李何林全集》（第5卷），河北教育出版社2003年，第354—355页，第356—357页。

③ 李何林：《李何林致王仰晨信（1981年3月1日）》，《鲁迅研究月刊》2007年第4期。

楼适夷后来说，他的文章发表之后，曾经有五个刊物来找他，想要转载，最后是《现代文学研究丛刊》拿去公开发表。而在《现代文学研究丛刊》准备发表这篇文章的时候，有人到编辑部说不能发表这篇文章，编辑问为什么，来人不说，只是要求不要发表。编辑认为既然没有理由，还是坚持要发表。可是，上级机关下令，出版社还是将已经排好的稿子抽掉了，同样不讲什么理由。楼适夷说：“命令是上级机关来的，这个时候就是周扬同志刚回到中央宣传部任副部长原职的时候。当时，出了一个中央宣传部八号文件，文件里说，凡是有关胡风的问题，中央正在研究，调查，解决过程当中，不拟公开谈论。我研究了一下这个文件，它的理由，它的语气是同《文学评论》编辑部的退稿信差不多，几乎是一样的。为什么退稿信变成了宣传部文件?”楼适夷还谈道：“七月份，我从青岛回来，中宣部文艺局副局长李英敏同志特地跑到我家里来对我说：‘中宣部、书记处都关心革命文学运动若干历史问题的一些情况，希望在党的统一领导下，经过调查研究，各方面提供材料，用开座谈会、办内部刊物的方式来解决这些问题，而不要现在以公开的方式互相辩论。’我完全拥护这个精神。本来，我也不主张公开。这对安定团结有什么好处呢？我拥护这一点，只是先有了夏衍同志公开发表的那篇文章，才不能不公开表示不同意见。我问他，为什么夏衍同志的文章发表据说是得到中宣部同意的。他说，我们不知道。我说，为什么我的文章还没有发表就处处受阻。他说，我不知道。”①

吴奚如是胡风的同乡，对胡风有很深的了解。他本人1925年加入中国共产党，20世纪30年代曾在中央特科工作。正是他在中央特科时，让胡风成了中央特科与鲁迅之间的联络员。因为他在历史上对胡风的了解，所以在1955年胡风案件发生之后，他虽然不得不被迫批判胡风，但心里却怎么也想不明白，胡风怎么会成了反革命？茅盾的文章发表之时，吴奚如听说胡风早已不在人世。带着缅怀故人的伤痛之情，他在1979年4至5月间连续写下了《鲁迅和党的关系》《关于胡风这个人》两篇文章，为胡风进行辩解。他的文章是为《新文学史料》写的，写完之后，却与李何林、楼适夷的文章一样不能发表。后来，前文发表在武汉的《芳草》，后文改题为《我所认识的胡

① 楼适夷：《在一次作家座谈会上的发言》，《新文学史料》2002年第3期。

风》，编入《鲁迅研究资料》第九辑，两年以后才得以印出。

1980年5月22日，吴奚如在给周扬的信中说："据这次参加文艺刊物编辑会议的人传说：武汉市出版的《芳草》因登我那篇《鲁迅和党的关系》，受到了批评。这是冤枉。我这篇文章原是去年为《新文学史料》写的。因茅盾和雪峰的文章发表后引起了大争论，中宣部特做出决定，以后一律不登此类文章，待中央以后做出全面的结论。我和李何林都当然服从中宣部决定，不发表与争论有关的文章。而夏衍老兄则如何呢？他拒不接受中宣部决定，把他写的一篇《本应忘却……的往事》送《文学评论》发表了（就更引起许多人的不满和争论）。中宣部大概认为夏衍这样做不对，为公平起见，批准我和李何林的文章也可发表。《芳草》编者一月间要我写文章，我写不出，就把《鲁迅和党的关系》的打印稿交他们发表了。现在回头来看，到底错误的责任应由谁负呢？"说到他写这两篇文章的原因，吴奚如说："去年四月间，有人告诉我：'胡风已经死了。'同时，我又看到茅盾先生在《人民日报》及《新文学史料》发表的文章……因为我以为胡风真的死了，当看到茅公发表的这两篇文章后，反感极大！觉得茅公过分地丧失了长者风度，何必鞭打雪峰和胡风的死尸呢?!"①

四、一个简单的结语

综上所述，矛盾的发生是必然的：一段荒谬的历史结束了，适应新的时代要求，思想文化界也需要"拨乱反正"。但是，"正"在哪里？人们的认识并不一致。"文革"时期蒙受冤屈的"十七年时期"文坛领导人从监狱、农场、五七干校中归来，重新走上了领导岗位，自然要重写文学史，恢复十七年惨淡经营所造就的那个鲁迅。但"十七年时期"的鲁迅形象是在胡风、冯雪峰的冤案基础上形成的，是严重扭曲而且有失公道的。换句话说，它只能在胡风、冯雪峰被迫不在场的情况下才能产生。而"文革"结束之后的情况却有所不同：不仅周扬等人可以"归来"，而且冯雪峰的冤案也可以昭

① 徐庆全：《新时期"两个口号"论争评价的争论述实（一）》，《鲁迅研究月刊》2003年第8期。

雪，胡风的冤案也可以平反。众所周知，冯雪峰、胡风的追随者和同情者是不能接受周扬等人关于鲁迅的历史叙述的。如果关于鲁迅的“拨乱反正”只是回到“十七年时期”，他们当然不会同意。虽然他们的言说阻力重重，得不到及时的传播，但毕竟为我们留下了时代矛盾的面影。20世纪80年代中国学界的许多矛盾都源自不同的理想目标，关于鲁迅的纷争也体现了同样的问题。

雾海中的灯塔

一

众所周知，21世纪之交的中国文坛出现了一种告别鲁迅、否定鲁迅、甚至猛烈攻击鲁迅的现象。它的热闹景观当然与媒体的炒作有关，但事实并非由媒体制造出来的，而是时代文化的客观存在。年轻的有中国特色的“后现代”、年老的固有传统守护者、民族主义者与各种保守主义者，在一个特别的交汇点上终于走到了一起，共同反思激进主义。他们反思“五四”，批判启蒙，质疑新文化运动，因而自然要否定鲁迅。一些年轻人的出发点也许仅仅是要推倒偶像和挣脱一切精神羁绊，但因为鲁迅在过去半个多世纪中的特殊地位，很容易成为“推倒”的对象。一些严肃的学者也许仅仅是要指出鲁迅的某些局限与失误，却也无形中助长了这一潮流。因此，从20世纪90年代开始，对鲁迅的否定一步步形成高潮。一些人认为鲁迅彻底反传统，切断了中国文化的血脉，遗患无穷。一些人认为鲁迅会“诱发地震”[①]，甚至高呼：“我们的作家都像鲁迅一样就太好了吗？完全不见得。文坛上有一个鲁迅那是非常伟大的事。如果有五十个鲁迅呢？我的天！”[②]一些人说：“鲁迅是一块老石头……他的反动性也不证自明。”[③]有人认为鲁迅充当了帝国主义

① 王蒙语，见王若谷：《鲁迅诱发地震》，《中国青年报》1995年2月5日。

② 王蒙：《人文精神问题偶感》，《东方》1994年第5期。

③ 朱文：《断裂：一份问卷和五十六份答卷》，《北京文学》1998年第10期。

的文化买办，是为西方文化殖民服务的。其温和者认为，鲁迅的国民性批判来源于西方人的东方观，他拿来运用，却没有看到国民性批判中的西方霸权话语。“又由于他对封建文化的残忍与顽固痛之太切，便恨不得将一切传统文化打翻在地，故而他对传统文化的批判往往不分青红皂白。”[①]其激烈者则说：“我一想到这位导师说什么‘只读外国书，不读中国书’‘五千年只看见吃人’，我就觉得他正是‘乌烟瘴气的鸟导师’，误人子弟啊！”[②]这一切，的确构成一股颇为强大的潮流，使鲁迅面临空前的挑战。

但是，就世纪之交中国文化的整体图景而言，这只是一个侧面。在这一切发生的同时，文坛还存在另一侧面：在一些人那里，鲁迅不但没有被告别和否定，而且受到了空前的尊崇。一些人带着前所未有的情感凝望鲁迅，把他当作精神的灯塔，不约而同地向他聚集。他们追寻鲁迅的足迹，走上鲁迅的道路，倾听鲁迅的声音，张扬鲁迅的精神，对鲁迅表现出一种前所未有的深情。他们往往以鲁迅的弟子自居，甚至在文章中不称名号而直呼“先生”，表现了一种空前的亲近感。谁能说这不是世纪之交中国思想文化的一大景观？

最先的表现是从张承志开始的。无论张承志与鲁迅存在多么大的距离，也无论他思想的基础有多少可争议之处，但至少在主观上，张承志把鲁迅看作自己的同道和先驱，因而在感到孤独和需要精神支援的时候，写下了《致先生书》。“先生”就是鲁迅，而文章的最后一句是：“怀念你，我的先生。”这篇文章的写作时间是1991年4月，那份怀念之情绝非作秀，而是来自生命的深处，带着血肉与灵魂的伤痛。1999年初，张承志又写了《再致鲁迅先生》。文章说：“喧嚣又一次沉静了。……而我们仍然如同盲目，围着先生聚散。读你的人，应该说不是少了，而是愈来愈显多了。”为什么会是这样？张承志的理解是：“不知是幻觉还是错觉，受到压抑的人、流了鲜血的人、得不到知识分子正义支援的人、不能容忍麻木的国民性的中国人——都可能自认感到了鲁迅的亲切。”[③]

① 冯骥才：《鲁迅的功与“过”》，《收获》2000年第2期。

② 朱文：《断裂：一份问卷和五十六份答卷》，《北京文学》1998年第10期。

③ 张承志：《再致鲁迅先生》，《读书》1999第7期。

紧跟着走来的是张炜、李锐、韩少功、章德益以及批评家王彬彬、萧夏林等。在这个群体中，山西作家李锐是特别值得注意的。他在1994年写过一篇《虚无之海，精神之塔——对鲁迅先生的自白》。正如他在该文开头所说："既非先生生日又非先生忌日，我以先生为题来做文章是因为自己，是想把自己的话说给自己听听。明知先生去世已有58年；明知滔滔忘川无船可渡；明知先生的铜像下青草黄了又绿，绿了又黄；明知今天的中国已不是昨天的中国，先生或许根本就不想听一个陌生人说什么。可我禁不住想说。"在回忆过鲁迅被神化和利用的历史和人世沧桑之后，李锐说："有人死了之后，又有人出生，长大，成熟。终于，又有人劈［披］荆斩棘，九死而不悔地向先生走来。""因为有先生在，他们时时会感到那灯塔的亮光；因为有先生在，他们时时会听到那虚无之海的阵阵涛声，先生留下的遗产不是学位和奖学金，不是暖人的鼓励和保护。先生留下的是冰冷不屈的怀疑，是至死不移的燃烧。"①

这种情感大概不难体会。它代表了不少人的精神状态，显示了一种精神现象。在精神的荒原上，在悲凉的雾海中，鲁迅，这个已经去世半个多世纪的人，成了人们精神上的一种安慰、一种支撑，成了虚无之海里的一座灯塔。面对虚无之海，许多人不约而同地把目光投向鲁迅。有人说："我虽然做不成鲁迅，但我还愿意以一个人的姿态在这个世界上生活下去！"②也就是说，要以人的姿态有尊严地活下去，人们总要想到鲁迅。

就在那股最初的抵抗潮流出现之际，萧夏林编了"抵抗投降书系"。根据他自己的说法，之所以编这样一套书，是为了表示一种支援："就像鲁迅先生当年说的，给在寂寞之中不惮于前驱的奔驰的猛士以慰藉，给精神的战士以心灵上的抚慰，这是一种别无选择的内在愿望。现在不是精神上的知识分子太多了，而是游戏的文人太多了，他们活得太聪明太机智，商潮汹涌，欲海浮沉，他们在快乐而智慧的游戏中唯独忘记了作为一个知识分子应该承

---

① 李锐：《虚无之海，精神之塔——对鲁迅先生的自白》，贺雄飞编《守望灵魂》，中华工商联合出版社2000年，第211—214页。

② 王敦洲：《大哲与大洁》，愚士选编《以笔为旗——世纪末文化批判》，湖南文艺出版社1997年，第153页。

担并且难以逃避的责任和使命。不仅如此，提倡理想精神和人文情怀的人们还受到了他们的嘲弄，我觉得这是一个国家中任何正义之士所难以容忍的，如果此时再没有人站起来抗争和呼号，这不仅是知识分子的堕落，也是民族的悲哀。”[①]萧夏林也是以鲁迅的精神传人自居的，他的话所代表的也是不少人共有的认识。

在20世纪的最后几年，随着对鲁迅的挑战掀起高潮，走向鲁迅的人事实上也在增多。世纪末中国文坛的散文创作显示了特别的光彩，而那些光彩与鲁迅存在着千丝万缕的联系。除老一代的邵燕祥、朱正等人光彩依旧之外，特别引人注目的是筱敏、刘烨园、摩罗、余杰、王开岭等人。用钱理群的话说，他们的光彩在于显示了“精神界战士谱系的自觉承续”。[②]众所周知，摩罗的名字源自鲁迅的《摩罗诗力说》，在经历了绝望的生存体验之后，摩罗与鲁迅相遇，在鲁迅那里得到了精神的支撑。余杰把自己的文集定名为“铁屋中的呐喊”，在中国，凡上过中学的人都知道这个意象来自鲁迅的《〈呐喊〉自序》。余杰的书是经过鲁迅研究专家孙郁推荐出版的。孙郁在最初读到余杰这些“抽屉文学”时，立即想到的就是鲁迅。王开岭的也是鲁迅的追随者，从《激动的舌头》到《追随勇敢的心》，读者不难看到他是如何以鲁迅作为自己的先导，在精神上是如何与鲁迅一脉相承。他所要追随的“勇敢的心”，不仅包括奥威尔、索尔仁尼琴等，同时也包括鲁迅。

在世纪暮色中，一些人不约而同地把目光投向鲁迅，这大概并不奇怪。“有他，我们并不孤独。”——这是20世纪90年代最年轻的批评家谢有顺说的。说这话时，他只有二十多岁。他的话道出了许多人的心声，也道出了人们走向鲁迅的部分奥秘。王富仁说过，当年他走向鲁迅，鲁迅没有给他带来好命运，但他们并不后悔，因为鲁迅给了他做人的勇气和做人的骄傲，“是鲁迅及其作品给了我生命的力量。我经历过困难，但困难没有压倒我。我是

---

① 萧夏林、尹昌龙：《抵抗的姿态与理想的精神》，愚士选编《以笔为旗——世纪末文化批判》，湖南文艺出版社1997年，第279页。

② 摩罗：《耻辱者手记：一个民间思想者的生命体验》，内蒙古教育出版社1998年，第4页。

站着走过来的，不是跪着、爬着走过来的。我愿像鲁迅那样生活”[①]。在这个世纪之交，向鲁迅聚集的人们情况与此大致相同。

二

在《致先生书》中，张承志认为鲁迅的文章和为人都太特殊，“对于江南以及中国，他的一切都太显得格格不入”。由于特定的背景，张承志对《铸剑》中的眉间尺产生了共鸣。他说：“他的文章是多么不可思议呵，眉间尺行刺不成，人变怨鬼，两颗头颅在沸腾的鼎镬中迸跳追咬，最后大王和贱民两颗头颅都安静下来，安静成一对不能区别的白骨……这才是短篇小说，有哪一位小说家创造过这样的文章画呢?”他认为，鲁迅之所以没有写出长篇，是因为“既然小作品已经道破深机，便无心再写大作品”。

在《再致先生书》中，张承志说：“其实，研究鲁迅最有力的参考，并不如考证的那么遥远。参考就近在眼前。它就是不变的中国、不平的世间，和不义的智识阶级——是他们的步数姿态、眉眼嘴脸。”张承志认为鲁迅不仅体现在《新青年》，而且体现在“三·一八”。对于鲁迅，他首先看到的是其独立人格和斗士风骨。他为鲁迅写《记念刘和珍君》时的心情而激动，因为他知道，“在历史流血的关头，并非每个中国作家，都这么不能忍受”。在他看来，鲁迅“虽然难忍一个以义士鲜血去‘蘸馒头’的民族形象；但他更不能容忍轻薄为文，无视民生，以文章学问自慰自娱的知识分子道路”。他痛苦于自己的周围“伪士”太多，以鲁迅对“伪士”的态度为榜样，痛斥眼下的“伪士”贫血、无节和种种卑鄙下流的表现。他认为，这种“伪士”只能导致一个结果：“一种病态的传统会稳定长存。一种实用、冷漠、毫无大义的气质，会稳定地统治中国人。”在他看来，“胡风的招祸，仅仅因为一种气质——骄傲的气质。那正是鲁迅呼唤的气质，奴隶没有的气质”。总之，张承志首先看重的是鲁迅那种不依附于任何权势的独立人格，首先敬仰的是鲁迅直面现实、毫不妥协的批判和斗争精神。用他的话说：“鲁迅象征着一种不签订和约的、与权力的不休争斗。”

①王富仁：《我和鲁迅研究》，《鲁迅研究月刊》2000年第7期。

在这一点上，许多人的表现都是一致的。王敦洲呼唤人们“重读鲁迅”。他对鲁迅的描述是：“把自己化作一把剑，一团火，一块磐石，自觉置身于历史与现实的十字路口，成心与黑暗、邪恶过不去。他也讲究壕堑，迂回，也在身上裹一片甲，但这一切都是为了战。而只要战，危险就在。以他的睿智与‘世故’，怎么会不知道只有刀不出鞘珠不出椟龙藏于云豹隐于雾才是最安全的道理呢？他是清楚地知道讲废厄泼赖，做闲适小品，当名流，玩古董，是最保险的。……然而，他把这一切又统统放弃了，包括名誉与地位，安逸与享受，连同健康与生命——先生只活了55岁。”他所赞赏的，也是鲁迅的斗士风骨。他认为：“鲁迅还活着，不是作为单纯的文学欣赏，而是在病毒抗体的意义上活着，在人性自救的意义上活着。”他说：“我真诚地感谢先生，或许鲁迅有这样那样的不足，但毕竟，先生是我国第一个思想切入时代前沿，孤独无伴，即使成了散兵游勇也不撤退的思想家。”[①]他知道，鲁迅是从看透一切之后的绝望起步的。他的超常之处不在于没有绝望，而在于能够直面虚无而走出绝望。他所心仪于鲁迅的，是这种面对虚无而执着前行的精神：“鲁迅永不回头，即使荆天棘地也要在荆棘丛中走走，即使遇到穷途也决不学阮籍恸哭而返，即使前面是峡谷、火坑，是坟。”他知道，鲁迅把中国的一切都看得很透：“我想，对人间看到这个份上，下者固成坏种，中者玩世不恭，其上者也不过是洁身自好吧？然而，先生超越了这三者。……他明明知道自己的命运，包括最终的结局，而他仍然不遗余力地耕作，在中国这块板结的土地上。”[②]

在《虚无之海，精神之塔》中，李锐曾经写道：“先生以一人之勇和整个中国作对。先生以一人之识和五千年的传统作对。……承当了中国五千年第一伤心人的悲剧。大哉斯人！”他认为鲁迅的力量并不来自理想，并不来自乐观主义。因为在鲁迅的脚下和四周，是一片虚无之海。但是，鲁迅决不屈服，决不放弃他的抗争。他的《为了不再忘却的纪念》写于鲁迅去世60

---

① 王敦洲：《重读鲁迅》，愚士选编《以笔为旗——世纪末文化批判》，湖南文艺出版社1997年，第149—151页。

② 王敦洲：《大哲与大沽》，愚士选编《以笔为旗——世纪末文化批判》，湖南文艺出版社1997年，第154—155页。

年纪念日前夕。在这篇文章中，他说："据有人说如今的中国已经是'后现代'的中国了。更有人以不屑的'后现代'的'先锋'口气，谈到今天那些还以鲁迅的思想为精神资源的'落伍者'。甚至有人为了证明自己的'宽容'已经在拿鲁迅打哈哈了……"面对这种现象，李锐想到的是1933年春节之际鲁迅写《为了忘却的记念》时的情景："先生悲感于'许多青年的血，层层淤积起来，将我埋得不能呼吸'；先生悲感于自己'在悲愤中沉静下去'……按说，时隔两年，已不能算短。两年时间对于一个长年抱病的五十三岁的人，对于一个三年之后自己也将撒手人寰的人，就更不能算短。如果先生能够'宽容'一点，能够'现代'一点、'先锋'一点，也许就真的不至于被往日的而且是他人的血埋得这样深；如果先生能够沉静下来，'回到个人'和'世俗'，多考虑一点自己的身心健康，也许先生就真的可以再多活几年。可是先生却不。先生一丝一缕一点一滴把别人的、社会的、民族的、国家的、历史的、世界的，所有的苦难所有的鲜血都记在自己心里，而且是刻骨铭心地记在自己的心里，一任自己被这些苦难煎熬到只能借着'忘却'的'小孔''延口残喘'。"在回顾20世纪90年代中国文坛的一些新现象、新理论之后，李锐写道：

> 以我的粗疏和浅陋真没有多少理论可以谈出来。我只是想不通，以鲁迅先生写下《为了忘却的记念》的时代，知识分子们难道可以大谈自己的中心位置吗？枪声响处尸体倒地。骨头硬如鲁迅也不得不躲到租界里去。那岂止是边缘？那纯粹就是肉体和精神的双重消灭！但是，鲁迅先生并没有因为屠杀的枪声而停止自己的抗争；鲁迅先生也并没有因为自己出了文集成了"名人"而就故意遗忘这个世界的鲜血和苦难。……如果说有什么东西可以被称作是"坚持人文精神"，那么鲁迅先生早已经以自己的热血和生命为我们做出了榜样。[①]

他在鲁迅身上看到了什么是人文精神。正因为这样，对那场人文精神讨

① 李锐：《为了不再忘却的纪念》，愚士选编《以笔为旗——世纪末文化批判》，湖南文艺出版社1997年，第158—161页。

论的结局，他不能不感到失望。因为讨论的结果，显然与正题越来越远，或者说，与李锐等人的期待越来越远。知识分子进一步侏儒化，获得了某种自由的个体进一步液体化，这不是他们希望看到的。之所以不能接受大潮之下的随波逐流，正因为有鲁迅的人格和精神作为参照。李锐等人从鲁迅那里所获得的，主要就是人格力量和精神支撑，是直面现实而决不麻醉自己的勇气，是孤独的个体对历史的悲壮承担。

钱理群指出，鲁迅之后，“在荒原中毕竟走出了第一批精神界战士，而且在焦虑的期待中，陆续有了后继者，经历了“五四”直至抗战的千锤百炼，中国终于有了一个以鲁迅为先驱的‘精神界战士’的谱系。但是，接着出现的，却是精神界战士被惩罚、被改造，以至导致肉体与精神死亡的大悲剧。……到了摩罗这一代，开始独立地面对世界，并要从前辈那里寻求精神资源时，他们所面临的，竟是一片精神废墟”。但是，通过自身的绝望和孤独体验，他们还是“终于与鲁迅所开创的，已经中断了的精神界战士的谱系承续上了”[①]。那么，他们所传递和承续的主要内容是什么？

在摩罗的作品中，读者很容易看到时时闪动着鲁迅的影子。由于个人对于痛苦和绝望的体验，他走近了鲁迅的出发点，真正读懂了鲁迅笔下的狂人，也真正读懂了鲁迅。读懂鲁迅并非一件容易事，但摩罗读懂了。他对鲁迅的论述不多，不像一些所谓学者那样热衷于去辨析皮毛，作隔靴搔痒之论。他带着自己的生存体验，以自己的心灵贴近鲁迅，所以对鲁迅有比较深刻的把握。他在一篇题为《鲁迅比我们多出什么》的文章中说：“最近20年来，为什么鲁迅研究空前繁荣、空前深刻？为什么人们毫不犹豫地将鲁迅视为标准、视为至高无上的坚强与高贵？就因为历史的对比太鲜明了。知识分子全体溃灭的丑恶而又痛苦的历史将鲁迅烘托得格外高大，一代惨遭失败与羞辱的知识分子需要鲁迅的光辉来修复自己的伤残形象，并从鲁迅的光辉中寻找铁肩担道义的崇高感和奋力挣扎的力量感。”他又说：“现在我们知道，鲁迅也不是十全十美的，他也有软弱的一面，也有困惑的时刻，也有矛盾与苦闷，有朝一日他也要受到历史的批判。但与我们比起来，他毕竟多出

① 摩罗：《耻辱者手记：一个民间思想者的生命体验》，内蒙古教育出版社1998年，第2—4页。

了许多东西。他凭着那多出我们的东西，足可以做我们的先知，做我们的导师。”[①]那么，鲁迅比我们多出的东西是什么？摩罗认为有两点：一是“确定的体验”，也就是“非人的体验”和由此而来的“耻辱感”。“他强烈地感到这是一个非人的世界。一个非人的世界必是仇视人、仇视一切生命的，而且必将以对人的蹂躏、摧残、凌辱为其基本职能。”这一切，人们往往因为麻木而感觉不到，鲁迅感觉到了。为了抗拒这种摧残，他希望人们在精神上强大起来，但人的觉醒并不容易，“立人”更非易事，鲁迅终生都在这种痛苦中煎熬。由此我们可以看到，摩罗走近的是那个痛感自身非人的觉醒者和执着于“立人”之梦的启蒙主义者。二是“稳定的性格”。关于“稳定的性格”，摩罗解释说：“这就是对一切非人因素的高度敏感，与一切非人因素势不两立并奋起批判之反抗之，拼尽全力维护人格之尊严、人性之尊严、个性之尊严、思想之尊严。”由此可见，摩罗所走近的又是那个坚定、执着地为人的价值、尊严与权力而奋斗的鲁迅。在这篇文章的最后，摩罗说：

> 检讨一下半个多世纪以来的鲁迅的后代，我们这些不肖后代最大的悲剧之一就在于没有自己的确定体验和稳定性格。我们老是按照外部权威的暗示来体验自己、体验世界。外部权威说这个世界一片光明，我们立即就忘了鲁迅关于铁屋子的隐喻，马上相信这个世界一片光明。外部权威说我们是坏蛋，是牛鬼蛇神，就立刻跪下来认罪讨饶。更荒唐的是，并立刻按着外部权威的要求来改造自己——我们不是对这非人的力量奋起反抗，而是帮助这非人的力量斫伤自己、扼杀自己。久而久之，我们对于世界完全失去了正常的感觉，完全把握不住自己的存在，最后落到了任人宰割的地步。我们在精神上的贫乏与软弱到了令人不可思议的地步。我们对于丑恶、对于耻辱、对于一切非人因素的容忍与承受都是违背生命道德的。这真是没有灵魂的一代人，或者说是几代人。我们离鲁迅的思想与人格是如此遥远。我们且先在鲁迅面前打几个寒颤、流

① 摩罗：《耻辱者手记：一个民间思想者的生命体验》，内蒙古教育出版社1998年，第78页。

几身冷汗，然后再来细细思量自救的办法吧。[①]

王开岭的文章也时时闪动着鲁迅的影子，评人论事，常以鲁迅为参照。在痛苦与困惑中，他常常是“想起了鲁迅”。他之所以想起鲁迅，是因为许多事情鲁迅都看穿了，许多问题鲁迅都说过，而我们时代的人却对它熟视无睹，同时，也因为这个时代的知识分子与鲁迅形成了鲜明对照。他在鲁迅的文字中读到的是“孤独、尖锐的战斗情绪”，看到的是“昂首挺立”的傲然姿态。他说：“在中国失去了鲁迅之后，谎称鲁迅和伪承鲁迅衣钵的人络绎不绝。但这个‘鲁迅’不是那个鲁迅……”[②]他在寻找那个令他敬仰的鲁迅，而且将其作为一个标杆，考察当代作家，同时也反省自己。在《痛感“不自由”之后的两种走向》中，他对胡适与鲁迅进行了比较。他对胡适也非常敬佩，但认为鲁迅是无法取代的。而且，他有一个独特的认识：胡适的努力离不开鲁迅这个前提。理由是温和的改良离不开激烈的战斗，积极的建设常常需要鲁迅们“去把长夜过完，把黑暗熬干，把牢底坐穿，把阴霾刺破，把恶鬼打尽”。他赞美鲁迅思想的清醒、意志的顽强和不妥协的斗争精神，以及“生命正义和英雄绝响”[③]。王开岭心仪俄罗斯知识分子，在他看来，在中国知识分子中，只有鲁迅有点像俄罗斯的知识分子。

谢有顺认为，作为一个孤独的个体，鲁迅对现实苦痛的承担、对自身生存环境的自省，已经成了我们今天“最缺乏的精神资源”。他痛感当下文坛“以抽空痛楚性为代价”，使写作变成了“轻松的事业”和“巨大的苦难消解机制”。这种创作的特点是玩弄语言，然而，在词语的滚动中，生活的尊严丧失了，人的尊严丧失了，现实的敌人也悄然隐匿。他认为，鲁迅可以提醒人们“回到自己的内心，重新注视自己脚下所站立的位置，重新省察来自存在领域的精神消息。让无病呻吟或熟视无睹退场，让每一双睁着的眼睛都来发现，生活的屈辱与沉重，到了需要为之垂泪的地步”。以鲁迅作为参照，

① 摩罗：《耻辱者手记：一个民间思想者的生命体验》，内蒙古教育出版社1998年，第80—81页。

②③ 王开岭：《激动的舌头》，中国电影出版社2000年，第13页，第250页。

他指出，“鲁迅说这话距今已有七十五年，但许多中国作家的精神状况似乎没有任何的改变，依然是‘不敢正视人生’，依然是被‘瞒和骗’所奴役”。他称鲁迅的写作是“有勇气的写作”，“而任何真实的、有勇气的写作都起源于作家对此时此地的存在境遇的热烈关怀，并坚持用自己的心灵说出对这个世界的正义判词”。他认为鲁迅的可贵品格是“愤怒”，而当下的作家却失去了愤怒，剩下的只有麻木与冷漠。面对20世纪末中国文坛出现的“个人化写作”，他提醒说：“为什么强调自我承担，声称‘我自己负责’的鲁迅，他的写作并没有滑向私密话语的后花园而孤芳自赏，也没有当下写作界所盛行的建基于身体经验的自渎精神。”[①]这涉及鲁迅的个人主义。在五四时期，健全的个人主义曾是基本共识。包括20世纪80年代，它所张扬的“个人”是向上的，“我是人”的呼喊意味着我不是奴隶、不是牲口，不可任意蹂躏和宰割；进入20世纪90年代之后，“个人”却往往是下滑的，“我是人”的强调往往意味着我不是神，对一切都无能为力，只能无奈地随波逐流。谢有顺通过他的文学批评，抨击的是“个人化”名义下的精神萎缩，张扬的是鲁迅式的“个人化”。

三

需要指出的是，在这个世纪之交，尽管有许多人向鲁迅云集，但并非鲁迅留下的遗产都得到了继承。由于种种原因，某些具有独特价值的遗产仍然没有得到足够的重视。比如，由于受民族主义思潮、文化保守主义思潮和后现代主义思潮的影响，人们对批判国民性往往存有误解，对反传统的态度也常常存有疑惑，对鲁迅的启蒙立场也常常有所回避。然而，民族文化的自我反省和国民性的批判是鲁迅之所以成为鲁迅的重要内容，也是鲁迅遗产的独特性所在。如果说鲁迅“立人”的理想源自西方的话，他“立人”的手段和途径则是独创的。在西方，可以通过文艺复兴而实现人的解放和人的尊严与权利的确认。而在中国，因为缺少这样的传统，“立人”的理想就不可能通过传统的复兴来实现，而是必须通过对民族文化和由此铸造的民族性格的反

① 谢有顺：《有他，我们并不孤单》，《花城》2000年第3期。

省和转换来完成。鲁迅所做的，正是对自身及其文化传统的反省和批判。他是作为一个“狼子村”居民在认识了自身生存环境和文化传统之后开始反省和批判的，他的途径就是努力劝说他的“大哥”和乡邻，希望结束“吃人”的传统而进入一种新的文明。他批判的是“狼子村文明”和“未庄社会”所未能摆脱的野蛮和蒙昧，进行的是一种文明批判，指向社会，也指向人心，指向现实，也指向传统。他的体验和认识以及所取的态度，是大多数人不愿正视的。但是，这种直面的勇气和反省的精神，对于文明的发展是非常必要的。

鲁迅的这条路径——对民族性格和民族文化传统进行自我反省和批判的路径，可谓意义深远。对于中国来说，它可能是一个长期的任务。因为只要没有足够的力量，这种反省和批判不但收效甚微，而且很容易迅速修复，所以需要有更多的人为之持续不断地努力。对于世界来说，民族文化的自我反省也是一个很有意义的课题。因为世界各民族往往都有美化自我、美化本民族传统的倾向，并由此产生民族的自大。民族自大导致的问题显而易见，它使强势者往往不自觉地歧视弱小，又使弱势者很容易扭曲心态。如何克服对本民族传统的迷信，如何养成健康的民族意识，是世界各国都需要面对的问题。在狭隘的民族主义已经给人类带来灾难并威胁着世界安全的时候，在某些力量往往以民族文化传统之名维护自身特权而抵抗文明潮流的时候，鲁迅的文化努力对各民族都有启示意义。

直面真正的挑战者

面对一个历史人物，出现不同看法是正常的。我们可以坚决捍卫鲁迅，同时，也应该坚决捍卫他人批判鲁迅的权利。这是正常的学术讨论应该具有的氛围。从某种意义上说，非议鲁迅这一现象的出现，也许是学界环境正常化的一种表现。

而且，考察对鲁迅的非议，一些批评并非完全没有道理，甚至一些见解很值得我们认真思考。当然，具体情况很不一样。有人因为他是一块挡路的“石头”，所以发誓要踢开他，这也是20世纪中国文坛常见的现象，不值得大惊小怪。对于一些并不了解鲁迅又要信口开河的人，更没有必要与之计较。

这个现象本身算不了什么，背后的东西却很值得重视。

首先必须思考的问题是：一些年轻人为什么对鲁迅如此反感？他们反感的是一个什么样的鲁迅？那个鲁迅是不是真正的鲁迅？事实上，一些人并不了解鲁迅，既没有系统地读过鲁迅的书，也谈不上了解鲁迅的为人。显然，他们所反感的并不是那个真实的鲁迅，而是那个被歪曲、神化和利用的鲁迅。鲁迅在代人受过。需要考虑的是：鲁迅为什么会代人受过？鲁迅在代谁受过？既然鲁迅曾经被神化和妖魔化，既然鲁迅曾经被当作旗帜和棍子挥舞，人们怎能只是对他充满敬和爱？这个问题应该引起鲁迅研究界的反思：我们给了一般青年读者一个什么样的鲁迅？我们的研究是弘扬了鲁迅还是危害了鲁迅？毫无疑问，近二十年的鲁迅研究成绩是不可抹杀的，但也无须讳言，我们至今仍然常常在几十年前制造的鲁迅神像上涂抹新油漆，仍然习惯于把鲁迅与一些历史罪恶纠结在一起，仍然常常把鲁迅牢牢地捆绑在某些帮派的战车上。这怎么能不导致年轻人的反感？王富仁先生说，他是那样地深爱鲁迅，努力通过他的讲课而使他的学生也爱鲁迅，如果他的学生在听他的课后仍然不爱鲁迅，只能说是他自己的失败。那么，一群年轻的作家和批评家那么反感鲁迅，是谁的失败呢？不能只是强调非学术的外力作用，应该想一想我们自己的责任。

值得重视的不是几个年轻作家或评论家对鲁迅的非议，而是几乎席卷了20世纪末中国文坛和学界的文化潮流。可以说，正是这种文化潮流真正构成了对鲁迅的挑战，真正导致了鲁迅精神的合法性危机。如果我们要捍卫鲁迅的话，就必须正视20世纪末中国文化思潮的种种挑战，并且回答这些挑战。

一是新保守主义的挑战。告别20世纪80年代之后，中国大陆最响亮的声音似乎不是别的，而是弘扬民族传统。弘扬民族传统成了时代的强音，民族主义思潮一浪高过一浪，新国学成为热门，旧传统闪闪发光。与此同时，一些本来以鲁迅精神传人自居的所谓启蒙知识分子也开始反思激进主义，像李泽厚、王元化这些曾经努力张扬五四精神的学者也纷纷指责激进主义思潮。它与形形色色的新老国粹派形成一种合力，影响着世纪末的文化走向。“五四”切断了文化血脉，造成了民族文化的断裂，导致了20世纪中国的一系列灾难……似乎成为某种时代的共识。

在这样一种文化背景上，鲁迅如何逃避审判？尽管一些人用心良苦地为鲁迅辩护，说他决不彻底反传统，决不主张西化，并且努力寻找他身上的传统因素，把他打扮成传统的继承者和经扬者，但是，这种辩护事实上已经从根本上否定了鲁迅。因为离开了对传统的批判就没有鲁迅，离开了激进主义就没有鲁迅。

所以，鲁迅已经很幸运，如果不是神化鲁迅的历史惯性仍然发挥着作用，他大概早已被弘扬传统的大军扫进了历史的垃圾堆，或者作为文化买办而被驱逐出境。

另一种威胁来自有中国特色的后现代主义。鲁迅是启蒙主义者，他的全部的思想以人为核心，他的全部努力以人的解放为目的，他是中国文化现代性的立法者之一，也是努力使中国文化与世界全面接轨的思想家之一。鲁迅因此而获得光辉。但是，在20世纪90年代中国式的后现代主义者眼里，这一切是荒唐可笑的。因为按照后现代主义逻辑，鲁迅是启蒙主义者，而启蒙主义本身就充满罪恶；鲁迅以人为目的，而人本身就是一个神话，人已经死了，还成什么目的？鲁迅努力于现代性，而现代性早已过时，正需要深入的反思和批判。在这种情况下，再加之赛义德的后殖民主义理论、杰姆逊的第三世界文化理论以及实为“文革”土产而打了法兰克福商标的各种理论的影响，人们戴了最时髦的眼镜看鲁迅，他往往是一个他者化了的文化典型，一个地地道道的文化臣属者，一个帝国主义文化侵略的代理人，一个专门出中国人的洋相而讨好洋人的角儿。这是不可原谅的。

鲁迅已经四面楚歌，无处可逃。因此，要保卫鲁迅，要继承鲁迅精神，就必须正视这一时代的文化潮流对鲁迅构成的挑战和潜挑战。与几个年轻人的非议和嘲弄相比，它更能构成对鲁迅的威胁和颠覆。所以，我希望有更多的朋友关心当下文化思潮中鲁迅的合法性危机。

面对世纪末文化思潮对鲁迅的挑战

——兼及五四新文化运动的现实合法性问题

世纪之交，一些关于鲁迅的言论引起了人们的广泛关注。这些言论从不同侧面对鲁迅进行了批判和否定。从某种意义上说，这是不值得大惊小怪的。因为任何一个历史人物，都没有理由逃避后人在选择过程中的审视与批判。对权威的挑战是文明发展的前提，如果世纪之交的中国人仍然没有向权威挑战的勇气，那就真的太可悲了。然而，并非一切挑战都是等值的，因为人类文明的发展并非一条直线，在时间的链子上延伸出来的新环往往有进化也有退化。这一切取决于一代人精神生成的资源和背景。

20世纪是人类充满矛盾、困惑和迷失自我的一个世纪。在这个世纪中，基于人性深处的非健康因子因为各种问题而膨胀，最后产生了法西斯主义、极权主义、大规模的战争和各种空前的灾难。虽然一个世纪的历史最终证明人性的善必将战胜恶，健康必将战胜疾病，但是，邪恶和灾难留下的精神上的创伤和污染绝不是短时间内可以消除的。正因为这样，世纪末的中国人面对着一个复杂的全球文化背景，也面对着一种复杂的国内文化现实。就全球背景而言，一方面是全球化进程随着冷战时代的基本结束而迅速加快，现代化在全球范围内得以高速推进；一方面是相对主义和文化多元主义的口号仍持续回响，反思或反抗现代性的思潮此起彼伏。就国内而言，一方面是市场经济的发展迅速扩大着现代文化基础，另一方面是各种复杂的因素仍然守护和滋生着现代性的阻碍力量。这一切在特定的背景上形成了当代文化的复杂结构。在这一结构中，前现代与后现代再次成功地对现代文化实行包围，从前后不同的方向联手对现代性发起了进攻。因此，鲁迅及其文化选择事实上早已面临着严重的挑战。那些公开的言论只是冰山浮出海面的一角，或者是潮流涌动而掀起的几缕波纹。

认识这种挑战并做出必要的回答，毫无疑问是一个重要的课题，其意义决不仅仅在于如何评价一个思想文化巨人和他留下的精神遗产，而是涉及当下的选择和新世纪的文化发展之路。面对这一课题，我深感自己力量的薄弱和学养的不足。然而，这不应该成为逃避的理由。

一、世纪末的文化民族主义与鲁迅的文化选择

（一）

告别20世纪80年代之后，中国文化流变的一个重要特征就是向着民族传统回归。在“抵抗外来压力”的特定背景上，弘扬传统成为中国大陆的一种文化导向和战略举措，并且成为一种最为广泛的文化实践活动。由于一系列阶级性的概念已经普遍受到冷落，民族性的概念成为一时的热门：“炎黄子孙”和“龙的传人”代替“贫下中农”和“革命同志”而成为群体认同的标志；“民族意识”和“我的中国心”代替“阶级感情”和“革命理想”而成为实现凝聚力的希望之所在。于是，国学热、儒学热、孔子热、庄子热……学者们纷纷加入弘扬传统的行列，引经据典论述民族文化传统之辉煌。据说，“在世界上所有的国家中，中国古代的典籍，在数量和质量两个方面，都是世界的绝对冠军。这是一个铁一般的事实，任何人也否定不了的。这是我们中华民族的瑰宝。这是我们中华民族的骄傲。我们决不能忽视，更不能忘记。否则就是上对不起祖宗，下对不起子孙”①。传统文化似乎真的具有超时代的品质，将永远具有旺盛的生命力；似乎真的博大精深，包罗一切，可以放之四海而皆准；似乎真的不仅是治理中国社会不可缺少的法宝，而且是医治西方社会现代病的良药，可以担负起拯救世界的使命。于是，悲观者为现实社会的礼崩乐坏而顿足捶胸，哀叹古老的礼仪之邦如今实在不成样子：物欲横流，人心不古，纲常失序，四维不振。“中国固有的伦理道

① 季羡林：《〈传世藏书〉的意义和价值》，《中华读书报》1996年9月11日。

德，以及孝悌忠信、礼义廉耻等，虽未禁绝，大都束之高阁。偶尔有人提到，也不受欢迎。所以出现这种情况，当是过去革新人物大力宣传‘礼教吃人’的结果。”[①]乐观者奔走相告：文化发展的规律是三十年河东，三十年河西，20世纪是西方文化的世纪，21世纪将是东方文化的世纪。因此，中国现在需要的不是像鲁迅那样从西方拿来，而是像郑和下西洋一样向世界传经送宝。一种设想非常美妙：在未来的世纪里，西方文化彻底衰弱了，中国重新成为世界文化的中心，全世界都将到中国朝圣取经，啧啧赞叹而且山呼万岁。

与此同时，一种冠冕堂皇的理论开始流行：民族文化传统不但不是现代化的障碍，而且是现代化不可缺少的动力和资源。现代化已经给中国带来了社会失序、道德失范和心理失衡。在这种情况下，儒家思想是实现文化整合的精神力量，道家思想可以调节人们的心理失衡并化解人们的内心焦虑。于是，让传统与现代接轨成为一些人致力的伟业。儒学与现代化、道学与现代化、孔子与现代化、孟子与现代化……直到鬼谷子与现代化的关系都成为热闹话题。政府立项的研究项目充满了“儒学与现代化”“孔子与现代管理”等重大课题。民间学术团体的各种活动都以弘扬传统命名，甚至鲁迅研究的时髦话题也成了鲁迅与孔子、鲁迅与儒家文化、鲁迅与中国传统……研究五四新文化与新文学的人们也开始努力寻找那些反传统斗士们身上的传统因素，似乎他们之所以成为新文化的巨人，并不是因为他们对传统的挣脱和叛离，而是因为他们仍然是黑眼睛、黄皮肤、说汉语、读经书；似乎新文化运动之所以有价值，不是因为它对传统的重估，而是因为它在反传统的时候仍然继承了传统。

传统是如此的伟大而辉煌，当然应该恢复和弘扬。一切传统习俗都得以发扬光大，一切历史遗迹都得以修复如故，一切古老的殿堂都得以粉刷一新。虽然阿房宫、颐和园和万里长城实在无力重建，但重建的呼声却不绝于耳。就连在“五四”过后倒掉的雷峰塔，不也已经搞出了十套重建方案而将付诸实施吗？这可以算是一个象征。与此同时，文学界出现的是旧文人的审美情趣和种种所谓民族传统的登场。作家们沿着老庄的精神路线徘徊于历史

①《文明比较研究》2000年创刊号。

长河，或忘我于自然山水、沉醉于花鸟鱼虫。作为大众的文学和艺术，几乎每一个历史故事都成了一部新的通俗小说，每一个历史人物都成了一部电视连续剧的主人公，帝王将相的荒淫无耻都作为民族文化遗产而成为被肯定和赞美的对象。至于出版界，奇门遁甲、阴阳八卦、命相风水、炼丹采补……还有什么陈年旧簿子没有再版？而且，一切都出师有名，因为“弘扬的目的是让我们实事求是地认识我们的过去，认识我们自己，认识我们确是一个伟大的民族，从而加强我们的自尊心、自傲心，加强我们的爱国主义，又从而增强我们的凝聚力，真正达到安定团结的目的”[①]。

大力弘扬传统之际，就很容易发现“五四”的罪恶：整体反传统，民族文化虚无主义，主张全盘西化，割断了民族文化的血脉，造成了传统的断裂。“五四”因此而受到了全面的清算。

谈到这个问题，不能不注意海外汉学界对大陆的影响。杜维明、林毓生、余英时等人的观点从20世纪80年代就为大陆学界所熟知，但是，只有进入20世纪90年代之后，才在知识分子当中产生了更为广泛的呼应。特别是余英时的文章在《二十一世纪》杂志发表之后，立即引发了一股批判激进主义的潮流。在这股潮流中，“五四”成为重要的批判对象，受到了来自各方面的批判。众所周知，五四新文化运动高举科学和民主的旗帜。一些人认为：“以科学民主判断文化价值的基本坐标，一方面表现了近代知识分子追求科学民主的渴望，另一方面也表现了近代中国知识分子对文明发展和文化近代化过程的误解。”[②]五四新文化运动以反传统著称，一些人认为：“对传统的反叛是五四文化运动留给知识阶层的最有特色的遗产，同时也开始了激进主义横决天下的历史”，并且带来了此后中国的一系列悲剧。[③]他们认为“‘五四’的选择虽然是当时知识精英深思熟虑的结果，然其问题的焦点似乎找错了方向”，因为“中国历史上的意识危机和社会危机并不是到了近代才有，然而近代之前的中国基本上都能顺利地解决这些危机，从而使中国社会不断地变化与前进。如果不是西方列强以炮舰撞开了中国大门，中国社会依

① 季羡林：《〈传世藏书〉的意义和价值》，《中华读书报》1996年9月11日。

②③ 陈来：《20世纪文化运动中的激进主义》，引自《知识分子立场：激进与保守之间的动荡》，时代文艺出版社2000年，第297页，第298页。

其内在的规律似乎应该能够完成其向现代社会的转变”。正因为这样，解决问题的方向应该是树立民族自信心以抵抗西方侵略，而五四新文化运动的选择却恰恰相反：批判传统道德，批判国民性，“使国人对中国旧的秩序与文化传统的怀疑达到了登峰造极的地步”。因此，与洋务运动和辛亥革命相比，“‘五四’的破坏性更为严重”，因为“它触及了中国传统秩序的根基，使‘秩序危机’达到近代以来空前的程度”，“使意识形态不是为社会稳定与有序服务，而是加剧了社会秩序的混乱与失范”[①]。在一些人看来，甚至白话文运动也是错的。因为在他们看来，“五四”一代人主张白话而反对文言，是“强行改变一个民族的语言传统”，是“自绝于古典文学”，而且“无异是一次对母语的弑母行为”，“如果站在语言的这个制高点回顾陈独秀要推倒古典文学，无异于要埋葬几千年中华民族的存在”[②]。

在批判或反思“五四”的过程中，鲁迅当然首当其冲。因为正是鲁迅对传统做了“吃人”的整体指控，并且号召青年少读或不读中国书，对中国传统表示了最坚决的否定。尽管有人努力说明鲁迅决不全盘反传统，决不主张西化，但这种努力是无效的。因为只要自己读一读鲁迅的作品，就不会把鲁迅看作民族文化传统的卫士。只要在中国寻找反传统的代表人物，鲁迅无论如何都难以逃脱。当然，聪明人一般不会硬碰鲁迅，因为历史的经验证明，像创造社和太阳社那样去硬碰鲁迅和新文化运动是很不策略的，只要在弘扬传统上大做文章就已经足够了。这是一种巧妙的方式，强化一种观念，造就一种目光，鲁迅自然要被消解掉。在20世纪90年代，这种观念和目光已经大面积形成。在这种目光的审视之下，鲁迅否定中国传统，丑化中国人民，瓦解民族自信心，助长崇洋媚外心理，大长外国人的志气，大灭中国人的威风，当然其错无法为之辩护。因此，他不仅不是文化巨人，而且是崇洋媚外充分“他者化”了的文化买办，是帝国主义文化殖民的吹鼓手！20世纪末的青年人开始走出权威的束缚而用自己的眼睛读鲁迅，但是，因为文化民族主

---

① 马勇选编《中国近代启蒙思潮》（中卷），丁守和主编《中国近代启蒙思潮》（上、中、下），社会科学文献出版社1999年，第5－7页。

② 郑敏：《世纪末的回顾：汉语语言变革与中国新诗创作》，《文学评论》1993年第3期。

义思潮的影响，独立思考却产生了一种特别的后果：他们通过自己的阅读和思考看到了鲁迅对传统的否定态度，弘扬传统的文化背景所形成的思想基础却使他们对这种态度不能认同。青年诗人于坚的一段话很有代表性。他在谈到鲁迅时是这样说的："我年轻时，读过他的书，在为人上受他影响。但后来，我一想到这位导师说什么'只读外国书，不读中国书'，'五千年只看见吃人'，我就觉得他正是'乌烟瘴气鸟导师'，误人子弟呵！"[①]在一代年轻人中，有相当大的一部分是因为鲁迅的文化选择而对其表示失望的。因为一旦把民族文化看作神圣不可侵犯的主体，一旦把文化输入理解为帝国主义的文化侵略，一切对外国文化的赞美就都成了罪恶，一切对本国文化传统的批判都会成为洋奴或汉奸的标志，鲁迅如何能够逃脱？

（二）

世纪末的中国，文化民族主义倾向之所以行情一直看好，还因为受到了各种最时髦的理论支持。

在这些支持中，首先值得提及的是"亚洲价值论"。与五四时期的传统文化保卫者不同，20世纪末的传统本位主义者获得了东亚四小龙所谓"儒家资本主义"在经济方面迅速发展的有力支持。东亚社会发展的实践使儒学与现代化的关系似乎不再仅仅是一种理论想象，也不再只是一个价值信仰问题，而是似乎得到了社会发展的实证。那种努力从古代经典中找出几句能够适应现代化的语录便认定儒学是现代化动力的做法是没有说服力的。但是，面对"儒家文化圈"现代化的社会实践证据，严肃的学者就没有理由不给予足够的重视。既然在东方传统文化的基础上照样可以实现现代化，既然"社会第一，个人第二"，不要自由、民主和人权也照样实现"现代化"，五四新文化运动就毫无疑问是多此一举。"亚洲价值"的提出毫无疑问意在宣告"儒家文化圈"的现代化有其自己的价值观念和文化方向，可以是一条完全不同于西方的现代化之路，可以拒绝和排斥"全球价值"。从李光耀的《文化即命运》，到"东方汤因比"马赫布巴尼的《太平洋之路》，都在试图证明这条道路的可行性，中国的学者自然也要追随其后进行更加周密的解释和证明。因此，尽管有金大中等早就指出这是一种"亚洲反民主价值观的神

① 朱文：《断裂：一份问卷与五十六份答卷》，《北京文学》1998年第10期。

话”[①]，但在东亚各国仍然大有市场。对20世纪末中国的文化民族主义来说，这是一个有力的支持。在这种支持之下，民族文化特别是儒家文化传统无碍于现代化的观点似乎是毫无疑问了。因此，五四新文化运动真是多此一举。鲁迅的选择即使在当时可以原谅，也只能证明他在当时认识的局限，是应该接受历史淘汰的。

其次是萨义德的后殖民主义理论。早在1978年，萨义德就出版了《东方主义》（*Orientalism*）一书，但是，其20世纪80年代却没有在中国产生多少影响。1993年，他的《文化和帝国霸权主义》（*Culture and Imperialism*）出版之后，却立即在中国产生了强烈的反响，并且成为一些年轻学人的理论旗帜。按照萨伊德的看法，西方人对东方的认识有一个殖民主义扩张和侵略的背景，因而它不是平视的产物，而是站在帝国主义、霸权主义和西方中心主义的立场上居高临下地俯视东方的结果。他们总是以自己的话语对东方作文化渗透，而且以自己的文化去规范东方文化，以自己的价值尺度去评判东方文化。因此，西方人眼中的东方形象是扭曲的，关于东方的结论是带有偏见的。在西方价值的观照之下，东方呈现的是落后、愚昧、专制、野蛮、不文明和不人道。它给西方读者以奇异的审美刺激，并且使他们进一步获得文化上的优越感。萨伊德认为，冷战结束之后的文化交流并没有改变殖民主义和霸权主义的性质，温情脉脉的形式更容易使东方在西方文明的快感抚摸下俯首就范，接受西方文化模式而改变本民族的文化，并由此形成全球范围内的后殖民语境。

非常明显，它所反映的是西方非主流文化从文化相对主义的立场出发而对全球一体化趋势的一种抵抗。但是，这种建立在文化相对主义基础上的理论却在20世纪末与国人的民族文化中心主义一拍即合，而且与权威意识形态反“和平演变”的努力不谋而合，因而更容易得到广泛传播。

再次是杰姆逊的第三世界文化理论。与萨义德在中国遇到的情况大致相同，杰姆逊在20世纪80年代中期已到北京大学做过讲座，并且在中国大陆出版了《后现代主义与文化理论》，但是，他在中国产生比较大的影响是在

① 金大中：《文化是命运吗？——亚洲反民主价值观的神话——答李先耀》，《外交》季刊1994年11—12月号。

进入20世纪90年代之后。由于杰姆逊在思想上与毛泽东思想的密切关联，他的“第三世界文化理论”对于一部分中国人来说就更容易接受，并且很容易地使一些人在文化上走上毛泽东的思想路径，站在第三世界的立场上反对西方帝国主义的文化霸权。与后殖民主义理论被接受的情况非常相像，积极接受这种理论的人很多是在西方文化背景下成长起来的，但是，由于种种原因，他们在海外的生活中更多地体验了人与人之间的不平等。由于本土文化培养起来的一种特别的群体意识，他们常常不自觉地把由于各种具体原因导致的不平等归结为国家和民族之间的不平等，甚至统统归结为民族歧视，并且为此而愤愤不平。在这种情况下，三个世界的划分使他们找到了某种群体归属感，而且为他们带来了反抗的支撑点。由于这种理论支撑，他们甚至认为第一世界的知识分子之所以具有人类意识，原因是他们把自己想象为人类的中心，而第三世界国家的知识分子则不可能像他们那样，而是必然地有一种很强烈的民族意识。这种民族意识是处于“边缘”的被压迫民族反抗霸权主义的武器。因此，在他们眼里，现代化成为应该坚决抵抗的东西，因为它意味着第一世界强势文化的扩张，意味着第三世界民族文化主体性的丧失，意味着弱小民族失掉自己的文化个性而接受强势文化。根据这样一种思路，第三世界国家必须抵抗西方帝国主义的文化侵略。于是，他们一方面积极寻找反抗西方文化的精神资源，一方面试图发起一场民族文化复兴运动以在文化上与西方争夺霸权。因为的确没有什么别的武器可用，所以他们只有高举民族传统的旗帜，张扬民族文化个性和特殊国情的不可侵犯性。在复杂的国际关系中，这种把矛头指向第一世界的做法因为可以成为一种国际政治斗争的砝码而获得了某种支持，因而使其具有了更广泛的影响。在中国，第三世界文化理论与文化民族主义合流，对五四新文化构成了极大的冲击。

在萨伊德和杰姆逊的帮助之下，中国的新一代国粹派迅速成长，并且与老国粹携手保卫民族文化传统。反抗西方中心主义，抵抗全球化过程中的西方文化入侵，拒绝承认后发达国家在现代化过程中转换本民族文化传统的必要性，反对把西方现代化模式看作普遍的模式，成为他们共同的文化使命。在这种思想的支持下，一些人做足了反抗西方文化侵略的姿态，并且建构了一个东方文化的乌托邦，重温了中国重返世界中心之梦。这一现象最醒目的标志就是以“中华性”反抗“现代性”。他们不仅一厢情愿地反复宣传21世纪是中国文化的世纪，而且像未出茅庐的卧龙先生一样为世界设计出三分天下，一厢情愿地把日本、韩国和东南亚划入了自己的势力范围，宣称“世界正在向多集团多中心的方向滚动。由于欧洲的一体化进程，北美自由贸易区的建立，阿拉伯集团、东南亚集团的存在，因此人们谈论着东亚联合体的可能性，它不但可以包括日本，也可以包括东南亚。在这个联合体中，中国最有可能成为中心”①。

在后殖民主义理论和第三世界文化理论的观照之下，启蒙只是一种文化侵略的方式，是西方话语霸权的表现，现代化的过程也就是确立西方霸权的过程，追求现代性则意味着接受文化殖民而甘当洋奴。于是，五四新文化运动成了西方文化霸权主义在中国展开的一场文化殖民运动，是中国现代知识分子对西方话语霸权的一次臣服。五四新文化运动的领袖们则成了西方文化跨国公司的代理人和经销商，成了地地道道的帝国主义的文化买办。于是，科学、民主、自由、人权，以及启蒙主义、现代化目标都成了西方文化殖民的标志。一些人认为，本世纪的中国文学一直在追求现代性，但无论现代性还是世界性，都是西方中心主义的产物，因而这种追求本身就是对西方话语霸权的臣服，就是一个“他者化”的过程。在他们看来，“五四”一代人和20世纪80年代的启蒙知识分子一样，在认识和研究本土文化时已经丧失了本土立场，而站到了西方文化霸权的立场上，以西方的审美趣味为自己的审美趣味，以西方的价值标准为自己的价值标准，全面地接受了西方话语。

因此，鲁迅批判国民性的行为开始受到质疑。因为按照后殖民主义的观点看，阿Q们的弱点并非他们所固有，而是用西方价值标准去观察和评价的结果。20世纪90年代的挑战者与20世纪20年代的太阳社和创造社的人们相比，的确有了很大的进步。创造社和太阳社的人们反对批判国民性的理由主要是“阿Q的时代已经死去”，阿Q们已经觉悟并且参加了革命斗争，而中国后殖民主义和第三世界文化理论的信奉者却已经能够从根本上否定批判国民性的意义。他们认为启蒙的姿态本身就不是一种平等的姿态，自以为是的鲁迅们并不比阿Q高明。按照后殖民主义和第三世界文化理论所依据的文化

① 张法、张颐武、王一川：《从“现代性”到“中华性”：新知识型的探寻》，《文艺争鸣》1994年第2期。

相对论的观点，鲁迅们认为阿Q落后和愚昧，那是因为鲁迅们的目光有问题，而鲁迅们的目光之所以出现问题，就因为他们已经不是与阿Q一起站在本土的立场上，不能与阿Q保持思想感情上的一致。他们的目光已经“他者化”了。他们对阿Q的批判不过是西方文化霸权主义的文化扩张。在他们看来，20世纪那些批判国民性的作品“与中国人的真实生存状态没有多大关系，它跟中国现实是脱节的，和中国本土的整体文化素质和特色是隔膜的、貌合神离的，因此它展示的只能是奇观。……它往往显得不切实际，激进而脱离‘国情’，而且有着‘西化’的嫌疑。从世界文化的多元性和多元文化的共存发展观看，它也越来越没有市场了”①。

这种理论对中国文坛和学界的影响是巨大的，就连一些优秀的学人和作家都难以幸免。冯骥才对鲁迅非常尊敬，却也在这一点上表示了异议。他说：“鲁迅的国民性批判本源于西方人的东方观。他的民族自省得益于西方人的旁观。”这是不错的，因为正是西方人的东方观促进了中国现代知识分子的觉醒。然而，他又说：“鲁迅在他那个时代，并没有看到西方人的国民性里所埋伏着的西方霸权的话语。传教士们在世界所有贫穷的异域里传教，都免不了居高临下，傲视一切；在宣传救世主耶稣之时，他们自己也进入救世主的角色。……他们的国民性分析，不仅是片面的，还是贬意或非难的。”冯骥才并不否认中国人的国民性存在问题，而且决不否定鲁迅的国民性批判，但是，他却认定鲁迅受西方传教士影响而批判国民性决不是一件光彩的事。中国人的国民性不是没有问题，但这种批判的目光一旦是从西方获得的，便因其“西方中心主义”而不证自明地成了过错。因此，他这样批评鲁迅：“他那些非常出色的小说，却不自觉地把国民性话语中所包藏的西方中心主义严严实实遮盖了。我们太折服他的国民性批判了，太钦佩他那些独有‘文化人’形象的创造了，以致长久以来，竟没有人去看一看国民性后边那些传教士们陈旧又高傲的面孔。”“由于他对封建文化的残忍与顽固痛之太切，便恨不得将一切传统文化打翻在地，故而对传统文化的批判不分青红皂白。”②

① 王干、张颐斌、张未民：《“新状态文学”三人谈》，《文艺争鸣》1994年第3期。

② 冯骥才：《鲁迅的功与“过”》，《收获》2000年第2期。

（三）

面对文化民族主义对鲁迅和五四新文化运动的指责，站在鲁迅和五四新文化立场上的人们不应该试图否定那些基本思想事实，而是应该承认，他们对事实的指认往往是准确的。比如反传统、力主西化、全力追求现代性等等。必须在这一基础上认识五四新文化运动和鲁迅的文化选择的合理性。因为反传统和主张西化、现代性和启蒙主义，都不能成为否定鲁迅和五四新文化运动的理由，而是恰恰相反，新文化因此才成为新文化，五四新文化运动因此才在中国文化史上具有了划时代的意义。所以，一些问题毫无疑问需要进一步澄清：

1. 关于民族文化传统

一般而言，对自身文化传统的偏爱是一种常见的心理现象。自己的祖国，自己的故乡，自己的民族，自己的家族，自己创造或拥有的一切往往都是美好的，人们不愿正视它的缺陷，也不愿听到对它批评。而且，当旧有的一切面临淘汰的时候，人们往往充满留恋。即使是一只咸菜坛子，一个农村老太太在城市化的过程中也是不愿丢掉的。这是一种难以克服的感情。所以，如果有足够的空间，我不反对把咸菜坛子等一切旧物陈列在博古架上，以满足人们的情感需要。但是，如果以为自己有一只咸菜坛子就可以满足现代生活的需要而拒绝市场，那就未免欺人而且自欺了。

来自乡村的老太太们一般都能满足于感情需要，不会因为热爱自己的咸菜坛子而拒绝菜市场。学者们却往往很不相同，他们要把自己的感情需要转化为虚玄的理论和文化发展构想，而且说得煞有介事。好像自己那点旧东西真有什么了不起，而大市场上的东西什么都不行。面对两次世界大战以及战后西方一些人精神上的持续困惑，中国的文化民族主义者重新找回了文化上的优越感。他们认为西方文明已经陷入严重的危机，而且正需要中国文化的拯救。因为整个世界都在西化，所以这个危机也就是世界文化的危机。因此，中国文化不再是滞后的，而成了超前的。它不再仅仅显示着过去的辉煌，而且代表了世界文化的未来。它虽然眼下受到现代化的冷落，但西方文明最终也要走到这里来。由于这样一种思路，一些天真的人们产生了一种“抄近路”的设想：既然我们的传统文化代表着人类文化的未来，有什么必要苦苦学习西方舍近而求远？既然有捷径可以实现超越，为什么要跟在别人后面爬行？抄近路，由追随者成为领导者，当然是后发达者求之不得的。由于这样一种思路，中国文化不再是滞后的，而是超前的，不再是过去的，而是未来的，是可以直接超越现代性的。因此，对民族文化的批判和否定不仅上对不起祖宗，下对不起子孙，而且对不起嗷嗷待哺的世界各民族。西化论者不仅非常愚蠢，而且简直是犯罪。以此观照鲁迅和五四新文化运动的选择，他们当然罪责难逃。

但是，这只是站在民族文化本位立场上一厢情愿的美好想象，人类文明的发展并没有按照这种想象运行。梁启超们在世纪初所做的“西方人正在等待中国文化的拯救”的宣告显然已经破产，因为20世纪西方文明的发展并没有像施宾格勒和汤因比所说的那样没落，而是更进一步走向完善，并有力地战胜着人类文明发展中的种种邪恶力量。一些人在世纪末所做的“21世纪的世界将是东方文化的世界”的乐观宣布也只能是一种文化自大者的梦呓，因为它没有任何可靠的根据。

一些人津津乐道中国传统文化的优势。那么，它的优势何在？从1921年梁漱溟的《东西文化及其哲学》到1935年王新命等十位教授所写的《中国本位的文化建设宣言》，经过1958年张君劢、唐君毅、牟宗三、徐复观等《为中国文化敬告世界人士书》，再到20世纪末的新儒学，对中国文化优势的认识主要观点仍然没有变：西方文化的主要成就在于处理人与自然的矛盾，要解决的只是人的物质生活需求；中国文化的奥义在于解决人与人的矛盾，要解决的是人的精神的和谐和安适。西方文化重视物质，所以，其物质文明迅速发展，精神文明却陷入了危机；中国文化重视精神，所以，物质文明虽不发达，道德文明却是世界第一。

可是，一个事实大概无法否认：中国重精神，但精神文明之差、人的精神压抑和扭曲之惨烈，堪为世界之最。中国道德第一，但道德水准之低也是有目共睹。早在五四时期，胡适就指出，一个号称道德第一的民族怎么可能眼睁睁看着一代代女人为缠足而哭号？一个号称精神文明的国度怎么可能残酷地对待妇女和儿童？时至今日，面对弘扬传统过程中的社会现象，我们仍然无法回避思考：一个道德第一的民族怎么可能在大街上围观恶棍强奸少女？怎么可能让腐败渗透到社会的每一个角落？又怎么可能让种种罪恶横行而一个个苟且偷生作壁上观？哪一个民族还能比这更堕落？中国文化致力于安顿人们的精神，但历史提供的事实是什么？是制造了世界上最强大的压抑和扭曲精神的工具，因而能够把人的精神牢牢地安顿在枷锁之中。它的好处不过是使人没有怀疑、没有反叛，乐天知命做奴隶。在两千年的精神文明成果中，最辉煌的是程朱理学，它也是所谓“现代新儒学”最感兴趣的。作为一种思想体系，它的建构在各方面都使人叹为观止，然而，却正是它高扬着“存天理而灭人欲”“饿死事小，失节事大”的非人观念。

2. 关于“西化”之路

在“五四”的罪证之中似乎最无法辩护的就是“西化”，或者“全盘西化”，也就是向西方学习，或者一心一意地走西方的道路。在20世纪末的中国，这一点似乎早已是无法辩护的罪证。然而，一个问题却不能不重新思考：主张西化究竟错在何处？

从民族救亡的角度考察，落后就要挨打是不可改变的事实。那么，为了改变挨打的命运而向强者学习以获得强健自身的良方，正是不想继续挨打者的正确选择。回顾中国现代化的历史，国家富强程度的每一次推进都与开放和接受西方文化有关；现代化事业的每一次受挫都与对西化的抵抗有关。中国20世纪的历史进程之所以曲折坎坷，不是因为西化，而是因为对西化的抵抗和对现代性的扭曲。

作为后发达者，必须向发达者学习，这是无法改变的规律。自己落后而不愿向别人学习，自己不发达而仇视发达者，不得已而学习时仍然要念念不忘民族文化主体性，都是一种不老实的态度。可惜的是，中国人一旦涉及文化传统，总是难以虚心和老实。面对人类文明的健康主流和先进的文化模式，或者以不适合中国特别国情而拒绝之，或者自作聪明地进行本土化改造，或者只拿来皮毛以做旧体制的装饰，是中国现代化进程屡屡受挫的主要原因。当然，对于一些人来说，这种做法并非愚蠢之举，因为它可以成为保护在传统体制中所享有的特权而拒绝民主自由等现代规则的理由。强调特殊性而反对普遍原则，是他们一贯做法，也是维护其私利的唯一选择。对于一般人来说，这种做法却往往源自一种非理性的民族自大心理和民族文化本位立场。

站在民族文化本位的立场上，人们总是担心全球化冲击了民族文化的主体性，因而总是以各种理由进行抵抗。他们共同的选择是强调民族文化的特殊性，抵抗现代化的普遍模式。尽管在萨义德等人看来现代化的构想是以单线性的、阶段式的演化论为基础的，认为把现代社会看作传统社会的未来图景是一种西方的东方学的偏见，是西方中心主义的结果。可是，这位反西方文化的学者虽然反对在现代化过程中转换本民族固有的文化传统，却没有提供通往现代文明的其他通路，更没有能力证明传统社会优于现代社会或者东方社会优于西方社会，而且他们自己更不愿意放弃他们所批判的文化环境而到他们所赞美和努力保护的文化环境中生存。因此，最终必须承认：现代性是人类社会发展的某个阶段所达到的某种水平的标志，现代化是人类文明发展的必经阶段。它不属于任何国家和地区，也是任何国家和地区都无法垄断的（也从来没有一个国家和民族试图垄断过它），但是，我们无法否认，现代化首先在西方出现，西方人最先创造了它，因而拥有了成功的经验。后发达国家既然无法拒绝现代化，成功者的经验既然可以使其避免许多弯路，西方既然已有成功的经验，为什么一定要拒绝呢？

一些人总是强调现代化有不同的道路，现代性是一个不确定的概念。强调者的出发点当然很不相同，但都在为特殊性寻找理由，同时为拒绝人类健康文明主流寻找一种借口。现代化可能有不同的道路，但是，必须清楚，尽管条条道路通罗马，但有的路曲曲折折而且充满坎坷，有的路绕了一圈还必须回到原来的起点，有的道路注定了与现代化目标背道而驰。在这种情况下，我们不应为了所谓文化主体性而拒绝成功的路径。必须清楚，现代化没有不同的标准，现代性的概念从根本上说是确定的。如果现代化可以有不同的模式，现代化就会成为一句空话。因为我们完全可以宣布：中国的“现代化”早在秦始皇时代已经实现了。

一些人总是强调民族化和本土化的改造。他们并不直接反对向西方学习，但更强调进行民族化的改造而使之适合于中国国情。对此，必须清楚的是，现代化是不可假冒的，也是不可扭曲的。一切假冒伪劣最终坑害的都是我们自己，一切扭曲最终都要付出沉重的代价。我们应当清楚，在进口的精密机器上硬是砸进一个钉子或者拆掉一个部件，其后果会是什么！

我们当然应该承认西方文化有自我中心的倾向。但是，这并不值得大惊小怪，因为任何一种文化都把自己作为中心，而把对方作为自己的客体和意识的对象。任何一种文化都非常自然地从自己的角度观察认识和理解另一种文化。而且，在事实上达不到平等水平的现实条件下，所谓平等对话只是一种自欺欺人的幻想。任何打肿脸充胖子的做法都是没有用处的。比如，中国的学校普遍开设英语课，绝大多数具有专业职称的人员都要通过外语考试。用后殖民主义的观点看，这应该是已经被殖民化的铁证。用第三世界文化理论看，这也是霸权主义制造的不平等。但是，我们需要与世界交流，又没有能力让全世界都来学习汉语，不学习英语又有什么办法呢？拒绝当然是容易的，但是，世界不会因为中国人拒绝讲英语而都学汉语。对此，当然也可以说“不”，但是，非常不幸，要想有效地说“不”，还需要首先把“不”说成“no”。

现代化的普遍性与特殊性不仅仅是一个国际的问题。中心与边缘，乡村与城市，先发达地区和后发达地区，这个问题无处不在。如果强调特殊性，我们是否可以尊重某个村子的习惯而放弃扫盲或计划生育的努力？是否可以尊重某个地区的文化传统而听任父母剥夺年轻人的恋爱自由？是否可以放弃在一些方言区推行普通话？一个事实是，无论多么偏僻的村寨，明智的人们都不会拒绝使用普通话，都不会拒绝人类文明的健康主流。

3. 究竟应该以什么为最高价值尺度

考察文化民族主义对传统的弘扬和对五四新文化的否定，可以发现许多理由。考察其全部的理由，很容易发现他们与鲁迅及五四新文化持守者之间的许多重要分歧。这些分歧之所以发生，主要在于双方的出发点、理想目标和价值尺度不一致。

文化民族主义者站在民族文化的立场上，以民族文化为本位，强调的是民族文化的主体性。他们的一切思考往往都是从文化出发，从社会秩序出发的，因而有着很强的传统文化危机感，却很少看到民族传统的残酷和非人道。

五四新文化的代表鲁迅们最显著的特点是站在人的立场上，以人为本位，强调的是人的生存和发展，追求的是人的解放与人权的保障。他们从人的解放和公民的权利出发思考问题，所以看到的是传统秩序“吃人”的本质。为了人的解放和自由权利的获得，他们选择了整体反传统的态度。考察他们反传统的理由，事实上用一句话即可概括：“吃人”。他们反传统的全部作为，都是为了把人从“人肉宴筵”中抢救出来。

由此可见，人与文化，正是鲁迅们与文化民族主义者之间的根本差异。

那么，究竟是文化重要还是人更重要？应该以民族文化为本位还是以人为本位？是以文化主体性为不可动摇的神圣事物而不顾人的生存境况，还是以人为价值尺度而对文化进行取舍？这是双方冲突的最终问题。

事实上，时代已经到了21世纪，这些问题应该是无须回答的。然而，在一些人的眼里，却似乎文化比生命更加重要，过去比未来更重要。只要它是传统文化，无论“吃人”与否都必须发扬光大。面对这一切，我们没有理由忘记鲁迅的话：“一要生存，二要温饱，三要发展。苟有阻碍这前途者，无论是古是今，是人是鬼，是《三坟》《五典》，百宋千元，天球河图，金人玉佛，祖传丸散，秘制膏丹，全都踏倒他。”[①]因为文化不是高于生命的东西，不是高于生活需要的东西。一旦它不适应新的生活需要，就应该接受淘汰和更新。人没有理由以自身的生命为代价而保留传统，无论这传统曾经多么辉煌，也无论这传统有多么伟大！

二、中国的“后现代”与鲁迅的“现代性”

尽管20世纪90年代的中国仍然处于向现代社会艰难行进的途中，但是，后现代文化却已是一种无法回避的存在。20世纪世纪末的中国是开放的，国外的任何新思潮都会及时得到传播。中国文化的惰性之一是守旧而排斥新的事物，但面对20世纪中国文化的发展历程，却很容易发现问题往往并不在于简单的守旧，而在于趋新与守旧相结合，以趋新的形式守旧。人们往往对经过实践检验的健康文明不感兴趣，而对时髦的理论想象寄以热望。在20世纪世纪末的中国，这种旧病再次复发，人们纷纷追随后现代思潮而对现代性进行反省和批判，似乎发达国家的“现代性问题”也已成为中国的问题，似乎中国最迫切的问题已经不是追求现代性而是批判现代性。

后现代文化精神是难以概括的，然而，大概仍然可以在其“不确定性”中发现其比较确定的特点，如反抗权威、解构中心、反对一切形式的话语霸权、努力破坏话语等级秩序而创造一种彼此平等的多元文化等等。从某种意义上说，作为一种话语反抗运动，后现代主义并非没有它的积极意义。但

---

①《鲁迅全集》（第3卷），第45页。

是，后现代主义批判启蒙理性、解构人的神话、否定知识分子的现代人文叙事，所导致的精神后果却值得特别警惕。从霍克海姆和阿多诺等人开始，西方学者从对纳粹制度根源的追寻而走向了对启蒙的批判。他们在历史领域里反省哲学问题，认为启蒙是一种对权力的追求，这种追求试图对一切进行支配和征服，即以各种知识的形式把主体的暴力施加于人类社会和自然界。在他们看来，正是科学和理性导致了极权主义，启蒙主义导致了对群众的蒙蔽与欺骗。福柯通过对知识、权力、语言三方面因素构成的“话语形成”来消解主体观念支配下的认知传统，通过把真理的规范相对化和条件化消解启蒙的权威，并且通过监狱及其监控技术的考察而发现其中知识—机构—主体之间的制约关系，并把它发展为对西方社会制度的质疑。利奥塔等人的理论从质疑启蒙叙事入手，质疑一切现代知识形式及其法则，因而现代性危机被确认为知识合法性的危机。除此之外，杰姆逊和萨义德都把启蒙看作文化侵略，把启蒙主义理解为对西方文化霸权的确认，认为现代化伴随着文化征服，也意味着弱小民族的文化归属……对于西方思想界来说，这一切都不值得大惊小怪，然而，它在20世纪90年代的中国却经过一系列复杂的本土化过程而产生了具有中国特色的后现代主义。

在20世纪的黄昏，充分中国化了的后现代思潮与文化民族主义思潮一起，把鲁迅和五四新文化运动的领袖们统统推上了被告席。

（一）

具有中国特色的后现代主义把主要力量用于对现代性的批判，而且一切运作都把矛头对准了现代启蒙知识分子。他们通过各种方式努力使人相信：理性充满罪恶，知识是权力的同谋，文艺复兴以来关于人的主体的设计是一个虚幻的梦想，现代知识分子的启蒙立场对人类有害无益。他们以最先进的文化代表自居，以大众文化的代言人自居，致力于批判启蒙主义，解构人道理想，嘲弄知识分子的现代性承担。

当然，中国后现代直接攻击和消解的对象并不是鲁迅和五四新文化，作为告别20世纪80年代之后的文化新潮，他们的直接批判对象是20世纪80年代中国知识分子及其价值选择。但是，众所周知，20世纪80年代中国知识分子在“文革”的血污中复活之后所做的一个重要文化选择就是“回到‘五四’”“回到鲁迅那里去”，努力找回丢失已久的现代精神和人道理想。既然二者是如此血脉相连，对20世纪80年代中国知识分子的批判就很容易演变为对鲁迅和五四新文化的清算。何况，五四新文化运动所接受的恰恰是后现代所厌恶的西方文艺复兴和思想启蒙运动以来的启蒙理性和“人的神话”。于是，中国后现代必然地把五四新文化运动及其文化选择作为攻击的主要目标。

他们对五四新文化运动进行全面的质疑，这种质疑分三个层次：一是否定其全盘西化的方法论和价值取向，二是批判其接受的西方价值观念和知识模型，三是嘲弄其知识分子的启蒙导师角色和社会承担。20世纪90年代的中国文化最引人注目的现象就是最新潮的东西与最守旧的东西所呈现的一致性。当弘扬传统的高潮到来时，“五四”所受到的攻击不仅来自形形色色的国粹派，而且来自以先锋面貌出现的后现代。当然，中国后现代并无意于守护中国传统，他们努力的是对西方现代文化主流的批判。因此，在他们那里，鲁迅们的罪恶也许并不在于批判和否定传统，而是在于对西方现代文化的追求。因此，他们坚决反对新文化运动对西方文化的态度，反对其对西方价值的“迷信”。正是在这一点上，中国的后现代终于与前现代合流，对现代文化展开了前后夹击。“五四”一代人张扬科学和民主，在中国后现代看来，科学与民主早已过时，而且可能导致罪恶；“五四”一代人高扬启蒙理性，在中国后现代看来，启蒙理性已经由批判封建主义的思想武器摇身一变为巩固资本主义制度的意识形态，成为权力的同谋；“五四”一代人渴望人的解放和人权的保障，在中国后现代看来，这也是极为可笑的，因为大师们已经宣布了“人之死”，还谈什么人的解放和人权的保障？通过后现代的描述，现代知识分子面目非常可憎。他们总是以启蒙导师自居，试图教训大众，总是充当文化英雄，事实上却往往是权力的帮凶。因此，中国后现代依照利奥塔在《知识分子的坟墓》中的一个说法，认为那些以普遍主体自居并进而对社会进行全面指导的知识分子属于过去的时代，而不属于这个时代。这个时代高度发展的科学技术已经结束了那种历史，那种社会全能型的知识分子已经进入了坟墓，代之而起的是专业型的知识分子，他们从事自己的专业活动，而不承担人类共同体的责任。[①]他们用这种观点看“五四”启蒙型

① 参见《后现代性与公正游戏——利奥塔访谈、书信录》，上海人民出版社1997年。

的知识分子，认为他们的人格和精神都没有理由继续得以传承，因而祭起“知识分子死了”的后现代法器，来终结知识分子的启蒙导师角色。鲁迅无法逃避，因为鲁迅正是这种社会全能型的启蒙导师。

中国后现代批判现代性的重要策略之一是首先宣布现代性神话的破产，中国语境已经是一种后现代语境。他们认为“精英主义式的控制不再能驾驭文化生产和传播，新的文化控制网络正趋形成”，在这种情况下，知识分子如果仍然坚持精英文化立场，是非常荒谬的，其言论就像“堂吉诃德的狂吼”，但无法改变文化发展的方向。[①]浏览20世纪90年代的期刊，经常看到这样的表述：“世俗形象与人文英雄的换场，表明了市民接管了属于自己的话语权。在思想启蒙时期被瓦解的市民自信，在被弥漫着实利交换气息的都市经济中得以修复。他们在拥抱世俗欢乐时，叙述着自己的生活理解。”[②]“虽然未能发育健全，但‘现代性’神话的破产，也就如同一个发育不健全的孩子同样要面对死亡一样，或许由于其不健全，死亡也比发育正常的人来得要迅疾。”[③]作为一种对于20世纪80年代现代性的颠覆策略，他们常常通过对某种局部现象的夸大描述而虚构了在中国告别现代性的时代大势。

中国后现代批判现代性的另一策略是突出强调现代知识分子与大众的对立状态，从而代表大众声讨知识分子及其精英话语。他们突出强调知识分子对大众的批判，设计出启蒙者与被启蒙者、批判者与被批判者的对立关系，制造出知识分子与大众的对立，然后打出大众至上的旗帜，奉大众为唯一的上帝，并以大众解放者的姿态出现，代表大众宣布不需要知识分子的启蒙。他们刻意夸大大众的觉悟，宣布大众已经成为这个时代的中心，质问知识分子有什么资格对大众启蒙。后现代理论家们曾经反问：“为什么不能媚‘俗’?”因为在他们看来，“‘媚俗’这个提法，是一种启蒙主义的说法，它认为人民大众是十分愚昧的，你不能混同于他们，你要引导他们，教育他们，这是很荒谬的。我们凭什么要去教育人民？我们在哪方面比人民更

① 陈晓明、张颐斌、戴锦华：《文化控制与文化大众》，《钟山》1994年第2期。

②苏晓：《世俗形象与市民理想》，《上海文学》1995年第6期。

③ 王干：《文化断桥之畔的书写：“新状态”文学漫论之二》，《文艺争鸣》1994年第6期。

高明”[①]？他们努力把启蒙说成是一种知识分子高高在上对大众的教训。在一些人的描述之下，现代知识分子总是以启蒙导师的姿态站在广场上，俯瞰着芸芸众生，对大众进行训导。他们以真理的化身出现，全知全能，是“知识”与“权力”的握有者和执行人。他们以文学作品向大众宣喻大众无法了解的真理，又以文学作品代表大众说出他们的意愿。他们认为20世纪中国文学表面上似乎存在着精英与大众的对话，但事实上精英是主导，而大众不过是被动的受话者。因为精英们总是居高临下地按自己的意志下达指令，大众则总是被动地被要求去领会和实行。有人在批评20世纪80年代中国文学中作者的位置时说：“这种‘作者’的位置就如鲁迅的《〈呐喊〉自序》中所给定的那样，他是话语和知识的发出者，是真理与民众意愿的执行人。这种知识分子在‘现代性’话语中的中心位置，贯穿于‘五四’到‘新时期’的整个文学发展过程之中。……这种位置有一个来自‘现代性’的西方话语的大背景，这个背景使‘作者’有可能将西方式的‘主体’的视点‘内在化’为自身的视点，使他有可能以外在的超越的视点观看‘中国’，也就可以获得一种对中国人及其文化的‘他性’的表述。”[②]毫无疑问，鲁迅在这里已经受到了指控，成为应该批判和超越的对象。

同时，他们虚构了20世纪中国现代知识分子的话语霸权，并且虚构了知识分子话语与权力的共谋。他们把精英知识分子与政治意识形态捆绑在一起，认为知识分子背靠权威意识形态而面向大众，从而为声讨知识分子的话语霸权找到了理由。在声讨这种霸权时，胡适和鲁迅又是首当其冲，因为胡适与政治权威的确距离不远，鲁迅活着的时候虽然一直是一个反抗者，但死后却一直受到政治权威的肯定，甚至在“文革”时期也仍然是被高高供奉于神坛上。由于“知识分子”和“现代知识分子”等概念的模糊不清和使用混乱，又由于历史的遮蔽形成的必然后果，一些人没有认真地想过什么是知识分子，也没有想过谁是现代知识分子，而是把活跃于现代庙堂之上的文人看作现代知识分子，因而认为20世纪以来知识分子一直占有统治地位，始终处于话语的中心，以背靠权威而向大众发号施令。当然，只要对20世纪中

① 陈晓明语，见《“新体验小说”研讨会纪要》，《北京文学》1994年第6期。

② 张颐武：《论“新状态”文学——90年代文学新取向》，《文艺争鸣》1994年第3期。

国历史稍有一点了解，就不会承认中国现代知识分子一直处于中心地位，更不会承认所谓知识分子的话语霸权。可是，中国后现代却不愿正视这一事实，而让现代知识分子为历史的各种罪恶背起了黑锅，甚至让鲁迅承担文化专制和思想专制责任。

（二）

以鲁迅为代表的五四新文学归根到底是“人的文学”。这种“人的文学”与西方现代人学思想是分不开的。五四新文化运动被称作中国的文艺复兴运动，而文艺复兴带来的思想归根到底在于两点：第一，人的本性是不受任何束缚的；第二，人是自由而至上的设计者。米兰多拉借上帝的喻示而说的那段话永远须要铭记：“亚当，我既没有给予你预定的地位，也没有给予你特殊的外观和任何专有的特权，以便让你能通过自己的决定和选择来得到和拥有这些。我颁行的律令中规定了其他创造物的本性。而你将借助我已托付于你的自由的力量，不受任何束缚地决定你自己的本性。我已将你置于世界的中心，好让你能更好地看清世间的事物。我已让你既不在天国，也不在尘世，既不是凡人，也不是神灵，好让你能像一个自由而至上的设计者，把你塑造成你自己所选择的那种形式。”[①]在20世纪80年代，中国文学重新找回了“五四”的主题，继续在中国推进人的解放的事业。然而，进入20世纪90年代，这个事业受到了各种冲击，时髦的作家和学人已经致力于消解“人的神话”。

作为这种现象的知识背景，西方反人道主义的思潮特别值得注意。也许人类应该为此而悲哀：在人道主义的发源地欧洲竟然产生了哲学上的反人道主义。尽管有些人把这种哲学上的反人道主义看作一种新启蒙，但它直接的影响显然已经在消解着人类对自身的信仰，消解着人类生活自身。

反人道主义的思想也许由来已久，因为在人类行进的过程中总是难以消除邪恶的念头，但是，反人道主义形成大潮却是20世纪的事。从某种意义上说，20世纪是一个充满罪恶的世纪，法西斯主义和极权主义给人类文明留下的创伤在短时间内大概难以愈合，并且必将继续产生出各种精神的变态产

① ［英］凯蒂·索珀：《人道主义与反人道主义》，廖申白、杨清荣译，华夏出版社1999年版，第10－11页。

儿。作为反人道主义思潮的代表，海德格尔率先对人道主义的人类中心主义发难。他的理由是人道主义者借助“动物”和“自然”来定义的人只是力图表现一种特殊性：“我们真的只要把人作为生物的一种，作为一种区别于植物、动物和神的生命存在，就能正确地探讨人的本质吗？我们可以以此方式开始研究，可以用这种方式在存在的范围内把人规定为存在者中的一种。借此我们将能够陈述出某种关于人的正确见解。但是在这点上我们必须清楚：当我们这样做时，我们并没有把人放到真正的生命（animalitas）王国中，而只赋予了他一种特殊性。”他辩解说：“《存在与时间》中的思想是反人道主义的。但这种对立并不意味着这种思想在反对人道并鼓吹非人道，不意味着它在吹捧非人道而贬斥人的尊严。人道主义受到反对是因为它没有把人置于充分的高度之上。”那么，海德格尔所理解的尊严是什么呢？如何才能置于充分的高度之上呢？他认为不应该依靠把人作为存在的主体或者至高无上的中心，而是要承认人的命运是出窍（ek-sist）的，应该承认它所包含的本质远远多于“单纯的人”，多于“理性存在物”。海德格尔将人生视为向死而生的本真存在，所以将人生的命运喻为离家而寻家的流离状态。他认为人道主义从根本上歪曲了人与存在者的关系，他说：“人并不是诸存在者的主人，人是一种存在的牧人，人在这种‘逊让’中没有失去任何东西；毋宁说他因达到了存在的真理而有所获。他获得了牧人特有的贫乏；这牧人的尊严就在于，他正在被存在本身召唤来看护存在的真理。”[①]对于海德格尔来说，人对历史不可能有客观的认识，做相反的假设则意味着接受“非本真性”，无异于公然舍弃存在的真正性质。

与海德格尔几乎同时，法国一些思想家发现了主体的消亡。阿尔都塞以结构主义诠解马克思的学说，提出了他的著名的命题：个人不是社会过程的基本要素，而只是它的“承担者”或“效应”。他认为历史进程和社会发展的真正主体不是这些承担者，也不是“真正的人”，而是“这些位置与功能的规定及分配”，也就是生产关系。阿尔都塞指出：作为承担者与效应的人的主体性是由意识形态建构的，因而现实的个人并不是影响社会进程的主

①［德］海德格尔：《关于人道主义的书信》，见孙周兴选编《海德格尔选集》，上海三联书店1996年。

体。这种见解当然并不新鲜，把人消解于社会关系，是19世纪到20世纪左翼思想的一大特点。然而，在后结构主义者拉康、福柯和德里达等人看来，阿尔都塞仍然没有走出“人道主义启蒙结构”，因为他仍然承认主体与社会进程。拉康认为一个人并不是生来就是人，而是通过步入一个文化序列而成为人的，所以，人的主体性是通过从属于一个“他物”序列而实现的。所谓“本我”是一个不知在什么地方思考着的东西。福柯也认为主体形成的过程是屈从于某个文化序列的过程。他指出，权力的约束形式是重要的，现代社会是权力通过人文科学技术、分隔技术和性行为控制技术而运作的过程。在这一过程中，权力借助于主体化而运作，被运用于自由的主体。人正是在不断地服从这个文化序列的过程中丧失了自由。所以，在福柯看来，“主体化”也就是“从属化”。

在20世纪末，尼采提出“上帝死了”，也就是说，人要依靠自已站立于天地之间。在这个世纪，后现代思想家宣布人也死了，导致的后果却是放弃一切向上的努力。

当然，有些问题的确是值得我们思考的：我们有意识的生命过程是否能够在社会生活过程中成为主体？是否能够有意义地影响我们生活于其中的结构？是否能够有意义地影响历史？如果我们不能成为主体并影响我们生活于其中的那些结构，我们也就不能影响历史，从而也就没有历史的可理解性。在这个问题上，结构主义者与后结构主义者的回答是一致的。因为他们认为人并不能了解和把握自身，也不能把握经验的根源，因而我们也不可能认识历史。有些问题也是我们应该承认的，比如我们应该承认主体的实现的确需要诉诸一定的文化序列，但是，必须注意的是，人并没有完全从属于这些结构，而是不断成功地反抗这些结构，并从而推进了这些结构的变革和文明的发展。我们应该承认个人所受的必然制约，但是，无论处于何种制约之下，我们都应该对我们所造成的境况负有责任。因为人能够成为有意识的主体，可以做出不同的选择，从而改变我们的境况。我们应该承认，人类长期以来苦苦追寻“人的本质”，答案却五花八门而难以形成共识，但是，即使将来仍然如此，也决不意味着“人是目的”这一现代性核心观念已经过时，决不意味着“人的死亡”已经降临，更不意味着我们可以放弃人道主义理想。

遗憾的是，在20世纪末的中国，“人死了”的宣示成了一种努力方向。特别是在文学中，从创作到理论，都在强化着人的被动性和从属性，并对其苟活态度表示充分的理解和认同。当人们因为对现实的无能为力而增长着一种无可奈何的情绪时，这种对人在现实和历史中的无奈的强化给人的消极逃避提供借口，从而进一步消解人的主体力量。因此，值得注意的是，“人死了”的判断无论与事实有多么遥远，它都可能直接推动人的消亡。特别是对于铁屋子里的人，后现代言说显然有一种“安乐死效应”。

（三）

20世纪90年代文学的一个带有普遍性的倾向是面对“民间社会”和“日常生活”，表现“世俗关怀”和“平常心”。作家们纷纷躲避崇高，直面世俗，拒绝一切理想和神圣。那些走红的作品的确不再有启蒙的姿态，不再居高临下地俯瞰大众。在评论这些作品时，评论家总喜欢重复着这样一些话：他们从高高的审判台上走了下来，他们放弃了启蒙导师的位置，他们不再满足于说教，他们与读者站在同一平面上进行对话，他们完全放弃了法官、救世主和启蒙导师的习惯姿态，平等地说出他们真实的自己，他们不再像鲁迅……当然，人们很容易发现，那些作者根本不是什么“放弃启蒙导师的位置”，更不是“放弃了法官和救世主的姿态”，而是他们根本没有能力获得那种姿态。要获得启蒙导师和历史审判者的姿态并不是一件容易的事。

在20世纪末的中国，承担历史很不潇洒，批判现实太不轻松，奋斗和探索都实在太累，只有顺世活着而且随时找乐是唯一正确的选择。这是一个崇尚轻松的时代，是一个努力遗忘而及时游乐的时代。在这样一个时代，鲁迅似乎非常不合时宜：人们不愿活得太累，鲁迅却活得太累；人们需要潇洒，鲁迅却太不潇洒；人们需要轻松愉快，鲁迅却总是煞风景，让人感到太沉重。所以，有人含蓄地批评鲁迅“太沉重”，认为鲁迅作品作为教材，无论对于教师备课还是学生接受，都过于沉重。[①]有人坦率地承认：“可能我的历史是颓废的历史，激情的肉体史，是南朝臣民的裸宴，是罗马的狂欢……因此，川端康成的样子远比鲁迅清晰。”[②]有人甚至写道：“哲学家喜欢

① 董桥：《文字是肉做的》，文汇出版社1997年。

② 朱文：《断裂：一份问卷与五十六份答卷》，《北京文学》1998年第10期。

做人，无非是吹皱一池春水，为世间平添烦恼。只要人人是猪，天下自然太平。”“做猪有什么不好？轻轻松松，才算真正懂得享受人生。”[①]在这样一种文化氛围中，鲁迅的姿态即使不是不食人间烟火，也至少让人感到难以接近。

在20世纪末的中国，阿Q精神已经成为生存的法宝。在许多作家笔下，阿Q们得到了正面的解读，怒目而视可以调节心理的平衡，精神胜利可以给人活下去的力量。鲁迅以批判的笔调描写阿Q，批判他的精神胜利，批判他的革命畅想，居高临下，指手画脚，这也不行，那也不行，没有一点“平常心”。弱小者如阿Q，他不那样活着，你能让他怎样活？这已经成为20世纪末的“平常心”对鲁迅的有力诘问。照此看来，说鲁迅的怒其不争是“贵族式的”，说他和胡适、陈独秀等人的文化启蒙运动，是“与全民为敌”，自有其完整而严密的逻辑理路。

在20世纪末的中国，强调宽容是时代的强音，似乎主流的理想就是你好我好他也好。其原因当然非常复杂，既有对过去年代斗争哲学的厌倦，也有对现实生活问题和矛盾的消解，更有制造遗忘但愿相逢一笑的愿望。和气生财，稳定高于一切。在这种情况下，鲁迅顺理成章地成了值得警惕的人物。他被认为是有害无益的，甚至能够诱发地震。王蒙一再表示：“世人都成了王朔不好，但都成了鲁迅也不好——那会引发地震！”[②]“我们的作家都像鲁迅一样就太好了吗？完全不见得。文坛上有一个鲁迅那是非常伟大的事。如果有五十个鲁迅呢？我的天！”在王蒙等人看来，“一个国家生活愈正常气氛愈祥和作家就会愈多写一点日常生活，多写一点和平温馨，多写一点闲暇趣味。到了人人蔑视日常生活，文学拒绝日常生活，作品都在呼风唤雨，作家都在声色俱厉，人人都在气冲霄汉歌声冲天肝胆俱裂刺刀见红的时候，这个国家只怕是又大大地不太平了”[③]。20世纪末的中国气氛祥和，鲁迅当然不合时宜。

更重要的是，这并不是个别的现象。在20世纪90年代，一种苟活的顺

---

① 愚士选编《以笔为旗——世纪末文化批判》，湖南文艺出版社1997年，第531页。

② 王若谷：《鲁迅诱发地震》，《中国青年报》1995年2月5日。

③ 王蒙：《沪上思絮录》，《上海文学》1995年第1期。

世哲学开始大面积地覆盖了文学创作。20世纪90年代的许多小说关注的是普通小人物琐碎的日常生活和人生烦恼，是真正来自民间的生活故事。但是，题材并不重要，重要的是创作主体所给予题材的精神融入。作家们的确不再居高临下地俯视芸芸众生，而是完全与芸芸众生站在同一地平线上；不再自以为高明地对生活进行评判，而是对笔下那些小人物琐碎的人生烦恼和价值追求表示充分理解；他们放弃了知识分子的精英立场，放弃了理想主义的奋斗和追求，对小人物无奈的生存及其人生哲学表示认同。一切都与气候难以分开，适者生存是自然的铁律。新写实小说虽然最早出现于20世纪80年代末，但在进入20世纪90年代之后才获得了长足的发展。这种发展就是更进一步地告别了现代启蒙主义立场，彻底与现代知识分子话语划清了界限。池莉的《热也好冷也好活着就好》中有一个寓言式的情节：作为知识分子的作家试图以“你的名字叫做人”的命名方式对猫子进行启蒙，以为他的一个构思准把猫子聊得痛哭流涕，但是，事实却是故事讲到一半的时候猫子已经睡着了。这个情节展示出知识分子启蒙的失败。这种失败并不值得大惊小怪，但是，20世纪90年代的作家却非常喜欢通过这种故事嘲弄启蒙知识分子而认同“活着就好”的市民哲学。在不少作品中，我们都可以看到对知识分子的嘲弄。知识分子往往是“与小市民一样吃饭拉屎和老婆睡觉，却每每总需要找到崇高的借口才能进行实际生活”[①]。

在告别20世纪80年代而进入20世纪末之际，中国的先锋文学发生了引人注目的转向。在先锋小说中，余华无疑是最有代表性的。他后来声称非常尊重鲁迅，但是，在进入20世纪90年代之际，他的转变却与鲁迅道路南辕北辙。在20世纪80年代，他的《世事如烟》《现实一种》《一九八六年》《十八岁出门远行》等以真实而冷酷的笔锋深入人性的深处，撕破灿烂的表象而拷问着人的灵魂，从而显示了独树一帜的先锋风格。这种风格显示的精神与“五四”的努力是相通的。然而，到了20世纪90年代，《活着》和《许三观卖血记》显示了明显的变化，由对人生终极的关怀和对人性的拷问转变为对日常生活的平静叙说，由现实生存的怀疑与批判转向对无奈人生的无奈认同。“父亲”曾是先锋作家反抗的主要对象。在余华等人20世纪80

① 池莉：《你以为你是谁》，《中篇小说选刊》1995年第2期。

年代的作品中，父亲大多卑鄙龌龊、狡诈阴险，是扼杀儿子的魔鬼或帮凶。这种文本比较鲜明地体现着一种“弑父”情结。我们知道，掀翻长者本位的“吃人筵席”是五四新文化运动的一个重要内容，“救救孩子”是中国新文学先驱共同的呼声，但“五四”高潮过后，知识分子话语的启蒙精神很快淹没在民族救亡与阶级翻身的洪流之中。从这一意义上说，余华们对长者本位的反抗是“五四”以来时断时续的思想革命的延伸。但是，这种延伸在20世纪90年代再次中止，先锋小说更多地开始“玩”历史，在以边缘话语证明着自己也有历史解读权的同时，告别了批判和探索的激情。余华在《〈活着〉前言》中说：“人是为活着本身而活着，而不是为活着之外的事物而活着。”活着被他看成是人生唯一的目的和唯一的实在。这种态度以另一种形式复写着“冷也好，热也好，活着就好”的哲学。对于这种变化，余华自己曾经如此解释：“过去我的理想是给世界一拳，其实世界这么大，我那么小的一拳头，击出去就像打在空气上一样，有屁用。”这种转变反映了这个时代精神的变迁：从反抗现实到认同现实，从主体自信到主体的自嘲，从批判国民性到赞美阿Q的生活及其生活态度。

在现代知识分子话语大势已去的时刻，王朔开始用最尖刻而粗俗的语言挖苦知识分子，将调侃和嘲弄对准知识分子及其追求的文化目标。无论人们是否喜欢王朔，都不能无视他在20世纪末中国文坛的影响。王朔的小说给人们提供的是一种轻松，缓解了社会问题文学带给人们的紧张和沉重，也缓解了先锋文学带给人们的绝望。它是一种“找乐”的文学。生活很艰难，人生充满烦恼，王朔的小说给人带来了“乐子”。其实，“找乐”正是世俗百姓世世代代最常见的活法，是无奈中的选择。你既然没有力量改变生活，自己不找乐就天天被烦恼所折磨。鲁迅的作品不是“找乐子”的，它带给人的是沉重。按照新的文艺观念，人活着很不容易，看文学作品还是找难受吗？文艺家应该给人以轻松和快乐，文学就是要超越现实的苦难，以虚构的方式实现人们的种种梦想，解除现实中给人的种种压力。同时，王朔在解构神圣，但王朔的解构并不只是指向权威意识形态，而是同时指向了知识分子所信奉的价值。尽管王朔本人充满智慧，但他的基本立场显然带有一种反智主义倾向。这种立场来自他所嘲弄的旧的意识形态的培养，也来自中国古老的文化传统。他对知识分子的清高、虚伪、自我膨胀和恶劣品质，以及承载的传统心理给予了不留情的嘲弄，这也许有助于知识分子的自我反省和自我批判，但是，因为他并不清楚中国现代知识分子的弱点和价值，因而也无从区分，结果使现代知识分子悲壮的承担也成为他炮火之下的牺牲品。

（四）

面对具有中国特色的后现代主义的挑战，有几个问题是必须回答的。

首先，当下中国是否需要启蒙，启蒙知识分子是否还有存在的合法性？

20世纪末的中国后现代反对五四启蒙主义的重要理由之一是，大众已经不需要启蒙，启蒙已经没有用武之地。这很有点像20世纪20年代末创造社、太阳社的人们对胡适和鲁迅的批判。早在20世纪20年代，钱杏邨就曾经宣布：阿Q时代已经死去，阿Q已经不是过去的阿Q。在他们看来，“十年来的中国农民是早已不像那时的农村民众的幼稚了。所以根据文艺思潮的变迁的形式去看，阿Q是不能放在五四时代的，也不能放在五卅时代的，更不能放在大革命的现在的时代的，现在的中国农民第一是不像阿Q时代的幼稚，他们大都有了很严密的组织，而且对于政治也有了相当的认识；第二是中国农民的革命性已经充分的表现了出来，他们反抗地主，参加革命，近且表现了原始的Baudon的形式，自己实行革起命来，决没有像阿Q那样屈服于豪绅的精神”[①]。周扬在抗战时期又有大致相同的表述：“这是一个怎样变化万端令人惊异的环境呵！在这个环境之下，人又是变化得怎样的迅速呵！昨天还是落后的，今天变成了进步的；昨天还是愚蒙的，今天变成了觉醒的；昨天还是消极的，今天变成了积极的。革命时期必然地伴以人类心灵上的深刻剧烈的变化，只适合于社会停滞期的艺术家的那种静的看法现在是完全不适用了。我们的现实中正涌现着新的人，新的抗日英雄的典型。……中国新文学中可以称为不朽的典型的，只有鲁迅的阿Q。在这个可笑又可悯的人物身上，反映出了中国农民的软弱的黑暗的一面，因为中国的农民性和落后性，他又被视为中国国民性的代表者。现在，阿Q们抬起头来了。关于觉醒了的阿Q，值得写一部更大的作品。”[②]对于阿Q的认识，关系到中国文学是否需要启蒙精神。既然阿Q已经觉醒，启蒙文学自然成为多余。既然阿Q

---

① 钱杏邨：《死去了的阿Q时代》，1928年3月《太阳月刊》第3期。

②《周扬文集》（第1卷），人民文学出版社1984年，第248—249页。

已经成为时代的英雄，当然不容知识分子去对他们指手画脚。

20世纪90年代的新潮批评已经普遍地对启蒙这个词表示厌恶。有人指责知识分子“都把大众视为‘迷途的羔羊’，它们仿佛等待智者指点迷津。拯救的姿态所以滑稽，就在于它好像生活在桃花源，‘不知有汉，无论魏、晋’。90年代的‘大众’，在语义上已经同往昔发生了质的变化，它们已经拥有自己的话语形态即大众文化，大众文化与知识分子文化或者宗教文化，根本无以构成拯救与被救的关系，它们有机并存，各行其道。因此拯救的姿态不仅是徒劳的；相反，固守这种姿态，自以为天下皆醉我独醒，全不问时代、对象与自我的巨大变化，唯以拯救他者为己任：这其实是知识分子自身迷途的一种表现[①]”。这是20世纪90年代文化在一些知识分子心中唤起的一种认识。它不是个别的，很多人都曾经发表过类似的议论。

那么，大众真的不需要启蒙了吗？20世纪历史的发展早已证明创造社和太阳社那些乐观的宣告的虚假性。今日的中国大众的文化素质也仍然难以使乐观的宣告获得坚实的现实支撑。一些人提供的重要的理由是大众对知识分子启蒙话语的拒绝。不错，在中国现代历史上，农民对现代知识分子文化的拒绝是一个不可否认的事实。它是必然的，因为他们分别承载着两种不同的文化，接受者由于文化传统的作用而缺少必要的接受机制。但是，这不能成为否定启蒙主义的理由。恰恰相反，正因为传统力量的强大，启蒙才成为重要的历史任务，知识分子精英文化的重新振作才成为历史的迫切任务。认识历史前进的艰难，知识分子应该更清楚自己使命的重大，而不应该是由于失败而放弃。

其次，在20世纪的中国，知识分子的话语霸权是否破坏了市民社会和日常生活？

对五四启蒙主义构成严重挑战的，还有“市民社会”“日常生活”和“民间——市民范式”。在国外社会变动和研究成果的影响下，“市民社会”和“民间”成为20世纪90年代大陆学界常用的概念。不少人对“市民社会”“日常生活”和“民间”投以青睐。按照英国社会学家厄内斯特·盖尔纳（Ernest Gellner）《自由的状况——市民社会及其敌人们》的看法，东欧

① 邵建：《知识分子写作：世纪末的“新状态”》，《钟山》1995年第3期。

的历史巨变并非西方民主制度的胜利，也不是意识形态斗争的结果，而是市民社会的胜利，因为在20世纪80年代末的波兰、捷克和罗马尼亚等地，一般人关心的主要不是社会制度和意识形态，而是希望过上像西方百姓一样美好的生活。根据法国学者白吉尔在其著作《1911—1937：中国资产阶级的黄金时代》中的研究结论，在中国现代化的过程中，启蒙的作用是值得怀疑的，因为正是启蒙和革命一起打乱了清末以来一直向前发展着的现代化进程。她的着眼点显然主要是经济，经济的发展需要市场，而革命和启蒙却破坏了市场，也破坏了市民社会及其文化空间。因此，20世纪90年代的中国学界对市民社会给予了高度的热情。这种热情导致了“民间——市民范式”的重振。按照一般的解释，“民间——市民范式”是五四文学革命之前已经出现的范式，它的标本就是鸳鸯蝴蝶派。但是，由于受五四启蒙主义的影响，那些代表市民文化的作品却被视为不登大雅之堂的通俗文学，受到了不应有的冲击。

对市民社会和民间的强调源于上海。这绝非偶然，因为只要熟悉20世纪30年代的大都市上海，就会知道历史曾经如何把一个不夜城变成了大村庄，也就知道与此同时市民社会和日常生活受到了什么样的伤害。然而，必须清楚的是，这一切不应该由知识分子来承担，也不应该由启蒙来承担。因为我们没有理由把这一切罪恶都通通强加在知识分子身上。在市民社会和日常生活遭到破坏的时候，也是知识分子被迫进行思想改造并彻底丧失精神存在合法性的时候。在强大的压力之下，知识分子早已丧失了话语权，又哪来的什么话语霸权？当启蒙话语已经被翻身话语彻底取代的时候，它怎么可能伤害市民社会？这一点必须清楚，当知识分子话语已经在强大的压力之下彻底退场的时候，罪恶无法归结到知识分子的话语霸权。用反现代性的力量制造的罪恶来指控现代性，用反知识分子的力量制造出来的丑恶来声讨知识分子，都是非常荒唐的。

因此，我要说的是，中国知识分子对自身的反省是必要的，只有不断地反省才能使知识分子的努力更行之有效。但是，第一，不应该在反省知识分子自身的旗帜下否定真正的现代知识分子对于历史所做的努力，不应该因此告诫他们放弃自己的立场而向大众的传统价值认同，更不能像20世纪20年代末的那些革命文学倡导者一样，因为看到了现代性实现的艰难，就干脆放弃现代而回到传统，因为看到个性自由不易实现，就干脆皈依集体并对坚守个性独立和人道理想的鲁迅等人施以炮火。第二，很多人对现代知识分子的否定并非要否定真正意义上的现代知识分子，而是要否定那些生活在现代的御用文人。在20世纪的历史上，他们的确很不光彩，不但帮忙、帮闲而且帮凶。但是，一个问题是必须注意的：那些帮忙或者帮闲的文人，那些没有独立人格而习惯于依附某种权威力量的文人，那些没有人格操守而专事摇尾献媚的文人，他们没有资格代表中国现代知识分子，也没有资格盗用“现代知识分子”这一称谓。因为他们的一切表现都告诉我们，他们没有完成知识分子人格的现代转化。他们是生活在现代的传统文人而不是现代知识分子。

因此，对于现代中国而言，对市民社会和日常生活造成危害的并非现代知识分子，而是经过非知识分子形态的文化蚕食和改造而重新成为旧文人的一些文化人。20世纪中国对知识分子进行改造的一个重要功能就是把现代知识分子改造成传统农民或者传统文人。他们最显著的特征就是不再有“五四”知识分子的独立人格、自由思想和现代价值观念。

第三，面对中国的现实，是否需要以后现代取代现代性？

按照哈贝马斯的说法，现代性在西方也仍未完成。在中国，现代性处于一种什么状态呢？按照杰姆逊的说法，后现代是晚期资本主义的文化逻辑，是高度发达的资本主义世界的文化产物。在中国，后现代对现代性的取代有多少现实的合理性？一些事实应该是有目共睹的：后现代主义解构主体性，而中国缺少的正是人的主体性；后现代批判知识分子的话语霸权，中国知识分子却长期接受教育和改造，一直难以建立自己的话语；后现代反对理性，中国人恰恰没有理性；后现代否定人的神话，中国人却谈不到起码的价值与尊严；后现代批判科学主义，而中国人却习惯于迷信；后现代反对现代性话语，而中国的现代性还只是缺少水分和阳光的弱芽……

如此情况下，新文化应该“下课”，鲁迅应该“休息”吗？

三、新保守主义与知识分子的精神退却

回顾鲁迅以及五四新文化在世纪末的遭遇，值得注意的不仅是新旧潮流的前后夹击，而且是潮流所到之处的一片白旗。在各种力量的冲击面前，20

世纪80年代聚集在五四新文化营地上的人们做出的反应不是反抗和坚守，而是迅速大面积后退。新文化的阵地上守军罕见，人们或者反戈一击，或者闭户反思。无论反戈还是反思，都以不同的形式瓦解着鲁迅精神和“五四”所奠基的现代文化的建筑基础。

（一）

由于各种原因，从20世纪80年代开始，中国知识界自觉不自觉地制作了一只橡皮口袋。这只口袋有极大的弹性，可以容纳各种不同的事物。像政治上平反冤假错案使打人者与被打者坐到同一条板凳上一样，文化上的这只橡皮口袋使各种相互矛盾的思想和学术都置放在一起，而且通通贴了“现代”的标签。它反映着一种调和折中的文化时尚，起因显然与对过去年代斗争哲学的反感有关。然而，调和意味着妥协，各种杂物统统装进“现代”的口袋也意味着对现代性的折扣。人们往往认为这是中国知识分子的成熟，却没有注意到这成熟中的后退。

20世纪80年代以一个历史大事件而终结，知识界的反思和调整不可避免。在反思的过程中，对“浮躁”和“激进”的反省成了一项重要内容。由于各种原因，这一思潮最先并不表现于中国大陆，而是首先在海外汉学界表现出来。1991年7月，在美国纽约召开的题为“中国重要转型期知识分子的角色和贡献”的学术会议上，中心议题就是对中国知识界激进主义的反思。学者们关注的现象是“近代中国知识分子的乌托邦理想不断激烈化的过程，以及这一倾向埋下的自我毁灭的种子”。1992年4月，香港《二十一世纪》杂志就余英时《中国思想史上的激进与保守》一文展开讨论，而主导倾向是对20世纪中国激进主义思潮进行回顾与批判。一方面，海外汉学界对待中国传统文化的态度有着鲜明的特点，特别是那些海外游子，大多对中国传统文化有着特别的感情。这种感情可以称作海外游子的“文化思乡病”。因为这种特殊的感情，他们的反思必然更多地呈现着文化保守主义的倾向。另一方面，作为海外学者，他们对“文革”和“文革”文化没有切身的体验，进行研究时依据的材料往往是《红旗》杂志和《人民日报》等当时的官方文字，因而他们看到的只是表面的言辞，而对中国大陆复杂的政治文化背景缺少足够的了解，对大陆提供的书面知识的有限性和虚假性都缺少足够的洞察。因此，他们无法对中国大陆的政治文化做出准确的判断，而往往错误地把从“五四”到“文革”的历史看作一个统一的连续整体。他们认为这个整体最突出的问题就是“激进主义”，因而对激进主义的反思形成了一股波及面极为广泛的保守主义潮流，并且迅速影响着大陆学界。

保守主义的阵营非常复杂，因为出发点和思想路径的不同，可谓派别纷纭，其与五四新文化的关系本文无意一一考察。我所关注的是那些在20世纪80年代相当激进的人们在20世纪90年代的自我调整。由于对激进主义的反思，一些人迅速转向保守主义，并且纷纷发表宣言，告别了20世纪80年代，告别五四新文化运动的启蒙姿态，告别知识分子的精英立场。他们的保守主义主要不表现为对民族文化传统的保卫或留恋，而是表现为对激进主义的批判和告别。他们反思的结果是激进主义的不断革命只能给民族和国家带来灾难，只能破坏正常的变革进程。因此，他们的选择是“告别革命”。“告别革命”这个口号产生的精神根源与现实指向都非常复杂。它是对20世纪中国以及其他前社会主义国家的革命神话进行反思的结果，同时，又意味着一种现实态度。因此，从权威意识形态的立场上看，它否定革命历史，解构革命的合法性，当然是不能赞同的。但是，它主张渐进，支持改良，强调秩序，反对继续革命，却显然有益于现存秩序的稳定。他们认为中国这么大，能前进一步就很不容易，所以他们珍惜历史前进的每一步，致力于保护改革取得的每一点成果。特别是改革在经过短暂的停顿而重新启动之后，他们似乎很满足，因为他们在20世纪80年代最激进的年代里，未敢预期的市场化竟然一夜之间迅速冲过了一切防线。他们生怕激进的改革姿态再次葬送这些成果，所以反对任何形式的激进姿态。

这一切都可以理解，而且都有其逻辑的合理性和更为可贵的现实实践层面的思考。但是，问题不仅在于林毓生所批评的“放马后炮”，也不仅在于谢泳等人所质问过的“谁曾说过要革命”，而是在于他们对政治激进主义的反省导致了对文化激进主义的反省，他们的政治保守主义选择导致了文化保守主义的选择。而文化保守主义的选择使五四新文化运动不能不面对着真正的挑战。

在20世纪90年代中国知识分子保守化的转变趋向中，李泽厚和王元化的表现是不能不特别关注的，因为作为20世纪80年代中国学术思想的重镇，他们的影响至关重要。无论人们对李泽厚的思想是否赞同，大概都不能不承认，他的思想影响了20世纪80年代的一代人，而且有诸多方面推进了中国思想文化领域的变革。尽管在20世纪80年代他已经透露着某种保守倾向，比如他在纪念“五四”七十周年时的谈话，就已经在“五四”的基点上大步后撤，认为“五四”“对传统的分析批判在理论上是比较肤浅的，例如废除汉字便既不可能，也无必要。这种口号显然并不科学，尽管当时提倡科学，它反映的也是一种情绪。又例如鲁迅反对读中国书，而事实上他还是读的，他对中国文化的了解也是很渊博而深刻的，对‘五四’的许多口号要作科学的分析”[①]。表面上看，这种见解似乎超越了“五四”，但事实上，却退回到了当年鲁迅所回答过的低层次问题。但是，从他的《中国近代思想史论》和《中国现代思想史论》看，无论对“五四”还是对更早的激进主义者谭嗣同，他都是基本肯定的。然而，在20世纪90年代，李泽厚说：“我的看法是，谭嗣同是近代激进主义的开头。以前我曾专门研究过谭嗣同，我当时对他是百分之百的肯定。现在看来，他所带来的负面效应也相当大，这一效应从谭嗣同影响到革命派，甚至可以说一直影响到现在。对于辛亥革命，我从‘文革’起开始怀疑，但没有发表文章，海峡两岸都会反对。我认为，辛亥革命是搞糟了，是激进主义思潮的结果：清朝的确是已经腐朽的王朝，但这个形式存在仍有很大的意义，宁可慢慢来，通过当时立宪派所主张的改良来逼着它迈上现代化和‘救亡’的道路；而一下子痛快地把它搞掉，反而糟了，必然军阀混战。所以，自辛亥革命以后，就是不断革命，‘二次革命’‘护国、护法’‘大革命’，最后就是1949年的革命，并且此后毛泽东还要不断革命。直到现在，‘革命’还是一个好名词、褒词，而‘改良’则成为一个贬词，现在应该把这个观念明确地倒过来：‘革命’在中国并不一定是好事情。我觉得，通过20世纪80年代末的剧变，中国有了一个很好的反思对象，是改变话语的时候了。”他开始盛赞康有为，认为康有为是近代以来最伟大的思想家，而其他人都无法与之比肩，比如，胡适太浅，鲁迅不成体系，等等。他甚至认为在中国可以重新竖起“天地君亲师”的牌子，只不过需要把“君”改成“国”；认为虽然不可以恢复“三纲”，但可以恢复“五

① 李泽厚：《走我自己的路》，《李泽厚十年集》（第四卷），安徽文艺出版社1994年，第512页。

常”。[①]我至今没有看到李泽厚对五四新文化运动的直接否定，但是，在这样一种思想状态下，李泽厚曾经殷切关注的五四启蒙主题将如何处置？我由此看到的是一代宗师的矛盾。在20世纪90年代中国的新状态面前，李泽厚产生的许多思考自己也难以理顺。

在20世纪80年代，王元化曾经以激进的姿态举起过“新启蒙”旗帜。人们不会忘记在纪念五四运动七十周年的时候，他曾经努力为“五四”辩护而写下了影响甚大的《为五四精神一辩》。然而，进入20世纪90年代之后，他却调整了自己的观点。原因大概不仅是反省激进主义，而且与20世纪80年代已经形成的那只橡皮口袋有关。特定的历史背景使学术思想界在求同存异的基础上形成了某种“统一战线”，鉴于过去的残酷斗争而强调着宽容，鉴于历史上激化矛盾的教训而走向调和，在一种良好的意愿驱使下抹平裂痕，存异而求同。特别是面对20世纪精神收获的不景气，一切没有纳入体制的思考都显得特别珍贵。于是，无论“学衡派”还是“新理学”，都因其某种独立性而大放光彩。因此，人们试图以一种开放的心态，超越历史上的某些派别之见而寻找能够共同接受的契合点。王元化找到了，在他看来，五四时代的精神遗产是个性解放、人道主义、独立的精神和自由的思想。这些不仅体现在胡适等自由主义者身上，而且体现在杜亚泉、陈寅恪等文化保守主义者身上。应该说，王元化对这些共性的发现是没有问题的，而且寻找到的绝对是这个世纪留下的最珍贵的遗产，但是，把文化保守主义与文化激进主义同置于五四精神之中，鲁迅、胡适、陈独秀们对传统文化的批判却成了一种意义暧昧的行为。王元化说：“对激进主义的批判是我近几年的反思之一。……过去我并未接触这方面的问题，也许无形中对激进主义倒是同情的。仔细分析，这也是由于受到‘五四’以来进化论思潮的影响。”[②]在另一篇文章中他又说：“我不认为五四时期对待西学的态度及吸收西学的方式都是天经地义不可更改的。我认为那时以西学为坐标（不是为参照系）来衡量中国文化，是和国外那时盛行的西方文化中心论有着密切关系的（五四时期陈独秀即称西学为‘人类公有之文明’）。二战后西方批判了西方文化中心

---

① 李泽厚、王德胜：《关于文化现状、道德重建的对话》，《东方》1994年第5、6期。

② 王元化：《关于近几年的反思答问》，《文汇读书周报》1994年12月3日。

论，而提出多元化的主张。其实就在当时西方有些人已经对中国的文化传统采取了尊重态度，比如五四时期来华讲学的罗素、杜威就是如此。”“我认为，今天仍需继承‘五四’的启蒙任务；但是‘五四’以来（不是‘五四’时才有的）启蒙心态，却需要克服。我所说的启蒙心态是指对于人的力量和理性的能力的过分信赖。人的觉醒，人的尊严，人的力量，使人类走出了黑暗的中世纪。但是一旦人把自己的力量和理性的能力视为万能，以为可以无坚不摧，不会受到任何局限，而将它绝对化起来，那就会产生意识形态化的启蒙心态。”①由此可见，老先生们也很容易受新潮和“后学”的影响。正像李泽厚使用“知识/权力”等后现代语汇一样，王元化的思想也打上了法兰克福印痕。当然，从某种意义上说，王元化仍然是一个启蒙主义者，他仍然守护着独立的人格、自由的思想等现代人格信念，但是，在文化态度上，却毫无疑问出现了从五四文化立场上的后退。这从20世纪80年代的《新启蒙》到20世纪90年代的《学术集林》所显示的变化可以清楚看到。

保守主义思潮当然有其合理性，但是，在反省激进主义带来的破坏性的同时，却否定着“五四”以来知识分子的思想启蒙努力。这种反思的批判对象当然常常有相当具体的所指，但是，却难以避免在整体上把批判的矛头指向了“五四”和“现代知识分子”，使知识分子为一些历史错误背起了黑锅，使“五四”成了罪恶的源头；因而使一些现代性立场不坚定者背离五四精神，放弃启蒙立场。

（二）

在各种思潮对五四新文化发起强大攻势的时候，知识分子并非没有不同的声音。然而，一个事是很有意味的：人们只能听到怯怯的辩解，而很少看到理直气壮的抵抗。守护“五四”的人们可怜地为“五四”做着如此的辩解和掩饰：“五四”没有要打倒孔家店，没有全盘反传统，没有主张不读中国书，没有主张废除汉字，没有……“五四”的过激、片面、反传统似乎已经无法为之辩护，需要寻找的是他们并不过激的表现和他们与传统的联系。似乎不如此辩护，鲁迅和“五四”一代人就无法获得现实的合法性。

---

① 王元化、李光军：《对于“五四”的再认识答客问》，李世涛主编《知识分子立场：激进与保守之间的动荡》，时代文艺出版社2000年。

面对把“五四”与“文革”相提并论的现象，严家炎做了很好的回答，他准确地指出：“‘文革’表面上是对封、资、修大批判，实际上是封建主义大回潮，是传统文化中的糟粕在起作用。所以，‘文革’与五四新文化运动在根本方向上是相反的。”说真的，我在当时是怀着一种激动的心情拜读严先生大作的，因为自20世纪80年代林毓生的《中国意识的危机》在大陆出版之后，学界还一直没有如此切中要点的回答。然而，读完之后，却也有相当失望之处。在回答新保守主义的挑战之时，严先生首先进行的是这样的辩护：“《新青年》的主体思潮当然是激进的。问题在于‘五四’这场文化运动能不能叫作全盘否定传统文化？……我觉得，‘五四’有‘五四’的问题，但是不能把五四文化运动的性质判定为全盘反传统，更不能跟后来的‘文革’相提并论。”通过材料翔实的论证，他使我们看到的是五四新文化运动并没有提出“打倒孔家店”的口号等一系列事实，而且把“五四”解释为中国传统文化内部分化出来的反主流的思想，认为“‘五四’并不是与传统文化断裂，它本身就是这种‘真正的国粹’的一种发展”[①]。这种解释的重要之点在于使“五四”与西方文化分离开来，使其获得了民族文化的主体性，既可以洗刷“五四”全盘反传统之污，又可以抵挡“五四”他者化之陷。

当郑敏在《世纪末的回顾：汉语语言变革与中国新诗创作》中对五四白话文运动进行激烈否定的时候，也有人发表了与之不同的看法。他们往往是努力为“五四”辩护的，但是，即使在新文化立场比较坚定的文章中，也总是很容易看到这样的句子：“其实在那场文白之争中，白话运动的先驱者并没绝对摒弃文言中的有益成分。”[②]大多数人的表现正如袁伟时在《新文化运动与“激进主义”》一文中所作的概括：“新文化运动没有‘全盘否定中国传统文化’。古代文学艺术大部分都受到推崇，特别是小说、白话文学等更得到前所未有的很高的评价。诸子和佛学的研究在深化，恢复了他们应有的地位。就以儒学来说，指出其价值观念不适应现代生活的同时，也没有全盘

---

① 严家炎：《五四·文革·传统文化》，李世涛主编《知识分子立场：激进与保守之间的动荡》，时代文艺出版社2000年，第231—240页。

② 范钦林：《如何评价“五四”白话文运动——与郑敏先生商榷》，《文学评论》1994年第2期。

否定其在历史上的作用。陈独秀等人严厉批判三纲，但对儒家一些道德观念仍有所肯定。……说他们‘全盘反传统’有过于武断之嫌。”

应该注意的是，要为五四新文化运动辩护，为什么一定要证明“五四”决不“全盘反传统”？为什么一定要把“五四”说成是“真正的国粹”？对于“五四”是否“全盘反传统”以及它的精神资源和思想谱系，可以进行纯粹的学术考证。但是，这里进行的并不是纯粹的考证，而是为回答对“五四”的指责而进行辩护时寻找的理由。这种辩护方式透露着一个潜在的前提：只有证明“五四”决不全盘反传统，或者证明“五四”是真正的国粹，才能为其争得合法性。一旦承认五四新文化运动全盘反传统，似乎就无法为其辩护了。事实上，为“五四”而作的这种辩护往往从另一个方面解构着“五四”，解构着鲁迅精神。这不仅因为鲁迅那样不遗余力地批判新老国粹派，到头来自己却成了真正的国粹派，争到了中国文化继承人的身份，而且因为，这种辩护自觉不自觉地承认了文化保守主义者的前提：传统文化是神圣不可否定的。但是，一个事实是：鲁迅们决不承认这一前提。因此，即使我们能够以足够的证据证明“五四”的确没有全盘反传统或者反传统而不够全盘，也无法否认“五四”反传统的基本事实。因而，依靠并不反传统来证明五四新文化运动的合法性，最终的结果是并不能证明鲁迅与五四新文化运动的合法性。因为应该承认，离开了对传统文化的全面而彻底的批判，就没有五四新文化运动，也没有鲁迅、胡适和陈独秀的文化历史价值。至于这些反传统的战士身上的传统，那是必然的，并不值得大惊小怪，无论他们读过多少子曰诗云，也无论他们的眼睛多么黑、皮肤多么黄，都不能决定他们的文化本质。他们是新文化运动的斗士，如果没有对传统文化的批判，就没有他们在思想文化史上的位置。

与此相一致的是，中国现代史和现代文学研究界对新文化运动和新文学运动与传统关系的研究。人们开始努力把胡适、鲁迅、陈独秀都解释为中国传统文化的承载者和发扬者，努力发现他们身上的儒家文化传统或道家文化传统。鲁迅与孔子、鲁迅与传统文化、鲁迅与儒家文化、鲁迅与道家文化等成为一时的热门话题。这些课题当然有意义，但值得注意的是，一些人在张罗着让新文化先驱与他们所否定的传统握手言和，让反传统的斗士穿起传统的服装，其作用不仅仅是为他们在长长的历代先贤之末为鲁迅争取一个牌位，而是遮蔽了他们本来具有的现代光彩。

当然，我不愿指责学界师友的这种做法，而且，其中不难发现其良苦用心。但是，面对一些用心良苦的辩护，使我想到的是：如果在一个以看家狗作为最佳动物的环境中，要为千里马争取存在的合法性，也许需要努力寻找马与狗的共同之处，比如说都有四条腿、一只尾巴等等，你无法说这不是真话；如果说它如何会摇尾巴，如何会看家，而且会“汪！汪！”地叫，虽然决不是真正的学术，但也可以理解。可是，一个后果是严重的：它遮盖了马的特性，甚至让千里马承担看家的职能。在20世纪的中国，这种代价已经付出太多了，它不仅一层层制造着历史的遮蔽，使历史的面目更加模糊，而且导致对事物的扭曲，后遗症一个接着一个。人们在“文革”刚刚结束之际为提高知识分子的地位而为知识分子所作的辩护就是一例。

（三）

在新保守主义的潮流中，五四新文化运动被认定是极端化、绝对化和片面化的。大量对“五四”的反思和批判给人的印象是五四新文化运动的人们不懂辩证法，既不懂得一分为二，也不善于合二而一。

应该承认，这种看法是准确的。“五四”的确是激进的，而且并不讳言自身的极端化与绝对化。但是，这并不意味着反对过激和极端化、绝对化的人，比胡适、陈独秀和鲁迅高明。其实，反对绝对化、极端化和片面化的思维对于中国人来说的确不过是小儿科，是一般人自然都会的。甚至不妨站在民族文化本位上自豪地说：“在中国，即使一个弱智者，也比西方人精通‘辩证法’！”

在20世纪初的东西方文化冲突中，有人早已貌似公允地要“撷精取粹”“熔于一炉”，中西结合，中西合璧。当然，这已经是独尊无望而求共处的时候了。在这种态度面前，新文化运动的领袖们坚决反对调和折中，不做中西结合之梦，表现的确很决绝，也很极端、片面和偏激。究其原因，因为他们知道，中国迫切需要的是异质的文化因素，是补充健康的文明基因，而不是保留本土的特色或者什么民族文化的主体性。

在陈独秀们的眼里，中国传统文化与西方近代文化是不可调和的，守旧和革新是不可调和的。他认为“无论政治、学术、道德、文章，西洋的法子和中国的法子，绝对是两样，断不可调和牵就的。……若是决计革新，一切都应该采用西洋的新法子，不必拿什么国粹，什么国情的鬼话来捣乱……因为新旧两种法子，好像水火冰炭，断然不能相容；要想两样并行，必至弄得非牛非马，一样不成”[①]。从“五四”到今天，陈独秀的话都被认作是极端的、片面的。人们能够承认他对传统的抨击是有意义的，却不能承认他所认识的规律。因为20世纪中国人文素质的持续下降，此后没有人达到他们那一代人的精神高度。历史并不总是进化的，有时候也会退化。退化的过程中很难产生思想的巨人，也很难产生超越前人的思想。这不能不说是一个民族的悲剧。可是，20世纪的中国有一种简单思维：好像后起的思潮必定超过前面的思潮，后一代人必定超过前辈，而且常常产生错觉，以为自己已经实现了对前人的超越。其实，精神文化决不像电脑升级，新产品不一定比旧产品好。在这一点上，我们也许的确应该反对庸俗进化论和机械进化论。

面对调和折中的论调，新文化运动的领袖们认识是一致的。其实，人格独立而思想自由的他们，在很多问题上常常并不一致。但在这个问题上，他们表现着高度的一致。因为他们都清楚地知道所谓调和折中的来龙去脉，知道它将导致什么。胡适说：“一面学科学，一面恢复我们固有的文化，还只是张之洞一辈人说的‘中学为体，西学为用’的方案。老实说，这条路是走不通的。如果过去的文化是值得恢复的，我们今天不至于糟到这步田地了。”[②]几年之后，他又说：“时髦的人当然不肯老老实实的主张复古，所以他们的保守心理都托庇于折中调和的烟幕弹之下。对于固有文化，他们主张‘去其渣滓，存其精英’；对于世界新文化，他们主张‘取长舍短，择善而从’；这都是最时髦的折中论调。”[③]鲁迅说：“‘西哲’的本领虽然要学，‘子曰诗云’也更要昌明。换几句话，便是学了外国本领，保存中国旧习。本领要新，思想要旧。要新本领旧思想的新人物，驼了旧本领旧思想的旧人物，请他发挥多年经验的老本领。一言以蔽之：前几年谓之‘中学为体，西学为用’，这几年谓之‘因时制宜，折衷至当’。”[④]

“五四”之所以反对调和折中，主要原因当然是传统势力的强大。几千

① 陈独秀：《今日中国之政治问题》，《陈独秀文章选编》（上），生活·读书·新知三联书店1984年，第270页。

②③《胡适文集》（第5卷），北京大学出版社1998年，第394页，第449页。

④《鲁迅全集》（第1卷），第336页。

年的传统根深蒂固，“搬动一张桌子也要流血”。不以猛烈的方式对其进行批判和否定，而要调和折中，调和折中所需要的另一极在哪里呢？因此，他们反对调和折中，往往出于策略性的考虑。陈独秀在《调和论与旧道德》中曾做过一个比喻：“譬如货物买卖，讨价十元，还价三元，最后结果是五元。讨价若是五元，最后的结果，不过二元五角。社会上的惰性作用也是如此。”鲁迅也说：“中国人的性情是总喜欢调和，折中的，譬如你说，这屋子太暗，须在这里开一个窗，大家一定不允许的。但如果你主张拆掉屋顶，他们就会来调和，愿意开窗了。没有更激烈的主张，他们总连平和的改革也不肯行。”[①]在这一点上，胡适的说法是：“我是主张全盘西化的，但我同时指出文化自有一种惰性，全盘西化的结果自然会有一种折中的倾向。……旧文化的惰性自然会使他成为一个折中调和的中国本位文化。”[②]他还说：“古人说：‘取法乎上，仅得其中；取法乎中，风斯下矣。’这是最可玩味的真理。我们不妨拼命走极端，文化的惰性自然会把我们拖向调和上去的。”

20世纪90年代的折中主义者对他们的言论进行了猛烈的批判，而且很少有人为他们的极端化和绝对化进行辩护。但是，时代的文化潮流却改变不了一个基本的事实：调和与折中并非广泛适用。有些东西可以调和，有些东西可以折中，有些东西却注定没有调和和折中的余地。在20世纪的中国，一直不乏关于文化“融汇”和“合璧”的理论想象：既要引进外来文化，又要保存本土文化，二者融会贯通，优势互补，强强联合，服务于一。其实说穿了，融汇、合璧、折中、调和，意义都在于保留。在物质文化方面，这种想象是比较容易实现的。旗袍和高跟鞋的结合早已成功，西装和瓜皮帽也未必不可，至于沙发和太师椅同置一室、满汉全席加一只烤鹅，也可以说是“古已有之”了。可是，这种海纳百川的宽容精神固然伟大，在一些根本问题上，结合的设想却注定了无法实现，而且难以进行调和与折中。因为无论怎样批判胡适、鲁迅、陈独秀，只要面对文化交流与碰撞的实际，都会承认在许多方面硬要折中和调和不会带来好结果。不信就试一试：民主与专制、科学与迷信、文明与野蛮、男女平等与男尊女卑……无论调和折中还是中西

①《鲁迅全集》（第4卷），第13—14页。

② 胡适：《编辑后记》，1935年3月《独立评论》第142期。

合璧，其结果会是什么！当然，可以像调颜料一样按照比例调和，比如一点民主加一点专制，一点科学加一点迷信，要几分文明也保留几分野蛮……也可以像做馅饼一样使其表里结合，比如以科学为表以迷信为里、以民主为表以独裁为里……这种结合其实比极端化和绝对化容易得多。对于20世纪的中国人来说，这一切并不陌生，可惜它并不是一个好结果。如果要绝对折中，也可以拿来50%的“人是目的”和“人权宣言”，保留50%的“存天理，灭人欲”和“饿死事小，失节事大”，然而，那又能做出一锅什么样的文化杂烩呢？

（四）

在保守主义的潮流中，对五四新文化运动最普遍也最有力量的指责之一就是“五四”一代人的想法“不实际”，不合中国国情。20世纪末的文化保守主义者与洋务运动以来的大多数保守主义者一样，突出的特点是反抗西方文化侵略而并不拒绝从西方拿来。他们决不以守旧派自居，决不在理论上反对科学、民主、自由和人权等，甚至不在乎“中体西用”还是“西体中用”。他们甚至也像梁漱溟等人一样承认中国文化非变不可。但是，在他们看来，无论科学还是民主，无论维新还是改革，都必须适应中国的现状，适应中国固有的文化状态。一句话：适应中国国情。

从20世纪初到世纪末，中国的国情论者在理论上并无多少发展。所以，20世纪末的国情论者在批判五四新文化运动的理想选择不能适应中国国情时，常用的武器往往仍然来自康有为的保皇理论。他们认为“五四”一代人虽然充满改革的热情，却远远不如康有为们思考更深刻，因为康有为们更了解国情。“按照康有为一班人的理解，民主共和也罢，君主立宪也好，中国人的理想追求和未来设计都不应脱离中国国情和现实条件。中国人千百年来一成不变的农业耕作方式、社会组织形式决定了‘中国不可一日无君’，决定了中国民主政治的艰难性。在传统社会条件不发生根本转变的条件下，绝大多数中国人渴望的不是建立一个无君的社会，而是寄希望于一个开明君主的开明专制。这样，政府既有整合社会的权威，人民也较容易获得真正的自由，并受到政府强有力的保护。平心而论，康有为等人对中国国情的认识与把握也甚有独到之处。”[①]

他们指责“五四”一代的思想家在分析民主政治何以在中国不能顺利实现时，无视康有为们做出的结论，不肯承认民主与自由不适应中国国情这一事实，执意鼓吹民主与自由，上不能通情达理地对待执政者的苦衷，下不能设身处地地想普通百姓之所想，“在精神上的追求远远超过社会的实际承受能力”，一切设计都不符合中国国情。

应该承认，康有为对国情的分析是不错的，中国具有几千年的宗法社会和专制主义传统，这种传统使得“国不可一日无君”，大多数国人并不渴望无君主的社会，而是需要一个好皇帝，一个开明君主。也应该承认，20世纪末的国情主义者对“五四”一代人的指责也是不错的，胡适、鲁迅、陈独秀们的确没有像康有为们一样认识国情并努力顺应国情。他们知道中国的专制主义传统而不去顺应专制主义传统，知道自由多了国将不国却偏偏呼唤自由，知道民主导致群龙无首而呼唤民主，知道中国人还习惯于各种迷信而难以接受科学却偏偏呼唤科学，因而导致了国家权威的失落和社会意识形态的分裂，导致了传统秩序的危机和全国上下不能协调一致……这一切都是事实。胡适、鲁迅、陈独秀们的主张的确不适应国情，而且他们根本就没有准备去适应国情。用陈独秀的说法就是：“若是决计革新，一切都应该采用西洋的新法子，不必拿什么国粹，什么国情的鬼话来捣乱。”[②]

他们并不否认康有为对基本国情的分析。新文化派与保皇派的分歧不在于对国情的认识，而在于对国情的态度。保皇派认识国情而努力适应国情，新文化派认识国情而努力改造国情。与康有为等人相比，胡适、鲁迅、陈独秀最突出的特点就是不承认国情的神圣性，因而要把社会变革推向国情的全面变革。新文化运动的领袖们知道，只要适应国情，就意味着适应专制主义传统，就意味着适应落后的国民性，就意味着适应君君臣臣父父子子的伦理秩序，因此，也就意味着承认一切存在的就是合理的，也就从根本上取消了改革的合法性。

---

① 马勇选编《中国近代启蒙思潮》（中卷），丁守和主编《中国近代启蒙思潮》（上、中、下），社会科学文献出版社1999年，第16—17页。

②《陈独秀文章选编》（上），第270页。

之所以如此，还因为他们知道，所谓适应特别国情，早已成为一些权贵们抵抗变革、拒绝把民主和自由还给人民和抵抗现代化的有力武器。在袁世凯准备称帝之时，理由就是共和不适合中国国情，筹安会一再申明的主张也是中国的国情还不宜实行共和，人民的程度还不适宜实行民主，民主选举容易导致不安定。中国的统治者似乎想不出什么好的理由阻挡民主自由的进程，而拿国情作为借口。陈独秀们却要揭穿这层画皮。因此，当景耀月发布他在国民制宪倡导会上的演说，主张“宪法要按照一国的历史、习惯、民情、风俗，特别制定，而不应模仿欧美的成法”时，陈独秀立即反驳说：“什么共和，什么宪法，都是欧美人特有的制度。按照我们中国的历史、习惯、民情、风俗，都不必勉强学他。我劝景某还是拿古德诺‘特别国情’的话头，去鼓吹帝制罢，何苦谈什么共和国的宪法呢？”[①]

在此，我们必须思考的是：面对从西方引进的现代社会理想和中国既有的特别国情的矛盾，是努力克服各种坚固的障碍而使理想实现，还是因为传统造就的国情而放弃理想或者修改理想？这是两种不同的态度。选择前者的确困难重重，新文化的萌芽往往因为水土不服而难以成活，顽强活着的也因为种种摧折而生长缓慢，20世纪中国的现象已经充分证明了这一点。但是，后者的选择问题更大，为适应国情而放弃现代文明追求，显然只能一切如故，什么问题都不能解决；为适应国情而扭曲现代文明追求，其结果也往往是巩固了旧国情，而且使引进的新文化仅仅成为旧机器上的一个部件或装饰。

尤其需要指出的是，新文化运动的思想家们关注的是人，他们的目的是人，他们用以评判一切的最高价值尺度是人。然而，中国的国情却野蛮地剥夺人的权利，无视人的价值与尊严。他们的理想与现实的确差距甚远，换句话说，也就是“不实际”“不合国情”。然而，面对理想与现实的巨大落差和矛盾，他们没有放弃理想而适应现实，而是选择了整体反传统的立场。整体反传统，也就意味着不承认国情的不可动摇性而要从根本上改变国情。考察他们反传统的理由，可以用一句话概括：传统“吃人”。这并不仅是鲁迅夸张的说法，而是新文化运动领袖集团多数人的共识。为了把人从“人肉宴

①《陈独秀文章选编》（上），第345页。

筵”中抢救出来，他们不仅要与这宴会捣乱，而且要捣毁制造“人肉宴筵”的厨房，也就是要改变国情。因为不破坏这个秩序，中国人就无法真正像人一样生活。新文化运动的意义就在于从深层改变中国的国情。如果从国情出发，就不会有五四新文化运动。如果适应国情，就只有放弃人的理想而安于“吃人”和“被吃”的地位。这是新文化运动的领袖们所做不到的。

事实上，在他们之后，一些人这么做了。他们放弃被认为不切实际的人道理想而适应中国国情，不再批判国民性而处处迎合大众。这样做的结果是一些事情的确容易成功，但是，成功的却并不是原来的理想。因为历史的发展证明，适应国情必然巩固国情，在适应国情的前提下进行革新，其成功也是大打折扣的。因此，不承认国情的不可改变性，致力于改变特殊国情以利于人的生存和发展，正是五四新文化运动的闪光之处。

遗憾的是，这一切已经被我们这个时代的知识分子所遗忘。口口声声继承五四精神的人们却在津津乐道适应中国国情，甚至指责鲁迅们的新文化运动激进而不适合中国国情，由此可见，我们的妥协是如何背离了五四新文化运动的基本立场！

鲁迅在他身后的中国

鲁迅去世已经八十年。在这八十年的时间里，从肉体上说，鲁迅已不在场，但从精神上说，他却是一个无法忽略的存在，对国人的精神生活发生着复杂的影响。年代不同，鲁迅的形象往往很不同，人们对他的态度也不同。从这个意义上说，他又是时代文化的某种晴雨表，不仅可见他自身的际遇，也反映着时尚的变迁。本文所设定的任务，就是梳理、揭示这个过程。因为篇幅所限，我的工作极为简略，管中窥豹，挂一漏万，还请读者原谅。

一、去世之初十三年

与他活着的时候已是左翼文坛名义上的盟主有关，也与复杂的政治斗争有关，从1936年到1949年，鲁迅在左翼文化界的地位持续上升，最终达到了无以复加的地位。

鲁迅去世三天之后，中国共产党中央委员会、中华苏维埃人民共和国中央政府于1936年10月22日发布了三份文件：一是《致许广平女士的唁电》，二是《为追悼鲁迅先生告全国同胞和全世界人士书》，三是《为追悼与纪念鲁迅先生致中国国民党中央委员会与南京国民党政府电》。后两份文件内容基本相同，一是表示中国共产党和中华苏维埃共和国要进行一系列隆重的纪念活动；二是对国民党政府提出了八条要求："（一）鲁迅先生遗体进行国葬，并付国史馆列传；（二）改浙江省绍兴县为鲁迅县；（三）改北平大学为鲁迅大学；（四）设立鲁迅文学奖金，奖励革命文学；（五）设立鲁迅研究院，搜集鲁迅遗著，出版鲁迅全集；（六）在上海、北平、南京、广州、杭州建立鲁迅铜像；（七）鲁迅家属与先烈家属同样待遇；（八）废止鲁迅先生生前贵党贵政府所颁布的一切禁止言论、出版自由之法令。”[①]显然，这些要求是不可能被接受的，但正因为不接受，必然要引起热爱鲁迅的青年们强烈不满。因此，鲁迅也就成了具有某种特定政治意义的文化符号。

一年之后，毛泽东在延安发表演讲，对鲁迅做出了这样的评价："鲁迅在中国的价值，据我看要算是中国第一等的圣人，孔子是封建社会的圣人，鲁迅是新中国的圣人。”[②]

此后，毛泽东对鲁迅的评价日益增高，终于在《新民主主义论》中写下了一段包含几个“伟大”和若干“最”的话：“鲁迅是中国文化革命的主将，他不但是伟大的文学家，而且是伟大的思想家和革命家。鲁迅的骨头是最硬的，他没有丝毫的奴颜和媚骨，这是殖民地半殖民地最可宝贵的性格。鲁迅是在文化战线上，代表全民族的大多数，向着敌人冲锋陷阵的最正确、最勇敢、最坚决、最忠实、最热忱的空前的民族英雄。鲁迅的方向，就是中华民族新文化的方向。”[③]就像孔子被尊为“大成至圣”之后后来的帝王无法继续加封一样，此后非左翼力量即使想尊崇鲁迅，也已经抢不到尊崇鲁迅的头牌。鲁迅的政治归属也就进一步确定了。

1949年7月，第一次文代会在北平召开。当代文学和文化的史书都在大讲这次会议，但很少有人谈及会标。我想提醒读者注意的是：那次大会是有会标的，不仅高高悬挂在主席台后面的中央，而且印在大会文件的封面上。它由两个侧面头像组成：一个是毛泽东，一个是鲁迅。

从这个会标，可以看到鲁迅进入新时代之际的崇高地位。

二、尴尬而微妙的十七年

从1949年到“文革”前夕，鲁迅被大写在文学史上，大写在中小学语

① 张梦阳：《中国鲁迅学通史——20世纪中国一种精神文化现象的宏观描述与理性反思》（宏观反思卷），广东教育出版社2001年，第234页。

② 毛泽东：《论鲁迅》，《七月》1938年第3期。

③《毛泽东选集》（合订本），人民出版社1967年，第657—658页。

文课本中，被研究、被纪念，成为家喻户晓的伟人，地位无人与之比肩。这是一个奇迹，也隐含了一系列问题和矛盾。

首先，鲁迅不是党内同志，在新时代掌控文坛的大员们中极缺人缘。他与创造社长期论战，与其某些元老积怨甚深；他与左联领导人闹翻，与“四条汉子”的矛盾无法化解。但在进入新时代之后，恰恰是这些人掌控了文化界，有的成为副总理，进入国家领导人行列；有的成为“文艺沙皇”，握有制订政策和阐释最高意志的大权。他们对鲁迅的看法没有变，情感态度也没有变，但是，他们可以把鲁迅的弟子、门人一个个打倒，萧军、胡风、冯雪峰等无一幸免，却对鲁迅无可奈何。无论他们内心多么不情愿，公开场合都要尊敬他，甚至要把自己打扮成忠诚的学生，这是当时很有意思的文化景观。

这并不奇怪，原因就是毛泽东对鲁迅的高度推崇。然而，领袖的推崇并不能化解历史遗留的种种恩怨，所以，鲁迅虽然借助这种推崇而获得了极高的地位，却也因此进入了一个复杂而微妙的矛盾场。

更为严重的是，鲁迅的精神遗产并不符合新时代文化建设的需要。他的个人主义、人道主义、启蒙思想、西化主张，他对传统的判断、对国民性的看法、对文学的要求和期待，以及以暴露和批判为显著特征的文学实践和反对瞒和骗、反对歌功颂德的一系列主张，与新时代强调为政治服务、强调大众化和民族化、强调一切行动听从指挥、鼓励歌颂而容不得暴露等种种新规范，是难以相容的。虽然这种不相容并不影响鲁迅的地位，但作为新时代的文化旗帜，鲁迅如果活着，一定感到非常尴尬。

2001年9月，周海婴的《鲁迅与我七十年》由南海出版公司出版，透露了1957年反右背景上的“毛罗对话”。许多人为此惊讶，怀疑鲁迅“关在牢里”之说的真实性，但亲历者黄宗英著文证实：罗稷南向毛泽东提出“鲁迅如果活着”的问题，毛泽东的确做了这样的回答：“要么被关在牢里继续写他的，要么一句话也不说。”[①]其实，只要不是只看到高居于神坛的鲁迅而不关注鲁迅的真实际遇，就不该为此惊讶。我们不妨来看几件小事。

第一，1950年7月4日，宋云彬在日记中写道：“第三册语文课本付排，灿烂谓所选鲁迅之《聪明人和傻子和奴才》乃鲁迅早期作品，思想有问

① 黄宗英：《我亲聆罗稷南与毛泽东对话》，《南方周末》2002年12月5日。

题。”[①]灿烂，即金灿烂，当时与宋云彬一起任职于中学教科书编审委员会。这个编审委员会由教育部和编审局共同领导。审查的结果是，初二第一学期语文课本中的《聪明人和傻子和奴才》被抽掉。

第二，仍然是1950年，一位读者致信《人民日报》询问：“鲁迅若是活着，现在该安排什么工作?”报社把信转给政务院副总理郭沫若。郭沫若的答复是：“如果鲁迅思想改造得好，也可以安排适当的工作。”[②]意思很明确，可以给鲁迅安排工作，但前提是他“思想改造得好”。

总之，新时代对鲁迅的接纳不是无保留的。毛泽东对鲁迅的确非常推崇，但是，他也像一般人一样，推崇某个人，却未必容忍他的全部；赞赏已故的某个人，却未必愿意让他在自己身边复活。蓝棣之在《毛泽东心中的鲁迅》一文中写到这样一件事，中华人民共和国成立初期，江青在一个会议上说：新中国文艺的指导思想是毛泽东文艺思想；胡风反驳说：文艺上的指导思想应当是鲁迅的文艺思想。听完江青的汇报，毛泽东很不高兴。[③]

其实，只要细心一点，从第一次文代会报告中就可以看出：鲁迅时代已经过去，因为鲁迅的伟大在于启蒙，在于暴露和批判，在于揭示国民性，而新时代的中国人民已经不需要启蒙，新中国更不需要暴露和批判。周扬明确转达过毛泽东对阿Q的看法：“是阿Q同志，不是阿Q混蛋!”[④]既然是同志，就应该献上赞歌，而不能像鲁迅那样冷嘲热讽，甚至连他的革命积极性也否定掉。这是立场问题，在那年代很严重。

鲁迅的思想有问题，但这面旗帜却不可更替，怎么办?这就需要一个鲁迅形象再造工程。从20世纪50年代到60年代，为这个工程投入甚多，进程却曲曲折折，并不顺利。

再造鲁迅，首先要重构鲁迅与革命的关系。在这个项目中，冯雪峰、许

---

① 文超：《鲁迅“思想有问题”》，《鲁迅研究月刊》1999年第12期。

② 田海音：《拾遗补缺——“鲁迅如果还活着”的其他答案》，陈明远编《假如鲁迅活着》，工人出版社2001年，第301页。

③ 蓝棣之：《毛泽东心中的鲁迅》，《南方文坛》2001年第2期。

④ 周扬：《和电影〈鲁迅传〉摄制组创作人员的谈话》，《电影艺术参考材料》1961年第4期。

广平等自然成了主要承担者。他们的回忆不像当年萧红等人的回忆那样满足于感情抒发和生活细节再现，而是着重讲述鲁迅如何走向马克思主义，如何走近中国共产党，如何对毛泽东无限热爱，如何愿意做党的“一名小兵”。不仅如此，鲁迅托人给毛泽东捎金华火腿、鲁迅和茅盾联名祝贺红军长征胜利等一系列故事开始传播，并且进入鲁迅传记。可惜的是，那火腿似乎不翼而飞，至今下落不明。至于祝贺长征胜利的电报，虽曾有茅盾著文作证，但几十年后文本被发现，却原来与鲁迅和茅盾都没有关系。因为据专家研究，那文本是别人代写的，而且“代写者不在上海，很可能就在瓦窑堡。很显然，信也是在鲁迅、茅盾都不知情的情况下发表的”[①]。

形象再造工程最先遇到的障碍，是胡风和他的朋友们。客观地说，胡风等人对鲁迅的理解并不准确，但他们不赞成鲁迅“由进化论变为阶级论”“由个人主义变为集体主义”的“转变说”，不赞成否定鲁迅的启蒙道路而让作家在思想感情上与工农大众保持一致。最后的结果众所周知，“胡风反革命集团案”株连上万人。

胡风的问题解决了，新的问题又出现了：在批判胡风之际，那些射向“胡风反革命思想”的炮弹，大多落在了鲁迅头上。这并不奇怪，因为胡风的思想大都来自鲁迅。对一些人来说，这也许是值得高兴的事，因为鲁迅与胡风一起被扫除，也是“大快人心”的事。可惜的是，有伟大领袖的推崇，鲁迅仍然不能倒。于是，学者们为此大做文章，努力把鲁迅与胡风区分开来。同样的话，出自鲁迅之口，就是革命的；出自胡风之口，就是反革命的别有用心。

批胡风的效果是：鲁迅仍然受到尊崇，鲁迅的路上却后继无人。聪明的作家和学者，都在精神上远离了鲁迅。

20世纪60年代，国家曾经投入极大的人力物力，准备拍摄电影《鲁迅传》。一流的编剧、导演和演员，忙来忙去好几年，饰演鲁迅的赵丹胡子留起来又刮掉，刮掉又留起来，电影最后却没有拍成。从周扬的几次指导性谈话看，再造一个什么样的鲁迅，实在是个问题，周扬与时尚竟然不一致。他不支持“拔高”和“神化”，但是，不“拔高”和“神化”，也不像1958年

① 倪墨炎：《破解鲁迅茅盾“电贺”红军之谜》，《档案春秋》2006年第7期。

版《鲁迅全集》那样遮蔽和改写，鲁迅能有存在的空间吗？《鲁迅传》的流产，正是鲁迅尴尬境遇的一个证明。

三、“文革”时期的鲁迅

1966年7月1日，《红旗》杂志发表长文《周扬颠倒历史的一支暗箭》。文章指出1958年出版的《鲁迅全集》第6卷对鲁迅《答徐懋庸并关于抗日统一战线问题》的注释是周扬和林默涵、邵荃麟等制作的。“它公然同毛泽东同志对三十年代文艺运动的历史总结唱反调，攻击左翼文艺运动的伟大旗手鲁迅，把一条资产阶级、修正主义的文艺黑线说成是马克思列宁主义的文艺路线，把一个资产阶级投降主义的‘国防文学’口号说成是无产阶级的口号。”

在这里，“攻击鲁迅”成了周扬的罪名，而鲁迅则成了无产阶级革命文艺路线的代表。文章对20世纪30年代上海文艺界的斗争给出了新的结论：“一条无产阶级的文艺路线，是以鲁迅为代表的。一条资产阶级的文艺路线，是以周扬为代表的。一个无产阶级口号：民族革命战争的大众文学。一个资产阶级口号：国防文学。”

同一期《红旗》杂志还发表了穆欣的文章《“国防文学”是王明右倾机会主义路线的口号》，论证了“国防文学”是如何服务于王明路线，如何放弃了无产阶级立场。如此一来，鲁迅与周扬的斗争就成了坚持无产阶级立场和反对右倾机会主义的壮举。

周扬倒霉了，被关进了秦城监狱；鲁迅更加光彩起来。

1966年的鲁迅逝世纪念活动盛况空前，主题是把鲁迅装扮成忠于毛泽东思想、敢于造反、敢于砸烂旧世界的英雄。1966年10月19日，《人民日报》社论题为《学习鲁迅的革命硬骨头精神》，《解放军报》社论题为《学习鲁迅，永远忠于毛泽东思想》。这些社论指出：“鲁迅是旧世界的批判者和造反者。他对半封建半殖民地的旧社会刻骨仇恨，对维护旧制度的旧思想、旧文化深恶痛绝。一切压迫人民，愚弄人民，毒害人民的反动势力和反动文化，他都憎恶之，暴露之，鞭挞之，扫荡之。”此时，红卫兵运动正蓬勃发展，社论号召说：“在无产阶级‘文化大革命’中，我们要学习鲁迅的敢于斗争、敢于革命的精神……要发扬鲁迅这种‘打落水狗’的精神，对待敌人决不心软，决不留情。我们要坚决把一小撮党内走资本主义道路的当权派，把那些反革命修正主义分子，把一切牛鬼蛇神，统统斗倒、斗垮、斗臭，让他们永世不得翻身。”

此后十年间，鲁迅总是不断地这样被改写。无论什么运动，都要到鲁迅言论中寻找支持，于是，鲁迅成了一系列运动的主要战将。其中有两场运动是与鲁迅思想比较贴近的：一是“批林批孔”，二是“评《水浒》、批宋江”。

林彪灭亡之后，稀里糊涂成了“尊孔派”和“复辟派”，于是“批林”与“批孔”戏剧性地连在了一起。批孔借助鲁迅，可谓顺理成章，于是鲁迅成了“批林批孔”的旗手。他对儒家传统和孔孟之道的批判被强调出来，成了打倒孔家店、揭露孔孟之道、识破“圣人假面”的战士。就连《在现代中国的孔夫子》也成了“当时激烈的阶级斗争的产物”，“戳穿了反动派尊孔崇儒的反动政治目的”；《十四年的读经》则“深刻揭露了鼓吹读经者的反动本质，狠狠地打击了反动统治者”。

“评《水浒》、批宋江”的起因非常偶然。1975年8月，为毛泽东读书的一位北京大学女教师与毛泽东谈起了《水浒传》。毛泽东称道鲁迅对《水浒传》的评论，赞赏鲁迅对金圣叹的批评，并对《水浒传》研究中长期没有贯彻鲁迅精神表示不满，指示《水浒传》的三种主要版本都要出，要把鲁迅的话印在前面，等等。女老师对谈话做了记录，并交毛泽东亲自审订，然后根据通常的做法，把记录稿发给了宣传口。于是，从1975年8月23日开始，《人民日报》《红旗》杂志、《光明日报》等纷纷发表文章，评《水浒》，批宋江，批判“投降派”。有人统计，短短的两个月里，全国就发表文章两千多篇。[①]

其实，对于《水浒》，毛泽东与鲁迅的分歧是明显的。毛泽东所引鲁迅的话，出自《流氓的变迁》，鲁迅原话是：“‘侠’家渐消，强盗起了，但也是侠之流，他们的旗帜是‘替天行道’。他们所反对的是奸臣，不是天子，他们所打劫的是平民，不是将相。李逵劫法场时，抡起板斧来排头砍去，而所砍的是看客。一部《水浒》，说得很分明：因为不反对天子，所以大军一到，便受招安，替国家打别的强盗——不‘替天行道’的强盗去了。终于是奴才。”[②]毛泽东截

① 方厚枢：《“文革”后期出版工作纪事（下）》，《出版科学》2005年第2期。

②《鲁迅全集》（第4卷），第155页。

取了后半段。对李逵等“强盗”，鲁迅并不看好，毛泽东却认为是好的。对于宋江，鲁迅揭示的是他们的奴才本质，而毛泽东关心的是他与晁盖的关系以及最后的“投降”。如果再进一步，在鲁迅的眼里，宋江们不投降又怎样呢？杀上东京，夺了鸟位，“奴才做了主子，是决不废弃老爷的称号的”。毛泽东对此类思想显然不赞赏。

论及“文革”时期的鲁迅，还有一点值得提及，就是他推动了一代人的觉醒，为那个年代培养了叛逆者和掘墓人。

“文革”后期，中国社会出现了一个持续时间甚久的“读点鲁迅”的高潮，直接原因是毛泽东的号召。他劝他的同志们读点鲁迅，“鲁迅的书不大好读，要读四五次，今年读一遍，明年读一遍，读几年就懂了。……鲁迅是中国的第一等圣人，中国的第一等圣人不是孔夫子，也不是我，我是圣人的学生”①。这个谈话作为中央文件向全国传达，就掀起了“读点鲁迅”的高潮。奉命读鲁迅，读什么，不读什么，当然要听从指挥。但就在这个背景上，一些人却走近了鲁迅，在鲁迅的启发下开始独立思考。

王富仁曾经谈到，他在“文革”时期读鲁迅杂文，有一种“刻骨铭心的快感”。他说：“鲁迅没有使我的命运好起来，但我不后悔。因为他也给了我做人的勇气和做人的骄傲。在我最困难的时候，是鲁迅及其作品给了我生命的力量。我经历过困难，但困难没有压倒我。我是站着走过来的，不是跪着、爬着走过来的。”②我本人至今感激鲁迅，因为是他在“文革”后期给了我最大的思想支持。当建立在自己人生体验基础上的思想因不合时宜而“危险”的时候，当各种真实的想法不能公开表达的时候，如果发现一些能够表达自己思想的语句，而且这些语句是不犯禁的，那是一种什么样的兴奋！这一切，我从阅读鲁迅中得到过。

对此现象，钱理群注意到了，他说：“成长于中华人民共和国的几代人主要是通过国家的正式教育来接触与认识鲁迅的，由此产生的影响与作用有两个方面：一方面，他们对鲁迅的接受确实从一开始就受到了国家意识形态的引导与控制；另一方面他们却因此得到了某种自由阅读鲁迅的保护，而鲁

① 陈晋：《文人毛泽东》，上海人民出版社2005年，第656页、658页。

② 王富仁：《我和鲁迅研究》，《鲁迅研究月刊》2000年第7期。

迅其人其文都自有独立的力量，不是意识形态所能完全控制得了的。”①

四、20世纪80年代的鲁迅

20世纪80年代，是鲁迅走下神坛、回到人间的一个时期。林贤治的一本书就叫《人间鲁迅》。然而，一方面被请下神坛，一方面却是鲁迅精神得到了空前的大发扬。

“文革”结束了，随着对“四人帮”的清算，拨乱反正，平反昭雪，“十七年文艺”领导者陆续归来，文艺界首先的动作是推倒“文艺黑线专政论”。这必然要涉及对“十七年文艺”和“三十年代文艺”的重新评价。1977年末到1978年，北京连续举行讨论会，关于“革命文学论争”讨论会，关于“左翼作家联盟”的讨论会，关于“两个口号论争”的讨论会……用当时的话说，就是要“把被林彪四人帮颠倒的历史再颠倒回来”。

值得注意的是对“两个口号”的重新评价，不仅文章得以及时在权威刊物发表，而且很快编成了《“两个口号”论争资料集》。这是一个20世纪30年代文学史的再造工程。工程的重点之一是重新树立“左联”及其领导人的形象。在这个过程中，鲁迅会不会受影响？当时的人们已经注意到，重评的意义并不只是为周扬等人平反，而是消除鲁迅的“神圣光环”。多数人当然是在肯定周扬等人的时候谨慎地不碰鲁迅，但面对鲁迅和周扬的矛盾，很少有人再为鲁迅说话。这是历史提供的客观条件：当周扬等人重新走上文艺界领导岗位的时候，冯雪峰已经死去，胡风的冤案仍然没有昭雪。历史上激烈斗争的两派，离去的时间不同，归来的时间也不同。这种时间差造就了优势与劣势：一方捷足先登，一方迟迟未归；捷足先登者要按照自己的意志“拨乱反正”，重新建构20世纪30年代文学的历史。

与此同时，一份冯雪峰在“文革”时期写下的“交代材料”开始在国内流传。这份材料让茅盾大吃一惊：原来“民族革命战争的大众文学”这个口号不是鲁迅提出的，而是胡风提出的，与冯雪峰商量之后，征得了鲁迅认可！这使茅盾有一种受了欺骗和侮辱的感觉，因为在几十年中，他一直以为

① 钱理群：《鲁迅：远行以后（1949—2001）［之一］》，《文艺争鸣》2002年第1期。

这个口号是鲁迅提出的，才不得不赞同，而事实上是左右为难。如果知道是胡风提出的，他可能是另一种态度。[①]带着激动和气愤的情绪，茅盾写了《需要澄清一些事实》[②]，文章把批判的锋芒指向“右派分子”冯雪峰和“反革命分子”胡风，同时带上了鲁迅，认为鲁迅受人蒙蔽，缺乏“知人之明”。不久，茅盾又在1979年10月17日的《人民日报》发表文章，提出“鲁迅研究中也有‘两个凡是’”。在那个思想解放的时刻，反对神化历史人物，很有积极意义。但是，面对“两个口号”的论争和它遗留的矛盾，茅盾的做法使一些人反感：在过去，你支持鲁迅一派，现在鲁迅和冯雪峰去世了，胡风没有发言权，周扬等人又掌握了权力，你的态度就这样转变吗?

首先站出来的是李何林。针对茅盾的《澄清一些事实》，他写了《也来澄清一些事实》[③]等文章，并且直接给周扬写信，提出了种种质疑。李何林指出，说鲁迅受蒙蔽，看上去是爱护鲁迅，但它有一种杀伤力。这种杀伤力在于：冯雪峰是“右派”，胡风是“反革命”，鲁迅偏偏与他们站在一起，受他们蒙蔽，这是什么问题？至少是鲁迅并不高明。

尽管有人在维护鲁迅，但此时的鲁迅已经失去了由最高权力支撑的神圣不可侵犯的地位。历史再次进入一个打破偶像的时代，鲁迅的一些见解和主张开始受到质疑。比如，鲁迅对中医中药的评价是否有失公允？鲁迅对人是否不够宽容？等等。鲁迅曾说“费厄泼赖应该缓行”，有人写了《论“费厄泼赖”应该实行》[④]，不但没有受批评，而且文章很快被收入中学语文课本。

不过，在文学艺术界，在整个知识界，鲁迅的精神却开始真正被继承，许多人走上了鲁迅的路。

在长期以来的当代文坛上，鲁迅的旗帜虽然一直高高飘扬，鲁迅的路却得不到延伸。“现实主义”一直具有合法地位，甚至是独尊的地位，但因为前面加了种种定语，说真话的品格和批判职能已经完全丧失。到“文革”时期，“瞒和骗”的把戏极度发扬，文学只剩了“假、大、空”叙事和“高、

① 韦韬、陈小曼：《父亲茅盾的晚年》，上海书店出版社1998年，第298—299页。

②《新文学史料》，1979年第2期。

③ 北京鲁迅博物馆鲁迅研究室编《鲁迅研究资料（4）》，天津人民出版社1980年。

④ 王蒙：《论“费厄泼赖”应该实行》，《读书》1980年1期。

大、全”形象。生活现实已经是瞒也瞒不住、骗也骗不了，唯一的办法是依靠恐惧使人不敢开口。一场浩劫过去之后，一些作家“睁了眼看”，面对满目疮痍，找回了现实主义的批判精神。人们努力摆脱在权威话语统一指挥下形成的虚假性和欺骗性，对“假、大、空”给予了坚决的抨击，为真实性而大声疾呼。一些作家突破禁区而直面现实生活，无论回顾历史还是反映现实，都试图以真实作为首要准则，说真话、抒真情、真实地反映社会生活。在那个特殊的时期，“真实”意味着不回避刚刚经历的苦难，意味着不为现实涂脂抹粉。

这些努力显示着文学追求的变化：努力摒弃“瞒和骗”，拒绝继续充当愚弄读者的工具，恢复暴露与批判的传统。在这条路上，作家们找到的榜样是鲁迅。

正是沿着直面现实的暴露和批判之路，一些作家逐渐走上了鲁迅的启蒙之路。一些学者也喊出了“回归五四”“回到鲁迅那里去”的口号。之所以要回到鲁迅那里去，因为人们日益深刻地体会到，文学和思想文化领域的所谓拨乱反正，“乱”是众所周知的，“正”在哪里，却认识极不相同。什么叫拨乱反正？从“八个样板戏”回到“三红一创”？从浩然回到赵树理？这显然是不够的。当时的人们还没有可能提出回到胡适之类的口号。而回到鲁迅那里去，却是有益而可行的。

陈丹青说过：“醒悟的学术界，针对1949年以来一直到‘十年浩劫’期间对鲁迅的严重歪曲和误解，发出了‘还我鲁迅’的呼声。全民族处于空前幻灭与求索的1970—1980年代，鲁迅的‘反伪求真’精神，逐步渗透到我国文化人与知识青年的内心深处，并直接参与新的思想解放运动的准备，获得了新的生命力。”①

简单地说，从睁了眼看，暴露黑暗，到文化批判和国民性批判，从恢复文学的批判职能到修复知识分子的独立人格，20世纪80年代走过了一段艰难的路程。在这段路程中，鲁迅无疑是引航的灯。

① 陈丹青：《要继承什么样的鲁迅遗产——黄宗江先生访谈录》，陈明远编《假如鲁迅活着》，文汇出版社2003年，第297页。

五、世纪之交的遭遇

告别20世纪80年代之后，首先引人注目的现象是一些人对鲁迅的远离和贬损。

任何一个历史人物都没有理由逃避后人在选择过程中的评头论足。而且，对权威的挑战是文明发展的前提。但是，20世纪90年代以来对鲁迅的挑战情况却比较复杂，既包含了自由和解放的愿望，又反映着思想和认识的误区，又有一只巨大的手在不动声色地操控着。

因为鲁迅曾被披上大红袈裟，在一次次运动中充当先锋，所以，一些人对鲁迅极为反感。这些人常常以叛逆自居，却对鲁迅缺少了解。他们只是根据过去年代鲁迅高居神坛的记忆，把鲁迅当作某种令人讨厌的文化权威，因而也就成了自由的敌人。所以，他们要自由，要解放自己，就要搬掉鲁迅这块“老石头”。

还有一些人对鲁迅反感，是因为民族情感和爱国主义。在“抵抗外来压力”“反对西方中心主义”的特定背景上，弘扬传统成为一种文化导向。传统是神圣的，民族和国家是神圣的，很快成为一代人头脑中牢固的观念，并且成为一种价值尺度。这种价值观念一旦确立，鲁迅的形象就改变了。他反传统，说中国文明“吃人”，要青年少读或不读中国书，甚至要废除汉字……如此否定中国传统、丑化中国人民、瓦解民族自信、助长崇洋心理、长外国人的志气、灭中国人的威风，算哪一家的“民族魂”？因此，连以叛逆自居、标榜独立思考的一些人也说：“我一想到这位导师说什么‘只读外国书，不读中国书’，‘五千年只看见吃人’，我就觉得他正是‘乌烟瘴气鸟导师’，误人子弟呵！”①

更为重要的是，这是一个“躲避崇高”“融入世俗”“活着就好”的时代，也是一个努力遗忘和及时行乐的时代。在这样一个时代，鲁迅的确有点讨人嫌。人们活得太累，想轻松一下，鲁迅却不叫人轻松；人们需要安慰、需要麻醉，鲁迅却总是撕破幻象煞风景。在这样一种文化氛围中，鲁迅自然

---

①朱文：《断裂：一份问卷与五十六份答卷》，《北京文学》1998年第10期。

不招人喜欢。

在一种新的目光下，从思想到人格，鲁迅都有许多缺陷。比如，理解和宽容，是新的时尚。这时尚的成因既有对斗争哲学的厌倦，也有消解现实矛盾的愿望。要建设和谐社会，稳定高于一切；鲁迅却那样好斗，不妥协、不宽容，“一个都不宽恕”。于是，一位身居高位的作家说：“世人都成了王朔不好，但都成了鲁迅也不好——那会引发地震！”[①]说鲁迅是不稳定因素，也许并非全无道理。这位作家还说：“文坛上有一个鲁迅是非常伟大的事，如果有50个鲁迅呢？我的天！”[②]

在21世纪之交，知识界发生分裂，自由主义者中一部分人不喜欢鲁迅的左翼色彩，因而有了“胡适还是鲁迅”的选择；新左派中一部分人则坚持把鲁迅打扮成他们心目中的战士，结果却是像歌剧《鲁迅先生》那样努力美化和拔高，最终导致妖魔化。

当然，直到今天，仍有不少人尊崇鲁迅，把他当作雾海的灯塔，甚至在他面前感到羞愧。所以，鲁迅仍然是未来文化和知识分子人格建设的重要资源之一。

① 王若谷：《鲁迅诱发地震》，《中国青年报》1995年2月5日。

② 王蒙：《人文精神问题偶感》，《东方》1994年第5期。

第四辑

鲁迅选择了什么?

——关于《鲁迅的选择》答高元

高元（以下简称高）：李老师，您的《鲁迅的选择》出版之后，我和几个朋友都看了，有些问题想请您谈一下。我们注意到，您在《鲁迅研究月刊》上还发表过一篇长文，题为《面对世纪末文化思潮对鲁迅的挑战》，我个人很喜欢那篇文章，而且张梦阳先生在他的《中国鲁迅学通史》中称这篇长文“作为中国鲁迅学史的一篇绝唱，将永远留在史册上”，但不知为什么您这本书没有收入。

李新宇（以下简称李）：本来放进去了，后来又拿了出来。一是出版社方面感觉它不很协调，二是我也另有考虑。我想写一本《鲁迅与当代中国》，主要就是清理一下1949年之后鲁迅在不同时期的遭遇，以及他与当代中国思想文化的复杂关系。无论是被神化、被当作工具，还是被遮蔽和改写，还是直接批判，都应清理一下。那篇文章谈的是世纪末文化思潮对鲁迅的挑战，所以就决定算作那本书的最后一章。这本《鲁迅的选择》主要是想把一些最基本的东西梳理一下。现在一些人谈鲁迅谈得很玄，云里雾里，最基本的东西却偏偏不说，让一般读者不知道鲁迅到底想了些什么，做了些什么，在一些基本面上做了什么样的选择。我就想把最基本的东西先说清楚。

高：这一点我注意到了，《鲁迅的选择》只有四章，前三章分别是现代知识分子话语、人学思想、启蒙道路，第四章则是鲁迅与他的论敌。如果我的理解不错的话，前三章就是您所概括的鲁迅的基本选择，是吗?

李： 可以这么说。当然，"现代知识分子话语""人学思想""启蒙道路"是联系在一起的。只要选择了其中之一，就自然选择了其他。这三个方面过去都是不被肯定的，也是常被淡化处理的，因为它被认为是鲁迅的"局限"。但在我看来，这恰恰是鲁迅精神中最基本的东西。比如知识分子话语，在国家权力话语、民间话语与知识分子话语之间，鲁迅选择的显然是知识分子话语。他与传统决裂，全面地批判传统；他反抗权威，拒绝帮忙与帮闲；他同情劳苦大众，为他们的不幸而呼叫，为他们的解放而呐喊，但绝不与他们站在同一地平线上，更不为某种私利而曲意奉迎说人民群众如何伟大。凡歌颂人民伟大的，居心往往很可疑，这是规律。真正爱人民的一般都不给人民戴高帽。对传统的反叛、对权威的反抗、对大众的"哀其不幸，怒其不争"，这三方面的态度使鲁迅真正获得了一个现代知识分子的话语立场。不知我在书中的表达是否清楚。

高： 应该是清楚的。我发现，您不仅是在谈论鲁迅，而且是通过鲁迅的这三个方面在为中国现代知识分子定位：只有这样，才算是现代知识分子，其言说才是现代知识分子话语。

李： 是这样。如果与专制传统划不清界限，就很难说是一个现代知识分子；如果与权力话语划不清界限，就只能是御用文人；如果像一些人号召的那样深入民间，与大众在思想感情上获得一致，或者像"文革"时期那样去接受贫下中农的再教育，教育和改造好了，也就不是知识分子了。

高： 鲁迅的一些基本选择是很重要的，也是需要重申的。我以为您做的就是这样的工作。在您看来，鲁迅是反传统的，是认同西方现代文明主流的，这应该是一个事实。进入20世纪90年代以来，出现了一种现象：一方面是一些人攻击鲁迅，认为他的反传统造成了中国文化的断裂，他对国民性的批判是对西方话语霸权的臣服，也就是接受了西方殖民主义话语，因此，他们要否定鲁迅。另一方面，是一些人似乎要为鲁迅辩护，结果就说鲁迅不反传统，而且很好地继承和发扬了传统。您对这两种做法都不赞同。

李： 这是一个非常重要的问题。而且，不知你注意没有，这双方看上去是对立的，但价值尺度非常一致：只要反传统、接受西方价值观，就不伟大。所以，如果鲁迅反传统、接受西方价值，就很坏，如果要说他好，就说他不反传统、不认同西方价值。这是20世纪末中国文化思潮的一种“反动”，是对“五四”的反动，也是对20世纪80年代的反动。因鲁迅反传统而否定鲁迅，这不奇怪。这么强大的传统，几千年的惯性，面对鲁迅和五四新文化运动对传统的批判和否定，抵抗和反扑是必然的。奇怪的是把鲁迅解释成传统继承者。这不仅不符合事实，而且极为有害。因为如果要继承鲁迅的思想资源的话，就完全违背了鲁迅和五四新文化运动的基本精神。可以设想：如果把鲁迅说成是专制传统的继承者，是抵抗西方民主、自由等价值观念的斗士，然后再来学习鲁迅，那将是什么后果?

高：所以，你特别强调他的反传统和“崇洋而不媚外”。鲁迅对中国传统的态度，我觉得您抓得很准：“人肉宴筵论”和“两样时代论”。所谓中国的文明，不过是“人肉的宴筵”；所谓中国历史，不过是“暂时做稳了奴隶的时代”和“想做奴隶而不得的时代”的循环。抓住这两点，就能充分说明问题。鲁迅对传统持这样的态度，还能说他不反传统?就这样的传统，还不该反吗?

李：重要的还在于鲁迅与西方现代文明主流的关系。在批判和否定传统的同时，鲁迅选择了什么?现在一些人拼命把鲁迅打扮成抵抗西方话语的英雄，不说鲁迅信仰共产主义了，就说鲁迅是彻底绝望，什么都不信，中间物，没有选择，等等，总而言之，是要切断鲁迅与西方现代文化主流的关联，即使不能把他打扮成一个民族主义者，也要把他打扮成“第三世界文化”的代表。这样，鲁迅就又可以为反抗所谓西方话语霸权服务了，就像在“文革”时期让他为反帝反修服务一样。可是，事实是无法改变的，在东方文明与西方现代文明之间，鲁迅选择了西方现代文明。他的文化努力是告别中世纪、与西方现代文明主流接轨的一种努力。他的努力不是孤立的，是五四新文化阵营共同的大方向。

高：您的那些论证似乎特别强调他的中西比较，尤其是他对“国情特殊论”的批判。

李：不是这样吗?鲁迅说：“譬如一个人，脸上长了一个瘤，额上肿出一颗疮，的确是与众不同，显出他特别的样子，可以算他的‘粹’。然而，据我看来，还不如把这‘粹’割去了，同别人一样的好。”可是现在有人就是要保住那个瘤，护住那个疮，好像那就是中国特色，特殊国情，如果割掉了，就不是中国人了。谁要说割，就是不爱国。鲁迅说他的“大恐惧”就是因此而“从‘世界人’中挤出”，也就是自绝于世界。现在有些人拼命反对全球化，他们的理论也仍然是鲁迅早已批判过的“狗有狗道理，鬼有鬼道理，中国与众不同，也自有中国道理”。鲁迅把这种“以自己的丑恶骄人”的态度称作《水浒传》中牛二的态度。“牛二”的子孙太多，未必是中国的福音。

高：您在《鲁迅的选择》一书中，认为鲁迅选择了西化之路。这是一个事实，却很少有人这么说。据我个人的印象，无论在中学还是大学，还是后来读研究生，都没有听人像您这样直接说他选择了“西化”。

李：长期以来，对鲁迅的阐释总是努力抹淡他的西化色彩，用意非常明显，作为文化伟人的鲁迅不能有“全盘西化”的嫌疑，即使不“全盘”，西化也不行。然而，历史已经证明，中国传统文化中缺少现代性基因，要现代化就必须从西方拿来。这一点鲁迅比任何人都清楚，所以他从来没有强调过中国文化的特殊性，从来没有站在本土文化立场上拒绝普世价值。对于五四新文化的倡导者来说，无论是陈独秀还是胡适，还是鲁迅，都已经超越了狭隘的民族主义，带有鲜明的世界主义倾向。所以，他们不承认特殊国情是什么神圣不可侵犯的东西，更不赞同拿特殊国情来抵抗自由、民主等普世价值。中国现代知识分子话语的确并不源于中国文化传统，而是源于西方现代思想资源。鲁迅的路是一条通过自我否定而走向民族文化更新的路，也是一条从本土文化的特殊性中挣脱出来走向现代文明普世价值的文化认同之路。

高：您在书中说，鲁迅的立场观点是在比较中形成的，但他的文化比较没有运用文化相对论为本土文化辩护，而是从不隐瞒自己对西方文化的崇尚和赞美。我觉得这是必须申明的。鲁迅说：“与其崇拜孔丘、关羽，还不如崇拜达尔文、易卜生；与其牺牲于瘟将军五道神，还不如牺牲于Apollo。”这些话往往被看作是偏激的，但它是鲁迅在五四时期所做的毫不犹豫的文化选择。当年，杭州英国教会里一个医生在一本书里称中国人为“土人”，一些中国人感觉受了侮辱。鲁迅说：“他们以此称中国人，原不免有侮辱的意思；但我们现在，却除承受这个名号以外，实是别无方法。因为这类是非，都凭事实，并非单用口舌可以争得的。试看中国的社会里，吃人，劫掠，残杀，人身买卖，生殖器崇拜，灵学，一夫多妻，凡有所谓国粹，没一件不与蛮人的文化恰合。”他的确不像文化民族主义者那样以浮肿的脸去充胖子，落后就是落后，野蛮就在于野蛮，像阿Q忌讳“光”和“亮”一样维护所谓民族尊严，是没有用的。当然，在今天的一些人看来，如果承认这一点，鲁迅就成文化买办了。

李：其实，早在20世纪30年代，鲁迅就受到这样的攻击，被称作“汉奸”或者“买办”。为此，鲁迅甚至故意使用过“康伯度”的笔名。“康伯度”（comprador）就是买办的意思。1934年，当反欧化形成高潮时，鲁迅表示白话文之所以欧化，“并非因为好奇，乃是为了必要”。为此，有人写文章指责他是“为西人侵略张目”，是“十足加二的‘买办心理’”。其实，“买办”这个词不应该是个贬义词，要紧的是买办什么货色。如果买办来的东西对中国有利，“买办”就是爱国。痛斥“买办”，是闭关锁国的心理表现。

高：一些东西应该是常识。比如，新文化的创造需要以西方文化为蓝本。可是，直到现在，对于很多人来说，都还是一个不愿意承认的问题。

李：对于五四新文化运动那一代人来说，这不成什么问题的，是后来它才成了问题。因为一些历史泡沫的出现，西方现代文明主流似乎不先进了。当然，任何一种文明都不可能是完美的，但人类文明发展的历程已经证明成功的东西是不应该拒绝的。不老实地接受成功的经验，而一定要异想天开，抄近路，寻求超越，或者寻找什么“第三条道路”，结果往往是走一些弯路，到头来还要从头开始。尽管文化相对主义有其存在的理由，但文明发展的高下和优劣，是有一般标准的。无论怎么说，“吃人”总是野蛮而不是文明吧？

高：还有一个问题是，面对西方，鲁迅拿来了什么？或者说，被鲁迅看中的西方现代文化主要是什么？是不是您说的“人学思想”？

李：不同的人会有不同的发现，但鲁迅首先发现的是“人”。这一发现与他的文化批判互为因果。正是因为“人”的发现，他才能够看到中国传统的“吃人”性质；而对中国传统“吃人”性质的发现更进一步使他倾心于西方现代文化，因为西方现代文化是尊重个人的。人们常常谈论传统与现代，什么是“传统”的？什么是“现代”的？最重要的标志不在别的，正在于是否承认个人的自由、价值与尊严，是否承认个人权利的合法性。考察鲁迅的思想构成和占有的思想资源，可以发现鲁迅接受了西方文艺复兴运动以来的人文主义传统。这个传统是以个人主义为其核心的，因此，他才清楚地看到了中国人缺乏个人权利和个性被吞没的悲剧，鼓吹个性解放，关注个人权利。

高：一些人认为，鲁迅的“立人”只是手段，“强国”或者“救亡”才是目的，您不同意这种看法，能以最简单的话说一说吗？

李：这种观点是随意推出来的，而不是实证的结果。因为它有两个假设，一是鲁迅等人都是民族主义者或国家主义者，二是致力于“立人”的启蒙运动是救亡运动的附属物，“立人”的目的是为国家制造工具。但历史事实并非如此，无论鲁迅还是胡适、陈独秀，都有鲜明的世界主义倾向和个人主义倾向，唯独不是国家至上主义者。“启蒙立人”与“救亡强国”各有自己的体系结构和运行轨迹，并不存在从属关系。救亡的起点是“国将不国”的忧虑，启蒙立人的起点是“人已非人”的痛感。在鲁迅那里，立国和立人是不矛盾的，他没有因为立人而排斥立国。鲁迅决不是国家主义者或者民族主义者，因为他是从人出发的，在他看来，国家和社会的根本目的是人。这是一种现代国家观念，如果国家和社会带来的不是个人的幸福和安全，国家和社会就是多余的。如果国家和社会给人带来的是压迫和奴役，它就应该改造和更新了。按照鲁迅的说法：“要我们保存国粹，还得国粹保存我们”。这是一种现代的关系原则。这一市场化的原则是现代社会关系最本质的标志，无论是个人与个人之间，还是个人与群体之间，都必须是自愿的公平交换，而不是无条件地服从和野蛮的掠夺。“五四”一代人对“三纲”等传统伦理进行批判，就因为它不讲道理，不是公平交换，而是要求服从和奉献。

我们如何面对鲁迅?

——就《愧对鲁迅》答朱献贞

近来，鲁迅再次成为文化争议的焦点。有人因为维护中国传统而清算鲁迅，有人因为批判现代性而批判鲁迅，有人要“搬掉这块老石头”，有人认定鲁迅已经没有现实意义……上海三联书店新近出版了李新宇先生的《愧对鲁迅》，显示了一种独特的姿态。为此，笔者在南开大学拜访了李新宇先生。以下是访谈记录。

朱献贞（以下简称朱）：李老师，您的《愧对鲁迅》出版之后，引起了读者广泛的关注。这本书采用了一种独特的方式，用第二人称，通篇都以“你你我我”的方式与鲁迅交谈。在这种交谈中，作者与鲁迅距离很近，而作为读者的我们，不是在听讲，而是旁听对话，却无形中也被拉得很近。这种方式确实让人耳目一新，在众多鲁迅研究的文本中可谓独辟蹊径。再加上言说中的追根溯源，旁征博引，晓之以理，动之以情，将叙述和论证有机结合，使文本话语流畅，极具亲和力。我想知道的是，您怎么会想到采用这种形式，有什么用意吗?

李新宇（以下简称李）：我没有想到这种形式会受到读者的欢迎。开始完全是无意的。我在后记中提到了，这几本书（《愧对鲁迅》《走近胡适》《叩问陈独秀》）都是十几年前开始写的。我是一个比较愚钝的人，容易认死理儿，缺少灵活性，所以不愿掺和时就关起门来读书，读鲁迅、胡适、陈独秀和《新青年》杂志。我一边读他们的书，一边写下一些感受，这些感受常带感情，不愿当众演讲，就成了对鲁迅等人的诉说。我真的没想到这种方式会有人喜欢。不过，现在我也感觉这种形式是不错的，它为我提供了自我表达的充足空间，虽然有点喧宾夺主，却突出了研究者的主体性。对于读者来说，它可能比一般的学术著作好读一些。

朱：20世纪90年代以来，您一直在清理20世纪中国文学的知识分子话语，并举起了“重申五四精神”和“守护现代文化基地”的旗帜。您把现代中国的话语系统分作国家权力话语、民间大众话语和知识分子话语，并在这个框架中为鲁迅定位，将鲁迅视为中国现代知识分子话语的基石，而对于鲁迅，您特别强调的是他的人学思想和启蒙之路。这一切都与今日知识分子的自身建设密切相关。比如，在传统与现代之间，在本土与世界之间，鲁迅做出了怎样的选择？在权威面前，在大众面前，鲁迅是什么姿态？……通过对这一切的回答，读者也不难看到您的姿态。不知您是否意识到，这种姿态在当下中国大概是不多的，因为既非主流，又不时髦。

李：是的，当前的时髦应该是对鲁迅进行批判。我所做的不是批判，而是清理与守护，因为我不愿舍弃鲁迅的精神遗产。要继承这笔遗产，就需要重新认识鲁迅，在一些基本面上重新确认鲁迅精神。因为鲁迅研究的成果确实已经太多了，所以专业内的学者们常常为避免重复言说而走向偏僻和细微之处，或者用一些新理论去操练老话题。这样做的结果一是使研究走向琐细；二是使研究走向虚玄，把简单的问题复杂化，越说越玄，直到把那些与我们的生存息息相关的问题扯到法兰克福的云雾之中。这样，一些研究看上去很深入，却不能帮助人们认识鲁迅，也不能传达鲁迅的思想。我所做的，就是回到那个最基本的鲁迅，实实在在做点解释。这当然包括发现他的真价值，也包括为他去掉脸上的金粉和油漆。金粉和油漆是造神时涂上去的，现在的结果却是导致了鲁迅的妖魔化。说到我的姿态，守护现代性，坚持启蒙立场，我是自觉的。我不赞同那些中国化的后现代言说，更不认同他们的所谓现代性批判。现代性在中国是稀罕物，在五四新文化运动中出现过一些，后来却经历了一个在挤压中萎缩和丢失的过程。因此，它需要的不是批判和超越，而是守护和张扬。可惜的是，不仅一些年轻学人从西方拿来了反现代性的时髦学说，而且一些老人也赶时髦。这也难怪，从“五四”过后到“文革”，中国的思想学术是一个持续下滑的过程，学人一代不如一代。眼下健在的老人无论人格多么令人尊敬，青少年时代接受的资源和信念都多少有点问题。所以，即使他们晚年有所反省，也常常因为缺少必要的基础而不知要一个跟头翻到哪里去。

朱：现在国内受后现代影响的人很多，一般认为后现代是前沿的、先锋的，您总是对后现代持批判态度，会不会被认为是保守的呢?

李：从某种意义上说，我的确是保守的。不过，在今日中国，关键是批判什么、守护什么。我反感的不是后现代，就像现代取代前现代一样，如果后现代来了，取代了现代，我大概不会拒绝。可是，在中国当下，后现代来了吗?我反感的是在一个现代与前现代正在交锋的境域里拼命鼓吹后现代思想的做法，因为正是他们打着“后”的旗帜，事实上已经与前现代联手，服务于抵抗现代化和守护前现代。因此，就像我不得不左右开弓一样，也无法避免前后树敌。前面是前现代，后面是后现代，我却抱着现代不放手，所以前后不讨好。试图守住前现代秩序的人不会喜欢鲁迅，努力消解现代性的人们也不会喜欢鲁迅，当然也不会喜欢我对鲁迅的阐释。说到“前”与“后”，有人可能又要批评我的“线性历史观”和“进步主义”了。现在有一种时髦，反对时间，强调空间，“不以优劣论文明”，也就是不承认文明是可以发展进步的。这很合中国一些人的胃口，因为只要否定了“进化论”和“线性历史观”，就不再有文明与野蛮、先进与落后之分，不把人当人的一切旧传统就可以作为多元文化中的“一元”而大行其道了。

朱：目前，有一股“褒胡贬鲁”的现象，不知您对此怎么看。

李：我首先要说的是，鲁迅也是人，不能没有思想上的迷惑与行为上的失误。他说过那么多话，不可能每一句都对。在过去相当长的一段历史上，对鲁迅与其同时代人关系的评判是在一种政治框架中进行的，把某些冲突看作是“内部的”，而把另一些冲突看作是“敌对的”，依据的都是政治派别的划分。在这种划分的基础上，鲁迅被打扮了起来，而且与那些“战友”绑在了一起。但是，那种打扮在今天已经很不可爱，与他绑在一起的也早已有点面目可憎。在这种情况下，一些人要进行重新评价，又对鲁迅缺少深入的认识，就很容易把过去的结论简单地翻过来。这是可以理解的，但对鲁迅很不公正。鲁迅的确说过一些错话，比如他对苏联的认识，但这不是不可原谅的。在这一点上，胡适是清醒的。他始终没有因为鲁迅与自己的分歧而把鲁迅看作敌人。因为从文化的角度看，鲁迅、胡适、陈独秀，他们之间无论发生过多少思想上的分歧，最终都是新文化阵营里真正的战友。因为鲁迅脚上沾了污泥（有些还不是他自己沾的，而是别人给贴上去的），就干脆不要了，让他去殉葬，这是不公正的。我们应该珍惜胡适的遗产，但不能因此而舍弃鲁迅。

《鲁迅大全集》新在何处?

——答《光明日报》记者谭华

最近在北京大学举办的《鲁迅大全集》出版座谈会上，专家和学者一致认为，出版《鲁迅大全集》不仅是纪念鲁迅诞辰130周年的最好礼物，也是中国文化界、思想界、教育界的大事。《鲁迅大全集》是四十多位鲁迅研究专家和学者历时数年、辛勤耕耘的成果。记者就出版《鲁迅大全集》的背景和书的特点等，采访了本书的主编李新宇。

谭华（以下简称谭）：1938年出版的“鲁迅先生纪念委员会编”的《鲁迅全集》很权威，也很有影响，后来又有不同版本的全集出版。与以前的版本相比，此次出版的《鲁迅大全集》有什么不同，各有什么特色?

李新宇（以下简称李）：从1938年鲁迅先生纪念委员会编辑出版的第一种全集，到人民文学出版社的1958年版、1981年版、2005年版全集，鲁迅全集已出过多种版本。1938年版可谓第一代，它是鲁迅逝世不久就开始编纂的，编委会由蔡元培、许寿裳、周作人、茅盾等人组成，许广平具体负责，确实很有权威性。在抗战烽火中出版，很不容易。出版的速度、编校人员的工作状态，都是出版史上的奇迹。它收录了鲁迅大多数著作，但没有书信和日记，所以不完整。1958年版可以看作第二代，是1950年就着手编的，由冯雪峰负责。这套带注释的全集自1956年开始出，1958年出齐，所以被称作1958年版。这套全集编入了部分书信，当时收集到的鲁迅书信已经很多，但多数没有编入，翻译、古籍辑校、美术作品也没有编入。这是受当时政治和派系斗争影响最严重的一版，甚至连一条注释都会涉及许多人的命运。比如，冯雪峰未完成这项工作就被打倒了，却又被迫按照别人的意志完成一条注释。由于违心地写下这条注释，冯雪峰痛苦得几次要自杀。而到了“文革”开始，打倒周扬，最先揭露的“罪行”正是这条注释。同时值得指出的是，从这一版开始，鲁迅全集的编辑出版是在计划体制之下进行的，一大群学者，包括一些令人敬佩的学者，都是默默地劳作，比如搜集、整理、校勘、翻译、注释等，但是读者却不知道他们的名字。正是他们的劳作，才有了后来的1981年版和2005年版。这两版情况相近，增补了内容，修订了注释，而且显示了编者走出极“左”政治影响的努力。就创作部分而言，2005年版，已经显示了比较完备的形态，但翻译、辑校、美术等作品仍未编入。《鲁迅大全集》可以说是第三代鲁迅全集。作为这套全集的编者，我想特别强调的是：它虽然出版于21世纪，却是七十年来一代又一代研究者和出版者持续努力的结果，凝聚着无数前辈的心血，这是后来者不能遗忘的。

说到这套《大全集》的特点，主要有这样几个方面：第一，它编入了鲁迅的创作、翻译、学术、古籍整理、绘画、书法、画册编纂等，所以比前几代全集都更完整。虽然可能仍有遗漏，但不再有结构性的残缺。第二，在编排方式上采用了编年体。第三，注释力求简练、客观、公正。首先是注释不再那么多。20世纪50年代开始注释《鲁迅全集》的时候，编者们设想读者是“中学以上文化水平”，所以，需要加注的内容就特别多，人名、地名、书名、事件、中外历史典故等都要注。现在读者水平提高了，《大全集》的注释不再承担一般工具书的职能。同时，注释也不再致力于索引，“L女士”，不再考证是“李女士”还是“刘女士”；“正人君子”“叭儿”，也不再一定指出“此处指胡适”或“此处指陈西滢”。而对历史上各派人物的评价，注释也力求客观公正。

谭：请您谈谈《鲁迅大全集》从哪些方面体现了“收录最全、编法最新”的特点？

李：收录齐全，是我们努力追求的。但现在还不敢说已经收录齐全，所以只能说是在已有版本中是“收录最全”的。翻译、辑校等类作品的编入不说了，过去的全集多未收；仅就原创的文字而言，《鲁迅大全集》也做了增补，依据学界的研究成果，收录了以前全集未收的近百个文本。除此之外，还以附录的形式收入了两类内容：一是鲁迅的一些演讲记录稿，二是同代人回忆中转述的鲁迅的话。一些演讲记录，发表在当时的报刊上，因为未经鲁迅审定，过去全集都未收，有的是经过鲁迅审定的，也没有收。未经本人审定，可能不可靠，但对于了解鲁迅，也是一份参考。《论语》是孔子弟子的笔记，未经孔子审定，我们不同样作为经典吗？不过，毕竟未经本人审定，可能与鲁迅的原意有出入，所以作为附录编入。

至于编年体这种编法，其实并不新，只是过去的《鲁迅全集》没有采用这种编法而已。众所周知，编集子有两种不同的办法，一是分类，二是编年。分类便于专题研究，编年便于把握线索。过去的全集主要是以鲁迅著作的单行本为单位，加书信、日记等集合而成的，而这次采用了编年体。不过，《鲁迅大全集》不是彻底的编年体，而是有两点变通：一是分类编年。因为如果无论什么作品都以时间为序统一编排，势必会创作、翻译、学术著作、古籍辑录、石刻拓片等间杂出现，多数读者会感觉不便。二是在具体的编排中，充分照顾了作品本身的完整性。比如译文集《壁下译丛》等都是拆开编入的；《爱罗先珂童话集》等整本著作，则像对待长篇作品一样放在一起，而不按照鲁迅翻译它的时间插得到处都是。

谭：新收入的演讲记录和同代人回忆文章中的鲁迅语录有哪些具体内容？

李：内容相当丰富。举例说吧，1926年在厦门大学的演讲《少读中国书，做好事之徒》，在集美学校的演讲《聪明人不能做事，世界是属于傻子的》，1927年在中山大学开学典礼上的演讲《读书与革命》，1931年在上海东亚同文书院讲的《流氓与文学》，从标题就可以大致看到内容。几个关于美术、版画的演讲也很有意思。更有意思的是，这些演讲虽然未经鲁迅审阅，却比较生动地再现了鲁迅当年演讲的风貌。比如，1932年12月24日他在北平大学女子文理学院讲《革命文学与遵命文学》，其中讲道：“我国自革命策源地广东倡导革命以来，处处皆有革命，即文学亦然，故沪上之革命文学，风行一时，其文章多为‘前进，往前走哇！’之类，而官人对此革命文学家则嚷‘扫荡扫荡，杀掉杀掉’，于是此类革命文学家遂愈杀愈少，愈扫愈少矣。盖一部分被杀，一部分被拘，一部分逃亡，且有许多怕压迫而走入民族主义文学路上去，故此革命的文学一变而为遵命文学矣。”其中语气倒是更接近鲁迅演讲的原生态。

同时代人回忆中的鲁迅语录，对于理解鲁迅很有帮助。一些话为鲁迅某些文章做了注脚，一些话则是文章和著作中少见的。其中一些话说得很精彩，比如：“真理的数目和鞋店里的鞋子一样多。”“学生读死书，只配做人家的奴隶。”“中国人没有孙悟空主义，都是猪八戒主义。”“爱不爱林黛玉？我不爱，因为她老是哭哭啼啼。”“青年多几个像我一样做的，中国就好得多，不是这样了。”这是在公开发表的文章中很少直接表达的。

谭：我们了解到，周海婴生前将鲁迅当年赠送给妻子许广平的手迹文物二十多件，一并交给《鲁迅大全集》编委会辑录出版。这些赠书扉页上题赠的话有很多是首次披露，对吗？

李：鲁迅把自己新出的书送许广平，要在书的扉页上题字，虽然很简短，却既可以看到鲁迅的幽默，也可以感受到他对许广平的深情。比如在一些题字中，鲁迅使用的是“广平兄”，有时则戏称“害马”，因为在女师大事件中校长杨荫榆曾把许广平等称作“害群之马”。而且有时不是“赠”或“送”，而是“颁给”。但在有的扉页上，却端端正正地写着这样的话：“给我的爱人：广平。”

采访手记

求自由光明时的努力、彷徨和奋进，字里行间，充满着对旧时代的愤懑和控诉，对新时代的渴望。无论是杂文还是小说，无论是学术还是美术，无论是对传统的梳理，还是对人性的挖掘，鲁迅的作品都是教育当代、泽被后世的生动教材，是中华民族珍贵的精神资源和文化宝藏。这本采用编年体编成的《鲁迅大全集》更清晰地展示了鲁迅的思想和创作发展的轨迹。正如李新宇主编所说：“我们可以直接看到鲁迅每天在想什么、写什么，看到他某些思想的萌生、发展、变化过程。我们相信，这种‘心迹’的直接展示，将有助于读者更直观、更清晰地把握鲁迅。”